Beate Rösler

Helenes Versprechen

ROMAN

W0378015

atb aufbau taschenbuch

MIX
Papier aus verantwortungsvollen Quellen
FSC® C083411
www.fsc.org

ISBN 978-3-7466-3496-8

Aufbau Taschenbuch ist eine Marke
der Aufbau Verlage GmbH & Co. KG

3. Auflage 2021

Umschlaggestaltung www.buerosued.de, München
unter Verwendung eines Bildes von © Arcangel / Lee Avison
Gesetzt aus der Whitman durch Greiner & Reichel, Köln
Druck und Binden CPI books GmbH, Leck, Germany
Printed in Germany

www.aufbau-verlage.de

Für meine Mutter Sigrid
und meine Tochter Tanya

Auf der Marine Flasher in Richtung New York, August 1947

»Und du kommst bestimmt bald nach?«

»So schnell ich kann.«

»Versprochen?«

»Versprochen! Und jetzt gib mir einen Kuss.«

Kinderarme umschlingen sie und Moritz' weiche Wange drückt sich an ihre, sein warmer Atem streift ihr Ohr. Sie presst ihn an sich, ringt nach Luft und kämpft mit den Tränen.

Es ist Nacht. Am Frankfurter Hauptbahnhof stehen Kinder mit Koffern in ihren kleinen Händen. Um ihre Hälse baumeln Schilder mit Nummern, damit sie nicht verloren gehen. Ein letztes Mal zupfen Mütter und Väter ihnen die Mützen zurecht, ermutigen, versprechen, winken. Ihre Münder bewegen sich, formen Abschiedsworte, doch Helene hört sie nicht, die Welt um sie herum ist dumpf geworden. Nur Moritz' helle Stimme dringt zu ihr durch.

»Um acht beim Mond.«

Plötzlich ziehen Frauenhände ihren Jungen mit sich fort, nicht grob, aber entschieden. Es ist, als rissen sie dabei ein Stück von Helene mit sich. So sehr schmerzt es. Nicht einmal bis zum Zug darf sie Moritz begleiten. Kein Aufsehen erregen, hat es geheißen.

»Um acht beim Mond«, will sie ihm nachrufen, aber ihre Stimmbänder versagen. Sie haben sich verknotet, bringen nicht einmal ein Flüstern zustande, was gut so ist, denn mit den Worten kämen die Tränen. Und die dürfen jetzt nicht fließen. Mit einem lang gezogenen Pfeifton fordert die Lok alle Kinder zum Einsteigen auf. In der Ferne meint Helene Moritz' dunklen Haarschopf zu erkennen und reckt ihren Hals, um ihn nicht aus den Augen zu verlieren. Dann hat der Zug

ihn verschluckt. Zischend lässt er Dampf ab und rollt an, um ihr Kind mit sich fortzunehmen. Auf einmal ist Helene sicher, dass es falsch ist, sich von Moritz zu trennen. Sie rennt los, dem Zug hinterher, sollen sie doch versuchen, sie aufzuhalten.

»Moritz!«, ruft sie, beide Hände nach ihm ausgestreckt. »Moritz!«

»Beruhigen Sie sich doch.«

Schweißgebadet schlägt Helene die Augen auf. Die Stimme klingt nicht unfreundlich, bloß müde. Der Boden unter ihrer Pritsche schwankt und knarzt, ihre Augen müssen sich erst an das Dämmerlicht gewöhnen. Einen Moment braucht sie, um zu begreifen, dass sie sich nicht in Frankfurt befindet, sondern an Bord der *S. S. Marine Flasher*, auf dem Weg nach Amerika. Der amerikanische Truppentransporter wird sie wie Tausende andere europäische Emigranten über den Atlantik bringen. Menschen, die Konzentrationslager, Zwangsarbeit, Krieg, Verfolgung und Flucht überlebt und fast alles verloren haben, was ihr Leben einmal ausgemacht hat. Es ist ein Schiff beladen mit Menschen, die an Leib und Seele vom Leid des Krieges gezeichnet sind, aber auch ihre Hoffnungen auf eine bessere Zukunft suchen an Bord einen Platz. Helenes neues Leben hat bereits begonnen, und zwar in dem Moment, als man ihr die Einschiffungskarte für die *Marine Flasher* mit Schlafplatz und Stempel überreichte. Ihren Garantieschein dafür, dass sie in New York Moritz und ihre Schwester Marlis wiedersehen wird.

Noch immer hallt Moritz' Stimme in ihrem Kopf nach, so deutlich, als hätte er vor einer Sekunde noch neben ihr gestanden. Helenes Herz pocht, als sei sie tatsächlich seinem Zug hinterhergerannt, ihre Zunge klebt pappig am Gaumen, was aber auch an der stickigen Luft der Schiffskabine liegen kann.

»Geht es wieder?«

An ihrer Pritsche steht Lisbeth Schwarz, die mit ihrer Mutter und zwei kleinen Mädchen die Schlafplätze neben ihrem belegt. Weiter hinten weint ein Kind, eine Frau hustet, eine andere schnäuzt sich die Nase und eine dritte stöhnt. Vielleicht weil sie schlecht träumt, vielleicht weil sie bei all der Unruhe nicht schlafen kann.

»Habe ich geschrien?«, fragt Helene leise. Lisbeth Schwarz nickt, und erst jetzt bemerkt Helene, dass sie die Hand der Frau umklammert hält. Sofort will sie, peinlich berührt von dieser Intimität, ihre Hand zurückziehen. Doch blitzschnell umschließt Lisbeth Schwarz noch einmal ihre Finger und drückt sie, kurz und kräftig, eine Geste des Verstehens, die versichert, dass Helene sich ihrer Albträume nicht zu schämen braucht. An Bord der *Marine Flasher* ist sie weiß Gott nicht die Einzige, die davon heimgesucht wird. Zum ersten Mal fällt Helene die Nummer auf, die auf den linken Unterarm ihrer Mitpassagierin tätowiert ist. Rasch schaut sie weg, weil sie Lisbeth Schwarz das Erschrecken in ihrem Blick ersparen möchte. Diese beginnt, obwohl sie erst in einigen Stunden in New York einlaufen werden, ihren Seesack zu packen. Versehentlich stößt sie dabei gegen eine ihrer Töchter, die sich, ohne aufzuwachen, auf die andere Seite wälzt und die Decke von sich strampelt. Zu ihrem Entsetzen entdeckt Helene auch auf dem dünnen Kinderbein eine eingeritzte Nummer. Dieses Mal kann sie nicht wegsehen, zu verstörend ist die Vorstellung, dass jemand in diese zarte Kinderhaut gestochen und die Schmerzensschreie des Mädchens einfach ertragen hat. Ein Mädchen, das jung genug gewesen wäre, um zu vergessen, was ihm in seinen ersten Lebensjahren widerfahren ist, mit dieser Nummer jedoch zum ständigen Erinnern verdammt wurde.

»Sie ist kurz nach unserer Deportation im Lager geboren«, sagt Lisbeth Schwarz, während sie die zu Boden gerutschte Decke aufhebt und vorsichtig über das schlafende Kind ausbreitet. »Auf den Armen eines Babys ist zu wenig Platz für die Kennzeichnung. Da haben sie halt den Oberschenkel genommen.«

Ohne Helene noch einmal anzusehen, schiebt sie ihren gepackten Seesack an die Wand und streckt sich auf ihrer Pritsche aus. Ihre Augen verdeckt sie mit dem Unterarm, als wolle sie damit signalisieren, dass sie von Helene keine Reaktion erwartet.

Auch Helene sinkt zurück in ihr Kissen und überlässt sich einen Moment lang dem Hin- und Herschaukeln des Schiffes.

Unfassbar, grauenhaft. Worte, die der Gewalt die man diesem Kleinkind angetan hat, nicht einmal annähernd gerecht werden. Ja, gar angesichts des rohen Schmerzes des Mädchens und der Mutter an Bedeutung verlieren. Deshalb schweigt Helene mit brennenden Augen. Wie so oft seit Kriegsende, seitdem die Alliierten immer mehr Einzelheiten über Auschwitz und andere Konzentrationslager zutage bringen. Millionenfache Anlässe zum Weinen. Und weinen würde sie, wenn sie noch könnte. Aber ihre Drüsen produzieren einfach keine Tränen mehr, als sei Helenes gesamter Vorrat bereits versiegt. Andererseits, wozu weinen? Selbst wenn die ganze Welt in ein Tränenmeer zerfließen würde, so würde auch dies niemals ausreichen, um die furchtbare Wahrheit zu verdünnen: dass sich das, was geschehen ist, nicht rückgängig machen lässt.

Welch ein unbeschreibliches Glück, dass ich Moritz fortgeschickt habe. Einen Schlag lang setzt ihr Herz aus, als müsse es bei diesem Gedanken noch immer nach Luft schnappen. Das nennst du Glück?, schreit ihr Herz wohl zum tausendsten Mal. Dass du dein achtjähriges Kind weggegeben hast, in ein fremdes Land, zu fremden Leuten, ohne zu wissen, ob du es jemals wiedersehen wirst? Die jahrelange Ungewissheit, ob es Moritz gut geht? Dass du nicht dabei sein durftest, als er aufwuchs, nicht erleben konntest, wie seine Stimme dunkler und männlicher wurde? Dass du nicht weißt, wie es sein wird, ihn nach fast neun Jahren wiederzusehen?

Mit aller Macht wehrt sich Helene gegen diese schmerzlichen Fragen. Im Schlaf mag sie ihren Gefühlen ausgeliefert sein, tagsüber aber führt ihr Kopf das Regiment. Und der sagt Ja, immer wieder Ja, es ist ein Glück, und sei es ein noch so verdrehtes. In friedlichen Zeiten hätte sie ihren Jungen niemals hergegeben, aber ihre Wirklichkeit hat nun einmal anders ausgesehen, und deshalb zählt nun nur eins: Moritz lebt und keiner hat ihm eine Nummer ins Fleisch gestanzt, weil er der Sohn einer jüdischen

Mutter ist. Mit einem verstohlenen Blick auf die kleinen Töchter von Lisbeth Schwarz bringt Helene ihr wundes Herz zum Schweigen.

So rasch die gedrängt stehenden Pritschen es zulassen, steht sie auf und kleidet sich an. Bloß fort mit all diesen trüben Gedanken, die seit ihrem Aufbruch aus Deutschland durch ihren Kopf schwappen wie graue Atlantikwellen. Mächtiger als in den Jahren zuvor, in denen fast jede Minute damit ausgefüllt war, ihr Überleben zu organisieren: Nahrung, Papiere, Verstecke, nach Kriegsende dann ihre Emigration. An Bord der *Marine Flasher* jedoch gibt es kaum etwas anderes zu tun, als im Schlafsaal zu dösen oder aufs Meer zu starren, so dass sich die Tage scheinbar endlos hinziehen, sich ausdehnen wie unter der Augustsonne erwärmte Materie, und viel zu viel Raum für gefährliche Grübeleien bieten.

Über die noch leidlich saubere helle Bluse zieht sie ihre beige Strickjacke, die ihr nachts als zusätzliches Kopfkissen dient, schüttelt die Decke auf, faltet sie ordentlich zusammen und legt ihren braunen Lederkoffer abholbereit auf die Pritsche. Mit einem kleinen Metallkamm fährt sie durch ihre schulterlangen Haare, wobei einige zwischen den Zinken hängen bleiben, silbern schimmernd wie der Kamm. Bald wird sie komplett ergrauen, weshalb es keine Rolle mehr spielt, ob ihr Haar noch als blond oder schon als braun zu bezeichnen ist. Beim Ausfüllen der Einwanderungspapiere hat Helene sich für »hellbraun« entschieden, denn die Zeiten, in denen es ihr vielleicht hin und wieder den Hals gerettet hat, als Blondine durchzugehen, sind vorbei. Mit ein paar geübten Griffen und Nadeln steckt Helene ihr Haar zu einem Knoten zusammen, möglichst locker, um zu kaschieren, dass er seine einstige Fülle eingebüßt hat. Mithilfe eines kleinen Taschenspiegels kontrolliert sie das Ergebnis und betrachtet einen Moment lang ihr Gesicht, sieht es durch Moritz' und Marlis' Augen: blasse, etwas unreine Haut, dunkle Ringe unter müden, geröteten Augen und über ihrer Nase die Zornesfalten, die den Namen nicht verdienen, weil es nicht die

Wut, sondern der ständige Kampf ums Überleben war, der ihre Stirn so durchfurcht hat. Sähe sie mit Anfang vierzig jünger aus, wenn ihr Leben anders verlaufen wäre? Wenn sie das Leben geführt hätte, das sie sich als moderne junge Frau in den zwanziger Jahren vorgestellt hatte, überzeugt davon, dass nach einem großen Krieg so bald kein neuer folgen würde? Rasch klappt Helene den Taschenspiegel zu, denn es lohnt sich wirklich nicht, länger darüber nachzudenken. Es ist, wie es ist.

»Soll ich Ihnen einen Kaffee holen?«, flüstert sie Lisbeth Schwarz zu. Irgendwie hat sie das Bedürfnis, etwas Nettes für diese Frau zu tun, die der Hölle von Auschwitz entkommen ist. Lächeln. Kopfschütteln.

In der Kabine erwachen immer mehr Menschen, weshalb Helene hinausflüchtet, um der Enge zu entkommen, aber auch den unangenehmen Gerüchen, die entstehen, wenn viele Menschen tagelang zusammengepfercht werden und die Waschgelegenheiten begrenzt sind. Noch ist es eher dunkel als dämmerig, durch Wolken und Nebel kämpft sich mühsam der Morgen, ihr letzter auf der *Marine Flasher* nach zehn anstrengenden Tagen auf See. Dass ein besonderer Tag anbricht, liegt in der Luft wie die gute Laune der heimkehrenden amerikanischen Crewmitglieder, die bereits in ihren tadellosen Uniformen umhereilen, um das Schiff auf seine Einfahrt in New York vorzubereiten. Wie Pingpongbälle fliegen Pfiffe und Rufe hin und her, und Helene glaubt herauszuhören, dass sie sich gegenseitig von ihren Verlobten vorschwärmen, die auf ihre Küsse warten, eine sehnsüchtiger als die andere. Mit Scherzen und Kaugummi, den sie großzügig verteilen, bringen sie die noch etwas verschlafenen Kinder zum Lächeln. Danach bestaunen diese den Sonnenaufgang, den sie trotz der Nebelschleier vielleicht noch nie ungetrübter erlebt haben, weil sich ihnen auf dem Atlantik weder zerbombte Ruinen noch stachelige Drahtzäune in die Sicht drängen. Glatt wie selten auf ihrer Reise liegt das Meer vor ihnen, eine riesige Bühne, auf der die Natur den Tagesanbruch in magischen Farben inszeniert und die Welt in zarte Pastelltöne taucht. Ein zauberhaftes Schauspiel, das den rosigen Beginn einer neuen Zeitrechnung verspricht.

Eine kühle Brise bläst die verbrauchte Luft des Schlafraumes aus Helenes Kleidern, vertreibt aber nicht die bleierne Müdigkeit, die an ihren Knochen und Gelenken haftet. Ausgerüstet mit ihrem Becher macht sie sich auf den Weg zur Küche, wo man mit etwas Glück und einer freundlichen Bitte schon in aller Herrgottsfrühe einen Kaffee bekommt. Im Vorbeigehen schnappt sie polnische, russische und tschechische Worte auf, die sie zwar nicht versteht, deren Klang sie jedoch meint, ihren jeweiligen Sprachen zuordnen zu können. Auch Letten, Esten, Rumänen, Ungarn und Jugoslawen sind an Bord, wie sie von Marek Kaminski weiß, der, obwohl er natürlich nicht alle Sprachen beherrscht, einfach mit jedem ins Gespräch kommt, manchmal dank freiwilliger Dolmetscher, zur Not mit Händen und Füßen. Er ist der Einzige, dem Helene während der langen Überfahrt nähergekommen ist, weshalb sie sich vorgenommen hat, gemeinsam mit ihm die Freiheitsstatue zu begrüßen. Sobald sie ihren Kaffee getrunken hat, wird sie ihn am Bug des Schiffes aufsuchen, wo er gerne sitzt und gelangweilten Kindern mit Zaubertricks die Zeit vertreibt.

Auf den Decks ist mehr los als gewöhnlich um diese Zeit, denn nicht nur diejenigen, die vom Schnarchen, Husten und Wimmern der anderen geweckt oder von ihren eigenen Albträumen aus dem Bett gejagt wurden, sind auf den Beinen. Schon jetzt sichern sich übernächtigte Familien zwischen Tauen, Kübeln, Kisten und Rettungsbooten einigermaßen bequeme Sitzplätze, da sie auf gar keinen Fall den Augenblick verpassen möchten, in dem die amerikanische Küste am Horizont auftauchen wird. Tuschelnd, vielleicht über diejenigen, die sie hoffen, in Amerika wiederzutreffen, oder schweigend kuscheln sie sich aneinander, Wasser und Kaffeebecher werden herumgereicht, Decken um Schultern geschlungen, eine junge Frau singt ein Lied in einer Sprache, von der Helene glaubt, dass es Tschechisch ist. Kleinere Kinder liegen schlummernd auf den Schößen ihrer Mütter. Jedenfalls hofft Helene, dass es die Mütter sind, aber wer weiß das schon bei all den Familien, aus denen Angehörige jäh herausgerissen wurden. Manchmal, wenn die Flaggen schlaff in der Windstille dösen, aber dennoch ein feiner Luftzug Helenes Arme streift und sie glaubt, ein undeutliches Gewisper zu vernehmen, dann hält sie es für möglich, dass sich die Seelen der Toten unter die Passagiere mischen und sie sehnsüchtig berühren. Unsichtbare Begleiter, die ihr immer wieder dieselbe Frage stellen: Weshalb mussten sie sterben, während Helene das Geschenk eines neuen Lebens in ihren Händen hält?

Vorsichtig schiebt sie sich an einem älteren Paar vorbei, das Hand in Hand an der Reling steht, umgeben von dem unfassbaren Glück, einander nicht verloren zu haben. Nicht einmal die Kinder, die wild um sie herumtoben, scheinen sie zu stören. Die Beine der Passagiere dienen den Kindern als Deckung, während sie Fangen spielen. Im Geiste listet Helene ihre Namen auf, sie kennt sie alle. In ihren Schläfen beginnt das Blut zu pulsieren, sie möchte sich abwenden und sie doch gleichzeitig in ihre Arme schließen. Um sie zu beschützen.

Denn plötzlich sitzen die Kinder auf der Reling, nebeneinander, ganz still, als warteten sie darauf, aufgerufen zu werden. Kaum merklich bewegt Helene ihre Lippen, als sie flüstert: »David, Günther, Linda, Edith, Willi, Max, Tilly, Josua, Kurt, Irene, Esther, Helmut …«

Ein Kind nach dem anderen plumpst rücklings ins Wasser. Helene steht wie gelähmt da. Zum Schluss gibt es nur noch die fünfzehnjährige Rosa. Helene fasst nach dem Ärmel des Mädchens, greift jedoch ins Leere.

»Rosa!«

Von der Reling aus blickt das Mädchen sie ernst an. Hinter ihr branden die Wellen gegen den Bug.

»Wenn ich drin bin, atme ich ganz tief ein«, sagt sie. »Dann ist es schnell vorbei.«

Und dann lässt sie sich fallen.

»Nicht!«

Weit beugt sich Helene über die Reling hinab, doch der Atlantik hat das Mädchen bereits verschluckt.

»Seien Sie bloß vorsichtig«, sagt der ältere Herr freundlich. Er hat sich von seiner Frau gelöst und zieht Helene sanft zurück. Die spielenden Kinder tummeln sich nun um die Beine zweier Besatzungsmitglieder, die ihnen ein paar Streifen Kaugummi zustecken.

»Hier, nehmen Sie.«

Die Frau reicht Helene ein Taschentuch, damit sie sich den Schweiß von der Stirn wischen kann.

»Mein Mann hat recht. Vergessen Sie nicht, was dem jungen Russen passiert ist.«

Andrei. Als könnte Helene ihn vergessen. Es ist kein Unfall gewesen, wie manche unbedingt glauben wollen. Andrei starb, weil er dachte, dass kein Ozean so tief sein könne wie sein Schmerz.

Helene massiert ihre kribbelnden Finger, bis diese sich beruhigt haben. Die Frau streicht ihr dabei über den Rücken.

»Geht es wieder?«

»Ja, danke.«

Keiner von ihnen macht ein Bohei um die kurze Szene. Aufschreiende Menschen sind an Bord der *Marine Flasher* nichts Besonderes, genauso wenig wie weinende und völlig tränenlose. Der Mann legt erneut seinen Arm um seine Frau und zu einer Einheit verschmolzen, gehen sie weiter.

Noch einmal betupft Helene mit dem Taschentuch ihr Gesicht, dann macht sie sich auf, um in der Küche Kaffee zu besorgen. Lässig wie Filmstars posieren zwei junge Männer neben einer amerikanischen Flagge und lachen in die Kamera eines Dritten. Der dunkelhaarige Fotograf bedeutet Helene mit einer einladenden Geste, sich dazuzustellen und ablichten zu lassen. Überfordert von dieser verspielten Geste winkt Helene ab und läuft weiter, sieht aber aus den Augenwinkeln noch, wie sich der abgewiesene Fotograf übertrieben enttäuscht in einen Liegestuhl fallen lässt. Wo er wohl diese Rarität aufgetrieben hat?

Das Schiff ist schließlich kein Luxusdampfer, worüber sich Helene aber weiß Gott nicht beschwert. Zwar müssen die Passagiere eigenhändig die Böden schrubben, wenn sich an stürmischen Tagen mal wieder jemand übergeben hat, doch weder dies noch die eintönigen Schiffsspeisen werden moniert. Ohne die ständige Angst im Nacken verzehren die meisten hier an Bord die besten Mahlzeiten, die sie seit Jahren bekommen haben.

»In Amerika sind sogar die Gehwege aus purem Gold«, sagt eine Frau zur Mutter von Lisbeth Schwarz, die an der Reling lehnt und mit einem Fernglas den Horizont abtastet.

»Aus Gold?«

Frau Schwarz lässt das Fernglas sinken. »Und das klaut keiner?«

»Nee, warum denn? Da drüben gibt es doch alles im Überfluss.«

»Ach so. Also, mir reicht es schon, wenn da nicht überall Trümmer herumliegen«, erwidert Frau Schwarz.

Plötzlich duftet der Seewind nach Kaffee, und beinahe wäre Helene mit einem jungen Marinesoldaten zusammengestoßen, der zwei Thermoskannen vor sich herträgt, ein zweiter verteilt Coca-Cola, die er *Coke* nennt, Brot und etwas Obst.

»Good morning, Ma'am«, begrüßt sie der Soldat mit den Kannen. *»Would you like some coffee?«*

»Coffee? Oh, yes, please.«

Er füllt Helenes Becher und allein der Geruch des Bohnenkaffees tut ihr gut.

»A beautiful sunrise, isn't it?«

Der Soldat spricht langsam und deutet auf den Sonnenaufgang, weshalb Helene sofort versteht, was er meint, denn mit ihrem Englisch ist es leider nicht weit her, war es nie, wenn sie ehrlich ist. Warum hat sie die Zeit auf der *Marine Flasher* nicht genutzt, um es besser zu lernen? Ihr Geist wäre beschäftigt und vielleicht weniger anfällig für Schwermut gewesen.

»Yes, beautiful.«

Der junge Amerikaner lächelt sie an, und sie merkt, dass ihr die Röte in die Wangen steigt. Über zwei Jahre nach Kriegsende empfindet sie noch immer eine übertriebene Dankbarkeit, wenn Fremde ihr spontan mit Höflichkeit und Respekt begegnen.

»Enjoy the sunrise«, rät ihr der Marinesoldat. *»You know, you can't see such a wonder in a big city like New York.«*

»But I can see my family.«

Und das ist ein noch viel größeres Wunder, so überwältigend, dass Helene sich fragt, womit ausgerechnet sie es verdient hat. Dass Gott etwas damit zu tun hat, bezweifelt sie, obwohl sie all die Kriegsjahre hindurch so oft gebetet hat wie nie zuvor in ihrem Leben. Aber das haben andere auch getan, Eltern wie sie, deren Glauben gefestigter war als der ihrige, und deren Kinder, falls sie Deutschland entkommen konnten, trotzdem vergeblich auf sie warten werden.

Moritz. Marlis. Heute ist es so weit, ich sehe euch wieder. Im Stillen wiederholt sie diesen Satz viele Male, als müsse sie sich davon überzeugen, dass nicht im letzten Augenblick noch etwas dazwischenkommen könne. Je näher dieser langersehnte Augenblick nämlich rückt, desto unvorstellbarer erscheint es Helene, dass die beiden am Kai stehen werden, um ihr zuzuwinken, dass sie sich umarmen, miteinander sprechen, und schließlich sogar zusammenleben werden. Sie brennt darauf, mit eigenen Augen zu sehen, dass es ihnen wirklich so gut geht, wie Marlis in ihren Briefen behauptet hat. Denn, ja, dann hätten sich Helenes Opfer gelohnt.

Ob sie schon wach sind, vor Aufregung keinen Bissen herunterbekommen und den Mittag herbeisehnen wie Helene? Sind sie vielleicht bereits auf dem Weg nach Ellis Island, um dort, wo die *Marine Flasher* anlegen wird, einen Platz in vorderster Reihe zu ergattern? Ob sie es genauso wenig wie Helene fassen können, dass sie diesen Augenblick erleben dürfen?

»Excuse me, Ma'am, are you German?«

Erschrocken mustert Helene den Marinesoldaten mit den Thermoskannen, der zurückgekommen ist und ihr nun, ohne nachzufragen, frischen Kaffee nachschenkt. Hat sie ihn richtig verstanden? Warum möchte er wissen, ob sie Deutsche ist? Ihr wird eiskalt, denn sie hat verlernt, diese Frage unbefangen zu beantworten. Für die Nationalsozialisten ist sie keine Deutsche gewesen, nicht einmal ein Mensch.

»*Why?*«, fragt sie zurück. Frage, Gegenfrage, Zeit schinden, um sich klarzumachen, dass ihr niemand mehr etwas antun will.

Der Marinesoldat zuckt mit den Achseln und wirkt jetzt etwas verunsichert.

»*Your accent … I'm just interested.*«

Ihr deutscher Akzent interessiert ihn? Wieso? Womöglich, weil es Deutschen grundsätzlich verboten ist, auszuwandern, damit sich all die Nazis nicht einfach aus dem Staub machen und ihrer Verantwortung entziehen? Fast hätte sie aufgelacht bei dem Gedanken, dass der junge Marinesoldat sie für eine von ihnen halten könnte. Soll sie ihm etwa erklären, dass sie Jüdin ist? Reiß dich zusammen, ermahnt sich Helene, gar nichts musst du erklären und dich auch nicht dafür rechtfertigen, wer du bist. Allerdings könnte es einen sonderbaren Eindruck hinterlassen, wenn sie seine Frage ignorierte, deshalb antwortet sie: »*Yes, I am from Germany.*«

Mit zwei Fingern tippt der Marinesoldat an seine Mütze und sagt, bevor er sich anderen Passagieren zuwendet: »*Nice to meet you … and Ma'am? Good luck in America.*«

Benommen blickt Helene ihm nach. Er wollte nur nett zu mir sein, denkt sie, und ich benehme mich, als ob er ein Verhör beginnen würde. Mit einem Mal fühlt sie sich einem neuen Leben nicht gewachsen. Unter immensen Gefahren hat sie die Jahre der Nazi-Diktatur überstanden, aber jetzt ist sie unfähig, ein harmloses Gespräch zu führen? Obwohl sie weiß, dass sie nichts mehr zu befürchten hat?

Von der Reling aus blickt Helene aufs Meer, als läge dort der passende Verhaltenskodex verborgen, den sie finden und herausfischen müsste. Noch ist ihr bleicher Verbündeter, der Mond, soeben zu erkennen, die Sonne scheint noch nicht kräftig genug, um die Wolken auseinanderzutreiben.

Helene nippt an ihrem Kaffee, der sie wohltuend wärmt. Ungefähr an derselben Stelle stand sie zehn Tage zuvor, direkt neben Andrei, diesem hübschen, jungen Russen in seinem hellen Staubmantel, der ihr mit ein paar Brocken Deutsch zu verstehen gab, dass er alleine reiste, genau wie sie. Als die *Marine Flasher* ihr ohrenbetäubendes Signal zur Abfahrt ausstieß, schoben und drängelten sich die umstehenden Passagiere an der Reling, um den Zurückbleibenden am Kai letzte Liebesworte zuzurufen, selbst wenn diese sie nicht mehr hörten, ebenso wenig wie ihr Versprechen, dass man sich eines Tages wiedersehen würde. Helene winkte niemandem und suchte auch nach keinem Gesicht in der Menge. Sie hasste tränenreiche Abschiede und hatte bereits in Frankfurt all ihren Lieben Lebewohl gesagt, auch ihrer engsten Freundin.

Die Abschied nehmenden Passagiere hatten weiße Taschentücher hervorgeholt, die neben den sich blähenden amerikanischen Flaggen flatterten wie kleine Friedenstauben. Derweil sahen Helene und Andrei gefasst zu, wie der Hafen und die Häuser Bremens zu einer vagen Ahnung verblassten, bis schließlich die Küste Europas samt seiner Misere in Dunst und Ferne verschwand.

Längst war das Schiffshorn verstummt, und Stille breitete sich an Bord aus. Ohne dass sie es bemerkt hatte, war ihre Hand auf Andreis Ärmel gelandet, als gehörten sie beide für die Dauer dieses Abschieds zusammen. Der Russe atmete schwer, versuchte vielleicht, seine Tränen zu unterdrücken, Helene selbst spürte, wie sich ihr Herz und Magen verkrampften, weil sich zu viele Gefühle ineinander verhedderten. In dieser Minute hätte sie schwören können, dass alle an Deck dieselben Empfindungen teilten, als steckten sie in einem gemeinsamen Körper, dessen Wurzeln mit jeder Welle gen Westen weiter durchtrennt wurden – und das tat weh. Doch ihre einstige Heimat war zu einem Ort der Qual mutiert, verkommen zu einem Massengrab. Und deshalb wünschte sich Helene, dass das Vergangene in Vergessenheit versinken möge wie ein zerstörtes Schlachtschiff an der tiefsten Stelle des Ozeans, dort, wo kein Lichtstrahl mehr hingelangte.

Als die Menge an Deck sich auflöste, strich sich Andrei sein volles dunkles Haar aus der Stirn und schenkte Helene ein Lächeln mit Grübchen, das, so unwesentlich es für den Lauf der Dinge auch war, auf ewig in Helenes Erinnerung mit diesem Tag verbunden bleiben würde.

In der dritten Nacht auf See, nur eine Woche, bevor die *Marine Flasher* New York erreichen würde, war Andrei spurlos verschwunden. Es war eine ruhige Nacht gewesen, eine, die keine Gefahren barg. Jeden Winkel des Schiffes suchte die Mannschaft nach ihm ab, auch Helene, Marek Kaminski und ein paar Kabinengenossen von Andrei halfen. Vergeblich.

In einem der Rettungsboote auf dem oberen Deck fanden sie seinen Staubmantel, ordentlich über der Sitzbank ausgebreitet, als wäre er nur kurz aufgestanden und kehrte jeden Augenblick zurück. Doch das tat er nicht. Denn er hatte sich in den Atlantik gestürzt.

Wie ein Lauffeuer verbreitete sich die Nachricht und niemanden ließ sie unberührt. Aber das lag nicht daran, dass sich ein junger Mann, den kaum jemand gekannt hatte, das Leben genommen hatte. Mit dem Gedanken, lieber von eigener Hand zu sterben, als in die Klauen von Hitlers Schergen zu geraten, hatten, wie Helene vermutete, nicht wenige Passagiere einst gespielt, und auch ihr war er nicht fremd. Aber dieser Schrecken war nun vorbei, und sie alle fuhren auf einem Schiff der Hoffnung einem Leben in Freiheit entgegen. Wieso also wählte Andrei den Tod zu einem Zeitpunkt, der ihm einen Neuanfang in Aussicht stellte?

»Mein Mann hätte so gerne gelebt«, sagte Lisbeth Schwarz voller Bitterkeit, als sie abends auf ihren Pritschen saßen. »Alles, alles hätte er dafür getan, nach Amerika zu kommen und seine Kinder aufwachsen zu sehen. Und dieser Russe schmeißt sein Leben weg wie ein Stück Abfall. Da hätte er seine Fahrkarte lieber einem anderen überlassen! Einem, der leben will.«

Wie betäubt saß Helene da, während die anderen über Andreis Schicksal rätselten, es bedauerten und kommentierten. Andreis Tod zerrte an ihr, obwohl sie doch nichts weiter mit ihm verband als jener Augenblick, in dem sie Europa hinter sich ließen und sie in seinem Lächeln Perspektive las, in seinen Grübchen Optimismus.

Hätte es etwas an Andreis Entscheidung geändert, wenn sie noch einmal auf ihn zugegangen wäre? Aber genau das hatte Marek Kaminski getan. Unaufdringlich wirft er seinen Rettungsreifen aus, wenn er merkt, dass es jemandem nicht gut geht. Ein Lächeln, eine aufmunternde Bemerkung, eine Zigarette, ein kurzes Gespräch, falls sprachlich möglich – für jeden hat Marek Kaminski ein offenes Ohr. So hatte auch Andrei ihm sein Herz ausgeschüttet und erzählt, dass er, kurz nachdem Hitler im Sommer 1941 die Sowjetunion angegriffen hatte, in deutsche Gefangenschaft geraten war. Als gerade mal Achtzehnjähriger überstand Andrei Hunger, Kälte, Durchfall und Schikanen. Nach Kriegsende wollte er so schnell wie möglich in sein Dorf zurück, doch Stalin hatte sowjetische Zwangsarbeiter und Kriegsgefangene zu Landesverrätern und Kollaborateuren erklärt. Andrei ahnte, was ihm in der Sowjetunion blühte: brutale Verhöre, Arbeitslager, vielleicht Schlimmeres – schon wieder. Von seinen Angehörigen hörte er nichts und fürchtete, dass sie, falls sie den Krieg überlebt hatten, an seiner Stelle bestraft werden würden. Der Weg nach Osten blieb ihm verwehrt, also bemühte er sich um ein Visum für die Vereinigten Staaten als sogenannte *displaced person*.

Als Helene aufblickt, ist der Mond verblasst, die Wolken sind weitergezogen, nur noch einzelne, die so aussehen, als sei die Gischt bis an den Himmel gespritzt, kontrastieren sein Blau. Also behält der Kapitän mit seiner Prognose recht, und sie werden bei heiterem Wetter in New York einlaufen. Inzwischen ist ihr Kaffee kalt geworden, den letzten, bittersten Schluck kippt Helene ins Meer. Aus ihrer Jackentasche holt sie eine zerknitterte Zigarette und Zündhölzer hervor, die der Wind immer wieder auspustet. Schließlich gelingt es ihr, die Zigarette im Schutz ihrer Hand anzuzünden. Tief saugt sie das Nikotin in ihre Lungen, und als sie ausatmet, trägt der Wind den Rauch davon.

Auch sie hat viel durchgemacht, ist ausgelaugt vom Leben als Verfolgte und vom Krieg, und hat gehofft, dass die Überquerung des Atlantiks ihr eine Verschnaufpause verschaffen würde. Dass die Erinnerungen und Zukunftsängste die Zeit auf See nutzen würden, um erneut hervorzuquellen, damit hat sie nicht gerechnet. Ist es Andrei ähnlich ergangen? Haben diese Gedanken das Pflänzchen Hoffnung erstickt, das er so dringend gebraucht hätte, um an einen Neuanfang zu glauben? Hat Andrei mit jeder zurückgelegten Seemeile stärker gespürt, dass sein Leid nicht mit dem Krieg endet oder dadurch erträglicher wird, dass er Deutschland verlässt? Hat er sich ein Leben ohne Aussicht, seine Liebsten je wiederzusehen, nicht vorstellen können? Was würde sie tun, wenn sie sich nicht sicher wäre, dass Moritz und Marlis gesund und munter ihrem Wiedersehen entgegenfiebern?

»Guten Morgen, Frau Bornstein. Wie wär's zur Feier des Tages mit einem Kaffee?«

Die Bassstimme Marek Kaminskis reißt Helene aus ihren traurigen Gedanken. Der schmächtige, alte Mann trägt wie immer seinen langen Mantel, der den Eindruck macht, als wäre er etliche Nummern zu groß. Dabei behauptet Marek Kaminski steif und fest, dass er Kleidung dieser Größe in früheren Zeiten locker ausgefüllt habe.

»Auschwitz hat mir jedes Gramm Fleisch vom Leibe gefressen und wie eine Hyäne an meinen Knochen, Sehnen und Muskeln gerissen«, sagte er, nachdem sie vertrauter miteinander geworden waren. »Nun ist nicht mehr viel von mir übrig.«

Nur ein anderes Mal erwähnte er das Vernichtungslager, als er Helene von der Ermordung seiner Frau kurz vor Kriegsende erzählte. Seitdem spricht er nicht mehr davon, und Helene fragt auch nicht, schließlich will Marek Kaminski ebenfalls nicht von ihr wissen, was ihr widerfahren ist oder wie sie überlebt hat. Und das ist ihr nur recht. Anstatt im Sumpf ihrer Vergangenheit zu versinken, konzentriert sie sich lieber auf ihre Zukunft.

Als sie sich gerade Marek Kaminski zuwenden will, stößt sie mit dem Ellenbogen ihren leeren Becher um, den sie auf einem Pfosten platziert hat, und der nun samt ihrer halb gerauchten Zigarette ins Meer plumpst.

»Oh nein«, ruft sie aus, »er war eine Erinnerung.«

»An Ihre Eltern?«

Helene schüttelt den Kopf.

»An eine Freundin.«

»Wie schade«, sagt Marek Kaminski mit seinem charmanten polnischen Akzent und reicht ihr einen seiner beiden Becher, aus dem wohlriechender Kaffeeduft dampft. Einen Moment lang ist Helene beschämt darüber, dass sie ihm nicht wenigstens an diesem letzten Tag mit einer Aufmerksamkeit zuvorgekommen ist.

»Vielen Dank.«

»Auf diesen denkwürdigen Tag.«

Sie stoßen an, als wären ihre Becher Sektgläser. Dabei versucht Marek Kaminski mit seiner anderen Hand den Hut festzuhalten, den der Seewind gerne davongetragen hätte.

Marek Kaminski fragt sie nach Moritz, und Helene beschreibt ihm, wie er aussieht, auch wenn sie es gar nicht genau wissen kann, denn das aktuelle Bild, das Marlis ihr in einem ihrer Briefe geschickt hat, ist aus der Ferne geknipst worden. Helene malt sich aus, wie Marlis ihr amerikanisches Haus eingerichtet hat und worüber sie sich beim Abendessen unterhalten werden. Vielleicht kann Moritz ihr helfen, besser Englisch zu lernen. Marek Kaminski erzählt von seinem Bruder, der bereits früh emigriert und in Amerika heimisch geworden ist. Er ist ihm dankbar dafür, dass er finanziell für ihn bürgt und sein Sohn ihn bei sich und seiner Familie aufnimmt. Ein Garten, in dem er Gemüse anbauen und Blumen pflanzen kann, ist Marek Kaminskis größter Traum. Aber ob das in einer Stadt wie New York überhaupt möglich ist?

»Hatten Sie früher mit Landwirtschaft zu tun?«, erkundigt sich Helene.

»Nein, in Krakau war ich Lehrer«, antwortet Marek Kaminski. »Mathematik und Sport.«

»Und wie haben Sie so gut Deutsch gelernt?«

Marek Kaminski zieht seinen Mantel aus und legt ihn auf eine der großen Kisten an Deck. Seine Hände sind knochig, seine Schultern gebeugt, tatsächlich scheint nur noch seine Stimme von dem kräftigen Mann zu zeugen, der er einst gewesen sein muss.

»Eine ganze Weile habe ich in Deutschland gearbeitet. Mein Bruder lebte dort, er ist schon immer beweglicher gewesen als ich, und schlauer. Als er nach Amerika wollte, weil er das Unheil für uns Juden aufziehen sah, habe ich ihn für verrückt erklärt. Anstatt mit meiner Frau mitzugehen, zogen wir nach Polen zurück.«

Er schweigt, und wirkt noch fragiler.

»Irgendein kleines Gartenstück wird sich schon finden«, sagt Helene leise. »Und wenn nicht sofort, dann fangen Sie eben mit ein paar Blumentöpfen auf dem Fenstersims an. Hauptsache, Sie haben etwas, das Sie hegen und pflegen können.«

Sie lächelt ihn an, und beschließt, sich für die Gesellschaft, die er ihr geleistet hat, zu bedanken.

»Wissen Sie, dass ich Sie die ganze Zeit den Schutzengel der *Marine Flasher* genannt habe? Sie sind unschlagbar darin, sich um andere zu kümmern. Ich weiß nicht, wie ich diese Reise ohne Sie überstanden hätte.«

Einen Moment lang hellt sich seine Miene auf, doch dann seufzt er.

»Ich danke Ihnen, Frau Bornstein. Oder darf ich Helene sagen? Ich bin Marek, aber das weißt du ja.«

Er streckt ihr seine Hand entgegen und sie schlägt ein. Etwas seltsam erscheint es ihr schon, einen Herrn, der ihr Vater sein könnte, mit Vornamen anzusprechen.

»An andere zu denken und nicht an mich, hat mir geholfen, nicht wahnsinnig zu werden«, sagt Marek. »Und dabei, an Orten, an denen es keine Menschlichkeit gibt, trotzdem ein Mensch zu bleiben. Das ist schwer genug. Aber ein Schutzengel bin ich sicher nicht, sonst würde Andrei heute neben uns stehen.«

Er wischt eine Träne von seiner eingefallenen Wange. Sanft legt Helene ihre Hand auf seine.

»Du hast mit ihm geredet. Was sonst hätte man noch tun können? Wir kannten ihn doch gar nicht.«

Mit tieftraurigen Augen sieht Marek sie an.

»Weißt du, was ich ihm geraten habe? Einen beherzten Schritt in eine ungewisse Zukunft zu wagen. Und, mein Gott, genau das hat er getan. Dabei habe ich natürlich Amerika gemeint. Leben, Licht, gewiss nicht den Tod.«

Er weint leise, und Helene versteht, was Marek so mitnimmt. Seine Angst, das Zünglein an der Waage gewesen zu sein, der letzte Anstoß für Andreis Entschluss, winzig klein, aber ausschlaggebend. Marek hebt seinen Mantel auf und kramt ein Taschentuch heraus, mit dem er sich die Nase schnäuzt. In ihrer Strickjacke findet Helene eine letzte Zigarette, etwas bröselig zwar, aber rauchbar. Sie zündet sie an und bietet sie Marek an, aber er schüttelt den Kopf.

»Ich rauche nicht, danke.«

Ein paar Male inhaliert Helene, wirft die Zigarette aber bald ins Wasser, denn der Tabak ist so trocken, dass er grässlich in ihrem Hals kratzt. Tabakreste bleiben an ihrer Lippe kleben und brennen ein wenig.

»Möchtest du sehen, was mir geholfen hat, durchzuhalten?«

Sie zeigt ihm die einzige Kinderfotografie von Moritz, die sie über den Krieg gerettet hat.

»Mein Talisman«, sagt sie. »Solange ich das Bild bei mir trage, weiß ich, dass ich Moritz wiedersehe.«

Moritz, ihr Kompass. Immer, wenn sie nicht mehr sicher gewesen war, wie es weitergehen sollte, war er ihre Rettung. Vor allem in den Augenblicken, in denen sie dachte, dass es leichter wäre, aufzugeben und zu sterben. Sobald sie diese verknitterte Fotografie betrachtet, hört sie deutlich seine helle Jungenstimme.

»Um acht beim Mond!«

Moritz' letzter Satz, den er ihr zuflüsterte, ihre winzige Verschwörung gegen die Nazis.

»Um acht beim Mond!« Wenigstens dieses Versprechen hat Helene gehalten.

Jeden Abend, sofern Bomben und Wetter es zuließen, suchte sie den Himmel ab, und fand sie den Mond, schickte sie ihre Liebe zu ihm hinauf, überzeugt davon, dass sie Moritz erreichen würde, wenn er vor dem Zubettgehen zum Gesicht des Mondes hinaufblickte.

Aufmerksam betrachtet Marek das Bild, bevor er es Helene zurückgibt.

»Ein hübscher Junge. Er ähnelt dir sehr, obwohl er dunkelhaarig ist.«

Einen Tag vor ihrem Abschied ist die Fotografie entstanden, in Frankfurt, im Jahr 1939, kurz nach Silvester. Noch hofften die Deutschen, der Frieden würde ihnen erhalten bleiben, doch gegen die jüdischen Mitbürger wütete bereits ein erbarmungsloser Krieg, der ihnen ein menschenwürdiges Dasein unmöglich machte.

Viel zu ernst für einen kleinen Jungen blickte Moritz an jenem Nachmittag in die Kamera, aber Helene erinnert sich gut daran, dass er sich, als das schwarze Hündchen des Fotografen immer wieder an seinen Schnürsenkeln schnupperte, ein Lächeln verkniff, und zwar deshalb, weil ihn der Fotograf dazu aufgefordert hatte, wie ein Erwachsener dreinzuschauen. »Damit deine Mutti sieht, was für ein tapferer, kleiner Mann du bist.« Anschließend durfte Moritz mit dem Hündchen spielen. Mimi hieß es, sogar das weiß Helene noch. Und dass ihr der Anblick von Moritz' kindlicher Freude tief ins Herz schnitt.

Beklommen steckt Helene die Fotografie in ihre Tasche zurück.

»Ein Neuanfang, ist er überhaupt möglich? Ich meine, mit all dem Ballast, den wir mit uns herumschleppen?«

Kurz hält sie inne und überlegt, wie sich die Aussicht, sich ein neues Leben aufzubauen, anfühlen muss, wenn man Mareks Alter erreicht hat und die verbleibende Zeit überschaubar geworden ist. Gedankenverloren streicht Marek über seine faltigen Finger, als würde er sich gerade dieselbe Frage stellen.

»Leider können wir unser Leben nicht abstreifen wie Schlangen ihre alte Haut. Sie kriechen aus ihr heraus, sobald sie eine frische, unversehrte gebildet haben. Das wäre praktisch, nicht wahr?«

In einer hilflosen Geste hebt Marek seine Hände und lässt sie wieder fallen.

»Ob die tiefen Wunden je heilen? In meinem Alter nicht mehr. Aber ich versuche meine düsteren Erinnerungen mit schönen zu überstrahlen, in das Licht zu schauen, das sie mir schenken. Ich will mich an den Menschen erinnern, der ich einst gewesen bin, bevor Hitler beschloss, einen Untermenschen aus mir zu machen.«

Er breitet seinen Mantel auf der Kiste aus, als wäre er eine Picknickdecke und lädt Helene ein, sich zu setzen.

»Also, wer bist du gewesen, Helene? Was hast du gerne gemacht? Hast du vielleicht einen Beruf erlernt? Ich würde es gerne wissen, natürlich nur, wenn du erzählen möchtest.«

Helene macht es sich neben Marek bequem und hält mit geschlossenen Augen ihr Gesicht der Sonne entgegen, fühlt die Meeresbrise auf ihrer Haut.

»Ich bin Ärztin«, antwortet sie, »Kinderärztin, um genau zu sein.«

»Eine richtige Frau Doktor?«

So viel Hochachtung schwingt in Mareks Stimme mit, dass in Helene ein Funken Stolz aufflammt, wie sie ihn früher, am Anfang ihrer medizinischen Laufbahn, oft empfunden hat.

»Ja«, sagt sie und wendet sich Marek nun zu. »Natürlich sollte eigentlich mein Bruder Medizin studieren und die Praxis unseres Vaters übernehmen.«

Helene ruft sich diesen unbekümmerten Sommertag des Jahres 1923 ins Gedächtnis, der nicht erahnen ließ, dass abends eine wichtige Entscheidung gefällt werden würde. Nachmittags hatte sie zusammen mit ihren Schulfreundinnen Thea und Marie von der Zukunft geträumt. Da Maries Eltern geschäftlich verreist waren, hatten die jungen Frauen das großzügige Haus in der Nähe des Palmengartens ganz für sich gehabt und den gesamten Tag nach ihrem Gusto verbummelt. Waren sie wirklich so unverschämt ausgelassen gewesen, wie Helene es in Erinnerung hat? Immerhin herrschte in Deutschland Krisenstimmung, die Wirtschaft lag in Scherben, alltägliche Lebensmittel oder eine einfache Fahrt mit der Straßenbahn kosteten Milliarden, für viele Menschen war der Hunger der schlimmste Feind. Seit die Franzosen im Januar ins Ruhrgebiet einmarschiert waren, hatte sich die Lage dramatisch zugespitzt. Doch selbst das hatte den Freundinnen nicht die gute Laune verdorben. Vor Kurzem hatten sie erfolgreich ihr Abitur bestanden, waren jung, modern und trotz aller Misere überzeugt davon, dass ihnen die ganze verrückte Welt zu Füßen liegen würde.

Helene sieht sich dort sitzen, in einem schlichten, aber modisch wadenlangen Kleid, aufgestecktem Haar und dunkelrot geschminkten Lippen, die sie verführerisch zu öffnen übt, so wie sie es in Pola Negris Stummfilmen gesehen hat. Zwischendurch nascht sie von dem frisch gebackenen Kuchen, der köstlich schmeckt, obwohl er selbst in Maries wohlhabendem Elternhaus ohne die unbezahlbare Butter und die im Rezept empfohlene Anzahl an Eiern gebacken worden ist. Marie, die sich nach ihrem Schulabschluss die Haare abschneiden durfte, hat Theas neuen Glockenhut aufgesetzt, der zu ihrem modernen Bobschnitt eindeutig besser passt als zu Theas langen kastanienbraunen Locken. Auf ihrem weißen Flügel schlägt Marie Rhythmen an, die nach Jazz klingen, während Thea versucht, sie mit Operettenmelodien zu übertönen. Was für ein fröhliches Tohuwabohu.

Ist das wirklich sie gewesen, diese lebenslustige junge Frau?

»Mein Bruder hätte niemals Arzt werden können, und mein Vater hätte es wissen müssen«, erklärt Helene, als sie spürt, dass

Marek sie erwartungsvoll ansieht. »Aber er war immer gut darin, zu ignorieren, was er nicht wahrhaben wollte.«

»War dein Bruder nicht klug genug?«

Kopfschüttelnd lacht Helene auf.

»Nein, nein, daran hat es ganz bestimmt nicht gelegen.«

Frankfurt, Sommer 1923

»Anton kann nun mal kein Blut sehen und vom Geruch der Desinfektionsmittel wird ihm speiübel.«

»Und trotzdem soll er Arzt werden? Der Arme.«

Von ihren Jazz-Akkorden wechselte Marie zu einem Foxtrott-Schlager, den Helene und Thea sofort mitsangen und dazu tanzten.

»Wo hast du denn die schönen blauen Augen her, so treu, so lieb, so rein? Ich glaube fast, das sind schon keine Augen mehr, das müssen Sterne sein!«

»Glaubst du, Marie meint Antons Augen oder meine?«

Theatralisch schlug Helene ihre Augen auf und blinzelte Thea an, die sofort losprustete.

»Na, was denkst du denn? Antons natürlich. Gib's zu, Marie, du hast eine Schwäche für Helenes Bruder!«

Abrupt hörte Marie auf zu spielen, riss sich Theas Glockenhut vom Kopf und warf ihn lachend nach ihrer Freundin.

»He, nicht so wild, der ist neu!«, rief Thea und fing ihren Hut auf.

»Dann red nicht so einen Unfug! Anton sieht gut aus und ich mag ihn, aber ich kenne ihn länger als meinen eigenen Bruder! Tut mir leid, da ist kein Platz für Zauber.«

»Wie du meinst.«

Schulterzuckend drückte Thea den Hut auf ihre rotbraune Lockenmähne, ließ sich in einen Sessel plumpsen und bedeutete Helene mit einer Geste, dass sie ihr eine Zigarette reichen solle.

»Danke, *darling*. Kommt, setzt euch zu mir. Marie, nun guck nicht so ängstlich. Nachher lüften wir, dann merken deine Eltern gar nicht, dass wir geraucht haben. Hier, nehmt schon.«

Thea zündete zwei weitere Zigaretten an und gab die eine Helene, die andere Marie. Die beiden streiften ihre Schuhe ab und machten es sich auf den dicken Sofapolstern bequem. Während Marie etwas gequält dreinschaute, inhalierte Helene tief, ohne zu husten, das hatte sie inzwischen gelernt. Auf dem weißen Zigarettenpapier hinterließ ihr Lippenstift einen dunkelroten Abdruck. Schließlich erzählte Helene, wie ihr Bruder letzten Sonntag verkündet hatte, dass er gedachte, sein verhasstes Medizinstudium an den Nagel zu hängen. Seitdem herrschte in ihrem Elternhaus dicke Luft. Wie ein tiefes Grollen hatte die Stimme des Vaters geklungen, als er den *Generalanzeiger* sinken ließ und Anton fragte:

»Und weiter?«

Helene und ihre Mutter waren dabei gewesen, Strümpfe auszubessern, nun verharrten sie angespannt, Nadel und Faden bereit zum nächsten Stich. In der Stille tickte die Wanduhr wie eine Bombe, die darauf wartete, jeden Augenblick zu explodieren. Tapfer hielt Anton dem Blick seines Vaters stand.

»Ich liebe Zahlen.« Obgleich blass wie Nebel, sprach Anton klar und ruhig. »Außerdem möchte ich unserer maroden Wirtschaft auf die Beine helfen. Wäre das nichts, worauf du stolz sein könntest?« Er versuchte ein Lächeln, das um Verständnis warb. Doch Paul Bornstein antwortete nicht. Unaufhörlich zuckte sein dunkler Schnauzbart, was Helene verriet, dass es vulkanisch in ihm brodelte.

»Bitte, Vater, ich will einen Beruf, der mir entspricht. Du sagst doch selbst, dass man nur erfolgreich sein kann, wenn man liebt, was man tut.«

Helene kam nicht mehr dazu, über Antons Argument nachzudenken, denn da donnerte der Vater derart los, dass der Haushälterin Erna, wie sie später erzählte, in der Küche vor Schreck das Huhn aus der Hand rutschte.

»Stolz will er mich machen! Wie soll ich denn auf eine Memme stolz sein, die beim Anblick von Blut das Bewusstsein verliert?«

»Nicht doch, Paul«, versuchte Helenes Mutter ihn zu beschwichtigen, aber Paul Bornstein war weit davon entfernt, sich zu beruhigen.

Mit ausladenden Schritten lief er zum Fenster und starrte auf den Bethmannpark hinunter, in dem schon Napoleon Bonaparte und Johann Wolfgang von Goethe spazieren gegangen waren, wie der Vater seinen Patienten in einem Ton zu erzählen pflegte, dass man hätte annehmen können, die berühmten Männer hätten gar ihn besucht. Jetzt interessierten ihn weder Kaiser noch Dichter. Wie versteinert starrte Anton Löcher in den Teppich. Die Kiefer der Mutter mahlten, und am liebsten wäre Helene für ihren Bruder in die Bresche gesprungen. Aber damit hätte sie ihm keinen Gefallen getan, es war seine Schlacht.

Abrupt wandte sich der Vater um und ging zum Wohnzimmerschrank, dem er ein Holzkästchen mit echten kubanischen Zigarren entnahm, die ihm ein dankbarer Patient geschenkt hatte. Normalerweise rauchte er sie genüsslich zu besonderen Anlässen, aber an diesem Tag sah es aus, als müsse Paul Bornstein vor allem Dampf ablassen.

»Wärst du nur ein klein wenig früher zur Welt gekommen, hätte man dich vielleicht nach Verdun geschickt. Was glaubst du, ist dort los gewesen? Mensch, Anton, wir haben die Verwundeten aus dem Getümmel der Schlachtfelder geholt, neben uns die Einschläge der Artilleriegeschütze, das Geratter der Maschinengewehre, überall zerfetzte Soldaten. Jede Sekunde hätte es auch uns erwischen können. Zu Beginn des Krieges waren wir über zwanzigtausend Ärzte im Einsatz, übrigens auch Studenten, unsere Feldunterärzte, enorm tapfere junge Männer. Viele Soldaten konnten wir nur retten, indem wir amputierten, auch wenn sie uns anflehten, ihre Arme und Beine behalten zu dürfen. Manche überstanden die Operation, krepierten dann aber an einer Blutvergiftung …«

Schweigend rauchte Paul Bornstein weiter, sein Blick nicht mehr aufgebracht, sondern verloren in den Rauchschwaden seiner Zigarre und der Vergangenheit.

Von seinen Erlebnissen an der Westfront hatte er ihnen schon oft berichtet, von neuartigen Waffen, aber auch davon, dass die moderne Medizin viele Leben gerettet hatte, dank der Entwicklung neuer Impfstoffe, verbesserter Operations- und Narkosetechniken und gut ausgebildeter Ärzte. Mit Leib und Seele war ihr Vater Mediziner, ein mutiger dazu, der sein Leben für andere riskiert hatte und zu Recht stolz darauf war, dass der Kaiser ihn mit dem Eisernen Kreuz erster und zweiter Klasse ausgezeichnet hatte.

Helene verstand durchaus, dass er sich wünschte, sein einziger Sohn möge in seine Fußstapfen treten. Dass er Anton jedoch vorhielt, die Gefahren des Kampfes nicht erlebt zu haben, empörte sie. Schließlich hatten sie auch in Frankfurt unter dem Krieg gelitten. Zum ersten Mal waren Bomben vom Himmel gefallen, die Menschen hatten gehungert, und kurz vor Kriegsende waren nicht nur Soldaten, sondern auch Zivilisten zu Hunderttausenden von der Spanischen Grippe dahingerafft worden.

War ihr Vater denn nicht froh, dass Anton wenigstens die furchtbaren Kämpfe erspart geblieben waren? Dass ihm keine Granate Augen und Ohren zerrissen hatte oder das Kinn abgesprengt wie bei den Männern ohne Gesicht, von denen sich die Leute schaudernd abwandten? Auch an denjenigen, die auf Holzbrettern durch die Straßen rollten, sahen sie geflissentlich vorbei. Die wenigsten hatten ja das Glück, vom sogenannten Sauerbruch-Arm zu profitieren, einer Prothese, die der gleichnamige Chirurg während des Großen Krieges entwickelt hatte. War ihrem Vater eigentlich nie aufgefallen, dass der damals dreizehnjährige Anton stets in sich zusammensackte, wenn Dr. Paul Bornstein ihnen schilderte, wie man bei besagter Prothese die im Armstumpf verbliebenen Muskeln und Sehnen so nutzte, dass der Amputierte seine künstliche Hand bewegen konnte? Helene hingegen, zwei Jahre jünger, hatte neugierige Fragen gestellt und wissen wollen, wo im Körper die Muskelstränge verliefen. Jahrelang hatte Anton sich bemüht, seinen Widerwillen zu überwinden, doch vergeblich. Weshalb sah ihr Vater das nicht ein und fragte Anton, welchen Beruf er lieber ergreifen würde? Stattdessen beschoss er ihn mit Vorwürfen.

»Was hättest du getan, Anton, wenn einer deiner Kameraden einen Bauchschuss abbekommen hätte und stöhnend neben dir zusammengebrochen wäre? Hättest du ihn allein gelassen, weil es dich ekelt, Blut zu sehen? Wärst du in Ohnmacht gefallen?«

»Es reicht jetzt, Paul!«

Als der Vater herumfuhr, sah er aus, als wollte er seiner Frau vehement widersprechen. Er unterließ es dann aber, denn wenn Ruth Bornstein schmale Lippen bekam, hielt man sich lieber zurück oder man riskierte, dass sie in eisiges Schweigen verfiel, was sie, ohne mit der Wimper zu zucken, tagelang durchhielt. Paul Bornstein intervenierte nicht, als die Mutter Anton mit einer Handbewegung bedeutete, das Feld zu räumen. Dieser straffte die Schultern und nickte erst der Mutter, dann dem Vater zu, Helene streifte er mit einem Blick, zu kurz, als dass sie ihm ein aufmunterndes Lächeln hätte zuwerfen können. Sekunden später schlug die Haustür zornig zu, und Anton war fort, vermutlich auf dem Weg zu seinem besten Freund Bernd.

Mit finsterer Miene hatte ihr Vater seine Zigarre ausgedrückt und nach dem *Generalanzeiger* gegriffen.

»Helene, geh und sag Erna Bescheid, dass wir pünktlich essen, und kümmere dich um Ilse.«

»Ja, Mutti.«

Zwar hätte Helene zu gerne gewusst, was ihre Eltern besprachen, doch die Aufforderung ihrer Mutter war eindeutig gewesen. Auf dem Weg zur Küche stieß Helene mit ihrer dreizehnjährigen Schwester Marlis zusammen, die aus dem Bad gehuscht kam, in der Hand Helenes Schminktäschchen. Mit viel zu dunkel bepinselten Augen und knallroten, über die Konturen hinaus bemalten Lippen sah Marlis aus wie ein gruseliger Clown. Offensichtlich hatte sie den Streit genutzt, um sich ungestört über

Helenes Puder und Lippenstifte herzumachen. So ein kleines Miststück!

»Her damit!«, blaffte Helene und verpasste Marlis eine Kopfnuss, die sich gewaschen hatte.

»Aua, Hella! Du blöde Kuh!«

»Helene!«, rief die siebenjährige Ilse, die mit ihrer Puppe fuchtelnd, angerannt kam. »Wir dürfen uns doch nicht hauen! Nur Mutti darf das.«

Manchmal ging ihre Familie Helene ganz schön auf die Nerven. Sie schnitt eine Grimasse und nahm Ilses Hand.

»Komm, fragen wir Erna, ob sie nicht eine Leckerei für dein Püppchen abzwacken kann. Und du, Marlis, lass gefälligst meine Schminke in Ruh!«

Thea drückte ihre Zigarette aus und schob sich einen Lutschbonbon in den Mund.

»Ehrlich gesagt verstehe ich deinen Vater. Wer will schon einen Schwächling zum Sohn? Da würde mein Vater auch rotsehen. Aber vor allem …«

»Anton ist kein Schwächling«, brauste Helene auf. »Dafür, dass er kein Blut erträgt, kann er nichts. Unser Essen hat er trotzdem wie ein Raubtier verteidigt. Da war er gerade mal vierzehn, damals in diesem furchtbaren Rübenwinter.«

Ohne zu fragen, schnappte sich Helene eine neue Zigarette aus Theas Schachtel und zündete sie an. Rüben. Ihren Lebtag würde sie diesen Geschmack nicht vergessen. Sie schauderte. Rübensuppe, Rübenkuchen, Bier und Kaffee aus Rüben, Klöße, Marmelade und Mus – dabei hatte man sogar noch dafür dankbar sein müssen, dass dieses Schweinefutter ihnen überhaupt ein paar Kalorien und Vitamine beschert hatte. Trotzdem waren so viele Frauen, Männer und Kinder verhungert. Wann immer sich eine Gelegenheit geboten hatte, war Anton aufs Land gefahren, um bei Bauern Kartoffeln und etwas gammeliges Gemüse zu erbetteln, denn mit ihren Seeblockaden verhinderten die Russen und die Engländer die Lebensmittelimporte. Zudem waren im Herbst

1916 besonders zerstörerische Unwetter niedergegangen. Kartoffeln und Weizen, alles war einfach verfault. Weil sie selbst wenig besaßen, rückten die meisten Bauern nichts heraus, und Anton, der keinesfalls mit leeren Säcken heimkommen wollte, stahl von Feldern und aus Scheunen, was er zu fassen bekam. Manchmal erwischte ihn ein Bauer oder andere Hungerleidende und versuchten gewaltsam, ihm seine kostbare Beute zu entreißen.

»Aber da hättet ihr Anton sehen sollen! Gezielter Faustschlag, dann ab durch die Mitte.« Dass Helene Schmiere gestanden hatte, durfte ihre Mutter, die geflissentlich über Antons blaue Flecken hinwegsah, freilich nie erfahren. Versöhnlich lächelte Thea Helene an.

»Deinem Vater geht es doch nicht darum, dass Anton kein Kriegsheld geworden ist. Er will, dass sein Lebenswerk später nicht an Fremde verhökert wird. Das ist meinem Vater genauso wichtig, darum übernimmt mein ältester Bruder unsere Fabrik, obwohl er sich nicht die Bohne für Regenschirme interessiert.« Sie seufzte laut. »Dafür muss sich der Glückliche nicht das Hirn über seine Lebensplanung zermartern.«

»Willst du etwa damit sagen, dass *du* das tust?«

Marie schob die Zigarettenspitze ihrer Mutter zwischen ihren schlanken Fingern hin und her, sah beim Rauchen aber nicht sehr elegant aus, weil sie nach jedem Zug einen Hustenreiz unterdrückte, wobei sie die Augen zusammenkniff und derart rot anlief, dass ihre Freundinnen sich kaum vor Lachen halten konnten. Als Marie wieder in der Lage war zu sprechen, hakte sie nach: »Also womit quälst du deinen schönen Kopf, Thea? Mit der Frage, welchen deiner hundertfünfzig Verehrer du heiraten willst?«

»Pah! Bloß nicht!«, wehrte Thea ab. »Der Hafen der Ehe läuft nicht davon. Aber vielleicht der künftige Ehemann.« Sie lachte. »Deshalb lerne ich vor der Hochzeit einen anständigen Beruf. Aber keinen, für den ich studieren muss. Meine Mutter sagt, die Schönheit verblüht schneller, als ich es mir vorstelle, deshalb will ich mich nicht jahrelang hinter dicken Wälzern vergraben und am Ende ohne Mann dastehen. Vielleicht werde ich Buchhalterin in unserer Firma oder eine dieser flotten Telefonistinnen, die auf ihren Rollschuhen durch die Telefonzentrale flitzen.«

»Aber du verabscheust Leibesübungen«, gab Marie zu bedenken, Thea ging jedoch nicht auf ihren Spott ein.

»Was ist mit euch beiden? Möchtet ihr bald heiraten?«

»Nicht sofort.« In einem hübschen Glasaschenbecher, den sie zwischen sich und Helene aufs Sofa gestellt hatte, zerdrückte Marie ihre Zigarette. »Dabei haben mir schon zwei Geschäftspartner meines Vaters einen Antrag gemacht. Aber der eine ist Katholik, der andere Jude, und meinen Eltern kommt nur ein waschechter Protestant ins Haus.«

»Ich dürfte auch keinen Juden heiraten, wo mein Vater uns doch extra hat taufen lassen und wir in die Kirche statt in die Synagoge gehen«, sagte Thea.

»Du bist Jüdin?«

Marie sah Thea überrascht an.

»Eben nicht. Ich sage doch, dass wir getauft worden sind, ich bin durch und durch protestantisch. Hm, warum heiratest du nicht meinen Bruder? Der ist noch zu vergeben ... samt all unserer Regenschirme.«

Thea lachte, Marie winkte entschieden ab.

»Wie ist das bei euch, Helene? Bestehen deine Eltern auf eine jüdische Heirat?«

Helene zuckte mit den Schultern.

»Glaub ich nicht. Aber wieso sprechen wir überhaupt darüber? Irgendein Ehemann wird sich schon finden. Lasst uns lieber überlegen, was wir sonst noch aus unserem Leben machen. Ist es nicht großartig, dass wir heutzutage jung sind und nicht ... vor hundert Jahren?«

Aufmerksam betrachtete sie ihre Freundinnen. Thea rauchte lässig und lachte dabei laut, Maries Kleid war über die Knie gerutscht, weil sie nicht im Traum daran dachte, damenhaft gesittet auf dem Sofa zu sitzen. Augen und Lippen hatten sich die drei jungen Frauen dunkel geschminkt, zugegebenermaßen kontrastreicher, als sie es auf der Straße gewagt hätten, dennoch war es ein befreiendes Gefühl, mit ihrem Aussehen zu experimentieren. Ganz, als könnten sie in verschiedene Körper und Rollen schlüpfen und dann entscheiden, wer sie sein wollten. Keine Frauengeneration vor ihnen hatte so viele Freiheiten genossen wie ihre.

»Mir fällt beim besten Willen keine Epoche ein, in der ich lieber gelebt hätte«, pflichtete Marie bei. »Schon allein deshalb, weil es uns Frauen endlich möglich ist, unser Haar abzuschneiden und Bein zu zeigen. Davon konnte meine Mutter als junges Mädchen nur träumen.«

»Du und deine Mode«, sagte Thea kopfschüttelnd. »Aber ja, selbst wenn ein Brot Milliarden kostet und wir unser Geld statt im Portemonnaie in Schubkarren zum Einkauf fahren. Ich würde auch in keiner anderen Zeit leben wollen.«

Noch immer waren die Folgen des Krieges allgegenwärtig. Rund um die Uhr quollen aus den Geldpressen Papierlawinen, mit denen man an Rhein und Ruhr die Streiks der Kumpel und Stahlarbeiter gegen die französischen und belgischen Besatzer unterstützte, die im Ruhrgebiet einmarschiert waren, um die ausbleibenden Reparationsleistungen der Deutschen auf ihre Art einzutreiben. Sogar die Polizeistunde war deshalb verschärft worden und die Lichtspielhäuser schlossen früh. Tanzveranstaltungen blieben zeitweise untersagt und der Karneval, der die Frankfurter im Jahr zuvor begeistert hatte, fiel schlichtweg aus. All diese Maßnahmen sollten, wie die *Frankfurter Zeitung* berichtete, der Bevölkerung den Ernst der Stunde vor Augen führen, gerade so, als ob den noch niemand mitbekommen hätte. Weshalb gönnte man den Menschen nicht wenigstens ein bisschen Spaß und Ablenkung?

Darauf zu verzichten, beeinträchtigte Helene mehr als familiäre Geldsorgen oder die Frage, wie einigermaßen abwechslungsreiche Mahlzeiten auf dem Tisch landeten. Diese Probleme lösten ihre Eltern, und dass sie dies so klaglos taten, ermutigte

Helene, der Zukunft zuversichtlich entgegenzublicken. In vollen Zügen genoss sie die gesellschaftlichen Neuerungen, die ja nicht nur die Mode revolutionierten, sondern auch die Kunst und das Theater beeinflussten und der Musik ganz neue Rhythmen und Töne entlockten. Nach einem Abend mit Tango und Shimmy hatte Theas Bruder Lutz sie mit seinem Automobil heimgebracht und behauptet, dass sich, wäre die Wirtschaftskrise erst überstanden, immer mehr Leute eigene Fahrzeuge leisten würden. Die Vorstellung, selbst ein Automobil zu lenken, faszinierte Helene derart, dass sie Lutz das Versprechen abrang, es ihr beizubringen. Durch ihren Vater wiederum bekam sie mit, welch gewaltige Fortschritte die Medizin machte, so dass die Hoffnung bestand, viele Krankheiten vollends auszumerzen. Das waren doch für alle, arm und reich, gute Nachrichten. Genauso wie das allgemeine Wahlrecht, das seit Januar 1919 auch deutsche Frauen reichsweit ausübten, weshalb bei den Reichstagswahlen im nächsten Jahr auch Helenes Stimme zählen würde. So war sie überzeugt davon, dass so bald kein neuer Krieg ausbrechen würde. Denn welche Frau würde ihren Mann, Sohn oder Bruder in den Krieg ziehen lassen, wenn sie die Mittel besaß, es zu verhindern?

Wie sie nun bei Tee und Gebäck mit ihren Freundinnen über ihre Zukunft sinnierte, drängte sich Helene eine weitere Frage auf. War es denkbar, dass ihre Mutter als junge Frau einmal andere Ziele verfolgt hatte, als sich um das Wohl ihrer Familie zu kümmern? Was wäre aus ihr geworden, wenn sie die Möglichkeiten gehabt hätte, die sich Helene heute boten? Wenn sie eine gute Schule besucht hätte?

Lebhaft erinnerte sich Helene an eine von Mutters Backpfeifen, die es gesetzt hatte, als Helene darüber klagte, wie langweilig es wäre, chemische Formeln auswendig zu lernen oder die Namen von Ländern, die sie nie bereisen würde. Es folgte ein ermüdender Vortrag darüber, wie dankbar sie für die »Preußische Mädchenschulreform« von 1908 zu sein hätte, die einen verbindlichen Lehrplan festgelegt hatte und das erforderliche

Abiturwissen garantierte. Der Hauslehrer, den der Großvater immerhin für Ruth Bornstein eingestellt hatte, hatte allein entschieden, welches Wissen ihm ausreichend erschien für ein Mädchen, das sowieso seiner Bestimmung als Ehefrau und Mutter folgen würde. Unerbittlich hatte Ruth Bornstein Hauptstädte, Flüsse und Gebirge abgefragt, bis Helene diese wie eine Maschine herunterratterte.

Ihre Arme Richtung Zimmerdecke gereckt, streckte sich Thea ausgiebig.

»Für unsere Mütter bedeutete der Wunsch zu lernen eben noch, nach den Sternen zu greifen«, kommentierte sie Helenes Geschichte.

»Aber manche haben sich durch nichts und niemanden von ihren Plänen abhalten lassen«, sagte Marie. »Diesen Frauen verdanken wir viel. So wie Coco Chanel, von der auch niemand gedacht hätte, dass sie einmal so erfolgreich werden würde.«

Helene nickte. »Neuerdings dürfen Frauen sogar Anwältin oder Richterin werden.« Sie unterdrückte ein Glucksen, was ihr nicht gelang. »Hör mal, Marie, wäre das nichts für dich?«

Bei der Vorstellung, dass die modebewusste Marie sich im unförmigen schwarzen Talar vor einer Reihe von Richtern aufbauen und flammende Reden schwingen würde, brach Helene in schallendes Gelächter aus, womit sie Thea sofort ansteckte.

»Und als Richterin würde Marie sämtliche Angeklagten zu einem modischen Haarschnitt verdonnern.«

Mit dem Zeigefinger wischte Thea ihre Lachtränen aus den Augenwinkeln, schwarze Spuren ihrer verlaufenen Wimperntusche blieben zurück.

»Warum denn nicht?«, entgegnete Marie ungerührt. »So manch einer würde es mir danken.«

Sie schob sich ein Sofakissen in den Rücken und einen Stapel Zeitschriften zu Helene und Thea hinüber.

»Eine amerikanische *Vogue?* Woher hast du die?«

»Geschäftspartner meines Vaters bringen manchmal Illustrierte mit und schenken sie mir.«

»Willst du etwa Modell werden? Recht hübsch bist du ja, aber vielleicht doch etwas zu klein geraten?«

»Das weiß ich selber«, antwortete Marie spitz und verdrehte die Augen. »Ich will ohnehin nicht stundenlang in derselben Pose ausharren, an Wadenkrämpfen leiden und trotzdem in die Kameras lächeln müssen. Ich will selber Mode machen, so wie Coco Chanel. Ohne das blöde Korsett hat man heutzutage viel bessere Möglichkeiten, pfiffige Damenmode zu entwerfen. Hier, seht mal, wie bequem und schick diese Kleider aussehen. Und die Hüte. Coco Chanel hat sogar ein eigenes Parfum herausgebracht. Damit verdient sie bestimmt ein Vermögen.«

Bewundernd, als wäre Marie bereits eine gefeierte Modeschöpferin, und ein wenig neidisch auf ihre Ideen, sahen Helene und Thea ihre Freundin an. Davon, dass Marie derart himmelstürmende Pläne schmiedete, hatten sie keinen blassen Schimmer gehabt.

»Was ist mit dir, Helene?«, erkundigte sich Thea. »Willst du mit deinem Einser-Abitur nicht studieren?«

»Bist du verrückt? Wieder die Schulbank drücken und Arbeiten schreiben? Hausaufgaben machen? Zensuren kassieren? Nein, danke!«, rief Helene aus. »Im Moment fühle ich mich gebildet genug. Ich will mich ins richtige Leben stürzen.«

»Und was heißt das? In der Praxis deines Vaters mitarbeiten?«

Helene runzelte die Stirn. Bildete sie sich das ein oder klang Maries Stimme ein wenig überheblich? Dachte Marie an ihre zukünftigen Modeschauen, die Reisen, Feiern, Presseartikel und all die interessanten Verehrer, die sie als Nachwuchs-Coco erwarteten? Klang das, was Helene sagte, im Gegensatz dazu lahm, obwohl sie als Klassenbeste die Schule verlassen und ihr Klassenlehrer prophezeit hatte, dass aus ihr mal etwas Besonderes werden würde?

»Vielleicht werde ich Schauspielerin«, hörte sie sich mit trotzigem Unterton sagen. »So eine wie Lil Dagover in *Cabinet des Dr. Caligari* oder *Phantom*. Ich stelle es mir herrlich vor, in verschiedene Rollen zu schlüpfen. Andere Leben zu führen.

Mich so zu verhalten, wie ich es in Wirklichkeit niemals tun würde.«

»Die schöne Helene!«, rief Thea aus. »Ja, ich bin sicher, dass du mit deinen blauen Augen, so lieb, so treu, so rein, weltberühmt wirst. Mir wäre es ein Graus, all diese Texte auswendig zu lernen, aber du konntest ja sogar Schillers *Lied von der Glocke* fehlerfrei aufsagen.«

»Ach, das Lernen ist halb so wild«, sagte Marie, als spräche sie aus Erfahrung. »Im Stummfilm merkt doch niemand, wenn du ein Wort vergisst, solange dein Augenaufschlag dramatisch genug ist. Allerdings wurden in Berlin letztes Jahr Kurzfilme mit Ton vorgestellt. Meine Cousine hat sie gesehen und sagt, es sei eine Sensation, man höre jedes einzelne Wort, jedes Husten, jedes Seufzen, allerdings nicht laut genug.«

Ungehalten, weil Marie nicht nur eine schillernde Zukunft vor sich, sondern einfach zu jedem Thema etwas Bemerkenswertes zu berichten hatte, warf Helene einen Blick auf ihre Uhr und schlüpfte in ihre Schuhe.

»Wenn es mit der Sperrstunde nicht eng werden soll, müssen Thea und ich jetzt los.«

In Windeseile wischten sie sich ihr Make-up von Augen und Wangen. Ohnehin fand Helene ihre Schminke plötzlich viel zu übertrieben, als übermalte sie bloß die ernüchternde Erkenntnis, dass sie nicht wusste, was sie mit ihrem Leben anfangen sollte und gar nicht so erwachsen war, wie sie sich vorgaukelte.

»Sollen wir am Sonntag ausgehen?«, fragte sie. »Mit euch zu tanzen ist ja ganz nett, aber mit ein paar Herren wäre es noch lustiger.«

»Gern, wenn Anton mit den blauen Augen mitkommt«, antwortete Thea und warf sich kokett ihre Jacke über die Schulter.

»Sagtest du nicht, du darfst dich mit keinem Juden einlassen?«

»Jetzt sei nicht so kratzbürstig, Helene! Ich will ja bloß mit Anton tanzen, von einer Hochzeit war nicht die Rede.«

Ein merkwürdiges Bild bot sich Helene, als sie die Wohnung ihrer Eltern betrat. In der Diele stand Ilse mit bloßen Füßen, aufgelösten Zöpfen, bekleidet mit einem weißen Rüschennachthemd und mit Stoffbär Max unter den Arm geklemmt. Sie drückte ein Wasserglas gegen die Wand, dessen Unterseite sie an ihr Ohr presste.

»Was machst du denn da?«

Erschrocken fuhr Ilse herum, fasste sich aber sofort, als sie Helene erkannte, und legte beschwörend ihren Zeigefinger auf den Mund.

»Still, Helene«, flüsterte sie und positionierte sich erneut mit ihrem Glas, »sonst schimpfen Mutti und Papa, wenn sie uns erwischen.«

Mit zwei Schritten war Helene bei ihrer Schwester und nahm ihr das Glas weg.

»Uns?«, raunte sie. »*Du* lauschst doch an der Wand. Wie ungezogen.«

Eine Sekunde schaute Ilse ihre große Schwester bestürzt an, dann lächelte sie. Ein lausbübisches Zahnlückenlächeln, dem Helene nicht widerstehen konnte, das wusste Ilse nur zu gut. Siegesgewiss spuckte sie nun auf einen Zipfel ihres dünnen Nachthemdes und rubbelte damit über Helenes Wange.

»Und *du* bekommst Ärger, weil du dich so doll schminkst.«

Amüsiert hielt Helene Ilses Hand fest.

»Danke, aber ich habe mich schon gewaschen. Und jetzt ab in die Federn, du kleine Nervensäge.«

Doch Ilse rührte sich nicht von der Stelle.

»Helene?«

Mit ihrem Zeigefinger lockte Ilse sie näher zu sich heran.

»Wenn du Ärztin bist, kannst du dann machen, dass ich schneller wachse? Nur ein ganz kleines bisschen? Es ist nicht schön, immer die Kleinste zu sein.«

Rasch drückte Helene ihr einen Kuss aufs Haar.

»Du wächst schon noch, Süße. Dein Körper lässt sich eben Zeit, das ist doch nicht schlimm.«

»Aber wenn er zu lange trödelt, dann hilfst du mir, ja?«

Helene unterdrückte ein Gähnen und entschied, das Gespräch nun endgültig zu beenden.

»Versprochen. Obwohl ich bestimmt keine Ärztin werde. Wie kommst du überhaupt auf diesen Quatsch?«

Wortlos deutete Ilse auf das Wasserglas in Helenes Hand.

Einen Augenblick brauchte Helene, um zu begreifen, was Ilse meinte. Dann, obwohl es ihr ziemlich albern vorkam, wie eine Spionin mit einem Glas an der Wand zu kleben, begab sie sich in Lauschposition. Ihre Eltern sprachen mit gedämpften Stimmen, so dass Helene nicht alles verstand.

»Versuch es mal da«, flüsterte Ilse und zeigte auf ein Fleckchen Wand, »dort sind die Wände dünner.«

»Die Frau wirkt innen, und der Mann draußen, alles andere ist Käse«, meinte ihr Vater gerade. »Dass sie einen Beruf erlernt, damit sie notfalls für sich sorgen kann, leuchtet mir ein. Aber ein Studium? Ein Medizinstudium noch dazu? Ich bitte dich! Sie wird Mitte zwanzig sein, falls sie ihr Examen überhaupt besteht. Sollte sie in dem Alter nicht längst Kinder haben? Wenigstens verheiratet sein? Aber welcher anständige Mann, der willens ist, eine Familie zu gründen, möchte an seiner Seite eine Assistenzärztin, die niemals weiß, wann sie abends nach Hause kommt?«

»Ach, Paul, jetzt haben wir so oft darüber gesprochen. Du weißt, dass es die beste Lösung wäre«, erwiderte die Mutter. »Warum redest du nicht endlich mit ihr?«

Hellwach, als hätte sie viel zu viel Bohnenkaffee getrunken, fühlte sich Helene plötzlich. Hatte Ilse recht, und es ging tatsächlich um sie?

»Weil es mir zutiefst widerstrebt, liebe Ruth«, brummte ihr Vater. »Wozu habe ich einen Sohn? Würde der seine Pflicht erfüllen, dann wäre diese ganze Unterhaltung überflüssig.«

Liebe Ruth. Der Vater klang nicht, als fände er seine Frau in diesem Moment besonders liebreizend, sondern eher als müsse er ihr eine abstruse Idee ausreden. Es blieb still, und Helene glaubte zu wissen, dass ihr Vater im Wohnzimmer auf und ab lief und sich dabei mit gerunzelter Stirn durchs dunkle Haar strich, während ihre Mutter am Tisch saß, die Hände entweder mit einer Handarbeit beschäftigt waren oder gefaltet in ihrem Schoß lagen.

Im Grunde verspürte Helene wirklich wenig Lust auf ein Studium. Würde sie dann nicht dasselbe Leben führen wie ein Schulmädchen? Sie hatte genug davon, den ganzen Tag zu pauken, noch dazu unter den Argusaugen ihres Vaters. Dennoch, dass er die Bedürfnisse eines Ehemannes, der noch gar nicht in Sicht war, so bedeutend fand, dass er seine Tochter deshalb nicht studieren lassen wollte, ärgerte sie.

»Sie hat ein glänzendes Abitur gemacht, ich weiß«, fuhr der Vater fort. »Aber es ist etwas völlig anderes, zur Schule zu gehen oder in die Universität. Im Hörsaal wird sie nicht viel weibliche Gesellschaft finden, und die meisten Studenten und Professoren werden sie gar nicht ernst nehmen. Willst du ihr das wirklich antun?«

Mein Gott, wie er dramatisierte. Sprach er über einen Hörsaal oder die Höhle des Löwen? Mit Geist und Charme konnte es doch nicht so schwer sein, sich gegenüber den Kommilitonen zu behaupten, und die Professoren würde sie mit Fleiß und exzellenten Leistungen für sich einnehmen. Läge ihr die Medizin vielleicht mehr als die Schauspielerei? Eine berühmte Ärztin zu sein, auf deren Diagnose und Reaktionsschnelle es ankäme, wenn es um Leben und Tod ginge, das klang viel interessanter als die Hauptrolle in irgendeinem Liebesfilm zu spielen. Und wäre ein mit *summa cum laude* abgeschlossenes Medizinstudium nicht genau das, was ihrem Klassenlehrer vorschwebte, als er sagte, dass aus ihr etwas Besonderes werden würde? In ihrem Magen prickelte es, als krabbelten dort lauter winzige Ameisen herum, wie immer, wenn sie über etwas Aufregendes nachdachte.

Ein Stuhl wurde verrückt, scharrte dort, wo kein Teppich auflag, über den Boden. Vielleicht hatte sich nun auch der Vater hingesetzt.

»Sie wird das schaffen«, erklärte die Mutter schlicht. »Schließlich sind Frauen jetzt schon seit einigen Jahren zum Medizinstudium zugelassen, Helene wäre nicht die Einzige. Denk doch nur an Elisabeth Winterhalter, die schon vor Jahrzehnten eine Praxis in Frankfurt eröffnet hat. Auch ihrem Wirken ist es zu verdanken, dass Mädchen wie unsere Helene heutzutage an der Schillerschule ihr Abitur ablegen.«

»Die Winterhalter musste noch in Zürich studieren, weil es in Deutschland verboten war. Eine gute Ärztin mag sie ja sein, aber sie lebt mit einer Frau zusammen. Ruth, stell dir das mal vor.«

Inzwischen hatte sich die pfiffige Ilse aus der Küche ein zweites Glas geholt, so dass die Schwestern nun Seite an Seite lauschten.

»Aber eigentlich«, fuhr Paul Bornstein fort, »ist das nicht verwunderlich, denn ein Mann will nun mal eine Gefährtin, die für *ihn* brennt, nicht für ihren Beruf.«

Die Mutter seufzte.

»Ach, Paul, die Zeiten ändern sich. Helene kann heute alles werden, Ehefrau, Mutter und Ärztin. Wenn wir sie unterstützen.«

Helene hielt den Atem an. Ungewöhnlich laut war Mutters Stimme geworden, sie klang entschlossen.

Gäbe es jetzt Streit? Ihr Vater hasste es, wenn seine Familie ihm widersprach und dass ihre Mutter ihm derart vehement entgegentrat, geschah selten.

Im Wohnzimmer wurde es nun still. Helenes Herz pochte so heftig, als würde sie einen spannenden Film verfolgen, ohne Bild, dafür mit Ton, sie selbst in der Hauptrolle.

»Ruth?« Noch immer Stille. »Hast du dir ein anderes Leben gewünscht als das, was wir führen?«

Helenes und Ilses Blicke begegneten sich. Über eine ähnliche Frage hatte Helene vor wenigen Stunden nachgedacht, aber dass ihr Vater sie stellte, überraschte sie sehr. Auch, wie sanft er dabei sprach.

»Ein Leben ohne Krieg, ja«, erwiderte die Mutter. »Aber sonst? Was sollte ich mehr wollen, als dass meine Kinder und mein Mann gesund und zufrieden sind? Aber du bist nicht zufrieden. Ich weiß, dass dir die Vorstellung den Schlaf raubt, eines Tages deine Praxis verkaufen zu müssen, weil niemand da ist, der sie übernehmen könnte. Paul, wir haben schon mit so vielem zu kämpfen. Wenn Helene Ärztin wäre, nähme dir das eine schwere Last von den Schultern.«

Erst viel später, als die Träume der Familie Bornstein in Deutschland wertlos geworden und zerborsten waren, erzählte Ruth ihren Töchtern, wie gerne sie Lehrerin geworden wäre. Doch ihre Eltern wollten nichts davon wissen. Hatte sie etwa vor, ledig zu bleiben, wie es das Zölibat für Lehrerinnen vorschrieb? Wohl kaum. Wozu dann der Aufwand, da doch bereits ein vielversprechender junger Arzt um Ruths Hand angehalten hatte. Heimlich, um Paul nicht zu verärgern, las Ruth Romane von Hedwig Dohm und Schriften von Clara Zetkin und Rosa Luxemburg, doch deren Ansichten fand sie zu radikal. Nachdem ihre Kinder zur Welt gekommen waren, erschien ihr ohnehin jeder andere Weg, als der, den sie ging, unpassierbar. Für sich selbst, nicht aber für ihre Töchter.

Hibbelig trat Ilse nun von einem Fuß auf den anderen, beinahe wäre ihr das Glas aus der Hand gefallen.

»Warum sagt Papa nichts? Hat Mutti ihn geärgert und er spricht nicht mit ihr?«

Jetzt war es Helene, die Ilse bezeichnete, den Mund zu halten. Soeben hatte sie den Entschluss gefasst, ab Herbst die Universität zu besuchen. Frau Dr. Helene Bornstein, wenn das nichts war! Gleich Sonntag wollte sie es Thea erzählen. Und Marie. Jetzt musste der Vater nur noch auf Mutter hören und sich dazu durchringen, sie studieren zu lassen.

»Kinderärztin«, sagte der Vater. »Das passt zu einer Frau, und wenn sie selbst Kinder bekommt, haben die auch etwas davon.«

Aufgeregt sprang Ilse nun auf und ab und zerrte an Helenes Rock.

»Hab ich es nicht gesagt?« Halb flüsterte sie, halb rief sie es. »Habe ich es dir nicht gesagt? Juhu, bald wachse ich!«

Beim nächsten Hüpfer, gerade als die Mutter die Wohnzimmertür aufriss, um nachzusehen, was für ein Theater Ilse in der Diele veranstaltete, entglitt dem Mädchen das Glas. Es zersprang in zahllose kleine Glassplitter. Instinktiv duckte sich Ilse, denn sie fürchtete, eine gehörige Backpfeife zu kassieren. Doch nichts dergleichen geschah.

»Was macht ihr denn hier?«, fragte die Mutter nur, ihr Blick auf Helenes Glas gerichtet.

»Wir hatten Durst«, entgegnete Helene und spürte, dass sie rot anlief.

Kopfschüttelnd nahm die Mutter ihre barfüßige Jüngste auf den Arm.

»Jetzt aber Marsch ins Bett, Ilschen! Marlis schläft längst, dabei bist du viel jünger.«

Zu Helene sagte sie: »Dein Vater möchte mit dir reden.«

Als Helene nach einem kurzen, eindringlichen Gespräch aus dem Wohnzimmer trat, waren sämtliche Scherben aufgekehrt worden. An der Wand lehnte grinsend Anton, in einer Hand den Besen, in der anderen ein leeres Wasserglas.

New York, August 1947

Als Marek in die Kabine geht, um seine Habseligkeiten zusammenzupacken, verspricht Helene ihm, den Platz an der Reling nicht aufzugeben. Immer mehr Menschen strömen an Deck, schieben und drängeln, so dass es bald kein freies Fleckchen zum Stehen oder Sitzen mehr gibt. Trotzdem gelingt es Helene, den Lärm auszublenden und die Geschichte, die sie Marek erzählt hat, nachwirken zu lassen. Tatsächlich sind sie einmal eine ganz normale Familie gewesen, mit einem Alltag, zu dem Streitigkeiten ebenso gehörten wie Neckereien und Gelächter. Es ist gut, das nicht zu vergessen. Dass sie Marek ihre Geschwister nicht als Gedemütigte und Verfolgte beschrieben hat, ihre Eltern nicht als die gebrochenen Menschen, zu denen Hitlers System sie gemacht hat, gibt Helene das Gefühl, ein geschickter Puppenspieler hätte an einem unsichtbaren Faden gezogen und ihre gebeugte Seele aufgerichtet.

Neben Helene tritt ein junges Paar, er groß und dunkel, die Frau viel heller. Sie wechseln kein Wort, sondern blicken New York entgegen, gemeinsam, Hand in Hand. Seltsam bewegt beobachtet Helene das Paar. Ein ähnliches Bild hätten Leon und sie abgegeben, wäre Helene mit ihm fortgegangen, damals noch ohne die niederdrückende Last der Bilder des Krieges.

Nicht das erste Mal auf dieser Reise schleicht sich Leon in ihre Gedanken. Wie sein Leben wohl aussieht? Ob er noch an sie denkt? Oder hält Leon sie schlichtweg für tot, nach allem, was er inzwischen gehört haben muss? Wahrscheinlich würde er die Helene, die er einst geliebt hat, in ihr nicht wiedererkennen.

Die blonde Frau neben ihr hat ihren Kopf vertrauensvoll an die Schulter ihres Mannes gelehnt, vielleicht ist sie auch nur erschöpft. Bleischwer fällt Helenes Blick in die schäumenden graublauen Wellen. Bedenkt man, was ihr alles erspart geblieben wäre, war es wohl ihr größter Fehler, Deutschland nicht früh genug verlassen zu haben. Aber wie hätte sie sich damals anders entscheiden können? Man packt doch nicht einfach seine Sachen und geht fort, jedenfalls nicht sie. Höchste Zeit, dass sie New York erreichen. Lieber füllt sie dort Berge von Formularen aus, als sich einen weiteren Tag mit ihren Gedanken im Kreis zu drehen.

»Weißt du eigentlich, dass die Dame dort auch aus Europa emigriert ist?«

Helene blinzelt gegen die Mittagssonne, aber bei dem Gewimmel an Deck erkennt sie bei bestem Willen nicht, von welcher Dame Marek spricht.

»Was? Wen meinst du denn?«

Mit seinem knotigen Zeigefinger deutet er knapp an ihrer Nase vorbei, auf die Freiheitsstaue.

»Na, die dort hinten!«, ruft er. »Sie stammt aus Frankreich, aber das interessiert niemanden mehr.«

Seine Worte und das Geschrei der Möwen gehen im markerschütternden Tuten des Schiffshorns unter. Ergriffen, als lauschten sie einer imposanten Ouvertüre, stehen die Menschen da. Als das Horn schließlich schweigt, ertönen sofort aufgeregte Rufe in allen möglichen Sprachen.

»Seht nur, da ist sie! Wir haben es geschafft!«

Schluchzend fällt der junge Fotograf, vor dessen Späßen Helene geflüchtet ist, seinen beiden Freunden um den Hals.

»Da! Da! Da!«, schreien einige Kinder, darunter die kleinen Töchter von Lisbeth Schwarz, und winken der Freiheitsstaue so aufgeregt zu, als bestünde sie aus Fleisch und Blut und hätte ihren mächtigen Arm mit der Fackel eigens gen Himmel gestreckt, um die Passagiere der *Marine Flasher* willkommen zu heißen.

Einen Moment braucht Helene, um sich zu berappeln. Dass die Freiheitsstatue so ziemlich das Erste wäre, was sie von Amerika zu Gesicht bekäme, hat sie gewusst, nicht aber, dass deren Anblick sie so überwältigen würde.

»Marek! Wir sind da!«

Der alte Mann legt seinen Arm um sie, und sie blicken der grünen Dame mit der Zackenkrone und den gesprengten Fußketten entgegen, legen ihr Schicksal für diesen Moment in ihre Hände. Über Mareks Wangen laufen Tränen, die er immer wieder fortwischt, aber ihr Fluss verebbt nicht. Denkt er an seine Frau, die statt Helene an seiner Seite stehen sollte?

Fast alle Passagiere haben sich inzwischen auf die Decks gedrängt. Je näher sie ihrer Anlegestelle auf Ellis Island kommen, desto mehr Taschentücher werden hervorgeholt, teils um Tränen zu trocknen und Nasen zu schnäuzen, vor allem jedoch, um Amerika zu begrüßen. Manche haben Ferngläser dabei, schon vom Schiff aus suchen sie nach ihren Lieben. *Moritz, Marlis. Jetzt könnt ihr die Marine Flasher sehen. Reckt ihr eure Hälse und versucht, mich in der Menge der Reisenden auszumachen?* Sie winkt ebenfalls, für Moritz, für Marlis und all die anderen, die seit Stunden am Kai warten. Marek hingegen bemüht sich, seine Emotionen in den Griff zu bekommen, und rettet sich schulmeisterlich mit Fakten.

»Als die Franzosen den Amerikanern die Freiheitsstatue schenkten, sah sie rotbraun aus. Das lag an ihrer Kupferschicht. Aber das Material verwitterte, oxidierte und darum ist *Lady Liberty* grün geworden.«

»Aber das passt doch sehr gut zu ihr«, erwidert Helene. »Immerhin ist Grün die Farbe der Hoffnung.«

Endlich stehen die Maschinen still. Mit geübten Griffen steckt Helene ihre Haarnadeln neu, sie will ordentlich aussehen, wenn sie das erste Mal amerikanischen Boden betritt, und nicht so aufgewühlt, wie sie sich fühlt.

Bevor sie jedoch die *Marine Flasher* verlassen dürfen, um das Einreiseprozedere hinter sich zu bringen, kommen Ärzte an Bord, um die Temperatur der Einreisenden zu messen, Augen und Haut zu untersuchen und einige Fragen zu stellen. Diejenigen, bei denen der Verdacht auf eine Krankheit besteht, werden von den anderen Passagieren getrennt. Zwar ist Helene ziemlich sicher, dass ihr gesundheitlich nichts fehlt, dennoch klopft ihr Herz wie verrückt. Was, wenn man sie kurz vor dem Ziel auf die Quarantänestation oder gar nach Europa zurückschickte? Und wie stand es um Marek? Würde er problemlos durchkommen?

»Wir können froh sein, dass wir heute nicht mehr unter Beobachtung zur Registrierung hinaufkraxeln müssen«, bemerkt eine Frau. Früher, erzählt sie, sei es gang und gäbe gewesen, dass diejenigen, die beim Treppensteigen keuchten, schwitzten oder zu viele Pausen einlegten, herausgewunken wurden.

»Aber wie soll man denn nach so einer anstrengenden Reise die Stufen hinaufrennen? Ich schwanke doch schon, weil ich seit Tagen keinen festen Boden unter den Füßen hatte.«

»Ich würd's lieber nicht so laut sagen«, warnt Helene, dann ist sie an der Reihe. Zum Glück dauert ihre Untersuchung nicht lange, und die Fragen des Arztes sind rasch beantwortet. Name? Nationalität? Alter? Größe? Gesundheitliche Probleme? Dann darf sie zur Gangway gehen und das Schiff verlassen.

»Helene, einen Moment!«

Hastig kommt Marek auf sie zu und umarmt sie.

»Bevor du in der Menge verschwindest, möchte ich dir Glück wünschen.«

Er drückt ihr einen Papierschnipsel in die Hand, auf den er seine neue Adresse notiert hat.

»Besuch mich, wann immer du möchtest. Ich freue mich zu hören, wie es dir geht.«

Fest drückt Helene zum Abschied seine Hand, anschließend lässt sie den Zettel in ihre Jackentasche gleiten.

»Danke für alles«, sagt sie, dann drängen mehr Menschen heran, schieben Helene hierhin, Marek dorthin, er winkt, sie winkt zurück.

Besuchen, das weiß sie genau, wird sie Marek nicht. Sobald sie alle Formalitäten überstanden und Moritz und Marlis gefunden hat, will sie sich nicht mehr umsehen, weder nach Ellis Island noch zur *Marine Flasher*. Nicht einmal zu Marek, den sie lieb gewonnen hat. Endgültig will sie die letzten Taue kappen, die sie mit den furchtbaren Jahren in Deutschland verbinden.

Später, ihren Koffer in der rechten Hand, den Seesack über die linke Schulter geworfen, geht Helene auf die Absperrung zu, hinter der seit Stunden Hunderte bei sommerlichen Temperaturen ausharren. Viele halten Schilder in die Höhe, aber keines davon trägt ihren Namen. Unbekannte Gesichter verschwimmen ineinander, und Helene hat keine Ahnung, wie sie Marlis finden soll. Die Mitarbeiterin einer jüdischen Hilfsorganisation fragt, ob sie Hedwig Stein heiße, was Helene verneint. Eine andere Helferin führt eine Kindergruppe vorbei, alles Waisen, die in New York eine neue Familie bekommen sollen, wie sie von Marek weiß. Kameras blitzen auf, denn Reporter wollen die Kinder fotografieren. »*Please, smile!*«, rufen sie, und als ein kleines Mädchen daraufhin die Hände vors Gesicht schlägt, zuckt einer von ihnen die Achseln, als könne er das gar nicht verstehen. Dafür lacht ihn eine ungefähr Vierzehnjährige an und sieht dabei fast wie ein Filmstar aus, wären da nicht die Zahnlücken und unsagbar traurigen Augen. Der Junge neben ihr senkt mit leerem Blick den Kopf, er will nicht lächeln oder kann es nicht mehr, dabei ist er höchstens elf. Dunkles Haar, ein blasses Gesicht mit feinen Zügen, hängende Schultern. Ihr Herz schlägt schneller. Ist das Josua?

Josua – zwischen all den anderen verzweifelten Menschen steht er mit seinem kleinen Koffer an der Sammelstelle neben dem Märchenbrunnen. SA-Männer bellen Befehle, manchmal setzen sie Gewehrkolben ein, um für Ordnung zu sorgen, dabei verhalten sich alle ruhig, selbst Tränen fließen leise. Dann ist Josua fort.

»*Hella?*«

Wie aus einem Albtraum geweckt, fährt sie zusammen und wischt sich mit ihrem Jackenärmel über die Augen. Die Waisenkinder drängeln sich an ihr vorbei und aus der Nähe betrachtet, sieht der Junge ohne Lächeln gar nicht mehr wie Josua aus.

»Hella! Hella!«

Es gibt nur einen Menschen, der sie Hella nennt. Das Gepäck fällt ihr aus der Hand und sie läuft auf die Absperrung zu, die letzte, die sie von Marlis und Moritz trennt.

»Marlis!«

Die Menschen machen Platz, nicht nur ihr, sondern auch anderen, die sich in die Arme fallen. Dann spürt Helene Marlis' warme Tränen an ihren Wangen, schmeckt deren Salz, und es fühlt sich an, als würde sie selber weinen, überwältigt von dem Glück, dass sie Marlis festhält, ihren Körper mitsamt seiner lebendigen Wärme spürt, ihren nach Pfefferminz duftenden Atem, mit dem Marlis immer wieder ihren Namen flüstert.

»Hella, meine Hella! Ich dachte, ich sehe dich nie wieder.«

Tief bewegt umschließt Helene Marlis' Gesicht mit ihren Händen, fährt mit dem Finger ihre Augenbrauen entlang, streichelt ihr braunes Haar und drückt ihrer Schwester unzählige Küsse auf die Wangen.

»Wo ist Moritz?«, fragt Helene, als sie sich schließlich aus der Umarmung ihrer Schwester löst.

Marlis verreibt ihre zerlaufene Wimperntusche und deutet auf einen schlanken jungen Mann, der etwas abseits steht und zu ihnen hinübersieht. Jetzt winkt er und kommt auf sie zu. Helenes Magen zieht sich zusammen, das Herz pocht ihr bis zum Hals und drückt ihr gegen die Rippen, als wolle es herausspringen.

»Komm«, hört sie Marlis sagen, doch Helene ist schon losgerannt, mit ausgestreckten Händen, und es kommt ihr vor, als jage sie wie vor fast neun Jahren dem Zug hinterher, der mit Moritz von Frankfurt nach Hoek van Holland fuhr. Doch endlich hat sie ihn eingeholt und kann ihren Jungen wieder in die Arme schließen.

»Moritz!«

Etwas sperrig fühlt sich diese erste Umarmung an, fremd sogar, denn anstatt sich zu ihm hinabzubeugen, muss Helene sich auf die Zehenspitzen stellen. Seine Haut riecht nach Rasierwasser, vom süßlichen Kinderduft ist nichts mehr übrig. Helene streicht ihm durch sein welliges Haar, staunt, wie dunkel es ist und darüber, wie sehr Moritz' sinnliche Lippen denen seines Vaters gleichen. Nie mehr will sie damit aufhören, Moritz zu drücken und zu küssen.

»Mein Junge!«

»Willkommen in Amerika, Mutti.«

Der Klang seiner tiefen, männlichen Stimme, die ihn kindlich Mutti nennt, öffnet ein inneres Ventil, das dem Druck ihrer jahrelang angestauten Sehnsucht und Sorge nicht mehr standhält. Brennende Tränen schießen ihr in die Augen und lassen sich nicht mehr zurückdrängen.

»Ganz amerikanisch klingst du«, presst Helene noch hervor, dann gibt sie nach. Beinahe verrückt kommt sie sich vor, wie sie da, an Moritz geschmiegt, schluchzt und gleichzeitig lacht, doch Moritz' warmer, kräftiger Händedruck versichert ihr, dass alles in Ordnung ist. Begreift er, dass sie sich all diese Jahre nach diesem Moment gesehnt, für ihn überlebt hat?

»Kommt jetzt«, sagt Marlis, und irritiert stellt Helene fest, dass es gar nicht Moritz' Hand ist, die ihre ergriffen hat, sondern die ihrer Schwester. Moritz sagt etwas, das von dem Rufen und Lachen anderer Familien übertönt wird, und eilt davon. Panik wallt in Helene auf, sie möchte ihm nachlaufen, aber Marlis legt einen Arm um sie und führt sie dem Ausgang entgegen.

»Er holt deine Sachen«, erklärt sie. Natürlich, wie hat sie ihr Gepäck vergessen können?

Beladen mit ihrem Koffer und Seesack holt Moritz sie bald ein und bugsiert alles geschickt an Fußgängern, Lastwagen und parkenden Automobilen vorbei, bis er vor einem beigefarbenen Wagen stehen bleibt. Ehrfürchtig fährt Helene mit ihrem Finger über den glänzenden Lack.

»Ein Chevrolet«, erklärt Moritz, während er ihr Gepäck im Kofferraum verstaut.

»Aus Vorkriegsjahren«, fügt Marlis hinzu. »John hat ihn neu lackieren lassen, wartet aber sehnsüchtig darauf, dass die Automobilproduktion so richtig anläuft. Während des Krieges wurden ja keine Personenwagen hergestellt.«

»Fährst du selbst?«

Marlis nickt und öffnet ihr die Beifahrertür. Als Helene in die bequemen, von der Sonne gewärmten Polster sinkt, erinnert sie sich daran, wie frei sie sich fühlte, als sie in den Zwanzigern selbst ein paar Male ein Automobil steuerte.

Inzwischen hat Moritz sich auf der Rückbank niedergelassen, Marlis setzt sich eine schwarze Hornbrille auf, deren Form ihre grünen Augen katzenhaft aussehen lässt.

»Let's go home!«, sagt sie, während sie den Motor startet.

»Ich kann es überhaupt nicht erwarten, meine kleine Nichte kennenzulernen. Und John natürlich.«

»Du wirst beide mögen, und Samantha wird sicher bald wie eine Klette an dir hängen. Vor allem, wenn du noch so gut Geschichten vorliest wie früher. Sie ist ein Goldschatz, ich hoffe nur, dass sie bald durchschläft. Du weißt ja…«

Helene lacht auf.

»Oh ja, wenn dein Nachtschlaf gestört wird, verwandelst du dich in ein richtiges Biest.«

Ihr gemeinsames Lachen fühlt sich vertraut an. Sobald der Verkehr ins Stocken gerät, streichelt Marlis Helenes Wange, als könne sie nicht fassen, dass ihre Schwester leibhaftig neben ihr sitzt.

Die Fahrt nach Queens dauert länger, als Helene sich vorgestellt hat, und sie wünschte, sie hätte sich neben Moritz gesetzt, natürlich nicht, um ihn sofort mit all den Fragen zu bestürmen, die seit Jahren in ihrem Kopf kreisen, sondern nur, um ihn anzusehen und sich seiner Nähe zu versichern. Als sie sich zu ihm umwendet, lächelt er, und für eine Sekunde erkennt sie in seinen Augen das Kind wieder, das sich am Frankfurter Hauptbahnhof von ihr verabschiedet hat. Sie möchte etwas sagen, das Moritz zeigt, wie sehr sie ihn vermisst hat.

»Weißt du«, beginnt sie, »wann immer es ging, habe ich nach dem Mond geschaut. Um acht, wie wir es verabredet hatten. Im Sommer war es natürlich noch hell und leider war es auch sonst manchmal unmöglich ...«

Marlis bremst scharf, so dass Helene sich festhalten muss. Um sie herum wird gehupt.

»So ein dummer Heini«, flucht Marlis. »Hast du das gesehen? Zieht einfach auf meine Spur.«

»Zum Glück ist ja nichts passiert.«

Moritz, den die lange Warterei erschöpft haben muss, hat seine Augen geschlossen und döst, als Helene sich erneut zu ihm umdreht. Vielleicht ist es auch besser so. Sie haben ja Zeit.

Aus dem Radio erklingt leise Musik und die Sorge, etwas könnte schiefgehen, fällt von Helene ab. Wie in einem Film ziehen himmelhohe Gebäude, Busse, Automobile, Fußgänger und riesige Werbetafeln an ihr vorbei. Gehwege aus Gold gibt es natürlich nicht, aber, genau wie es sich die alte Frau Schwarz erhoffte, auch keine Trümmerlandschaft, dafür mehrstöckige, intakte Wohnhäuser, hochmoderne Bürogebäude, Kinos, Theater, Untergrundbahnen und, wie es scheint, gut besuchte Restaurants und Geschäfte an fast jeder Ecke. Eine komplett andere Welt als die, der sie entflohen ist.

»Bis du dich mit der *Subway* auskennst, kannst du, wenn du allein unterwegs bist, problemlos mit den gelben *Cabs*, den Taxis, fahren«, erklärt Marlis.

Sie kurbelt das Seitenfenster hinunter und zündet sich eine Zigarette an.

»Rauchst du?«

»Aber ja.«

Marlis reicht ihr ihre Zigarette und nimmt sich eine neue.

»Irgendwann zeigen wir dir Manhattan. Die Wolkenkratzer sind gigantisch und wenn sie abends beleuchtet sind, glaubt man, man lebe am Nabel der Welt.«

Schließlich fahren sie an mehrstöckigen Backsteinhäusern mit gepflegten Vorgärten vorbei und halten kurz darauf in einer ruhigen Straße vor einem hübsch geschwungenen Eisentörchen, das zu einem kleinen Garten und einem Einfamilienhaus führt.

»Willkommen in Jackson Heights«, sagt Marlis.

Sie steigen aus, und sofort nimmt Moritz Helenes Gepäck aus dem Kofferraum.

»Ich bringe es schon mal rein«, sagt er auf Englisch und läuft zielstrebig los. Helene sieht ihm nach.

»Sprecht ihr eigentlich nie Deutsch miteinander?«

»Moritz versteht es kaum noch.«

Fassungslos starrt Helene ihre Schwester an, die sich nun windet.

»Das hätte ich dir wohl schreiben sollen. Es tut mir leid, daran habe ich nicht gedacht. Aber du weißt ja selbst, wie viele andere Dinge wir zu besprechen hatten.«

Helene fühlt sich seltsam, fast wie betäubt. *Mein Sohn versteht mich gar nicht!* Ein verstörender Gedanke, denn wie soll sie Moritz näherkommen, wenn sie keine gemeinsame Sprache haben? Wie konnte Marlis es zulassen, dass Moritz seine Muttersprache verlernt?

Da Helene wie versteinert stehen geblieben ist, hakt Marlis sich bei ihrer Schwester unter und führt sie auf das Haus zu. Trost und Entschuldigungen prallen an Helene ab.

»Du bist so klug, Hella, und bestimmt sprichst du bald sehr gut Englisch. Glaub mir, zuerst habe ich es ja mit dem Deutsch versucht, aber du kannst dir nicht vorstellen, wie schnell Moritz fließend Englisch gesprochen hat. Nach deutschen Worten hat er mühsam gesucht. Tja, und als ich John kennenlernte, ist Englisch eben unsere Familiensprache geworden.« Sie lächelt um Verständnis bittend. »Der arme John würde ja sonst gar nichts verstehen.«

Wie auf sein Stichwort erscheint in der Haustür ein etwas korpulenter blonder Mann mit einem Baby auf dem Arm. Er begrüßt Moritz mit einem freundschaftlichen Schulterschlag, Moritz drückt dem Baby einen Kuss aufs Köpfchen und sagt etwas, worüber John herzlich lacht, sogar seine Schultern lachen mit.

Noch immer bedrückt beobachtet Helene die Szene. Du hast deinen Jungen wieder, schilt sie sich, was willst du denn noch? Sie sieht Moritz scherzen, hört seine Stimme, kann ihn umarmen und wird mit ihm Tag für Tag am selben Tisch sitzen. Und auch wenn ihr Englisch noch dürftig ist, so kann sie ihn fragen, wie es ihm geht und wie sein Schultag war. Und für dieses einzigartige Geschenk ist sie dankbar.

Versöhnlich lächelt Helene ihre Schwester an, doch diese winkt bereits John zu, der ihnen mit der kleinen Samantha entgegenkommt, strahlend und mit dem forschen Schritt eines Mannes, der mit sich und der Welt zufrieden ist. Nachdem er Marlis geküsst und ihr Samantha übergeben hat, begrüßt er Helene voller Wärme.

»*I am so glad to meet you! Welcome to the United States. Welcome to our home.*«

Nicht nur sein Mund lacht, sondern auch seine hellen Augen, um die sich bereits so viele Fältchen gebildet haben, dass Helene ihn deutlich älter schätzt als ihre siebenunddreißigjährige Schwester.

»*Thank you very much.*«

Jedes weitere englische Wort scheint tief in ihrem Kopf begraben zu sein. Sie betrachtet das hübsche Backsteinhaus, von dessen rötlichen Mauern sich die Fensterrahmen strahlend weiß abheben. Auf den Stufen der Treppe, die zum Hauseingang führt, stehen bunte Blumentöpfe und am Gitter des Balkons ranken weitere Pflanzen.

»*Your house is beautiful*«, schiebt sie hinterher, eine kleine Floskel, wenigstens das.

John antwortet wortreich in breitem Amerikanisch, während sie langsam auf das Haus zugehen, und obwohl Helene nur einzelne Worte versteht, klingt durch, wie stolz er auf sein schönes Heim ist.

»Ein wahrer Glücksgriff«, übersetzt Marlis, »besonders, da Johns Boss uns geholfen hat, einen günstigen Preis auszuhandeln, obwohl unser Haus zu den neuesten in diesem Viertel gehört. Die Nachbarschaft ist reizend. Moritz geht mit einigen der Jungen und Mädchen zur High School. Und Samantha wird viele Spielkameraden haben, wenn sie einmal so weit ist.«

Als ob sie verstanden hätte, dass von ihr die Rede ist, gibt Samantha ein paar brabbelnde Töne von sich, wobei sie auf Marlis' weiße Kostümjacke sabbert. Mit ihrem Taschentuch wischt Marlis den Fleck weg und erzählt weiter.

»Die Reihenhäuser wurden zur Zeit des Großen Krieges für weiße Mittelschicht-Amerikaner gebaut. Aber Protestanten sollten es sein. Bis vor ein paar Jahren waren Juden in dieser Gegend nicht gerade gern gesehen. Künstler mit ihren unkonventionellen Lebensweisen allerdings genauso wenig, und von denen ziehen auch immer mehr hierher.«

Wie ein Stromschlag durchzucken Helene Marlis' Worte. *Juden unerwünscht.* Nie wieder will sie das hören. Ihr Entsetzen scheint ihr ins Gesicht geschrieben zu sein, denn plötzlich sieht Marlis betroffen aus und selbst John, der kein Deutsch versteht, sieht sie fragend an.

»Du bist Jüdin«, bringt Helene mühsam hervor. »Wie kannst du dich hier wohlfühlen?«

Beschwichtigend legt Marlis ihre Hand auf den Arm ihrer Schwester.

»Entschuldige, ich bin so ein Idiot. Du kommst aus Deutschland, und es muss furchtbar klingen, was ich gerade gesagt habe. Dabei ist es doch Schnee von gestern. Glaub mir, solange du nicht schwarz bist, kräht kein Hahn danach, ob du Jüdin oder Christin bist.«

Etwas später essen sie Hamburger, die John gebraten hat, dazu gibt es Bier, was Helene nicht gewohnt ist, aber den Vorteil hat, dass der Schock über Marlis' Bemerkung darin verschwimmt. Durch die weit geöffneten Fenster verflüchtigt sich der Geruch nach Gebratenem, von der Straße dringt der Lärm spielender Kinder zu ihnen. Einmal landet ihr Ball in Marlis' Garten, und eins der Kinder klettert über den niedrigen Zaun, um ihn zu holen. Es schaut zu ihnen herüber, und als Moritz ihm einen Gruß zuruft, winkt es ihnen. Was sieht das Kind wohl in diesem Augenblick? John, der Helene Bier nachschenkt, Marlis, die etwas erzählt und währenddessen das Ketchup weiterreicht. Samantha, die zufrieden auf Moritz' Arm eingeschlummert ist. Und Helene, die kaut, trinkt, zuhört und lächelt. Eine Familie, die in ihrer Wohnküche zu Abend isst. Nichts könnte alltäglicher sein, nichts wunderbarer. Vielleicht, denkt sie, als sie Moritz und Samantha betrachtet, ist das mit der Sprache ja gar nicht so wichtig.

Helenes Augen werden schwer, sie braucht dringend Schlaf, bringt aber die Kraft nicht auf, sich von Moritz und Marlis loszureißen. Sie will versuchen, so lange wie möglich wach zu bleiben.

»*Very good*«, lobt sie Johns Hamburger. In Wirklichkeit ist es ihr vollkommen egal, was auf dem Teller liegt. Was zählt, ist, dass sie zusammen sind. Und dass über den Holztisch eine weiße Decke gebreitet wurde, Servietten bereitliegen und gutes Besteck. Ein wohltuender Anblick, denn er beweist ihr, dass es beim Essen wieder um mehr gehen darf, als darum, ihren Körper am Leben zu erhalten.

»Sieh mal genau hin«, flüstert Marlis und deutet auf die Tischdecke. Vorsichtig schiebt Helene ihren Teller beiseite, und ihr entfährt ein leiser Schrei. Der weiße Stoff ist übersät mit den eingestickten Namen ihrer Verwandten, Nachbarn und Freunde. Entsprechend Mutters Anweisung hatte jeder von ihnen eigenhändig mit Bleistift auf der Decke unterschreiben müssen. Danach stickte Ruth Bornstein die Namen mit rotem, grünem oder blauem Garn nach. Helene atmet hörbar aus. Wie oft hat der Vater sich darüber lustig gemacht, und nie ließ sich ihre Mutter deshalb aus der Ruhe bringen: »Wirst schon sehen, Paul, eines Tages freut sich jemand darüber.«

Sanft streicht Helene über die Namen auf dem weichen Stoff: Ruth, Paul, Anton, Helene, Marlis, Ilse, Thea und Marie, Friedrich, Marlene, Viktor, Leon und viele andere … Bilder von geselligen Abenden im Kerzenschein, mit leckeren Speisen, Gelächter, Musik und Frotzeleien steigen in Helene auf.

»Mutti hat sie mir heimlich in den Koffer gepackt. Sie dachte ja, ich wäre bald in Sicherheit und bekäme ein neues Zuhause. Vieles habe ich verloren, aber diese Decke ist mir geblieben. Diese Handschriften … Sie sehen so, so … lebendig aus.«

Helene nimmt Marlis in den Arm, erst still, dann weinen sie.

Als sie ihre Umgebung wieder wahrnimmt, ist der Tisch abgeräumt, Moritz ist mit Samantha verschwunden und John sagt etwas.

»John muss noch mal zur Arbeit«, erklärt Marlis, während sie ihre Augen mit einem Taschentuch trocknet. »Nächstes Jahr soll der neue internationale Flughafen im Süden von Queens eröffnet werden, und bis dahin hat er bestimmt nicht viele freie Tage.«

»*I am sorry*«, sagt Helene zu John, meint dabei aber ihren Gefühlsausbruch.

Nachdem Marlis ihren Mann mit einem Kuss verabschiedet hat, begleitet sie Helene in ihr Zimmer.

»Unser Gästezimmer«, erklärte Marlis. »Jetzt ist es deins. Sag mir, wenn du noch etwas brauchst.«

Wie alle Räume in Marlis' Haus wirkt auch dieser hell, geräumig und sehr funktional, fast ein wenig steril. Vor der weißen Tapete mit dem Blütenmuster und der frischen Bettwäsche sehen Helenes Koffer und Seesack schmuddelig und abgewetzt aus. Als gehörten sie einem Landstreicher, denkt sie, und genauso fühlt sie sich in ihrer ungewaschenen Strickjacke und dem grauen Rock, den sie aus einem Vorhang genäht hat, und den ihre klobigen Schuhe nicht gerade eleganter wirken lassen.

»Es ist wunderbar«, antwortet sie.

Während sie Schuhe und Strümpfe abstreift und Marlis das Laken zurechtzupft, kann Helene nicht umhin festzustellen, dass ihre Schwester zwar verweint aussieht, aber in ihrem schicken figurbetonten Rock, den Nylonstrümpfen und der raffinierten Lockenfrisur dennoch so, als sei sie geradewegs einer Modezeitschrift entstiegen.

»Ach ja«, sagt Marlis und reicht Helene einen Brief, der in einem Regal gelegen hat. »Der ist schon vor einer Weile angekommen.«

Lores breite, unregelmäßige Handschrift auf dem Umschlag erkennt Helene sofort. Nicht eine Sekunde zögert sie, den Brief aufzureißen.

Frankfurt im Juli 1947

Liebe Helene,
während ich Dir das schreibe, bereitest Du Deine große Reise vor. Ist es nicht verrückt, dass ich Dir diesen Brief schicke, Du aber noch in Frankfurt bist, Papierkram erledigst, lose Knöpfe annähst oder am Main stehst, um der Trümmerlandschaft unserer Stadt Lebewohl zu sagen?

Aber ich habe keine Ahnung, wie lange die Post nach Amerika braucht und mein Gruß soll Dich erreichen, sobald Du ankommst.

Wie es in New York aussieht, weiß ich nicht. Erzähl mir bitte, ob der Broadway wirklich so beeindruckend ist. Und ob all diese Hochhäuser einem nicht das Gefühl geben, ein unwichtiger Winzling zu sein.

Ich wünsche Dir, dass Dein Leben jetzt gut wird, Deine Familie Dich mit offenen Armen empfängt und nie wieder loslässt, besonders Moritz nicht.

Deine Lore

Mit dem Handrücken wischt Helene eine Träne fort. Marlis, die ein zweites Kissen für Helene geholt hat, fragt erschrocken: »Schlechte Nachrichten?«

»Nein. Nein, gar nicht.«

Mit einem Mal wirkt das Zimmer nicht mehr ganz so fremd und unpersönlich. Behutsam legt sie Lores Brief auf ihren Nachttisch, dann lässt sie sich todmüde aufs Bett fallen.

»Wo ist eigentlich Moritz?«

Fast schmerzt es Helene körperlich, schon wieder von ihm getrennt zu sein.

»Nebenan. Er sitzt an seinen Schulaufgaben«, erklärt Marlis, »danach geht er zum Football.«

»Er spielt Fußball?«

»*American Football.* Moritz ist gut darin. Genauso wie im Baseball.«

»Wie schön.«

»Ja, der Sport an den High Schools wird sehr ernst genommen.«

Auch in Deutschland hatte Sport eine wichtige Rolle gespielt, nur jüdische Kinder wurden nach '33 immer stärker davon ausgeschlossen. Als Moritz alt genug geworden war, um ein begeisterter Fußballer zu sein, wollte keiner der Nachbarsjungen, die sich im Park zum Kicken trafen, mehr mit ihm spielen. Kaum ein Verein hätte ihren Sohn aufgenommen, außer einer der jüdischen, aber auch die waren irgendwann verboten. Gleich morgen, nimmt Helene sich vor, will sie Moritz fragen, wie dieses »Football« funktioniert. Und »Baseball«. Alles, was ihm wichtig ist, will sie kennenlernen. Zur Not muss Marlis übersetzen, es gibt Schlimmeres.

»Ruh dich aus«, sagt Marlis und breitet, fürsorglich wie eine Mutter, die ihr Kind zu Bett bringt, die Bettdecke über Helene aus. Sie streicht sie glatt und zieht die Vorhänge zu.

»Schlaf gut, Hella.«

»Gute Nacht, Marlis.«

Ist es zu fassen? Nur wenige Meter von ihr entfernt sitzt ihr Sohn und schreibt. Gerne würde sie ihm eine gute Nacht wünschen, wie damals, als er klein war. Doch Helene schafft es nicht, noch einmal aufzustehen.

Sie liegt da und starrt an die Decke. Ihr Bett fühlt sich an, als stehe es nicht auf festem Boden, sondern als treibe es über die Atlantikwellen. Noch immer schwankt Helenes Inneres im Rhythmus der Wellen, ihr Gleichgewicht muss sich erst wieder ans Land gewöhnen. An Bord der *Marine Flasher* waren es die vielen Menschen, die sie am Einschlafen gehindert hatten, jetzt ist es die Ruhe, die sie stört. Zuckende Muskeln kündigen den Schlaf an. Irgendwann kommt er und zerrt Helene auf die Gleise des Frankfurter Hauptbahnhofes, wo sie keuchend einem Zug hinterherrennt. Selbst im Schlaf weiß sie, dass Moritz endlich bei ihr ist. Und trotzdem hastet sie weiter, fasst ein paar winkende Hände und zieht ein strampelndes Mädchen aus einem Abteil. Es steht vor ihr und starrt sie an. Entsetzt dreht Helene sich um und läuft weg, so schnell sie kann.

»Warum ich?«, ruft das Mädchen ihr nach. In Helenes Ohren beginnt es zu rauschen. Sie ist dankbar dafür, denn sie will diese helle Stimme nicht hören.

In den ersten Tagen in Jackson Heights fühlt sich Helene wie in Watte gepackt, so müde ist sie. Ganz, als fordere ihr Körper, den Schlaf vieler Jahre nachzuholen. Trotzdem dämmert sie meistens erst ein, wenn es draußen hell wird und die Vögel zwitschernd den neuen Tag begrüßen. Nachts liegt sie in der Dunkelheit und kämpft, wenn Samantha nicht schreit und es still ist, gegen die Erinnerungen, die sie wie hartnäckige Geister umringen. Vergessen. Vergessen. So vieles will sie vergessen. Wie sonst kann sie für Moritz eine ganz normale Mutter sein?

Bislang hat sie ihn allzu selten zu Gesicht bekommen. Wenn Helene erwacht, ist sein Schulbus längst abgefahren, nachmittags zieht er sich zum Lernen zurück oder geht zum Sport. Lediglich während der Mahlzeiten findet sie Gelegenheit, ihn nach der Schule und seinen Freunden zu fragen. Während er mit Samantha scherzt und gestenreich etwas vom Football erzählt, bemüht sich Helene zu verstehen, was er sagt, doch oft muss Marlis für sie übersetzen. Hilfe zu benötigen, um sich mit ihrem Sohn zu unterhalten, deprimiert Helene. Auch hemmt es sie, dass Moritz mit dem Achtjährigen, den sie all die Jahre vor Augen hatte, nur noch wenig gemein hat. Sie ist enttäuscht darüber, wie fremd sie sich geworden sind, aber sich das einzugestehen, hieße das Glück, Moritz wiederzusehen, mit Füßen zu treten.

An diesem Morgen sind alle ausgeflogen. Kein Knacken oder Knarzen, weder Schritte noch Stimmen. Das Haus schweigt. Nur die Vögel im Garten zwitschern fröhlich und beweisen Helene, dass sie nicht allein auf der Welt ist.

Es zieht sie in Moritz' Zimmer. Als fände sie hier etwas, das ihr Moritz näherbringt, schweift ihr Blick über sein ungemachtes Bett, das noch immer nach müdem Jungen riecht, und die Wände, an denen Bilder von Musikern hängen. Bing Crosby und Glenn Miller, wie dort geschrieben steht. Auf dem Boden liegen sein Schlafanzug, Socken und ein kariertes Hemd. Der Schreibtisch sieht aus, als wäre ein Windstoß durch Bücher und Hefte gewirbelt. Helene stapelt sie ordentlich, schüttelt Moritz' Bett auf und legt seine benutzte Wäsche darauf. Dann weiß sie nicht mehr, was sie in seinem Zimmer tun soll.

Sie geht in die große, offene Küche, sie braucht einen starken Kaffee. Danach würde sie das Geschirr abspülen oder Staub wischen, sich irgendwie nützlich machen. An der Wand über dem Esstisch hängen Fotografien von Johns Familie, aber auch von den Bornsteins. Während sie darauf wartet, dass das Wasser kocht, betrachtet sie ein Bild, das ihre Familie in festlicher Kleidung zeigt. Es muss der Tag gewesen sein, an dem Marlis ihr Abitur bestanden hat.

Strahlend sitzt sie zwischen Vater und Mutter, hinter ihr stehen Anton, Helene und der Backfisch Ilse. Zärtlich streicht Helene über das feine Gesicht ihrer jüngsten Schwester. So stolz ist Ilse gewesen, als der Fotograf feststellte, dass sie mit ihren dreizehn Jahren bereits fast so groß wie Marlis war. Als Kind hatte Ilse darunter gelitten, in ihrer Klasse die Kleinste zu sein, und gehofft, Helene könne ihr als Ärztin beim Wachsen helfen. Das hat sie letztlich ganz allein geschafft, wie so vieles andere. Nach ihrer Masernerkrankung hatte Ilse fast nichts mehr hören können und alle fürchteten, dass sie deshalb das Sprechen verlernen würde. Wie tapfer Ilse geübt und einzelne Wörter so oft wiederholt hat, bis der Klang stimmte und sie sie weder zu laut noch zu leise herausbrachte. In dem Jahr, in dem Hitler an die Macht kam, machte sie ein gutes Abitur. Doch kein Prüfer entließ sie, wie einst noch Helene, mit den Worten, dass etwas Großartiges aus ihr werden könnte.

Die Tür fliegt auf und Marlis tritt herein, bekleidet mit einem rosafarbenen Kostüm, ihre Sonnenbrille auf den Kopf geschoben, Samantha im Arm und in der Hand zwei prall gefüllte Einkaufstaschen, die sie auf einen Stuhl wuchtet.

»Puh, ist das heiß heute«, stöhnt sie und legt Samantha auf dem kleinen Teppich neben dem Küchentisch ab. Das Baby fängt an zu weinen.

»Nein, *darling*,«, sagt Marlis. »*Mom* muss jetzt die Taschen auspacken, du kannst nicht immer auf meinem Arm sein.«

Das sieht Samantha anders und brüllt, ihre Ärmchen ausgestreckt, bis ihr kleiner Kopf wie eine riesige Tomate aussieht.

»Hör auf zu weinen«, wiederholt Marlis, »ich kann jetzt nicht.«

Helene hebt ihre Nichte hoch. Schlagartig beruhigt sich das Kind. Nur ein paar kleine, empörte Schluchzer stößt sie noch aus. Dann, obwohl noch Tränen in ihren Wimpern hängen, gluckst Samantha schon wieder zufrieden, und Helene drückt ihr einen Kuss auf die Stirn. Da lächelt auch Marlis.

»Danke, Hella. Ich habe die ganze Nacht kein Auge zugemacht und bin fix und fertig. Samantha weint so viel, ich glaube, sie bekommt Zähne.«

Vorsichtig schiebt Helene ihren kleinen Finger in Samanthas Mund und sofort beginnt das Kind, darauf herumzukauen.

»Ja, du hast recht. Hier stößt ein Zahn durch.«

Nachdem Marlis die Lebensmittel in den Kühlschrank und die Vorratskammer geräumt hat, setzt sie sich mit einer Tasse Kaffee zu Helene, auf deren Arm Samantha friedlich schläft. Marlis zündet sich eine Zigarette an und schiebt Helene die Schachtel hinüber.

»John kann es nicht leiden, wenn ich rauche. Aber in letzter Zeit ist er so oft unterwegs, dass sich genügend Gelegenheiten bieten. Noch Kaffee?«

»Gern.«

Marlis legt ihre qualmende Zigarette in einem Aschenbecher ab.

»Lass mich Sam ins Bett bringen, dann haben wir ein wenig unsere Ruhe vor der kleinen Tyrannin.«

Eigentlich würde Helene ihre Nichte lieber festhalten und an ihrem feinen, nach Vanille duftenden Haar schnuppern. Doch da nimmt Marlis sie ihr schon weg und trägt sie ins Schlafzimmer.

Rauchend wartet Helene, bis Marlis zurückkehrt. Seufzend legt ihre Schwester den rosa Blazer ab und öffnet, bevor sie sich setzt, den Reißverschluss ihres Rockes.

»Zum Glück wirkt ein Baby wie eine gute Diät. Ich komme weder zum Schlafen noch zum Essen und nehme wie von selbst ab.«

»Das hast du doch gar nicht nötig.«

»Na, da sagen meine Freundinnen aber etwas anderes.«

Marlis greift nach ihrer angefangenen Zigarette und raucht ein paar Züge, mit geschlossenen Augen.

»Wann kommt eigentlich Moritz aus der Schule?«

»Irgendwann am Nachmittag.«

Helene erschrickt.

»Du weißt es nicht genau? Was, wenn ihm etwas zustößt?«

»Was soll ihm denn in Jackson Heights passieren? Jeder kennt jeden und außerdem fährt Mo mit dem Schulbus.«

Nach einigen Zügen an ihrer Zigarette hat Helene ihr Herzklopfen unter Kontrolle. Nein, so geht das nicht. Macht Marlis sich denn gar keine Gedanken? Und tut noch so, als stelle Helene überflüssige Fragen? Dabei ist Helene die Mutter, und sie wird ihrem Sohn sagen, dass sie wissen muss, wann sie mit ihm rechnen kann. Zu viele Jahre hat sie diese Ungewissheit ertragen müssen.

»Ich möchte gerne mehr Zeit mit Moritz verbringen«, sagt Helene und drückt ihre Zigarette aus.

»Aber natürlich, Hella.«

Marlis legt ihre Hand auf Helenes.

»Nach all den Jahren, die du ihn entbehrt hast, ist das doch ganz normal.«

»Aber er ist kaum zu Hause und wenn, dann ist er beschäftigt.«

Marlis will Helene Kaffee nachschenken, doch sie wehrt ab.

»Nein, danke, sonst bekomme ich Herzrasen.«

Marlis legt ihre Beine auf einen Küchenstuhl, auch ihre Fußnägel schimmern rosa.

»Es ist sein letztes Jahr auf der High School und er hat viel zu tun. Lass ihm etwas Zeit, sich an die neue Situation zu gewöhnen.«

Marlis' Worte versetzen Helene einen fiesen Stich.

»Woran denn gewöhnen? Daran, dass ich lebe?«

Marlis widerspricht eine Sekunde zu spät.

»Blödsinn, Hella! Wie das klingt!«

»Wie klingt es denn? Genau das hast du doch gemeint.«

Marlis' grüne Augen fixieren sie, als würde sie ihre Worte genau abwägen.

»Hella, versuch ihn zu verstehen. Mo dachte, du bist tot. Er hat um dich getrauert. Dann stehst du vor ihm. Das muss der Junge erst mal verdauen.«

»Verdauen? Dass seine Mutter zurückgekommen ist? Hast du ihm denn gar keine Hoffnung gemacht?«

Helene ist laut geworden, ihr Herz trommelt aufgebracht, auch ohne Kaffee.

Marlis lässt den Rauch aus ihrem Mund strömen.

»Doch, Hella, habe ich. Aber dann bekamen wir kein Lebenszeichen mehr. In England nicht, und in Amerika hörten wir aus Europa nichts als fürchterliche Geschichten.«

Mit beiden Händen winkt Helene ab.

»Schon gut. Ich mache dir doch gar keinen Vorwurf. Ich bin dir unendlich dankbar, dass du dich um Moritz gekümmert hast. Und John auch.«

Sie umarmen sich und am liebsten würde Helene so verharren, ihr Gesicht im offenen Haar ihrer Schwester vergraben, in der Nase den Duft ihres süßen Parfums.

»Du kannst mir glauben, Hella, John liebt Mo sehr. Er ist wie ein Sohn für ihn.«

Der letzte Satz sticht schon wieder, aber mit welchem Recht? Denn wo ist Moritz' leiblicher Vater all die Jahre gewesen? Sie freut sich ja für ihren Sohn, dass er in einer richtigen Familie aufgewachsen ist. Aber weh tut es trotzdem.

»Er heißt Moritz. Warum macht ihr dieses nichtssagende Mo daraus?«

Sie klingt harscher als beabsichtigt. Marlis löst sich aus ihrer Umarmung und streicht ihren Rock zurecht.

»Mo, Sam … Das sind Koseformen. So wie ich dich seit unserer Kindheit Hella nenne.«

Darauf erwidert Helene nichts. Versteht Marlis nicht, dass es Helene verletzt, wenn nicht einmal der Name, den sie ihrem Sohn gegeben hat, noch derselbe ist? Und dass die Dinge wieder so laufen müssen, wie sie es als seine Mutter richtig findet?

Marlis stellt die Kaffeetassen zusammen und leert den Aschenbecher aus.

»Möchtest du etwas unternehmen, Hella? Sollen wir heute Nachmittag nach Manhattan fahren? Oder einen Spaziergang durch Jackson Heights machen? Du hast dich noch gar nicht umgesehen. Nicht weit von hier gibt es ein kleines Geschäft für Damenmode, dort könnten wir dir ein paar Röcke und Blusen kaufen.«

»Viel zu heiß.«

Helene zieht eine Grimasse, von der sie hofft, dass sie die angespannte Stimmung ein wenig lockert. »Lass uns das an einem kühleren Tag machen.«

Dass sie sich im Haus am wohlsten fühlt, behält sie für sich. Nicht nur wegen der Hitze, vielmehr ist es die fremde Umgebung, die sie verunsichert, vor allem wegen dem, was Marlis am ersten Tag über die Nachbarschaft gesagt hatte. Sollte irgendjemand ihr das Gefühl geben, Juden seien in Jackson Heights nicht willkommen, müsste sie von hier fortziehen, und dazu fehlte ihr schlichtweg die Kraft.

»Vorhin habe ich mir in der Küche die Familienbilder angesehen. Hast du noch mehr?«

Etwas später sitzen die Schwestern mit Salat und Toast auf dem Sofa. Zwischen ihnen steht eine Holzkiste, der man ansieht, dass sie einige Seemeilen überstanden hat.

»Viele sind es nicht«, sagt Marlis bedauernd, »und ich habe sie mir lange nicht angeschaut. Hier, eins von Mutti und Papa am Mainufer. Und dieses hat Papa vor unserem Uhrtürmchen geknipst.«

Hier hatten sich Frankfurter Juden gerne getroffen und geplaudert, bis sie auf den Uhrzeigern sahen, dass der Sabbat begann und es Zeit für das Abendgebet in der nahe gelegenen Synagoge war. Dorthin gingen die Bornsteins nicht, aber dem Uhrtürmchen statteten sie dennoch gerne einen Besuch ab, nachdem sie um den Weiher der Friedberger Anlage geschlendert waren und Enten gefüttert hatten. Vermutlich auch an dem Tag, an dem dieses Bild aufgenommen worden war, Anfang der zwanziger Jahre. Ilse und Marlis, ungefähr sieben und zwölf, halten sich an den Händen. Anton, um die zwanzig, trägt ein Trikot seiner geliebten Frankfurter *Eintracht*, aber von ihr, Helene, ist nur ein Arm zu sehen, anscheinend hatte sie sich nicht rechtzeitig in Position gebracht.

Marlis wirkt melancholisch.

»Weißt du noch, wie wütend Anton war, als Mutti sein *Eintracht*-Trikot zu heiß gewaschen hatte? Nur Klein-Ilse konnte es danach noch anziehen.«

Jetzt lachen beide, aber Helene entgeht nicht, dass Marlis' Augen feucht werden.

»Wer hat die Pferde fotografiert? Das sind wunderschöne Bilder.«

Helene hält drei Fotos in der Hand, die einen Rappen und zwei Braune zeigen. Turnierpferde mit langen Beinen und stolzen Köpfen.

»Na, ich. Weißt du nicht mehr, dass Papa mir manchmal seine alte Leica geliehen hat? Wenn wir die Galopprennbahn besuchten, durfte ich Bilder schießen, während Papa wettete.«

»Stimmt. Ihr hättet jedes Wochenende dort verbringen können, so wie Anton beim Fußball. Ich bin nur mitgekommen, wenn ich keine gute Ausrede parat hatte.«

Sie legt die Pferdebilder in die Schachtel zurück.

»Trotzdem warst du Papas Liebling«, sagt Marlis, wobei sie in ihrer Kiste kramt. »Ihr habt die Medizin geteilt, und die war sein Leben. Aber diese Sonntage mit den Pferden gehörten uns, und für meine Fotografien hat er mich so gelobt, dass ich beinahe vor Stolz geplatzt wäre.«

Als Marlis ihr das nächste Bild hinüberschiebt, zuckt Helene zusammen. Neben ihrem jüngeren Ich steht Leon in seinem blauen Wollmantel auf der Tribüne der Rennbahn und unterhält sich mit ihrem Vater, beide machen ernste Gesichter.

»Da hatte ich meine erste Wette gewonnen und den Jungen geküsst, der mir den richtigen Tipp gegeben hat«, schmunzelt Marlis. »Mein Gott, ist das lange her.«

»Hast du mal etwas von Leon gehört?«, fragt Helene leise.

»Nachdem ich hier angekommen bin, haben wir uns ein paar Mal gesehen. Aber das ist Jahre her. Damals arbeitete Leon für eine deutschsprachige Emigrantenzeitung und lebte in Frankfurt-on-the-Hudson.«

»Wo?«

Marlis lacht.

»Eigentlich heißt der Stadtteil Washington Heights. Dort wimmelt es von österreichischen und deutschen Juden. Viele von ihnen stammen sogar aus unserem Frankfurt, daher der Spitzname. Es ist wie ein deutscher Kosmos mitten in New York, und genau deshalb zieht mich auch nichts hin.«

»Den Kontakt zu Leon hättest du trotzdem halten können. Immerhin hat er dir geholfen.« *Und mir hättest du mehr über ihn erzählen können.*

»Oh, nein, Hella«, entgegnet Marlis entschieden. »Dass ich in

Amerika gelandet bin, habe ich allein John zu verdanken. Ich bin niemandem etwas schuldig.«

Wie vor den Kopf geschlagen sitzt Helene da, aber Marlis merkt es nicht und spricht einfach weiter. Dabei scheint es ihr zu genügen, dass Helene, die einzige Person in Jackson Heights, die mit ihrer Jugend etwas anfangen kann, schweigend zuhört. Nach einer Weile rauschen die Worte ihrer Schwester an ihr vorbei, Helenes Blick ruht auf Leons Bild.

Plötzlich weiß sie wieder, dass Leons Fingerspitzen leicht metallisch schmeckten, wenn er sie stundenlang über die Tasten seiner Schreibmaschine gejagt hatte. Und dass sie die Welt um sich herum vergessen konnte, wenn Leon sie in den Armen hielt.

Behutsam legt sie die Fotografie in Marlis' Schachtel zurück und während sie mit »mhm« und »ach, ja« Marlis ihrer Aufmerksamkeit versichert, nimmt sie sich ein neues Bild. Mit einer *Eintracht*-Fahne steht Anton im elterlichen Wohnzimmer, eingehakt bei Helene. Er hatte sie überredet, mit ihm ins Stadion zu gehen. Hier lernte sie Leon kennen und auch Lore, die, wie Helene geglaubt hatte, ihr Leben bloß flüchtig streifen würde. Darin hat sie sich, wie in so vielem, geirrt.

Unverschämt glücklich erscheint Helene ihr damaliges Leben und so weit entfernt, als wäre es nie gewesen. Und doch steckt es noch immer tief in ihr drin.

Frankfurt, März bis Dezember 1925

Das Polizeiaufgebot war enorm, und Helene bezweifelte, dass es eine gute Idee gewesen war, sich mit Anton das Spiel der Frankfurter *Eintracht* gegen Pforzheim anzusehen, anstatt für ihre Anatomieprüfung zu lernen.

»Das kannst du nachher immer noch«, hatte Anton sie gedrängt. »Du musst mal raus aus der Bude.«

Genau dasselbe sagten Marie und Thea, weil Helene, seitdem sie Medizin studierte, seltener mit ihnen tanzen ging. Sogar auf den »Timbuktu-Umzug« zu Karneval hatte sie verzichtet, das ausgefallene Künstlerfest im Zoologischen Garten, für das Maries Vater Eintrittskarten ergattert hatte, die immerhin 15 Mark kosteten, aber dennoch blitzschnell ausverkauft gewesen waren. Ihre Absage hatte Helene bereut, nachdem sie die euphorischen Artikel über die exotische Dekoration gelesen hatte, in die sogar Elefanten, Schlangen und Krokodile einbezogen worden waren.

Ein Trauerkloß wollte Helene nun wirklich nicht werden, und so setzte sie an diesem strahlenden Frühlingssonntag ihren neuen Hut auf und freute sich wieder einmal darüber, dass ihre Mutter endlich einem Bobschnitt zugestimmt hatte.

»Komm schon! Wir gehen nicht in die Oper, sondern zum Fußball«, hatte Anton sie lachend vom Spiegel weggezerrt. Seine Augen blitzten so unternehmungslustig, dass seine Überschwänglichkeit auf Helene abfärbte. Allerdings verflog ihre gute Laune schnell, als sie eingekeilt zwischen grimmig dreinblickenden Polizisten und aufgeregten Stadionbesuchern stand.

»Aufmachen! Reinlassen!«, skandierten einige Männer, woraufhin die Polizei dichter zusammenrückte. Sie erfuhren, dass das Spiel der *Eintracht* wegen der landesweiten Trauer um Reichspräsident Friedrich Ebert, der wenige Tage zuvor an einer Blindarmentzündung gestorben war, gar nicht stattfinden sollte. Öffentliche Lustbarkeiten wie Musikveranstaltungen oder Lichtspielaufführungen waren verboten worden, aber die Frankfurter sahen nicht ein, weshalb man ihnen auch noch das *Eintracht*-Spiel vermiesen wollte.

»Hat nicht das Reichsgericht entschieden, dass für Fußballspiele keine Lustbarkeitssteuer zu zahlen ist?«, rief einer aufgebracht. »Also ist Fußball auch nicht verboten!«

Zustimmende Rufe und Applaus.

»Leben wir in einem freien Land, in dem sich die Polizei an Urteile hält oder etwa nicht?«, tönte es aus einer anderen Ecke. Das Raunen schwoll an, manch ein Fußballanhänger beschimpfte die Polizisten lauthals.

»Ich würde lieber heimgehen«, flüsterte Helene Anton zu, doch der schüttelte den Kopf.

»Da ist kein Durchkommen, wir warten ab.«

Als es auf einmal hieß, die *Eintracht* würde auf das Eintrittsgeld verzichten und die Polizei die Zuschauer auf den Platz lassen, johlte die Menge.

»Na dann, los.« Anton griff nach Helenes Hand und zog sie hinter sich her. Zum ersten Mal betrat Helene das Stadion, in dem Anton seit der Eröffnung vor fünf Jahren mit seinen Freunden die Wochenenden verbrachte. Die Ränge waren gut gefüllt und Verkäufer priesen lautstark Getränke und Würstchen an. Dann wurde die Partie angepfiffen, und gleich darauf schien Anton die Welt um sich herum zu vergessen.

»Ja, los! Renn doch! Renn! Schieß ihn rein! Och, komm, so schwer ist das doch nicht!«

Wegen einer knapp verpassten Torchance ging ein Stöhnen durch das Publikum und Anton stieß Helene etwas unsanft an.

»Siehst du den im Mittelfeld? Willy Trumpp. Guter Spieler,

hat allerdings in letzter Zeit etwas nachgelassen. Aber heute scheint er in Form zu sein. Da fällt noch ein Tor, das sag ich dir. Ja, los, schieß rüber!«

Belustigt sah Helene ihrem Bruder dabei zu, wie er mitfieberte. Wie viel Lebensfreude er versprühte, seitdem er Wirtschaft studierte und zusätzlich für die Schuhfabrik Schneider arbeitete, war nicht zu übersehen. Manchmal neckte Helene ihn, weil er seine Nachmittage umgeben von Kinder- und Sportschuhen, Kamelhaar- und Filzschlappen zubrachte, aber er reagierte nicht darauf, sondern verfolgte zielstrebig seinen Plan, sich in dieser erfolgreichen Firma bis zum Prokuristen hochzuarbeiten. Mit seinen Arbeitgebern, den Adlers und Walter Neumann, verstand er sich prächtig, und dass sie die *Eintracht* genauso liebten wie er, stellte in Antons Augen ein geradezu schicksalhaftes Zeichen dar.

Helene, vom Spiel nicht sonderlich fasziniert, ließ ihre Blicke umherschweifen. Unerwartet traf sie dabei auf die Augen eines Mannes, nicht viel älter als sie, in blauem Wollmantel und mit Schiebermütze. Schon seit Spielbeginn stand er neben Anton und machte Notizen. Dass sie ihn länger ansah, als es sich schickte, merkte sie erst, als es schon zu spät war und der attraktive Mann sie anlächelte. Helene schoss das Blut in die Wangen, doch er half ihr aus der Verlegenheit, indem er sich an Anton wendete.

»Manche *Eintracht*-Spieler sind noch sehr jung und wirken gegenüber den erfahrenen Pforzheimern etwas hilflos.«

Das Spielfeld nicht eine Sekunde aus den Augen lassend, nickte Anton.

»Aber sie geben ihr Bestes. Wenn sie endlich Berufsspieler werden dürften, könnten sie Großes leisten.«

Antons Gesprächspartner strich sich sein dunkles Haar unter seine Mütze und Helene registrierte schlanke, aber kräftige Hände, die sie sich gut auf der Tastatur eines Klaviers vorstellen konnte. Oder auf ihrer Haut, wie sie irritiert feststellte.

»Meiner Meinung nach nur noch eine Frage der Zeit.«

»Hoffentlich.«

Helene, der nichts einfiel, was sie dem Gespräch hätte beisteuern können, fixierte die zweiundzwanzig Männer auf dem Feld, als gäbe es auf der Welt nichts Interessanteres. Sie spürte den Blick des Unbekannten und schließlich gab sie dem Drang nach, ihn erneut anzusehen. Dabei gelang ihr ein Lächeln, und als der gut aussehende Mann es erwiderte, zog es in ihrem Magen so, wie es hätte ziehen sollen, als Theas Bruder Lutz sie geküsst hatte oder ihr Kommilitone Hans. Und jetzt genügte allein der Blick dieses Fremden, um ihr dieses Gefühl zu geben.

»Sie treiben sicher auch Sport«, sagte er und musterte sie. Die Härchen auf Helenes Arm stellten sich auf, als hätte er sie berührt.

Laut lachte Helene auf, woraufhin Anton ihr einen ungehaltenen Blick zuwarf, denn soeben hatte die *Eintracht* erneut eine Torchance vermasselt.

»Dazu habe ich gar keine Zeit«, erwiderte Helene.

»Warum nicht? Was machen Sie den ganzen Tag?«

Was immer er vorhin fleißig notiert hatte, es schien nicht mehr wichtig zu sein. Seine Aufmerksamkeit galt allein ihr. Das brachte nun nicht bloß ihren Magen zum Flattern, sondern auch ihren Verstand.

»Ich bin Ärztin«, hörte Helene sich sagen und war froh, dass Anton es nicht mitbekam, weil er sich mit anderen Zuschauern über das Spiel echauffierte. Es war dumm zu lügen, um Eindruck zu schinden, aber aus irgendeinem Grund wollte Helene nicht, dass der interessante Mann sie für die kleine Studentin hielt, die sie eigentlich war.

Damit er nicht nachhakte, stellte sie gleich die Gegenfrage.

»Und was machen Sie?«

»Ich bin Journalist«, antwortete er. »*Frankfurter Zeitung.*«

Plötzlich entstand eine seltsame Unruhe. Ohne dass der Schiedsrichter das Spiel abgepfiffen hatte, blieben die Spieler stehen, als hätten sie beschlossen, Feierabend zu machen.

»Was ist denn jetzt los? Die Halbzeit endet doch erst in ein paar Minuten«, maulte Anton. Die Zuschauer riefen durcheinander, doch dann marschierte die Polizei im Stadion auf. Der Journalist drängte sich an Anton und Helene vorbei.

»Entschuldigen Sie, ich muss sofort dahin. Es war bezaubernd, sich mit Ihnen zu unterhalten, Fräulein ...«

»Bornstein. Helene Bornstein.«

Ob er ihren Namen noch gehört hatte, wusste sie nicht, denn mit gezücktem Schreibblock und Kugelschreiber bahnte er sich bereits seinen Weg durch die Zuschauermenge. Während Helene sich bemühte, seine braune Schiebermütze unter Hunderten nicht aus den Augen zu verlieren, fragte sie Anton: »Hat er ›bezaubernd‹ gesagt?«

Verblüfft sah Anton, der sich den Hals verrenkte, um herauszufinden, was rund um das Spielfeld vor sich ging, seine Schwester an.

»Wie bitte? Ob er ...?«

Nun prustete er los, wie sie, wenn er ihr von Filzschlappen erzählte.

»Vorhin wolltest du flüchten und jetzt, wo es tatsächlich brenzlig wird, willst du wissen, ob dich irgendein Kerl bezaubernd findet?«

Angesichts der bewaffneten Polizisten kam ihr das nun selber verrückt vor, weshalb sie vom Thema ablenkte.

»Schau mal. Da steigt ein Mann auf die Tribüne.«

Emil Flasbarth, der ehemalige Fußballpräsident, ergriff das Wort, und bald standen Zuschauer und Polizisten bewegt beieinander und hörten zu, wie er des verstorbenen Reichspräsidenten gedachte, aber auch den Gefallenen des Großen Krieges. Er appellierte an die Jugend, den Sport nicht als verlagerten Kriegsschauplatz zu betrachten, als Revanchekampf, sondern als reine und körperliche Stählung für den Kampf des täglichen Lebens. Mit seiner Rede schaffte es Flasbarth, die erhitzten Gemüter zu beschwichtigen. Letztendlich blieb das Spiel zwar unvollendet, aber Krawalle gab es keine. Vielmehr verließen alle fast andächtig das Stadion. Auch Helene und Anton machten sich auf den Weg, wobei Helene nach dem Journalisten Ausschau hielt. Würde sie ihn noch einmal wiedersehen?

Ohrenbetäubendes Kreischen in ihrer Nähe zerriss die feierliche Atmosphäre. Erschrocken fuhr Helene herum.

Nicht weit von ihnen tobte und keifte ein etwa dreizehnjähriges Mädchen mit wirren Zöpfen. Auf dem Boden verteilt lagen Frankfurter Würstchen, daneben ein zerbrochener Bauchladen.

»Beruhige dich! Ich helfe dir, aber bitte beruhige dich!«

Der Mann, der auf das Mädchen einredete, war der Journalist. Sofort packte Helene Anton am Ärmel und zog ihn mit sich.

»Einen Dreck werde ich, Sie blöder Trampel! Glauben Sie vielleicht, das sind meine Würstchen? Bezahlen muss ich die! Und von meinem Bruder krieg ich dafür Senge.«

Heftig stampfte das Mädchen auf und schlug mit ihren Fäusten auf die Brust des Journalisten ein.

»He, he, he!«

Er packte ihre Handgelenke.

»Ich sag's noch mal: Beruhige dich und ich helfe dir.«

»Was ist denn hier los?«

Um ein Haar wäre Helene in den matschigen Frankfurter Würstchen ausgerutscht. Wie fette Würmer lagen sie auf dem Weg, einige kullerten die Stufen hinab. Beim Klang ihrer Stimme drehte sich der Journalist um. Nur eine Sekunde, die dem Mädchen reichte, um ihm in die Hand zu beißen. Mit einem Schmerzensschrei ließ der Journalist von ihr ab, aber Anton war schneller als das Mädchen. Bevor sie fliehen konnte, bekam er sie am Ohrläppchen zu fassen.

»Hiergeblieben, du kleine Hexe. Man beißt nicht einfach andere Leute.«

Wie ein wildes Tier brüllte das Mädchen und trat nach Antons Schienbein. »Das weiß ich«, rief sie unter Tränen. »Aber er«, sie zeigte auf den Journalisten, »er macht den Ärger.«

Mit ihrem Taschentuch betupfte Helene die Wunde auf der Hand des Journalisten, dieser verzog das Gesicht.

»Die Kleine hat kräftig zugebissen. Wir sollten das desinfizieren.«

»Ich bin doch kein tollwütiger Hund«, schrie das Mädchen nun Helene an.

»Du benimmst dich aber wie einer!«, sagte diese ungerührt. »Jetzt setz dich hin und wehe, du läufst weg.«

Vorsichtig ließ Anton das Ohr des Mädchens los. Mit einem verächtlichen Laut zog es den Rotz in die Nase, tat jedoch, was Helene befohlen hatte, wenn auch unter Protest.

»Und wenn ich doch weglaufe? Was dann? Sie kennen nicht einmal meinen Namen.«

»Ich nicht«, antwortete Helene ruhig, »aber bestimmt derjenige, der dich zum Würstchenverkauf angestellt hat. Und wer das ist, lässt sich herausfinden.«

Sprachlos starrte das Mädchen Helene an, dann sackte es in sich zusammen.

Sie hatte ein grünes und ein blaues Auge, wie Helene überrascht feststellte. Darüber, wie Eigenschaften, zum Beispiel die Augenfarben, vererbt wurden, hatte sie kürzlich eine Vorlesung besucht. Sie hatte sich schon immer gewundert, wieso Anton und sie blaue Augen besaßen, der Rest der Bornsteins jedoch grüne und die ihres Großvaters waren sogar braun.

Anton erbot sich, Desinfektionsmittel zu besorgen, aber der Journalist winkte ab.

»Machen Sie sich keine Umstände. So schlimm ist es nicht.«

»Tut mir leid«, murmelte das Mädchen in diesem Augenblick. »Ich wollte Ihnen nicht wehtun. Aber mich festzuhalten, ist auch nicht in Ordnung.«

Der Journalist nickte.

»Du hast recht. Und das tut *mir* leid. Aber auf mich einzuhämmern, ist erst recht nicht in Ordnung.«

Grinsend wischte sich das Mädchen seine Tränen ab.

»Stimmt. Tschuldigung. Mich umzurennen und meine Frankfurter zu verderben, ist aber am allerwenigsten in Ordnung.«

Ihr Lächeln erstarb.

»Was soll ich denn jetzt machen? Eigentlich sollte mein Bruder hier sitzen. Damit er sich mit seinem Mädchen treffen kann, habe ich seine Arbeit übernommen. Ein bisschen Geld wollte er mir dafür abgeben. Aber jetzt habe ich nichts verdient und muss sogar noch draufzahlen. Der bringt mich um …«

Der Journalist streckte dem Mädchen seine unverletzte Hand hin und zögernd nahm es sie an.

»Ich bin Leon«, stellte er sich vor und warf Helene blitzschnell einen Blick zu. »Leon Lewandowski. Wie heißt du?«

»Hannelore. Lieber Lore.«

»Komm, Lore«, forderte er sie auf. »Ich habe doch versprochen, dir zu helfen.«

Er zeigte mit seiner unverletzten Hand in Richtung Ausgang.

»Ich habe einen Wagen dabei, mit dem fahre ich dich nach Hause. Und dort regeln wir die Sache mit den Frankfurtern. Also, mit den Würstchen.«

Misstrauisch, mit hochgezogenen Brauen betrachtete Lore ihn.

»Ich soll mit Ihnen in ein Automobil steigen? Tun Sie mir auch nichts?«

Ernst schüttelte Leon den Kopf.

»Du hast doch den Fußballpräsidenten gehört: keine Revanche. Daran halte ich mich.«

Das Argument schien ihr einzuleuchten, denn sie erhob sich.

»Danke.«

Abrupt wandte sich Leon an Helene, und als er sie so unvermittelt und direkt ansah, wurde ihr wieder schummerig. Viel älter als ich kann er nicht sein, dachte sie, aber er verhält sich um einiges souveräner.

»Sehe ich Sie beim nächsten *Eintracht*-Spiel wieder, Fräulein Bornstein?«

Red jetzt bloß keinen Quatsch, warnte Helenes innere Stimme. Lachend, in einer Tonlage, die ihr selbst neu war, schüttelte Helene den Kopf. Noch nie hatte ihr ein Mann so gut gefallen.

»Eigentlich interessiere ich mich überhaupt nicht für Fußball. Dann schon eher für Pferderennen.«

Was sagte sie da? Immer wieder bat ihr Vater, sie möge ihn zur Galopprennbahn begleiten – ein Gefallen, den sie ihm selten tat, eigentlich nur, wenn er sich gar nicht abwimmeln ließ. Abwartend schaute Leon sie an, aber was sollte sie hinzufügen, ohne sich noch lächerlicher zu machen?

»Na, dann …«

Er schüttelte Antons Hand, anschließend ihre, die danach kribbelte und gerne in seine warme Hand zurückgekrochen wäre.

Anton räusperte sich.

»Dann vielleicht bis zum 26. April.«

»Wie bitte?«

»Da findet das Frühjahrsrennen auf der Galopprennbahn statt.«

Am liebsten wäre Helene im Erdboden versunken.

Leon zog seinen Hut und verabschiedete sich endgültig. Lore folgte ihm durch die Menge.

»Was sollte das?«, herrschte Helene ihren Bruder an.

Er nahm es ihr nicht übel, sondern lachte und stimmte ein Lied an.

»All alone, I'm so all alone. There is no one else but you …«

»All alone by the telephone, waiting for a ring, a ting-a-ling«, fiel Helene in seinen Gesang ein, hakte sich bei ihrem Bruder unter und verließ mit ihm das Stadion. Letztlich war sie Anton durchaus dankbar dafür, dass sie nicht schmachtend auf Leons Anruf warten musste. Er wusste ja, wo er sie finden konnte.

Mithilfe eines zierlichen goldenen Opernglases verfolgte Helene von der Tribüne aus das Rennen um den Preis von St. Georgen. Für die Pferde interessierte sie sich nicht sonderlich, obwohl sie es bewundernswert fand, wie die Reiter, in ihren weißen Hosen und glänzenden Stiefeln, trotz des rasanten Tempos sicher in den Steigbügeln standen. Ihre Aufmerksamkeit galt den Zuschauern, zwischen denen sie hoffte, eine groß gewachsene schlanke Männergestalt mit pechschwarzen Haaren zu entdecken. Leon Lewandowski würde doch kommen? Vielleicht hatte er nach Berlin reisen müssen, um für die *Frankfurter Zeitung* über den zweiten Wahlgang der Nachfolge Friedrich Eberts zu berichten. Weshalb nur musste diese Wahl just an diesem Renntag stattfinden?

Zu allem Überfluss hätte ihr Vater den Familienausflug beinahe abgesagt, weil ihm Zweifel gekommen waren, ob es sich schickte, von der Wahlurne aus direkt zum Wettbüro zu fahren. Zum Glück hatte Helenes Mutter ihn davon überzeugt, dass eine Wahl kein heiliger Feiertag wäre, und so hatten sie ihr Kreuz hinter Wilhelm Marx, dem Kandidaten des republikanischen *Volksblocks*, gesetzt, und waren anschließend alle, außer Ilse, die bei Erna zu Hause geblieben war, mit der Straßenbahn nach Niederrad gefahren. Jetzt fehlte nur noch Leon Lewandowski, der ihren Magen so schön zum Flattern brachte. Von keinem anderen Mann hatte sie bisher nachts so oft geträumt wie von ihm, dabei hatte sie ihn noch nicht einmal geküsst.

Der Mann, auf den sie ihr Opernglas gerichtet hatte, weil seine Statur der ihres Journalisten glich, drehte sich zu seinem Hintermann um. Es war nicht Leon Lewandowski.

Ob es ihn abgeschreckt hatte, dass sie bei der *Eintracht* kein einziges intelligentes Wort herausgebracht hatte? Dafür könnte sie sich noch immer ohrfeigen. Wäre nicht Anton dieser Renntag eingefallen, hätte Helene nun nicht einmal mehr die Hoffnung gehabt, ihn wiederzusehen. Endgültig für eine dumme Gans müsste er sie halten, wenn ans Licht käme, dass sie noch gar keine Ärztin war. Was hatte sie nur geritten, so blödsinnig aufzuschneiden? Natürlich hatte sie Anton von dieser Misere erzählen müssen, damit er dichthielte, falls sie dem Journalisten tatsächlich wiederbegegneten. Seither redete Anton Helene nur noch mit »Fräulein Doktor« an, wobei er sich ausschüttete vor Lachen. Hoffentlich würde er sich in Leon Lewandowskis Gegenwart beherrschen.

Ihr suchender Blick blieb an dem Häuschen hängen, in dem

die Wettscheine verkauft wurden. Ungläubig presste Helene das Opernglas fester an ihre Augen. War das nicht die kleine Hexe vom Fußballplatz? Wie hieß sie noch? Ach ja, Lore. Was machte die denn hier? Sie sah genauer hin. Das Mädchen schleppte zwei Eimer, über deren Rand das Wasser schwappte. Jetzt setzte sie die Eimer ab und drehte sich zu einem Mann um. Helene ließ vor Schreck fast das Opernglas fallen. Wie nach Mutters gefürchteten Backpfeifen brannten ihre Wangen, als sie hastig erneut das Glas anhob und beobachtete, wie Leon Lewandowski scherzhaft an Lores Zöpfen zog, dann einen der Eimer ergriff und mit ihr in Richtung der Stallungen lief. Was um alles in der Welt…

»Helene? Ist es nicht großartig, dass *Südwind* gewonnen hat? Anton hatte tatsächlich den richtigen Riecher.«

Widerwillig ließ Helene das Opernglas sinken und wandte sich ihrem Vater zu.

»Ich möchte dir Viktor Nolting vorstellen. Er hat vor Kurzem sein medizinisches Staatsexamen mit einer hervorragenden Note bestanden. Herr Nolting, das ist meine älteste Tochter.«

Lächelnd hielt Helene dem Mann, der neben ihrem Vater stand, ihre Hand entgegen.

»Herzlichen Glückwünsch! Ich beneide Sie.«

Ihr heller Handschuh hatte Flecken bekommen, aber das schien Viktor Nolting nicht aufzufallen.

»Danke, Fräulein Bornstein. Ich gebe zu, dass ich mich befreit fühle.«

Während er sprach, drückte er ihre Hand, wobei er eine Verbeugung andeutete und gleichzeitig seinen Filzhut lüftete. Etwas viel Begrüßung auf einmal, wie Helene fand. Seine grauen Augen blickten sie offen an.

»Beim Wetten bin ich allerdings weniger erfolgreich. Ich hatte auf die Fuchsstute *Modedame* gesetzt, leider ist sie nur Fünfte geworden. Ist es nicht amüsant, wie die Leute ihre Pferde nennen?«

Als er lachte – über seine eigene Erfolglosigkeit oder die seltsamen Pferdenamen –, zeigte er seine beneidenswert regelmäßigen Zähne. Vielleicht war seine Nase etwas zu groß geraten, aber der kleine Makel ließ ihn noch attraktiver erscheinen. Helene schmunzelte.

»Haben Sie wegen des Namens auf *Modedame* gesetzt?«

Belustigt sah Viktor Nolting sie an.

»Natürlich nicht. Als Soldat habe ich einiges über Pferde gelernt. *Modedame* hat wie eine Siegerin auf mich gewirkt. Tja, so kann man sich irren.«

Wieder lachte er.

Er war im Krieg, dachte Helene erstaunt. Dann kann er nicht so jung sein, wie er aussieht.

»Ihr Vater sagt, dass sie ebenfalls Ärztin werden?«

Mit einem schnellen Blick versicherte sich Helene, dass Leon Lewandowski nicht plötzlich hinter ihr aufgetaucht war.

»Ja. Allerdings habe ich noch einige Studienjahre vor mir«, antwortete sie hastig. »Und Sie? Haben Sie schon eine Assistenz in Aussicht?«

Viktor Nolting nickte.

»Ich gehe zu Professor Rudolf Grashey, eine Koryphäe auf dem Gebiet der Röntgenologie. Haben Sie von ihm gehört?«

Bedauernd schüttelte Helene den Kopf. Natürlich wusste sie, dass man heutzutage mithilfe von Strahlung in den menschlichen Körper blicken konnte, ohne ihn aufzuschneiden, und dass es am Städtischen Krankenhaus jetzt eine Röntgenabteilung für Frauen gab. Aber noch war sie nicht weiter in diese faszinierende Materie eingestiegen.

»Und wo praktiziert der Professor?«

»Er ist Chefarzt in München-Schwabing«, erklärte Viktor. »Letztes Jahr hat er außerdem einen Lehrauftrag für Radiologie erteilt bekommen.«

Helene seufzte.

»München. Werden Sie dort Sauerbruch begegnen?«

Lebhaft erzählte sie ihm, wie sie bereits als Kind gebannt zugehört hatte, wenn ihr Vater die Prothesen des berühmten Chirurgen erläuterte. Viktor lachte.

»Und nun werden Sie selbst Ärztin. Sollte ich Sauerbruch eines Tages treffen, werde ich ihm erzählen, dass er sogar kleine Mädchen beeinflusst.«

Jetzt stimmte auch Helene in sein Lachen ein. Zu einem anderen Zeitpunkt hätte sie sich gerne länger mit Viktor Nolting unterhalten, aber sie war wegen Leon Lewandowski nach Niederrad gekommen und wollte keinesfalls riskieren, dass er die Rennbahn verließ, ohne dass sie ihn wiedergesehen hätte. Dass er gekommen war, war doch ein gutes Zeichen, aber warum schleppte er mit Lore Wassereimer durch die Gegend?

»… und so bin ich Ihrem Vater vor ein paar Tagen in Wiesbaden auf dem Ärztekongress zum Thema Bronchiektasien begegnet. Dass er und mein alter Herr sich aus ihren Armeetagen kennen, habe ich erst hier und heute erfahren. Kommen Sie, Fräulein Bornstein, ich stelle Ihnen meinen Vater vor.«

Seine Aufforderung abzulehnen, wäre unhöflich gewesen, also ging Helene mit. Während sie auf eine Gruppe von Herrschaften zuliefen, darunter Helenes Eltern, hakte sie nach: »Bronchiektasien. Wodurch werden die hervorgerufen?«

Viktor Nolting grinste.

»Es gibt mehrere Ursachen. Aber interessiert Sie das wirklich?«

»Weshalb sind Sie so überrascht? Schließlich studiere ich Medizin.«

Sie merkte, dass sie verärgert klang, und auch Viktor Nolting fiel es auf.

»Natürlich«, sagte er schnell und ernst. »Verzeihen Sie, wenn sich die Männerwelt erst daran gewöhnen muss, dass Frauen studieren. Vor allem, wenn sie so hübsch sind wie Sie, Fräulein Bornstein.«

Angestrengt lächelte Helene. Fast hatte sie gedacht, Viktor Nolting könnte ein interessanter Gesprächspartner sein, aber nun sagte er nur, was sie an der Universität schon hundertmal gehört hatte. Viktor Nolting nahm seinen Filzhut ab und strich sich durch sein kurz geschnittenes braunes Haar.

»Bronchiektasien kann man infolge von wiederkehrenden bronchialen Infekten bekommen. Auch Masern, Tuberkulose, Keuchhusten oder Entzündungen können sie hervorrufen. Und wenn sich in diesen krankhaften Erweiterungen der Lunge dann vermehrt Schleim absetzt …«

»… dann ist das ein günstiger Nährboden für Bakterien, was die Infektionsgefahr erhöht.«

»Genau.«

Neben ihren Eltern, die sich mit einem dickbäuchigen Herrn mit gepflegtem Vollbart, Brille und Zylinder unterhielten, blieben sie stehen.

»Wie kann man Bronchiektasien behandeln?«, erkundigte sich Helene noch schnell, aber Viktor Nolting kam nicht mehr dazu, ihr zu antworten. Sein Vater drehte sich zu ihnen um und lachte, tief und amüsiert.

»Dass es so weit gekommen ist! Das erste Wort, das ich von dieser reizenden jungen Dame höre, klingt wie eine Krankheit, und zwar eine, von der ich noch nie gehört habe.«

Er nahm Helenes Hand und deutete einen perfekt gehauchten Handkuss an.

»Ich hoffe, gnädiges Fräulein, dass auch Frauen ihrer Generation sich noch über Galanterien freuen können. Ich bin Friedrich Nolting, und Sie müssen Pauls Tochter sein.«

»Jawohl«, antwortete Helene, bemüht, nicht allzu säuerlich zu klingen. Wie satt sie diese Scherze hatte. Sie bewiesen nur, wie wenig ernst manche Männer sie nahmen. Wenigstens er schien das begriffen zu haben, dachte Helene mit einem Seitenblick auf Viktor, der über die Bemerkung seines Vaters nicht einmal schmunzelte.

»Fräulein Bornstein wird Ärztin«, erklärte er, doch das Interesse des Frankfurter Anwalts an Helene war bereits erschöpft. Mit nun wieder ernster Miene wandte er sich Helenes Vater zu.

»Wo waren wir stehen geblieben, Paul?«

»Dabei, dass ich es begrüßen würde, wenn Wilhelm Marx sich als Reichspräsident durchsetzen könnte. Als Reichskanzler hat er sich bewährt. Und er ist ein Demokrat, dem es gelingt, zwischen den unterschiedlichen Parteien zu vermitteln. Solche Männer brauchen wir.«

Friedrich Noltings buschige Brauen stießen über der Nasenwurzel zusammen, so stark runzelte er die Stirn.

»Was wir vor allem benötigen, ist Stabilität. Und neue Größe. Beides symbolisiert Generalfeldmarschall von Hindenburg, so sehe ich das. Jetzt, da er im Rennen ist ...«, er schmunzelte angesichts des Ortes, an dem sie sich befanden, über seinen treffenden Ausdruck, »bin ich überzeugt davon, dass die meisten Deutschen stramm hinter ihm stehen werden.«

»Ein eingefleischter Monarchist als Oberhaupt der Republik? Friedrich, die Größe, die er repräsentiert, ist längst vergangen. Glaubst du etwa, die Deutschen hätten vergessen, dass er zu Beginn des Krieges zwar die Schlacht um Tannenberg gewann, aber im Endeffekt das Militär den Krieg verloren und den Frieden hinausgezögert hat?«

Schlagartig, als hätte Paul Bornstein ihn persönlich angegriffen, verfinsterte sich Friedrich Noltings Miene. Helene, die fürchtete, dass sich die beiden Männer öffentlich in die Haare kriegen würden, war erleichtert, als das nächste Rennen um den Preis von München angesagt wurde. Mit einem dünnen Lächeln und gedämpfter Stimme sprach Friedrich Nolting weiter.

»Wir wissen doch beide, dass die Schuld für unsere Niederlage nicht bei der deutschen Heeresführung lag.« Er machte, als Paul Bornstein kopfschüttelnd zum Widerspruch ansetzte, eine beschwichtigende Handbewegung.

»Auch nicht bei euch Juden, jedenfalls ist das meine Meinung. Nein, ihr habt tapfer an unserer Seite gekämpft. Es waren die sozialistischen Verräter, die uns den Dolch in den Rücken gerammt haben.«

Ihr habt tapfer gekämpft. An *unserer* Seite. Als ob sie einer unterschiedlichen Spezies angehörten. Obwohl Friedrich Nolting die jüdischen Soldaten verteidigte, mussten seine Worte in den Ohren ihres Vaters unangenehm scheppern, wohl deshalb presste er die Lippen aufeinander, bis sie blutleer wirkten. Derart borniertes Gerede tat Helene als belanglos ab. Schließlich fing sie sich selbst, seitdem sie Medizin studierte, häufig dumme Sprüche ein. Nicht, weil sie der jüdischen Religion angehörte, die im Alltag der Familie Bornstein eine nebensächliche Rolle spielte, sondern einfach, weil sie eine Frau war. Übrigens ein entscheidender Grund, aus dem sie für Wilhelm Marx votiert hatte. Nur felsenfeste Demokraten würden die Rechte der Frauen tatsächlich stärken und sich für eine Gesellschaft einsetzen, in der es Platz für alle gäbe.

»Also wirklich, Paul, es erstaunt mich doch sehr, dass du deine Stimme nicht Hindenburgs Reichsblock gegeben hast«, sagte Friedrich Nolting. Er klang vorwurfsvoll. »Ich dachte immer, du hättest, ohne mit der Wimper zu zucken, dein Leben für den Kaiser geopfert.«

»Das hätte ich auch«, antwortete Paul Bornstein. Sein Schnurrbart zuckte. Für diejenigen, die ihn gut kannten, ein untrügliches Zeichen dafür, dass er aufgewühlt war. Selbstverständlich wäre er für Deutschland und den Kaiser gestorben, sogar noch, nachdem die Obrigkeit ihn verraten hatte.

»Ich kenne keine Parteien und auch keine Konfessionen mehr; wir sind heute alle deutsche Brüder und nur noch deutsche Brüder«, hatte Kaiser Wilhelm II. im Sommer 1914 von seinem Berliner Stadtschloss aus verkündet. Paul Bornstein war von diesem Burgfrieden begeistert gewesen. Gesellschaftliche Grenzen standen im Begriff sich aufzulösen, was für eine Chance. Die deutschen Juden würden beweisen, welch verlässliche Patrioten in ihnen steckten, danach wäre es mit ihrer Ausgrenzung ein für alle Mal vorbei.

Zwar pferchte man sie schon längst in keine »Judengasse« mehr und ein Fettmilch-Aufstand wie der des gleichnamigen Frankfurter Lebkuchenbäckers wäre undenkbar. Doch über Generationen hinweg hatte die Familie Bornstein miterlebt, wie jüdische Rechte mal ausgeweitet, dann wieder beschränkt worden waren. Endlich, nachdem das erste deutsche Parlament in der Paulskirche ihnen das gleiche Wahl- und Bürgerrecht wie allen Deutschen zugesprochen hatte, fühlte sich die jüdische Bevölkerung sicherer. Und trotz mancher Rückschläge boten sich Paul Bornstein Aufstiegschancen, von denen sein Vater und Großvater nur hatten träumen können. Er glaubte an eine neue Zeit.

Dennoch blieb er ein Realist, der sich darüber im Klaren war, dass jahrhundertealte Ressentiments nicht über Nacht verschwanden. Doch jetzt, wenn auch bedauerlicherweise durch einen Krieg, könnte das ewige Ringen seinen Abschluss finden.

Fast einhunderttausend Juden dachten ähnlich und kämpften für Deutschland an der Front. Leider stellte sich der Sieg nicht so rasch ein, wie alle geglaubt hatten, und als sich statt Freudentaumel die Not ausbreitete, hieß es plötzlich, jüdische Wehrpflichtige würden sich vor dem Heeresdienst drücken und damit die deutsche Armee schwächen. Für Paul Bornstein brach eine Welt zusammen, als der Kaiser den Gerüchten keinen Einhalt gebot und die sogenannte »Judenzählung« nicht verhinderte. Und obgleich Friedrich Nolting ihm gegenüber niemals ähnliche Vorwürfe äußerte, meinte Paul zu wissen, dass er mit anderen hinter vorgehaltener Hand darüber spekulierte, was an dem Gerücht über jüdische Drückeberger wohl dran gewesen sein mochte. Aber, wenn nicht einmal der Einsatz seines Blutes bewies, dass Paul Bornstein durch und durch Deutscher war, was denn dann?

Aus den Augenwinkeln sah Helene, dass ihre Mutter die Hand auf den Arm ihres Mannes legte.

»Die Stute *Orma* ist doch deine Favoritin, deshalb setzt Anton auf sie«, sagte sie sanft. »Willst du dir nicht wenigstens dieses Rennen genauer ansehen?«

Sie reichte ihm ihr Opernglas. Paul Bornstein nahm es an, benutzte es aber nicht, als ob er vergessen hätte, wozu es gut wäre.

»Ihre Frau hat recht«, pflichtete Viktor Nolting bei. »Ob Hindenburg oder Marx, wir werden mit dem Reichspräsidenten leben, der die Wahl gewinnt. Im Augenblick können wir nichts tun, außer das Pferderennen zu genießen. Und die nette Gesellschaft.«

Als hätte er und nicht sein Vater für schlechte Stimmung gesorgt, lächelte Viktor Nolting versöhnlich erst Helene, dann ihren Eltern zu.

»Ich bin untröstlich!« Gleich zweimal zog Friedrich Nolting nun seinen Zylinder vor Ruth Bornstein. »Da schwadronieren wir in Anwesenheit des schönen Geschlechts gnadenlos über Politik. Verzeihen Sie, gnädige Frau, wenn wir Sie gelangweilt haben.«

»Gelangweilt?«

Charmant strahlte Ruth Bornstein Friedrich Nolting an.

»Machen Sie sich darüber bitte keine Sorgen, lieber Herr Nolting. Heutzutage bestimmen wir Frauen ja mit, was in der Politik passiert. Deshalb langweilt sie mich überhaupt nicht. Ich fand das Gespräch sehr aufschlussreich.«

Kurz schnappte Helene nach Luft. Da war sie wieder. Die Ruth Bornstein, die im Januar 1919 an der Wahlurne triumphiert hatte und ab und zu im Gespräch mit dem Vater hervorblitzte, wenn sie sich mit ihm alleine wähnte. Aber solche selbstbewussten Reden in der Öffentlichkeit? Rasch warf sie ihrem Vater einen Blick zu, doch Paul Bornstein forderte seine Frau heute nicht auf, »die Kirche mal schön im Dorf zu lassen«. Stattdessen schien er sich hundertprozentig auf das Rennen zu konzentrieren. Was nicht stimmen konnte, sonst hätte er wohl kaum so euphorisch geklatscht, als mit einer halben Länge Vorsprung der schwarzbraune Hengst *Champagner* über die Zielgerade schoss und nicht seine Favoritin *Orma*.

»Hella, stell dir vor, Anton und ich haben gewonnen!«

Außer Atem stand die fünfzehnjährige Marlis vor ihr, ihre jadegrünen Augen leuchteten.

»Wieso? Hattet ihr nicht auf *Orma* gewettet?«

Marlis kicherte.

»Das wollten wir, aber dann hat mir jemand den Tipp mit *Champagner* gegeben.«

Marlis hakte sich bei ihrem Vater unter, als sie ihm die Neuigkeit berichtete, woraufhin Paul Bornstein ihr anerkennend die Wange tätschelte. Jetzt kam auch Anton angeschlendert. Nur wenige Schritte hinter ihm: Leon Lewandowski. Obwohl Helene die ganze Zeit auf ihn gewartet hatte, fühlte sie sich überrumpelt. Von den sprichwörtlichen Schmetterlingen im Bauch konnte keine Rede sein. Vielmehr meinte Helene, ein Schwarm Fledermäuse wäre aufgescheucht worden und flatterte so wild, dass ihr leicht übel wurde.

Anton stellte den Journalisten vor, der die Umstehenden begrüßte, höflich und dezent. Doch als seine Augen Helenes begegneten, entdeckte sie in ihnen etwas ganz anderes: Freude, Neugier und Begehren.

Mit heißem Kopf wandte Helene sich ab, denn ihr war klar, dass Leon in ihren Blicken dasselbe erkannte, vielleicht sogar die intimen Begegnungen ihrer nächtlichen Fantasien. Sie sah zu Anton hinüber, der gerade vom letzten Rennen berichtete, spürte aber Leons Augen auf sich gerichtet. Wie schwarze Magneten zogen sie Helene an und sie musste gegen den Impuls ankämpfen, Leon nicht vor aller Welt zu umarmen.

»Meine kleine Schwester ist ein Glückspilz«, sagte Anton fröhlich. »Gerade wollten wir den Wettschein abgeben, da drängte es einen jungen Mann, Marlis mit seinen Kenntnissen zu beeindrucken.«

Er wandte sich an Paul Bornstein. »Bei allem Respekt, Vater, der Kerl hatte mehr Ahnung von Pferden als du, deshalb haben wir auf *Champagner* gesetzt.«

Paul Bornstein hatte nichts dagegen und versetzte Marlis einen liebevollen Nasenstüber, wobei er sie »mein Pferdemädchen« nannte. Derweil legte Leon Lewandowski seinen Hut, den er heute statt seiner Schiebermütze trug, auf einem freien Sitz ab. Frisch rasiert, in einem picobello gebügelten Hemd mit einer hellen Krawatte passte er gut zu den anderen Herren auf der Tribüne. Nur sein dunkles Haar rebellierte gegen die Pomade, mit der er es zurückgekämmt hatte, und wellte sich. Er versuchte, es glatt zu streichen, und wie bei ihrer ersten Begegnung fielen Helene seine Hände auf, die sie gerne in ihre genommen hätte.

Leon erzählte ihr, dass er Lore eine Arbeit als Stallmädchen besorgt hatte, bei der sie an den Wochenenden mehr verdiente als beim Verkauf von Frankfurter Würstchen. Heute war ihr Probetag und er hatte sie ermahnt, sich geschickt anzustellen.

»Wenn mich nicht wieder irgendein Trottel niedertrampelt, werde ich nichts falsch machen«, hatte sie ihm geantwortet, und er musste noch immer darüber lachen, dass sie kein Blatt vor den Mund nahm, jedenfalls nicht vor ihm. Helene lachte mit, fragte sich jedoch, weshalb Leon Lewandowski sich so für das Mädchen einsetzte.

»Als ich Sie dann nicht gefunden habe, hatte ich schon Angst, dass Sie nicht gekommen wären, weil es im Krankenhaus einen Notfall gegeben hat«, sagte Leon nun mit gedämpfter Stimme zu Helene, aber nicht leise genug für Helenes Vater, der Leon plötzlich aufmerksam musterte. Offenbar ging ihm auf, dass er wegen seiner Tochter gekommen war.

»Das wäre ja noch schöner, wenn wir Studentinnen zur Behandlung von Notfällen heranziehen würden. Oder möchten Sie von einem Viertsemester den Blinddarm operiert bekommen?«

Er lachte schallend, und Helene wünschte sich weit weg, am allerliebsten hätte sie sich in Luft aufgelöst. Zuvor würde sie allerdings Anton an die Gurgel springen, dann fiele es ihm bestimmt leichter, sich sein schadenfrohes Grinsen zu verkneifen.

Beschämt blickte sie Leon Lewandowski an, der die Frage ihres Vaters schlicht verneinte. Weder sah er enttäuscht noch wütend aus, weil Helene ihn angelogen hatte, vielmehr spielte ein Lächeln um seinen Mund. Das war ja wohl die Höhe. Während sie bloßgestellt wurde, amüsierte er sich über sie? Eine solche Respektlosigkeit musste sie sich wirklich nicht bieten lassen. An Verehrern mangelte es ihr nicht und Leon Lewandowski sollte sich nicht einbilden, sie lechze nach seiner Bewunderung.

Kurz entschlossen wandte sie sich Viktor zu und hakte sich bei ihm ein.

»Viktor«, flötete sie, davon ausgehend, dass es ihm schmeichelte, wenn sie ihn mit seinem Vornamen ansprach. »Haben Sie schon Herrn Lewandowski von der *Frankfurter Zeitung* kennengelernt?«

Freundlich nickte Viktor Leon zu, wobei er sich nicht anmerken ließ, ob Helenes offensive Annäherung ihn erstaunte.

»Nur ganz kurz. Leider muss ich gestehen, dass ich ein treuer Leser des *Generalanzeigers* bin. Wie lange arbeiten Sie schon für die *FZ?*«

Nichts in Leons gleichmäßigen Gesichtszügen deutete darauf hin, dass ihn die Frage beschäftigte, wie nahe sich Viktor und Helene stünden.

»Noch nicht lange, ich bin erst vor drei Monaten nach Frankfurt gezogen.«

Obwohl es ihr selbst kindisch vorkam, rückte Helene noch ein Stückchen näher an Viktor heran. Dieser drückte ihren Arm fester an sich, ihre Nähe gefiel ihm also.

»Man wollte Herrn Lewandowski erst nicht zu dieser Tribüne hinauflassen«, erzählte Anton. »Zum Glück kenne ich den Kartenabreißer von der *Eintracht*. Er hat ein Auge zugedrückt.«

Verschmitzt klopfte er Leon Lewandowski auf die Schulter.

»Haben Sie denn keinen Presseausweis?«, erkundigte sich Viktor erstaunt. »Um den beneide ich euch Journalisten immer. Ich dachte, damit kommt man überall durch?«

»Ich bin als Privatmann hier, und meine Eintrittskarte gilt nur für den Stehbereich.«

»Verstehe«, schmunzelte Viktor, »Sie wollten ihr Privileg nicht missbrauchen und haben den Dienstausweis zu Hause gelassen. Eine lobenswerte Haltung.«

In Helene brodelte es. Jetzt konnte sich Leon Lewandowski auch noch als Ehrenmann fühlen, während sie beim Flunkern ertappt worden war? Wut und Scham machten sich in ihrem Magen breit.

»Sehr löblich sogar«, bestätigte sie Viktor. »Leider sind es ja nicht nur Politiker, die ihre Vorteile und Beziehungen skrupellos ausnutzen.«

Ein bisschen kam sie sich wie eine Schauspielerin vor, als sie augenzwinkernd sagte: »Ich bin kein Moralapostel, aber wäre Herr Lewandowski wirklich konsequent, müsste er dann nicht auf Antons Kontakte verzichten und auf seinem Stehplatz bleiben?«

Als hätten ihre Worte Schatten geworfen, verdunkelten sich Leons Augen. Plötzlich fühlte sie sich schäbig und überhaupt nicht so, als hätte sie einen fairen Ausgleich erzielt. Anton sah sie an, als hätte sie den Verstand verloren, Viktor zuckte die Schultern.

»Nun ja, wer immer alles richtig machen will, gerät leicht zum Dogmatiker. Die angenehmsten Mitmenschen sind das nicht.«

Sanft, aber doch unmissverständlich, löste Viktor seinen Arm von Helenes.

»Gleich beginnt das Palmengarten-Jagdrennen über viertausend Meter und ich muss mich entscheiden, ob ich auf den Wallach *Trapper* oder den Hengst *Tango* wette. Was meinen Sie, Helene, welcher Name klingt nach Sieg?«

Dass er sie wie selbstverständlich Helene nannte und sie nicht als Idiotin dastehen ließ, obgleich er wahrscheinlich durchschaute, dass sie ihn für ihr Spiel missbraucht hatte, rechnete sie Viktor hoch an. Geflissentlich überhörte sie die feine Ironie in seiner Stimme.

»*Tango*«, sagte sie heiser.

»Wie der Tanz der Liebe«, kommentierte Anton. »Wunderschön und genauso kompliziert. Ich begleite Sie zum Wettbüro. Vater, auf wen tippst du?«

Anton entfernte sich und Leon Lewandowski ergriff seinen Hut.

»Ich mache mich auch auf den Weg. Ich habe Lores Vater versprochen, sie nach Hause zu fahren.«

Den letzten Satz richtete er an Helene. Zum ersten Mal in ihrem Leben wünschte Helene, dass es ihr leichterfiele, sich bei anderen zu entschuldigen. Doch der Augenblick verstrich wortlos, und Leon Lewandowski verabschiedete sich. Helene starrte ihm nach. Wenn er sich noch einmal umschaute, beschloss sie, dann würde sie ihn zurückwinken. Doch Leon blickte nach vorn und verschwand in der Menge.

Sie trat an die Brüstung, um ihn zwischen den Hunderten von Hüten und Mänteln zu suchen. Vergeblich. Natürlich könnte sie sich bei seiner Zeitung nach ihm erkundigen, doch auf einmal war sie sich sicher, dass sie ihn verlieren würde, wenn sie ihn nicht gleich, noch heute Nachmittag, um Verzeihung bat.

»Bin gleich zurück«, sagte sie zu ihrer Mutter und ehe diese noch etwas fragen konnte, drängte sich Helene an den Zuschauern und Sitzbänken vorbei und eilte die Treppen der Tribüne hinunter.

Leon Lewandowski in der Menge zu finden, hielt Helene für ausgeschlossen, aber da er Lore nach Hause fahren wollte, war er ja wohl mit einem Automobil gekommen. Helene hastete zum Parkplatz und hatte Glück. Zumindest Lore lehnte pfeifend an der geöffneten Tür eines *Laubfrosches*. Zwar wurde der grüne Opel als Auto »für Jedermann« gehandelt, weil man ihn für einen erschwinglichen Preis erwerben konnte, trotzdem wunderte es Helene, dass sich Leon als junger Journalist einen Wagen leistete. Als Lore Helene erkannte, hörte sie auf zu pfeifen und ihre Miene verfinsterte sich. Ihre Schuhe sahen aus, als wäre sie durch Pferdeäpfel gewatet, in ihren Haaren hatte sich Stroh verfangen.

»Ist Herr Lewandowski hier?«, fragte Helene außer Atem.

Wortlos schüttelte Lore den Kopf.

»Weißt du, wo er ist? Ich muss mit ihm sprechen.«

Nun begann Lore, sich das Stroh aus den Zöpfen zu zupfen und tat, als wäre Helene unsichtbar. Helene tat sich schwer, an sich zu halten.

»Kannst du nicht antworten?«, fuhr sie Lore an. »Oder weißt du einfach nicht, wie man sich benimmt?«

Von Anstandsregeln für junge Mädchen ließ Lore sich tatsächlich in kein Korsett zwängen, so dass ihr ausreichend Atem für Widerspruch blieb.

»Klar kann ich das«, schnauzte sie zurück, »ich will bloß nicht. Leon ist ein netter Mann, aber Sie sind nicht nett zu ihm.«

Verdattert schluckte Helene.

»Wie kommst du denn darauf?«

Verächtlich schnaubend stieß sich Lore von der Tür des Automobils ab und knallte sie zu.

»Ganz einfach. Er ist gut gelaunt hier angekommen, aber jetzt ist er traurig. Was wollen Sie überhaupt von ihm?«

Unerhört! Lore benahm sich ja, als wäre sie Leons Leibwächterin. Helene verschränkte die Arme vor der Brust und erwiderte Lores herausfordernden Blick. Sie konnte schließlich auch einfach abwarten, irgendwann würde Leon schon aufkreuzen. Aber wer weiß, ob das kleine Luder ihr nicht auch dann dazwischenfunken würde. Zu ihrer eigenen Verwunderung gab Helene schließlich klein bei.

»Also gut, ich möchte mich bei ihm entschuldigen. Zufrieden?«

Lore stemmte ihre Hände in die Hüften. »Sag's noch mal.«

Das geht zu weit, dachte Helene und blitzte Lore an: »Schluss jetzt mit dem Theater. Sag mir jetzt endlich, wo ich Herrn Lewandowski finde.«

Da spürte sie auf einmal eine Hand auf ihrem Arm und wirbelte herum.

Oh nein.

»Leon?«, entfuhr es ihr ohne jede Förmlichkeit. Belustigt blickte er sie an.

»Keine Sorge, ich habe nur die letzten Sätze gehört, aber ich schätze, das waren die wichtigsten.«

So nah hatten sie sich noch nie gegenübergestanden und wie von selbst, obwohl es sich überhaupt nicht schickte, legten sich Helenes Arme um Leons Hals und sie küsste ihn. Wo sie den Mut dazu so plötzlich hernahm, wusste sie später auch nicht mehr.

»Entschuldigung angenommen«, sagte Leon mit rauer Stimme, als sich ihre Lippen wieder voneinander lösten. Unter einem fadenscheinigen Vorwand schickte er die protestierende Lore zu den Stallungen. In seinem Auto küssten sie sich wieder, und als Helene beteuerte, dass sie normalerweise nicht leicht zu haben wäre, versicherte Leon: »Ich auch ganz und gar nicht.«

Dann gestand er ihr, dass er weder einen Presseausweis besäße noch bei der *Frankfurter Zeitung* angestellt wäre.

»Im Augenblick springe ich ein, wenn jemand krank ist. Die großen Geschichten machen andere.«

»Und ich dachte ...«, stammelte Helene.

»Ich weiß. Darüber, dass wir beide übertrieben haben, musste ich lachen, über sonst nichts.«

Ein Stein nach dem anderen purzelte Helene vom Herzen.

»Der *Laubfrosch* gehört ihm übrigens auch nicht, sondern seinem Vermieter«, platzte Lore heraus, die sich inzwischen zu ihnen in den Wagen gequetscht hatte.

»Ach, ja?«

»Wenn der ihn nicht braucht, darf Leon damit fahren, damit er sich besser um die arme, kleine Halbwaise aus dem Gallus-Viertel kümmern kann. Also um mich.«

Lore lachte, und während eine Durchsage bekannt gab, dass der schwarzbraune Wallach *Trapper* das Rennen gemacht hatte, stimmten Helene und Leon ein.

Der Wettergott hatte ein Einsehen gehabt. Die Regenschauer ließen nach und die Erste Internationale Arbeiterolympiade wurde in Frankfurt bei heiterem Juliwetter unter den Jubelrufen von fünfundzwanzigtausend Zuschauern eröffnet. In einem Meer leuchtend roter Banner, beschriftet mit den jeweiligen Ländernamen, marschierten, angeführt von den Letten, die Athletinnen und Athleten ins neu erbaute Waldstadion ein. Keine einzige Nationalflagge war zu sehen, stattdessen erschallte in diversen Sprachen die »Internationale«.

Von der Pressetribüne aus verfolgte Helene die Parade. Sie war so dicht am Geschehen, dass sie die konzentrierten, entschlossenen Mienen der vorbeiziehenden Sportlerinnen und Sportler erkannte. Leon kritzelte Notizen auf seinen Block.

»Die Arbeiterolympiade ist meine Chance«, hatte er gesagt, als er Helene einlud, ihn zur Eröffnungsfeier zu begleiten. »Allerdings mag ich keine Menschenmassen. Wenn du mich begleiten würdest, wären sie viel besser zu ertragen.«

Glücklich hatte Helene zugesagt. Ihr war es gleichgültig, wohin sie mit Leon ging. Hauptsache, sie waren zusammen. Seit ihrem holprigen Start im April lief es zwischen ihnen wie geschmiert, so dass sich Helene manchmal fragte, ob sie nicht vielleicht bloß einen intensiven Traum erlebte, der ihr das reale Leben vorgaukelte. Sogar Orte, die Helene in- und auswendig kannte, wie das *Schumanntheater*, die *Bieberau-Lichtspiele* oder das Musikcafé *Hambitzer*, fühlten sich plötzlich wie Schauplätze grandioser Abenteuer an, solange Leon neben ihr saß. Obwohl Leon Cafés bevorzugte, in denen sie sich unterhalten konnten, entpuppte er sich als ausgesprochen guter Tänzer, mochte Jazz und interessierte sich für die neuesten Filme. Waren sie zusammen, verwandelte sich jede Unternehmung in ein besonderes Ereignis. Nur an den Glimmer-Revuen fand Leon keinen Gefallen, während Helene auf scharfzüngiges politisches Kabarett, das einen das Elend der Welt nicht einmal für zwei Stunden vergessen ließ, verzichten konnte.

Seit sie Leon begegnet war, verstand Helene endlich, was Verliebte tausendfach versucht hatten, in Romanen, Filmen, Theaterstücken und Gedichten darzustellen. Und doch, dessen war sie sich gewiss, würden ihre Gefühle für Leon einmalig bleiben. Wie sie dahinschmolz, wenn Leon sie küsste und ihr dabei liebevolle Worte ins Ohr flüsterte, was sie empfand, wenn sie sich vor dem Einschlafen an seine Berührung erinnerte, oder dass ihr erster Gedanke nach dem Erwachen immer Leon galt. All das musste einzigartig sein. Auch Leon vergötterte sie, aber nicht auf die ergebene Art mancher Männer. Wie zum Beispiel Lutz, der Helenes Drängen nach Fahrstunden immer wieder nachgegeben hatte, obwohl er sich die ganze Zeit höllische Sorgen darum gemacht hatte, dass der Lack seines Automobils verkratzen könnte – zu Recht, wie sich gezeigt hatte. Nein, Leon hatte ihr bereits auf der Galopprennbahn klargemacht, dass er kein Pantoffelheld war, der sich an der Nase herumführen ließe.

Nur dass er dem Verlangen, das loderte, sobald sie sich ansahen, niemals nachgab und selbst dann die Kontrolle behielt, wenn Helene sich am liebsten dem Rausch ihrer Gefühle hingegeben hätte, brachte sie manchmal schier um den Verstand. Wenn Leon sich von ihr löste und sie sich Kleidung und Haar zurechtstrichen, brauchte Helene einen Moment, um ihre Erregung zu vertreiben, die stets unbefriedigt in ihr zurückblieb. Wäre es nach ihr gegangen, hätten sie längst miteinander geschlafen und nur widerstrebend akzeptierte sie, dass Leons Glaube verlangte, dass sie damit bis zur Hochzeit warteten.

Womit sie an diesem Nachmittag nicht gerechnet hatte, war, dass Lore und ihr Bruder Klaus sie ins *Waldstadion* begleiten würden. Während sie auf die beiden gewartet hatten, hatte sie Leon gefragt, weshalb er sich so ausgiebig der bissigen Lore annähme.

»Sie erinnert mich an meine verstorbene Schwester«, hatte er unumwunden erklärt. »Heute wäre sie genauso alt wie Lore. Vermutlich nicht ganz so aufmüpfig, obwohl auch Sarah ihr Mütchen hatte.«

Er lachte kurz auf, ein Lachen, das zu einem traurigen Lächeln verkümmerte. Sarah war, so erzählte er es Helene, kurz vor dem Ende des Krieges an der Spanischen Grippe gestorben.

»Und was tue ich denn schon?« Eine wegwerfende Handbewegung folgte. »Lore eine fair entlohnte Arbeit zu besorgen, war kein Hexenwerk. Und wenn ich in Niederrad über ein Rennen berichte, freue ich mich darauf, sie im Stall zu besuchen. Sie ist doch noch ein Kind und muss sich um so vieles kümmern. Lores Vater malocht, anschließend geht er in die Kneipe, um ein paar Pils zu kippen und Karten zu spielen. Ihre Mutter ist bei Lores Geburt gestorben, ein zweiter Bruder an Diphterie.« Er lächelte Helene an. »Vielleicht adoptiere ich sie als kleine Schwester.«

Leons Mitgefühl rührte Helene und zärtlich strich sie über seinen Arm. Dabei schämte sie sich dafür, dass sie so egoistisch war, Leon nicht mit zwei Halbwüchsigen teilen zu wollen, die es schwerer hatten als sie und ihre Geschwister. Während sie mit den anderen Zuschauern applaudierte, warf sie Lore einen verstohlenen Seitenblick zu. Ihre strubbeligen Zöpfe hatte sie abschneiden lassen, stattdessen rahmte ein hübscher Bob ihr Gesicht ein, das dadurch reifer wirkte. Ihre Augen strahlten in Grün und Blau den weizenblonden Jungen an ihrer Seite an.

»Das ist Erik«, hatte sie in einem Tonfall verkündet, als würden gleich noch Fanfaren erschallen. Mit gerunzelter Stirn hatte Leon Erik die Hand geschüttelt und Lore einen neugierigen Blick zugeworfen. Die berechtigte Frage, wo sie denn ihren Bruder Klaus gelassen hätte, hatte er ihr erspart.

An ihrer Art zu leuchten, zu kichern und beim Reden zu erröten, war Helene binnen Sekunden klar gewesen, dass Lore bis über beide Ohren in Erik verliebt war. Aber war sie nicht ein wenig zu jung dafür?

Soeben paradierten die Franzosen und Belgier vorbei. Lauthals jubelte Erik ihnen zu.

»Schau sie dir an, Lore, das sollen unsere Feinde gewesen sein?«, rief er. »Die sehen doch aus wie wir. Kannst du dir vorstellen, dass wir uns vor wenigen Jahren noch gegenseitig abgeknallt hätten?«

Kopfschüttelnd griff Lore nach ihren nicht mehr vorhandenen Zöpfen, eine Verlegenheitsgeste, die sie sich noch nicht abgewöhnt hatte. Etwas mitleidig erahnte Helene, dass Lore verzweifelt nach einer klugen Antwort suchte. Offenbar fand sie keine, dafür sah Leon von seinem Schreibblock auf.

»Hoffentlich müssen wir das nie wieder«, sagte er knapp und notierte weiter.

Hoffentlich, dachte Helene und blickte einer französischen Sportlerin nach, an deren dunklen Wuschellocken der Wind zerrte, als könnte er dieser dichten Haarfülle einfach nicht widerstehen.

Als erneut Begeisterung aufbrandete, drängelte sich Erik zu Leon hinüber und schaute ihm neugierig über die Schulter.

»Was schreiben Sie denn da? Dass unsere Arbeiter diszipliniert und fröhlich sind? Und dass Europas Bevölkerung unsere Bewegung ab jetzt lieben wird?« Beinahe schreien musste Erik, damit Leon ihn trotz der Geräuschkulisse verstand. Einen Moment lang schien es, als gälte der tosende Applaus Eriks Worten. »Das wäre die Wahrheit, auch wenn die Völkischen gegen uns hetzen. Auch wenn eure bürgerliche Presse die Masse der Proletarier als bedrohlich darstellt.«

»Na, jetzt übertreibst du aber. Außerdem sind nicht alle Arbeiter immerzu in Feiertagslaune. Aber keine Sorge, bis jetzt habe ich viel Gutes zu berichten.«

Leon grinste Erik an, während Helene genervt den Mund verzog. Erik klang, als hätte er irgendein kommunistisches Pamphlet auswendig gelernt. Dass Leon sich ernsthaft auf ein Gespräch mit dem Jungen einließ, wunderte sie. Aber so war Leon wohl. Ob Kommunist, Monarchist, Mann, Frau, alt oder jung, auf jede Meinung ging er ein, hörte zu, fragte nach, argumentierte.

Solange Leon und Erik darüber diskutierten, wie wahrscheinlich es wäre, dass die Arbeiter in Deutschland und der Welt die Macht ergreifen würden, was Erik für eine Frage der Zeit, Leon hingegen für gar nicht wünschenswert hielt, beobachtete Helene die nicht enden wollende olympische Parade. Plötzlich schob sich Lore zwischen Leon und Erik.

»Keiner hier will je wieder auf andere schießen«, sagte sie. »Deshalb heißt das Motto der Olympiade ja auch *Nie wieder Krieg.*«

Überrascht unterbrachen die beiden ihr Gespräch. Helene seufzte leise. Wahrscheinlich hatte Lore in den letzten Minuten an diesem Satz herumgebastelt. Die schlagfertige Kratzbürste hatte sich in ein Täubchen verwandelt, das Erik mit schräg gelegtem Kopf anhimmelte und auf seine Antwort wartete wie auf ein Krümelchen Brot. Aber Erik hatte das Thema Krieg längst ad acta gelegt und wendete sich nach einem zustimmenden Nicken wieder an Leon.

»Frankfurter Schulen stellen massenhaft Schlafplätze zur Verfügung, ganz normale Familien bieten ausländischen Sportlern und Besuchern der Olympiade ihre Couch für die Nacht an. Überall in der Stadt wird für ein paar Groschen Eintopf verteilt. Die internationale Solidarität wird wachsen.«

Unentwegt tanzte Leons Bleistift über das Papier, dennoch reagierte er sofort: »Und wer hat dazu aufgerufen, die Stadt zu schmücken und sich gastlich zu zeigen?« Er machte eine genüssliche Pause, bevor er die Antwort gab. »Vorneweg Bürgermeister Ludwig Landmann und die Presse, übrigens auch die von dir kritisierte bürgerliche.«

Einen Moment lang stutzte Erik, dann lachte er, wobei er sein Weizenhaar aus der Stirn strich.

»Stimmt«, gab er zu. »Aber heute sorgen *wir* dafür, dass die Gemeinschaft der Völker im Vordergrund steht, die Versöhnung, das Miteinander und der Friede.«

Da klappte Leon seinen Schreibblock zusammen, was wohl signalisierte, dass das politische Geplänkel nun zu Ende wäre. Mit dem Kinn deutete er in Richtung der nahe gelegenen Haupttribüne. Davor hatten die Athletinnen und Athleten, umweht von ihren roten Bannern, ihre Positionen bezogen. Nach und nach verstummten Gesang und Applaus, und alle Blicke richteten sich auf die Vertreter der Luzerner Sportinternationalen, die die Arbeiterolympiade in französischer Sprache eröffneten.

»Ich verstehe gar nichts«, maulte Lore, aber da wurde bereits ins Deutsche übersetzt.

»Unser hohes Ziel ist, durch den Sport neue Menschen zu bilden, die imstande sein sollen, die neue Welt, die neue Gesellschaft zu bauen, die wir erträumen. Unsere gewaltige Demonstration hier in Frankfurt wird gelingen.«

»Sag ich doch!«, rief Erik und zerstrubbelte überschwänglich Lores Haar. Sie errötete, als ob er sie in aller Öffentlichkeit geküsst hätte.

Während eine Woge von Rufen und Applaus das *Waldstadion* durchströmte, legte Leon seine Hand an Helenes Taille, dezent und warm. Sie lehnte sich gegen Leon, eine leichte Berührung nur, in der jedoch seine und ihre Zuneigung zu etwas Größerem, vielleicht Liebe, verschmolzen und einen Augenblick lang, als wären sie dem Lärm des *Waldstadions* entrückt, gab es nur sie beide.

Dann ließ Helene sich wieder mitreißen von der Zuversicht, die die Ränge des Stadions erfüllte. Der kraftvolle Applaus mit Händen und Füßen brachte sogar den Boden der Tribüne zum Vibrieren. Zum ersten Mal nach dem Krieg fanden sich verschiedene Völker in Deutschland zusammen und präsentierten eine Idee davon, wie Europa in Zukunft aussehen könnte, vereint und einig. Helenes Generation würde es besser machen als die Alten, die die Welt ins Chaos gestürzt hatten, dessen war sie sich sicher. Ihre Kinder würden in einem Europa aufwachsen, in dem sich die Völker respektierten und, anstatt gegeneinander Kriege zu führen, miteinander Sport trieben: Fußball, Radfahren, Schwimmen, Rudern, was auch immer.

Ergriffen drückte sie Leons Hand, der die ihre an seine Lippen führte und sanft küsste.

»So schwer es mir fällt, schöne Helene, ich muss mich losreißen, um ein paar knackige Zitate von Prominenten einzusammeln.«

Zärtlich berührte er zum Abschied ihre Wange. Bevor er endgültig in der Menschenmenge verschwand, wandte er sich noch einmal um und rief: »Beim Festzug durch die Innenstadt wird es noch voller. Kommst du trotzdem mit?«

»Ja«, antworteten Helene, Lore und Erik wie aus einem Mund.

Zwei Tage später saß Helene vor ihren Medizinbüchern und studierte die Diagnose und Behandlung von Nekrose. Immer wieder blickte sie sehnsüchtig nach draußen. Durch die Wohnzimmerfenster, die ihre Mutter mit der Haushaltshilfe Erna am Morgen geputzt hatte, strahlte die Mittagssonne herein und jetzt, da der milchige Belag aus Staub und getrockneten Wassertropfen abgewischt worden war, erschien sie Helene gleißend hell und die Konturen der Bäume und Häuser übertrieben scharf. Mühsam versuchte sie, sich auf ihren Text zu konzentrieren, doch auch nach mehrfachem Lesen wollten sich ihr die Worte nicht einprägen, so dass sie aufstand und ein Fenster aufriss. Mit der Sommerhitze fegten Musik und Gejohle hinein, da man, wie überall in Frankfurt, auch auf der Berger Straße den Olympiade-Festzug feierte. Über zweitausend Radfahrer ganz in Weiß waren erwartet worden und mit ihnen die Sportlerinnen und Sportler aus aller Welt. Ihre Rufe »Nie wieder Krieg! Krieg dem Krieg! Kämpft für den Achtstundentag!« waren durch die Stadt bis zu Helenes Schreibtisch geschallt.

Nun war die Parade zwar längst über die Zeil weiter zum *Waldstadion* gezogen, trotzdem dachten die Leute gar nicht daran, das Feiern sein zu lassen. Mit angewinkelten Knien setzte sich Helene auf den Fenstersims und sog die warme Luft tief in ihre Lungen. Hätte sie Leon doch begleiten sollen, anstatt sich an diesem herrlichen Mittag mit absterbendem Gewebe zu befassen?

»Helene, spielst du mit uns?«

Im Türrahmen waren Ilse und ihr Dackel Carlo erschienen, der sich eng an Ilses Bein drückte. Einen gewissen Argwohn gegenüber Helene hatte er nie abgelegt, als ob er spürte, dass sie im Grunde wenig für Hunde übrighatte und ihn nur tolerierte, weil er Ilse guttat.

»Nein, jetzt nicht«, antwortete sie. »Du siehst doch, dass ich lernen muss. Willst du dir ein Buch holen und dich zu mir setzen?«

Helene sprach langsam und bemüht, jedes Wort gut zu artikulieren, damit Ilse das, was sie sagte, von ihren Lippen ablesen konnte. Die Masern hatten ihr Gehör dauerhaft geschädigt und nur ihrem und Mutters eisernem Willen, mit dem sie immer wieder an Ilses Aussprache arbeiteten, war es zu verdanken, dass man Ilse recht gut verstand.

»Das ist so laaaaaangweilig.« Den Buchstaben A zog Ilse dabei in die Länge, bis ihr die Luft ausging und lachend hielt sich Helene die Ohren zu.

»Nicht so laut, Ilse«, bat sie und legte dabei ihren Zeigefinger auf die Lippen. Mit der Lautstärke haperte es manchmal. Eine Sekunde schlug Ilse die Augen nieder, doch als sie wieder aufblickte, lächelte sie keck.

»Du lernst doch gar nicht«, stellte sie fest, was Carlo mit einem kurzen, aber heftigen Bellen bestätigte. »Dann kannst du auch mit mir spielen.«

Mit dem Gefühl, ertappt worden zu sein, ließ sich Helene vom Fensterbrett gleiten und kehrte zu ihren Büchern zurück.

»Manchmal muss man Informationen sacken lassen«, redete sie sich heraus. »So wie bei einem guten Essen. Nach einer Pause kann es einen Nachschlag geben.«

Zweifelnd schüttelte Ilse den Kopf. »Ich war immer froh, wenn ich meine Aufgaben flugs erledigt hatte.«

Mitfühlend strich Helene ihrer kleinen Schwester über den Kopf. Wie es aussah, würde Ilse nicht mehr zur Schule gehen können, und alle wussten, wie traurig sie darüber war. Wie sie mit ihrer verrutschten roten Haarschleife und Dackel Carlo vor Helene stand, tat sie ihr leid.

»Wenn ich fertig bin, gehen wir mit Carlo Gassi und du bekommst ein Eis. Versprochen.«

Ilses Miene hellte sich auf und, gefolgt von ihrem kläffenden Carlo, zog sie ab.

Müde rieb sich Helene die Augen, dann griff sie nach einem Buch und schlug es auf. Noch amüsierten sich ihre Eltern in der Stadt, würden aber sicher bald zurückkehren. Die kränkelnde Marlis schlief in ihrem gemeinsamen Zimmer, würde jedoch nach dem Erwachen ihren Tee verlangen. Wenn Helene mit der Nekrose vorankommen wollte, musste sie sich ranhalten. Das monotone Ticken der Wanduhr bezeugte, wie schnell die kostbare Zeit verstrich.

»Helene!«

Ungehalten blickte sie auf. Hatte sie Ilse nicht gerade erklärt, dass sie jetzt keine Zeit für sie hätte?

»Helene! Schnell!«

Wie schrill Ilses Stimme sich anhörte. Kam sie nicht an die Gläser heran? Dafür hatte der Vater eigens eine kleine Trittleiter anfertigen lassen. Gereizt warf Helene ihren Füllfederhalter auf den Tisch und stürmte auf den Flur hinaus.

»Was zum Kuckuck … Leon?«

Nach einem ersten kurzen Schreck, wie sie ihn verschwitzt und keuchend im Türrahmen stehen sah, erfasste sie die Situation. Dem Himmel sei Dank, Leon schien unversehrt, hielt aber zusammen mit Lore den kreidebleichen Erik im Arm, unter dessen blutverschmiertem Haar eine Stirnwunde klaffte, er roch nach Erbrochenem.

»Gute Güte!«

Helene schob Ilse aus dem Weg und griff sich einen Schlüssel, der an einem Brettchen neben der Tür hing.

»Wir bringen ihn in Vaters Praxis. Los, Lore, lauf hinunter und schließ auf.«

»Kann ich mitkommen?«

Helene hörte die Frage ihrer kleinen Schwester schon nicht mehr. Sie war jetzt Ärztin und hatte einen Verletzten zu versorgen. Stufe für Stufe halfen sie Erik die Treppe hinab.

»Eine Schlägerei«, erzählte Leon hastig. »Auf dem Weg zur Redaktion entdeckte ich die beiden auf einer Bank an der Konstabler Wache. Da waren die Angreifer längst über alle Berge.«

»Mir wird schlecht«, wimmerte Erik und erbrach sich im Treppenhaus.

»Darum kümmere ich mich später«, sagte Helene und führte Erik zu einer Krankenliege. Eilig stellte sie Spuckschalen bereit, zog sich einen sauberen weißen Arztkittel sowie Gummihandschuhe über und drückte Leon ein Stück Seife in die Hand.

Während er sich wusch, begegneten sich ihre Blicke in dem großen Spiegel über dem Waschbecken. Leon sah schuldbewusst aus.

»Ist es in Ordnung, dass ich Erik zu dir gebracht habe? Ich weiß ja, dass du lernen musst, aber wer weiß, wie lange wir im Krankenhaus gewartet hätten.«

Anstatt zu antworten, drückte Helene ihm einen kurzen, aber festen Kuss auf die Lippen. Einen Kuss, der ihm versicherte, dass er alles richtig gemacht hatte. Gleich darauf inspizierte sie sorgfältig Eriks Stirnwunde und desinfizierte sie.

»Was genau ist eigentlich passiert?«

Mit dem schmuddeligen Ärmel ihrer Strickjacke wischte sich Lore übers Gesicht.

»Sie waren zu dritt. Ein Junge hat Erik ein Bein gestellt. Da ist er aufs Pflaster geknallt. Sie haben ihn schlimm verprügelt. Und einer hat mit einem Messer herumgefuchtelt.«

Bis eben zurückgehaltene Tränen kullerten Lores Wangen hinab, bahnten sich ihre Gassen durch den Schmutz auf ihrer Haut. Helene reichte ihr die Seife und einen Lappen.

»Wasch dein Gesicht«, sagte sie. »Und vergiss die Hände nicht. Bakterien können genauso wüten wie streitsüchtige Flegel.«

Als Helene begann, Eriks Wunde zu nähen, verzog Leon den Mund und wandte sich ab. Lore hingegen trat näher heran, damit sie besser beobachten konnte, wie Helene mit einer Nadel in Eriks Haut stach und den Faden durchzog, als stopfte sie einen löchrigen Socken. Kein Jota bebte ihre Hand dabei, jetzt zahlte es sich aus, dass sie ihrem Vater hundert Mal assistiert hatte.

»Leichtsinnig sind sie gewesen«, schimpfte Leon, der ihnen am Fenster den Rücken zugekehrt hatte, so dass es aussah, als spräche er mit dem Kastanienbaum auf der anderen Straßenseite. »Hätten sie einfach den Mund gehalten, wäre ihnen nichts passiert.«

»Das weißt du doch gar nicht! Die waren doch auf Krawall aus.«

Leons brüderliche Besorgnis und Lores Widerspruch flogen im Wechsel über Helene hinweg. Nichts war wichtiger als Eriks Wunde, die Helene Millimeter für Millimeter schloss, vorsichtig, damit sich keine wulstige Narbe formen würde.

»Was hättest du denn getan? Einfach weggeschaut?«

»Wenn der Gegner in der Überzahl ist, räumt man das Feld.«

Empört rang Lore mit ihrem Atem. »Irgendetwas kann man immer machen.«

Leon schnaufte.

»Was dabei herauskommt, sehen wir ja, du Grünschnabel!«

Beleidigt schwieg Lore und starrte mit verschränkten Armen auf Helenes Finger, die den letzten Faden geschickt verknoteten und ihn mit einer chirurgischen Schere abschnitten.

»In ein paar Tagen können die gezogen werden«, sagte Helene zu Erik. »Bis dahin brauchst du Ruhe. Wahrscheinlich hast du eine Gehirnerschütterung.«

Fast unmerklich nickte der Junge, sein Gesicht entspannte sich.

»Hast du auch etwas abbekommen?«, erkundigte sie sich bei Lore, die kopfschüttelnd Eriks frisch verarztete Wunde begutachtete. Während Helene ihre Instrumente reinigte, bat sie das Mädchen zu schildern, wie es zu der Schlägerei gekommen war. Zuerst weigerte Lore sich, aber als Helene ihr versprach, ihr nicht ebenso Vorwürfe zu machen wie Leon, erzählte sie doch.

Von der Innenstadt aus hatten sie sich auf den Heimweg ins Gallus gemacht und dafür ruhige Seitenstraßen gewählt. In einer davon spielten drei Jungen mit dem leblosen Körper eines braunen Kaninchens. Wie einen kleinen, flauschigen Fußball schossen sie es durch die Luft, ein ums andere Mal klatschte das Kaninchen auf dem harten Asphalt auf. Dann johlten die Jungen. Lore war entsetzt gewesen und konnte den erstarrten Schrecken, den sie in den Augen des Kaninchens zu erkennen meinte, kaum ertragen. Das arme Tierchen war doch schon überfahren worden, weshalb quälte man es über den Tod hinaus? Lore hatte nicht länger tatenlos zusehen können und an Eriks Arm gezerrt.

»Wir müssen etwas tun!«

Doch Erik kannte Rolf, einen der Jungen, und wusste, dass er keine Gelegenheit ausließ, sich zu prügeln, und das Kaninchen, na ja, es war schließlich tot und spürte nichts mehr.

Er hatte Lores Hand ergriffen und sie wegziehen wollen. Doch so lief das nicht, nicht mit ihr. Losgerissen hatte sie sich und Rolfs Bande angebrüllt, dass sie zur Hölle fahren sollten. Im Gegenzug wurde sie als »Kommunistenflittchen« beschimpft und Erik als »rote Missgeburt«. Ein hässliches Wort gab das andere, bis sich plötzlich alle drei Tierquäler auf Erik stürzten. Zunächst hatte Lore nur hilflos danebengestanden. Fast automatisch tat sie dann, was ihr schon häufiger aus der Patsche geholfen hatte. Wie eine Löwin fiel sie den Anführer an und schlug ihm ihre Zähne in den Oberarm. Erst als sie Rolfs Blut schmeckte, ließ sie von ihm ab. Der Junge schrie vor Schmerz und fluchend zückten die anderen ihre Taschentücher, um sein Blut abzuwischen. Diesen Moment der Ablenkung hatte sie genutzt, um Erik auf die Füße zu ziehen und ihn, so schnell es eben ging, zurück auf die Zeil zu bringen, in den Schutz anderer Menschen und zu der Bank, auf der Leon sie schließlich vorgefunden hatte.

Während sie zuhörte, räumte Helene die medizinischen Instrumente in den Schrank, Fadenreste und Tupfer entsorgte sie in den Mülleimer. Im Stillen gab sie Leon recht, dass es vernünftiger gewesen wäre, sich nicht wegen eines toten Kaninchens in Schwierigkeiten zu begeben, dennoch konnte sie nicht umhin, Lores Mut anzuerkennen.

Leon bemerkte erschrocken, dass der Redaktionsschluss nahte, er aber noch keine einzige Zeile über den Umzug verfasst hatte. Obwohl sie keine Ahnung hatte, wie sie Erik nach Hause transportieren sollte, versicherte Helene, dass sie mühelos ohne Leons Hilfe zurechtkäme. Während sie sich vor der Praxis umarmten, streifte Helene der Gedanke, was ihre Eltern wohl sagen würden, wenn sie in diesem Moment nach Hause kämen. Noch immer wussten sie nichts davon, dass es in Helenes Leben einen Mann gab, der … ihrer Tochter in kürzester Zeit die Sinne vernebelt hatte. Über dessen Familie sie nichts wussten. Der Helene vom Studieren ablenkte. Der sie ihrer Unschuld berauben könnte. Doch die aufgebrachte Stimme ihres Vaters, die Helene im Geiste hörte, verstummte, als Leon sie zum Abschied leidenschaftlich küsste. Außer Leons Lippen, die ihre liebkosten und seinen schlanken Händen, die ihre Haut zum Kribbeln brachten, drang nichts zu ihr durch, nicht einmal der penetrante Geruch nach saurem Erbrochenen. Nachdem Leon kurz darauf gegangen war, kam Helene eine Idee.

»Bleib du bei Erik«, trug sie Lore auf und machte sich auf den Weg zu einem Nachbarn, der ihrem Vater hin und wieder sein Automobil verlieh, wenn dieser einen Patienten behandeln musste, der irgendwo weit außerhalb wohnte. Ob er den Opel wohl auch heute für ein Stündchen entbehren könnte?

»Aber selbstverständlich, wenn ich dem Herrn Doktor damit behilflich sein kann.«

Ohne zu zögern, überreichte er Helene seinen Schlüssel. Als Helene zurückkehrte, stellte sie erstaunt fest, dass jemand die Treppe gewischt hatte. Erna, die ihren freien Tag hatte, konnte es nicht gewesen sein und ihre Eltern waren noch nicht zu Hause. Als Helene kurz darauf mit Decken und einem Kissen bepackt die Praxis betrat, fand sie Lore über den schlafenden Erik gebeugt. Einige Sekunden sah sie dem Mädchen dabei zu, wie sie, vorsichtig mit zwei Fingern, Eriks von Schweiß und Blut verklebtes Haar streichelte. War sie mit dreizehn auch schon einmal so verliebt gewesen? Helene erinnerte sich nicht daran.

Sie räusperte sich und wedelte, als Lore aufsah, mit dem geborgten Schlüssel.

»Wir fahren mit einem Automobil. Nimm die Decken und eine Spuckschale, ich helfe Erik.«

Zwar war der Opel etwas größer als der *Laubfrosch* von Leons Vermieter, dennoch dauerte es eine Weile, bis es ihnen gelang, Erik auf der Rückbank ein bequemes Lager zu richten. Vorsichtig zündete Helene den Motor, woraufhin der Opel aufgeschreckt vorwärtssprang und gleich darauf verstummte. Stöhnend hielt Erik sich den Kopf.

»Tut mir leid«, sagte Helene knapp. Nach mehreren vergeblichen Versuchen rollte das Automobil endlich an. Widerwillig knarzte der Opel, wann immer Helene einen falschen Gang einlegte, muckte und ruckelte, aber schließlich erreichten sie das Eschenheimer Tor und die Taunusanlage. Als sie auf die Mainzer Landstraße einbogen, hatten sich Helene und der Opel aneinander gewöhnt, und sie legten an Tempo zu.

»Jetzt fahren wir praktisch nur noch geradeaus.«

Helenes Anspannung ließ nach und erleichtert lehnte sie sich in den gepolsterten Sitz zurück. Sie kurbelte die Seitenfenster hinunter, und der Fahrtwind, der ihr durch das Haar fuhr, schenkte ihr ein Gefühl von Freiheit. Als sie sah, dass Lore ihren Blick gebannt auf die Windschutzscheibe gerichtet hatte, deutete sie, um sie abzulenken, auf eine Packung *Manoli* und Streichhölzer.

»Zündest du mir eine Zigarette an? Keine Sorge, ab jetzt läuft alles wie am Schnürchen.«

Wortlos fingerte Lore eine Zigarette aus der Schachtel. Aus ihrer unbeholfenen Art, daran zu ziehen, schloss Helene, dass das Mädchen noch nie geraucht hatte. Trotzdem schaffte sie es, nicht zu husten.

»Danke.«

Gierig sog Helene den Rauch in ihre Lungen, das Nikotin tat ihr gut und ein bisschen mondän kam sie sich auch vor, rauchend, am Steuer eines schicken Wagens.

»Du bist sehr tapfer«, lobte sie Lore aufrichtig, »und mutig.«

Lore zuckte mit den Schultern, doch da ihre Wangen eine rosige Färbung annahmen, nahm Helene an, dass sie sich über das Kompliment freute.

»Ohne deine Hilfe hätte ich Erik nie nach Hause bekommen. Danke, Helene.«

Lores Worten folgte ein offenes Lächeln und plötzlich verstand Helene, wieso Leon Sympathie für die Kleine hegte. Hinter ihrer rauen Schale verbarg sich ein Mädchen, das sich für diejenigen, die ihr etwas bedeuteten, einsetzte, eingeschlossen ein totes Kaninchen.

»Gut, dass du einen Führerschein hast«, fuhr Lore fort. »Den will ich auch, wenn ich erwachsen bin.«

»Hm.«

Ein Fahrradfahrer schnitt ihren Weg und zwang Helene, abrupt zu bremsen. Beinahe wäre Lore mit dem Kopf gegen die Windschutzscheibe geknallt, Erik jammerte, dass ihm übel würde, weshalb Lore ihm prompt eine Spuckschale unter die Nase hielt. Womöglich hatte der heftige Ruck sie an den holprigen Beginn ihrer Fahrt erinnert, jedenfalls hakte Lore nach: »Du hast doch einen Führerschein, oder?«

Kopfschüttelnd schnippte Helene den Zigarettenstummel aus dem Fenster.

»Nein«, gab sie zu. »Ein Freund hat mir das Fahren beigebracht. Aber, ehrlich gesagt, das ist schon ewig her.«

Unbehaglich rutschte Lore auf ihrem Sitz herum.

»Und wenn dich die Polizei erwischt?«

Helene schloss das Fenster.

»Wieso sollte sie? Fahre ich denn so schlecht?«

»Nein. Aber dort drüben steht ein Schutzmann und winkt uns raus.«

»Verdammt.«

Unwillkürlich bremste Helene ab. Was, wenn er ihre Papiere sehen wollte? Sie merkte, dass Lore sie unsicher ansah und atmete tief durch. Sie musste wirken, als hätte sie die Situation im Griff. Schließlich war sie erwachsen und für Lore und Erik verantwortlich. Hatte sie nicht früher einmal Schauspielerin werden wollen? Nun, dies wäre die Gelegenheit, um herauszufinden, ob sie Talent besaß. Beim Polizisten angekommen, öffnete Helene sofort die Wagentür.

»Bin ich froh, dass wir Sie treffen, Herr Wachtmeister«, sagte sie und hoffte, dass sie dabei ein wenig hilflos aussah. Was geschehen würde, wenn ihr der Schutzmann auf die Schliche käme, wollte sie sich lieber nicht vorstellen. Auch nicht, wie ihr Vater tobte, weil ihm der Nachbar vielleicht nie mehr seinen Opel ausleihen würde.

»Ich bin Ärztin und muss«, sie zeigte auf die Rückbank, »den Jungen zu seiner Mutter bringen. Dummerweise habe ich mich verfahren. Wie komme ich denn am schnellsten zur Galluswarte?«

Prüfend sah der Schutzmann durchs Fenster, betrachtete Erik, dann Lore und schließlich kehrte sein Blick zu Helene zurück.

»Was hat der arme Kerl denn?«

»Einen Magen-Darm-Infekt, extrem ansteckend. Ich hoffe, dass in Frankfurt keine Epidemie ausbricht.«

Automatisch wich der Polizist einen Schritt zurück. Da wusste Helene, dass sie gewonnen hatte.

»Sicher verstehen Sie, dass es am besten ist, wenn der Patient so schnell wie möglich in seinem Bett liegt. Und außerdem …«, verschwörerisch senkte sie ihre Stimme, als wollte sie ihm ein Geheimnis verraten. »Na ja, außerdem soll die Kleine nicht auch noch krank werden.«

Lore spielte mit und sah den Polizisten mit großen, Hilfe suchenden Augen an. Gleich darauf hustete sie, und obwohl das gar nichts mit einer Magenerkrankung zu tun hatte, schien es den Polizisten zu einer Auskunft zu bewegen.

»Fahren Sie geradeaus, dann stoßen Sie auf die Galluswarte«, erklärte er, »aber tun Sie mir einen Gefallen und fahren Sie langsamer.«

Zum Gruß tippte er gegen seinen Helm und winkte sie weiter.

Ruhig drehte Helene den Zündschlüssel.

»Lass mich nicht im Stich«, flehte sie den Opel im Stillen an. Doch der ließ sich nicht so einfach wie ein Mann aus Fleisch und Blut um den kleinen Finger wickeln. Der Motor röhrte, protestierte und das knatternde Geräusch erstarb. Als der Schutzmann sich zu ihnen umwandte, bekam Helene feuchte Handflächen. Hatte Lutz nicht behauptet, dass in jedem Automobil eine Seele steckte?

»Bitte, bitte spring an!«, bat sie und beim zweiten Versuch funktionierte es. Souverän lenkte Helene den Opel an dem Uniformierten vorbei und deutete ein Winken an. Einen Moment gelang es ihr noch, sich zu beherrschen, dann brach Helene in Gelächter aus.

»Magen-Darm. Entschuldige, Erik, aber das klappt immer. Die Leute haben einfach schreckliche Angst davor, sich den Flotten Heinrich einzufangen.«

Helene und Lore amüsierten sich köstlich über den ahnungslosen Polizisten, und lachten so ausgelassen, dass Helene es fast bedauerte, ihr Ziel in wenigen Minuten zu erreichen.

»Du solltest ans Theater gehen«, sagte Lore, nachdem ihre Lachsalven verebbt waren, »oder zum Film.«

»Das hatte ich mir sogar mal überlegt.«

Als sie die Galluswarte passierten, richtete sich Erik auf.

»Lasst mich hier raus«, murmelte er.

»Wieso? Ist dir schlecht?«

Sofort hielt Lore ihm die Spuckschale hin, Erik jedoch schob ihre Hand fort.

»Ich kann nicht in einem Automobil vorfahren. Unsere ganze Straße würde sich fragen, was los ist.«

Lore nickte.

»Er hat recht. Alle würden sich das Maul über uns zerreißen.«

An der nächsten Ecke hielt Helene an und half Erik beim Aussteigen. Besorgt betrachtete sie sein blasses Gesicht und warf noch einen Blick auf seine Wunde.

»Bist du dir ganz sicher, dass ich dich nicht nach Hause begleiten soll? Als deine Ärztin fühle ich mich verantwortlich dafür, dass du heil ankommst.«

Erik wehrte ab.

»Die letzten Meter schaffe ich alleine. Danke für alles.«

»Und ich bin ja auch noch da. Ich lasse Erik nicht aus den Augen.«

Flink wie ein Wiesel kletterte Lore aus dem Opel, nachdem sie Eriks grauen Pullover vom Rücksitz aufgeklaubt hatte. Fürsorglich legte sie ihm den Pulli um die Schultern.

»Komm, stütz dich auf mich.«

Doch, als hätte sich nicht Lores Hand, sondern eine fette Spinne auf ihm niedergelassen, schüttelte Erik sie ab.

»Lass mich in Ruhe. Von kleinen Mädchen brauche ich keine Hilfe!«

Wie von einer Ohrfeige getroffen, wich Lore zurück. Nur mit den Augen folgte sie ihm, als er sich dicht und etwas unsicher an den Hausmauern entlangtastete. Zwei auf der Straße Fußball spielende Jungen, Freunde vielleicht, sammelten ihren Ball ein und rannten zu Erik hinüber, der stehen blieb und etwas sagte, woraufhin die Jungen ihm auf die Schulter klopften. Da begriff Helene, weshalb Erik partout allein hatte gehen wollen. Die kleine, zähe Lore hätte das Bild des Helden gestört, der verwundet, aber aufrecht aus der Schlacht zurückkehrte.

»Jungen sind manchmal ziemlich dumm, mach dir nichts draus«, tröstete sie Lore. Aber Lore verabschiedete sich bleich, mit traurigen Augen und schlaffen Schultern. Helene sah ihr nach und verstand. Auch wenn es bloß eine Kinderschwärmerei gewesen war, Erik hatte Lore verraten und sie mit seinen Worten verletzt.

»Triffst du dich eigentlich mit diesem Lewandowski?«

Helene, die in einer Tasse Pfefferminztee rührte, mit der sie sich zu ihrem Vater aufs Sofa gesetzt hatte, sah auf. Paul Bornstein, bekleidet mit einer dicken Wollstrickjacke und Pantoffeln, blätterte im *Generalanzeiger*, als würde ihn ihre Antwort nicht brennend interessieren. Doch sein Schnurrbart zuckte und warnte sie davor, nach Ausflüchten zu suchen.

Also gut, dachte Helene, vielleicht ist das die richtige Gelegenheit, um Papa von Leon zu erzählen. Um Zeit zu gewinnen, nippte sie an ihrem Tee. Ruhig faltete ihr Vater die zerlesene Zeitung zusammen, den Werbeteil legte er für seine Frau zur Seite.

»Ilse sagt, ihr seid befreundet. Deshalb hätte er die beiden Kinder zu dir gebracht. Wie lange kennst du ihn schon?«

Helene unterdrückte einen leisen Seufzer.

»Du bist Leon Lewandowski auch schon begegnet, Papa. Auf der Galopprennbahn.«

Paul Bornsteins Augenbrauen schoben sich die Stirn hinauf, hinter der es zu arbeiten begann. Schließlich fand sein Gedächtnis, wonach es suchte.

»Der Journalist, der Freund von Anton.«

Helene korrigierte ihn nicht, sondern nickte.

»Ja. Im Sommer haben wir uns manchmal beim *Mosler* gesehen.«

Kurz überlegte sie, ob sie ihren Vater damit abspeisen sollte, aber dann kam sie sich feige vor. Früher oder später müssten ihre Eltern Leon doch kennenlernen. Um ihren Worten eine gewisse Beiläufigkeit zu verleihen, schenkte sie Tee nach. »Manchmal holt Leon mich von einer Vorlesung ab.«

»Ich bin ganz Ohr«, erwiderte ihr Vater.

Natürlich wog Helene ab, was sie ihm erzählte. Klug sei Leon, fleißig und hilfsbereit, wie man daran sah, dass er sich um einen verletzten Jungen gekümmert hatte, den er kaum kannte. Und er hätte die besten Aussichten, sich bei der *Frankfurter Zeitung* einen Namen zu machen.

Mit übereinandergeschlagen Beinen hatte sich ihr Vater zurückgelehnt und ließ seine Tochter nicht aus den Augen, als wollte er abschätzen, ob es Details gäbe, die sie ihm verschwieg. Ob er, ein erfahrener Mann und Arzt, ihr womöglich ansah, dass sie sich mehr vorstellte als einen Kuss, wenn sie an Leon dachte? Behauptete er nicht hin und wieder, dass er in ihrem Gesicht lesen könne wie in einem aufgeschlagenen Buch?

Vorsichtshalber senkte Helene ihren Blick und rührte sachte in ihrer Teetasse.

»Und seine Familie? Woher stammt sie?«

»Aus Polen.«

»Sind es Ostjuden?«

Paul Bornstein klang wenig angetan. Rasch sprach Helene weiter: »Sie wurden dort angefeindet, deshalb sind sie nach

Deutschland gekommen. Leon ist in der Nähe von Leipzig aufgewachsen.«

»Und was macht sein Vater?«

Ja, befand sie sich denn in einem Verhör?

»In Polen hat er ein Geschäft geführt, jetzt arbeitet er für eine Gärtnerei.«

»Aha. Und …«, er räusperte sich, »ist es etwas Ernstes mit dir und Herrn Lewandowski?«

Unwillkürlich lächelte Helene.

»Ich glaube, ja, Papa.«

Er stellte seine Tasse auf der Sofalehne ab und beugte sich zu Helene vor. Die Tasse kippelte und etwas Tee schwappte über den Rand.

»Die Juden aus dem Osten sind anders als wir. Sie gliedern sich nicht ein und leben traditionell. Zu welchem Gott sie beten, sieht man ihnen von Weitem an. Überstürz bloß nichts.«

Es kostete Helene einige Anstrengung zu verbergen, wie ungehalten sie war. Weshalb lernte ihr Vater Leon nicht erst einmal kennen, bevor er ein Urteil über ihn fällte?

»Dir wäre Leons polnische Herkunft gar nicht aufgefallen, wenn ich es dir nicht gesagt hätte. Leon kleidet sich wie wir, spricht wie wir und schreibt wunderbare Artikel.«

»Er hat einen Akzent.«

»Ich bitte dich, Papa, den haben die Frankfurter auch.«

Dass Leon manche Worte ein wenig fremdartig betonte, klang in Helenes Ohren hinreißend, Marie bezeichnete es sogar geradeheraus als erotisch.

»Du willst mich nicht verstehen, oder?«, fragte ihr Vater, und Helene zwang sich, nicht auf seinen Schnurrbart zu schauen, der ihr wie ein nervöses, pelziges Tier erschien. Ihr Vater nahm ihre Hand. Sein Griff, so fest, als wollte er sie daran hindern fortzulaufen, hatte etwas Beschwörendes, aber auch Unwilliges, weil er es nicht mochte, dass seine Tochter ihm widersprach.

»Was sagt Herr Lewandowski überhaupt dazu, dass du Ärztin wirst?«

»Leon findet es großartig, dass ich Medizin studiere«, erwiderte sie und entzog ihm ihre Hand.

»Auch nach der Hochzeit?«

Jetzt reichte es Helene. Sie erhob sich.

»Wenn du erlaubst, Papa, würde ich gerne weiterlernen. Nächste Woche halte ich einen Vortrag in Allgemeiner Pathologie.«

Mit mürrischem Gesicht trank ihr Vater seinen erkalteten Tee.

»Mach uns bloß keine Schande«, sagte er scharf und verschwand erneut hinter den Seiten des *Generalanzeigers.* »Das Letzte, was meine Praxis braucht, sind Klatschgeschichten.«

Wütend schmiss Helene die Tür zu ihrem Zimmer hinter sich zu und ließ sich auf ihr Bett fallen. Nicht Leon, sondern Gespräche wie diese hielten sie vom Studieren ab.

Die gedrückte Stimmung beim Abendessen schien sogar Dackel Carlo auf den Magen zu schlagen, so dass er, anstatt wie üblich um Leckereien zu betteln, das Kläffen einstellte und sich in eine Zimmerecke verkrümelte. Und auch Ilse stocherte nur lustlos in ihren Kartoffeln und lächelte nicht einmal, als ihre Mutter sie lobte, weil sie diejenige gewesen war, die Eriks Erbrochenes im Treppenhaus aufgewischt hatte. Marlis hingegen, mal wieder mit sich selbst beschäftigt, schien nichts zu bemerken und sprach ohne Punkt und Komma über ihren Schultag, während ihr Vater sich in Schweigen hüllte, die strengen Blicke ignorierend, die seine Frau ihm zuwarf. Helene vermisste Anton, weil er über die Gabe verfügte, Spannungen mit geistreicher Ironie aufzulockern. Aber er war mit seinem Chef nach London gereist. Als sie das Essen fast beendet hatten, hüstelte Ruth Bornstein und sagte ruhig, als hätte es nie eine Debatte gegeben: »Helene, frag doch Herrn Lewandowski, wann er Zeit hätte, uns zu besuchen. Dein Vater und ich würden ihn gerne kennenlernen.«

Dann stellte sie die Teller zusammen und brachte den Stapel zum Abwasch in die Küche.

»Sag mal, wie vielen Frauen hast du eigentlich das Herz gebrochen? Du küsst wie ein Don Juan.«

Schon wieder Leons Lippen suchend, fuhr Helene durch sein dichtes Haar. Es war bereits Mitte Oktober und die Temperaturen fielen stetig, trotzdem saßen sie aneinandergeschmiegt unter den ausladenden Ästen einer Trauerweide, die sie vor allzu neugierigen Blicken schützten. Weder bei Helene noch in Leons kleinem Zimmer, in dem sein Vermieter Damenbesuch strikt untersagt hatte, konnten sie ungestört sein. Also blieben sie draußen und hofften, dass ihnen bis zum Winter eine bessere Lösung einfiele. Ausgestattet mit einer Thermoskanne Tee sowie zwei Wolldecken hatte Leon Helene von ihrer Vorlesung im Städtischen Krankenhaus abgeholt und sie waren das Mainufer entlanggebummelt, in Richtung des Ausflugslokals *Gerbermühle*, früher eine Getreidemühle, anschließend eine Gerberei und später der Sommersitz eines Frankfurter Bankiers, bei dem seinerzeit Johann Wolfgang von Goethe ein- und ausgegangen war. Leon freute sich, wenn Helene ihn auf ihren Spaziergängen mit Frankfurter Dönekes fütterte, die er in die ein oder andere Reportage einfließen ließ.

Doch heute musste die *Gerbermühle* warten, denn etwas Zweisamkeit unter dem sich herbstlich lichtenden Blätterdach war ihnen beiden verlockender erschienen.

»Du hast meine Frage nicht beantwortet«, murmelte Helene, ohne ihre Lippen von Leons zu lösen.

»Du lässt mich ja nicht.«

Seine schönen Hände waren mutig unter ihren Pullover gekrabbelt, ihre Rechte wanderte seinen Rücken auf und ab, die Linke streichelte den Stoff seiner Hose. Leon atmete schneller, woraufhin Helene seine Hand festhielt und langsam unter ihren Rock führte. Sie war so erregt, dass es ihr beinahe gleichgültig war, ob jemand sah, was sie taten. Während sie sich küssten, tastete sie nach Leons Gürtelschnalle.

»Ich frage mich, wer von uns beiden hier mehr Herzen bricht«, raunte Leon ihr ins Ohr, schob sie aber gleichzeitig von sich fort.

Zwar merkte Helene, dass er mit sich rang, aber schließlich siegte wie immer das, was Leon seinen Anstand nannte.

»Ich gehe jetzt schon weiter, als ich sollte«, sagte er, wenn sie andeutete, dass sie keinen Wert auf seine Zurückhaltung legte. Seufzend zupfte Helene ihren Rock zurecht.

»Weißt du, dass es laut Sigmund Freud zu Neurosen führen kann, wenn man permanent seine Sexualtriebe unterjocht?«

»Meinst du diesen Traumdeuter?«

Leon zog Helene in seinen Arm und so eng wie möglich kuschelte sie sich an ihn. In ihrer Nähe kläffte ein Hund, vielleicht war es tatsächlich besser, dass sie nicht bis zum Äußersten gegangen waren.

»Er ist mehr als das und hat Interessantes über die menschliche Psyche herausgefunden. Kannst du dir vorstellen, dass wir unsere niederen Triebe«, sie lachte, »in geistige Leistung verwandeln? Vielleicht lerne ich ja nur deshalb wie verrückt, weil ich nie mit dir schlafen darf, wenn ich Lust dazu habe.«

»So ein Blödsinn.«

Leon verzog das Gesicht zu einer Grimasse, woraufhin Helene ihm neckend ihren Ellenbogen in die Rippen stupste.

»Jetzt guck doch nicht so. Freud ist übrigens auch Jude.«

»Na und?«

»Er misst der Sexualität eine große Bedeutung zu.«

Leons Gesichtsausdruck erlaubte keinen scherzhaften Tonfall mehr.

»Das tue ich auch. Aber obwohl ich bei Weitem nicht so religiös lebe wie meine Eltern, bin ich ein gläubiger Mann. Sexualität gehört für mich in die Ehe, und dort gerne so oft wie möglich.«

Gespannt sah Helene ihn an. Ob Leon ihr bald einen Antrag machen würde? Wenn er sie so begehrte wie sie ihn, jedoch heiraten musste, bevor sie sich einander hingaben, wäre dann nicht die logische Konsequenz, dass er sie bat, seine Frau zu werden?

Durch die Zweige der Trauerweide beobachtete Leon den grauen Main. Ihn schien dieselbe Frage zu beschäftigen. Als das

Schweigen andauerte, begann Helene, mit den Fransen der Wolldecke zu spielen, drängen wollte sie Leon nicht. Rang er mit seinem Grundsatz, dass ein Mann, bevor er heiratete, erst etwas Geld gespart haben sollte? Oder fürchtete er, dass Paul Bornstein, dem eine andere Partie für seine Tochter vorschwebte, ihm seinen Segen verweigern würde? Darüber machte sich Helene keine Gedanken, denn grundlos würde sich ihr Vater nicht gegen den Mann stellen, den Helene liebte. Erst recht nicht, wenn ihre Mutter mit Helenes Wahl einverstanden wäre, und daran zweifelte sie nicht.

Bei der Erinnerung an Leons ersten Besuch schmunzelte Helene. Pünktlich auf die Minute war er erschienen, tadellos gekleidet, in der Hand ein Sträußchen für die Dame des Hauses sowie eine Tafel Schokolade für die Mädchen. Offen beantwortete er die Fragen ihres Vaters, und tat, als würde er das Knurren in Paul Bornsteins Stimme nicht bemerken. Er reichte den Salzstreuer weiter, sobald jemand danach verlangte, scherzte mit Ilse und schäkerte mit dem Dackel, der sich daraufhin unter dem Tisch auf Leons Füßen niederließ. Als er sich nach dem Dessert für die köstliche Mahlzeit bedankte und in aller Selbstverständlichkeit begann, die Teller zusammenzustellen, hatte er Ruth Bornsteins Sympathie endgültig erobert. Sogar ihr Vater war nicht umhingekommen, widerwillig zuzugeben, dass es sich bei Leon um einen anständigen jungen Mann handelte. Reserviert blieb er trotzdem.

Seit jenem Spätsommertag holte Leon sie häufiger von zu Hause ab und blieb, wenn Ruth Bornstein ihn einlud, gerne zum Essen. Für Ilse, die ihn anhimmelte wie einen Filmschauspieler, brachte er stets eine Kleinigkeit mit, seit er mitbekommen hatte, dass sie viel Zeit im Haus verbrachte. Mal war es ein vierblätteriges Kleeblatt, dann ein hübscher Stein, manchmal eine Süßigkeit, auf die Ilse sich stürzte wie Dackel Carlo auf einen Knochen. Gegenüber Marlis, die gern Geschichten erzählte, in denen sie die Hauptrolle spielte, war er der Einzige, der geduldig zuhörte, und Anton begleitete er hin und wieder zur *Eintracht*. Niemand wäre überrascht gewesen, wenn Leon um Helenes Hand angehalten hätte, am allerwenigsten Helene selbst. Andererseits, dachte sie, erforderten Hochzeitsvorbereitungen viel Zeit. Zeit, die ihr fürs Studium fehlen würde. Sobald sie allein war und sich in ihre Bücher, Mitschriften und Aufgaben vertiefte, hatte sie es gar nicht mehr so eilig damit, eine Braut zu werden. Dürften sie und Leon einander ohne Trauschein lieben, so wie Helene es sich wünschte, könnte die Ehe von ihr aus noch warten.

Schnatternd watschelten einige Enten vorbei und nahmen auf ihrem Weg Leons Unmut mit, jedenfalls lächelte er ihnen nach. Helene kehrte zu ihrem koketten Ton zurück.

»Also«, sagte sie augenzwinkernd, »jemand, der küsst wie du, muss Spuren hinterlassen wie dieser Don Juan.«

Jetzt lachte Leon auf und küsste ihr Haar.

»Dass ich dir talentiert vorkomme, könnte an meinem spanischen Blut liegen.«

»Spanisches Blut?«

Helene betrachtete ihn mit zusammengekniffen Augen. Sie rief sich die Delegation spanischer Ärzte in Erinnerung, die im Sommer, begleitet von Viktor Nolting, die Universitätsklinik besichtigt hatte. Viktor hatte Helene eingeladen, gemeinsam mit der Gruppe die Röntgenabteilung der Frankfurter Frauenklinik zu besuchen, wo man seit Kurzem Beckenaufnahmen bei Schwangeren machte, um mögliche Schwierigkeiten bei der Geburt vorherzusehen. Inzwischen hatte sie das von ihm empfohlene Buch über die Irrtümer der Röntgendiagnostik und Strahlentherapie ausgelesen und freute sich, ihn mit ihren fachkundigen Bemerkungen zu beeindrucken. Ihre Bedenken, dass die Strahlung werdenden Müttern und deren Fötus schaden könnte, teilte Viktor, und obwohl die Dolmetscherin, eine schwarzhaarige Schönheit aus Madrid, Viktor mit ihrem feurig gerollten R umgarnt hatte, hatte er sich ausgiebig mit Helene unterhalten. An jenem Nachmittag hatte sie zum ersten Mal waschechte Spanier kennengelernt und war sich zwischen all den dunkelhaarigen Männern wie ein Leuchtturm vorgekommen.

»Stimmt«, sagte Helene zu Leon, »du siehst spanisch aus.«

Leon tat, als zöge er einen Sombrero vor ihr, wurde dann aber ernst.

»Andere finden, man sieht mir den Juden an. Dunkle Haare, dunkle Augen, nur mit einer krummen Nase und Plattfüßen kann ich nicht dienen.«

Kichernd drückte ihm Helene einen Kuss auf die Nase.

»Sag ihnen, deine Freundin findet, dass du die schönsten Füße der Welt hast.«

Was sie beurteilen konnte, da sie im Sommer so manchen Nachmittag in der *Moslerschen Mainbadeanstalt* verbummelt hatten. Helene war stolz darauf gewesen, wie beeindruckt sich Leon von ihrem guten Schwimmstil gezeigt hatte. Abends hatten sie dann unter echten Palmen, die südländisches Flair verbreiteten, ein Glas Wein genossen.

»Und wie, mein Don Juan, kommst du an dein spanisches Blut? Ich dachte, deine Familie stammt aus Polen.«

»Tut sie auch. Aber vor Urzeiten, als die Mauren über Spanien herrschten, lebten die Vorfahren meines Vaters wohl im sonnigen Süden. Recht unbehelligt, bis die Pest in Europa wütete und die Schuld daran den Juden zugeschoben wurde, weil sie angeblich die Brunnen vergifteten.«

»Was für ein Irrsinn. Wenn man damals schon etwas über Viren und Bakterien gewusst hätte, hätte das niemand geglaubt.«

Leon zuckte mit den Schultern.

»Mit logischen Erklärungen kamst du damals nicht weit. Noch schlimmer wurde es, als sich in Europa das Gerücht verbreitete, Juden würden kleine Christenkinder ermorden, um aus deren Blut die *Mazza* zuzubereiten. Schließlich vertrieben Königin Isabella und ihr Ferdinand die Juden aus Spanien, und auf der Suche nach einer neuen Heimat landeten meine Vorfahren in Polen.«

Seufzend küsste Helene Leons Fingerspitzen.

»Ich fürchte, in meiner Sippschaft ist niemand über die Grenzen von Offenbach und Hanau hinausgekommen. Wir sind urdeutsch, eigentlich ziemlich langweilig.«

Aus seiner Manteltasche zog Leon eine Fotografie, die ein älteres Paar zeigte, die Frau trug ein langes, hochgeschlossenes Kleid, der Mann einen Bart und zu seinem dunklen Anzug einen schwarzen Hut. Sie blickten ernst, aber das taten Paul und Ruth Bornstein auch, wenn sie sich von einem Fotografen ablichten ließen.

»Deine Eltern?«, fragte Helene, und Leon nickte. Ein zärtlicher Ausdruck trat in seine Augen.

»Ich möchte gerne, dass du sie kennenlernst«, sagte Leon. »Meine Brüder beschweren sich schon darüber, dass ich ihnen meine Traumfrau vorenthalte.«

Liebevoll fuhr er durch Helenes kurzes Haar und sie schmiegte sich an seine Schulter. Nun würden sie also den nächsten Schritt gehen.

»Wird es ihnen nichts ausmachen, dass bei den Bornsteins weder *Mazza* noch vom *Schochet* geschächtetes Fleisch auf den Tisch kommt?«

Leon drückte sie an sich.

»Anders wäre es ihnen bestimmt lieber«, antwortete er. »Aber ich bin auch nicht der Traumschwiegersohn deiner Eltern und sie laden mich trotzdem ein. Die Hauptsache ist doch ...«

»... dass wir uns lieben«, vollendete Helene den Satz. Noch ein Kuss, dann erhob sie sich und strich ein paar vertrocknete Blätter von ihrem Rock. Sie hauchte in ihre Hände, um sie zu wärmen, und hüpfte einige Male auf und ab.

»Brrr, jetzt wird es ganz schön frisch. Wollen wir irgendwo einen Kaffee trinken?«

Leon sah auf seine Armbanduhr.

»Ich sollte mich noch mal in der Redaktion blicken lassen.«

Wie durch einen Paillettenvorhang zog Helene ihn unter der Trauerweide hervor, so schwungvoll, dass beide stolperten. Lachend fielen sie sich in die Arme. Ganz in der Nähe warf ein Mann Stöckchen für seinen Hund und starrte sie pikiert an. Plötzlich ergriff Leon Helenes Hand.

»Wenn wir einmal Kinder bekommen, könntest du dir vorstellen, sie im jüdischen Glauben zu erziehen? Sie in die Synagoge zu schicken und die Feiertage zu beachten?«

»Jetzt planst du aber ganz schön weit in die Zukunft.«

»Könntest du das?«

Sie erkannte die Dringlichkeit in seinen Augen.

»Ja, Leon, wenn es dir wichtig ist, feiere ich gerne mit unseren Kleinen *Pessach*, *Rosch Haschana* und *Jom Kippur*. Jedenfalls solange du nicht von mir verlangst, dass ich auf meinen Weihnachtsbaum verzichte und sämtliche *Mitzwot* auswendig lerne. Wie viele sind es doch gleich?«

»613.«

Nebeneinander schlenderten sie das Deutschherrenufer entlang, bis sie am Eisernen Steg ankamen. Von hier aus würde Leon auf die andere Mainseite zur *Frankfurter Zeitung* laufen, während Helene ihr Fahrrad am Krankenhaus abholte.

Sie blickte Leon nach, wie er sich Richtung Altstadt von ihr entfernte. In ihrem Mantel ertastete sie etwas Hartes. Eine Tafel Schokolade. Wann hatte Leon ihr die bloß in die Tasche geschmuggelt? Als er sich noch einmal umdrehte, warf sie ihm eine Kusshand zu, woraufhin er mit einer ausladenden Geste erneut seinen unsichtbaren Sombrero zog.

In Wintermänteln und Pudelmützen drängten sich die Frankfurter am Römerberg, jedoch nicht, weil Generalfeldmarschall von Hindenburg auf dem Balkon des Rathauses eine Ansprache halten würde, sondern weil der Weihnachtsmarkt eröffnet hatte. Eine mit Tannenzweigen geschmückte Verkaufsbude reihte sich an die nächste und es roch nach frischem Holz, gebackenen Plätzchen, Kerzenwachs und gerösteten Kastanien. Doch es war lausig kalt. Helene biss der Frost in die Zehen und kratzte im Hals, obwohl sie ihren langen Schal zweimal umgeschlungen und bis an die Nase gezogen hatte. Nun bedauerte sie es, dass sie sich statt für ihre etwas derben Wollhandschuhe für die modischen entschieden hatte, die zwar hervorragend zu ihren Lederstiefeln passten, aber längst nicht so warmhielten.

Neben weihnachtlichen Leckereien wurden an den meisten Ständen Kerzen, Christbaumschmuck und Krippenfiguren angeboten, doch in einem Büdchen hatte der Besitzer Ketten, Armbänder und Broschen ausgelegt. Abrupt blieb Helene stehen, so dass der Mann hinter ihr in ihre Fersen trat.

»'Tschuldigung«, sagte er, seinen Hut lüftend, was er offenbar sofort bereute, jedenfalls stülpte er ihn hastig wieder auf.

»Meinst du, die würde deiner Mutter gefallen?«, fragte Helene und zeigte auf eine hübsch geschwungene Brosche, in die ein grüner Stein eingelassen war. Im November hatte Leon bei ihren Eltern vorgesprochen, nachdem er Helene, ohne Kniefall, aber mit einem wunderschönen Verlobungsring, einen Antrag gemacht hatte. Zum Jahreswechsel würden sie nach Leipzig fahren, damit auch seine Familie Leons Braut kennenlernte.

Leon wandte sich an den Verkäufer.

»Darf ich sie mir mal ansehen?«

»Sicher doch.«

Leon streifte seinen Handschuh ab, damit er die fein gearbeitete Brosche besser zu fassen bekam. Er drehte und wendete sie, verglich sie mit anderen, und es gefiel Helene, wie viel Mühe er sich gab, genau das richtige Geschenk für seine Mutter auszuwählen.

»Wir nehmen diese Brosche«, entschied Leon, und nachdem sie bezahlt hatten, ließen sie sich von der Menge weitertreiben, tranken Glühwein, knusperten Bethmännchen aus Marzipanteig, Mandeln und Rosenwasser und kauften für Helenes Eltern Frankfurter Brenten zum Tee.

Helene schob ihre Hand in Leons Manteltasche und genoss die Düfte, das lebendige Treiben, und nicht zuletzt ihr Wissen, dass bis zum neuen Jahr keine Prüfung anstand, die sie dazu zwang, ihren Stadtbummel mit Leon zu unterbrechen, um zu lernen.

Während der letzten Wochen waren ihre Gedanken hauptsächlich um Tumore, Thrombosen und Infarkte gekreist und wenn sie keine Vorlesung besuchte oder mit Kommilitonen für

Prüfungen lernte, half sie ihrem Vater. Zum Spazierengehen oder dazu, eine Zeitung zu lesen, war Helene kaum gekommen, weshalb sie froh war, einen Journalisten zum Freund zu haben, der mit ihr besprach, was in der Welt vor sich ging.

In der Schweiz waren die »Verträge von Locarno« unterzeichnet worden, die wichtige Sicherheitsfragen für Europa klärten und Deutschlands Aufnahme in den Völkerbund ermöglichten. Nicht nur Leon und Helene, sondern ganz Europa atmete auf, denn nun, so hoffte man, wäre der Frieden garantiert. Stresemanns Amtskollege, der französische Außenminister Aristide Briand, brachte sogar seine Vision der »Vereinigten Staaten von Europa« ins Gespräch.

»Interessanter Gedanke«, fand Leon, »aber ich glaube, so weit sind wir noch nicht. Vielleicht erleben das unsere Enkel einmal.«

Dass ein Buch des Anführers der ehemals verbotenen und in diesem Jahr neu gegründeten NSDAP erschienen war, regte Leon furchtbar auf, wohingegen Helene es als unwichtig abtat. Wen interessierte schon, was für Hasstiraden ein spinnerter Hanswurst, wie Helenes Vater Adolf Hitler nach wie vor nannte, von sich gab? Er war doch ein ehemaliger Häftling, der wegen seines angezettelten Putsches hinter Gittern gelandet war. Stimmungsmacher wie Hitler, davon war sie überzeugt, würden in Deutschland kein Gehör finden, sobald es den Menschen etwas besser ginge.

Immerhin waren, seit Stresemann als Reichskanzler die Rentenmark eingeführt hatte, die chaotischen Zeiten vorbei, in denen ein Brotlaib fünf Millionen Mark kostete. Und um die deutsche Wirtschaft in Schwung zu bringen, war der sogenannte »Dawes-Plan« entwickelt worden, mit dem die Alliierten eine internationale Anleihe in Höhe von 800 Millionen Reichsmark gewährten und dem Deutschen Reich die immensen Reparationen aus dem Großen Krieg erleichterten. Es würde bergauf gehen, ganz bestimmt. In Frankfurt hatte sich in diesem Jahr die IG-Farbenindustrie angesiedelt und man erwartete, dass andere multinationale Konzerne folgen würden, ganz im Sinne von Oberbürgermeister Ludwig Landmann, der bestrebt war, Frankfurt für die Wirtschaft anziehend zu machen, um für neue Arbeitsplätze zu sorgen. Der frisch berufene Baudezernent Ernst May plante wiederum, tausendfach menschenfreundlichen Wohnraum zu erschwinglichen Preisen zu schaffen. Das »Neue Frankfurt« würde die Armut lindern und die Menschen zufriedener machen.

An allen Ecken brach sich der Fortschritt bahn. Brennend interessierte sich Helene für medizinische Errungenschaften, wie zum Beispiel das Insulin, mit dem es immer besser gelang, Diabetes-Patienten zu helfen oder das neu entwickelte Kolposkop, für viele Frauen ein Segen, da es erstmals möglich geworden war, Veränderungen der Scheidenschleimhaut und des Gebärmuttermundes zu entdecken, bevor sich Krebs gebildet hatte. Leon hingegen war Feuer und Flamme für das junge Medium des Hörfunks. Faszinierend, dass gegen eine Gebühr von zwei Reichsmark pro Monat der *Südwestdeutsche Rundfunk* vom Postscheckamt der Innenstadt aus Nachrichten, Musik, literarische Lesungen bis hin zu religiösen Feierlichkeiten direkt in die Frankfurter Wohnzimmer sendete. Man musste nicht einmal ausgehen, um etwas Aufregendes zu erleben. Nun war Leon auch noch gebeten worden, »Die Stunde der Frankfurter Zeitung« mitzugestalten. Eine Radiosendung, in der über Kunst, Literatur, Sport und Erziehung bis hin zu politischen Fragen einfach alles thematisiert wurde. Noch nie war Helene die Zukunft vielversprechender vorgekommen.

Sie ignorierte, dass sich ihre Finger wie Eiszapfen anfühlten und mit einem zweiten Glas Glühwein stießen sie auf Leons Erfolg an. Sosehr sie es liebte, wenn Leon ihr ausführlich von seiner Arbeit erzählte, so bedauerte sie es manchmal, dass er selten nachfragte, womit sie sich in ihrem Studium beschäftigte. Sicher, leicht zu verstehen war die Medizin für einen Laien nicht, aber von vielen Dingen, über die Leon sprach, hatte sie ja auch keine Ahnung. Doch jetzt, da Leons Augen vor Begeisterung glänzten, schalt sie sich eine Egoistin und hörte ihm aufmerksam zu, als er vor neuen Ideen für seine Sendung übersprudelte.

Als schließlich die Dämmerung aufzog, überstrahlt von vielen kleinen Lämpchen, die den Weihnachtsmarkt in ein märchenhaftes Licht tauchten, brachen sie auf. Bevor sie Richtung Zeil liefen, schenkte Leon ihr ein »Quetschemännsche«, ein aus Dörrpflaumen und Nüssen zusammengesetztes Figürchen, das Helene gleich sorgfältig in ihrer Handtasche verstaute.

»Da bin ich aber froh«, scherzte Leon und schaute sie verliebt an. Im alten Frankfurt, so hatten es seine Kollegen ihm erklärt, gab die Herzensdame das Quetschemännchen nämlich zurück, falls sie ihrerseits keinen Gefallen an dem werbenden Jüngling fand. Der Duft nach Weihnachtsgebäck verwehte, je weiter sie sich vom Römerberg entfernten. Als wollte der Himmel das junge Paar mit Glück berieseln, fielen auf einmal dicke Flocken herab, erst ganz sachte, dann immer kräftiger, bis ganz Frankfurt bald von dem leuchtenden Weiß bedeckt war.

Ihre Fahrkarten waren auf den Abend des 30. Dezember 1925 ausgestellt, drei volle Tage würden sie in Leipzig bleiben. Silvester feierte Leons Familie zwar nicht, denn das jüdische Neujahr *Rosch ha-Schana* hatte sie bereits im Herbst zelebriert. Dennoch würde es an Feierlichkeit nicht fehlen, da seine Mutter ihnen zu Ehren ein Festmahl zubereiten wollte.

Auf dem Weg zum Bahnhof fragte sich Helene nervös, ob sie wohl vor den Augen der Familie Lewandowski bestehen würde. Doch vertiefte sie diesen Gedanken nicht, denn im Augenblick hatte sie andere Sorgen. Eisiger Regen strömte herab, als sie mit ihrem kleinen Koffer am *Hotel Carlton* und dem *Schumanntheater* vorbei auf das Bahnhofsgebäude zulief. Der Sturm zerrte wütend an ihrem Schirm und zerriss den Stoff, so dass dieser an der Schirmspinne herunterbaumelte wie eine alte Haut an einem riesigen Insekt. Helene warf die traurigen Überreste fort und eilte weiter.

Doch plötzlich hatte vor ihren Augen eine starke Böe einen Baum erfasst, und nur einen winzigen Augenblick später schmetterte sie diesen vor eine herannahende Straßenbahn. Mit quietschenden Bremsen gelang es dem Fahrer gerade noch anzuhalten, so dass die Fahrgäste mit einem Schrecken davonkamen.

Nass bis auf die Haut und mit triefenden Haaren erreichte sie den Bahnhof und schaute sich suchend nach Leon um. Hatte er es pünktlich geschafft oder kämpfte er sich noch durch den Wolkenbruch? Bibbernd stellte sie ihren durchweichten Koffer ab und wrang das Wasser aus ihren Haaren.

»Helene!«

Sie wandte sich um, und obwohl sie sich in diesem Moment nach nichts mehr sehnte als nach trockener Kleidung und einer heißen Tasse Tee, strahlte sie. Mit wehendem Mantel und klitschnassem Haar kam Leon auf sie zu. Seinen Koffer ließ er auf die Erde plumpsen, um sie zu umarmen.

»Der gesamte Eisenbahnverkehr liegt lahm. Man redet von einem Orkan zerstörerischen Ausmaßes.«

Wie Zahnstocher wären Bäume und Telegraphenmaste umgeknickt, und der Main drohte über die Ufer zu treten. Ein Zugfahrer hatte Leon gewarnt, dass für die Nacht weitere heftige Unwetter zu erwarten wären, und wann der nächste Zug den Hauptbahnhof verlassen würde, stünde in den Sternen. Erschöpft strich sich Helene ihr Haar zurück. Ihr war entsetzlich kalt.

»Und was machen wir jetzt? Hierbleiben und abwarten?«

Ihr graute davor, am Bahnhof auszuharren, zu frieren und nicht zu wissen, ob es überhaupt weiterginge.

»Nein, das hat keinen Sinn. Lass uns zu mir gehen«, schlug er vor. »Bockenheim ist nicht weit und wenn wir uns beeilen, schaffen wir es noch rechtzeitig, bevor uns Frankfurt um die Ohren fliegt.«

»Und deine Vermieter?«

»Sie sind mit dem *Laubfrosch* zu ihren Kindern gefahren. Vor Anfang des neuen Jahres kommen sie nicht zurück. Wir können bei mir schlafen und morgen früh sehen wir weiter.«

Eine ganze Nacht mit Leon! Heißes Blut schoss durch ihren frierenden Körper, vertrieb die Taubheit aus ihren Händen und Füßen und wärmte ihre Haut. Zu Helenes Entzücken war Leon rot geworden, als hätte er zu spät realisiert, was sein Angebot bedeutete.

»Ich meine damit nicht … Ich wollte nicht …«, stammelte er. Dann riss er sich zusammen. »Wenn es dir lieber ist, kann ich dich auch nach Hause bringen. Allerdings müssten wir uns sputen.«

Anstatt etwas zu erwidern, küsste sie ihn.

Die stürmische Nacht ließ löcherige Dächer zurück, zerschlagene Fensterscheiben, umgestürzte Bäume und mit Wasser vollgelaufene Altstadtkeller. Die Schienenwege waren unpassierbar, die Eisenbahnen blieben im Depot. Am Morgen verließ Leon Helene nur kurz, um seinen Eltern ein Telegramm zu schicken. Eilig und voller Begehren kehrte er danach zu ihr zurück, kroch unter die Bettdecke und Helene liebkoste ihn, bis sein durchgefrorener Körper vor Verlangen brannte. Wenn sie nicht gerade ihre Körper erkundeten, lagen sie eng umschlungen in Leons schmalem Bett und lasen Gedichte aus einer Sammlung, die Helene in Leons Regal entdeckt hatte. Ein Gedicht von Else Lasker-Schüler gefiel ihnen so gut, dass sie es gemeinsam auswendig lernten.

Ich liebe dich
Und finde dich
Wenn auch der Tag ganz dunkel wird.

Mein Lebelang
Und immer noch
Bin suchend ich umhergeirrt.

Ich liebe dich!
Ich liebe dich!
Ich liebe dich!

Es öffnen deine Lippen sich …
Die Welt ist taub,
Die Welt ist blind

Und auch die Wolke
Und das Laub –
– Nur wir, der goldene Staub
Aus dem wir zwei bereitet:

– Sind!

Sie träumten zusammen. Helene würde die bedeutendste Kinderärztin Deutschlands werden und auf Kongressen in Spanien, England und vielleicht sogar Amerika bahnbrechende Vorträge halten. Als berühmter Journalist würde Leon sie begleiten und atemberaubende Berichte über die Länder schreiben, in denen sie sich aufhielten. Gemeinsam lag vor ihnen ein Leben der Superlative.

»Und unsere Kinder?«, wollte Leon wissen.

»Die nehmen wir natürlich mit.«

»Und die Schule?«

Helene vergrub ihre Nase in seinem Haar. »Ach, auf unseren Reisen lernen sie die Welt viel besser kennen. Und wenn es gar nicht anders geht, bleiben sie eben bei meinen Eltern.«

»Alle vier?«

»Vier, sagst du?« Lachend richtete Helene sich auf und zwickte Leon in die Seite.

»Mindestens«, erwiderte Leon, »und Hund und Katze noch dazu!«

Während viele Frankfurter am letzten Tag des Jahres 1925 Wasser schöpften, Scherben zusammenkehrten und auf den Straßen das Chaos beseitigten, das der Orkan angerichtet hatte, schwebten Helene und Leon auf Wolke sieben. Drei Tage und Nächte liebten sie sich, und als hätte er seine Überzeugungen vergessen, erwähnte Leon das Wort Anstand nicht ein einziges Mal. Kein Wunder, dachte Helene, als sie, an Leon geschmiegt, erschöpft und selig eindöste. Weshalb sollte man berauschende Glücksmomente wie diese bereuen? Wenn es sein musste, würde sie die Schimpftiraden ihrer Eltern vollkommen klaglos über sich ergehen lassen. Denn eins war ihr klar: Um keinen Preis hätte sie das neue Jahr irgendwo anders beginnen wollen als in Leons bescheidenem Zimmer, das sich wegen seiner undichten Fenster nicht einmal ordentlich heizen ließ.

New York, August 1947

Auf Audreys Küchentisch stapeln sich pinke, blaue, gelbe und grüne *Wonderlier Bowls*, die Marlis und ihre Nachbarinnen Shirley, Elizabeth und Olivia, alle jung und modisch, begutachten. Helene ist froh, dass sie auf Marlis gehört hat und deren hellblaues Sommerkleid mit weißen Tupfen trägt, obwohl es ihrem Busen zu viel Spielraum lässt und ihr in der Taille zu weit ist. Das vernichtende Urteil, ein schlecht sitzendes Kleid stünde Helene immer noch besser als ihre zusammengeschneiderten Gardinen, hätte sich Marlis allerdings sparen können.

Auf einer Decke knistert Samantha zufrieden mit einer Zeitung, neben ihr liegt Audreys schlafendes Baby.

»Die Vorratsdosen der Marke *Tupper* sind aus Kunststoff, luft- und wasserdicht. Großartig, sage ich euch, die Speisen bleiben selbst im Sommer lange frisch.«

Unter anerkennendem Murmeln öffnen und schließen die Frauen die Deckel und diskutieren, welche Farben am schönsten aussehen.

»Habe ich es mir doch gedacht, dass sie euch gefallen. Gut, dass ich ein paar mehr von diesen Wunderschüsseln gekauft habe.« Wenn sie lacht, scheint Audreys ganzer Körper in Bewegung zu geraten, ihre blonden Locken wippen, ihre Schultern hüpfen und ihre Hände kennen viele Gesten dafür, wenn etwas *wonderful* oder *fantastic* ist. Audreys Freundinnen sind begeistert, jede will mindestens eine Schale erwerben. »Was ist mit dir, Mary? Willst du keine?«

Inzwischen weiß Helene, dass sie in Jackson Heights die

Einzige ist, die Marlis nicht Mary nennt. Mary, Mo und Sam, die Namen passen doch gar nicht zu ihrer Familie.

»Perfekt für das Gemüse, das Sam nicht aufessen will«, kichert Shirley mit knallroten Lippen und rosigen Wangen.

Ausgiebig, als dächte sie gründlich darüber nach, befühlt Marlis eine hellblaue Plastikschale und zwinkert Audrey zu.

»Machst du Hella und mir einen Freundschaftspreis?«

»Na klar.«

Audrey strahlt, und nach erfolgreich abgewickelten Geschäften schenkt sie, ganz die aufmerksame Gastgeberin, Kaffee und Tee nach und stellt selbst gebackene *Cookies* auf den Tisch. Der süße Vanilleduft lässt Helene das Wasser im Munde zusammenlaufen.

»Greif zu, *Leena*.«

Dass mit »Lina« sie gemeint ist, merkt Helene erst, als Olivia, genannt Liv, sie ermutigend anstupst. Mit einem Augenzwinkern wendet sich Liv dann an Marlis: »Mary, du solltest aufhören, deine Schwester Hella zu nennen, das klingt wie *hell*. *Not nice at all.*«

Alle geben Laute von sich, als ob sie sich vor etwas gruseln würden, dann brechen sie in Gelächter aus, auch Marlis. Hilfe suchend, weil sie den Witz nicht verstanden hat, sieht Helene zu ihrer Schwester, die mit ausperlendem Lachen erklärt: »*Hell* auf Englisch bedeutet Hölle, und dass sich Hella so ähnlich anhört, mögen die *Ladies* nicht.«

Was ist daran lustig?, fragt sich Helene befremdet, aber ihr fällt nichts Schlagfertiges ein, was sie darauf erwidern könnte. Außer vielleicht, dass so gesehen Hella ein sehr passender Name für sie sei, denn in einer Art Hölle hat sie schließlich viele Jahre verbracht.

Statt dies auszusprechen, lächelt sie Olivia zu, isst einen *Cookie* und lobt dessen Geschmack. Wenn sie während der Kriegsjahre etwas gelernt hat, dann ist es, nach außen hin zu verbergen, was in ihr vorgeht. Markerschütterndes Babygeschrei ertönt. Bei dem Versuch, sich an einem Stuhl hochzuziehen, ist

Samantha umgefallen und auf den Bauch von Audreys Baby geplumpst. Jetzt brüllen beide, Samanthas Gesicht läuft knallrot an. Audrey und Marlis springen auf, um ihre Kinder zu trösten oder für Ruhe zu sorgen oder beides.

Unterdes sprudeln die Frauen weiter, tauschen Rezepte aus, kommentieren Kleider und Frisuren, klagen über Ehemänner und Schwiegermütter, sammeln Tipps für Kindergeburtstage und gegen Erkältungen. Wie Pingpongbälle fliegen die amerikanischen Worte über den Tisch und bald versucht Helene erst gar nicht mehr, sie vollständig zu erfassen. Sie konzentriert sich auf Shirley und Elizabeth, die rechts von ihr sitzen und überlegen, ob es nicht an der Zeit wäre, eine Hilfe für den Haushalt zu engagieren, zwei- oder dreimal pro Woche sollte das finanziell machbar sein. Falls es eine Dunkelhäutige wäre, meint Shirley, während sie ihren hochschwangeren Bauch massiert, würde ihr Mann gerne, auch wenn dies weitere Kosten verursache, eine zusätzliche Toilette erwägen. Ach, ja, pflichtet Elizabeth leise bei, getrennte Toiletten wären letztlich angenehm für beide Seiten, auch wenn das nicht alle zugäben. Eiskalte Schauer laufen Helene die Wirbelsäule hinunter, und ihr Blick huscht zu Marlis. Doch Marlis, die Samantha soeben mit »*Peekaboo*«-Rufen zum Juchzen bringt, scheint Shirley nicht gehört zu haben. Separate Schulen und Geschäfte, Schwimmbäder, Restaurants und Parkbänke, versehen mit dem Hinweis »Nur für Arier« – das hatte Marlis doch alles selbst erlebt. Wie kann sie sich mit Frauen umgeben, die andere wegen ihrer Hautfarbe auf gesonderte Toiletten verbannen? Sind es am Ende dieselben Familien, von denen sie sagte, noch vor einigen Jahren wären sie skeptisch gegenüber jüdischer Nachbarschaft gewesen?

»*Leena*, du bist so still. Sprechen wir dir zu schnell?«

Offenherzig lächelt Shirley Helene an. Helene zwingt sich, freundlich zu klingen, doch sie weiß, dass ihr Tonfall zu rau ausfällt: »Ein bisschen. Aber das macht nichts, ich muss mich daran gewöhnen.«

Elizabeth schiebt ihr die Dose mit den *Cookies* entgegen.

»Hier, *Leena*, nimm dir den letzten. Hm, sind die lecker. Der Hunger in Europa muss ja fürchterlich sein. Gibt es überhaupt Süßigkeiten? In unseren Carepaketen ist hoffentlich Schokolade, oder etwa nicht? Ich wüsste beim besten Willen nicht, wie ich ohne Süßigkeiten überleben sollte.«

Fröhlich kneift sie sich in den Bauch. »Wie man sieht, rächt sich diese Leidenschaft.«

Alle lachen, während Helene denkt, dass man es sehr leicht ohne Kuchen aushalten kann, bereits ein Tag ohne Wasser einen jedoch ganz verrückt macht. Allein der Gedanke trocknet ihren Mund aus, und mit hastigen Schlucken trinkt Helene ihren Tee.

Shirley beendet ihre Bauchmassage, um ihre Hand auf Helenes Arm zu legen.

»Komm nur gern immer zu unseren Treffen. Du wirst sehen, dann sprichst du bald Englisch wie deine Muttersprache.«

»Thank you.«

»Fühlst du dich wohl bei uns in Amerika?«, will Audrey wissen, während sie an der Windel ihres Kindes, das immer noch schreit, schnuppert und das Gesicht verzieht. »Ich meine, nach diesem entsetzlichen Krieg musst du doch überglücklich sein, endlich wieder ein zivilisiertes Leben zu führen.«

Die Blicke der Frauen sind so ungemein mitfühlend, dass Helene überzeugt davon ist, sie alle würden sofort ihre Hand ergreifen, falls sie jetzt anfinge, von Hunger und Trümmerhaufen zu erzählen. Es ist still, in der Luft liegt Erwartung. Nur Marlis sieht unbehaglich aus. Will sie nicht hören, was ihr erspart geblieben ist?

Was soll Helene diesen *Ladies* sagen, die ihr Leben lang in sicheren Betten geschlafen haben? Dass Shirley, anstatt über ihre Schwiegermutter zu schimpfen, froh sein sollte, dass keiner ihrer Familie je gefangen, verletzt oder ermordet worden ist? Dass Audreys Neffe an den Windpocken schon nicht sterben wird? Wie soll sie Frauen, die sich über Farben von Haaren und Plastikdeckeln unterhalten, als handele es sich um weltbewegende Themen, erklären, dass sie unendlich dankbar dafür ist, in Amerika zu sein, Deutschland aber dennoch vermisst, trotz allem. Nichts von dem, was Helene erlebt hat, könnten sie sich vorstellen.

»*You're right*, Audrey, ich bin überglücklich.«

Die Gespräche leben auf, und Helene sucht den Blick ihrer Schwester, einen Moment der Vertraulichkeit inmitten der fremden Frauen. Doch Marlis spricht mit Audrey und Liv über Windeln und Samanthas erste Zähne. Als Samantha quengelt, weil sie ihren Mittagsschlaf braucht, bietet Helene ihrer Schwester an, das Kind nach Hause und ins Bett zu bringen. Durch Audreys geöffnete Fenster verfolgt Marlis' Lachen sie bis zum Gartentor, es klingt spitzer und ein bisschen lauter als zuvor.

Samantha schläft ruhig, ihr kleiner Körper sammelt Kraft, um zu wachsen und stark zu werden. Die Fenster sind geöffnet, ein leichter Wind lässt die hellen Gardinen wie gute Geister im Kinderzimmer aufflattern. Eine dicke schwarze Fliege setzt sich behaglich auf Samanthas rosafarbene Decke, vielleicht verwundert über den sorglosen Schlaf des kleinen Menschen. Gibt es einen friedlicheren Anblick als ein schlummerndes Kind? So hatte es Helene empfunden, wenn sie Moritz ansah, der träumend an seinem Daumen nuckelte. Damals genoss sie die harmonische Stille am Bett ihres Kindes. Eine Stille, die sich letztlich als trügerisch erwiesen hat. Wer weiß, was der kleinen Samantha noch bevorstehen würde. Auf dem Sofa, das Marlis neben Samanthas Kinderbett gerückt hat, streckt Helene sich aus. Sie schiebt ihre Finger durch die hölzernen Gitterstäbe und nimmt Samanthas Hand in ihre. Die Fliege ist verschwunden, die Strahlen der Mittagssonne berühren Helenes Wangen und wärmen sie.

Von der Straße dringt das Johlen der Nachbarskinder herein. Schläfrig lauscht Helene den Rufen und dem rhythmischen Aufschlagen eines über den Asphalt gedribbelten Basketballs. Langsam entfernen sich die Stimmen, tönen mal leiser, mal lauter, dann klirrt Glas.

Alle schrecken auf. Die Kinder, die gerade beim Abendbrot sitzen, die Heimleiterin und Helene selbst. Zerbrochenes Glas bedeutet in diesen Zeiten nichts Gutes. Mit angehaltenem Atem horchen sie in die Stille. Besorgt sehen sich die Heimleiterin und Helene an, erheben sich gleichzeitig und gehen erhobenen Hauptes auf den Hauseingang zu.

»Die Gestapo ist es nicht«, flüstert die Leiterin. »Die hätte uns schon längst die Türen eingeschlagen.«

Helene nickt, ihr Herzpochen lässt nach. Mit angezogenen Beinen, den Kopf auf die Knie gedrückt, kauern inmitten kleiner Glassplitter Josua und Linda, acht und vier Jahre alt. Das Glas der alten Vitrine im Flur, in der sie zwei Bälle, ein paar zerschlissene Springseile, zwei Puppen und ein paar Bücher aufbewahren, ist zerbrochen.

»Was zum Kuckuck…«, beginnt die Leiterin, da sieht Linda zu ihr auf, ernst, mit großen braunen Augen. Hinter ihrem Rücken zieht sie einen Ball hervor und reicht ihn der Leiterin.

»Der Josua hat ihn so schön gedibbelt, aber dann ist der Ball einfach weggeflogen, hui, ins Glas.«

Sie senkt den Blick, Josua hat seinen noch gar nicht gehoben.

»Es heißt nicht gedibbelt, sondern gedribbelt, Linda«, sagt die Leiterin sanft.

»Kommt ihr zwei, ihr verpasst ja das Abendessen. Die Scherben kehren wir später auf. Ach, Linda, deine Hand blutet ja.«

Während die Heimleiterin den beschämten Josua wegführt, verarztet Helene Lindas Wunde. Obwohl ihr das wehtut, nickt Linda fast dabei ein, und Helene trägt sie ins Bett. Sie zieht ihr die Schuhe aus und setzt sich auf die Bettkante, um Lindas Pulsschlag zu ertasten. Eine Weile behält sie die kleine Hand in ihrer großen. Jedes Mal, wenn Linda ausatmet, formt ihr weicher Mund eine winzige Blase aus Speichel. Plötzlich fängt Linda an zu husten, ihr Körper bäumt sich auf, aber sie hält Helenes Hand umklammert. Als der Anfall vorbei ist, öffnet sie die Augen. Entsetzt weicht Helene zurück. Lindas Augenhöhlen sind leer.

Helene erwacht mit einem Schrei. Nass geschwitzt ist sie und ihr Haar klebt an ihrer tränenfeuchten Wange. Hält sie noch immer Lindas Hand? Nein, es ist Samanthas. Wasser, wo ist Wasser? Auf dem Nierentisch neben dem Sofa steht ein halb leeres Glas, wahrscheinlich gehört es Marlis. Etwas zitterig, aber vorsichtig, damit Samantha nicht aufwacht, zieht Helene ihre Hand durch die Gitterstäbe zurück und kippt gierig das Wasser hinunter. Mit einer Zigarette in der Hand setzt sie sich aufs Fensterbrett. Sie beobachtet die spielenden Kinder und wartet darauf, dass Lindas Bild dabei verblasst. Linda, die so gerne Josuas Bälle aufgefangen hat. Daran darf sie nicht denken. Sie wirft die halb gerauchte Zigarette aus dem Fenster und geht, da Samantha tief und fest schläft, in die Küche. Sie trinkt mehr Wasser, es dauert lange, bis ihr Durst gestillt ist. Erst danach lässt auch das Rauschen in ihren Ohren nach. Auf dem Tisch steht noch immer das Geschirr vom Frühstück, und Helene ist froh, dass sie eine Beschäftigung gefunden hat. Sie stapelt Teller und Tassen und spült sie ab. Auf der Suche nach Seife stellt sie fest, dass Marlis im unteren Teil des Küchenschrankes Putzmittel und Spiritus aufbewahrt. Bald wird Samantha hier herumkrabbeln und sämtliche Flaschen und Schachteln untersuchen, die ihr in die Hände fallen. Typisch Marlis. Stets hat sie sich darauf verlassen, dass irgendwie alles gut gehen wird. Oft hat es geklappt, allerdings nur, weil andere dafür Sorge getragen haben. Eine Stunde später sind die Chemikalien in den oberen Regalen verstaut, unerreichbar für Kinderhände. Teller, Tassen, Töpfe, Pfannen und Gläser haben dafür ihre Fächer gewechselt, aber jetzt, findet Helene, ist Marlis' Küche nicht nur praktischer, sondern auch sicherer organisiert. Als hätte sie nur darauf gewartet, erwacht Samantha und strahlt, als Helene sie aus dem Bettchen hebt.

»Puh, da muss wohl jemand neue Windeln bekommen«, sagt Helene. Während sie Samantha sauber macht und sie eine Weile mit nackten Beinen strampeln lässt, singt sie ein altes Kinderlied.

»Ri-ra-rutsch, wir fahren mit der Kutsch, wir fahren über Stock und Stein, da bricht das Pferdchen sich ein Bein, ri-ra-rutsch, es ist

nichts mit der Kutsch.« Dass auch der Schlitten nicht hält und zum Schluss alle zu Fuß gehen, stört Samantha nicht. Vergnügt brabbelt sie vor sich hin, als versuche sie mitzusingen.

»Deine Großeltern wären stolz auf dich gewesen«, sagt Helene und streichelt Samanthas flaumiges Haar. »Sie haben auch Moritz' Babylaute bejubelt, als hätte er ein Gedicht verfasst, so wie Goethe oder Schiller.«

Samantha will von Dichtern und Denkern nichts wissen, sondern Gemüsebrei essen. Während Helene mit Samantha auf dem Arm Karotten und Kartoffeln zerstampft, kommt Moritz nach Hause und schleudert seine Schulmappe aufs Sofa.

»*Hi*, Mutti.«

Noch immer ist sie gerührt, wenn Moritz sie so nennt, vertraut und in korrektem Deutsch. Ein Glück sagt er nicht »Muddi«, in diesem aufgeweichten Amerikanisch, das aus *butter* »budder« macht oder *letter* wie »ledder« klingen lässt.

»*You are early*. Du kommst früh«, sagt sie. Es fällt ihr schwer, Moritz auf Englisch anzusprechen, nicht nur wegen ihres begrenzten Wortschatzes, sondern weil es ihr Gefühl von Fremdheit verstärkt. Deshalb ist sie dazu übergegangen, ihre Sätze auf Deutsch zu wiederholen, damit das, was sie sagt, in ihren Ohren richtig klingt, aber auch, weil sie Moritz an seine Muttersprache erinnern will.

»Sport ist ausgefallen«, antwortet er auf Englisch, wobei er eine Geste macht, als würde er etwas durchstreichen.

»Wo ist Mary?«

Helene, die keine Hand frei hat, deutet mit dem Kinn vage in die Nachbarschaft.

»Bei Audrey.«

Gerne würde sie noch sagen, dass er mit seiner Tasche achtsam umgehen müsse, aber Rügen oder Anweisungen gehen ihr in der Fremdsprache schwer über die Lippen, also sagt sie nichts.

Moritz kommt auf sie zu und einen Augenblick denkt Helene, er will sie umarmen. Doch dann kitzelt er bloß Samantha, die sich ihm sofort entgegenreckt.

»Ich nehme sie«, sagt Moritz mit einem Lächeln. »Dann kannst du besser kochen.«

Er setzt sich mit Samantha auf einen Küchenstuhl und summt die Melodie des Kinderliedes »Hoppe, hoppe Reiter«. Leise singt Helene den deutschen Text mit. Samantha grabscht nach seiner Nase und Moritz lacht tief und herzlich. Mit heißen, trockenen Augen füllt Helene den Gemüsebrei auf Samanthas Teller und legt einen kleinen Löffel dazu.

»Fütterst du sie?«

»Okay.«

»Hast du vielleicht auch Hunger? Soll ich dir *scrambled eggs* machen?«

Überrascht sieht Moritz sie an, als traue er ihr nicht zu, dass sie Rühreier braten könne.

»*Awesome*«, sagt er und hebt seinen Daumen. Dann schiebt er Samantha einen Löffel Brei nach dem anderen in den Mund und erzählt seiner Cousine, wie anstrengend das letzte High School Jahr ist. Helene hört genau zu und würzt die Rühreier so, wie sie es bei John gesehen hat. Nach ihrem Bäuerchen setzt Moritz Samantha auf eine Spieldecke und öffnet den Küchenschrank.

»Wo sind denn unsere Teller?«

Helene zeigt auf eine andere Schranktür.

»Wegen Samantha habe ich umgeräumt, sonst vergiftet sie sich eines Tages noch am Spiritus.«

Moritz zuckt mit den Schultern.

»Okay.«

Er deckt den Tisch für sie beide und stellt einen Krug Wasser dazu. Ein warmes Gefühl durchflutet sie, zum ersten Mal wird sie alleine mit ihrem Sohn essen. Von ihr aus kann Marlis den ganzen Nachmittag bei Audrey bleiben. Während Moritz Rührei in sich hineinschaufelt, und sie bloß aus Gesellschaft etwas mitisst, fragt sie ihn, wie es in der Schule gewesen ist, und er erzählt, dass in wenigen Wochen ein wichtiges Footballspiel stattfinden werde. Die Alltäglichkeit der Situation berauscht sie, lässt ein Hauch von Euphorie in ihr aufkeimen, die Hoffnung, dass sie sich mit der Zeit wieder nahe sein werden.

So hätte mein Leben aussehen können, denkt Helene. Vielleicht hätte ich auch noch eine kleine Tochter wie Samantha bekommen. Ich hätte mich um meine Kinder, meinen Mann und meine Praxis gekümmert, hätte Freundinnen gehabt, mit denen ich über alles Mögliche gesprochen hätte, nur nicht darüber, wie man Bombenangriffe übersteht oder sich vor der Gestapo versteckt.

»Was interessiert dich außer Sport?«, will sie von Moritz wissen. »Gibt es etwas, das du zu deinem Beruf machen möchtest?«

Kopfschüttelnd reckt Moritz sich, eine Geste, die befürchten lässt, dass er gleich aufstehen und in sein Zimmer gehen wird.

»Noch nicht«, erwidert er. »Ich habe ja Zeit.«

In Helenes Gehirn rattert es. Wie kann ich ihn festhalten? Welches Thema interessiert ihn?

»Warte mal«, sagt sie und hofft, dass sie die Kiste mit den alten Fotografien findet, die sie sich mit Marlis angeschaut hat. Sie steht auf Marlis' Nachttisch und schon auf dem Weg zurück in die Küche zieht Helene ein Bildchen von Moritz heraus. Dieser hat sich zu Samantha auf die Decke im Wohnzimmer gelegt und sie spielen »*Peekaboo*«. Als Helene dazukommt, rückt er zur Seite, um ihr Platz zu machen.

»Sieh mal, da bist du ungefähr ein Jahr alt und wir sind im Günthersburgpark. Du wolltest unbedingt laufen, warst aber noch unsicher auf den Beinen.« Sie lacht. Der Einjährige auf dem Papier ist ihr vertrauter als der Junge, der neben ihr sitzt. »Immer wieder bist du ins Gras geplumpst.«

Weil ihr englische Wörter fehlen, vermischt sie Deutsch und Englisch, hilft sich mit Gesten und hofft, dass Moritz sie versteht. Hauptsache, das Gespräch bleibt im Fluss und versiegt nicht zu schnell.

Einen Moment lang betrachtet Moritz das Bild, dann gibt er es Helene zurück. Samantha protestiert, weil ihr Spiel unterbrochen wurde, aber als Moritz nicht darauf eingeht, amüsiert sie sich mit einem Sofakissen.

»Hier bist du ungefähr vier, und wir sind mit Oma Ruth und Opa Paul am Main spazieren gegangen«, fährt Helene fort. »Im Winter, wenn der Fluss zugefroren war, sind wir übers Eis geschlittert und haben ganze Armeen von Schneemännern gebaut. Und im Sommer, da haben wir die Enten gefüttert.«

»*Really?* Daran erinnere ich mich nicht.«

»Du warst noch so klein«, sagt Helene und hält ihr Seufzen zurück. Sie weiß noch genau, wie sich Moritz über die knallgelben Küken freute, die ihrer Entenmutter hinterhertippelten. Am liebsten hätte er sie mit nach Hause genommen, und jedes Mal gab es Tränen, weil Helene es nicht erlaubte. Natürlich vergisst ein Vierjähriger vieles. Aber wären sie nicht getrennt worden, hätte sie diese Erinnerungen lebendig gehalten und ihm oft davon erzählt.

Helene spricht über seine ersten Geburtstage, zu denen Oma Ruth immer Moritz' geliebten Apfelkuchen buk. Er durfte ein paar Nachbarskinder einladen, mit denen er »Topfschlagen« und »Blinde Kuh« spielte. Irgendwann kamen keine Kinder mehr, manche, weil sie mit ihren Eltern emigriert waren, die anderen, weil Moritz' Mutter Jüdin war. Ob Moritz sich daran erinnert, wie traurig er war, als ihn zu seinem siebten Geburtstag nur noch Werner besuchte?

»Das hat ein Fotograf an deinem ersten Schultag geknipst«, erklärt sie das nächste Bild. Akkurat gescheitelt lacht Moritz als i-Dötzchen mit seiner Zuckertüte in die Kamera.

»Das weiß ich noch!«, ruft Moritz aus. »Da war ein Hund, schwarz, glaube ich.«

Helene schluckt.

»Der Hund hieß Mimi«, sagt sie, »aber der gehörte einem anderen Fotografen.« Dem, der das Abschiedsfoto gemacht hat, einen Tag vor Moritz' Abfahrt mit dem Zug. Dem, der ihn aufforderte, ernst wie ein tapferer, kleiner Mann dreinzuschauen. Fast ein bisschen aufgeregt richtet Moritz sich auf.

»*No, no*«, widerspricht er. »Es war dieser. Sein Hund hat an meiner Zuckertüte geschnüffelt. Ich hatte Angst, er würde sie auffressen.«

Er lacht, und Samantha, als ob sie ihren Cousin verstanden hätte, lacht mit. Helene hätte einstimmen oder ihren Mund halten und Moritz seine eigene Version der Geschichte überlassen können. Doch gibt sie ihrem Bedürfnis nach, ihre gemeinsamen Erinnerungen zu ordnen, ihre und die von Moritz anzugleichen. Bilden sie nicht das Fundament, auf dem sie und ihr Sohn sich neu begegnen? Auf einmal kommt es ihr lebensnotwendig vor, dass der schwarze Hund Mimi in der richtigen Geschichte weiterlebt, in Helenes Geschichte.

»Wirklich, Moritz, ich schwöre«, sie hält drei Finger in die Luft, »dass der Hund einem anderen Fotografen gehört hat. Ich weiß das, weil ich den Tag niemals vergessen werde.«

Plötzlich ist die Stimmung angespannt und Moritz sieht gereizt aus. Er spricht so schnell, dass Helene Mühe hat, ihn zu verstehen.

»Für mich ist mein erster Schultag unvergesslich«, blafft er. »Besonders, weil mein Vater gefehlt hat.«

Einige Sekunden lang verschlägt es Helene die Sprache, dass Moritz ihr so vehement widerspricht. Und dass er seinen Vater erwähnt.

Noch ehe ihr eine Antwort einfällt, fliegt die Haustür schwungvoll auf und Marlis rauscht ins Zimmer, die Wangen gerötet und in jeder Hand drei *Tupper*-Schüsseln balancierend.

»*Hi*, Mo! *Hi*, Hella!«, flötet sie fröhlich und stellt die *Wonderlier Bowls* auf dem Küchentisch ab. Erst als sie die benutzten Teller und die Rühreireste sieht, dreht sie sich erneut zu ihnen um.

»Alles in Ordnung bei euch?«

»*Great!*«, sagt Moritz und erhebt sich, woraufhin Samantha weinerlich das Gesicht verzieht. Mit langen Schritten geht Moritz zur Haustür, Helene läuft ihm nach.

»Wo willst du denn hin?«

»Raus. Zu meinen Freunden.«

»So plötzlich?«

Sie registriert einen blitzschnellen Blickwechsel zwischen Moritz und Marlis.

»Lass mal, Hella«, mischt Marlis sich ein. »Nachmittags spielen die Jungen im Park Basketball. In Moritz' Alter braucht man viel Bewegung.«

Müde tritt Helene zur Seite, und Moritz geht wortlos an ihr vorbei.

»Er ist unhöflich«, schimpft Helene, als die Tür zugefallen ist. »Unsere Eltern hätten uns die Ohren langgezogen, wenn wir grußlos das Haus verlassen hätten.«

Aufgewühlt nimmt sie Moritz' Tasche vom Sofa und knallt sie vor seine Zimmertür. Sie ist wütend. Weil Moritz sie mitten im Gespräch sitzen gelassen hat. Weil er ihr nicht glaubt. Weil der vielversprechende Mittag im Streit endet. Weil sie einfach nicht weiß, wie sie an ihn herankommen soll.

Als sie zurückkommt, sitzen Marlis und Samantha in der Küche, Samantha klopft mit einem kleinen Löffel auf die Tischplatte und strahlt Helene an.

»Weißt du, Hella,«, sagt Marlis und deutet auf die Kiste mit Fotografien, die vor ihr auf dem Tisch steht, »es ist auch unhöflich, ohne zu fragen in mein Schlafzimmer zu gehen.«

Betroffen starrt Helene ihre Schwester an.

»Ich habe doch nur unsere Bilder gesucht.«

»Trotzdem. Willst du Tee?«

Ohne Helenes Antwort abzuwarten, steht Marlis auf und öffnet, Samantha auf dem Arm, das obere Schrankfach.

»Was machen denn die Putzmittel hier?«, fragt sie verblüfft und reißt eine weitere Schranktür auf, dann eine nach der anderen.

»Warst du das? Wieso räumst du meine Schränke um?«

»Damit Samantha sich nicht mit Chemikalien vergiftet. Wer weiß, wann sie anfängt zu krabbeln. Was, wenn sie die Putzmittel findet? Oder den Spiritus?«

Während sie spricht, steigt Ärger in Helene auf. Schließlich hatte sie sich nur nützlich gemacht, vielleicht sogar eine Katastrophe verhindert. Während Marlis sich bei den albernen *Tupper*-Damen vergnügt. Typisch, sie denkt immer nur an sich.

Entnervt schüttelt Marlis den Kopf.

»Ich habe keine Lust mehr auf Tee. Ich bringe Samantha ins Bett und lege mich dazu. Bis später.«

Helene schließt die Augen, legt den Kopf in den Nacken und hofft, dass so die Tränen nicht laufen werden. Sie versucht doch, sich dem amerikanischen Leben ihrer Familie anzupassen. Weshalb geben sie ihr das Gefühl, ein Eindringling zu sein, der alles durcheinanderbringt? Freuen sich Marlis und Moritz denn nicht, dass sie wieder bei ihnen ist? Sind sie ihr nicht dankbar? Insbesondere Marlis hätte allen Grund dazu, auch wenn sie das nicht wahrhaben will.

Wäre sie – und diese Frage erträgt Helene kaum – besser in Deutschland geblieben? Hätte sie mit Moritz in Frankfurt neu anfangen sollen? Sofort verwirft sie diesen Gedanken. Was sollte Moritz in einem Land, dessen Gesicht und Seele zertrümmert worden waren? In dem man niemals wissen würde, ob die Nachbarin, die Kollegen, der Postbote oder die Kellnerin im Café einen ans Messer geliefert hätten, wäre es ihnen möglich gewesen? Nein, es ist gut, dass Moritz in New York lebt, und dort, wo er ist, dahin gehört auch sie.

In ihren Schläfen pocht das Blut, aufgewühlt von all den Konjunktiven, die ihr nichts als Kopfschmerzen und ein schweres Gemüt bescheren. Mit einem großen Glas Wasser zieht sich Helene in ihr Zimmer zurück und nimmt, obwohl es gerade mal Nachmittag ist, eine Schlaftablette.

Am nächsten Morgen steht das Geschirr wieder an seinem alten Platz. An der unteren Schranktür mit den Putzmitteln hat John ein kleines Metallschloss angebracht, und Helene kommt es so vor, als wäre sie ausgesperrt worden.

Frankfurt, März 1926

Heiße Seifenlauge blubberte in einem Waschkessel und der aufsteigende Dampf vernebelte die Waschküche. Helenes Kleid klebte ihr unangenehm warm am Körper, von ihrer Stirn tropften Schweißperlen. Todmüde rührte sie mit einem langen hölzernen Wäscheheber in den weißen Hemden und Blusen, die ihre Mutter und Erna bereits am Vortag sortiert und in einer Zinnwanne mit Seife und Soda eingeweicht hatten. Davon war Helene bisher verschont geblieben, weil sie den ganzen Tag an der Universität zu tun gehabt hatte. Heute jedoch hatte ihre Mutter kein Erbarmen gezeigt und ihre älteste Tochter morgens um fünf aus den Federn gescheucht.

»Auch ein angehendes Fräulein Doktor sollte wissen, wie man Wäsche macht«, hatte sie gesagt, als Helene maulte, weil sie so gerne weitergeschlafen hätte.

»In zehn Minuten bist du am Waschtrog«, hatte die Mutter angeordnet und ihr zu widersprechen, hatte Helene nicht gewagt. Mithilfe eines Holzhebers hievte sie jetzt einige weiße Hemden ihres Vaters aus der Zinnwanne in den Trog, an dem ihre Mutter stand und die nasse Kleidung erst einseifte und dann energisch über das Waschbrett rieb. Indes bearbeitete Erna, ein Liedchen summend, mit einem Stampfer die Bettlaken, das Fleisch ihrer kräftigen Oberarme schaukelte dabei rhythmisch hin und her.

»Nun schlaf bloß nicht ein«, mahnte ihre Mutter Helene, während sie selbst einen Hemdsärmel schrubbte, als wollte sie ihn dafür bestrafen, dass er einen Kaffeefleck abkommen hatte.

Normalerweise vertrat Ruth Bornstein die Ansicht, dass man aus seinen Pflichten – auch den unangenehmen, zu denen der monatliche Waschtag gehörte – das Beste zu machen hatte. Manchmal gesellte sich Frau Sauter aus der dritten Etage dazu, die, da ihre Kinder das Haus längst verlassen hatten und ihr Mann im Krieg gefallen war, nur wenig zu waschen hatte. Während man gemeinsam schrubbte und stampfte, wurde der neueste Tratsch aus der Nachbarschaft bekakelt oder Backrezepte ausgetauscht. Gereizt wirkte ihre Mutter dabei nie und Helene fragte sich, welche Laus ihr wohl an diesem Morgen über die Leber gelaufen sein mochte. Um die Mutter nicht noch mehr zu verärgern, rührte Helene kräftiger.

Ruth Bornstein wandte sich nun einem Zuber mit klarem Wasser zu, spülte die letzte Seife aus den darin befindlichen Kleidungsstücken, wrang diese aus und warf sie in einen Korb.

»Ich hänge das auf«, sagte Erna und legte die Bettlaken ebenfalls in klares Wasser. »Das Bettzeug müssen wir später zu zweit auswringen, alleine schaffe ich das nicht.« Sie schnappte sich den Korb und blickte seufzend auf die vielen kleinen Stoffstücke darin.

»Jetzt, wo auch noch Marlis ihre Regel bekommen hat, kommen wir mit dem Auskochen der Binden nicht mehr hinterher. Wenn die Wascherei vorbei ist, werde ich aus unseren Stoffresten ein paar neue zurechtschneiden.«

»So viele sind es doch in letzter Zeit gar nicht«, zischte die Mutter, nachdem Erna in den Nebenraum verschwunden war, und ihr schnippischer Tonfall ließ Helene aufblicken. Mit zusammengepressten Lippen bearbeitete Ruth Bornstein erneut den hartnäckigen Kaffeefleck. Offenbar bürstete sie lieber ein Loch ins Hemd, als den kleinsten Schatten darauf zu dulden. Plötzlich hielt sie inne und fragte unverblümt: »Wann hast du das letzte Mal geblutet?«

Nur so eben gelang es Helene, den Wäscheheber nicht vor Schreck fallen zu lassen.

»Aber Mutti!«

Mit einer schroffen Handbewegung wischte Ruth Bornstein Helenes pikierten Ausruf fort.

»Du wirst Ärztin und ich bin die Frau eines Arztes, da werde ich wohl freiheraus sprechen. Vor allem, wenn es um meine eigene Tochter geht. Also?«

»Meine Periode müsste jeden Tag kommen«, antwortete Helene und zwang sich, gleichmütig weiterzuarbeiten. »Deswegen fühle ich mich bestimmt auch so schlapp.«

Als ihre Mutter nicht antwortete, sah Helene wieder auf und traf dabei auf Ruth Bornsteins musternden Blick.

»Das will ich hoffen.«

Mit zackigen Bewegungen rieb sie das nächste Hemd mit Kernseife ein. Erleichtert, dass die Mutter nicht weiterbohrte, sondern sich wortlos der Arbeit widmete, legte Helene die Arztkittel ihres Vaters in den Kessel. Nebenan schmetterte Erna einen Operettenschlager.

»Wenn die tollsten Dinge in der Welt passier'n, der Berliner wird nicht den Humor verlier'n! Er hält stolz die Nase in die Höh': denn durch Berlin fließt immer noch die Spree!«

Leider kam Ruth Bornstein nicht aus Berlin und ihr Gesichtsausdruck war von einem humorvollen meilenweit entfernt. Allerdings unterbrach sie, ohne vom Waschbrett aufzusehen, das Schweigen, das schwer über Mutter und Tochter lastete.

»Hör zu, Helene. Wenn ich von den Großeltern aus Hamburg zurück bin und du hast nicht geblutet, dann gehen wir zum Arzt«, sagte sie, leise, aber bestimmt. Schlagartig schien sich die Waschküche noch mehr aufzuheizen. Betont ruhig strich sich Helene eine feuchte Haarsträhne aus dem Gesicht.

»Das wird nicht nötig sein, Mutti.«

Da schrie Ruth Bornstein auf, versetzte Helene einen Klaps auf den Hinterkopf und riss ihr den Wäscheheber aus der Hand.

»Was machst du denn da! Weiße Kleidung muss doch von bunter getrennt werden. Und du wirfst ausgerechnet Ilses neuen roten Rock in den Kessel. Wie willst du eine Familie versorgen, wenn du die einfachsten Dinge nicht beherrschst?«

Mit klopfendem Herzen sah Helene zu, wie ihre Mutter einen von Vaters Kitteln aus dem kochenden Wasser fischte.

»Lassen Sie mal, Frau Bornstein, darum kümmere ich mich«, sagte Erna, die herbeigeeilt war. »Und du«, fuhr sie, an Helene gewandt, fort, »geh mal nach oben, trink ein Glas Milch und iss etwas.«

Betreten nickte Helene, wie ein Idiot kam sie sich vor.

»Danke, Erna.«

Sie warf ihrer Mutter einen vorsichtigen Blick zu, und dass Ruth Bornstein schwieg, deutet Helene als Erlaubnis, sich zu entfernen. Aus den Augenwinkeln sah sie gerade noch, wie Erna mit einer Zange die übrigen Arztkittel aus dem Kessel zog, aber keiner schimmerte blütenweiß, sondern eher rötlich, als ob jemand statt Seife Blut ins Wasser geschüttet hätte.

»Und der Test funktioniert?«

Mit einem mulmigen Gefühl betrachtete Helene den Glaskasten mit den fünf Mäusen, von denen drei unermüdlich versuchten, den Rand ihres Gefängnisses zu überwinden, wobei ihre kleinen Krallen immer wieder an der spiegelglatten Oberfläche abrutschten. Die beiden anderen saßen reglos da und starrten Helene aus ihren dunklen Knopfäuglein an. Nur ihre Schnurrhaare zuckten aufgeregt und Helenes kleine Schwester Ilse wäre beim Anblick der putzigen Tiere in entzückte Schreie ausgebrochen.

»Ob der funktioniert? Aber sicher, fast hundertprozentig.«

Ruhig ließ die Assistenzärztin Hilda, nur wenige Jahre älter als Helene, das Röhrchen, das Helene ihr reichte, in ihre Kitteltasche gleiten. Die beiden kannten sich, seit Helene in der Frauenabteilung des Universitätskrankenhauses einen Teil ihrer Praxisstunden absolviert hatte, und sie hatten sich sofort gemocht.

»In der Berliner Charité ist man bereits dabei, ein Verfahren zu entwickeln, das bald allen Krankenhäusern und Arztpraxen zugänglich sein wird. Das ist bloß noch eine Frage der Zeit.«

Sie ergriff eine der Mäuse und streckte sie Helene entgegen, als hielte sie den schlagenden Beweis in ihren Händen. Erschrocken wich Helene zurück, wie stets, wenn sie eine Maus sah, meistens elendig eingeklemmt in einer der Schnappfallen, die ihre Mutter in der Küche aufstellte.

»Nein, Hilda, nimm sie weg!«, rief sie aus.

Lachend strich die junge Assistenzärztin mit dem rotblonden Mozartzopf über das bräunliche Fell des Nagers und setzte ihn in den Glaskasten zurück. Helene, der ihr zimperlicher Ausbruch unangenehm war, bemühte sich um einen sachlichen Ton.

»Und wie stellst du fest, ob die Frau schwanger ist?«

Dass ein Tier, noch dazu eine Maus, darüber Gewissheit bringen sollte, schien ihr zweifelhaft.

»Wichtig ist, dass die Mäuse noch nicht geschlechtsreif sind. Von der Urinprobe werde ich ihnen drei Tage hintereinander etwas Harn spritzen. Hundert Stunden nach der ersten Injektion öffnen wir die Bauchdecke der Tiere und legen die Eierstöcke frei. Finden wir dann reife Eizellen und einen vergrößerten Uterus, ist die Frau ziemlich sicher schwanger.«

Helene schluckte mehrmals und vertrieb die Übelkeit, die in ihr aufstieg, als sie sich die kleinen felligen Körper auf einem Korkbrett fixiert vorstellte, aufgeschnitten und blutig. Hilda griff nach einem Stift und einem Klebestreifen.

»Mit welchem Namen soll ich das Röhrchen beschriften? Nicht, dass es verwechselt wird.«

»Lore Bergmann. Meine Freundin heißt Lore Bergmann.«

»In Ordnung«, entgegnete Hilda. »In fünf Tagen wissen wir, ob sie schwanger ist.«

»Danke«, sagte Helene, »danke, dass du dich darum kümmerst.«

Lächelnd zuckte Hilda die Schultern.

»Schon gut, ich bin ja froh, wenn ich meine eigenen Experimente machen kann. Ich will die Forschung nicht allein den Männern überlassen. Es geht doch um uns Frauen und um unsere Körper, hab' ich nicht recht?«

»Doch«, sagte Helene, »hast du.«

Einen Tag, nachdem Helene mit Leon aus Leipzig zurückgekehrt war, wo sie den geplatzten Silvesterbesuch bei seiner Familie nachgeholt hatten, traf sie sich mit Hilda wieder im Labor. Ärzte und Studenten hantierten mit Reagenzgläsern und Mikroskopen und nahmen keine Notiz davon, dass Hilda sich mit Helene in eine ruhige Ecke zurückzog. Ohne Umschweife kam Hilda zur Sache.

»Der Test ist positiv. Deine Freundin ist schwanger.«

»Und du bist dir auch ganz sicher?«

Hilda nickte.

Mein Gott, ich bekomme ein Kind, dachte Helene. Ein Kind von Leon. Seit Silvester hatten sie nicht mehr miteinander geschlafen, und irgendwie überraschte es Helene, dass sie so schnell schwanger geworden war.

Unwillkürlich schob sie eine Hand über ihren Bauch, und für den Bruchteil einer Sekunde flackerte ein Fünkchen Freude auf. Doch sie war nicht verheiratet, dieses Wunder des Lebens galt als moralisch verwerflich.

Kaum wagte sie es, Hilda anzusehen, aber sie wusste ohnehin nicht, was sie sagen sollte. Fest umschloss Hildas warme Hand Helenes eiskalte und führte sie in die Damentoilette. Dort vergewisserte sich die Assistenzärztin, dass keine der Kabinen besetzt war und kritzelte hastig etwas auf ein Stück Papier.

»Hier«, flüsterte sie, »falls deine Freundin Hilfe braucht. Diese Frau arbeitet zuverlässig und sauber. Aber von mir weißt du's nicht.«

Damit eilte Hilda ins Labor zurück und Helene ließ den Zettel in ihre Handtasche gleiten. Aus dem Spiegel über dem Waschbecken starrte sie eine Fremde an, mit geisterhaft bleicher Haut und bläulichen Ringen unter den Augen. Passierte das wirklich ihr? Helene Bornstein, schwanger, auf einer muffigen Damentoilette. Derart unwirklich kam ihr plötzlich ihre Situation vor, dass ihr nicht einmal die Tränen kamen.

Sie sehnte sich nach Leon. Aber wie würde er reagieren?

Zwar hatte er die Nächte zum Jahreswechsel als »paradiesischen Vorgeschmack auf ihre Ehe« bezeichnet. Aber danach belastete es ihn, dass er der Versuchung nicht widerstanden hatte und schwach geworden war, weshalb er darauf bestand, dass sie sich bis zur Hochzeit strikt enthielten. Wie schockiert wäre Leon erst, wenn sich herausstellte, dass er nicht nur gegen seine religiösen Grundsätze verstoßen, sondern dabei auch noch ein Kind gezeugt hatte? Guter Gott, er würde doch keinen Rückzieher machen und sie sitzen lassen?

Jetzt schossen ihr doch die Tränen in die Augen.

Und ihre Eltern? Der Verdacht ihrer Mutter hatte sich bestätigt und welche Dramen ihr deshalb bevorstünden, wagte sich Helene gar nicht auszumalen. Aus ihrer Handtasche fingerte sie eine Zigarette. Das Nikotin beruhigte sie, stoppte aber nicht das Karussell ihrer Gedanken.

Mach uns bloß keine Schande, hatte ihr Vater sie gewarnt, aber genau das hatte Helene getan. Würden jetzt alle mit dem Finger auf ihre Familie zeigen? Und was wäre mit ihrem Studium?

Tragische Schicksale von Romanfiguren wie das von Fontanes Effi Briest schossen ihr durch den Kopf, aber auch solche, von denen hinter vorgehaltener Hand in der Verwandtschaft gemunkelt wurde. Geschichten von Frauen, die ins Wasser gegangen oder von ihrer Familie verstoßen worden waren, weshalb sie ihr Dasein in Armut und Einsamkeit fristeten. Junge, vielversprechende Leben, durch unmoralisches Verhalten selbst verschuldet zerstört.

»Reiß dich gefälligst zusammen«, ermahnte sie sich, als sie die nächste Zigarette anzündete. Das Kind war ja nicht von irgendeinem Liebhaber, sondern von Leon, dem Mann, den sie heiraten würde. Knarrend öffnete sich die Tür und eine elegante, ältere Dame, wohl eine Besucherin, kam herein.

»Unerhört!«, sagte sie mit einem angewiderten Blick auf Helenes Zigarette und verschwand demonstrativ hustend in einer der Kabinen. Helene schnitt eine Grimasse. Dann löschte sie die Zigarette unter fließendem Wasser, warf sie in einen Mülleimer und verließ den Waschraum. Die Wanduhr im nüchternen grauen Gang zeigte kurz nach fünf Uhr an, das bedeutete, es war Besuchszeit und im Krankenhaus die Hölle los. Um diese Zeit saß Leon, sofern er keine Termine hatte, gerne im *Café Bauer*, wo er eine Zeitung nach der nächsten verschlang. Ob sie ihn jetzt dort antreffen würde? Plötzlich brannte Helene darauf, Leon alles zu erzählen.

Vorbei an Patienten, Angehörigen, Ärzten und Krankenschwestern hastete sie auf den Ausgang zu.

»Autsch! Vorsicht, Sie Schlafwandlerin!«, rief eine Männerstimme und auf einmal lag ihre Handtasche auf dem Boden, Lippenstift, Kamm, Geldbörse, Taschentuch, Zigaretten und Wohnungsschlüssel verstreut daneben.

»Entschuldigung«, murmelte Helene, während sie hektisch ihre Sachen einsammelte. »Ich habe Sie gar nicht gesehen.«

Der Mann ergriff ihren Ellenbogen und half ihr auf.

»Helene Bornstein. Wunderbar, dass gerade Sie mir buchstäblich in die Arme laufen.«

Trotz der Sorgen, die sie beschäftigten, freute sich Helene genauso darüber, dass Viktor Nolting vor ihr stand. Ein wenig verwunderte es sie, dass ihr Herz sogar schneller klopfte. Sie strich ihren Mantel glatt und reichte ihm die Hand. »Viktor? Was machen Sie denn hier? Arbeiten Sie nicht mehr in München?«

»Doch, doch. Aber ich führe wieder einmal ausländische Ärzte durch unsere Klinik.«

Einen Tick zu lang hielt er ihre Hand in seiner umschlossen und deutete dann auf eine Gruppe dunkelhaariger Herren, die sich mitten auf dem Gang lauthals unterhielten.

»Wieder Spanier?«

Grinsend schüttelte Viktor den Kopf, und wie immer fielen Helene seine bildschönen Zähne auf, die sein Lachen so strahlend wirken ließen.

»Italiener. Im Gegenzug fahre ich in ein paar Tagen nach Rom, um mir ein Bild über den Stand der italienischen Medizin zu verschaffen. Aber …«, fügte er augenzwinkernd hinzu, »ich bin sicher, dass Rom noch viel mehr zu bieten hat. Sie haben nicht zufällig Lust mitzukommen?«

»Wie bitte?«

Verdattert über diese leichtfüßige Flirterei, errötete Helene.

»Es muss ja nicht gleich Rom sein«, fuhr Viktor ernsthafter fort. »Aber da Ihre Wangen etwas Farbe annehmen, fühle ich mich ermutigt, Sie wenigstens zu einer Tasse Kaffee in den Palmengarten einzuladen. Wenn Sie mögen, könnten wir dort exotische Pflanzen bewundern.«

Als ob Viktor ahnte, dass er Helene allein mit Galanterien nicht um den Finger wickeln konnte, setzte er noch hinzu: »Ganz ehrlich, Helene, ich würde gerne hören, wie es Ihnen mit dem Studium ergeht. Und bestimmt habe ich ein paar nützliche Buchtipps für Sie.«

»Im Augenblick habe ich schrecklich viel um die Ohren«, antwortete Helene ausweichend. Obwohl er sich die Bemerkung über ihr Rotwerden hätte sparen können, mochte sie Viktor mit seiner charmanten Unbeschwertheit und dem Interesse an ihrem medizinischen Fortkommen. Hätte sie nicht gerade erfahren, dass sie schwanger war, hätte sie seine Einladung gerne angenommen. Aber jetzt hatte sie keine Zeit für ihn, sie wollte zu Leon.

»Nehmen Sie es mir nicht übel …«

Freundlich winkte Viktor ab.

»Lassen Sie nur, Helene, ich weiß noch sehr gut, was es bedeutet, mitten im Medizinstudium zu stecken. Aber wissen Sie was? So schnell gebe ich nicht auf. Bis zu meiner Abreise werde ich täglich in der Klinik sein und halte nach Ihnen Ausschau. Vielleicht habe ich ja Glück und kann Sie doch noch entführen. In den Palmengarten, meine ich.«

Sie lächelten sich an, und Helene war erleichtert, dass Viktor gar nicht beleidigt wirkte. Einer der Italiener rief ihm etwas zu.

»*Aspetta un momento!*«, entgegnete Viktor lachend.

»Sie sprechen Italienisch?«

Helene war ehrlich beeindruckt. Mit Daumen und Zeigefinger deutete Viktor eine winzige Menge an.

»Nur so viel. Aber dass die Herren wissen wollen, wer die attraktive Blonde ist, mit der ich mich unterhalte, habe ich trotzdem verstanden.«

Mit einer angedeuteten Verbeugung nahm er Helenes Hand und drückte sie, sanft und doch kräftig.

»Also, einen schönen Tag noch, Frau Kollegin.«

Helene sah Viktor nach, als er mit den italienischen Ärzten laut palavernd und gestikulierend um die nächste Ecke verschwand. Was für ein außergewöhnlicher Mann, dachte sie. Ein ernsthafter Arzt, aber zugleich ein abenteuerlustiger Lebemann. Sie wandte sich zum Gehen. In jedem Fall schaffte er es, seinem Beruf den Hauch der großen, weiten Welt zu verleihen, der sonst nur glamouröse Modedesigner oder Schauspieler umwehte.

»Gehört der Ihnen? Er lag auf dem Boden.«

Ein kleines Mädchen mit Zöpfen hielt Helene einen Zettel entgegen, Hildas Zettel.

»Oh ja, vielen Dank.«

Das Kind winkte und hüpfte zu seiner Mutter, die seine Hand ergriff und es mit sich fortzog. Endlich verließ Helene die Klinik. Als sie ihr Fahrrad erreichte, hielt sie noch immer Hildas Zettel in der Hand. Einige Sekunden starrte Helene auf die nahe gelegene Adresse, dann, als sich Passanten näherten, stopfte sie das Papier in ihre Handtasche zurück und schwang sich auf ihr Rad.

Die Frau arbeitet zuverlässig und sauber.

Was hatte sich Hilda bloß dabei gedacht, ihr diese Adresse zu geben? Traute sie Helene wirklich zu, einer Freundin zu raten, ihr Kind wegmachen zu lassen? Oder, falls Hilda Verdacht geschöpft hatte, gar selbst abzutreiben? Du lieber Himmel, Helene hatte vor, Kinder zu heilen, nicht, sie umzubringen und am Ende womöglich dafür im Zuchthaus zu landen. Die Panik, die sich während ihrer Begegnung mit Viktor verflüchtigt hatte, kehrte schlagartig zurück.

Helene radelte den Schaumainkai entlang und überquerte die Untermainbrücke, wobei sie einen wehmütigen Blick aufs *Nizza* warf, in dessen mediterran anmutenden Grünanlagen sie letzten Sommer mit Leon so fröhlich spazieren gegangen war. Sie trat fester in die Pedale.

Es bestand ja kein Zweifel, sie liebte Leon und er liebte sie. Allerdings steckte in ihm auch ein hingebungsvoller Sohn, einer, der sich bemühte, seine Eltern mit Stolz zu erfüllen. Und die würden es noch schärfer als die Bornsteins verurteilen, dass sie sich einander vor der Ehe hingegeben hatten.

Abgelenkt von dieser Vorstellung hätte Helene am Roßmarkt beinahe eine Fußgängerin über den Haufen gefahren. Gerade soeben war die Frau zur Seite gesprungen.

»Verzeihung!«

Ihr erster Besuch bei den zukünftigen Schwiegereltern war gründlich in die Hose gegangen. Leons Vater hatte sich ausgiebig nach Helenes Familie und ihrem Medizinstudium erkundigt, wobei er mit seinem Wunsch nach einer traditionelleren Ehefrau für Leon nicht hinterm Berg hielt. Mit gerunzelter Stirn strich er durch seinen dichten Bart, als wägte er ab, ob Helene in der Lage wäre, ihre Rolle als Mutter und Ehefrau zufriedenstellend zu erfüllen und schien auch nicht sonderlich überzeugt, als Helene ihm erklärte, wie praktisch es wäre, eine Kinderärztin in der Familie zu haben. Zudem versicherte Leon, Helene könnte sogar während der Arbeit ihre Kinder beaufsichtigen, wenn sie erst ihre eigene Praxis im Wohnhaus eingerichtet hätte. Helene warf ihm einen erstaunten Blick zu. Darüber hatten sie noch nie gesprochen. War Leon klar, dass sie erst mal einige Jahre Berufserfahrung in einer Klinik sammeln musste? Leon achtete nicht auf sie, denn er war vollauf damit beschäftigt, die Werbetrommel für seine Braut zu rühren. Dabei verriet seine Stimme den Respekt eines Sohnes, der wusste, dass seine Eltern Opfer gebracht hatten, damit es ihren Kindern eines Tages besser erginge als ihnen. Sie nicht zu enttäuschen, auch nicht durch die Wahl einer unangemessenen Ehefrau, darin bestand Leons Pflicht. Helenes hervorragende Noten erwähnte er bloß am Rande, betonte dafür umso mehr, wie fleißig sie ihrem Vater zur Hand ging und ihrer Mutter im Haushalt half, nicht zu vergessen, wie fürsorglich sie sich um ihre Geschwister kümmerte, eine Behauptung, die schon fast an Flunkerei grenzte. Leons Mutter, eine hochgewachsene, lebhafte Frau, der man auf den ersten Blick nicht ansah, dass sie Flucht und schwere Zeiten hinter sich hatte, wuselte derweil zwischen Küche und Wohnzimmer hin und her, bis auf dem Tisch mit seiner feinen weißen Tischdecke *Schabbat*-Kerzen, hübsches Geschirr und lauter dampfende Schüsseln standen.

Für alle Verwandten, die nach und nach eintrudelten, organisierte sie einen Platz, von dem es in der Wohnung gar nicht so viel gab, doch wer in der Nähe lebte, war gekommen, um Leon zu begrüßen und seine Braut zu begutachten. Als Leons Vater den *Kiddusch* über den Wein gesprochen hatte, fragte sich Helene, eingequetscht zwischen Leons Onkel und seiner Mutter, wie sie all das, was ihren Teller füllte, bewältigen sollte. Schon allein die würzigen Gerüche von Fisch und Fleisch ließen ihren Magen abweisend rumoren, dennoch zwang sie sich zu essen. Um sie herum wogte die Unterhaltung, laut und gestenreich, was ihre Eltern etwas abfällig als typisches Merkmal von »Kaftanjuden« bezeichnet hätten.

Hin und wieder richtete jemand das Wort an sie. Deutsche, polnische und jiddische Sätze flogen durchs Wohnzimmer und verknäulten sich unauflösbar in Helenes Ohren. Am Gespräch teilzunehmen, fiel ihr schwer und mehrmals musste sie sich dafür entschuldigen, dass ihr der Gesprächsfaden entglitten war. Nach einiger Zeit fühlte sich ihr Gesicht ganz verzerrt an, gefangen in einem Dauerlächeln, das sie immerhin zustande brachte. Krampfhaft kämpfte sie gegen ihren stärker werdenden Brechreiz an und konzentrierte sich darauf, einen Bissen zu kauen und hinunterzuschlucken. Kauen und schlucken, mehr schaffte sie einfach nicht. Leons ungeduldige Blicke umkreisten sie. Wieso, schien er sie zu fragen, pickte Helene in den koscheren Speisen, die seine Mutter stundenlang vorbereitet hatte, wie ein mäkeliger Spatz? War es denn zu viel verlangt, seiner Mutter zu verstehen zu geben, dass sie eine begnadete Köchin war? Wo war die charmante Helene, von der er seinen Brüdern vorgeschwärmt hatte? Helene fühlte sich unzulänglich und immer schlechter, während Leon im Kreis seiner Familie aufgeblüht war. Seine Denkerfalten hatten sich geglättet, er sprach lauter als gewöhnlich, wobei er seine Hände stärker einsetzte, als Helene es je in Frankfurt bemerkt hatte. Abwechselnd wandte er sich jedem einzelnen Angehörigen zu, verschenkte zu gerechten Anteilen seine Aufmerksamkeit und sein Lachen. Nur für Helene schien davon nicht mehr viel übrig zu sein, und zwischen seinen Worten und Blicken schwappte seine Enttäuschung zu ihr herüber. Sah er denn nicht, dass sie nicht unwillig war, sondern sich angeschlagen fühlte? Könnte Leon ihr nicht beistehen und sie in seine Unterhaltung einbeziehen?

Plötzlich kam er ihr fremd vor, und zwar nicht, weil Helene die Sprachen, in denen er sich unterhielt, nicht verstand und er sich inmitten seiner für sie unbekannten Familie bewegte wie ein Fisch, den man in frisches Wasser geworfen hatte. Nein, der Grund war, dass Helene sich von ihm so alleingelassen fühlte wie nie zuvor. Eine neue Welle der Übelkeit rollte heran, und Helene legte ihr Besteck beiseite.

Wahrscheinlich mache ihr ein Virus zu schaffen, erklärte sie entschuldigend. Dankbar nahm sie das Angebot von Leons Mutter an, sich auf ihrer Schlafcouch auszustrecken und Kamillentee zu trinken.

Die Rückfahrt nach Frankfurt hatte Helene meist verdöst, und als sie spürte, dass Leon seinen blauen Wollmantel über ihr ausbreitete, konnte sie sich über seine fürsorgliche Geste nicht richtig freuen, sondern verkroch sich in ihrer Scham darüber, die erste Begegnung mit seinen Eltern gehörig vermasselt zu haben.

Nahe der Frankfurter Börse, im prachtvollen *Bavaria*-Gebäude aus grünlichem Sandstein und mit schwedischen Granitsäulen, lag das *Café Bauer*. In keinem anderen Frankfurter Café gab es so viele in- und ausländische Zeitungen wie hier. Als Helene eintrat, blieb ihr Blick einen Moment lang an einem der Wandgemälde hängen, dann suchte sie nach Leon. War er in den ersten Stock hinaufgegangen, um eine Partie Billard zu spielen? Nein, dort drüben saß er, in der hintersten Ecke des Cafés an einem der hohen Fenster, und neben ihm türmten sich Zeitschriften. Seine Finger ins Haar gegraben, die Ellenbogen auf der Tischplatte abgestützt, hatte er sich so tief über seine Zeitung gebeugt, als beabsichtigte er, in ihre Seiten hineinzukriechen. Und vielleicht würde er ja tatsächlich vor ihren Augen verschwinden, nachdem sie ihm gesagt hätte, dass sie schwanger war. Einen Moment lang tat sie noch, als würde sie die Torten in der Auslage begutachten, dann bahnte sie sich, vorbei an den vollbesetzten Tischen, ihren Weg zu Leon. Erst als sie direkt neben ihm stand, blickte er auf.

»Helene? Na, so eine Überraschung!«

Hocherfreut klang Leon, als er aufsprang, um sie zu begrüßen. Helene suchte in seinen dunklen Augen nach Spuren von Ärger, weil sie in Leipzig nicht geglänzt hatte, doch Leon schien ihr nichts nachzutragen. Nur etwas besorgt wirkte er plötzlich, als er ihr einen Stuhl zurechtrückte.

»Sag, Helene, ist etwas passiert? Du siehst so blass aus. Gehörst du am Ende noch ins Bett, Fräulein Unvernunft?«

Lächelnd schüttelte Helene den Kopf.

»Ich hatte Sehnsucht nach dir«, erwiderte sie, denn schließlich konnte sie nicht gleich mit der Tür ins Haus fallen, nach dem Motto: »Gut, dass du fragst, ich bekomme nämlich ein Kind von dir und es wäre großartig, wenn wir so schnell wie möglich heiraten könnten.«

Nein, sie müsste den richtigen Moment abpassen und ihre Worte mit Bedacht wählen. Zuerst sollte der Kellner ihr einen Tee servieren, beschloss Helene, dann würde sie Leon von dem Kind erzählen.

»Und weil du mich vermisst, suchst du nach mir? Wunderbar, das nenne ich romantisch.«

Während Leon ihren Mantel zur Garderobe brachte, erschien ein eleganter Kellner, um Helenes Bestellung aufzunehmen.

»Nein, danke, keinen Kuchen, nur einen Pfefferminztee, bitte.«

Leon setzte sich wieder und galant küsste er ihre Hand.

»Ich hätte dich besucht, wenn du nach unserer Ankunft nicht darauf bestanden hättest, dich heute auszuruhen«, sagte er. Sanft fuhr er mit dem Daumen über ihren Handrücken, und seine Zärtlichkeit machte ihr Mut, trieb ihr aber gleichzeitig Tränen in die Augen. Nicht einmal als Kind hatte sie während des Krieges so oft geheult wie in den letzten Tagen. »Hier ist es doch viel netter«, antwortete sie, wobei sie sich scheinbar neugierig über die *Neue Freie Presse* beugte, eine österreichische Zeitung, die ausgebreitet vor Leon lag.

»Was liest du denn da?«

Leons Gesicht verfinsterte sich.

»Der Artikel gedenkt des Schriftstellers Hugo Bettauer, der vor einem Jahr in Wien erschossen wurde. Von einem jungen Nazi. Damals liefen die Dreharbeiten zu Bettauers Roman *Die freudlose Gasse*.«

In Helenes Erinnerung regte sich etwas.

»Mit Asta Nielsen und Greta Garbo?«

Leon nickte.

»Angeblich wollte Rothstock, so hieß der Nazi, seine Altersgenossen vor zu viel, na ja, Freizügigkeit beschützen. Vielleicht hat ihm aber auch Bettauers Roman *Die Stadt ohne Juden* nicht gepasst. Oder die Tatsache, dass der Schriftsteller selbst Jude war.«

Leon trank einen Schluck Kaffee und schnitt eine Grimasse.

»Kalt«, sagte er und stellte die Tasse weg. »Rothstock wurde jedenfalls nicht wegen Mordes verurteilt, sondern in eine psychiatrische Klinik eingewiesen. Ich vermute mal, diese richterliche Milde hatte er seinen Nazifreunden zu verdanken.«

Helene schüttelte den Kopf.

»Was du wieder denkst. Solche Urteile werden doch nicht ohne plausible Gutachten gefällt.«

Schnaubend faltete Leon die Zeitung zusammen.

»Glaub mir, nicht alle Gutachter sind dabei gewissenhaft. Manche haben gar kein Gewissen. Das können sich liebenswürdige junge Frauen wie du gar nicht vorstellen.«

Sein patronisierender Tonfall verärgerte Helene.

»Verrückte, die anderen etwas antun, gibt es immer«, entgegnete sie. »Damit treffen sie Christen, Juden oder auch Menschen, die an gar nichts glauben. Nicht jedes Urteil gründet sich auf Hass gegen Juden.«

»Das sage ich doch gar nicht.«

»Denkst du aber. Ganz besessen bist du, wenn es um deine Angst vor Antisemiten geht.«

»Besessen? Das ist ja wohl nicht dein Ernst. Soll ich dir die jüdische Geschichte noch einmal aufrollen?«

Abwehrend hob Helene ihre Hände.

»Nein, bloß nicht.«

Verletzt schwieg Leon. Meine Güte, dachte Helene, als ob es überall von Nazis wimmelte. Als ob es keine dringenderen Probleme gäbe. Zum Beispiel, dass sie schwanger war.

»Entschuldige mich.«

Leon, der etwas Hochinteressantes in seiner abgekühlten Kaffeetasse entdeckt zu haben schien, blickte erst auf, als Helene ihre Handtasche ergriff und sich erhob. Steif nickte er ihr zu und, als Helene sich abwandte, fragte sie sich, ob er ihr nachschaute oder sich bereits wieder seinem Artikel über den Nazi widmete. Sie zwang sich, nicht zurückzusehen.

In der Damentoilette betupfte sie ihren Nacken und ihre Schläfen mit kaltem Wasser. Danach ging es ihr besser.

Ach, alles ist so furchtbar kompliziert, dachte Helene, während sie sich kämmte und einige Haarsträhnen zurechtzupfte. Wenn ich doch einfach das Kind bekommen und mir mit Leon eine kleine Wohnung nehmen könnte. Von ihr aus alles ohne Hochzeit. Aber das wäre für ihre Familien undenkbar. Auch Leon brauchte sie mit solchen Ideen gar nicht erst zu kommen. Sie wollte ja gar nicht kämpfen, nicht streiten, sondern wünschte sich nur, dass Leon und sie miteinander glücklich würden.

In ihrer Handtasche kramte Helene nach ihrem Lippenstift und erwischte dabei Hildas Zettel. Einen Moment lang starrte sie ihn an wie einen Fremdkörper, von dem sie nicht wusste, wie er in ihren Besitz geraten war. Dann zerknüllte sie ihn, warf ihn in eine Toilette und spülte mehrmals, bis sie sich sicher war, dass die Kanalisation das aufgeweichte Papier verschluckt hatte.

Sie brauchte keine Frau, die zuverlässig und sauber arbeitete. So zerbrechlich wie das Glas, das Leon am Ende der Hochzeitszeremonie zertreten würde, war ihre Liebe nicht.

Mit roten Lippen und erfrischten Wangen kehrte Helene in den Gastraum zurück und winkte Leon zu. Aufmerksam blickte er ihr entgegen, sämtliche Zeitungen hatte er vom Tisch geräumt.

»Du hast gar keinen Kuchen bestellt«, bemerkte er und deutete auf die geblümte Porzellantasse, die an Helenes Platz auf sie wartete. »Ist dein Magen doch nicht in Ordnung?«

Dies war er also, der Augenblick, von dem es kein Zurück mehr gab.

Frankfurt, April 1933

Der 1. April des Jahres 1933 würde auf einen Samstag fallen. Den heiligen Schabbat, wie Helenes Mutter neuerdings sagte und die Familie statt zum Abendbrot zur Schabbatmahlzeit mit *Hawdala* einlud. Helene verstand, dass es eine Reaktion darauf war, dass Adolf Hitler immer einflussreicher und im Januar sogar Reichskanzler geworden war. Seine NSDAP war aus den Märzwahlen als stärkste Partei hervorgegangen, und ein paar Tage später hatte Gauleiter Sprenger auf dem *Römer* die Hakenkreuzflagge gehisst, um zu verkünden, dass für Frankfurt das »Dritte Reich« begonnen habe. Oberbürgermeister Ludwig Landmann, der sich viele Jahre erfolgreich für die Entwicklung Frankfurts und des Rhein-Main-Gebietes eingesetzt hatte, wurde vertrieben und als allerneueste Schikane hatte sein Nachfolger Friedrich Krebs alle jüdischen Angestellten der Stadt entlassen, jüdische Beamte beurlaubt und den Intendanten des Opernhauses und des Frankfurter Schauspiels gekündigt.

Je lauter die Nationalsozialisten gegen sie Stimmung machten, desto mehr beklagte es Ruth Bornstein, ihre Kinder nicht stärker im Glauben ihres Elternhauses erzogen und ihnen das Gefühl von Zugehörigkeit zu einer Synagogengemeinde mitgegeben zu haben. Doch Paul Bornstein, und lange hatte es Helenes Mutter genauso gesehen, hätte ihnen ihre jüdischen Wurzeln am liebsten herausgerupft, um ihnen das Leben zu erleichtern. So weit, seine Kinder taufen zu lassen, war er dabei nicht gegangen, und dagegen hätte Ruth Bornstein auch ein Veto eingelegt. Aber um keinen Preis sollten sie sich von der Mehrheit ihrer Mitschüler unterscheiden, nicht wegen anderer Feiertage und Bräuche, nicht wegen einer stigmatisierten Religion. Aber was, fragte Helenes Mutter am Abendbrottisch immer häufiger in die Runde, was hatte es ihnen genützt, sich anzupassen?

Auf Straßen und Plätzen bombardierten Hitlers Anhänger Deutschland mit Hetzreden, und sogar zu Hause verschonten sie einen nicht, wenn man das Radio einschaltete. Wie Berserker brüllten Hitler und Goebbels in die Wohnzimmer hinein und hatten die Bevölkerung aufgefordert, am ersten April jüdische Geschäfte, Anwälte und Ärzte zu boykottieren, und zwar im gesamten Deutschen Reich. Als Plakat prangte der Aufruf auch an Litfaßsäulen und fast jede Zeitung druckte ihn ab. Würden die Nachbarn tatsächlich Läden meiden, in denen sie bisher gerne eingekauft hatten? Und kämen Patienten, die Paul Bornstein jahrelang zuverlässig behandelt hatte, bald nicht mehr in seine Praxis?

Helene weigerte sich, etwas Derartiges zu glauben und beschwichtigte ihre Mutter immer wieder. Nicht viele würden Hitlers irrsinnigem Aufruf folgen, schon gar nicht in Frankfurt, wo jüdische Familien seit Generationen dazu beitrugen, dass die Stadt eine hervorragende Infrastruktur an Krankenhäusern, Fürsorgeeinrichtungen und Schulen besaß, und sogar eine angesehene, aufgeschlossene Universität. Bislang waren die Bornsteins mit ihren nichtjüdischen Nachbarn, Freunden und Patienten gut ausgekommen, weshalb sollte sich das ändern? Die meisten ihrer Kollegen im *Clementine Kinderhospital*, wo Helene als Ärztin angestellt war, hatten sich noch nie dafür interessiert, woran sie glaubte, und umgekehrt erging es Helene ebenso. Mochte Hitler auch mächtig geworden sein, langjährige, gefestigte Beziehungen endeten nicht auf Befehl von oben, das konnte sich Helene nicht vorstellen.

Dennoch war es unmöglich, die Augen davor zu verschließen, dass Frankfurt sich verändert hatte, und am Vorabend des Boykotts, als Helene Moritz zu ihren Eltern brachte, wie jedes Mal, wenn sie samstags in die *Clementine* musste, achtete sie noch wachsamer darauf, wer ihr entgegenkam und lauschte angespannt, ob aus den Seitenstraßen stampfende Stiefel oder grölende Stimmen herannahten. Womöglich wäre die SA an diesem Tag noch skrupelloser als sonst. Sie selbst fiel mit ihrem, wie Anton sagte, arischen Aussehen zwar nicht in das bevorzugte Beuteschema der Nazis, aber was war mit Moritz und seinem wunderbar dunklen Haar und den braunen Augen? Erleichtert atmete Helene auf, als sie das Haus ihrer Eltern erreichte. Es beruhigte sie, ihren Sohn in der Obhut ihrer Familie zu wissen. Und Moritz liebte es, bei seinen Großeltern zu übernachten. Nicht nur Oma und Opa kurvten um ihn herum, als wäre er ein kleiner Prinz, sondern auch seine Tanten, die fröhliche Marlis, die tausend Lieder und moderne Tänze kannte, sowie Ilse, die Phantasievolle, mit ihrem unerschöpflichen Repertoire an Zaubertricks, ja, sogar Carlo, der in die Jahre gekommene Familiendackel. Anton, der erst am Nachmittag von einer Geschäftsreise aus London zurückgekehrt war, erschien pünktlich zum Einläuten des Schabbats, bekleidet mit einem schicken britischen Anzug, gemeinsam mit seiner ebenfalls eleganten Frau Judith und ihrer Tochter Dina, die sofort mit Moritz herumalberte. Nachdem sich alle am Wohnzimmertisch versammelt hatten und die Schabbat-Kerzen brannten, war Moritz auf Ilses Schoß selig eingeschlafen. Seine kindliche Ahnungslosigkeit darüber, dass sich draußen etwas zusammenbraute, ließ Helene beklommen zumute werden.

»Ich nehme dir Moritz mal ab. Dann ist er dir beim Essen nicht im Weg«, sagte sie zu Ilse und ignorierte deren Protest. Schlafschwer drückte sich Moritz gegen Helenes Brust und Schulter, doch es störte sie nicht, vielmehr tat es ihr gut, sein Gewicht und seine Wärme an ihrem Körper zu spüren. Sanft strich sie über Moritz' leicht gerötete Kinderwange und küsste ihn aufs Haar. Einem unschuldigen Kind würde doch niemand etwas antun, oder doch? Im Grunde war Helene genau wie ihr Vater davon überzeugt, dass Hitler bald wieder weg vom Fenster wäre. Einem Politiker, der ein Deutschland voller blonder, blauäugiger Arier propagierte, während er selbst dunkelhaarig war und geradezu ausländisch klang, würde es wohl kaum gelingen, die Deutschen dauerhaft von sich zu überzeugen.

Aber noch war er da, ebenso wie seine Braunhemden, die auf offener Straße Menschen terrorisierten. Und seit Hermann Göring sie mit Gummiknüppeln und Pistolen ausgestattet hatte, musste man sich noch mehr in Acht nehmen. Überfälle auf jüdische Geschäfte waren keine Seltenheit mehr, und vor dem *Römer*, an dem Helene so gerne entlangbummelte, wenn sie mit Moritz zum Main hinunterlief, marschierten immer öfter junge Männer mit Hakenkreuzflaggen und Fackeln auf.

»Kann ich auch bei euch übernachten, Mutti?«, fragte sie spontan. Sie wollte heute nicht noch einmal raus. Die Angst, die sich in ihrem Magen angestaut hat, ließ sich nicht länger leugnen.

»Wirst du denn daheim nicht erwartet?«

»Heute bestimmt nicht.«

»Papa muss arbeiten«, nuschelte Moritz, der kurz aufgewacht war und sich auf Helenes Schoß in eine für ihn bequemere Position kuschelte.

»Ja«, bestätigte Helene, »und es wird mit Sicherheit eine lange Nacht.«

Ruth Bornsteins Brauen hoben sich skeptisch, dann glitt ihr Blick von Helene zu Moritz und sie schien zu verstehen.

»Sag ihm doch schnell Bescheid«, riet sie, aufs Telefon deutend. »Sonst macht er sich Sorgen, falls er heimkommt und dich nicht vorfindet. Schlafen kannst du mit Moritz bei Marlis im Zimmer.«

»Du bist ein Schatz, Mutti.«

»Muss ich dann etwa zu Ilse ziehen?«, maulte Marlis. »Die schnarcht wie ein Bär. Wie soll ich da schlafen?«

Anton grinste sie an. »Stopf dir Watte in die Ohren, Schwesterchen, dann wird es deinen Schönheitsschlaf nicht stören.«

Obwohl sie viel zu alt dafür war, streckte Marlis Anton die Zunge heraus. Anton grinste noch breiter. Doch dann wurde es still, da Paul Bornstein signalisierte, dass er beten wolle.

Etwas später füllte er einen *Kiddusch*-Becher und dankte Gott sowohl für die Gabe des Schabbats als auch des Weines, den er weiterreichte, bis alle daran genippt hatten. Verstohlen musterte Helene die Runde, um festzustellen, wie ihre Geschwister darauf reagierten, dass ihre Eltern sich benahmen wie … Juden. Noch immer kam es ihr merkwürdig vor, dass sie religiöse Texte rezitierten und Rituale vollzogen, die im Hause Bornstein nie zuvor eine Rolle gespielt hatten. Anton, eingerahmt von seiner Frau und Tochter, wirkte andächtig, vielleicht, weil Judith aus einer religiösen Familie stammte und er inzwischen mit den jüdischen Bräuchen vertraut war. Die achtzehnjährige Ilse hing an den Lippen des Vaters, bemüht, abzulesen, was er sagte. Einzig und allein Marlis verdrehte ihre Augen, was Helene, in seltenem Einvernehmen mit ihrer Schwester, mit einem kaum merklichen Nicken quittierte. Mussten sich ihre Eltern ausgerechnet jetzt auf ihre Religion besinnen, da Juden es wieder einmal besonders schwer hatten? Es mochte ja noch angehen, dass die Mutter in dieser Krise auf den Glauben ihrer Eltern zurückgriff. Für Helenes Vater hingegen war er stets bedeutungslos gewesen, wenn nicht sogar eine Last. Doch nun sprach er den Segen über die mit Mohn bestreuten, geflochtenen Weißbrote, brach sie und verteilte die *Challah*.

Konnten ihre Eltern nicht einfach so weiterleben wie bisher? Wieso stellten sie sich bereitwillig in die jüdische Ecke, die die Nationalsozialisten ihnen zuwiesen?

Beim Abendessen, bestehend aus Suppe, gebratenem Hühnchen, Fisch, Kartoffeln und verschiedenen Gemüsesorten, verlor sich das befremdete Gefühl, und obwohl die Erwachsenen sich im Stillen darüber sorgten, was der nächste Tag bringen würde, entspannten sie sich dank der köstlichen Speisen. Als sie schließlich beim Kaffee anlangten und Plätzchen sowie die Eclairs verspeisten, die Ruth Bornstein mit Erna gebacken hatte, wurden die Themen jedoch ernst. Anton schob den britischen *Daily Express* in die Tischmitte.

»Schaut euch mal diese Schlagzeile an.«

Dina gesellte sich lieber zu Carlo auf den Fußboden und fütterte ihn, obwohl es ihr untersagt worden war, mit Plätzchen. Moritz, in eine Wolldecke gepackt, schlummerte auf dem gemütlichen Sofa.

»Was soll das, Anton?«, fuhr Ruth Bornstein ihren Sohn an. »Willst du uns den Appetit verderben? Das tun schon die Nazis.«

Anton ging nicht auf seine Mutter ein.

»*Judea declares war on Germany*«, las er die reißerische Schlagzeile vor.

Marlis verzog das Gesicht, als hätte sie auf etwas Ungenießbares gebissen, und ließ ihr Eclair sinken.

»Judäa erklärt Deutschland den Krieg? Welcher Journalist denkt sich denn so etwas Idiotisches aus? Also, da hätte ich die Engländer für klüger gehalten.«

Sie würde es tausendmal besser machen, wenn sie nach Abschluss ihres Literaturstudiums Artikel und Geschichten schriebe. Vielleicht gar für die *Frankfurter Zeitung*? Das angesehene Blatt beschäftigte auch jüdische Mitarbeiter. Eigentlich studierte Marlis gern, seit jedoch auf dem Hauptgebäude der Johann Wolfgang von Goethe-Universität die Hakenkreuzflagge wehte, konnte sie es kaum noch abwarten, den Hörsaal endgültig zu verlassen. Immer öfter schimpften ihre Kommilitonen auf die »Judenuniversität«, was Marlis sehr kränkte. Einige hatten zwar schon immer so dumm dahergeredet, jedoch viel leiser, da sie die Maßregelung ihrer Professoren gefürchtet hatten. Aber diese Zeiten waren vorbei.

Helene sah zu, wie sich ihr Vater mit finsterer Miene eine Zigarre anzündete und der Zigarrenqualm bedächtig über den Esstisch waberte, bis er sich im Licht der Stehlampe festsetzte. Sie hätte selbst gerne geraucht, wagte es in Gegenwart ihrer Eltern aber nicht.

»Das klingt, als hätten es die Juden darauf angelegt, Deutschland zu zerstören«, sagte Paul Bornstein, seine Zigarre im Mundwinkel. »Genau das ist es, was die Nazis propagieren.«

»Ja«, stimmte Ruth Bornstein ihrem Mann zu, während sie etwas Asche aus seinem Schnauzbart zupfte. »Das nenne ich einen Bärendienst, den die Engländer uns da erweisen. Ich hoffe, das hast du deinen britischen Kollegen erklärt, Anton. Sollen sie sich lieber um ihre eigenen Angelegenheiten kümmern.«

»Nein, Mutter, das sollen sie eben nicht.«

Anton schob Ilse, die ihm ein Zeichen gegeben hatte, die Zeitung hinüber. »Die Überschrift ist irreführend, ja. Eigentlich geht es aber darum, dass jüdische Organisationen und Kaufleute in Großbritannien und Amerika öffentlich darüber diskutiert haben, keine deutschen Waren mehr zu kaufen. Damit wollten sie gegen antisemitische Ausschreitungen in Deutschland protestieren. Es ist absolut richtig, dass unsere Nachbarn nicht wegschauen.«

Letztendlich hatten die Initiatoren von dem Handelsboykott abgelassen, weil zu befürchten stand, dass Hitler die in Deutschland lebenden Juden dafür büßen lassen würde.

»Was er morgen trotzdem tut«, sagte Judith leise.

»Ach, das ist doch nichts Neues«, entfuhr es Helene. »Hitler schikaniert längst alle, die ihm nicht passen: Juden, Kommunisten, Sozialisten und Gewerkschaften. Britische Boulevardblätter braucht *der* bestimmt nicht, um einen Boykott gegen uns anzuzetteln.«

»Sehe ich genauso«, pflichtete Anton ihr bei. »Seitdem unser Parlament sich selbst abgeschafft hat, kann Hitler machen, was er will, sogar die Grundrechte außer Kraft setzen. Unsere Weimarer Verfassung ist tot, zum Schutz von Volk und Reich, wohlgemerkt.«

Paul Bornstein stand mit einer abrupten Bewegung auf, so dass er beinahe seinen Stuhl umgeworfen hätte und Dina erschrocken aufsah. Vom Sofa holte er eine andere Zeitung und warf sie erbost auf den Tisch, wo sie auf den Eclairs landete, was zu einem allgemeinen Aufschrei führte. Etwas graue Asche löste sich vom Ende seiner Zigarre und fiel auf die weiße Tischdecke.

»Paul! Pass bitte auf! Ich habe erst vor ein paar Tagen Waschtag gehalten.«

»Lest das mal. Die Antwort auf die Artikel der Engländer!«

»Der *Völkische Beobachter*? Du hast das Kampfblatt der Nationalsozialisten gekauft?« Helene war fassungslos.

»Man muss wissen, was sie verbreiten«, erwiderte ihr Vater.

»Als ob wir das nicht auch so wüssten«, murmelte Marlis, starrte dann aber wie hypnotisiert auf die deutsche Schlagzeile, die allen ins Auge stach, fett gedruckt und schwarz unterstrichen.

»Samstag, Schlag 10 Uhr, wird das Judentum wissen, wem es den Kampf angesagt hat.«

»Was für ein Blödsinn«, echauffierte sich Marlis, nachdem sie den Artikel überflogen hatte. »Alles nur Polemik. Was für eine jüdische Weltverschwörung? Unfassbar, dass es überhaupt Menschen gibt, die das glauben.«

Antijüdische Propaganda hatte deutschlandweit Julius Streicher verbreitet, ein berüchtigter Nazi, der seit Kurzem das sogenannte *Zentralkomitee zur Abwehr der jüdischen Gräuel- und Boykotthetze* leitete.

Es war lächerlich. Kein Jude, den Helene kannte, trug sich mit irgendwelchen Kampfabsichten. Ganz im Gegenteil, noch immer rieben sich die meisten die Augen darüber, wie stark die Nationalsozialisten geworden waren.

»Wenn es diese Diskussionen im Ausland nicht gegeben hätte, wäre uns der Boykott vielleicht erspart geblieben.«

Vorsichtig legte Paul Bornstein seine Zigarre in einen Aschenbecher, wo sie sinnlos vor sich hin qualmte. »Natürlich ist es gut, dass sich das Ausland für uns interessiert. Aber die Engländer oder Amerikaner müssen die Konsequenzen solcher Aktionen nicht ausbaden. Wir leiden darunter. Außerdem, je mehr Aufmerksamkeit Hitler von der Presse erhält, desto stärker plustert er sich auf. Von mir aus soll er das ruhig, mit seinem Geschrei wird er Deutschlands Probleme nicht lösen. Und dann hat es sich schneller ausgehitlert, als Goebbels ›Heil Hitler‹ brüllen kann. Ihr werdet schon sehen …«

Alle Augen waren auf Paul Bornstein gerichtet, was dieser nur rechtens fand. Wenngleich seine erwachsenen Kinder eigene Meinungen vertraten, als Familienoberhaupt stand ihm das letzte Wort zu.

»Und bis dahin?«, fragte Judith schüchtern in die Stille. »Bis der Spuk vorbei ist?«

In Judiths Familie wurde nie lauthals diskutiert und noch immer fand sie es nicht leicht, sich in politische Gespräche einzumischen, obgleich Anton sie darin bestärkte. Stirnrunzelnd blickte Paul Bornstein Judith an, was sie erröten ließ.

»Welcher Spuk?«, wollte Dina wissen. »Gibt es bei Oma und Opa Gespenster?«

Anton, dem alles andere als leicht ums Herz war, konnte sich ein Lächeln nicht verkneifen.

»Nein, Spatz, die gibt es nicht.«

Als Dina sich wieder mit Carlo beschäftigte, erklärte er Judith: »Mein Vater ist der Ansicht, dass man unauffällig weiterleben sollte und abwarten, bis die neue Regierung von selbst verschwindet. Leider ist Hitler kein Gewitter, das einfach vorüberzieht. Und er ist nicht allein.«

Paul Bornstein griff nach seiner Zigarre im Aschenbecher und rauchte wortlos weiter. Für ihn schien die Unterhaltung beendet zu sein. Aber er sah auch erschöpft aus, und alt, wie Helene erschrocken feststellte.

»Mama, ich bin müde«, verkündete Dina gähnend. Carlo war eingeschlummert, den Kopf in Dinas Schoß gebettet.

»Wir gehen gleich, mein Engel.«

Judith nahm ihre Tochter auf den Schoß und lächelnd schloss Dina die Augen.

»Und wenn wir doch auswandern?«

Es war Marlis, deren Frage die Bornsteins zusammenzucken ließ.

»Vielleicht nach England? Oder Frankreich? Irgendwohin, wo ich mir nicht ständig Gedanken darüber machen muss, ob jemandem meine jüdische Nase nicht passt. Wo ich auf der Straße nicht damit rechnen muss, verprügelt zu werden.«

»Nein! Ich will nicht weg. Als Anton davon angefangen hat, nach Palästina zu gehen, warst du doch auch dagegen.«

Heftiger als beabsichtigt widersprach Ilse. Ihre Stimme überschlug sich, weil sie zu aufgeregt war, um sie zu kontrollieren. Ohne Gehör eine neue Sprache zu erlernen, geschweige denn von den Lippen abzulesen, erschien ihr ein Ding der Unmöglichkeit. In einem fremden Land würde sie sich völlig hilflos fühlen, während sie sich hier in Heidemarie Bärs Laden nützlich machen konnte. Wie sollte sie anderswo Arbeit finden?

»Palästina? Natürlich nicht. Was soll ich denn in der Wüste? Abgesehen davon, dass ich kein Wort Hebräisch spreche. Von Europa habe ich geredet.«

Anton ergriff Judiths Hand, sagte aber nichts, während sich ihr Vater hinter eine Rauchwolke zurückgezogen hatte. Marlis' Augen glänzten verdächtig, und innerlich wappnete sich Helene gegen ihre Tränen, die bereits flossen, wenn Marlis für nichtige Anliegen keinen Verbündeten fand.

»Hella?« Marlis' Stimme bebte, und Helene seufzte.

Vor Jahren hatte Leon ihr dieselbe Frage gestellt, und mit einem klaren Nein hatte Helene sie beantwortet. Ihre Zukunft läge einzig in Deutschland, nirgendwo sonst, eine Haltung, an der sie nichts ändern würde. Schon gar nicht jetzt, da sie im *Clementine Kinderhospital* als approbierte Ärztin eine gute Stellung innehatte. Die Kinder ließen sich gerne von ihr untersuchen und deren Eltern vertrauten ihr, weil sie gute Diagnosen stellte und nach modernsten Erkenntnissen der Pädiatrie behandelte. Dass Dr. Paul Grosser, ein angesehener Arzt, der die Kinderklinik leitete, ihre berufliche Laufbahn begleitete, betrachtete Helene als Privileg.

»Marlis«, sagte sie, »ich habe mich nicht durch mein Studium und die unbezahlte Assistenzzeit gekämpft, nur damit ich irgendwo auf der Welt wieder bei null anfange.«

»Seid still!« Ruth Bornsteins Stimme klang gepresst. »Weder ins Gelobte Land noch in sonst irgendeins werden wir gehen. Das haben wir ausführlich besprochen.«

»Habt ihr nicht von den Schlangen vor den Konsulaten gehört? Seit Hitler regiert, reißen sich die Leute um Visa. Wir könnten doch wenigstens versuchen …?«

»Schluss damit!«, schnitt Paul Bornstein Marlis das Wort ab. »Wenn alle Juden weggerannt wären, hätten wir in Deutschland nie die Bürgerrechte errungen. Wir sind Deutsche, ob es Herrn Hitler passt oder nicht. Wir gehören hierher. Es ist nur eine Frage der Zeit, bis sein Siegestaumel nachlässt, dann wird er sich schon mäßigen.«

Während er sprach, quollen Rauchschwaden aus seinem Mund.

Weinend sprang Marlis, die sich ihrem Vater selten entgegenstellte, auf: »Es ist mir ganz egal, was Hitler denkt. Ich will ihm gar nichts beweisen. Aber eine schöne Zukunft, die will ich!« Dann rannte sie aus dem Zimmer.

Sie alle blickten ihr nach und Ruth Bornstein fand, es sei höchste Zeit, die Familienrunde aufzulösen, ehe großer Streit entstand. Sie räusperte sich.

»Wir sollten alle schlafen gehen. Ich vertraue auf Gott, dass morgen kein Orkan über uns hinwegfegt. Und über unsere Mitmenschen. Überlegt doch mal …«

Tapfer lächelte sie Helene zu, um ihrer Tochter zu zeigen, dass deren beruhigende Worte nicht vergeblich gewesen waren. »Weshalb sollten die Leute aufhören, ihre Milchwaren im Eckgeschäft bei Samuel Dietz zu kaufen oder ihre Stoffe bei Heidemarie Bär? Die beiden sind freundlich und verkaufen gute Ware. Paul, deine Patienten werden sich nicht abhalten lassen«, liebevoll blickte sie ihren Mann an, »du bist ein viel zu guter Arzt.« Etwas erstaunt, da seine Frau sonst nicht zu langen Episteln neigte, nickte Paul Bornstein ihr zu. Doch Ruth Bornstein war noch nicht fertig. Sie holte tief Luft und atmete hörbar aus. »Wir kennen unsere Nachbarn und Freunde seit vielen Jahren, und in schwierigen Zeiten haben wir uns gegenseitig immer geholfen. Wir haben unsere Kinder aufwachsen sehen, haben Hochzeiten und Geburtstage gefeiert und zusammen unsere Toten beweint. Mit Politik oder Glauben hat das nichts zu tun, bloß mit Menschlichkeit.«

Helene bemerkte, dass Judith sich verschämt eine Träne abwischte, und auch sie war von den Worten ihrer Mutter berührt. Schließlich erhoben sich alle, umarmten sich, und Marlis bettete Moritz vorsichtig in ihrem Zimmer, dann zog sie mit leidender Miene zu Ilse um.

»Hast du dir mal überlegt, dich morgen in der *Clementine* krankzumelden und zu Hause zu bleiben?«, fragte Anton, während er Judith und Dina in ihre Mäntel half. Sie lebten in der Bornwiesenstraße nahe dem Holzhausenpark und liefen zu Fuß nach Hause. Allerdings, wenn Dina zu müde wäre, würde Anton sie tragen müssen.

Energisch schüttelte Helene den Kopf.

»Nie im Leben. In der *Clementine* wissen die wenigsten, dass ich Jüdin bin, und ich werde es nicht ausgerechnet jetzt an die große Glocke hängen«, antwortete sie und bemerkte dann, dass Anton ihrer Mutter einen triumphierenden Blick zuwarf, der Helene verriet, dass Ruth Bornstein ihn als Vorhut ins Feld geschickt hatte.

»Hab ich's dir nicht gesagt, Mutter? Helene sieht die Sache genauso wie ich.«

Selbstverständlich würde Anton am nächsten Morgen zur Schuhfabrik Schneider gehen, wo er inzwischen zum Einkaufschef und Prokuristen avanciert war. Dort hatte er auch Judith kennengelernt, die, bis Dina zur Welt kam, als Sekretärin in derselben Firma tätig gewesen war. Mit den jüdischen Inhabern verband Anton nicht nur ein gutes Arbeitsverhältnis, sondern nach wie vor die Begeisterung für die *Eintracht*-Fußballer. Bessere Arbeitgeber konnte sich Anton nicht wünschen, und er würde den Teufel tun, sie an schweren Tagen hängen zu lassen.

»Aber es wäre sicherer. Helene, Dr. Grosser würde es dir bestimmt nicht übel nehmen, er ist schließlich selbst ein Jude.«

»Freimaurer. Und in erster Linie leitet er die *Clementine* und ist dafür verantwortlich, dass der Laden läuft«, sagte Helene.

Ihre Mutter ließ einfach nicht locker. »Wenn ihr morgen diesen Rüpeln in die Arme lauft … Ach, das will ich mir gar nicht vorstellen.«

Mit erhobenen Händen wehrte Helene ab.

»Mutti, ich bitte dich, red nicht so. Du machst Dina ja Angst.«

Beruhigend legte sie ihre Hand auf den Arm ihrer Mutter.

»Hast du uns nicht gerade gesagt, dass du auf Gott und unsere Mitmenschen vertraust?«

Resigniert nickte Ruth Bornstein. Dina blickte auf, als sie ihren Namen hörte. Jetzt, da die Erwachsenen ihr Beachtung schenkten, war sie wieder hellwach und plapperte drauflos.

»Ein paar Häuser neben uns wohnt eine Frau, die Konzerte organisiert. Stell dir vor, Tante Helene, bei sich zu Hause. Mit richtigen Musikern. Manchmal singt Magda Spiegel bei ihr.«

»Die Opernsängerin?«, fragte Helene ungläubig.

Stolz, als wäre sie mit der Frankfurter Berühmtheit befreundet, nickte Dina. Judith schmunzelte, während sie ihrer Tochter den Mantel zuknöpfte.

»Wenn die Fenster geöffnet sind, hört es die ganze Straße. Ihre Stimme klingt fantastisch.«

»Kommst du uns bald mit Moritz besuchen?«, fragte Dina. »Dann könnt ihr sie auch hören.«

»Unbedingt«, versprach Helene, »das will ich mir auf keinen Fall entgehen lassen.«

Vor Freude klatschte Dina in die Hände und drückte ihre Tante. Helene gab ihr einen Kuss. Wie schnell es Kindern gelang, sie auf bessere Gedanken zu bringen. Einer der zahlreichen Gründe, warum Helene ihren Beruf als Kinderärztin so liebte. Als sie sich von Anton und Judith verabschiedete, wurde sie ernst und senkte die Stimme.

»Ruft an, wenn ihr zu Hause seid. Sonst machen wir alle kein Auge zu.«

Als die Zimmertür knarzte, erwachte Helene. Ein Lichtstreifen fiel aus dem Flur herein und sie sah, dass nicht mehr Moritz neben ihr lag, sondern Carlo. Leise Stimmen drangen aus der Küche, ab und zu ein helles Lachen, ein Beweis dafür, dass Moritz seine Großmutter gefunden und sie ihm etwas Leckeres zu naschen zugesteckt hatte. Ansonsten war es ruhig, was darauf hindeutete, dass Marlis und Ilse noch schliefen. Der Wecker zeigte kurz nach sieben Uhr an, und erschöpft schloss Helene noch einmal die Augen, doch es war zwecklos. Der Schlaf, mit dem sie letzte Nacht gerungen hatte, ließ sie am Morgen erst recht im Stich.

Stundenlang hatte sie wach gelegen, Moritz' Atem lauschend, während in ihrem Kopf Gesprächsfetzen des vorigen Abends kreisten. Jetzt peinigten sie Helene schon wieder. Kampf, Boykott, Angst, Auswandern. Sie verstand Marlis ja, aber mal wieder dachte ihre Schwester nur an sich. Begriff sie denn nicht, dass es insbesondere für ihre Eltern unzumutbar wäre, ihr Leben in Frankfurt aufzugeben?

Je mehr Autolärm von der Straße zu ihr hinaufdrang, je öfter Fahrräder klingelten und Kinder sich etwas zuriefen, sogar lachten, als begänne ein stinknormaler erster April, an dem man sich gegenseitig mit Scherzen hereinlegte, desto mehr gelang es Helene, die Gespenster der Nacht zu verscheuchen. Sie schwang die Beine aus dem Bett und stand so schnell auf, dass ihr einen Moment lang schwarz vor Augen wurde. Sie warf sich den flauschigen, langen Morgenmantel von Marlis über, zog die Vorhänge auf und öffnete das Fenster. Kühle Morgenluft fuhr ihr ins Gesicht und durchs Haar. Unten lag, durchzogen von leichten Nebelschleiern und so ruhig, wie sie ihn kannte, der Bethmannpark. An einer Ecke hielt ein Auto und zwei Frauen stiegen aus. Eine Straßenbahn ratterte die Berger Straße entlang, ein Radfahrer bog um die Ecke, zog seine Mütze zum Gruße eines anderen Mannes, der einen Karren schob, neben ihm liefen bellend zwei Hunde. Mit Taschen und Körben ausgestattet schlenderten einige Frauen zum Einkauf und Helene sah sie den Laden von Samuel Dietz betreten. Das Bild, das sich Helene bot, hätte alltäglicher nicht sein können. Erleichtert schloss sie das Fenster und ging ins Wohnzimmer, wo ihr Vater allein am Frühstückstisch saß und den *Generalanzeiger* las. Andere Zeitungen hatten sich rund um seinen Teller verteilt, auf dem ein halb aufgegessenes Käsebrötchen lag, seine Kaffeetasse wirkte unberührt.

»Morgen, Papa.«

Helene umarmte ihren Vater und küsste ihn, was sie selten tat, wobei sie erstaunt feststellte, wie schütter das Haar auf seinem Haupt geworden war.

Ihr Vater sah auf und lächelte kurz, dann wies er sie mit einer auffordernden Geste an, sich mit Kaffee, Brötchen, Aufschnitt und Marmelade zu bedienen.

»Erna, die treue Seele, ist hereingeschneit«, sagte er. »Dabei muss sie heute gar nicht arbeiten.«

Während Helene ein Brötchen aufschnitt, kam Erna und stellte frisch aufgebrühten Tee auf den Tisch.

»Morgen, Helene«, grüßte sie, »einigermaßen ausgeschlafen?«

»Kein Auge habe ich zugemacht.«

Verständnisvoll nickte Erna, während sie die Zeitungen zusammenschob, um Platz zu schaffen. Erna war in den letzten Jahren etwas fülliger geworden, ihr Haarknoten, nun mehr grau als blond, dafür dünner. An ihrer klaren, freundlichen Stimme hatte sich indes nicht das Geringste verändert. Sie strahlte eine Beständigkeit aus, die Helene als tröstlich empfand.

»Um deine Familie musst du dir keine Sorgen machen, ich passe gut auf sie auf. Und wehe, irgendein Halunke lässt sich's einfallen, Dr. Bornsteins Praxis zu behelligen.« Sie ließ offen, was genau sie mit demjenigen anstellen würde. »Glaub mir, mit ein paar ungezogenen Rüpeln werde ich schon fertig.«

Sie füllte ein Glas mit Orangensaft und stellte es Helene vor die Nase.

»Trink das, Mädchen, damit du mir bei Kräften bleibst.«

»Danke, Erna.«

Helene war froh, dass die selbstbewusste Erna ihrer Familie zur Seite stünde. Nach einem kleinen Schluck Kaffee und einem kurzen Blick auf seine Taschenuhr verschanzte sich Paul Bornstein noch einmal hinter dem *Generalanzeiger*, und Helene war erleichtert, dass er sie in Ruhe ließ. Ein paar Minuten wollte sie so tun, als läge ein normaler Arbeitstag vor ihr. Einer, an dem sie sich in einer guten halben Stunde auf den Weg ins *Clementine Kinderhospital* machen würde, wo ihre kleinen Patienten sie erwarteten und sich nicht darum scherten, welchem Glauben ihre Ärztin angehörte, solange sie nur ihre Schmerzen linderte, Krankheiten heilte, Wunden nähte und sie ein wenig tröstete.

An ihrem Fruchtsaft nippend betrachtete sie das Pendel der alten Wanduhr, die einmal ihrer Großmutter gehört hatte. Seit Jahrzehnten begleitete sie das Leben der Bornsteins und schlug zuverlässig wie ein starkes Herz, das so manches überstanden hatte: die deutsch-französischen Kämpfe, tick, tack, den Krieg 14 bis 18, tick, tack, das Ende des Kaiserreichs und die Entstehung der Republik, tick, tack. Sie würde auch an diesem Tag einfach weiterlaufen, und Helene nahm sich vor, es ganz genauso zu machen.

Erna hatte Antons *Daily Express* und den *Völkischen Beobachter* vom Vorabend neben die Teekanne gelegt, und Helene griff danach, auf unangenehme Weise angezogen von den fettgedruckten Aufmachern.

Helene konnte ein leises Stöhnen nicht unterdrücken, und knisternd tauchte ihr Vater hinter seiner Zeitung auf.

»Vergiss das Hetzblatt und lies lieber das«, sagte er und schob ihr eine andere Zeitung hinüber. Leons Zeitung.

»Solange es noch renommierte Blätter gibt, die sich auf unsere freiheitliche Tradition berufen, wird es schon nicht so schlimm werden. Die *Frankfurter Zeitung* betont ausdrücklich, dass gleiche staatsbürgerliche Rechte für alle, auch für Juden, gelten, und zwar nicht erst seit der Weimarer Republik, sondern seit 1850.«

Helene überflog den Artikel. Auch für Juden, dachte sie, dass man das betonen musste. Plötzlich störte es sie, dass die Wanduhr in einem fort tickte, gleichgültig, was um sie herum geschah. Helene zwang sich, von ihrem Marmeladenbrötchen abzubeißen.

»Wenn alles gut geht, hole ich Moritz nach der Arbeit ab.«

»Bleibst du nicht zum Essen?«

»Nein, Papa. Ich glaube, nach *dem* Tag will ich nach Hause. Hast du heute Patienten?«

»Natürlich. Aber dafür muss ich ja nicht einmal das Haus verlassen. Warum fragst du?«

»Na ja, weil du religiös geworden bist, weshalb du am Schabbat nicht arbeiten solltest.«

Eine unüberhörbare Ironie, die sie nicht beabsichtigt hatte, lag in ihrer Stimme und augenblicklich tat es ihr leid. An einem solchen Morgen sollten sie zusammenhalten, anstatt sich mit Sticheleien zu provozieren. Es war unbeherrscht von ihr, ihre Nervosität an ihrem Vater auszulassen. Noch ehe sie dazu kam, sich zu entschuldigen, erwiderte er ruhig: »Wie du dir denken kannst, richten sich Krankheiten nicht nach Adolf Hitlers Boykottplänen. Ich werde für meine Patienten da sein, wie immer.«

Er spülte seinen kalt gewordenen Kaffee hinunter und fuhr sich, um eventuelle Speisereste zu beseitigen, durch seinen Schnauzbart.

»Mama! Mama!«

Ein ungebremster Wirbelwind kam ins Wohnzimmer gefegt und hopste auf Helenes Schoß. Ihr Sohn hielt Ilses Stoffbären im Arm, der Helene stellvertretend für Moritz lauter Küsschen auf die Wange drückte. Lachend schlang Helene die Arme um ihren Jungen.

»Guten Tag, Max«, begrüßte sie den zerrupften Bären, »hast du schon gefrühstückt?«

»Oh, ja! Eclairs, hmmm, die sind lecker.«

Ohne dass Helene es bemerkt hatte, war ihr Vater hinter sie getreten und umarmte sie und Moritz. Seiner Tochter presste er einen schweren Kuss auf den Scheitel und die väterliche Sorge, die in dieser Geste steckte, bewegte Helene. Sie ergriff die Hand ihres Vaters und drückte sie.

»Paul?«

Helenes Mutter stand im Türrahmen, ihre Haare waren noch unfrisiert und sie hatte tiefe dunkle Ringe unter den Augen.

»Ein Patient namens Martin Wuttke hat angerufen. Er lässt dir ausrichten, dass er heute nicht kommt.«

Ihr Vater ließ Helenes Hand los und wandte sich seiner Frau zu.

»Möchte er einen neuen Termin ausmachen?«

»Davon hat er nichts gesagt.«

Die Stille, die eintrat, füllte sich mit Angst, und irritiert sah Moritz von einem zum anderen. Da räusperte sich Paul Bornstein, mehrmals.

»Dann ist der Patient wohl wieder gesund«, sagte er forsch. »Darüber freuen wir uns, nicht wahr, Moritz?«

Moritz nickte ernst, und ein bisschen kam es Helene so vor, als habe er seinen Opa durchschaut. Schließlich hielt er seinem Großvater den Stoffbären entgegen.

»Aber Max ist krank.«

»Wer?«

»Max.«

Paul Bornsteins Schnauzbart zitterte, aber er riss sich zusammen und spielte mit.

»Ach so, der Bär. Max und Moritz. Na, ihr zwei passt ja gut zusammen.«

Er strich Moritz über den Kopf.

»Dann kommt mal mit in die Praxis, damit wir Max untersuchen können.«

»Au ja!«

Moritz winkte Helene und seiner Großmutter zu, und schweigend blickten die Frauen der kleinen Prozession nach, die das Wohnzimmer verließ: Dr. Paul Bornstein, Moritz mit Max und als Nachhut ein gut ausgeschlafener Dackel. Als das Telefon läutete, fuhren sie zusammen. Noch ein Patient, der seinen Termin absagte?

»Helene!« rief Erna aus Ruth Bornsteins kleinem Stübchen, wo der Apparat stand. »Dein Mann möchte dich sprechen!«

»Sehr gut«, entfuhr es Helenes Mutter, »vielleicht bringt er dich ja zur Vernunft.«

Samuel Dietz, der gerade einen kleinen Stand vor seinem Laden mit Kartoffeln und anderen Gemüsen bestückte, wischte seine Hände an seiner langen Schürze ab und winkte Helene zu, als sie vorbeiradelte, in einem grauen Hosenrock von Marlis und einer frischen hellen Bluse. Es war kurz nach neun, und obgleich ihre Schicht in der *Clementine* erst am Mittag beginnen würde, wollte Helene früh auf Station sein, wenn der Boykott wie angekündigt um Schlag zehn losginge.

»Guten Morgen, Frau Bär«, rief Helene der zierlichen Stoffhändlerin zu.

»Guten Morgen, Frau Doktor, hoffen wir, dass er gut bleibt!«

Der Weg bis zur Bornheimer Landwehr war nicht weit, aber unwillkürlich beeilte sie sich, als zwei Transportwagen, mit je einem Dutzend SA-Männer beladen, an ihr vorbeifuhren. Manche hielten Plakate, andere Farbtöpfe in den Händen, aus allen Kehlen dröhnte der braune Stolz auf ihre fest geschlossenen Reihen. In diesem Moment wünschte Helene, sie wäre so taub wie Ilse. Unerwartet hielt der hintere Wagen an und zwang Helene zum Abbremsen. Sie schlingerte und kam genau vor der Aufschrift »Deutsche wehrt euch! Kauft nicht bei Juden« zum Stehen. Über die Kühlerhaube des Wagens hatte man die nationalsozialistische Flagge wie eine Tischdecke gebreitet; auf dem leuchtenden Rot und dem weißen Kreis thronte das mächtige schwarze Hakenkreuz.

»Fahr doch die schöne Frau nicht um!«, rief einer der Braunhemden, die nun vom Wagen absprangen, dem Chauffeur zu. Zackig schlug er vor Helene die Hacken zusammen und grüßte sie mit hochgerecktem rechtem Arm. Sie umklammerte die Griffe ihrer Lenkstange und versuchte, die Pfiffe und das Lachen seiner Kameraden auszublenden.

»Haben Sie sich wehgetan?«

Nicht alle, aber die meisten Männer waren jung und wirkten

kräftig, und Helene fragte sich, was sie wohl täten, wenn sie bemerkten, dass die Frau mit blonder Olympiarolle und blauen Augen eine Jüdin war. Sie befahl sich, charmant den Kopf zu schütteln und schob mit weichen Knien ihr Rad auf den Gehweg.

»Es ist wirklich nichts passiert«, bekräftigte sie, als der junge SA-Mann ihr folgte.

»In Ordnung«, antwortete er, lächelte ebenfalls und schloss sich dann seinen Kameraden an, die, obwohl die nahe gelegene St.-Josefs-Kirche noch längst nicht zehn geschlagen hatte, vor jüdischen Geschäften breitbeinig Stellung bezogen. Selbst vor den verriegelten, deren Besitzer entweder gläubig waren oder aus Unsicherheit gar nicht erst geöffnet hatten. Schockiert sah Helene, wie der junge SA-Mann auf das saubere Schaufenster einer Bäckerei mit weißer Farbe einen Davidstern schmierte. Der Bäcker trat heraus und sagte etwas, woraufhin die Braunhemden lachten und ihn in seinen Laden zurücktrieben. Viele Passanten gingen zügig vorbei, manche kopfschüttelnd, andere blieben stehen, allein oder in Gruppen, um mitzubekommen, was weiter geschehen würde. Vorsichtig näherte sich Helene, hielt sich mit ihrem Rad jedoch hinter einer kleinen Menschentraube verborgen. Nur wenige Stimmen schienen sich beifällig zu äußern, die meisten fühlten sich eher bei ihren Einkäufen belästigt. Plötzlich entstand Unruhe. Eine alte Frau mit Gehstock zwängte sich an den SA-Posten vorbei.

»Machen Sie mir mal Platz!«

Nichts Bittendes lag in ihrer Stimme.

»Halt. Das ist ein jüdisches Geschäft.«

Der SA-Mann verstellte ihr den Weg und zeigte auf sein »Deutsche wehrt euch!«-Plakat, das er sich um den Hals gehängt hatte.

»Mir bekannt, junger Mann«, entgegnete die Frau laut. »Ich kaufe nämlich schon immer hier, und heute höre ich nicht damit auf.«

Unwillkürlich hielt Helene den Atem an, doch nichts Dramatisches geschah. Der SA-Mann zuckte die Schultern und ließ die

Frau passieren, woraufhin zwei andere Kunden ihr nachdrängten. So einfach war das?

Als sie weiterfuhr, bekam Helene so einige Schmähungen zu lesen, und von jeder einzelnen fühlte sie sich getroffen.

Die Juden sind unser Unglück! Geht nicht zu jüdischen Rechtsanwälten! Meidet jüdische Ärzte!

Immerhin schienen sich die meisten Frankfurter nicht mit der SA zu solidarisieren, genau wie Helene es ihrer Mutter vorausgesagt hatte. Der Patient ihres Vaters hatte wahrscheinlich nur seinen Termin abgesagt, weil er sich nicht auf die Straße wagte. Niemand gab ohne Not seine Gewohnheiten auf, und erst recht nicht den Arzt, dem man vertraute.

Aus einer Seitenstraße tönte ein Hupkonzert, irgendwo in der Nähe klirrte Glas. Helene zuckte zusammen, dann trat sie, so kräftig sie konnte, ins Pedal. Dabei bemühte sie sich, die alarmierenden Geschichten auszublenden, die Oberarzt Dr. Haller ihr erzählt hatte. Die eines jüdischen Münchner Arztes, der unter dem Vorwand, gegen das Abtreibungsgesetz verstoßen zu haben, verhaftet worden war. Von drei Assistenzärzten, denen ein Mainzer Krankenhaus wegen ihrer jüdischen Herkunft gekündigt hatte, dieselbe Begründung, mit der auch der Direktor des Berliner Urban-Krankenhauses kurz nach den Reichstagswahlen abgesetzt worden war. Oder hatten sich diese Mediziner, was Helene insgeheim hoffte, vielleicht doch handfeste Fehler zuschulden kommen lassen?

Sie erreichte die Bornheimer Landwehr und beim Anblick der braunen Wand, die den Eingang zum *Clementine Kinderhospital* versperrte, radelte Helene automatisch langsamer. Machte sie sich damit verdächtig? Es kam ihr so vor, als würden die Männer ihr bereits aufmerksam entgegenstarren. In der Nähe des Gebäudes an einem Laternenpfahl stellte Helene ihr Rad ab und kontrollierte den Sitz ihrer Kleidung und Frisur. Am liebsten hätte sie kehrtgemacht, aber dazu war es jetzt zu spät. Sie nahm ihre Tasche und ging auf die Braunhemden zu, viel zu zögerlich, das merkte sie selbst.

Schau sie an!, befahl sich Helene, aber ihr Blick blieb am Boden haften, aus Angst, auf die »Meidet jüdische Ärzte«-Plakate oder »Achtung Juden. Besuche verboten«-Schilder zu treffen.

»Suchen Sie sich ein anderes Krankenhaus«, sagte einer der Nazis und deutete auf sein Plakat.

Hitze schoss ihr in die Wangen und auf ihrer Stirn bildete sich ein feiner Schweißfilm.

»Ich bin hier Ärztin. Lassen Sie mich bitte durch.«

Hätte sie sich besser wie die alte Dame beim Bäcker jede Höflichkeit verkneifen sollen? Jetzt schienen die Männer umso dichter zusammenzurücken und der Redner grinste.

»Sie sind hübsch und …«, er blickte auf ihren Ehering, »verheiratet. Wollen Sie dem Führer nicht lieber ein paar Kinder schenken, anstatt in einer Judenklinik zu arbeiten?«

»Vielleicht ist sie ja eine von ihnen«, mischte sich sein Nebenmann ein und glotzte Helene mit starren Fischaugen an.

Ein leises Nein, war alles, was sie unter Herzklopfen hervorbrachte. Auch wenn sie sich nie als Jüdin empfunden hatte, fühlte sie sich dabei so schlecht, als ob sie ihre Person und Familie verleugnete.

»Nun machen Sie schon, Frau Kollegin«, rief eine wütende Stimme von der anderen Seite der Männerfront. »Alle warten auf Sie!«

Hinter dem SA-Mann tauchte Oberarzt Armin Haller auf und zog Helene am Handgelenk zu sich. Der Nazi fuhr herum.

»He, Mann, was soll das?«

Wie zwei Kampfhähne standen sie sich gegenüber, Dr. Haller und der SA-Mann, ungefähr gleich groß, gleich kräftig, mit dem Unterschied, dass die Hand des Nazis seinen Gummiknüppel nun fest umschloss. Einige seiner Kameraden kamen, um zu sehen, was vor sich ging, so dass die braune Wand bröckelte. Ein Moment, den Ärzte, Kranke und Lieferanten nutzten, um die Sperre zu umgehen. Helene spürte die feuchte Hand des Oberarztes an ihrer eigenen, er hatte also genauso große Angst wie sie, dabei war er nicht einmal Jude.

»Wir haben Patienten zu versorgen und diese Ärztin ist auf Diphterie spezialisiert«, sagte er. »Wir brauchen sie. Gehen Sie schon vor, Frau Kollegin!«

Er ließ sie los und mit zittrigen Knien betrat Helene die Klinik. Von dort aus beobachtete sie den Fortgang des Geschehens.

»Verdammt, Diphterie? Das hat uns keiner gesagt.«

Der aggressive SA-Mann stieß ein paar deftige Flüche aus. Wenige Jahre zuvor hatte es in Frankfurt einen Diphterie-Ausbruch gegeben, den er wohl nicht vergessen hatte. Grimmige Schadenfreude empfand Helene darüber, dass ihn die Erinnerung daran offenbar erschreckte.

»Eine furchtbare Krankheit und dadrin«, der Oberarzt deutete auf das Gebäude hinter sich, »liegen viele schwer kranke Kinder. ›Arische‹ Kinder. An denen liegt Ihnen doch etwas.«

Ohne eine Antwort abzuwarten, drehte er sich um, ging zu Helene und schob sie weiter in das Innere des Gebäudes.

»Stehen Sie doch nicht an der Tür herum«, herrschte er sie an, aber anstatt sich darüber zu ärgern, hätte sie ihn küssen mögen.

»Danke, Dr. Haller.«

Schweigend stiegen sie die Steintreppe hinauf, vorbei an den Krankensälen, der Hausbibliothek, dem Andachtsraum und der schönen Terrasse, die in den Garten führte.

»Haben wir wirklich Diphterie-Fälle?«

»Nein, zum Glück nicht.«

Der Oberarzt deutete ein Lächeln an und öffnete Helene, im zweiten Stock angekommen, die Tür zum Ärztezimmer, wo der Boykott die Gespräche der Ärzte und Schwestern beherrschte, während sie ihre Kittel und Hauben an- oder auszogen oder eine Tasse Kaffee hinunterstürzten. Alle hatten die diskriminierenden Plakate gesehen und die Sprechchöre gehört, die Deutsche dazu aufforderten, sich von der »Judentyrannei« zu befreien, andere hatten sogar noch mehr erlebt.

»Auf der Zeil hat die SA Angestellte aus einem Laden gezerrt und ist mit ihnen in einer Seitenstraße verschwunden. Den Rest kann man sich denken. Ich finde ja auch, dass wir uns von den Juden nicht alles gefallen lassen dürfen«, sagte eine Stationsschwester, »aber die Aktion heute ist völlig übertrieben.«

»Mir saß in der Straßenbahn ein armer Teufel gegenüber«, erzählte eine andere Schwester, der Schrecken stand ihr noch immer ins Gesicht geschrieben. »Dem hatten sie einen Stempel auf die Stirn gedrückt: *Wir Verräter haben bei Juden gekauft*. So muss er nun durch die Stadt laufen.«

So unbeteiligt wie möglich knöpfte Helene ihren weißen Kittel zu. Ob außer Dr. Haller jemand mitbekommen hatte, dass sie von der SA aufgehalten worden war? Wer von ihren Kollegen wusste eigentlich, dass sie Jüdin war?

Während sie tat, als ob sie etwas in ihrer Tasche suchte, sah sie sich verstohlen um. Zwei junge Ärzte beteiligten sich nicht an den Gesprächen, sondern blätterten in ihrer Zeitung. Warum schalteten sie sich nicht ein? Aus Vorsicht wie Helene oder stimmten sie dem Aufruf des *Nationalsozialistischen deutschen Ärztebundes* zu, dessen Vorsitzender neulich verkündet hatte, dass kein Beruf für die Zukunft einer Nation so bedeutungsvoll sei wie der Arztberuf, aber auch keiner so »verjudet«?

Einer der Kollegen schaltete das Radio ein, das sofort die schnarrende Stimme Goebbels erschallen ließ.

»Heute Morgen um 10 Uhr hat der Boykott begonnen. Er vollzieht sich mit einer schlagartigen Wucht, aber auch mit einer imponierenden Manneszucht.«

Im Hintergrund applaudierten Tausende, was Helene stärker die Kehle zuschnürte als das Gebrüll des Reichspropagandaministers. Dr. Haller schaltete das Gerät aus und machte eine einladende Bewegung Richtung Tür.

»Meine Damen und Herren«, sagte er trocken, »die Arbeit ruft.«

Als sie an ihm vorbeiging, fragte Helene: »Haben Sie etwas von Dr. Grosser gehört?«

Haller nickte. »Wie es aussieht, sind sie auch vor seiner Praxis im Westend aufmarschiert.«

Empörend, dachte Helene, dass man einen Arzt wie Paul Grosser bedrohte. So viel hatte er zum Wohle Frankfurts beigetragen, als er mit viel Einsatz die *Clementine* modernisierte. Sogar eine Säuglingsabteilung mit Einzelboxen hatte er eingerichtet, damit sich im Falle einer Infektion nicht der ganze Saal ansteckte, eine Milchküche und Laboratorien aufgebaut, Röntgenapparate angeschafft und zudem Einzelzimmer eingeplant, die es Angehörigen erlaubten, bei ihren Kindern zu übernachten. Gleichzeitig betrieb er seine Praxis im Frankfurter Westend und lehrte Kinderheilkunde an der Universität. Einen Moment lang dachte sie an ihren Vater, der nicht so bekannt, aber ebenfalls ein wunderbarer Mediziner war. Hoffentlich ließ man ihn in Ruhe. Sie erwog zu Hause anzurufen, wollte aber nicht, dass jemand sie dabei belauschte.

Stattdessen stürzte sich Helene in die Arbeit. Ohne eine Pause einzulegen, untersuchte sie hustende und fiebernde Kinder, fühlte deren Puls, verordnete Medikamente gegen Durchfall, horchte Herzen und Lungen ab, blickte in Hälse, betastete geschwollene Lymphknoten und wertete Röntgenbilder aus. Sie beriet sich mit anderen Ärzten und Schwestern, ab und zu lachte sie mit einem der Kinder, wenn es etwas Niedliches gesagt oder eine lustige Geschichte erzählt hatte. Schließlich war ihr Arbeitstag schneller verflogen, als sie es für möglich gehalten hatte. Und mit ihm auch dieses bedrückende Gefühl, das sie noch am Vormittag geplagt hatte. Die Kinder hatten ihr ihr Selbstvertrauen zurückgegeben.

Die SA war längst abgerückt, aber bei einem Blick aus dem Fenster stellte Helene fest, dass einige Hitlerjungen vor dem Gebäude herumlungerten. Einer von ihnen hatte sich frech auf den Sattel ihres Rades geschwungen und führte sich auf, als wäre er nicht nur der Besitzer ihres alten Drahtesels, sondern als gehörte ihm die ganze Welt.

Dieser Rotzlöffel, dachte Helene und beschloss, Feierabend zu machen, ehe die Flegel noch auf die Idee kämen, ein Loch in die Reifen zu stechen. Sie verabschiedete sich und lief, so schnell sie konnte, die Treppen hinunter. Durch die Vorhalle rannte sie auf den Ausgang zu, als sie auf der anderen Seite einer Glastür, dort, wo normalerweise Patienten warteten, ihren Ehemann bemerkte.

»Warte, Helene! Wo willst du denn hin?«

Als Viktor sie umarmte, geschah, was immer geschah, wenn er auftauchte: Das Leben wirkte ein bisschen weniger kompliziert. Seit Helene ihn kannte, fühlte sie sich von seiner Lebensfreude angezogen, aber auch von seiner Leidenschaft als Mediziner. Letztere hatte sie einander nähergebracht, jetzt bildete sie das Fundament ihrer vierjährigen Ehe. Unstimmigkeiten, wenn Helene wegen eines Notfalls spät nach Hause kam, gab es fast nie, jedenfalls nicht, solange sie es schaffte, die Betreuung von Moritz zu organisieren, ohne dass es Viktors Pläne beeinträchtigte. Aber da sich ihre Familien um Moritz rissen, war das selten ein Problem. Die meisten Männer hätten sie nach der Hochzeit gedrängt, ihre Aufgaben im Häuslichen zu suchen; Viktor nicht, er ließ sie beruflich wachsen, dafür liebte sie ihn.

»Wie hast du den Tag überstanden?«, flüsterte Viktor, während er ihr zärtlich über die Wange strich. Erschöpft lehnte Helene ihren Kopf an seine Schulter.

»Die SA hatte sich vor der *Clementine* postiert. Vor Dr. Grossers Privatpraxis haben sie auch demonstriert. Hoffentlich ist mein Vater verschont geblieben.«

Viktor beruhigte sie.

»Wenn ihm etwas passiert wäre, wüssten wir es schon.«

Helene nickte.

»Wie war es bei dir?«

»Einige Schwerverletzte. Bei manchen hat die SA erbarmungslos zugeschlagen.«

»Und? Was sagt dein Dr. Holfelder dazu? Freut er sich über gebrochene jüdische Knochen? Vielleicht beschießt er sie ja mit einer Extradosis Röntgenstrahlen.«

»Er war gar nicht da.«

Sie waren bei Helenes Fahrrad angekommen und Viktor drückte Helene noch einmal fest an sich. Ein paar Tränen, die sich nicht mehr zurückhalten ließen, tropften auf Viktors Mantel. Viktor, der ihr sanft übers Haar strich, lenkte das Gespräch in andere Bahnen.

»An deinem Fahrrad haben sich ein paar Hitlerjungen zu schaffen gemacht. Aber als ich ihnen drohte, sie deshalb anzuzeigen, haben sie flugs das Weite gesucht.«

Seine Mundwinkel zuckten, normalerweise hätte er an dieser Stelle gelacht. Heute verkniff er es sich.

Helene gab ihm einen Kuss, dann polsterte sie den Gepäckträger mit ihrer Strickjacke.

»Lass uns Moritz abholen, dann will ich nach Hause«, bat sie.

Schweigend fuhren sie durch den Abend. Viktor trat in die Pedale, Helene hielt seine Hüften umschlungen, ihre Wange an seinen Rücken gelegt, so dass der raue Mantelstoff auf ihrer Haut scheuerte. Manches Mal waren sie so durch Frankfurt geradelt, vor allem bevor sie mit Moritz schwanger wurde. Meistens, wenn sie von einer vergnüglichen Unternehmung gekommen waren, vielleicht vom Rudern im Palmengarten oder von einer Aufführung im Opernhaus. Heute kam es Helene vor, als würde sie sich hinter Viktor verstecken. Während sie nach einer bequemeren Position für ihre Beine suchte, schloss sie die Augen, um die Spuren, die der Tag hinterlassen hatte, nicht zu sehen, nicht die Plakate, die schmutzig und zertrampelt auf dem Kopfsteinpflaster lagen, nicht die Scherben und Schmierereien. Sie zwang sich, im Rhythmus von Viktors Bewegungen zu atmen, ruhig und gleichmäßig. Doch auch, wenn sie ihre Lider fest zusammenpresste, roch sie die Besorgnis, die durch die Luft schwirrte, und sie kam nicht umhin, sie einzuatmen.

Wenige Minuten später hielt Viktor an. Als Helene etwas benommen aufsah, zog sich ihr Herz traurig zusammen. An der Hauswand stand ihr Vater und schrubbte das Schild, das auf seine Arztpraxis hinwies. Ruth Bornstein und Erna, die ihren

Arm um Helenes Mutter gelegt hatte, sahen ihm mit bekümmerten Gesichtern dabei zu.

»Paul!«, rief Viktor. »Ist euch etwas passiert? Wo ist Moritz?«

Doch Paul Bornstein reagierte nicht, er schrubbte und schrubbte.

»'N Abend, Herr Nolting.« Fix und fertig sah Erna aus. »Alle sind wohlauf. Aber was für eine Schande. Diese Wilden haben die schönen Stoffe von Frau Bär geplündert und dem Dietz all seine Kartoffeln vor die Tür geschüttet. Das Schild vom Doktor haben sie bepinselt und auf die Haustür, ach, das wollen Sie gar nicht wissen, was da geschrieben stand. Aber der Doktor verbietet mir, ihm zu helfen. Vielleicht könntest du, Helene …«

Helene umarmte Erna und ihre Mutter, dann wandte sie sich ihrem Vater zu.

»Gib mir den Schwamm, Papa«, sagte sie, »ich mache das.«

Paul Bornstein hielt inne, leicht gebeugt, und sah Helene an, wobei sein Blick leer durch sie hindurchging.

»Papa?«

Dann, von einer Sekunde auf die andere, schien er Helene wahrzunehmen und seine Augen trafen endlich ihre.

»Helene«, sagte er mit gewohnt kräftiger Stimme, »glaub mir, sie werden sich bald mäßigen. Ihr werdet schon sehen.«

Er wandte sich ab und schrubbte weiter.

New York, September 1947

»An diesem Tag hat für mich die Nazi-Herrschaft begonnen«, sagt Helene. »Vorher hatte ich mir eingeredet, dass es sich bei den schlimmen Geschichten, die wir gehört hatten, um Einzelschicksale handeln würde. Daran, und an der Hoffnung, dass uns deshalb nichts zustoßen würde, hielt ich fest, bis Paul Grosser, mein Krankenhausdirektor, gehen musste. Er war der erste habilitierte Pädiater an der Uni Frankfurt gewesen und hatte sich sein Leben lang für die Medizin und seine Patienten eingesetzt. Dass dieser Mann irgendetwas verbrochen hatte, konnte ich mir beim besten Willen nicht vorstellen. Noch im selben Jahr emigrierte er mit seiner Familie nach Frankreich, wo er kurz darauf einen tödlichen Herzinfarkt erlitt.«

Für Helene hatten die Nazis seinen Tod zu verantworten, genau wie den seiner neunzehnjährigen Tochter, die nach der deutschen Invasion auf der Flucht gestorben war. Das hatte ihr Armin Haller erzählt, der sich nie gescheut hatte, sie anzusprechen, selbst nicht zu einer Zeit, zu der andere Bekannte die Straßenseite wechselten, sobald sie Helene erkannten. Haller war auch einer der wenigen Ärzte gewesen, die Unmut wegen der Entlassungen jüdischer Kollegen geäußert hatten. Die meisten hatten geschwiegen, aus Angst um ihre Karrieren oder weil ihnen die Aussicht zu verlockend erschienen war, die frei werdenden Positionen zu übernehmen.

In Jackson Heights sitzen Helene und Marlis, mit einem Glas Wein in der Hand, auf der Treppe zum Garten. Die Asche ihrer Zigaretten schnipsen sie in die großen Blumentöpfe, da Marlis behauptet, es täte den Pflanzen gut. Unerträglich heiß sind die Spätsommertage in New York, die Abende jedoch angenehm lau. Aus den weit geöffneten Fenstern dringen Radiomusik und Gesprächsfetzen, manche Familien haben vor ihren Häusern Bänke aufgestellt, auf denen die Männer sitzen, Bier trinken und den Tag ausklingen lassen. Ihre Frauen unterhalten sich über Gartenzäune hinweg, ein paar Kinder kicken auf dem Gehweg einen Ball, zwei Hunde spielen zwischendrin Fangen und nutzen die Beine der Kinder als Deckung. Das Stimmengewirr, das diesen warmen Abend erfüllt, weckt in Helene Erinnerungen an Frankfurt und die Zeit »davor«, als sie mit ihren Freunden unter den Palmen des *Nizza*-Ufers kühle Getränke süffelte und am Main die Stunden verplauderte. Ab und zu war auch Marlis dabei gewesen.

Nachdenklich nippt Marlis an ihrem Wein.

»Du hast recht, Hella. Am Tag des Boykotts habe ich mich zum ersten Mal als Gefangene gefühlt. In unserer eigenen Wohnung. Irgendwann hörte ich Lärm und lief zum Fenster. Und was sehe ich da? Ein paar Hitlerjungen, die die Stoffe von Frau Bär plünderten und sie auf die Straße warfen, zu den Kartoffeln von Herrn Dietz. Wie eine Furie war Erna rausgestürmt. Die Feiglinge sind zwar geflüchtet, aber zuerst bewarfen sie Erna mit Kartoffeln. Ilse ist dann hinter Erna her und hat beim Aufräumen geholfen. Erst der Frau Bär, dann dem Dietz.«

»Obwohl Papa es verboten hatte?«

»Da hat Ilse sich nicht drum geschert.«

Helene nimmt einen tiefen Zug von ihrer Zigarette und wundert sich nicht, letztlich hat ihre kleine Schwester immer das getan, was sie für richtig hielt. Helene genießt es, sich einvernehmlich mit Marlis zu unterhalten. Seit ihrem Streit über das umgeräumte Geschirr ist sie vorsichtig geworden. Noch immer sucht sie nach einem Weg, um ihren Platz in der Familie zu finden. Das ist schwieriger, als sie geahnt hatte. Es braucht Zeit, sagt sie sich, aber wie viel davon hat sie bereits vergeuden müssen?

Dieser Abend verläuft ungestört, und sogar beim Thema Boykott bewegen sie sich auf sicherem Boden. Zu jener Zeit war ihre Familie noch vereint. Trotz der neuen diskriminierenden Gesetze konnten sie im Café Freunde treffen, im Kino Filme ansehen, das Opernhaus besuchen oder im Palmengarten spazieren gehen. Marlis erinnert sich, dass Anton sie in jenem April zur Süddeutschen Fußballmeisterschaft schleppte und merkwürdigerweise auch daran, dass die *Eintracht* den dritten Platz erstritt.

»Audrey hat mich letztens gefragt, weshalb die Juden eigentlich so unbeliebt sind«, sagt Marlis.

»Unbeliebt.«

Marlis seufzt.

»Beiß dich nicht an einzelnen Worten fest. Eigentlich wollte sie wissen, warum wir verfolgt werden, und das schon ewig und drei Tage.«

»Immerhin weiß sie das.«

Mit ärgerlicher Miene schüttet Marlis den Rest ihres Weines, in dem gerade ein Moskito verendet ist, in einen der Blumentöpfe mit Rosen, dann zündet sie sich eine neue Zigarette an.

»Meine Freundinnen sind nicht so oberflächlich, wie du denkst, Hella. Audreys Mann ist im Kampf gegen die Deutschen schwer verletzt worden und Shirleys Bruder wurde mit seinem Jagdflugzeug abgeschossen. Also red nicht so arrogant daher!«

Offenbar reicht das Nikotin nicht, um ihren Unmut zu dämpfen, denn abrupt steht Marlis auf und verschwindet in der Küche. Betroffen bleibt Helene zurück. Arrogant. So ein Blödsinn, fast schon eine Frechheit. Damit der friedliche Abend aber nicht wieder im Streit endet, lenkt sie ein, als Marlis mit einer gekühlten Weinflasche erscheint und die Gläser nachfüllt.

»Danke, Marlis, mehr Alkohol vertrage ich nicht. Dass deine Freundinnen oberflächlich sind, habe ich nicht gesagt.«

»Aber du denkst es, das merke ich doch. Du kannst sie nicht leiden, obwohl sie freundlich zu dir sind. Hast du dir mal überlegt, dass wir uns vielleicht nicht so sehr von ihnen unterscheiden würden, wenn uns das Leben nicht so übel mitgespielt hätte, weil wir zufällig Juden sind?«

Helene seufzt.

»Ist ja gut. Sie sind nett, und es stimmt nicht, dass ich sie nicht mag.«

»Wieso bleibst du dann grundsätzlich zu Hause, wenn wir uns treffen?«

Helene fährt mit dem Mittelfinger den Rand ihres Weinglases entlang.

»Englisch zu sprechen, fällt mir schwer.«

»Quatsch, dein Schulenglisch kommt zurück. Es ist schon viel besser geworden. Außerdem, wenn du üben willst, solltest du mich erst recht begleiten.«

»Ach, Marlis, versteht du mich gar nicht? Es ist … anstrengend.«

Schweigend rauchen sie und tun so, als horchten sie auf die Geräusche in der Nachbarschaft. Vielleicht kann sie das nicht, weil sie die schlimmste Zeit in Deutschland nicht mitgemacht hat, denkt Helene, während sie Marlis dabei zusieht, wie diese einige vertrocknete Rosenblätter aus den Stöcken zupft. Auf den letzten Drücker ist sie entkommen, hat einen netten Mann gefunden und ein süßes Baby auf die Welt gebracht. Und all die Jahre hatte sie Moritz an ihrer Seite, *auf* ihrer Seite sogar. In einem Zug leert Helene ihr Glas, der Nachgeschmack ist bitter.

»Also, warum sind wir denn so … unbeliebt?«, kommt sie auf das ursprüngliche Gespräch zurück. »Was hast du Audrey geantwortet?«

»Dass ich es nicht weiß.«

Helene schnaubt.

»Mehr nicht?«

»Was hätte die schlaue Frau Doktor ihr denn gesagt?«

Der gereizte Tonfall, mit dem Marlis sie Frau Doktor nennt, erinnert Helene daran, wie sehr ihre Schwester darunter gelitten hat, stets als weniger klug zu gelten. Aber worüber beklagt sich Marlis eigentlich? Ist sie nicht immer das Glückskind gewesen, ohne *summa cum laude* zwar, aber vom Schicksal begünstigt, sogar während des Krieges?

Etliches hätte Helene Audrey zu sagen gehabt, wenn auch nicht so profund wie Leon, der sich mit der Geschichte der Juden so ausgiebig beschäftigte, dass es Helene manchmal zur Weißglut getrieben hatte. Aber einiges hat sie sich dann doch gemerkt.

Vielleicht hätte sie Audrey von dem uralten Vorwurf, die Juden seien Gottesmörder, erzählt, der im Mittelalter dazu geführt hatte, dass sie kein Handwerk ausüben, sondern nur im Handel und im Geldverleih tätig sein durften. Man beschuldigte sie, von Natur aus »Wucherer« und »Blutsauger« zu sein, eine Anklage, die sich beharrlich hielt. Sie hätte Audrey sagen können, dass vor den aufgeklärten Zeiten Epidemien wie die Pest zu Pogromen führten, während die jüdische Bevölkerung später, als die Wissenschaft besser über die Entstehung von Krankheiten Bescheid wusste, als lang erprobter Sündenbock für politische und wirtschaftliche Miseren herhalten musste. Bürgerrechte wurden ihnen zugesprochen, ja, und die Ghettos aufgelöst, dennoch fiel der Rassegedanke auf jahrhundertelang genährten Boden.

»Taufe macht den Juden nicht zum Germanen«, so hieß es, denn Jud' zu sein, sei nun mal keine Frage des Glaubens, sondern des Blutes, und da man verderbtes Blut nun mal nicht aus den Adern pumpen und durch anderes ersetzen könne, würde ein Jude eben immer ein Jude bleiben.

Sicher, dies alles hätte sie Audrey erklären können.

Aber hätte Audrey deswegen verstanden, weshalb die Nachbarn tatenlos zusahen, als die Bornsteins gezwungen wurden, ihre Wohnung zu räumen und ihr komplettes gewohntes Leben zu verlassen?

Hätte es ihr klargemacht, weshalb rechtschaffene Bürger Tag für Tag fürchten mussten, verhaftet zu werden?

Hätte sie begriffen, wieso Millionen unschuldiger Menschen ermordet worden waren?

»Ich glaube«, sagt Helene, »ich hätte Audrey dasselbe gesagt.«

Irritiert sieht Marlis sie an.

»Was hättest du gesagt?«

»Dasselbe wie du. Dass ich es nicht weiß.«

Vor dem Gartentor quietschen Bremsen und ein offenes, dunkelblaues Auto, das schon bessere Tage gesehen hat, hält unter dem Gejohle einer Gruppe junger Leute. Der blonde Junge am Steuer hupt.

»*Hi, Mrs. Watson, how are you?*«, ruft er Marlis zu, die anderen winken herüber. Marlis grüßt zurück. Zu Helene sagt niemand etwas. Weil sie nicht weiß, wie sie reagieren soll, flüstert sie Marlis zu: »Es sind Mädchen dabei.«

Ob Moritz in eine der beiden verliebt ist?

Noch immer hat sie viel zu wenig Einblick in das Leben ihres Sohnes. Soll sie Moritz bitten, ihr seine Freunde vorzustellen? Ehe sich Helene entschieden hat, erscheint Moritz und springt geschickt über das Treppengeländer in den Garten. Dann zieht er sein Hemd zurecht und wirft lässig sein Jackett über die Schulter.

»Irgendwann brichst du dir noch etwas.« Marlis schüttelt den Kopf und reicht ihm einen Dollarschein.

»Danke, Mary.«

Moritz grinst wie jemand, der sich auf einen schönen Abend freut.

»Ich gehe dann mal.«

Er schlendert los, Richtung Auto.

»*Have fun!*«, ruft Helene ihm nach.

Kurz dreht Moritz sich um und hebt die Hand. Helene presst die Lippen aufeinander. Soll sie wirklich nicht fragen, wohin er geht und was er dort tut? Nur, weil Marlis es richtig findet, dass Jungen in seinem Alter nicht mehr über jeden Schritt Rechenschaft ablegen? In Amerika sei das heutzutage so, hat Marlis ihr erklärt, als ob sie sich in Erziehungsfragen besser auskennen würde als Helene. Und wenn Moritz etwas zustieße? Was dann? Wie könnte Helene ihm helfen, wenn sie nicht weiß, wo er ist?

Allein bei der Vorstellung pocht ihr Herz schneller, bis in ihre Schläfen hinauf.

Moritz hat den Wagen noch nicht erreicht, als sie ihrem Drang nachgibt und zu ihm läuft.

»Moritz, wann bist du zurück?«

Wenigstens das muss sie wissen. Moritz schiebt sich einen Kaugummi in den Mund und nuschelt: »Weiß noch nicht.«

Sein gleichmäßiges, ja, gleichgültiges Kauen, reizt Helene.

»Gib mir eine ordentliche Antwort«, sagt sie betont ruhig. »Sonst verbiete ich dir auszugehen.«

In seinen Augen flammt Widerspruch auf.

»Ich lebe in einem freien Land«, entgegnet er leise und klettert auf den Rücksitz des Wagens. Die anderen drängen sich dichter zusammen. Helene tritt näher an den Wagen heran.

»Und frei bedeutet respektlos?«

Moritz' Freunde sehen sie erstaunt an, und erst jetzt merkt Helene, dass sie Deutsch und Englisch vermengt hat. Die zwei Mädchen – eine blond, eine brünett – kichern, als ob sie einer Komödiantin zuhörten, die Brünette presst sogar ihre Hand vor den Mund, als versuche sie, ihr Lachen zu unterdrücken. *Dumme Puten*. Moritz senkt den Blick. Soll sie ihm befehlen auszusteigen?

»Mo«, mischt sich Marlis nun ein, »sag schon, wann du kommst.«

»Es ist Samstag, *Ma'am*«, antwortet einer der Jungen für Moritz in einem Ton, der klarstellt, dass er diese Auskunft für ausreichend hält.

»Und wir passen alle auf Mo auf«, fügt die Brünette süßlich lächelnd hinzu, »versprochen.«

»Ungefähr Mitternacht«, sagt Moritz.

Der Motor heult auf und der Fahrer gibt Gas.

»Good night, Ma'am. Good night, Mrs. Watson.«

Helene und Marlis blicken dem Wagen nach, der hauchdünne Schal der Blonden flattert wild im Fahrtwind, bevor er sich von ihrem Hals löst und am Gartenzaun hängen bleibt.

»Nicht zu fassen! Mutti hätte uns aus dem Wagen gepfiffen und uns eine geklebt.«

Helene ist aufgebracht. Vorsichtig nimmt Marlis den feinen Schal von der Holzlatte und legt ihn zusammen.

»Oder Hausarrest erteilt, ja.«

»Allerdings hätten wir es im Traum nicht gewagt, so mit ihr umzuspringen. Dazu waren wir viel zu gut erzogen.«

Es folgt eine kurze Stille, dann, ohne ein weiteres Wort, wendet Marlis sich ab und geht ins Haus. Tief atmet Helene durch, die warme Luft, vermischt mit dem Duft der Rosen, beruhigt sie, doch der Charme des Sommerabends ist dahin. Als sie mit den Gläsern und der Weinflasche zu einem Gute-Nacht-Trunk ins Wohnzimmer kommt, ist Marlis bereits auf dem Sofa eingenickt. Einen Moment lang betrachtet Helene ihre Schwester, die leise vor sich hin schnarcht. Macht sie sich gar keine Gedanken darüber, dass ein halbes Kind den Wagen steuert, in dem Moritz sitzt, sich womöglich von den albernen Gänsen ablenken lässt und in den Tod rast? Hat sie vergessen, wie fragil der Mensch ist?

Dreiundvierzig ist Helene jetzt, und ihre Erfahrungen würden für mehrere Leben, die sie weiß Gott nicht haben will, ausreichen. Trotzdem kommt sie mit dieser amerikanischen Normalität nicht zurecht. Oft fühlt sie sich hier unsicherer, als in manchen Momenten größter Gefahr.

Auf Zehenspitzen, um Marlis nicht zu wecken, schleicht Helene in ihr Zimmer und legt sich mit ihren Kleidern aufs Bett. Sollte es nötig sein, wäre sie sofort startklar. Die Angst macht ihr Durst, und hastig trinkt sie etwas Wasser aus dem Glas, das immer aufgefüllt neben ihrem Bett steht. Wie viele Male hat sie erfahren müssen, dass jemand fortging und nicht wiederkehrte? In Helenes Zehen und Fingerspitzen kribbelt die Unruhe, kein Auge wird sie bis Mitternacht zubekommen. Ihr Herz pocht wie eine warnende Trommel, und ihre Gedanken beginnen zu kreisen. Um David, Günther, Linda, Edith, Willi, Max, Tilly, Josua, Esther, Helmut, Rosa … Eine kalte Stimme in ihrem Kopf ruft immer wieder ihre Namen auf.

»Wer war die denn?«, fragt Amy und streicht sich, noch immer erheitert eine braune Haarsträhne hinters Ohr, die sich aus ihrem schönen, vollen Dutt gelöst hat.

Robert, der blonde Fahrer, wendet sich um.

»Benommen hat sie sich, als wäre sie deine Mutter.« Er lacht. »Schlimmer als meine. Ich dachte, das geht gar nicht.«

Jane, die neben Moritz sitzt, versetzt Robert einen leichten Schlag auf die Schulter.

»Rob! Red keinen Quatsch und guck nach vorne.«

Kurz herrscht Schweigen, und Robert wirft Moritz im Rückspiegel einen Blick zu.

»*Sorry, Mo*. Ich hab nicht dran gedacht, dass deine Eltern ja... Also... du weißt schon. Tut mir echt leid.«

»*No problem.*«

Wütend spuckt Moritz seinen Kaugummi auf die Straße. Normalerweise erstickt der Tod seiner Eltern, mit dem er seit Jahren erklärt, dass er bei seiner Tante aufwächst, jedes Gespräch über das Thema Familie. Es funktioniert auch diesmal.

Jane beugt sich vor und spricht mit Robert und Kate darüber, wer auf der Party von James Morton zu erwarten sei, Amy und Tom knutschen.

Moritz ist stocksauer auf Helene. Er will die peinliche Szene vergessen und sich in die Albernheiten der anderen einmischen, aber er findet den Einstieg nicht mehr. Stattdessen stopft er sich einen neuen Kaugummi in den Mund und hofft, dass er durch die Kaubewegung lässiger wirkt, als er sich fühlt.

Warum kapiert seine Mutter bloß nicht, dass sie nicht auf ihn aufpassen muss? Sieht sie denn nicht, dass er ein Mann geworden ist? Als sie sich am Hafen weinend an ihn klammerte, hatte es sich angefühlt, als würde eine Unbekannte ihn umarmen, und daran hat sich in den letzten Wochen nichts geändert. Das soll seine Mutti sein? Eine ängstliche Frau, die nicht einmal das Haus verlässt, um sich New York anzuschauen, aber in sein Leben drängt und fordert, darüber zu bestimmen?

Nachdem er in England nichts mehr von ihr gehört hatte, war

Moritz verzweifelt gewesen. Er hatte sich in den Schlaf geweint und wurde zum Bettnässer. Doch das ging vorüber – dank seiner Tante Mary. Eines Tages wachte er auf und hatte Muttis Stimme vergessen. Das Foto, das er von Helene besaß, wurde speckig und abgegriffen, nur vage erinnerte es Moritz daran, dass er sie schön gefunden hatte. Und irgendwann – begann es in Amerika oder schon früher? – hörte er auf zu hoffen, dass er sie je wiedersehen würde.

»Vorsicht, Rob!«

Schwungvoll lenkt Robert den Wagen in eine Kurve, so dass Kate quietscht und Jane auf Moritz fällt. Ihr Knie presst sie an sein Bein, auch, als das gar nicht mehr nötig ist. Moritz' Herz klopft schneller und seine Vorfreude kehrt zurück. Ob sie tanzen werden? Dann könnte er Jane an sich ziehen und sie endlich küssen. Ob ihr blondes Haar an seiner Wange kitzeln und er ihren Busen an seiner Brust spüren wird? Moritz' Wangen glühen und er hofft inständig, dass Jane nicht bemerkt, dass sich in seiner Hose etwas regt.

»Also, wer war die Frau denn nun?«, hakt Amy plötzlich nach.

»Warum ist das denn so wichtig?«, erwidert Moritz ärgerlich. Seine Mutter verdirbt ihm den Abend noch, ohne anwesend zu sein.

»Hey, Mo, motz mich nicht so an. Es interessiert mich eben. Sie sieht altmodisch aus, aber trotzdem ein bisschen wie Mary.«

»Meine Tante aus Deutschland. Sie wohnt bei uns.«

»Mehr wollte ich doch gar nicht wissen.«

Kokett kuschelt sich Amy an Tom, der ihr einen Kuss gibt. Kate, die vorne neben Robert sitzen darf, dreht sich zu Moritz um.

»Was erzählt deine Tante denn so? Aus Deutschland, meine ich?«

»Was soll sie schon erzählen?«

Kate macht eine Handbewegung, als wolle sie sich Moritz' schlechte Laune vom Leibe halten.

»Was für ein Partylöwe!«

Sie lacht und schaltet das Radio ein, aus dem Nat King Cole »I love you for sentimental reasons« singt.

Alle singen mit, auch Moritz, wobei Jane ihre Hand in seine schiebt.

Die Party bei James läuft besser, als Moritz es sich vorgestellt hat. Ungefähr zwanzig junge Leute sind gekommen, und da die Eltern des Gastgebers ausgegangen sind, probieren sie den Alkohol, den James' Vater in seinem Wohnzimmerschrank aufbewahrt. Schon bald ist Moritz ein wenig beschwipst. Während er mit seinen Freunden über das anstehende Footballturnier plaudert, hält er immer wieder nach Jane Ausschau, und auch sie scheint seinen Blick zu suchen. In seinem Bauch kribbelt es jedes Mal, wenn sich ihre Augen treffen, und er hofft, dass bald die Ersten zu tanzen beginnen. Als es so weit ist, traut Moritz sich trotzdem nicht, Jane aufzufordern, und so kommt Robert ihm zuvor. Er hat sich mit Kate gestritten, nun klammert er sich an Jane und drückt seine Nase in ihr helles Haar. Schlagartig fühlt sich Moritz ernüchtert.

»Mach dir nichts draus und tanz mit mir!«, krächzt Kate mit zerwühlter Frisur und verquollenen Augen. Sie zieht ihn auf die Tanzfläche, und obwohl er gar keine Lust hat, mit Kate zu tanzen, lässt er es zu. Kate fühlt sich gut an, fest und warm, dennoch schielt Moritz zu Jane und Robert.

»Hätte James doch bloß darauf bestanden, Michael einzuladen. Dann hätten seine Eltern die Party verboten, und wir wären gar nicht erst hergekommen.«

Kate lallt ein bisschen und schmiegt sich enger an ihn.

»Wieso? Was hat Michael damit zu tun?«

Aus ihren verheulten Augen sieht Kate ihn an, als wolle sie sich vergewissern, dass Moritz ihr ernsthaft diese Frage stellt.

»Mensch, Michael ist schwarz. Deshalb wollen Mortons ihn nicht ins Haus lassen. Ohne diese blöde Party hätten Robert und ich nicht so gestritten.«

Kate weint wieder, Moritz spürt ihre warmen Tränen an seinem Hals und fühlt sich von ihnen abgestoßen. Wie eigennützig Kate denkt. Am liebsten würde er ihr sagen, dass er es für eine Schweinerei hält, dass Michael wegen seiner Hautfarbe nicht mitfeiern darf, denn er ist ein netter Kerl und ein ausgezeichneter Baseballspieler. Das findet auch James, weshalb sie im Park regelmäßig zusammen trainieren. Manchmal bringt Michael zwei Schulfreunde mit, vielleicht, damit er nicht immer allein unter lauter Weißen ist. So wie Jackie Robinson, den Michael bewundert, weil er seit Kurzem als erster schwarzer Baseballspieler bei einem Verein der *Major League* unter Vertrag steht. Was für eine Furore hat das gegeben!

Moritz tanzt weiter und sagt nichts, so wie meistens, wenn seine Meinung gefragt wäre. Zu Hause erzählt er nichts von seinen Treffen mit Michael, denn er vermutet, dass Mary und John ihre Freundschaft nicht billigen würden. Womöglich kämen sie auf die Idee, Moritz die Parkbesuche zu verbieten. Anstatt sich mit ihnen zu streiten, schweigt Moritz also lieber. Neuerdings schämt er sich dafür, wie für so vieles.

Dass er Kate nicht widerspricht. Oder Amy und Robert, als sie sich gerade über Helene lustig gemacht haben. Wenn sie nur wüssten, was sie alles durchgemacht hat. Doch er scheint unfähig zu sein, Farbe zu bekennen. Darum weiß Jane noch immer nicht, dass Moritz sie liebt, seit er vor fünf Jahren in ihre Klasse kam. Er ist selbst schuld daran, dass sie mit dem selbstbewussten Robert tanzt, statt mit einem *Loser* wie ihm. Er ist ja sogar zu feige, seinen Freunden von seiner Mutter zu erzählen. Ach, wenn sie wenigstens zum Friseur ginge oder sich modische Kleidung kaufen würde. Helene passt einfach nicht in seine amerikanische Welt, in der Moritz endlich sein darf wie alle anderen. Nichts hat er sich seit seiner Kindheit sehnlicher gewünscht. Und seit er in New York lebt, hat sich dieser Wunsch erfüllt. Was unterscheidet ihn denn schon von anderen Amerikanern? Englisch spricht er wie seine Muttersprache, Baseball spielt er besser als viele, die seit Generationen einen amerikanischen Pass besitzen, er kleidet sich wie seine Altersgenossen und hört dieselbe Musik. Wäre Helene nicht aufgetaucht, hätte John ihn sogar adoptiert.

»Au, Mo, du tust mir weh.«

»*Sorry.*«

Aus Wut hat er Kate zu fest an sich gedrückt, nun geht sie auf Distanz.

»Ich sag Robert, dass wir losmüssen. Es ist nach Mitternacht.«

»Okay.«

»Hey, Mo. Tanzt du auch mal mit mir?«

Mit geröteten Wangen und am Haaransatz feuchten Strähnen steht Jane vor ihm.

»Wir fahren doch gleich«, stammelt Moritz und kommt sich einmal mehr wie ein Idiot vor.

Da legt Jane ihre Arme um Moritz' Hals, und fast automatisch finden seine verschwitzen Hände ihre Hüften. Zu Frank Sinatras »Five minutes more« bewegen sie sich einige traumhafte Augenblicke, bis Motorengeräusche und die Scheinwerfer eines herannahenden Wagens die Wände erhellen; die Mortons kehren zurück und damit ist die Party zu Ende.

Auf der Rückfahrt küsst er Jane und ist vor Glück so benommen, dass es ihm nichts ausmacht, dass Robert Schlangenlinien fährt und dabei mit Kate über den Abend streitet. Schließlich halten sie vor dem Haus der Watsons.

»Bringst du mir am Montag meinen Schal mit?«, fragt Jane und Moritz beantwortet ihre Frage mit einem Kuss. Jane lacht, Robert hupt und Kate zischt: »Lass das, du Trottel, du weckst ja alle.«

Dann sind Jane und seine Freunde fort, doch das macht Moritz nichts aus, denn er freut sich aufs Träumen.

Helene hört das Motorengeräusch und die Hupe, doch ihre Anspannung fällt nicht gleich ab. Zu groß ist ihre Angst gewesen, Moritz könnte etwas passiert sein. Nachdem Helene ihren Erinnerungen entkommen konnte, hat sie im Wohnzimmer beim schwachen Schein einer Leselampe gewartet. Zunächst blätterte sie in amerikanischen Zeitschriften, doch seit Mitternacht starrt sie aus dem Fenster. Jetzt röhrt der Wagen davon, und Helene zwingt sich, Moritz nicht entgegenzulaufen. Sie horcht auf Schritte oder das Klimpern seines Schlüssels. Wie können Marlis und John seelenruhig schlafen, solange er nicht zu Hause ist? Werden sie nicht verrückt vor Angst, wenn in der Nähe die Sirene eines Krankenwagens ertönt und Moritz nicht wie versprochen um Mitternacht heimkommt?

Leise geht die Tür auf und Moritz tritt ein, groß, dunkel und mit leuchtenden Augen. Vor Erleichterung könnte Helene heulen.

»Mutti?«, fragt er erstaunt. »Du bist noch auf?«

Moritz zieht die Schuhe aus und stellt sie in das Schuhregal neben dem Eingang.

»Ich habe mir Sorgen gemacht. Du hast versprochen, um Mitternacht zu Hause zu sein.«

»Ungefähr Mitternacht, habe ich gesagt.«

»Es ist nach eins.«

Sein Blick verschließt sich, das kann Helene sehen. Panik steigt in ihr auf. Sie will sich nicht mit Moritz streiten, nicht schon wieder, aber er muss begreifen, dass er sie nicht warten lassen darf.

»Moritz«, sagt sie, aufs Sofa deutend, »setz dich kurz zu mir, ja?«

Ein Gähnen unterdrückend, schielt Moritz zu seiner Zimmertür. Er will nur ins Bett und daran denken, wie es sich angefühlt hat, Jane im Arm zu halten.

»Ich muss morgen früh raus zum Training. Können wir uns nicht ein anderes Mal unterhalten?«

»Wann denn? Du bist ja nie da. Und wenn doch, dann verkrümelst du dich in dein Zimmer.«

Sie schlägt die Beine übereinander und deutet erneut auf den Platz neben sich, doch Moritz bleibt im Türrahmen stehen.

»Ich verdrücke mich nicht, ich lerne für die Schule.«

Seine Stimme ist lauter geworden, ungeduldig, dabei hatte

Helene ihre Bemerkung gar nicht böse gemeint. Sie legt ihren Zeigefinger auf die Lippen.

»Nicht so laut, sonst wird Marlis wach, und, du weißt, das mag sie gar nicht.«

Sie lächelt Moritz an, aber er solidarisiert sich nicht mit ihr, sondern bleibt ernst.

»Also gut, wenn du lieber stehen willst …«

Wie soll Helene ihm etwas Persönliches erklären, wenn er so aussieht, als sei er auf dem Sprung in sein Bett?

»Während des Krieges«, beginnt sie, »musste ich mich verstecken. Manchmal habe ich geholfen, für andere ein Versteck zu finden. Das war gefährlich, und wir mussten jeden Schritt genau planen. Wenn jemand nicht zur vereinbarten Uhrzeit erschien, bedeutete das, dass etwas schiefgegangen war.«

Moritz verschränkt seine Arme vor der Brust.

»*Come on*, ich war doch bloß auf einer Party.«

»Ich weiß, Moritz. Ich will nur, dass du verstehst, warum ich es nicht gut aushalte, wenn … wenn ich warten muss.«

Einigermaßen gefasst mit Moritz zu reden, strengt sie entsetzlich an. Sie versucht zu erahnen, was in ihm vorgeht, so wie sie es früher getan hat, wenn Moritz aus der Schule kam und sie herausfinden wollte, ob etwas Besonderes vorgefallen war. Doch sein Gesicht ist kein offenes Buch mehr, jedenfalls nicht für sie.

»Ich weiß, wie das ist«, erwidert Moritz. »Schließlich habe ich auch auf dich gewartet.«

Er macht eine Pause und sieht aus, als sei er von seinen eigenen Worten überrumpelt worden. Helene hält den Atem an.

»Ich war ein kleiner Junge in einem völlig fremden Land, und ich habe die Tage gezählt. Deine Briefe, die anfangs noch ankamen, ließen mich glauben, du wärst schon halb auf dem Weg zu mir. Aber du bist nicht gekommen.«

»Der Krieg hatte begonnen«, unterbricht Helene ihn. Fast verschluckt sie sich an ihren Worten, den englischen und den deutschen. Klagt ihr Sohn sie etwa an?

»Heute weiß ich das«, erwidert Moritz barsch. »Damals habe ich mich einfach verlassen gefühlt, erst von meinem Vater, dann von dir.«

»Moritz …«

Tränen steigen in ihr auf, ersticken jedes weitere Wort und laufen still ihre Wangen hinab. Moritz scheint das nicht wahrzunehmen, denn er spricht mit gesenktem Blick.

»Endlich rief mich mein Pflegevater. ›Moritz! Komm her, Besuch für dich!‹ Keine Sekunde zweifelte ich daran, dass du zu mir gekommen bist.«

Moritz hält kurz inne und Helene kann sich nur zu gut vorstellen, wie er als kleiner Junge voller Hoffnung die angelehnte Tür einer britischen Küche aufstieß.

»Es war Marlis, die auf mich gewartet hat, Mary.«

Moritz klingt, als sei das Gespräch für ihn damit beendet. Kerzengrade sitzt Helene da, doch innerlich krümmt sie sich.

Mother Mary, fährt es ihr durch den Kopf. Hat sie Moritz die ganze Geschichte erzählt? Müsste sein Richterspruch dann nicht milder ausfallen?

In ihr Schweigen hinein schreien zwei Katzen, die sich im Garten der Watsons balgen.

»Haben die blöden Viecher euch auch geweckt?«

Verschlafen, im weißen Nachthemd und mit offenen Haaren steht Marlis im Zimmer. Als sie erkennt, dass Moritz Hemd und Jackett noch nicht gegen seinen Pyjama eingetauscht hat, geht sie auf ihn zu und streicht ihm durchs Haar.

»Na, Großer, war's schön?«

»Ja.«

»Dann sieh zu, dass du ins Bett kommst. Um halb acht steht Toms *Dad* auf der Matte und fährt euch zum Football.«

»Okay. Gute Nacht.«

Er sagt es mit einem kurzen Blick zu Helene, umarmt Marlis flüchtig und verschwindet in seinem Zimmer.

»Gehst du nicht schlafen, Hella?«

»Doch.«

Schwerfällig erhebt sich Helene. Sie weiß genau, dass sie den Rest der Nacht wach liegen wird, aber wenn sie sitzen bleibt, stellt *Mother Mary* Fragen. Marlis, die ihr Moritz weggenommen hat.

Babygeschrei ertönt. Mit einem Kissen unter einem Arm und Samantha auf dem anderen erscheint John.

»*Sorry, darling*«, sagt er, während er Marlis das Kind übergibt. »Die Woche war anstrengend, ich schlafe hinten in der Kammer. *Good night.*«

»Komm, Sam, wir schauen nach deiner Milch.«

Marlis öffnet den Kühlschrank, aber Sam windet sich und wäre ihrer Mutter beinahe aus dem Arm gerutscht.

»Soll ich sie nehmen?«

Marlis nickt, und Samantha verstummt, als sie sich auf Helenes Arm wiederfindet. Wie sie es früher bei Moritz getan hat, streichelt Helene Samanthas Rücken, langsam und zart, auf und ab, dazu summt sie eine Melodie.

Marlis bringt die Milchflasche und Samantha reckt ihre Ärmchen.

»Mamamama«, sagt sie.

»Hella, hast du das gehört? Sam hat Mama gesagt! Zum ersten Mal!«

Strahlend nimmt sie Helene das Baby ab und küsst ihre Tochter auf beide Wangen und die Stirn.

»Mamama.«

Samantha trinkt jetzt ihre Milch unter den glücklichen Augen ihrer Mutter. Einen Moment lang sieht Helene den beiden zu, dann sagt sie zu Marlis: »In dem Alter ist es nur sinnloses Gebrabbel, es bedeutet gar nichts.«

Sie sagt noch mehr. Irgendwann erschrickt sie über das bleiche, versteinerte Gesicht ihrer Schwester und flüchtet in ihr Zimmer. In dieser Nacht meint sie, an ihren Tränen zu ersticken.

Frankfurt, Juli – Dezember 1933

Mit der hübschen silbernen Brosche, die Viktor ihr zum Hochzeitstag geschenkt hatte, verschloss Helene ihr blaues Bolero-Jäckchen. Obgleich der warme Juliabend es ihr gestattet hätte, zog sie nicht in Erwägung, das Jäckchen zu Hause zu lassen, denn es gab ihrem Kleid den letzten Pfiff. Wadenlang und taillenbetont war es das perfekte Kleid, um an diesem Abend Viktor ins *Städtische Krankenhaus Sachsenhausen* zu begleiten, wo ein feierlicher Empfang anlässlich des fünfundzwanzigjährigen Bestehens der Kinderklinik gegeben wurde. Vorgesehen war, dass der neue Oberbürgermeister Friedrich Krebs eine Ansprache hielte, und auch Dr. Hans Holfelder wäre anwesend, als Direktor des Röntgeninstituts Viktors Vorgesetzter und derzeit Dekan der Medizinischen Fakultät. Er war bekannt dafür, bereits lange vor der Gründung der NSDAP in antisemitischen Verbänden aktiv gewesen zu sein. Bei der Vorstellung schauderte Helene. Wie sollte sie einen Abend mit Menschen überstehen, von denen sie wusste, dass sie die Politik der nationalsozialistischen Regierung nicht nur begrüßten, sondern tatkräftig unterstützten? Zum Beispiel, indem sie daran mitwirkten, das Berufsbeamtengesetz durchzusetzen, so dass nichtarische und politisch missliebige Beamte und Angestellte nun willkürlich entlassen werden konnten, Ärzte verloren zudem ihre Kassenzulassung. Ihren Klinikdirektor, Dr. Grosser, hatte es bereits getroffen, ebenso zwei weitere jüdische Kollegen aus der *Clementine*, und einige renommierte Frankfurter Mediziner, darunter die Kinderärztin Lotte Landé, die Helene persönlich kannte. Sie fragte sich, wie lange es dauern würde, bis man auch sie vor die Tür setzte. Viktor hatte versucht, sie zu trösten.

»In Deutschland gibt es Tausende jüdische Ärzte und Ärztinnen, die Nazis können nicht alle fortschicken. Damit würden sie sich ins eigene Fleisch schneiden.«

Das klang einleuchtend, obwohl man reichsweit von diversen Entlassungen gehört hatte. Deshalb hatten sich zahlreiche Vereine zur jüdischen Selbsthilfe gegründet, die erwerbslos gewordene Juden unterstützten. Gerade vor zwei Tagen hatte die Gestapo Dutzende Berliner Ärzte verhaftet, die Kontakt zu einem dieser Vereine gesucht hatten. Die NS-Presse hatte ihn als Geheimorganisation kommunistischer und anarchistischer Ärzte beschimpft. Was glaubten die Nazis eigentlich, wie sich die jüdische Bevölkerung über Wasser halten sollte, wenn nicht einmal ihre Beratungsstellen in Ruhe gelassen wurden? Heilfroh war Helene, dass ihr Vater als ehemaliger Frontkämpfer mit Eisernem Kreuz von den neuen Bestimmungen ausgenommen war und seine eigene Praxis besaß. Allerdings war unklar, wie seine nichtjüdischen Kollegen darauf reagieren würden, dass seit Beginn dieses Monats »arische« und sogenannte fremdrassige Ärzte nicht mehr zusammenarbeiten durften. Würden sie Papa hängen lassen und ihm keine Patienten mehr überweisen? Was würde aus ihrer Familie werden, wenn ihr Vater nicht mehr genug Geld verdiente? Wenigstens hatte Marlis ihr Literaturstudium abgeschlossen und suchte nun Arbeit. Dasselbe tat Ilse, die sich mit ihrem schlechten Gehör nicht vorstellen konnte, zu studieren. Mit der strengen Quote, die ab sofort für jüdische Studenten galt, wäre ihr der Weg an die Universität wahrscheinlich sowieso versperrt geblieben.

»Hübsch siehst du aus«, sagte Viktor, der unbemerkt ins Zimmer getreten war. Er umfasste sie sanft von hinten und küsste ihren Hals. »Und dass du dein Haar wieder länger trägst, gefällt mir auch. Die Männer werden sich den Hals nach dir verdrehen.«

Helene wandte sich um und küsste Viktor.

»Ach, Viktor, soll ich nicht doch lieber hierbleiben? Du könntest behaupten, ich hätte Migräne bekommen.«

Viktor schob sie ein Stück von sich fort und seine nebelgrauen Augen verdunkelten sich.

»Du willst kneifen, Helene? Dann hätten die Nazis ein leichtes Spiel mit dir. Genau das wollen sie doch, euch aus dem öffentlichen Leben verdrängen. Nein, komm mit und zeig ihnen, wer du bist: eine kluge Ärztin und außerdem meine schöne Frau. Was ist, warum guckst du so böse?«

»Du hast ›euch‹ gesagt. Gehöre ich für dich etwa auch zu einer anderen Rasse?«

»Red keinen Stuss. Natürlich nicht!«

Viktor zog sie an sich und umschloss ihr Gesicht mit warmen Händen. Hätte er nicht seine Absatzschuhe für besondere Anlässe angezogen, wären sie gleich groß gewesen, doch nun überragte er sie um wenige Zentimeter.

»Ich liebe dich, Helene, und daran wird sich nichts ändern. Aber ich bin nun mal kein Jude, darum habe ich ›euch‹ gesagt.«

Vor dem großen Wandspiegel zupfte er seine schwarze Fliege zurecht und Helene steckte ihr schulterlanges Haar an den Schläfen zurück, so dass es ihr nicht ins Gesicht fiel. Ihre Augen begegneten sich im Glas und tapfer lächelten sie einander an.

»Das schönste Paar in Frankfurt«, flüsterte ihr Viktor ins Ohr, und obwohl sie beide angespannt waren, hörte sie sein Begehren. Helene nahm seine Hand und küsste sie zärtlich. Da stürmte Moritz mit seinem kleinen Koffer ins Zimmer. Er würde bei Oma und Opa Bornstein übernachten und hatte fertig gepackt.

»Geht's los?«

Helene ging in die Knie und öffnete den Koffer.

Ein Bilderbuch, seine Zahnbürste und Moritz' Schmusekissen befanden sich darin, und Helene gab Moritz einen Kuss.

»An das Wichtigste hast du ja gedacht, mein Schatz. Aber meinst du nicht, wir sollten dir noch einen Schlafanzug und frische Wäsche einpacken?«

Moritz nickte begeistert, dann breitete er die Arme aus und düste aus dem Zimmer.

»Ich bin ein Flugzeug!«, rief er, und Helene und Viktor lachten.

»Darum kümmere ich mich«, sagte Helene. »Rufst du uns ein Taxi?«

Kurz darauf fuhren sie bei den Bornsteins vor. Vor der Haustür wartete Ilse mit Dackel Carlo, der zur Begrüßung bellte, während Ilse den Stoffbären Max winken ließ.

»Ilse!«

Moritz flog seiner jüngsten Tante in die Arme und sie wirbelte ihn im Kreis herum. »Ich habe meinen Koffer gepackt! Ganz allein!«

So laut, wie Moritz Ilse angebrüllt hatte, wusste es nun die ganze Straße, aber schließlich sollte seine Tante diese wichtige Neuigkeit auch verstehen. Helene umarmte ihre Schwester und stellte den kleinen Koffer neben ihr ab.

»Grüß dich, Ilse. Viktor und ich sind spät dran. Gibst du Mutti und Papa einen Kuss von mir?«

Ilse versprach es, und statt Moritz übernahm der strubbelige Stoffbär die Verabschiedung.

»Tschüs, Mutti«, brummte Moritz mit verstellter Stimme. »Sei schön brav.«

Sie fuhren Richtung Zeil an der Friedberger Anlage vorbei, wo – ebenfalls im Unglücksmonat April – angeblich der Volkszorn das Heine-Denkmal mit Brechstangen von seinem Sockel gestürzt hatte.

»So viel Kultur wird zerstört«, sagte Helene zu Viktor, leise, damit der Taxifahrer sie nicht verstand. »Und dass man Alwin Kronacher entlassen hat, ist eine Schande, er ist ein glänzender Intendant gewesen. Ein Wunder, dass man ihm erlaubt hat, seine Neuinszenierung von *Faust* überhaupt zu Ende zu bringen.«

»Na ja, die Premiere fand schon unter dem Namen seines Nachfolgers statt.«

Helene seufzte.

»Manchmal wundere ich mich beinahe, dass es um uns herum noch so viel Hübsches gibt, so etwas wie die Rosentage im Palmengarten zum Beispiel. Oh, Viktor, morgen findet dort das Rosenfest für Kinder statt. Gehen wir mit Moritz hin?«

»Warum nicht. Was macht man denn da?«

Helene lachte.

»Ihm die Schönheit der Blumen näherbringen, Kakao trinken und Kuchen essen?«

Viktor drückte ihre Hand.

»Klingt fantastisch.«

Der Taxifahrer kassierte sein Geld so desinteressiert, wie er die ganze Fahrt über gewirkt hatte. Immerhin stieg er aus und öffnete Helene die Tür. Viktor reichte ihr die Hand, eine galante Geste, die Helene mochte. Bevor sie den Festsaal des *Städtischen Krankenhauses* betraten, hielt Helene Viktor zurück.

»Warte«, sagte sie und atmete tief durch. Es kam ihr vor, als würde sich im nächsten Augenblick der Vorhang heben und sie beträte eine Theaterbühne. Und vielleicht, dachte Helene, sollte ich das genauso sehen.

»Mach dir nicht so viele Gedanken, alles wird gut gehen. Versprochen.«

Lächelnd bot Viktor ihr seinen Arm an. In seine jungenhafte Unbeschwertheit hatte sich in den letzten Jahren das Selbstbewusstsein eines Mannes gemischt, der Erfolge geerntet hatte und die besten Chancen sah, diese zu mehren. Mochten ihm auch einige Zentimeter fehlen, um als das Idealbild des deutschen Mannes durchzugehen, so strahlte er doch mehr Stärke und Tatkraft aus als so manch germanischer Hüne. An seiner Seite fühlte sich Helene gut aufgehoben. Sie hakte sich bei ihm unter und straffte ihre Schultern.

»Also los«, sagte sie und stieß die große Flügeltür auf.

Der Raum war erfüllt von dem Stimmengewirr der vielen befrackten Männer und festlich gekleideten Frauen, die an Sekt-

und Weingläsern nippten und darauf warteten, dass das offizielle Jubiläumsprogramm startete.

»Da steht Oberbürgermeister Krebs«, raunte Viktor ihr zu und deutete mit dem Kinn auf einen kräftigen Mann mit spiegelglatter Glatze und weißer Fliege. Sein rundes Gesicht war vor Wärme, vielleicht auch Wein, krebsrot angelaufen und auch seine Hände konnte sich Helene bestens als Kneifzangen vorstellen. Ihr wurde ein bisschen schummerig. Das war der Mann, der Ludwig Landmanns Platz eingenommen hatte und Frankfurts tolerantes Gesicht verunstaltete. Sie wandte den Blick ab und erkannte einige Kolleginnen und Kollegen, darunter auch Hilda und Armin Haller. Ernst prostete er ihr zu, was Helene weitaus besser gefiel, als wenn er gelächelt hätte.

»Helene?«

»Marie! Ach, du liebe Zeit, was machst du denn hier?«

»Na, hör mal, die Hälfte der hier anwesenden Arztgattinnen trägt meine Kleider. Und die andere Hälfte wird sich ab heute Abend dafür interessieren.«

Marie lachte und hauchte zwei Küsse an Helenes Wangen vorbei. Dann musterte sie Helene kritisch.

»Weshalb hast du nicht das rote Kleid angezogen, das ich dir genäht habe? Zu deinen naturblonden Haaren sieht es großartig aus.«

»Zu auffällig.«

Erfreut begrüßte Viktor Marie, die ihn dazu beglückwünschte, dass ihm im Saal sein Ruf als vielversprechender Radiologe vorauseilte. Beindruckt betrachtete Helene ihre Freundin. In ihrem eng anliegenden, weißen Satinkleid und mit der komplizierten Aufsteckfrisur wirkte sie, als besuche sie eine *Haute-Couture*-Modenschau und keine Feier in einem Krankenhaus.

»Du siehst umwerfend aus, Marie. Wann hast du dir die Haare blondiert? Und aus was für einem Stoff ist dein Kleid?«

»Toll nicht?«

Marie drehte sich ein wenig, um das Schimmern ihres Kleides zur Geltung zu bringen.

»Gewachster Satin, im Licht glänzt er. Dazu hat mich die Schiaparelli inspiriert, als ich in Paris in ihr Atelier hineinschnuppern durfte.«

»Bezaubernd«, lobte Viktor, dann wandte er sich an Helene. »Da du in guten Händen bist, würde ich meinen Chef suchen. Wenn der offizielle Teil vorbei ist, möchte ich euch bekannt machen.«

»Gerne, Viktor.«

Sie sahen ihm nach, wie er nach allen Seiten grüßend auf eine Gruppe älterer Herren zusteuerte, die in ihren Fracks in Helenes Augen alle gleich aussahen.

Marie zog sie in eine ruhige Ecke und zündete sich eine Zigarette an. Schon lange rauchte sie, ohne dabei husten zu müssen, das hatte sie, wie vieles andere, in Paris gelernt.

»Eine deutsche Frau raucht nicht«, bemerkte Helene, woraufhin Marie amüsiert auflachte.

»Ist das dein Ernst? Du rauchst doch selber.«

»Ja, aber nicht hier. Marie, das ist ein Krankenhaus und keine Bar.«

Marie verzog ihren Mund, zerdrückte aber ihre Zigarette auf einem kleinen Teller, von dem jemand seine Häppchen zum Wein nur halb gegessen hatte. Dann legte sie ihre Hand auf Helenes Arm.

»Du bist ganz schön nervös, was? Kann ich verstehen, das wäre ich an deiner Stelle auch. Warum geht ihr nicht fort? Nach Frankreich zum Beispiel. Es ist so nah, dass ihr jederzeit zurückkehren könntet, aber es herrscht ein völlig anderer Geist als in diesem braunen Sumpf.«

Erschrocken blickte Helene sich um.

»Sei still, Marie. Ich zittere gerade um meinen Arbeitsplatz, da muss mich nicht noch jemand denunzieren.«

»Also, überlegt ihr es euch?«

Entschieden schüttelte Helene den Kopf und erklärte hastig: »Der Einzige, der ernsthaft darüber nachdenkt, ist Anton. Die Familie seiner Frau möchte nach Palästina auswandern. Niemals würden meine Eltern dorthin gehen, auch in kein anderes Land. Papa wurde in Frankfurt geboren und will hier auch sterben.«

»Was ist mit dir und Viktor? Ihr müsst doch an Moritz denken.«

»Oh ja, Marie, das tun wir. Deshalb bleiben wir, denn hier verdienen wir unsere Brötchen und sind bei unseren Familien. Was sollen wir in Paris? Nicht einmal verstehen würden sie uns dort.«

Marie machte eine wegwerfende Handbewegung, die, in ihren feinen Handschuh verpackt, graziös aussah.

»Das wäre nur eine Frage der Zeit. Ich habe …«

»Du bist freiwillig dorthin gegangen. Das ist ein Unterschied. Sieh mal, es fängt an.«

Wie die übrigen geladenen Gäste applaudierten Helene und Marie, als Friedrich Krebs und nach ihm eine Reihe von Ärzten an das Rednerpult traten. Für Helene war der Tenor immer derselbe: Der Führer sei ein Segen für die Pädiatrie, da er deutsche Kinder und Jugendliche als Garanten der Zukunft sehe. Man hoffe, dass der Kinderheilkunde deshalb mehr Gewicht und Mittel zuteilwerden würden. Die Kinderklinik werde weiterwachsen, ihren Gesundheitsdienst am deutschen Volke leisten und damit ihren Beitrag zum großartigen Aufstieg des Reiches. Kommerzienrat Otto Braunfels, aus dessen Stiftung für sein Töchterchen Annie die Kinderklinik entstanden war, blieb unerwähnt, denn dass er zum evangelischen Glauben konvertiert war, machte ihn in den Augen der Nazis nicht weniger jüdisch.

Nach einer Weile schaltete Helene ab. Als Applaus aufbrandete, weil der letzte Redner die Bühne verlassen hatte, atmete sie erleichtert auf.

»Trinken wir etwas?«, fragte Marie, während sie in einem kleinen Taschenspiegel ihren Lippenstift kontrollierte. Auf dem Weg zum Büfett liefen sie Viktor in die Arme, der sich in der Begleitung eines Herrn befand. So aufgeregt wie Viktor wirkte, musste es sich um seinen Chef handeln.

»Helene, ich möchte dir Dr. Holfelder vorstellen, den Direktor des Institutes für Röntgentherapie. Dr. Holfelder, das ist meine Frau.«

Der Direktor, Anfang oder Mitte vierzig, mit Geheimratsecken und Schnauzbart, musterte Helene durch seine schlichte, runde Brille.

Während er ihr die Hand schüttelte, sah er weder freundlich noch unfreundlich aus, eher wie jemand, der sich den ganzen Abend mit Menschen beschäftigte, die ihn eigentlich nicht sonderlich interessierten.

»Ich freue mich, Sie kennenzulernen«, begrüßte er Helene. »Leider hatte ich bisher keine Gelegenheit dazu. Kein Wunder, auch Sie sind ja eine vielbeschäftigte Ärztin.«

Er deutete ein Lächeln an, wobei sich der Ausdruck seiner Augen nicht veränderte. Ehe Helene etwas erwidern konnte, wandte er sich Marie zu.

»Und Sie sind …?«

»Marie Winkler, sehr angenehm, Dr. Holfelder.«

»Winkler? Die Gattin eines Kollegen?« Sein Blick huschte zu Maries Hand, aber ihr Handschuh verbarg, ob sie einen Ehering trug. »Wie eine Ärztin sehen Sie mir nicht aus.«

Ob Dr. Holfelder Marie damit ein Kompliment gemacht hatte, hätte Helene nicht zu sagen vermocht. Wenn er sich an die Vorgabe des Führers hielt, dass eine deutsche Frau sich nicht schminken solle, wohl eher nicht. Charmant beantwortete Marie seine Frage: »Unser Oberbürgermeister war so freundlich, mich einzuladen, da Margarete Klimt leider verhindert ist. Ich bin Modedesignerin und unterrichte Zeichnen in der Modeklasse der *Städelschule*.«

»Margarethe Klimt? Der Name sagt mir etwas.«

»Sie ist die Leiterin. Und jetzt fragen Sie sich bestimmt, was eine Modedesignerin überhaupt hier zu suchen hat. Habe ich recht?«

Dr. Holfelder legte seine Hand ans Ohr, um zu signalisieren, dass er aufmerksam zuhörte. Marie wartete ab, bis auch Helene und Viktor sie gespannt ansahen.

»Unsere Schülerinnen der Modeklasse haben aus Stoffresten einen großen Stapel Kinderkleidung angefertigt, den wir der Klinik zum Jubiläum spenden.«

»Beeindruckend«, antwortete der Arzt knapp und während Marie ihn anstrahlte, beäugte Dr. Holfelder sie wie ein seltsames Tier, von dem er nicht sicher war, ob es ihn faszinierte oder abstieß. Helene fragte sich, ob ihm bekannt war, dass Frau Klimt zeitweise wegen »undeutscher Haltung« beurlaubt worden war. Nur weil Friedrich Krebs dies rückgängig gemacht hatte, durfte sie weiterarbeiten, im Gegensatz zu vielen namenhaften Künstlern und Protagonisten des *Neuen Bauens*, die der *Städelschule* zu ihrem Ansehen verholfen hatten. Wie bestürzt Marie deswegen gewesen war, merkte man ihr in diesem Moment nicht an, und Helene war ihrer Freundin dankbar, dass sie die Unterhaltung bestritt.

»Bestimmt wissen Sie«, sprudelte Marie weiter, »dass unser Oberbürgermeister extra das Modeamt ins Leben gerufen hat, weil er Frankfurt zu einer Modemetropole machen möchte.«

»Davon habe ich gehört«, sagte Dr. Holfelder, »obgleich Mode keineswegs eines meiner Steckenpferde ist.«

Sie lachten höflich, denn sein Tonfall gab zu erkennen, dass er einen Scherz gemacht hatte.

»Ich wünsche Ihnen viel Erfolg, Fräulein Winkler. Lehren Sie Ihre Schülerinnen, die Schönheit unserer deutschen Frauen zur Geltung zu bringen.«

»Aber natürlich. Mode ist schließlich dazu da, die feminine Attraktivität zu unterstreichen.«

Dr. Holfelders Lächeln wurde dünner.

»Ich meinte, die Schönheit des Mütterlichen, an der Sie sich orientieren sollten.«

Ein Kellner kam vorbei und bot ihnen frischen Wein an. Sie bedienten sich und Dr. Holfelder wandte sich nun Helene zu.

»Sie, Frau Dr. Nolting, haben einen Sohn, wie ich hörte.«

Helene nickte und nippte, um Zeit zu gewinnen, an ihrem Wein.

»Er ist noch klein, aber macht uns sehr viel Freude.«

Oh, Helene, fällt dir nichts Geistreiches ein?

»Also stoßen wir auf das Mutterglück an«, sagte Dr. Holfelder und sie prosteten sich zu. Dann rückte er ein Stückchen näher an Helene heran, als hätte er ihr etwas Vertrauliches mitzuteilen. Helenes Magen zog sich zusammen, als er ihren Arm berührte und sie seinen Atem roch, eine Mischung aus Alkohol und Pfefferminzbonbon.

»Ihr Mann ist ein herausragender Kollege und ich habe Großes mit ihm vor. Ich kann mich doch auf Ihre Rückendeckung verlassen, Frau Dr. Nolting?«

Irritiert nickte Helene und leerte ihr Weinglas. Was wollte er von ihr? Sie warf Viktor einen unsicheren Blick zu, aber dieser unterhielt sich mit Marie und zwei anderen Ärzten, die Helene nicht kannte.

»Mein Mann und ich unterstützen uns gegenseitig, so gut wir können.«

Sie klang hölzern und wünschte sich ein kleines bisschen mehr von dem Esprit, den Marie verströmte. Allerdings hatte Marie ja auch nichts zu befürchten.

»Weiß ich doch«, erwiderte Dr. Holfelder. »Aber stimmen Sie mir nicht zu, dass ein Mann seine Karriere ehrgeiziger verfolgen sollte als eine Frau?«

Ohne ihre Antwort abzuwarten, redete er weiter.

»Böse Zungen behaupten ja, wir Nationalsozialisten würden die Frauen zurückdrängen. Wenn Sie mich fragen, eine völlig verzerrte Darstellung, es geht uns um Gerechtigkeit. Nehmen wir zum Beispiel die Mediziner. Als sie aus dem Großen Krieg zurückkehrten, mussten sie feststellen, dass Juden ihre Studienplätze und Positionen eingenommen hatten, während *sie* für Deutschland gekämpft hatten. Und als wäre das nicht demütigend genug, kamen den tapferen Soldaten auch noch die Frauen in die Quere. Das ist doch nicht richtig.«

Zum Glück schien er keine Reaktion zu erwarten. Der Abend war schlimmer, als Helene es sich vorgestellt hatte und wurde auch nicht besser, als Dr. Holfelder seine Hand auf ihren Arm legte.

»Von der Pädiatrie, Frau Dr. Nolting, spreche ich natürlich nicht, in diesem Bereich sind feinfühlende Frauenhände sicher vonnöten. Und auch der Führer betont ja immer wieder, wie wichtig die Frauen für den Aufbau des Deutschen Reiches sind. Männer, ja, sie wirken draußen für den Staat und die Gemeinschaft. Aber wie könnten sie das, wenn nicht die Frauen für ihren Mann, die Kinder und das Heim sorgten? Würden die Frauen diese kleine Welt nicht tragen und festigen, wäre die große Welt der Männer elendig verloren.«

Der neue Weißwein war in Helenes Hand warm geworden, dennoch trank sie ihn nun in gierigen Zügen, obwohl sie spürte, wie ihr der Alkohol in den Kopf stieg. Was wollte er ihr mit seiner Predigt eigentlich sagen? Hielt er sie dazu an, ihre Arbeit aufzugeben? Schlimmer noch: Wusste er, dass sie Jüdin war und um ihre Stelle bangte? Drängte er sie, ihren Platz zu räumen?

»Wissen Sie, Dr. Holfelder, mein Mann und ich sind beide zufrieden mit dem, was wir tun. Mein Mann leistet hervorragende Arbeit, auch weil er weiß, dass ihn zu Hause keine einfältige, verbiesterte Hausfrau erwartet, die ihm die Hölle heißmacht, weil er zu spät zum Essen kommt. Verstehen Sie, was ich meine?«

Sie hatte noch etwas anderes sagen wollen, doch das war ihr entfallen. Der Wein kroch ihr sauer die Speiseröhre empor und brannte in ihrer Kehle. Die beiden anderen Ärzte, Viktor und Marie hatten ihr aufmerksam zugehört. Oder, dachte Helene, aufmerksam trifft es nicht richtig, sie sehen … schockiert aus. Dr. Holfelder lächelte wie ein gutmütiger Vater, dessen Tochter soeben eine große Dummheit begangen hatte.

»Ich verstehe vollkommen, Frau Dr. Nolting«, antwortete er. Er deutete eine knappe Verbeugung an und wandte sich an Viktor, der auf einmal zappelig wirkte wie ein Fisch im Netz.

»Wenn die Damen uns entschuldigen, würde ich Ihnen gerne noch einen Kollegen vorstellen. Heil Hitler.«

»Natürlich«, sagte Viktor.

»Na, dessen Herz schlägt eindeutig rechts«, flüsterte Marie Helene zu, als Dr. Holfelder außer Hörweite war. »Aber was ist bloß in dich gefahren? Mich ranzt du an, weil ich etwas von braunem Sumpf gesagt habe und dann widersprichst du den weisen Worten des Führers. Bist du übergeschnappt oder völlig betrunken?«

»Ich fürchte Letzteres«, gestand Helene, die sich mit einem Mal hundeelend fühlte. Niemals würde ihr Viktor verzeihen, dass Dr. Holfelder einen schlechten Eindruck von ihr bekommen hatte. Ihm war dieser Abend so wichtig gewesen.

»Hier«, sagte Marie und drückte Helene ein Wasserglas in die Hand, »trink das!«

»Danke.«

»Nein, ich habe zu danken.« Marie grinste verschmitzt. »Wie du dem Holfelder Paroli geboten hast. Nie im Leben hätte ich mich das getraut. Dabei hätte ich bei seinem Vortrag über die Rolle der Frau kotzen können.«

»Wie bitte?«

»Du warst großartig.«

»Na, sag das Viktor.«

Zu ihrer Überraschung legte Viktor im Taxi seinen Arm um sie und machte ihr keine einzige Vorhaltung. Zu Hause half er ihr aus ihrem königsblauen Kleid, und ohne ihr Nachthemd überzuziehen, fiel Helene ins Bett. Nur eins wollte sie, bevor sie einschlief, von Viktor noch wissen.

»Bist du mir gar nicht böse?«

»Aber nein. Es war ein schwerer Abend für dich, das ist mir klar.«

»Hat Holfelder noch etwas gesagt?«

»Ja, hat er.«

Erschrocken richtete Helene sich auf.

»Was denn?«

Viktor kroch zu ihr unter die Decke und ließ seine Hand über ihren Bauch gleiten.

»Dass du ein Rasseweib bist. Der Inbegriff einer arisch aussehenden Frau. Dein Gesicht, findet er, könne man auf einem Plakat abdrucken. Nur an deiner Einstellung müssten wir noch arbeiten.«

»Er weiß also nicht, dass ich Jüdin bin?«

Viktors Streicheln wurde intensiver.

»Ich glaube nicht. Und wenn, interessiert es ihn wohl nicht.«

In dieser Nacht schliefen sie miteinander, und einen Monat später bemerkte Helene, dass sie erneut schwanger war.

Der Herbst begann für Helene in diesem Jahr mit einer verheerenden Nachricht. Es war Samstag, kühl und regnerisch, und Helene freute sich auf einen gemütlichen Vormittag mit Moritz. Ihren Einkauf im Warenhaus Tietz hatte sie verschoben, da sie wusste, dass Adolf Hitler einem großen Sportwettkampf der SA im Frankfurter Stadion beiwohnte. Nicht nur mit Fackelumzügen war zu rechnen, sondern auch damit, dass SA-Angehörige und Hitlerjungen sich vorher einen Spaß daraus machen würden, jüdische Geschäfte anzugreifen. Gegen das Warenhaus Tietz hatte der *Völkische Beobachter* schon lange gehetzt und die jüdischen Eigentümer beschuldigt, den Wahlkampf der Kommunistischen Partei unterstützt zu haben. Diesen Ort, zentral, mitten auf der Zeil gelegen, mied man besser an einem Tag, an dem die Nationalsozialisten in Feierlaune waren.

Wenn das Wetter mitmacht, könnte ich mit Moritz in den Günthersburgpark gehen, dachte Helene, als sie durchs Treppenhaus zum Briefkasten hinunterlief. Ihre Morgenübelkeit, die sie seit Beginn ihrer Schwangerschaft plagte, würde bis mittags nachlassen und vielleicht hätten ihre Schwägerin und Dina ja Lust mitzukommen, wenn Moritz den Holzroller seiner Cousine ausprobierte, den sie ihm beim letzten Treffen vererbt hatte. Helene öffnete den Briefkasten, nahm einen kleinen Poststapel heraus und blätterte ihn durch: eine Postkarte von Thea aus der Schweiz, einige Werbezettel, zwei Briefe für Viktor, eine Einladung von Marie zu einer Modenschau und …

Ein heftiger Schreck durchfuhr sie, als sie ein Schreiben des *Clementine Kinderhospitals* in der Hand hielt. Sie zwang sich, es nicht panisch aufzureißen und zu riskieren, dass plötzlich ihre Nachbarin Frau Möller mit ihrer schwarzen, ständig kläffenden Dogge hinter ihr stünde und einen beißenden Kommentar vom Stapel ließe. Fieberhaft überlegte Helene, als sie in den vierten Stock hinaufstieg, welchen harmlosen Grund es für diesen Brief geben könnte. Ihr fiel keiner ein.

Seit April und dem Gesetz zur Wiederherstellung des Berufsbeamtentums hatte sie wochenlang den Briefkasten angestarrt wie das sprichwörtliche Kaninchen die Schlange. Doch je mehr Zeit vergangen war, ohne dass etwas geschah, desto stärker keimte ihre Hoffnung, dass man sie in der *Clementine* behalten wollte. Immerhin nahm sie niemandem einen leitenden Posten weg und besaß den Ruf einer kompetenten Ärztin. Vielleicht schätzte der neue Vorstand sie ja als weniger jüdisch ein und legte Wert auf ihre Mitarbeit. Mit solchen Vermutungen, die auch Viktor für möglich hielt, hatte sich Helene beruhigt. Bis jetzt.

Oben angekommen, warf sie die übrigen Briefe auf die kleine Kommode neben dem Eingang und öffnete mit klopfendem Herzen den Umschlag.

Die Worte »Fristlos gekündigt« stachen ihr sofort ins Auge, und während sie weiterlas, drehte sich ihr der Magen um. Mit der Übelkeit, die sie jetzt überfiel, hatte ihre Schwangerschaft nichts zu tun, aber da Moritz zu Hause war, weinte sie nicht, sondern presste ihre ganze Fassungslosigkeit in ein kaum vernehmbares Flüstern.

»Ich bin fristlos gekündigt.«

Das, wovor Helene sich am meisten gefürchtet hatte, war eingetreten, und wie es aussah, gab es nichts, was sie dagegen tun konnte. Warum protestierten eigentlich so wenige Mediziner, wenn angesehene Kolleginnen und Kollegen, mit denen sie jahrelang zusammengearbeitet hatten, vertrieben wurden? Ob Dr. Haller schon von ihrer Entlassung erfahren hatte? Hatte er wohl ein gutes Wort für sie eingelegt?

»Mutti, gehen wir? Ich will Roller fahren!«

In einem Tempo, als wollte er durch sie hindurchstürmen, kam Moritz angeflitzt. Helene taumelte und stützte sich am Türrahmen ab, der Brief fiel zu Boden.

Normalerweise hätte sie Moritz verbessert: »Es heißt, ich möchte Roller fahren.«

Aber jetzt sagte sie nichts. Am liebsten hätte sie sich ins Bett verkrochen und unter ihrer Decke geweint. Aber Moritz war bei ihr und sie musste sich um ihn kümmern. Sie nahm ihn auf den Arm und vergrub ihr Gesicht in seinem dunklen Schopf, der einen tröstlichen Kindergeruch verströmte. Moritz jedoch hatte überhaupt keine Lust zu schmusen, er wollte ins Freie, weshalb er strampelte und zappelte, bis Helene ihn absetzte.

»Mutti, bitte, bitte, bitte!«

Dann bemerkte er den Brief, der auf der Erde lag und hob ihn auf.

»Von Papa?«

Gerührt, weil er sie so erwartungsvoll ansah, strich Helene ihrem Sohn über den Kopf und nahm ihm das Papier ab.

»Nein, Moritz, Papa ist in Berlin und hat keine Zeit, uns zu schreiben.«

»Warum?«

»Na, weil er auf einem Kongress ist.«

Als ihr auffiel, dass Moritz nicht wissen konnte, was ein Kongress war, erklärte sie: »Papa muss den ganzen Tag mit vielen anderen Ärzten sprechen.«

»Warum denn?«

Helene gab ihm einen Kuss.

»Damit er die Kranken noch schneller gesund machen kann. Das ist doch großartig, findest du nicht?«

Moritz nickte. Gleich würde er hundert neue Fragen stellen, auf die Helene kindgerechte Antworten finden sollte. Nein, dazu hatte sie jetzt nicht die Nerven.

»Weißt du was, Moritz? Wir rufen Papa an. Vielleicht ist er noch beim Frühstück.«

Plötzlich drängte es sie, mit Viktor zu sprechen und ihm von ihrem Unglück zu erzählen. Ach, wäre er doch nicht in Berlin, sondern hier bei ihr.

»Au ja«, rief Moritz begeistert und schon zerrte er Helene ins Wohnzimmer, wo das Telefon stand, das sie angeschafft hatten, um für ihre Kliniken jederzeit gut erreichbar zu sein. Hoffentlich war Viktor noch im Hotel.

Eine Rezeptionistin ließ ihn aus dem Speiseraum holen, und als Helene seine ruhige, tiefe Stimme vernahm, stiegen ihr doch die Tränen in die Augen.

»Helene?«

»Viktor. Ich bin froh, dass ich dich erreiche. Wie geht es dir?«

Am anderen Ende der Leitung klappte eine Tür ins Schloss und im Hintergrund wurde es stiller.

»So«, sagte Viktor, »jetzt sind wir ungestört. Mir geht's gut, mein Vortrag hat viel Applaus geerntet und heute Abend werde ich mit einigen Röntgenkoryphäen speisen. Allerdings ...«, er senkte die Stimme, obwohl er alleine war, »bin ich etwas erschüttert darüber, wie sich ein Kollege der Röntgengesellschaft über den Ausschluss der jüdischen Ärzte aus Kliniken, Verbänden und Universitäten äußerte. Er bedauerte, dass hochgeschätzte Persönlichkeiten beklagenswerte Opfer einer Härte geworden sind, die, und jetzt kommt's, für die Gesundung des deutschen Volkes notwendig sei. Dass intelligente Männer so einen Schwachsinn verzapfen, ist unglaublich.«

Helene schluchzte auf. Moritz sah sie erschrocken an. Helene drückte ihrem Sohn den Hörer in die Hand.

»Erzählst du Papa von deinem neuen Roller? Mir ist irgendetwas ins Auge geflogen. Ich bin gleich wieder da.«

Während sie sich die Nase putzte, hörte sie Moritz plappern, aber als sie zurückkehrte, hielt er ihr sofort den Hörer entgegen, als ob er begriffen hätte, dass seine Eltern etwas Wichtiges zu besprechen hatten. Er rannte in die Küche, wo er vor sich hin sang, wie immer, wenn er seine Stifte ausgepackt hatte und malte.

»Viktor«, sagte Helene nun ohne Umschweife, »sie haben mich entlassen.«

Einen Moment lang war die Leitung still.

»Verdammt, Helene, das tut mir leid. Die übliche Begründung?«

Jetzt strömten ihr Tränen die Wangen hinab. Die Nachricht zu lesen, war schrecklich gewesen, aber Viktor davon zu erzählen, ließ ihr Unglück erst real werden.

»Beruhige dich, Liebes, und lass uns nachdenken.«

Die neuen Machthaber, erklärte Viktor, zeigten im ersten Jahr eine besonders harte Hand, damit die Leute nicht dachten, all die großen Wahlkampfreden bestünden nur aus heißer Luft. Schon bald würden sie zu einer gemäßigteren Politik zurückkehren, denn schließlich wollten sie es sich nicht mit dem Ausland verscherzen.

»Sie kapieren noch, dass wir gute Kinderärztinnen wie dich brauchen«, schloss er seine Rede. »Es sind schon andere beurlaubt worden und dann hat man sie doch wieder eingestellt.«

Mit dem Ärmel ihrer Bluse wischte Helene ihr Gesicht trocken, ihre Haut brannte leicht vom Salz ihrer Tränen.

»Sie haben mich gekündigt, Viktor, nicht beurlaubt. Ich darf nur noch einmal kommen, um meine persönlichen Sachen abzuholen. Das klingt ziemlich endgültig, findest du nicht?«

Bitter hörte sie sich an, Helene merkte und verabscheute es. Schließlich konnte Viktor nichts für das, was die Nazis ihr antaten.

»Ich vermisse dich, Viktor. Kannst du nicht früher nach Frankfurt kommen? Deinen Vortrag hast du doch schon gehalten.«

Viktor seufzte. »Liebste, du weißt, dass das nicht geht. Aber ich werde die Tage nutzen, um mit Holfelder zu reden. Vielleicht kann er dir helfen.«

»Holfelder? Bist du verrückt! Er ist ein Nazi der ersten Stunde.«

»Eben deshalb. Er kennt viele einflussreiche Leute, er könnte ein gutes Wort für meine Frau einlegen.«

Quietschend öffnete sich eine Tür auf Viktors Seite der Leitung, gleich darauf vernahm Helene laute Männerstimmen.

»Helene, ich muss los«, sagte Viktor, bemüht den Lärm zu übertönen. »Reg dich nicht zu sehr auf, das schadet dir und unserem Kind.«

Er hielt inne, als läge ihm noch etwas auf der Zunge.

»Sieh es doch mal so: Du würdest sowieso bald pausieren. Gönn dir vor der Geburt etwas Ruhe. Unternimm etwas Schönes mit Moritz, besuch deine Eltern. Und wenn das Baby alt genug ist, finden wir eine Lösung.«

Hitze stieg in Helenes Wangen. Riet Viktor ihr etwa, dieser Demütigung etwas Gutes abzugewinnen?

»Das ist doch nicht dein Ernst, Viktor?«

Den unterdrückten Zorn, der um ihre Frage züngelte, schien er nicht zu bemerken.

»Aber ja doch! Es tut mir leid, Helene, ich muss los. Gib Moritz einen Kuss von mir.«

Sie sah ihn vor sich, wie er, nachdem er aufgelegt hatte, in einem Tross anderer Ärzte zum Taxi eilte, vertieft in fachliche Gespräche, die ihn von ihrem Kummer ablenkten.

»Mutti? Das ist für dich.«

Sie nahm das Bild, das Moritz ihr gemalt hatte und zwang sich zu einem Lächeln. Bei genauem Hinsehen erkannte sie einen großen und einen kleinen Menschen, der kleinere hielt etwas in seiner Hand.

»Sind wir das?«

Moritz nickte.

»Und mein Roller.«

Er zeigte auf zwei dickere Striche, die fast rechtwinkelig zueinander standen und an deren Unterseite Räder zu sehen waren.

»Das hast du schön gemacht, Moritz.«

Fast ein bisschen achtlos legte sie das Bild auf den Wohnzimmertisch und machte sich daran, die Teller und Tassen vom Frühstück zusammenzuräumen.

»Gefällt dir das Bild?«

»Aber ja, das habe ich doch gesagt.«

»Auch der Roller?«

»Auch der.«

»Gehen wir jetzt in den Park?«

»Ja, du kleiner Stratege. Und anschließend bringe ich dich zu Opa Friedrich und Oma Marlene.«

»Juhu!«

Moritz raste davon, um seinen Roller zu holen.

Im Günthersburgpark herrschte wenig Betrieb, vielleicht wegen der düsteren Wolken, die über ihm hingen. Helene und Moritz machten sie nichts aus. Erst nachdem sie mehrere Runden gedreht hatten, begann der Regen zu strömen, und es kam Helene vor, als weinte der Himmel für sie die Tränen, die sie vor Moritz zurückhielt.

Mit einem weichen weißen Handtuch rubbelte Marlene Nolting ihrem Enkel das Haar trocken. Klein, drahtig, mit einem im Nacken verschlungenen braunen Knoten, der noch keine Spur von Grau zeigte, wirkte Marlene Nolting um einiges jünger als Helenes Mutter, dabei unterschied die beiden bloß ein einziges Jahr. Viktor musste von ihr sein jugendliches Äußeres geerbt haben, jedenfalls sorgte er allseits für Erstaunen, wenn sich herausstellte, dass er längst älter als Mitte dreißig war und am Großen Krieg teilgenommen hatte.

Nachdem Marlene Nolting ihren Enkel mit zielgerichteten und doch grazilen Bewegungen gekämmt hatte, warf sich der Junge das Handtuch über den Kopf, um »Huihu!« brüllend durchs Wohnzimmer zu rennen. Sein Großvater Friedrich, der bei seinen eigenen Söhnen für derlei Späße nicht viel übriggehabt hatte, schmolz dahin, als sein als Gespenst verkleideter Enkel versuchte, ihn zu erschrecken.

»Huch!«

Friedrich Nolting zog seine buschigen Brauen finster über der Nase zusammen, doch sein Mund und seine Augen lachten.

Sofort legte er seine Zeitung knisternd auf den Tisch und hob Moritz auf seinen Schoß, wo dieser sich wohlig an Opas wuchtigen Bauch kuschelte.

Marlene Nolting schmunzelte, während sie mit Helene in die Küche ging, um Kaffee aufzubrühen. Dort roch es bereits nach köstlichem Apfelkuchen, Kakao und Normalität.

»Wie schade, dass du nicht bleibst«, sagte ihre Schwiegermutter, während sie Teller und Tassen aus dem Schrank nahm. »Möchtest du nicht wenigstens mit uns Kaffee trinken? Er ist gleich fertig.«

»Doch, gerne.«

Helene mochte Marlene und inzwischen auch Friedrich, der zwar herrisch und zudem ein Besserwisser war, aber durchaus liebenswürdige Seiten hatte. Und obwohl eine berufstätige Frau nicht in sein bevorzugtes Weltbild passte, hatte sich Helene nie dafür rechtfertigen müssen, dass sie, weil sie arbeitete, nicht dabei sein konnte, wenn die Noltings zum Sonntagsbraten einluden.

Marlene Nolting schaufelte Helene ein riesiges Stück Apfelkuchen auf den Teller und klatschte ordentlich Sahne darauf.

»Probier den mal«, forderte sie Helene auf. »Meinst du, er ist saftig genug?«

»Hmmm«, antwortete Helene, »und wie.«

»Greif nur ordentlich zu. Wer weiß, wie lange sie dich heute in der Klinik brauchen.«

Mit einem schlechten Gewissen, weil sie ihre Schwiegermutter in dem Glauben ließ, sie ginge zur Arbeit, aß Helene ihr Kuchenstück. Aber wenn sie ihren Schwiegereltern von der Kündigung erzählte, würde sie weinen. Und das würde Moritz schon wieder verunsichern und zudem den ruhigen Samstag der Noltings stören, der eingehüllt in Kaffee- und Kuchenduft so friedvoll dahinplätscherte, dass es Helene beinahe töricht erschien, sich ausgegrenzt und verfolgt zu fühlen.

Während Marlene Nolting den Tisch deckte, fragte sie beiläufig: »Hast du etwas von Viktor gehört?«

»Ja, heute Morgen haben wir telefoniert. Sein Vortrag ist in Berlin gut angekommen.«

Moritz, den sein Großvater zu den Frauen in die Küche geschickt hatte, linste empört auf Helenes Kuchenstück.

»Warum darf Mutti schon essen?«

»Du hast recht, mein Spatz, ich bin unhöflich. Aber ich muss doch zur *Clementine*. Du isst zusammen mit Oma und Opa.«

Helene spießte ein Stück Kuchen auf ihre Gabel und schob es Moritz in den Mund.

»Hmmm, lecker!«

Es schellte. Noch kauend, streckte Moritz seine Arme in Flugzeugposition und flog zur Wohnungstür.

»Erwartet ihr noch jemanden?«

»Konrad.«

»Ah.«

Viktors acht Jahre jüngerer Bruder war der letzte Mensch, mit dem sich Helene jetzt unterhalten wollte. Unwillkürlich aß sie schneller, damit sie sich rasch verabschieden könnte. Bis vor Kurzem hatte sie Konrad durch Viktors Brille gesehen: Immer ein wenig in Viktors Schatten stehend, damals zu jung, um als Soldat an die Front zu ziehen, weshalb er es nicht verzieh, dass Viktor im Krieg noch mehr Ruhm, Ehre und elterlichen Stolz geerntet hatte. Konrad brannte darauf, seinen Mut und seine Männlichkeit zu beweisen. Als Jugendlicher hatte er sich einem der NSDAP-nahen Turnvereine angeschlossen, die als Keimzellen der späteren SA fungierten. Nachdem die Partei 1923 verboten worden war, half der damals achtzehnjährige Konrad fleißig mit, seine radikale Gruppe als harmlosen hessischen Wanderverein zu tarnen. Sogar seiner Familie hatte er diesen Bären aufgebunden. Nach der Neugründung der NSDAP engagierte er sich stärker für den Ausbau der SA als für sein Jurastudium, bis Friedrich Nolting ihm androhte, seine finanzielle Unterstützung einzufrieren. Daraufhin hatte sich Konrad von seinen SA-Kameraden distanziert, sein Studium aber trotzdem abgebrochen. Ungefähr zu selben Zeit, als Viktor aus München zurückkehrte und sich in Helene verliebte, ging Konrad nach Bayern, um dort eine Militärausbildung zu absolvieren, mit dem Ziel, in den Polizeidienst einzutreten. Seine Familie glaubte, dass er nun zur Vernunft gekommen war und seine radikalen Pfade verlassen hatte. Solange Konrad in München gelebt hatte und sie sich höchstens zu Geburtstagsfeiern und zu Weihnachten begegneten, hatte er Helene nicht sonderlich gestört. Doch vor einem Jahr war er zur Frankfurter Polizei berufen worden, und obwohl er sie nie ausdrücklich beleidigt hatte, ließ er Helene seine braune Gesinnung spüren.

»Aaachtung! Alle Mann in Deckung«, rief eine tiefe Männerstimme. Im Türrahmen erschien Konrad mit dem jauchzenden Moritz auf den Schultern. Sein langer Mantel verschluckte Konrads hochgewachsenen, schlaksigen Körper, sein Haar war akkurat gescheitelt. Tief duckte er sich durch die Tür, damit Moritz seinen Kopf nicht stieße und begrüßte Marlene Nolting mit einem flüchtigen Kuss. Dann hob er Moritz, ächzend, als wäre er zentnerschwer geworden, von seinen Schultern, und stellte ihn wie eine Barriere zwischen sich und Helene ab.

»Guten Tag, Helene.«

Seine Betonung zeigte, dass ihm der Hitlergruß lieber gewesen wäre, wenn er damit nicht einen Rüffel seiner Mutter riskiert hätte.

»Tag, Konrad.«

Er beugte sich zu ihr hinunter und lächelte süffisant.

»Keine Angst, Schwägerin, ich komme in Frieden.«

»Möchtest du nicht deinen Vater begrüßen?«, fragte Marlene Nolting streng und wies Konrad mit einem Blick den Weg ins Wohnzimmer. Die Frauen und Moritz folgten ihm mit dem Kuchen und Kaffee.

Konrads Atem an ihrem Ohr zu spüren, war Helene zu viel gewesen, eine weitere Unterhaltung mit ihm war an einem Tag wie diesem ausgeschlossen. Sie entschloss sich, unverzüglich aufzubrechen.

»Holst du den Kleinen später ab oder schläft er bei uns?«,

wollte Marlene Nolting wissen und schob als Erklärung für Konrad hinterher: »Helene muss nämlich arbeiten.«

»Ich hole Moritz ab. Lieb, dass ihr euch um ihn kümmert.«

»Na, hör mal!« Friedrich Noltings massiger Kopf tauchte hinter seinem Buch hervor, in dem er nun statt in der Zeitung schmökerte, weil er aus deren Blättern dreieckige Hüte für Moritz gebastelt hatte. »Wir haben doch auch unseren Spaß, wenn der kleine Prachtkerl uns besucht. Schließlich ist er unser einziger Enkel.«

Dieser Seitenhieb ging an Konrad, der nicht auf seinen Vater reagierte, dafür aber in Helenes Richtung stach.

»Man lässt dich also noch arbeiten? Erstaunlich.«

Seine Mundwinkel zuckten, als verkneife er sich ein höhnisches Grinsen, jedenfalls deutete Helene es so, als er seine Brille ablegte und sie kühl fixierte. Einen Moment lang erinnerten seine Augen sie an Viktors, aber nur ganz kurz, denn Viktors waren grau wie weicher Nebel, Konrads hingegen hatten die Farbe von Stahl. Ehe sie antworten konnte, schaltete sich Marlene Nolting ein.

»Was fragst du noch? Habe ich dir nicht gerade gesagt, dass Helene arbeitet?«

Als wollte sie ihn bestrafen, donnerte sie ihrem Sohn ein Stück Kuchen auf den Teller, die Sahne warf sie förmlich obendrauf, so dass ein Spritzer auf Konrads Hose kleckste. Ärgerlich rieb er sie mit einer Serviette ab.

»Pass doch auf, Mutter! Man darf sich ja wohl noch wundern. Meine Schwägerin ist Jüdin und meines Wissens hat man sämtliche Krankenhäuser entjudet.«

Entjudet. Entlaust. Betrachtete Konrad sie als Ungeziefer? Es war demütigend, sich so etwas anzuhören, aber ihr fiel nichts Gescheites ein, was sie hätte erwidern können. Offenbar gelang ihr das nur, wenn sie getrunken hatte. Eine peinliche Stille breitete sich aus, was Konrad nicht daran hinderte, seelenruhig seinen Kuchen zu verspeisen. Auch Moritz starrte ihn an. Zwar verstand er nicht, was sein Onkel da Böses gesagt hatte, die Betroffenheit, die sich auf den Gesichtern seiner Mutter und Großeltern abzeichnete, war ihm jedoch nicht verborgen geblieben.

Friedrich Nolting fasste sich als Erster.

»Diesen Jargon verbitte ich mir in meinem Haus. Wir sind eine Familie, Konrad, also reiß dich bei deinen Reden gefälligst zusammen.«

»Entschuldige, Vater«, entgegnete Konrad, »aber warst du es nicht, der den Juden die Schuld am verlorenen Krieg gegeben hat? Und an der Misere, die danach folgte?«

Zornig schlug Friedrich Nolting mit der Faust auf den Tisch, so dass der Kaffee über die Tassenränder schwappte.

»Die Sozis sind mindestens genauso verantwortlich dafür, nicht nur die Juden. Und ehrenwerte Männer wie Paul habe ich ganz bestimmt nicht gemeint. Halt jetzt den Mund und verdirb uns nicht den Appetit.«

Konrad fügte sich, doch in seinem Schweigen lag etwas Aufsässiges, das erahnen ließ, dass er sich schon bald keine Zurechtweisung mehr gefallen lassen würde. Die Männer, von denen seine Eltern ihn hatten fernhalten wollen, waren mächtig geworden, und er, Konrad, gehörte zu ihnen.

Weshalb nur musste Viktor einen Nazi-Bruder haben? Reichte es nicht, dass man sich außerhalb der Familie mit ihnen herumschlug?

Schweren Herzens verabschiedete sich Helene von Moritz. Der Regen hatte nachgelassen, doch als sie zur Straßenbahn lief, hingen die Wolken noch immer so tief, als ob sie unaufhaltsam auf die Erde herabsinken würden, dunkel und bedrohlich, um die Welt zu ersticken.

Vor dem Kinderhospital war es ruhig, nur einige Besucher kamen und gingen. Wie bei zahlreichen Frankfurter Einrichtungen handelte es sich bei der *Clementine* um eine jüdische Stiftung, mit der Louise Freifrau von Rothschild das Gedächtnis ihrer jung verstorbenen Tochter bewahrt hatte. Helene blieb stehen und betrachtete das hübsche, von Bäumen umwachsene helle

Gebäude, in dem sie drei Jahre lang gearbeitet hatte. Dort hatte ihre medizinische Zukunft gelegen, und es wollte ihr nicht in den Kopf, dass man sie ihr genommen hatte.

Waren die Bäume rund um das Krankenhaus seit gestern ein Stück gewachsen und die Latten des Zaunes dichter zusammengerückt, als wollten sie Helene den Eintritt verwehren? Unwirsch schüttelte sie den Kopf. Den Steinen, dem Eisen und Holz war es völlig gleichgültig, wer hier arbeitete, es waren Menschen, die sie abwiesen.

Helene gab sich einen Ruck und lief die Eingangstreppe empor. Eigentlich hatte sie vorgehabt, möglichst unbemerkt ihre Sachen einzusammeln und zu verschwinden, doch plötzlich war ihr nicht mehr danach. Wenn sie schon gehen musste, dann mit Würde. Aufrecht betrat sie das Vestibül des Krankenhauses und begab sich zunächst hinunter in die Küche, um sich von den Köchinnen und Hilfsschwestern zu verabschieden. Ungehindert suchte sie ihre kleinen Patienten auf, wünschte ihnen Glück und verließ die Krankenzimmer reich beschenkt mit selbst gemalten Bildchen. Sie schüttelte die Hände der Schwestern, einiger Ärzte und der Bibliothekarin. Die meisten schienen es zu bedauern, dass sie die Klinik verließ, manche wirkten gleichgültig, aber niemand begegnete ihr mit offener Ablehnung.

Nachdem sie im Ärztezimmer ihren Kittel, einige Bücher sowie ihren Kulturbeutel mit Zahnbürste und Waschzeug in einer Tasche verstaut hatte, lief sie im ersten Stock Armin Haller in die Arme.

»Sie haben ja Nerven, Dr. Nolting. Es hat sich schon herumgesprochen, dass Sie hier sind«, begrüßte er Helene, deren Hand er mit seinen beiden umschloss. »Ein stiller Rückzug ist das nicht gerade.«

»Warum auch?«, gab sie zurück. »Mir kann keiner mehr etwas. Gekündigt wurde mir ja schon.«

»Auch wieder wahr. Kann ich Ihnen beim Tragen helfen?«

Ohne ihre Antwort abzuwarten, schnappte er sich Helenes Tasche.

Sie gelangten ins Erdgeschoss und als Helene gerade ansetzte, um Dr. Haller Lebewohl zu sagen, öffnete sich eine Tür, durch die ein Mann mittleren Alters zu ihnen trat. Er nickte Helene zu, und es dämmerte ihr, dass es sich um einen der neuen Belegärzte handeln musste, die das Hospital neuerdings führten.

»Ach, Dr. Haller, gut, dass ich Sie treffe. Haben Sie einen Moment Zeit, um mit mir einige Personalfragen zu besprechen?«

»Natürlich. Passt es Ihnen in einer Stunde? Ich habe auf Station noch etwas zu erledigen.« Dann warf er Helene einen kurzen Blick zu und sagte: »Das ist übrigens Dr. Nolting, die Kinderärztin, von der ich Ihnen erzählt habe.«

Dem Belegarzt war anzusehen, dass er nicht wusste, von wem Dr. Haller redete. Nervös fuhr er sich mit der Hand durchs Haar.

»Leider kann ich mir bei all dem Neuen noch nicht alles merken«, erwiderte er, »aber da die Dame nun schon mal da ist, kann sie mir ja erzählen, worum es geht. Kommen Sie doch in mein Büro, Dr. Nolting!«

Er eilte voraus, während Dr. Haller Helene ihre Tasche in die Hand drückte und ihr zuflüsterte: »Zu verlieren haben Sie nichts. Aber vielleicht erreichen Sie ja etwas.«

»Danke.«

Gerührt von Armin Hallers Einsatz, aber auch angespannt, folgte Helene dem Belegarzt. Wie hieß er doch gleich? Oder hatte er sich gar nicht vorgestellt? Es schien ihr unangebracht, nachzufragen. Er hatte bereits hinter seinem Schreibtisch Platz genommen und bot ihr einen Stuhl an.

»Setzen Sie sich, bitte.«

Etwas Wohlwollendes lag in seiner Stimme und zum ersten Mal lächelte er sie an, wobei sein Blick in Sekundenschnelle von ihrem Gesicht zu ihren Beinen glitt und wieder zurück.

»Und jetzt helfen Sie mir auf die Sprünge. Geht es um Ihre Bewerbung als Kinderärztin? An diesem grauen Samstag wäre das eine erfreuliche Nachricht.«

Erwartungsvoll blickte er sie an, während Helene fieberhaft überlegte, ob es eine Möglichkeit gäbe, sich seine positive Haltung zunutze zu machen. Leicht den Kopf schüttelnd lächelte sie, bemüht, dabei nicht verkrampft auszusehen.

»Eine Bewerberin bin ich nicht. Ich arbeite schon seit Jahren in der *Clementine*.«

Der Arzt nahm seine Brille ab und begann sie zu putzen.

»Na, umso besser. Was kann ich für Sie tun?«

Helenes Hände wurden eiskalt und möglichst unauffällig knetete sie ihre Finger. Es führte kein Weg daran vorbei, ihm zu sagen, dass sie entlassen worden war. Dass sie hoffte, man könne die Kündigung rückgängig machen. Daraufhin setzte der Arzt seine Brille wieder auf, und sofort erschienen seine Augen viel größer.

»Weshalb hat man Ihnen gekündigt?«, fragte er.

»Ich bin Jüdin.«

Er pfiff durch die Zähne.

»Sieh mal an. Das hätte ich nicht gedacht.«

Fast wirkte er enttäuscht, als er sich erhob, einen Aktenschrank öffnete und nach einigem Suchen einen Ordner herauszog, der mit Helenes Namen beschriftet war. Er blätterte darin herum, überflog hier und da einen Abschnitt und Helene wartete darauf, dass er seine Aufmerksamkeit wieder ihr widmete.

»Einen Sohn, der den Krieg mitgemacht hat, können Sie nicht haben, dazu sind Sie zu jung«, stellte er sachlich fest. »Aber ist vielleicht Ihr Vater im Kampf gefallen?«

»Er ist mit dem Eisernen Kreuz erster und zweiter Klasse ausgezeichnet worden. Er hat den Krieg überlebt.«

Als handelte es sich dabei um eine schlechte Nachricht, legte der Arzt seine Stirn in Falten.

»Dann trifft keine der möglichen Ausnahmen, die das Berufsbeamtengesetz vorsieht, auf Sie zu.«

Helene wagte einen letzten Vorstoß.

»Ich bin eine sehr gute Kinderärztin.«

»Hm«, machte er und sein rechter Mundwinkel hob sich an, was seinem Gesicht einen ironischen Ausdruck verlieh. »Das sind viele Deutsche auch.«

Seine Antwort traf sie bis ins Mark. Dennoch zwang sie sich, ruhig zu bleiben und selbstbewusst zu antworten.

»Ich bin Deutsche!«

Provozierend standen ihre Worte im Raum und warteten auf seine Reaktion. Würde er sie jetzt rausschmeißen? Was hatte Armin Haller sich bloß dabei gedacht, sie hierherzuschicken? War dieser Arzt, der so tat, als ginge alles mit rechten Dingen zu, ein Nutznießer, der von Dr. Grossers Unglück profitierte? Regte sich in der Ärzteschaft deshalb so wenig Widerstand, weil es vielen Medizinern zupasskam, dass ihre Konkurrenten per Gesetz ausgeschaltet wurden?

Als Helene den Belegarzt betrachtete, wie er dasaß und seine Brillengläser polierte, überkam sie die unbändige Lust, den schweren Glasaschenbecher zu nehmen und …

»Ich verstehe Sie«, sagte der Arzt plötzlich, woraufhin Helene erschrocken zusammenfuhr. Hatte sie laut gedacht oder eine verräterische Geste gemacht?

»Sie möchten Ihre Arbeit behalten, weshalb sollte ich Ihnen das verübeln? Aber, wissen Sie, Dr. Nolting, Sie sollten dankbar sein, dass wir in Ihrer Kündigung nicht noch andere Gründe aufgeführt haben. Gründe, die Ihnen viel Ärger eingebrockt hätten.«

»Ich habe mir nichts zuschulden kommen lassen.«

Beinahe sanft lächelte der Arzt.

»Jaja, das behaupten alle. Erlauben Sie mir, dass ich Ihnen etwas vorlese.«

Vorsichtig schob er die Bügel seiner Brille über die Ohren, korrigierte ihren Sitz auf der Nase, dann führte er, wie ein eifriger Erstklässler, der das Lesen übte, seinen Zeigefinger auf einem Blatt in ihrer Akte entlang.

»Einer Kollegin erzählte Dr. Nolting, ihre Mutter sei begeistert gewesen, als die SPD-Frauenrechtlerin Meta Quarck-Hammerschlag 1919 ins Frankfurter Parlament einzog.«

Perplex starrte Helene ihn an. Ruth Bornstein hatte es geschätzt, dass seit der Weimarer Republik auch Frauen in der Politik etwas zu sagen hatten.

Durchaus möglich, dass Helene darüber eine harmlose Bemerkung gemacht hatte. Wie der Bericht es darstellte, rückte er ihre Familie jedoch in die Nähe der Sozialdemokratie, und von der distanzierte man sich in diesen Zeiten lieber.

»Dass Frau Hammerschlag der SPD angehört, spielte überhaupt keine Rolle«, erklärte sie bestimmt. »Meiner Mutter ging es darum, dass sie die erste Frau im Stadtrat war.«

Bedächtig nickte der Arzt, während er weiterblätterte.

»Ich sehe, in welchem Geist Sie aufgewachsen sind.«

»Sie irren. Mein Vater war absolut kaisertreu.«

Der Arzt ignorierte ihre Bemerkung.

»Sie, Dr. Nolting, besuchten Veranstaltungen der Kinderärztin Lotte Landé, ebenfalls Jüdin und Mitglied im Verein sozialistischer Ärzte. Unter Kolleginnen verbreiteten Sie Schriften, in denen Landé dafür plädierte, die Indikationen für den Paragraphen 218 zu erweitern.«

Helene war völlig überrumpelt. Das klang ja so, als wäre sie eine eingefleischte Frauenrechtlerin, was überhaupt nicht stimmte. Und Lotte Landé hatte sich für so viel mehr eingesetzt: besseren Mutterschutz, die Abschaffung von Kinderarbeit und die Bekämpfung von Tuberkulose.

»Ich habe mich lediglich über Frau Landés Argumente ausgetauscht. Ich war der Meinung, fachliche Gespräche wären Teil unseres beruflichen Alltags.«

»Und als Kinderärztin zählen sie das Thema Abtreibung dazu? Und setzen diesen Floh auch noch unschuldigen Schwesternschülerinnen ins Ohr?«

»Also, das ist doch … Wie meinen Sie *das* denn? Ich habe hygienische Säuglingspflege unterrichtet. Meine Schülerinnen wollten wissen, wie Abtreibungen vermieden werden können. Ihre Fragen habe ich selbstverständlich beantwortet. Das ist meine Aufgabe als Ausbilderin, und die Mädchen sind in einem Alter, in dem es ihnen nicht schadet, über Verhütungsmethoden Bescheid zu wissen.«

Mit einer klaren Handbewegung unterbrach er sie.

»Unser Ziel ist es, Frauen zu helfen, gesunde Kinder auf die Welt zu bringen und nicht darüber nachzudenken, wie man das verhindert.«

Der Arzt hatte sie auf glattes Eis geführt, auf gefährlich dünnes noch dazu. Es würde nichts bringen, wenn sie ihm von der achtzehnjährigen Liesl Obst erzählte, die einen qualvollen Tod gestorben war, weil sie keine andere Lösung gesehen hatte, als ihre Schwangerschaft mit Stricknadeln zu beenden. Dabei hatte sie die Gebärmutterwand durchstoßen, Organe verletzt und eine Blutvergiftung bekommen.

Ihr Todestag hatte sich in Helenes Gedächtnis eingebrannt. Als Studentin war sie damals in der *Frauenklinik Sachsenhausen* eingesetzt worden und an jenem Tag gerade aus der Mittagspause zurückgekehrt. Ihren Mantel hatte sie noch nicht aufgehängt, als gellende Schreie durch die Flure hallten, so entsetzlich, dass die ganze Station erstarrte. Über eine Stunde hatte Liesl gebrüllt, dann wurde ihre Stimme schwächer, bis sie nur noch wimmerte und schließlich zerbrach. Helene wurde angewiesen, der Verstorbenen das beschmutzte Nachthemd auszuziehen. Noch nie war sie einer Toten so nah gewesen, und obwohl man ihr geraten hatte, es nicht zu tun, betrachtete sie deren bleiches Gesicht, auf dem wie eingemeißelt die Verzweiflung der letzten Stunden lag. Diesen Anblick hatte Helene nicht ausgehalten. Sie war auf die Toilette gestürzt und hatte furchtbar geweint. Kurze Zeit danach hatte Helene zum ersten Mal einen Vortrag der Kinderärztin Lotte Landé besucht.

Der Finger des Belegarztes rutschte auf dem Papier herum und stoppte erst, als er auf eine neue Anschuldigung gestoßen war.

»Hier! Im Dezember 1931 waren Sie bei der Kunstausstellung ›Frauen in Not‹, wo auch Gemälde von Käthe Kollwitz, Otto Dix, Pablo Picasso und Heinrich Zille gezeigt wurden.«

Abrupt sah er auf und sein Blick war scharf.

»Zum Teil widerliche Bilder, die als Kunst zu bezeichnen, ich mich weigere. Auch Frau Landé hielt einen Vortrag, dieses Mal über die Sexualität unverheirateter Frauen.«

Bedächtig nahm er seine Brille ab und begann, sie noch einmal zu putzen.

»Wissen Sie, Dr. Nolting, letztlich wundert mich das alles gar nicht. Die jüdische Triebhaftigkeit ist legendär und dass jüdische Ärztinnen und Ärzte versuchen, unter dem Deckmantel moderner Errungenschaften unsere deutsche Ethik und Moral zu untergraben, ist auch nichts Neues. Sie selbst haben einen Schwangerschaftstest an der Urinprobe einer Freundin durchführen lassen. Er war positiv und Sie baten um Hilfe, diese Schwangerschaft zu beenden.«

Vor Aufregung hätte sich Helene beinahe verschluckt, jeden Augenblick wäre es mit ihrer Selbstbeherrschung vorbei. Hilda. Nur von ihr konnte er das wissen. Aber weshalb hatte Hilda ihr die Suche nach einer Engelmacherin angehängt?

»Das ist eine Lüge«, stieß Helene hervor.

Sein Schweigen gab ihr die Gelegenheit nachzudenken, und vielleicht war genau das seine Absicht. Wer hatte bloß all diese Informationen zusammengetragen, die einzig das Ziel verfolgten, sie vor den Nazis in ein schlechtes Licht zu rücken? Und wer hatte sie gegeben? Etwa auch Ärzte und Schwestern, die ihr vor einer knappen Stunde die Hand geschüttelt hatten? Ihre Handflächen überzog ein feuchter Film, den sie diskret an ihrem Rock abwischte.

»Und dass Ihre Freundin Lore Neuhaus, geborene Bergmann, mittlerweile mit einem Kommunisten verheiratet ist, mit Erik Neuhaus, das wissen Sie doch sicher.«

»Ich habe zu beiden keinen Kontakt, Erik Neuhaus kenne ich kaum.«

Jedes weitere Wort sparte sich Helene, sonst würde sie sich noch um Kopf und Kragen reden. Als Frauenrechtlerin zu gelten, war derzeit unangenehm genug, der Vorwurf mit Kommunisten zu verkehren, jedoch geradezu gefährlich.

Entschlossen klappte der Arzt die Akte zu und schob sie zur Seite. Für ihn war der Fall erledigt.

»Dr. Nolting, nach unserem ausführlichen Gespräch sehen

Sie sicher ein, dass ich Ihnen bei Ihrem Anliegen nicht helfen kann.«

Schwerfällig erhob sich Helene. Der Arzt deutete auf ihre Tasche. »Vergessen Sie Ihre Sachen nicht.«

»Wiedersehen«, sagte sie.

»Heil Hitler.«

Wie betäubt verließ Helene das Büro. Während der Herbstwind ungerührt buntes Laub um ihre Beine fegte, stakste Helene auf den hohen Laternenpfahl zu, der kerzengerade dastand und wie ein eiserner Wächter auf sie zu warten schien. Wie oft hatte sie ihr Rad dagegengelehnt, jetzt brauchte *sie* ihn selbst als Stütze. Eins war ihr klar geworden: Sie musste vorsichtiger sein, mit dem, was sie sagte, und aufpassen, wem sie vertraute. Bis sich ihr Kreislauf stabilisiert hatte, atmete Helene ein paar Mal tief durch, dann machte sie sich auf den Weg, um Moritz abzuholen.

Lore hatte es nie gemocht, wenn ihr Vater getrunken hatte, inzwischen sah sie ein, dass es manchmal nicht anders ging. Sie setzte die Schnapsflasche an und stürzte mehrere Schlucke hinunter. Eine brennende Spur zog sich von ihrer Kehle bis in den Magen, was den Vorteil hatte, dass Lore nicht fror, obwohl sie über ihrer Bluse nur eine Strickjacke trug, eigentlich zu wenig für diesen zwar sonnigen, aber kühlen Oktobertag. Immerhin bot ihr die Trauerweide Schutz vor den abfälligen Blicken der Spaziergänger. Weshalb dies Leons Lieblingsplatz war, verstand Lore jedoch nicht. Die herbstlich braunen Blätter sahen an ihren hängenden Zweigen doch noch trauriger aus als an anderen Bäumen. Sie nahm einen weiteren Schluck. Gut, dass sie einen Augenblick für sich hatte, denn Werner sollte sie so nicht sehen.

Lore lehnte sich gegen den Baumstamm, schloss die Augen und trank auf ihren Vater, den sie, seit Erik auf und davon war, noch schmerzhafter vermisste.

Im Januar war ihr Vater in der Fabrik zusammengebrochen und sofort tot gewesen. Als hätten sein Herz und seine Leber von einer Sekunde auf die andere beschlossen, dass sie endlich ihre Ruhe haben wollten. Sie hatten ihren Tribut gefordert für all die Jahre Schwerstarbeit, in denen ihnen weder Erholung noch viele glückliche Tage vergönnt gewesen waren, dafür umso mehr Schnaps und Bier. Trotzdem hatte Lore ihn geliebt. Und sie verstand, weshalb er am Abend ihrer Geburt mit dem Saufen begonnen hatte. Es war der Todestag ihrer Mutter gewesen.

Erik hingegen war ihrem gemeinsamen Leben entflohen, obwohl er wahrscheinlich behaupten würde, sie hätte ihn hinterrücks hinausgestoßen. Nur wenn sie genug Schnaps trank, verschwamm die Frage, wie sie ein Leben ohne Ziel und ohne Erik ertragen sollte. Schließlich liebte sie den Mistkerl noch immer, auch wenn er aus ihr, gerade mal einundzwanzig Jahre alt, einen Menschen mit zerknitterter, von Blut beschmutzter Seele gemacht hatte.

»Vater, du fehlst mir«, sagte Lore laut und weinte weiter, weil sie niemanden mehr hatte, auf den sie sich verlassen konnte. Werner war erst fünf und könnte ihr nicht helfen.

Ja, ihr Vater war oft betrunken gewesen oder hockte im Wirtshaus beim Kartenspiel, wo er nicht selten die ein oder andere sauer verdiente Mark verlor. Aber auf seine schweigsame, unbeholfene Art hatte er Lore gestützt. Als sie mit sechzehn schwanger geworden war, hatte er keine große Sache daraus gemacht.

»Deine Mutter und ich waren beim ersten Kind auch nicht viel älter«, hatte er gesagt und zusammen mit Eriks zähneknirschenden Eltern ein bescheidenes, aber schönes Hochzeitsfest für sie ausgerichtet. Ihr Bruder Klaus war gegen die Ehe mit Erik gewesen, und zwar, weil er keinen überzeugten Kommunisten zum Schwager wollte.

»Man kann sich seine Familie nicht backen«, hatte ihr Vater dazu bloß gesagt.

Besonders eingeprägt hatte sich Lore auch der Tag, an dem Erik sie schon einmal von sich gestoßen hatte. Damals war Lore dreizehn gewesen und nach der Arbeiterolympiade mit verheultem Gesicht, aufgeschürften Knien und zerschundenem Herzen nach Hause gekommen. Ihr Vater fragte nicht viel, sondern belud Lores Teller mit einer riesigen Portion Bratkartoffeln und blieb bei ihr sitzen, bis sie ihn leer gegessen hatte. Es folgte ein Jahr der Funkstille, in dem Lore versuchte, Erik zu vergessen. In dieser Zeit lernte sie so fleißig für die Schule wie noch nie. Innerhalb weniger Wochen stieg sie zu einer der Lieblingsschülerinnen ihrer Mathematik- und Musiklehrerin auf und, als sie ihrem Vater ihr gutes Zeugnis neben sein Abendbrot legte, glomm Stolz in seinen Augen. Der verschwand auch nicht, als es mit ihrem Lerneifer wieder vorbei war, weil sie Erik zurückerobert hatte. Das verdankte Lore ihrer Musiklehrerin, die sie mit einer Geige in die *Fahrgasse* geschickt hatte, um im Musikgeschäft Vogt neue Saiten aufziehen zu lassen. Plötzlich stand Erik vor ihr, der irgendwo in den lichtarmen Gassen der Altstadt Freunde besucht und mit ihnen das Schicksal der Welt diskutiert hatte. Ihr hämmerndes Herz hatte Lore bis in die Fingerkuppen gespürt, und beinahe wäre ihr die Geige aus der Hand gefallen. Und Erik? Angestarrt hatte er sie, wie es die Männer in den Filmen taten, wenn ihnen die Schönheit einer Frau den Atem raubte. Lore ergriff ihre Chance und mit einem geheimnisvollen Garbo-Blick, den sie vor dem Spiegel geübt hatte, sah sie Erik in die Augen. Der Aufwand lohnte sich, denn er begleitete sie zum Musikgeschäft. Die Geige musste dortbleiben, und nun war Lores rechte Hand frei, die Erik ergriff, um sie Richtung *Schirn* zu ziehen, wo er ihr eine fettige Wurst mit Senf spendierte. Er besaß Geld, weil er die Schule geschmissen hatte, um wie sein Vater bei den *Adlerwerken* Motoren zusammenzubauen. Während sie am Mainufer saßen und ihre Wurst verdrückten, erzählte Erik ihr vom *Adler Standard 6*, ein neuartiger Wagen mit Sechszylindermotor, worunter sich Lore nichts vorstellen konnte. Trotzdem lauschte sie ihm gebannt und hätte er behauptet, diesen fabelhaften Motor erfunden zu haben, hätte Lore es ihm bereitwillig geglaubt. Als sie ihn fragte, weshalb er die Schule nicht beendet hätte, antwortete Erik: »Ich gehöre zur Arbeiterklasse, Lore, deshalb sollte ich auch arbeiten. Außerdem bin ich fast erwachsen, da passt es nicht mehr zu mir, die Schulbank zu drücken.«

Das leuchtete ihr ein, und etwas später, als sie sich den Senf aus den Mundwinkeln küssten, war ihr alles andere gleichgültig.

Dann wurde Werner geboren, und als er ein Jahr alt war, zogen sie zu dritt ins Nordend, in eine winzige Einzimmerwohnung, die ein Genosse von Erik ihnen überlassen hatte, weil er sowieso monatelang in Europa auf Achse war, um die Sache der Arbeiter voranzubringen. Nur wenn er für ein paar Tage in Frankfurt aufkreuzte, brauchte er sein kleines Domizil, dann quartierten sie sich bei Lores Vater ein.

Die Schule vermisste Lore nicht, aber sie träumte davon, eines Tages in eine dieser Neubausiedlungen zu ziehen, die in immer mehr Stadtteilen entstanden, hell, modern, von etwas Grün umgeben und, wie man hörte, auch für Arbeiter erschwinglich. Sie sah sich bereits in einer hübschen *Frankfurter Küche* werkeln, so wie die, in der ihre ehemalige Schulfreundin Lilli mit ihrer Mutter buk und kochte.

Irgendwann, wenn Lore Geld verdienen würde, könnten sie sich vielleicht auch solch ein schönes Zuhause leisten. Erik hielt all das für überflüssig, aber er musste ja auch nicht kochen, sondern erwartete, dass das Essen auf dem Tisch stand, wenn er aus der Fabrik zurückkehrte. Danach gingen sie manchmal am Main spazieren oder schliefen miteinander in ihrer beengten Wohnung, die Lore ihre Liebeshöhle nannte. Sonntags besuchten sie ihre Eltern, unternahmen Touren mit dem Rad oder trafen sich mit Eriks Freunden in irgendeiner verrauchten Spelunke, wo getanzt, getrunken und leidenschaftlich über die Revolution diskutiert wurde. Lore hörte dabei nur zu, genoss es aber, dass Erik aller Welt zeigte, dass sie und Werner zu ihm gehörten. Je älter Werner wurde, desto mehr quengelte er, weil der Zigarettenqualm in seinen Augen brannte und ihn die lauten Stimmen am Einschlafen hinderten. Dann drehte Lore auf der Straße ihre Runden und wiegte Werner so lange, bis er friedlich einschlummerte, so, wie sie es selbst gerne getan hätte. Immer öfter verabschiedete sie sich und brachte Werner ohne Erik ins Bett, und schließlich bat sie Erik, ganz auf sie zu verzichten, wenn er seine Freunde traf. Das tat er und kam fortan häufig mit einer blutigen Lippe, zerbrochener Brille oder einem blauen Auge nach Hause.

»Wir haben Nazis aufgemischt«, erklärte er ihr, während sie seine Wunden reinigte und Pflaster daraufklebte, was mit der Zeit öfter geschah, als dass sie sich liebten.

Als Werner ungefähr drei Jahre alt war, bemerkte sie beim Einweichen der Wäsche, dass es sich bei der roten Farbe an Eriks Hemdkragen keineswegs um Blut handelte, sondern um den Lippenstift einer Frau. Und bei diesem einen Mal blieb es nicht. Die Farbtöne der Lippenstifte wechselten, und obwohl seine Eskapaden Lore verletzten, redete sie sich ein, dass Erik bloß etwas Abwechslung bräuchte, lieben würde er trotzdem nur sie. Seit letztem Jahr jedoch war der Lippenstift derselbe geblieben, und das änderte für Lore alles. In Eriks Brust schlug nur ein einziges Herz, und das hatte er doch Lore geschenkt. Sie stellte keine hohen Ansprüche ans Leben, aber ein Geschenk blieb ein Geschenk, erst recht, wenn es sich um ein Herz handelte, und von niemandem würde Lore sich Eriks wegnehmen lassen. Dafür war sie weit gegangen, viel zu weit, um zu behaupten, sie hätte keine Schuld auf sich geladen. Jetzt hasste Erik sie, furchtbarer noch, er verachtete Lore, jedenfalls hatte er das gesagt.

Sie nahm erneut die Schnapsflasche in die Hand und trank in großen Zügen, bis sie einen Schluckauf bekam. Schluchzen und Schluckauf, so sah ihr Leben nun aus.

Wie sollte sie Werner erklären, dass sein Vater nicht mehr nach Hause käme? Einfach behaupten, Erik wäre auf Nimmerwiedersehen mit diesem Flittchen Gerda abgezischt? Aus die Maus, weil er seine Finger nicht bei sich behalten konnte? Konnte ein Fünfjähriger das begreifen?

»Papa ist tot«, nuschelte sie vor sich hin, es klang einfach und fühlte sich an, als würde es stimmen.

Unbemerkt hatte sich die herbstliche Kühle unter Lores Kleider geschlichen, jetzt fror sie. Sie stellte die Flasche ab und zog ihre Strickjacke enger um ihren Leib. Ihr Magen, der sich noch nicht an den starken Alkohol gewöhnt hatte, begann zu rebellieren und lechzte nach etwas Fettigem. Als ihre schnapsdurchtränkten Gedanken Richtung *Schirn*, zu den großen Kesseln mit Wurst, schwammen und sich mit ihrer Erinnerung an senfbeschmierte Küsse vermengten, grub sich der Schmerz noch tiefer in ihre Brust.

Hoffentlich kein Notfall, dachte Helene, als sie den Puls der schlafenden Frau fühlte. Zuerst war sie ungehalten darüber gewesen, dass unter der Trauerweide bereits jemand saß. Es war ihr Platz, den sie dann aufsuchte, wenn sie ungestört sein wollte. Jetzt sorgte sie sich um die Betrunkene, die völlig verquollen aussah und einigen Alkohol intus haben musste, streng, wie sie roch und fest, wie sie schlief. Neben ihr lag eine fast leere Flasche, von der Helene hoffte, dass die Frau sie nicht allein getrunken hatte.

Vorsichtig ruckelte Helene an ihrer Schulter.

»Hallo! Hören Sie mich?«

»Hm«, machte die Frau, schlief aber weiter.

Helene versuchte es noch einmal.

»Sie können hier nicht liegen bleiben. Es wird zu kalt.«

Mühsam richtete sich die Frau auf.

»Scheiße«, krächzte sie und hielt sich den Kopf. »Haben Sie Wasser?«

Überrascht schüttelte Helene den Kopf.

»Lore Bergmann?«

Lore nickte abwesend, genau so würde sie bald wieder heißen. Sie blinzelte ins Gegenlicht und stöhnte. Helene versuchte, dieses abgemagerte Häuflein Elend mit der frechen Lore in Einklang zu bringen, die ihr bei ihrer letzten Begegnung vor ungefähr fünf Jahren die Pest an den Hals gewünscht hatte. Damals war Lore schwanger gewesen und hatte blühend und selbstbewusst ausgesehen. Was wohl passiert war? Ob es etwas mit Erik zu tun hatte? Helene wusste ja nun, dass er als Staatsfeind gehandelt wurde, und was das bedeutete, hatte sie inzwischen selbst erfahren. Hatte man Erik verhaftet?

»Ich bin's. Helene«, sagte sie. »Erinnerst du dich an mich?«

Schnaufend unternahm Lore einen neuen Versuch, sich aufzurichten und fuhr sich anschließend mit den Fingern durch ihr kinnlanges Haar, als wollte sie es kämmen.

»Und ob.«

Es klang schroff. Fast war Helene darüber erleichtert, weil es bedeutete, dass es Lore nicht so schlecht ging, wie es den Anschein machte. Sie breitete ihren Mantel aus und setzte sich neben Lore. In ihrem dicken Pullover, den Helene bereits aus der Winterkiste gekramt hatte, konnte der Wind ihr und dem Baby nichts anhaben, und bevor sie Lore allein ließe, wollte sie sichergehen, dass diese zurechtkommen würde.

»Setz dich ruhig zu mir«, lud sie Lore auf ihren Mantel deutend ein. Brummelnd rückte Lore neben Helene.

»Möchtest du ein Pfefferminzbonbon?«

»Danke. Und jetzt sag schon, was willst du hier?«

»Nachdenken«, antwortete Helene, als wäre ihr Lores unhöflicher Ton nicht aufgefallen.

»Nachdenken?«

Helene nickte und lächelte Lore versöhnlich an.

»Hier ist mein Lieblingsplatz. Mit Leon war ich oft hier.«

Lore schnaufte. Der letzte Satz war Helene rausgerutscht, vielleicht, weil Lore die Einzige war, von der Helene wusste, dass Leon auch ihr viel bedeutete. Andererseits war sie die Letzte, mit der Helene über ihn sprechen wollte, denn seitdem Leon und sie kein Paar mehr waren, begegnete Lore ihr feindselig. Helene beschloss das Thema zu wechseln und erkundigte sich nach Erik.

»Wie geht es ihm?«

Blicke wie Pfeile schossen aus Lores geschwollenen Augen.

»Warum kümmerst du dich nicht um deinen eigenen Mist? Oder hast du etwa nicht genug davon?«

Da erhob sich Helene und zog Lore den Mantel weg. Angiften lassen würde sie sich nicht.

»Du bist ja noch biestiger geworden«, sagte sie, während sie den Schmutz von ihrem Mantel abklopfte. »Weiß der Himmel, was für einen Narren Leon an dir gefressen hat.«

Für ihren Zustand erstaunlich behände zog sich Lore am Stamm der Trauerweide empor.

»Und was hat er wohl an *dir* gefressen? Du hattest Leon gar nicht verdient. Du bist nämlich auch so eine, die achtlos auf den Gefühlen anderer herumtrampelt. Gut, dass Leon in Amerika eine nette Freundin hat. Sie werden heiraten und viele Kinder kriegen, so wie Leon es sich wünscht. Und dir, Helene, wünsche ich die Pest an den Hals!«

»Das hast du schon mal.«

Etwas unsicher machte Lore einen Schritt auf Helene zu und sah aus, als beabsichtigte sie, ihr eine Ohrfeige zu verpassen. Doch Rufe, die vom Main herauftönten, lenkten sie ab. Als sich dort in Sekundenschnelle eine Menschentraube bildete, eilte Helene ans Ufer, um nachzusehen, ob eine Ärztin gebraucht wurde.

»Ist etwas passiert?«, fragte sie atemlos.

»Ein Junge ist ins Wasser gefallen«, antwortete jemand.

Lore war neben Helene getreten. Da sie etwas schwankte, hielt sie sich an Helenes Arm fest und reckte den Hals.

»Wo denn?«

»Da! Da ist er«, rief eine Frau und zeigte irgendwo in die Mitte des Flusses. Angestrengt suchten Helenes Augen nach dem Kind. Und dann sah sie aus dem Wasser einen gelben Arm ragen. Helene reagierte sofort. Sie schüttelte Lore ab und drückte ihr den Mantel in die Hand, dann zog sie die Schuhe aus und sprang ins Wasser. Es war kälter, als Helene angenommen hatte. Ihre Kleider sogen sich voll und zogen sie nach unten. So konnte sie nicht schwimmen. Mit den Füßen paddelnd, so dass ihr Kopf über Wasser blieb, entledigte sich Helene ihres Rockes, dann kraulte sie los. Noch immer war sie eine gute Schwimmerin, manches verlernte man nicht. Mit kräftigen Armstößen pflügte Helene durchs Wasser und hielt auf den kleinen gelben Punkt zu, der immer wieder auf- und abtauchte wie eine in den Wellen hüpfende Boje. Die Strömung trieb Helene ab und es kostete sie viel Kraft, dagegenzuhalten. Doch sie schaffte es und rief, als sie bis auf ein paar Meter an den Jungen herangekommen war: »Halt durch!«

Sie schluckte Wasser und hustete. Als sie sich wieder konzentrieren konnte, sah sie den Jungen nicht mehr. Wo war er? Helene holte tief Luft und tauchte. Um sie herum wurde es still, das Wasser war trüb, sie konnte kaum etwas erkennen, auch keine gelbe Jacke. Als ihr die Luft ausging, schwamm sie an die Oberfläche zurück und erhaschte einen Blick auf die Menschen, die ihr bei ihrer verzweifelten Rettungsaktion zusahen. Irgendjemand kletterte in ein Ruderboot, aber bis er es zu ihr geschafft hätte, wäre das Kind ertrunken. Erneut tauchte sie und griff wie ein tastender Krake mit ihren Armen um sich, in der Hoffnung den Jungen zu erwischen. Plötzlich war er da. Wie eine große Puppe mit abstehenden Haaren trieb er reglos vor ihr. Helene umklammerte ihn und schob ihn an die Oberfläche.

»Hierher! Hierher!«, brüllte sie und hörte damit auch nicht auf, als das Boot schon längst auf sie zusteuerte. Bemüht, den Kopf des Kindes über Wasser zu halten, schwamm sie ihm entgegen. Als sie das Boot erreichten, zog der Ruderer erst den Jungen, dann sie hinein. Ihr eigenes Bibbern bemerkte Helene nicht. Auch nicht, als ihr der Mann eine Decke um die Schultern legte, nur der Junge zählte. Bleich lag er da, sein Brustkorb hob und senkte sich nicht.

»Kann ich etwas tun?«, fragte der Mann.

»Rudern Sie!«

Zur Universitätsklinik war es nicht weit, doch zu weit, wenn sie das Kind nicht zum Atmen brachte. Viele Male drückte sie seinen Brustkorb zusammen, zwischendurch beatmete sie ihn. Am Ufer teilte sich die Menschenmenge, damit sie den Jungen an Land bringen konnten.

»Nein! Werner! Nein!«

Lores wildes Kreischen zerriss die gedrückte Stimmung. Im nächsten Moment kniete sie über dem Jungen, küsste und schüttelte ihn. Helene schob Lore zur Seite und begann erneut eine Herzmassage. Wüste Beschimpfungen ausstoßend schlug Lore um sich und erwischte Helene am Arm, doch jemand zog sie fort, und Helene blendete aus, was um sie herum geschah. *Atme, verdammt, atme doch endlich.*

»Er braucht einen Arzt!«, rief eine aufgeregte Frauenstimme.

»Sie ist Ärztin«, sagte eine andere Stimme.

Unermüdlich drückte und beatmete Helene Lores Sohn, und auf einmal bäumte er sich hustend auf und spuckte das verschluckte Wasser aus. Der Blick, mit dem er Helene ansah, schien bereits eine andere Welt gesichtet zu haben. Aber er war zurückgekehrt und seine Augen leuchteten blau und klar.

»Werner«, seufzte Helene, erschöpft und überwältigt, dass er es geschafft hatte. Sie drückte ihn an sich und als sie spürte, dass auch er seine Arme um sie schlang, durchströmte sie pures Glück. Werner würde leben.

Dann war Lore da, tränenüberströmt und noch immer außer sich.

»Mein Werner!«, wiederholte sie viele Male.

Ein Mann legte Helene ihren Mantel um, doch er wärmte sie nicht, ihr war kalt bis auf die Knochen, aus ihrem Haar tropfte Wasser.

»Trink das.«

Sie sah auf und dachte erst, nach all der Aufregung würde ihr Gehirn verrücktspielen. Vor ihr stand Leon und reichte ihr eine fast leere Schnapsflasche. Perplex schüttelte Helene den Kopf. Und bevor sie wusste, wie ihr geschah, nahm er sie in den Arm, und Helene ließ sich gegen seine Brust sinken. Ihr Herz schlug schneller, Haut und Magen kribbelten und ihr Körper fühlte sich lebendig an. Zugleich breitete sich tief in ihr drin eine wohltuende Ruhe aus, als hätte Helene eine anstrengende Reise hinter sich und wäre auf Umwegen endlich zu Hause angekommen.

Am nächsten Tag erlaubte das kleine Murmeltier Moritz Helene nicht auszuschlafen. Nach einer unruhigen Nacht, in der Moritz in ihr Bett gekrabbelt war und sich gewälzt hatte, erwachte er in aller Herrgottsfrühe und verlangte sein Frühstück. Außer Helene konnte es ihm niemand zubereiten, denn Viktor nahm in Wien an einer Tagung teil und würde anschließend einen Studienfreund besuchen, der dort lebte. Hätte sie nur nicht Ilses Angebot ausgeschlagen, die Nacht bei ihnen zu verbringen. Doch Helene wollte sich selbst um Moritz kümmern, da er heftig geweint hatte, als ihn seine Mutter, in triefendem Mantel und ohne Rock, bei seinen Großeltern abholte. Leichenblass, mit bläulichen Lippen, irgendwie gespenstisch hatte sie ausgesehen, wie auch Ilse fand. Erst nachdem Helene gebadet, gekämmt und in ihren flauschigen Morgenmantel gehüllt einen vertrauten Anblick bot, beruhigte Moritz sich wieder. Er hatte sich an sie gekuschelt und mit großen Augen zugehört, als Helene erzählte, wie sie einen Jungen namens Werner aus dem Main gefischt hatte. Dass Leon dort aufgetaucht war, hatte sie für sich behalten, obwohl es Ilse, die als Mädchen für Leon geschwärmt hatte, bestimmt interessiert hätte.

Nach dem Frühstück rief Helene bei ihren Eltern an, um zu fragen, ob Ilse daheim sei und vielleicht Zeit hätte, mit Moritz in den Park zu gehen, damit Helene sich ausruhen könnte. Zwar half Ilse in Frau Bärs Laden, dafür erklärte sich Marlis bereit, ihren Neffen zu bespaßen. Von ihrem Bett aus, bereits in die wohlige Schwere des Halbschlafes gesunken, hörte Helene, wie Marlis mit Engelszungen auf Moritz einredete, doch bitte eine Jacke anzuziehen. Plötzlich schellte es und eiliges Fußgetrappel verriet, dass Moritz zur Tür raste, um sie zu öffnen. Eine Minute später stand Marlis bei Helene im Zimmer.

»Eine Frau und ein Junge möchten dich sprechen«, flüsterte sie. »Ich glaube, es ist der Kleine, den du gerettet hast. Was soll ich ihnen sagen?«

Schwerfällig erhob sich Helene.

»Ich komme schon.«

Tatsächlich standen Lore und Werner im Treppenhaus. Lore hatte den Arm um ihren Sohn gelegt und ihre Augen, eins grün, eins blau, blickten Helene klar an. Wenngleich zu mager und um den Mund einen bitteren Zug, sah Lore nüchtern und in frischer Kleidung fast so aus, wie Helene sich an sie erinnerte. Der akkurat gescheitelte Werner hielt einen Topf mit einer Zimmerlinde im Arm, die er Helene entgegenstreckte.

»Danke sehr, dass du mich gerettet hast.«

Werner sprach deutlich, als sagte er ein Gedicht für sie auf, und Helene konnte nicht anders, als sich vor ihn zu knien und ihn zu umarmen.

»Danke, Werner. Deine Linde bekommt bei uns einen Ehrenplatz.«

Schweigend hatten Marlis, Lore und Moritz ihnen zugesehen, Moritz mit einem leichten Ausdruck von Protest, weil er es nicht gewöhnt war, dass seine Mutter, außer Cousine Dina, andere Kinder herzte.

»Kommt herein«, lud Helene ein, woraufhin Lore jedoch entschieden den Kopf schüttelte.

»Werner wollte sich nur bedanken«, erwiderte sie. »Wir müssen gleich weiter.«

»Wie du meinst.«

Sollte Lore doch stur bleiben. Eine Frau, die Helene zweimal verflucht hatte, würde sie ganz bestimmt nicht drängen, mit ihr Tee zu trinken.

»Wartet!«

Offenbar hatte sich Moritz seine eigenen Gedanken gemacht, denn er rannte davon, um gleich darauf mit zwei Händen voller Zinnsoldaten zurückzukehren, die er Werner unter die Nase hielt. Werners Augen weiteten sich, noch nie hatte er so viele schöne Figuren auf einem Haufen gesehen.

»Spielst du mit mir?«, fragte Moritz, wobei sich Helenes Herz mitleidig zusammenzog. Ihm fehlten seine Freunde aus dem Nebenhaus, die auf einmal keine Zeit mehr für Moritz hatten. Dass seine jüdische Mutter der Grund dafür war, begriff er noch nicht, und wie sollte er das, wo Helene es selbst nicht verstand?

Sie gab sich einen Ruck.

»Und wenn du Werner ein bisschen bei uns lässt? Marlis geht später mit den Jungen in den Günthersburgpark. Dort könntest du ihn abholen.«

Aufgeregt trat Werner von einem Fuß auf den anderen.

»Bitte, Mama, darf ich?«

Es war Lore anzusehen, wie sie mit sich rang. Aber als Werner inständig flehte, gab sie schließlich nach. Beinahe hätte sie ihn verloren. Wie könnte sie ihm seinen kleinen Wunsch abschlagen?

»Also gut«, stimmte sie zu und mit lautem Indianergeheul stürmte Moritz los, Werner, grinsend wie ein Honigkuchenpferd, hinterher.

»Dann koche ich erst mal Kakao.«

Marlis verschwand, und plötzlich standen Helene und Lore sich allein gegenüber.

»Um vier bin ich im Park«, sagte Lore und wandte sich zum Gehen. Doch dann, als wäre ihr aufgefallen, dass es Werners Retterin gegenüber unhöflich wäre, sich so knapp zu verabschieden, drehte sie sich noch einmal um.

»Das vergesse ich dir nicht.«

Damit lief Lore endgültig die Treppe hinunter, und Helene schloss die Tür.

Mit dem Versprechen, dass auch im Park tausend Abenteuer warteten, war es Marlis gelungen, die Jungen von ihrem Soldatenspiel loszueisen und zu dritt waren sie in den Park abgezogen. Doch kaum wähnte sich Helene ungestört, klingelte es schon wieder. Entnervt schlüpfte sie in ihre Pantoffeln. Hatte Moritz seinen Ball vergessen? Konnte Marlis denn keinen Schlüssel mitnehmen?

Als sie leicht verärgert die Tür öffnete, stand dort Leon mit einem Strauß lilafarbener Astern. Augenblicklich verflog Helenes Gereiztheit und müde war sie auch nicht mehr. Mein Gott, sie hatte ganz vergessen, wie gut er aussah. Die feinen Linien, die sich auf seiner Stirn und um die Augen gebildet hatten, ließen ihn reifer und noch attraktiver wirken, unterstrichen sie doch jene Ernsthaftigkeit, die Leons Züge prägte und die nie ganz verschwand, auch dann nicht, wenn er lächelte. Betroffen stellte Helene fest, dass Leon dieselbe Anziehungskraft auf sie ausübte wie bei ihrer ersten Begegnung vor acht Jahren.

»Darf ich hereinkommen?«

»Bitte.«

Nach Werners dramatischer Rettung am Vortag war es Helene ganz natürlich erschienen, dass Leon sie in den Arm genommen hatte, aber hier, in ihrer Wohnung, in der Moritz' Spielzeuge herumlagen und Viktors Jackett an der Garderobe hing, verwirrte er sie. Ihr Kopf produzierte ungehörige Bilder, die, obwohl Helene Leon nicht einmal berührte, das Gefühl in ihr weckten, Viktor zu hintergehen. Während Leon zuerst sich aus dem Mantel schälte und dann die Blumen aus dem Papier, schwiegen sie befangen.

»Sollten wir die Blumen nicht ins Wasser stellen?«, fragte er mit rauer Stimme.

»Doch!«, rief Helene und da Leon schmunzelte, fügte sie gedämpfter hinzu: »Magst du vielleicht einen Tee oder Kaffee?«

»Gerne Kaffee.«

Er folgte ihr in die Küche, wo Helene Wasser aufsetzte und dann eine Vase heraussuchte, alltägliche Handgriffe, die ihr halfen, das Gleichgewicht wiederzufinden. Währenddessen erzählte ihr Leon, dass er Marlis und die Jungen vor der Haustür getroffen hatte. Streng hätte ihn Moritz darüber ausgefragt, wer er sei und was er von seiner Mutti wolle.

»Sie ist eine Heldin und ich möchte mich bei ihr bedanken«, hatte Leon geantwortet. Mindestens zwei Zentimeter war Moritz daraufhin gewachsen und hatte ihn ungehindert passieren lassen. Helene musste lachen, wie Leon ihr Zusammentreffen schilderte, und die Spannung im Raum ließ nach.

»Moritz nimmt Viktors Auftrag, gut auf mich achtzugeben, sehr ernst«, sagte Helene. »Jedenfalls, wenn er nicht gerade hungrig und müde ist. Oder mit seinen Zinnsoldaten spielt.«

Über ihre Familie zu sprechen, führte sie auf sicheres Terrain. Dennoch vermied sie es, Leon nah zu kommen, was gar nicht einfach war, denn die geräumige Küche schien durch seine Anwesenheit plötzlich allzu klein. Gleichgültig, was Helene tat, ständig streifte sie seinen Arm, stieß an seine Schulter oder berührte beim Aufziehen einer Schublade seine Hand. Jedes Mal fühlte sie sich elektrisiert.

»Moritz scheint mir ein Prachtjunge zu sein«, spann Leon ihr Gespräch weiter, »und trotz seiner dunklen Haare ist er dir wie aus dem Gesicht geschnitten.«

Helene, die gerade die Stiele der Blumen anschnitt, blickte zu Leon hinüber. In *dein* schwarzes Haar würde ich gern greifen und dich küssen, dachte sie. Ihr starker Impuls überrumpelte sie, hatte sie doch geglaubt, dass Gefühle dieser Art ihr in ihrer derzeitigen Misere fernblieben. Während sie Ernas selbst gebackene Kekse auf einem Teller drapierte, erbot sich Leon, die Kaffeebohnen zu zermahlen, so selbstverständlich, als wäre er ein regelmäßiger Gast, dabei war es fünf Jahre her, dass sie sich das letzte Mal gesehen hatten.

Die Couch im Wohnzimmer war lang genug, um ihnen einen gebührenden Abstand zu ermöglichen. Während Helene ihnen Kaffee eingoss, meinte Leon: »Ich bin dir wirklich dankbar, dass du Werner gerettet hast. Nicht nur, weil er ein lieber kleiner Kerl ist und es Lore umgebracht hätte, wenn er gestorben wäre. Ich hätte seinen Tod zu verantworten gehabt.«

»Ganz sicher nicht. Es war Lore, die sturzbetrunken unter …«, sie hielt kurz inne, »unter der Trauerweide gelegen hat.« *Unter unserer Trauerweide*, das hätte zu vertraulich geklungen. Sie nippte am Kaffee, schob die Tasse dann aber naserümpfend von sich. Wieso hatte sie vergessen, dass ihr während der Schwangerschaft davon übel wurde?

»Lore hatte mir Werner anvertraut. Wir wollten zur *Schirn*, um für sie eine Wurst zu besorgen, das hatte sie sich gewünscht. Aber nach wenigen Metern überlegte Werner es sich anders. Es ist nicht gut, wenn Mama alleine ist, hat er gesagt.« Leon lächelte. »Werner ist eben auch so ein ehrenhafter, kleiner Ritter wie dein Moritz. Ich dachte, es wäre in Ordnung, ihn die kurze Strecke alleine zurücklaufen zu lassen, aber offensichtlich fehlt es mir an Erfahrung mit Kindern. Jedenfalls sind Werner ein paar Enten begegnet und mit denen hat er gespielt. Dabei ist er ins Wasser gefallen.«

Wie Schnaps stürzte Leon seinen Kaffee hinunter.

»Ich verstehe dich ja«, sagte Helene und füllte ihm ein Glas mit Viktors gutem Cognac. »Trotzdem, Lore ist seine Mutter. Sie darf sich nicht so gehen lassen.«

In einem Zug leerte Leon sein Glas, und, als er Helene wieder ansah, lag Schärfe in seinem Blick.

»Erik hat sie sitzen lassen. Und es kann einen ganz schön fertigmachen, wenn einem die große Liebe den Laufpass gibt.«

Innerlich versteifte sich Helene. Sprachen sie noch über Lore und Erik? Oder würde Leon jetzt wissen wollen, weshalb Helene nicht ihn, sondern Viktor geheiratet hatte? Schweigend tasteten sie mit den Augen das Gesicht des anderen ab. Wer würde zuerst weitersprechen?

Was Leon in dieser Minute durch den Kopf ging, konnte Helene nicht genau sagen, aber sie war sicher, dass ihre allerletzte Begegnung darin vorkam, im Herbst 1928, kurz bevor Leon Deutschland verließ. Als sie Viktor und nicht ihm, der zufällig im selben Zug anreiste, am Frankfurter Hauptbahnhof um den Hals gefallen war. Dass sie zögerte, war Viktor gar nicht aufgefallen.

Aber Leon hatte es gespürt. Seinen hoffnungsvollen Blick, der sich in schmerzliche Enttäuschung verkehrte, hatte Helene nie vergessen.

»Es tut mir leid«, sagte sie tonlos.

»Was denn?«

Sie wich seinem Blick aus.

»Na, das mit Erik und Lore. Sie war ja schon als Kind ganz vernarrt in ihn.«

Als wenn er sie durchschaut hätte, wurde Leons Blick sanfter und umhüllte sie wie ein Kleid aus zarter Seide, das Helene nicht mehr abstreifen mochte.

»Wie lange bleibst du in Frankfurt?«

»Zwei Tage«, antwortete Leon, »ich wollte nach Lore sehen und meine Kontakte bei der *Frankfurter Zeitung* pflegen.«

Sein Reiseziel war Leipzig, wo er seinen Eltern und Brüdern dabei helfen würde, ihre Visa für die USA zu beantragen.

»Und du, Helene? Wie ist es dir im ersten Jahr der Hitler-Herrschaft ergangen? Kommst du klar?«

So direkt hatte sie das noch niemand gefragt. Nicht ihre, wie sie jetzt hießen, arischen Freunde, die von manchen antisemitischen Verordnungen und Schikanen nicht einmal etwas mitbekamen und deren Alltag weitgehend normal verlief. Auch nicht ihre jüdischen Bekannten, die mit denselben Sorgen zu kämpfen hatten wie Helene. Stockend begann sie Leon zu erzählen, vom Boykott, ihrer Angst auf der Straße, von den Nachbarjungen, die nicht mehr mit Moritz spielten und ihrer Kündigung. Die ganze Zeit über hielt Leon sie mit seinem ruhigen Blick fest umschlungen, aber erst als sie in seinen Armen weinte, bemerkte sie, dass sie tatsächlich eng zusammengerückt waren.

»Du bist also schwanger?«

Zärtlich streichelte Leon ihre Wange und trocknete dabei ihre Tränen.

»Das macht dich zu einer noch größeren Heldin. Ach, Helene, hätte ich das gewusst, wäre ich gestern mit dir heimgefahren und hätte für Lore und Werner eine andere Lösung gefunden.«

»Aber, nein«, entgegnete Helene. »Lore hat dich gebraucht.«

»Und du?«

»Ich?« Sie schluckte. »Ich habe dich vermisst.«

Wie sehr das stimmte, wurde ihr klar, als Leon ihre Hand sanft an seine Lippen führte und sich in Helene eine Lust regte, mit der sie, wie sie bestürzt feststellte, Viktor in all den Jahren nie begehrt hatte.

Als anständige Ehefrau müsste sie Leon unverzüglich fortschicken. Aber was hieß denn heutzutage schon anständig? War es vielleicht anständig, dass ihre Zukunftspläne torpediert worden waren, während Viktor von einem Kongress zum nächsten gondelte, wo man Lobeshymnen auf seine Fachkenntnis sang? Ihr eigenes Leben lag auf Eis und Helene selbst war darin erstarrt. Weshalb sollte sie nicht einen kostbaren Augenblick lang auftauen und sich lebendig fühlen?

Sie zog Leon an sich und küsste ihn, erst behutsam, dann, nachdem er ihren Kuss zögernd erwiderte, leidenschaftlich. Sie schwamm gegen den Strom der Zeit und verwandelte sich zurück in die junge Helene, ungestüm, optimistisch und selbstbewusst.

»Du vermisst mich also«, murmelte Leon, seine Lippen an ihren. »Warum hast du dann keinen meiner Briefe beantwortet?«

Helene richtete sich auf und strich ihm durchs Haar.

»Weil ich verheiratet bin. Es hätte sich nicht richtig angefühlt.«

Trotzdem hatte sie seine Briefe verschlungen, die sie alle paar Monate erreichten. Anschaulich und unterhaltsam schenkten sie ihr einen Einblick in Leons neues Leben und in eine Welt, die ganz anders war als ihre.

»Dass wir uns küssen, fühlt sich aber richtig an?«

Ja, dachte Helene.

Leon löste sich von ihr und bediente sich großzügig an Viktors Cognac. Mit dem Glas in der Hand blieb er am Fenster stehen und blickte auf die ruhige Gabelsberger Straße hinab, wo es mit Sicherheit nicht viel zu sehen gab. Bereute er, dass er sich von Helene hatte mitreißen lassen? Weil es sich nicht gehörte, die Frau eines anderen zu begehren, noch dazu, wenn sie ein Kind erwartete? Oder weil er selbst in festen Händen war? Einen Moment lang betrachtete Helene seinen muskulösen Rücken, dann räusperte sie sich, und sofort wandte sich Leon ihr zu.

»Lore sagt, du hättest jemanden kennengelernt? Eine Frau, die gut zu dir passt. Besser als ich.«

Es sollte flapsig klingen, doch das misslang. Jetzt lächelte Leon.

»Besser als du? Das weiß ich nicht. Aber Lore hat recht, vielleicht werde ich heiraten. Kommt ganz darauf an.«

»Worauf?«

»Auf dich.«

In der Stille, die folgte, wuchsen diese zwei kleinen Worte, bis sie riesengroß im Raum standen. Leon ließ sein Cognacglas stehen und kehrte zu Helene aufs Sofa zurück.

»Mein Gott, natürlich sollte ich so etwas nicht sagen. Aber ich weiß, dass ich es bereue, wenn ich es nicht tue.«

Sie ahnte, was jetzt käme, und fürchtete es. Gleichzeitig wünschte sie sich, von Leon zu hören, dass er sie noch begehrte. Sie sehnte sich nach schmeichelnden Worten, unbeschwertem Leben und etwas Glück.

Leon knetete seine Hände, als wollte er sie davon abhalten, Helene zu berühren.

»Was immer früher zwischen uns schiefgelaufen ist, wir sollten es uns verzeihen.« Seine Stimme wurde leiser, als hätte er Angst, dass ihn irgendjemand hörte.

»Als ich dich gestern völlig unerwartet im Arm hielt, ist mir klar geworden, dass ich dich noch immer liebe. Und, Helene, ich glaube, du liebst mich auch.«

Er verstummte, und als er die Augen schloss, fragte sie sich, ob er wohl betete, darum, dass der Himmel ihn von seiner verwerflichen Liebe erlöste, der Leon noch einmal sein Herz geöffnet hatte. Doch als er sie wieder ansah, wirkte er nicht sehr gottesfürchtig. Seine Augen glänzten voller Verlangen und Helene konnte seinen Küssen und Umarmungen nicht widerstehen.

Und wenn sie einfach Ja sagte? Sie war doch selbst überrascht, wie viel sie noch für Leon empfand, und seine Liebe eröffnete ihr eine Welt, in der sie wieder mehr sein durfte als eine ausgegrenzte Jüdin. Was, wenn sie mit ihren Kindern nach Amerika ginge, in ein freies Land, Tausende Kilometer von Hitler entfernt? Dann gäbe sie alles auf, was ihr in Frankfurt lieb und teuer war, und ließe Viktor, ihre Eltern und Schwestern im Stich. Bei dieser Vorstellung zerstob ihr Gedankenspiel. Außerdem war da noch ihr Geheimnis, das sie vor Leon hütete. Das, was sie getan hatte, würde er niemals vergeben können. Sie konnte es sich ja selbst kaum verzeihen und es ihm weiterhin zu verschweigen, wäre dann auch keine Möglichkeit. Sie käme sich an Leons Seite wie eine Betrügerin vor.

»Entschuldige mich.«

Sanft schob sie Leon von sich und stand auf, um aus einer kleinen Kommode eine fast leere Packung Zigaretten, ihre Notration, hervorzukramen. Den Kopf an Leons Schulter gelehnt, rauchte sie schweigend, das bisschen Nikotin würde ihrem Kind schon nicht schaden. Gemeinsam verfolgten sie die feinen Schwaden, die hinüber zur Wand mit den Familienfotos zogen, neben denen Viktor, gut sichtbar, seine medizinischen Auszeichnungen aufgehängt hatte. Leon betrachtete das größte der Bilder, vor zwei Jahren hatten sie es auf Rügen aufgenommen. Arm in Arm lachen Helene und Viktor in die Kamera, Moritz sitzt auf Viktors Schultern und zerzaust dessen braunes Haar gemeinsam mit dem Seewind.

»Zieht dein Mann eigentlich in Erwägung, mit euch fortzugehen?«, fragte Leon. »Ihr seid Ärzte. Arbeit findet ihr überall.«

Plötzlich klang er wieder wie der Journalist Lewandowski, der eine Situation analysierte.

»Viktor geht nicht fort. Was soll er in einem anderen Land, in dem er – und das sind seine Worte – ein Niemand ist? Hier hat er eine große Karriere vor sich. Und ich will an die *Clementine* zurück.«

»Vergeude deine Zeit nicht mit Illusionen, Helene. So schnell verschwindet Hitler nicht. Schließlich hat er diejenigen, die ihn bekämpfen, vertrieben oder weggesperrt.«

Er zog sie an sich, eher grob als zärtlich, so als wollte er sie schütteln.

»Die Anzahl der Visumsanträge ist in die Höhe geschossen. Wenn das so weitergeht, wird es schwierig. Kein Land, auch nicht die Vereinigten Staaten, wird auf Dauer Tausende jüdischer Flüchtlinge aufnehmen. Kümmere dich um Visa und Schiffspassagen, mit einer Bürgschaft könnte ich dir helfen.«

Helene versuchte, sich Leon zu entwinden, aber er hielt sie fest.

»Du musst raus aus Deutschland! Du und deine Kinder. Wenn Viktor nicht mitzieht, kommt zu mir nach New York.«

»Du rätst mir, meinen Mann zu verlassen?«

Endlich ließ Leon sie los und antwortete bedächtig, als wägte er jedes Wort ab.

»Ich rate dir, aus Deutschland wegzugehen. Mit oder ohne Viktor, ja.«

Gekünstelt lachte Helene auf und zerdrückte ihre Zigarette im Aschenbecher.

»Du bist ja verrückt.«

Was sie sich selbst als kurze Träumerei hatte durchgehen lassen, wirkte aus Leons Mund anmaßend. Als wüsste er besser als Helene selbst, was sie zu tun hätte.

»Als ob ich mich grundlos von Viktor trenne. Nur, weil du wie immer den Teufel an die Wand malst.«

»Tue ich nicht. Mit einer jüdischen Ehefrau kann Viktor seine Karriere vergessen. Die ist ihm aber wichtig, sagst du. Wie würde sich dein Mann entscheiden, wenn er womöglich zwischen dir und seiner Karriere wählen müsste? Kannst du das mit Gewissheit sagen?«

Helene riss die Augen weit auf. Was Leon andeutete, war ungeheuerlich. Zwar hatte sie von Fällen gehört, in denen man Ärzte aufgefordert hatte, sich von ihren jüdischen Partnerinnen zu trennen. Aber darüber hatte sich Viktor genauso aufgeregt wie sie.

»Lässt dein Mann sich scheiden«, sprach Leon gnadenlos weiter, »dann ist er außer Gefahr. Du, Helene, bist es nicht.«

Am liebsten hätte sie sich die Ohren zugehalten.

»Hör doch auf«, unterbrach sie ihn. »Viktor liebt mich und würde mich nie verlassen. Er ist immer für mich da gewesen.«

»Und wo ist er jetzt?«

»Du liebe Güte, auf einem Kongress. Du kennst Viktor nicht, also unterstell ihm nichts. Und von Deutschland hast du auch keine Ahnung mehr, du bist zu lange fort gewesen. Wahrscheinlich übertreibst du es deshalb mit deiner Schwarzseherei.«

»Unterschätz nicht den klaren Blick des Außenstehenden.«

»Und du nicht meine Menschenkenntnis.«

Ärgerlich friemelte Helene eine neue Zigarette aus der Packung. Leon hatte ihre Angst geschürt und den stimmungsvollen Nachmittag ruiniert, in den sie sich hatte fallen lassen.

»Ich will dir doch nicht wehtun. Ich mache mir Sorgen um dich, weil ich dich liebe.«

Zärtlich drang Leons Stimme an ihr Ohr, aber Helene wollte ihm nicht mehr zuhören. Sie wünschte sich in ihr Bett zurück, mit den weichen Kissen, unter denen sie sich würde vergraben können.

»Bitte, Helene, denk gründlich darüber nach.«

»Einen schönen guten Tag wünsche ich.«

Helenes Zigarette, mit der ihre nervösen Finger gespielt hatten, fiel zu Boden.

»Viktor! Bist du schon zurück?«

Völlig überraschend stand ihr Mann im Wohnzimmer, bekleidet mit Hut und Mantel, auf den Lippen ein schmales Lächeln, das noch kleiner wurde, als er ihren Besucher erkannte. Blitzschnell glitt sein Blick über den Kaffeetisch, den Blumenstrauß, den Aschenbecher, Leons Cognacglas und blieb an Helene hängen. Nach einer Schrecksekunde sprang sie auf und umarmte ihren Mann, Leon kam dazu, um Viktor die Hand zu schütteln. Derweil Viktor Hut und Mantel auf einem Sessel ablegte, goss Helene ihm einen Cognac ein.

»Ich habe dich erst übermorgen erwartet«, sagte sie, bemüht, freudig zu klingen. Nicht auszudenken, was geschehen wäre, wenn ihr Mann früher nach Hause gekommen wäre und Helene eng umschlungen mit Leon vorgefunden hätte. Sie reichte Viktor, der sie kühl musterte, das Glas. Ob ihre Augen noch gerötet waren?

»Ich bin direkt nach dem Kongress heimgekommen. Meinem Wiener Freund habe ich abgesagt, weil ich dachte, du fühlst dich einsam.«

Er lachte gezwungen, was Helene zu ihrem eigenen Erstaunen geschickt überspielte.

»Das ist lieb von dir, Viktor. Moritz müsste auch gleich zurück sein. Na, der wird Augen machen, wenn er dich sieht.«

Sie hakte Viktor unter und führte ihn zum Sofa. Leon warf einen Blick auf seine Armbanduhr.

»Leon ist nur ganz kurz in Frankfurt«, erklärte Helene.

»Und Ihre Frau war so freundlich, mich spontan zu empfangen. So hatte ich Gelegenheit, mich bei ihr zu bedanken.« Leon deutete auf den Strauß Astern.

»Hm.«

Wieso er Helene Dank schuldete, schien Viktor nicht zu interessieren.

»Ich dachte, Sie wären nach Amerika übergesiedelt, Herr Lewandowski. Was führt Sie ins Deutsche Reich zurück?«

»Meine Eltern«, erwiderte Leon schlicht. »Ich werde sie nach Amerika holen.«

In diesem Moment flog die Wohnungstür auf und Moritz, gefolgt von Marlis, stürmte herein.

»Papa!«, brüllte er begeistert und flog Viktor um den Hals. »Hast du mir etwas mitgebracht?«

»Aber natürlich, Sohnemann. Der neue Zinnsoldat liegt im Koffer.«

Normalerweise hätte Moritz verlangt, sein Spielzeug sofort auszupacken, aber Leons Anblick erinnerte ihn daran, dass er seinem Vater Wichtiges zu berichten hatte.

»Mutti ist eine Heldin. Wegen Werner, der ist in den Main gefallen. Aber jetzt musste Werner nach Hause. Schade. Mutti, darf er mal wiederkommen?«

Marlis prustete los und Helene gab Moritz einen Kuss auf die Nase, während Viktor ratlos von einem zum anderen blickte. Moritz' Version der Ereignisse ergab nur einen Sinn, wenn man den Rest der Geschichte kannte. Als sie ihm, wortreich und manchmal gleichzeitig erzählten, wie Helene dem kleinen Werner das Leben gerettet hatte, entspannte sich die Stimmung im Wohnzimmer. Moritz hing an Leons Lippen, weil dieser mit eigenen Augen gesehen hatte, wie Helene seinen neuen Freund wieder zum Leben erweckt hatte.

»Daher die Blumen«, sagte Viktor schließlich und lächelte Helene zum ersten Mal seit seiner Rückkehr an.

»Gott sei Dank ist bei der Aktion weder dir noch unserem Kind etwas passiert. Ab sofort musst du etwas vorsichtiger sein.«

Demonstrativ warf Viktor einen Blick auf den Aschenbecher und Helene nickte, erleichtert, weil Viktor trotz der Rüge versöhnlich erschien.

»Ich werde Sie hinausbegleiten«, sagte er freundlich, aber bestimmt zu Leon, als dieser sich verabschiedete, und Helene widersprach nicht, sondern kämpfte mit den Tränen. Dann ein letzter Händedruck, in den Leon still seine Bitte legte, Helene möge ihm nach New York folgen. Zumindest glaubte Helene dies in seinen dunklen Augen zu lesen. Als Leon mit Viktor das Wohnzimmer verließ, hörte sie ihren Mann fragen: »Herr Lewandowski, verraten Sie mir noch, worüber sich meine Frau so dringend Gedanken machen soll?«

Leons Antwort hörte Helene nicht mehr und auch Viktor erzählte sie ihr später nicht. Kein weiteres Wort verlor er über Leons Besuch.

Frankfurt den, 20. Oktober 1933

Mein lieber Leon,
hoffentlich erreicht Dich mein Brief bei Deinen Eltern, bevor Du nach New York abreist. Ich bin zuversichtlich, dass Du alles Nötige für sie regeln konntest und ihrem Umzug nach Amerika bald nichts mehr im Wege steht.

Dich wiederzusehen, war ein Geschenk für mich, auch wenn mir die Erinnerung an unsere Küsse und Gespräche den Schlaf raubt.

Was für ein großes Herz Du hast, doch bitte verzeih mir, wenn ich Deine liebevoll ausgestreckte Hand nicht annehme.

Ich bleibe in Frankfurt, bei meiner Familie und bei Viktor. Er hat mir nie einen Grund gegeben, an seiner Liebe zu zweifeln oder daran, dass er zu mir steht. Und dasselbe empfinde und tue ich für ihn.

Meine übrige Familie hat natürlich darüber nachgedacht fortzugehen, wie die meisten mir bekannten Juden. Doch lassen sich meine Eltern noch schwerer aus ihrer gewohnten Umgebung herausreißen als ich, und der Gedanke, ohne sie zu gehen, ist unerträglich. Wenn es Anton, den Ältesten von uns Geschwistern, tatsächlich nach Palästina verschlägt, sollte doch wenigstens ich, die älteste Tochter, ihren Eltern und Schwestern zur Seite stehen.

Du sagtest einmal, Menschen wären keine seltenen Gewächse, die nur in einem speziellen Boden gedeihen würden. Für Dich und die Deinen mag das stimmen, Leon, für mich und meine Familie aber nicht.

Inzwischen habe ich die von Dir empfohlenen Seiten in »Mein Kampf« gelesen. Du hast recht, würde Hitler verwirklichen, was er dort beschreibt, wäre alles, was wir bisher erlebt haben, ein Vorgeplänkel gewesen. Allerdings sehe ich Deutschlands Zukunft nicht so schwarz wie Du. Die Deutschen wollen keinen Krieg und auf Dauer sicher keinen Führer, der einen solchen betreibt. Deshalb dürfen wir hoffen, dass wir den Fanatiker Hitler bald wieder los sind. Und wenn es so weit ist, dann will ich mein Leben dort aufnehmen, wo es mir die Nazis durchtrennt haben. Auch deshalb bleibe ich hier.

Von Herzen wünsche ich Dir eine glückliche Zukunft, eine liebe Ehefrau und viele Kinder (mindestens vier wolltest du, richtig?). Ich wünsche Dir das Allerbeste!

Nun komme ich zum Ende. Und dieses Mal bitte ich Dich: Schreib mir nicht mehr! Lass uns unserer Wege gehen und die guten Erinnerungen im Herzen bewahren. In meinem ist Dir Dein Platz sicher.

Für immer,
Deine Helene

P. S. Marlis darf für die Frankfurter Zeitung arbeiten, was sie Deiner Fürsprache zu verdanken hat. Der Leiter des Feuilletons, ein getaufter Jude, weiß zwar nicht, wie lange er noch etwas zu sagen hat, aber für den Augenblick ist Marlis als Fotografin engagiert. Danke!

Obwohl sie nicht damit rechnete, dass Leon sich noch einmal melden würde, wartete Helene in den ersten Wochen unruhig auf den Briefträger. Doch der brachte keine Post aus New York. Leon kam ihrer Bitte also nach. Das hatte Helene gehofft, doch zugleich vermisste sie seine Briefe und die Träume, die sie ihr ermöglichten.

Zu Beginn des vierten Monats ihrer Schwangerschaft ließ ihre morgendliche Übelkeit nach und Helene hatte genug davon, die Zeit totzuschlagen. Sie begann, ihrem Vater in der Praxis zu helfen, die er für jüdische Patienten weiterhin betreiben durfte.

Mitte November bestätigten die Reichstagswahlen Hitlers Regierung, gleichzeitig votierte die Mehrheit im Land für den Austritt aus dem Völkerbund. Noch kein Jahr regierte Hitler und schon hatte er Deutschland seinen Stempel aufgedrückt. Trotzdem blieb Helene dabei: Mochte eine Welle der Unzufriedenheit Hitler auch nach oben gespült haben, sie würde brechen und er würde stürzen. Selbst Männer wie Viktors Vater, der nicht immer ein Judenfreund gewesen war, vertrat die Ansicht, dass sich wirtschaftliche Probleme nicht lösen ließen, indem man florierende jüdische Geschäfte zerstörte und kluge Köpfe vertrieb.

Der November ging in den Dezember über, für Helene, abgesehen von ihren Weihnachtsvorbereitungen, eine ruhige Zeit. Mit Viktor besuchte sie ein Konzert der »Comedian Harmonists«, denen Frankfurt ihren Auftritt noch gestattete, während andere Städte mit der Begründung abgesagt hatten, dass drei der Musiker Juden und nicht Mitglied der Reichskulturkammer waren. Einige Lieder summte Helene leise mit, doch als »Irgendwo auf der Welt gibt's ein kleines bisschen Glück« erklang, brach ihr die Stimme und sie weinte. Nach dem Konzert flanierten Helene und Viktor über den Weihnachtsmarkt am Römer und tranken Glühwein, wie sie es in jedem Jahr getan hatten.

Kurz vor Heilig Abend dann saß Lore im Wartezimmer von Paul Bornsteins Praxis. Da sie keinen Termin vereinbart hatte, musste sie eine ganze Weile warten, bis Helene sie ins Sprechzimmer bat.

»Tag.«

»Guten Tag, Lore.«

Kurz flackerte Helenes Erinnerung an den Tag auf, an dem Leon und Lore den verletzten Erik zu ihr gebracht hatten, der am Rande der Internationalen Arbeiterolympiade von irgendwelchen Rüpeln zusammengeschlagen worden war. Ein verliebtes, rotwangiges Mädchen war Lore damals gewesen.

Heute sah Lore zwar nicht so aus, als ob sie getrunken hätte, zu dünn war sie aber trotzdem, ihre Gesichtsfarbe wirkte ungesund und ihr Blick mürrisch.

»Was kann ich für dich tun?«, fragte Helene, woraufhin Lore begann, wortlos in ihrer Tasche zu kramen.

»Mir fehlt gar nichts«, antwortete sie dann. »Ich bin nur deswegen hier.«

Sie überreichte Helene einen Brief.

Er kam aus Übersee. Von Leon.

Rasch bedankte sich Helene und wünschte ihr und Werner frohe Weihnachten. Gar nicht schnell genug konnte sie Lore loswerden. Erst im Nachhinein tat es ihr leid, die junge Frau nicht einmal gefragt zu haben, wo sie die Feiertage verbringen würde, ohne Erik und ohne ihren Vater, aber in diesem Moment dachte sie nicht daran. Sie schloss sich in der Toilette ein und riss den Umschlag auf. Ein kleiner Zettel fiel heraus, auf dem Leon ihr seine neue Adresse aufgeschrieben hatte, irgendeine Straße in einem New Yorker Stadtteil namens Washington Heights.

Liebe Helene,
ich bin für Dich da, wenn Du mich brauchst.
Dein Leon

Außerdem hatte er ein Gedicht von Heinrich Heine dazugelegt. Als sie es gelesen hatte, kamen ihr zwar die Tränen. Laut lachen, musste sie aber auch.

Der Brief, den du geschrieben,
Er macht mich gar nicht bang;
Du willst mich nicht mehr lieben,
Aber dein Brief ist lang.

Zwölf Seiten, eng und zierlich!
Ein kleines Manuskript!
Man schreibt nicht so ausführlich,
Wenn man den Abschied gibt.

New York, September 1947

John ist niemand, der lange fackelt, und genau das hat Marlis von Anfang an gefallen. Er fragt auch nicht viel, was ihr dabei hilft, Marlis Bornstein hinter sich zu lassen und sich auf ihr New Yorker Leben als Mary Watson zu konzentrieren. Das hat in den letzten fünf Jahren ausnehmend gut funktioniert – bis Hella kam, denn mit sich brachte sie auch die Vergangenheit, die sie überall im Haus verteilt, so dass Marlis an jeder Ecke darüberstolpert. Täglich fühlt sie sich ermahnt, dankbar dafür zu sein, dass sie Deutschland verlassen konnte, bevor das Grauen seinen Höhepunkt erreichte. Wenn sie Helene im Schlaf aufschreien hört oder die Dielen knarzen, weil ihre Schwester ruhelos durch die Zimmer geistert, verfolgt von dunklen Schatten, die Marlis nicht kennt, dann hebt die Schuld ihr schweres Haupt und klagt Marlis wortlos an, ihre Familie im Leid alleingelassen zu haben.

Zermürbend ist auch, dass Hella es ihr verübelt, nicht genügend Deutsch mit Moritz zu sprechen und jede seiner jugendlich ungehobelten Bemerkungen Marlis als Versagen anlastet. Dass es ihrer Schwester zusetzt, wie fremd sie und Moritz sich geworden sind, kann Marlis verstehen. Aber begreift Hella nicht, dass ihre verletzten Blicke, wenn Moritz Marlis umarmt oder sich auch nur über alltägliche Dinge mit ihr unterhält, es ihnen allen genauso schwer machen wie die krampfhaften Versuche, einen jungen Mann nach ihren Vorstellungen zu erziehen?

»Sie hat viel durchgemacht. Hab Geduld mit ihr«, pflegt John zu sagen, aber etwas in Marlis sträubt sich dagegen. Hat sie,

Marlis, das etwa nicht? Wieso nimmt Helene keine Rücksicht darauf? Weshalb ist sie so gemein und verdirbt Marlis gar schöne Momente wie den, als Samantha sie zum ersten Mal »Mama« genannt hat? Sie war so glücklich darüber. Doch anstatt sich mit ihr zu freuen, hatte Hella ihr lauter Gemeinheiten an den Kopf geknallt.

»Du hast mir den Sohn gestohlen!«, rief sie mit verzerrtem Gesicht und warf Marlis vor, selbstsüchtig zu sein. Helenes erbitterte Beharrlichkeit, mit der sie darauf pochte, Marlis habe ihr das Leben zu verdanken, verärgerte Marlis am meisten. Letztlich ist sie ja wohl durch ihre Heirat in die USA gelangt.

In den vergangenen Tagen ist John die aufgeladene Stimmung im Haus ziemlich auf die Nerven gefallen. Kurzerhand hat er sich deshalb an diesem Samstag freigenommen, um einen Familienausflug nach Manhattan zu unternehmen. Ihrem Schwager diesen Wunsch abzuschlagen, bringt Hella, die Jackson Heights nicht gern verlässt, scheinbar nicht übers Herz. Jedenfalls sitzt sie nun, Samantha auf dem Schoß, steif auf der Rückbank des Chevrolets, während Moritz auf dem Beifahrersitz murrt, lieber zum Football zu wollen. Doch John lässt keine Ausreden gelten. Er wird der Familie ein paar schöne gemeinsame Erlebnisse bescheren, dabei werden sie sich schon zusammenraufen. Außerdem soll Helene endlich sehen, in welch einer famosen Stadt sie gelandet ist. Das, meint John, wird ihr Auftrieb geben. Nur Marlis bleibt stur dabei, dass sie wegen eines wichtigen Termins nicht mitkommen kann.

»Ich treffe euch um drei am Bootshaus im Central Park«, verabschiedet sie sich, erleichtert darüber, dass es ihr erspart bleibt, den Vormittag über mit anzusehen, wie Hella mit völlig falschen Mitteln um Moritz' Liebe buhlt. Sie winkt dem Chevrolet nach, aus dem John wie ein überdrehter Teenager frenetisch zum Abschied hupt. Kopfschüttelnd, aber lächelnd kehrt Marlis ins Haus zurück, wo sie den Frühstückstisch abräumt. Sie liebt ihren Mann mit seinem unbestechlichen Pragmatismus und das amerikanische Leben, das er ihr bietet, weitab von der Melancholie vieler Emigranten, die einem Deutschland hinterhertrauern, das es nicht mehr gibt.

Kennengelernt hat sie John Anfang der vierziger Jahre in London, wo sie als Haushälterin bei den Eltern eines Freundes von ihm arbeitete. Damals erzählte sie John nur, dass sie Jüdin wäre und dank ihrer Arbeit in Großbritannien bleiben dürfte. »Ist Moritz dein Sohn? Gibt es einen Mann in deinem Leben?« Nur das hatte John wissen wollen, und als sie beide Fragen verneinte, ließ er ihre Vergangenheit in Ruhe.

Bereits vor dem Krieg war er als Ingenieur nach Großbritannien gekommen, um die britische Armee dabei zu unterstützen, die U-Boot-Technik und die Unterwasserortungsgeräte zu optimieren. Als der Krieg begann, blieb er. Wenn deutsche Bomben fielen und Marlis den kleinen Moritz so fest an sich presste, dass dieser jammerte, weil sie ihm die Luft abdrückte, umschloss John sie beide mit kräftigen Armen und sprach ihnen mit fester Stimme Mut zu. Hundertmal wiederholte er, dass ihnen nichts zustoßen würde, wenn sie zusammengepfercht mit tausend anderen auf den Schienen der Londoner U-Bahn kauerten, die als Luftschutzkeller fungierte, weil es keine anderen Schutzräume gab. Irgendwo hatte jemand ein altes Klavier aufgestellt und spielte darauf, was John und Moritz beruhigte, während Marlis es hasste, in den dämmerigen Schächten klassischer Musik zu lauschen, als begleitete diese den Untergang Londons wie die Melodien der tapferen Schiffskapelle das Versinken der Titanic. Doch London blieb standhaft und auch Marlis tat ihr Bestes, um nicht zu verzweifeln. Wenn sie sich aus Sorge um ihre Familie schlaflos im Bett wälzte, raunte John ihr ins Ohr, dass alles gut werden würde. Musste er fort, kuschelte sich Moritz an sie. Die geteilte Angst schweißte sie zusammen, mehr aber noch, dass sie sich gegenseitig trösteten und ermutigten. Marlis war Moritz' Familie und er war ihre. Von Hella und den anderen Bornsteins hatte Marlis seit Kriegsbeginn zunächst selten, dann gar nichts mehr gehört. Bloß von Anton wusste sie, dass er mit Judith und Dina in Tel Aviv lebte, wo er eine kleine Schuhfabrik führte und einen Sohn bekommen hatte, der nach seinem Großvater Paul benannt worden war. Nach einem Luftangriff der Italiener im September 1940 war Antons Fabrik schwer beschädigt worden, dennoch verzagte er nicht. *Uns geht es gut*, schrieb Anton nach London, *und haben wir uns nicht immer wieder aufgerappelt?*

Und das taten auch Marlis und Moritz. Gemeinsam wuchsen sie in den Londoner Kriegsalltag hinein und in die englische Sprache. Kam John von einem Einsatz zurück, fühlten sie sich, als wäre der Ehemann und Familienvater heimgekehrt.

»Könntest du dir vorstellen, mit mir als Mrs. Watson nach New York zu gehen?«, hatte John sie schließlich eines Abends, als Moritz schlief, gefragt. Im Stadtteil Queens hatte man gerade mit dem Bau des *Idlewild Airport* begonnen und John eine interessante Stelle angeboten. Der neue Flughafen würde einmal der größte Verkehrsflughafen im Großraum New York werden und John brannte darauf, sich an diesem ehrgeizigen Projekt zu beteiligen.

»Und was ist mit Moritz?«, fragte Marlis pro forma.

»Der kommt natürlich mit, und wenn, was Gott verhüte, seine Eltern den Krieg nicht überleben, dann adoptieren wir ihn. Dann heißt er Mr. Moritz Watson, der große Bruder aller Babys, die wir noch bekommen.«

»Dann liebend gerne.«

Obwohl die amerikanischen Ärzte bestätigten, dass sie einwandfrei gesund wäre, erlitt Marlis eine Fehlgeburt nach der nächsten. Erst als der Krieg vorbei war und nachdem sie Klarheit über das Schicksal ihrer Familie erlangt hatte, wurde Samantha geboren.

Und bei ihr, denkt Marlis, wird es auch bleiben, denn für weitere Schwangerschaften fühlt sie sich nicht mehr stark genug. Außerdem hat sie einen Beschluss gefasst, sie will wieder arbeiten. Nicht als *Tupperware*-Verkäuferin, wozu Audrey sie hat überreden wollen, nein, sie will fotografieren, so wie früher.

Vielleicht bekäme sie schon ab heute die Gelegenheit dazu, dank Audrey, zu deren *Tupper*-Kundinnen eine Dame zählt, deren Schwager ein Fotostudio in der Künstlergegend Greenwich Village führt. Er hat sich bereit erklärt, Marlis' Fotografien anzuschauen.

In Hellas Zimmer, tief verborgen in einem Schrank, in dem die Watsons lauter Dinge aufbewahren, die niemand mehr braucht, von denen sie sich aber auch nicht trennen wollen, findet Marlis ihre alte Leica, das einzige materielle Andenken an ihren Vater. Behutsam steckt sie die Kamera in ihre Tasche, zusammen mit einer Fotomappe, die andere Motive enthält als ihre Familie oder Freunde aus alten Zeiten. Im Hinausgehen fällt ihr Blick auf einen Brief, den Helene offen auf dem Tisch hat liegen lassen, und obwohl Marlis weiß, dass es sich nicht gehört, liest sie ihn.

Liebe Helene,
hast du mich vergessen, Du treulose Tomate?

Ich möchte unbedingt wissen, wie es Dir geht. Erzähl mir endlich, wie der Broadway aussieht und ob Du schon James Stewart und Clark Gable getroffen hast.

Aber am allermeisten interessiert es mich, wie Dein Wiedersehen mit Moritz war. Wahrscheinlich kann Deine Familie ihr Glück kaum fassen. Verwöhnen sie Dich nach Strich und Faden? Badest Du in Milch und Honig? Und kannst Du Dich jeden Tag satt essen? Darauf bin ich etwas neidisch, das muss ich schon sagen.

Den Hungerwinter hast Du ja noch miterlebt, ach Helene, wir hungern immer noch, und jeden Tag träume ich von einem vollen Magen. Zum Glück ist jetzt Sommer, ein sehr heißer dazu, darum müssen wir wenigstens keine Kohlen klauen. Aber bald wird es Herbst, und vor dem nächsten Winter graut es uns allen.

Meine Nachbarin, die Glückliche, hat ein Care-Paket bekommen. Mit ihren zwei kleinen Kindern kann sie das brauchen. Und trotzdem hat die gute Seele mir Kaffee, Margarine und sogar Schokolade abgegeben. Das Corned Beef hat sie natürlich selbst behalten. Ich war ihr so dankbar, dass ich fast geflennt hätte, und Du weißt, dass ich nicht nah am Wasser gebaut bin.

Nun musst Du mich für einen furchtbaren Jammerlappen halten. Dabei ist nicht alles schlecht. Oskar und ich haben Arbeit im Lichtspielhaus Bieberau gefunden, Oskar als Filmvorführer, ich verkaufe Eintrittskarten, so wie früher. Die Eröffnungsfeier war ein ganz schönes Spektakel. Der Leim für die Armlehnen an den Stühlen reichte nicht aus, deshalb musste man Hunderte von Küchenstühlen heranschleppen. Aber glaub mal nicht, dass das irgendjemanden gestört hätte. In dieser Trümmerlandschaft ist das Bieberau eine Oase, schon allein, weil hier jeder für ein paar Stündchen seinen knurrenden Magen vergisst.

Mein Werner lernt fleißig, nächstes Jahr will er seinen Schulabschluss machen. In unserer Familie wird er der Erste mit Abitur sein, stell Dir das vor! Ach, Gott, was bin ich dankbar, dass ihm Hitlers Volkssturm erspart geblieben ist und er lebt.

Und jetzt rate mal, was Werner studieren will? Ja, womöglich tritt er in die Fußstapfen einer gewissen Helene. Weißt Du, dass er die Prozesse gegen NS-Ärzte verfolgt hat? Ihre Urteile wurden gesprochen, kurz nachdem Du fort warst. Unfassbar, dass diese Ärzte Häftlinge und sogar Kranke gequält und getötet haben, wo es doch ihr Beruf ist, andere zu heilen. Manchmal halte ich mir die Ohren zu, wenn Werner davon erzählt, und will das gar nicht alles hören.

Du meine Güte, erst jammere ich, und dann quassele ich die ganze Zeit von mir. Dabei gibt es eine interessante Neuigkeit. Über Umwege habe ich Post von Leon erhalten. Er fragt nach Dir, Helene. Deshalb schicke ich Dir seine neue Adresse.

Sei kein Feigling und melde Dich bei ihm.

Es scheint Leon gut zu gehen. Er arbeitet als Journalist und hat inzwischen vier Kinder.

Lass bald von Dir hören und vergiss mich nicht,

Lore

Wer diese Lore wohl ist? Sie scheint Hella gut zu kennen, da sie offenbar über Leon Bescheid weiß. Sonst verraten ihre Zeilen nichts, was Marlis helfen würde, sich Hella näher zu fühlen. Von Amerika hat Lore jedenfalls keinen blassen Schimmer. In

Milch und Honig baden, von wegen. Nun ja, Marlis hatte ähnlich verklärte Vorstellungen, bevor sie herkam. Und ein Segen ist es ja tatsächlich, sich nicht darum sorgen zu müssen, satt zu werden.

Werner, Lores Sohn. Der Name sagt ihr doch etwas, und dann fällt Marlis ein, dass es der Junge ist, den Hella vor dem Ertrinken gerettet hat. Ja, so ist ihre Schwester gewesen, beneidenswert tatkräftig, entscheidungsfreudig und mutig. Davon scheint der Krieg ihr nicht viel übrig gelassen zu haben, denn die Frau in Hellas Haut wirkt so bitter und unentschlossen, dass Marlis sich fragt, ob es ihr gelingen wird, in Amerika Fuß zu fassen. Vielleicht schafft John es ja, sie zu überreden, wenigstens den von Shirley empfohlenen Englischkurs für Emigranten zu besuchen. Unwirsch legt Marlis den Brief zurück auf den Tisch.

Ausgebreitet auf Andrew Parkers Verkaufstheke liegen die Bilder, die Marlis vor langer Zeit geknipst hat. Eingehend studiert sie der Fotograf und kommentiert sie mit einsilbigen Lauten, die Marlis nicht zu deuten weiß. Nach allem, was sie von Audrey erfahren hat, arbeitet Andrew – wie sie ihn nennen soll – an einem Bildband über europäische Großstädte vor dem Krieg und Marlis hofft, dass ihre Aufnahmen ihm zusagen. Der Frankfurter Weihnachtsmarkt mit seinen geschmückten Ständen, auf deren Dächern der Schnee wie Puderzucker aussieht, der Römer im Sonnenschein, der bläulich schimmernde, zugefrorene Main, auf dem Hand in Hand Schlittschuhläufer übers Eis sausen und ein Mädchen eine Pirouette dreht, der beeindruckende Dom, die geschichtsträchtige Paulskirche, das Opernhaus, die Hauptsynagoge und die an der Friedberger Anlage, wo sich zum Schabbatbeginn vor dem Uhrtürmchen die orthodoxen Juden trafen. Zerstörte Orte, die Marlis einmal vertraut gewesen sind.

Während sie wartet, betrachtet sie mit Audrey die Portraits an den Wänden des Studios. Wenn sie von Andrew stammen, darf er sich guten Gewissens als Künstler bezeichnen. Endlich nimmt der Fotograf seine Brille ab und lächelt Marlis freundlich an.

»Deine Fotografien gefallen mir«, sagt er und vor Freude wird Marlis ganz warm. »Allerdings stehen bei meiner Arbeit die Menschen im Fokus, keine Gebäude. Du hast nur wenige Personen fotografiert und wenn, dann sind sie aus der Ferne aufgenommen, so dass man ihre Gesichter kaum erkennt.«

Als Andrew ihre Enttäuschung sieht, macht er eine beschwichtigende Handbewegung. »Das heißt nicht, dass ich an einer Zusammenarbeit nicht interessiert wäre. Bei einem anderen Projekt, nur nicht bei diesem.«

»Danke, Andrew, dass du dir Zeit für mich genommen hast«, erwidert Marlis, wird aber den lästigen Frosch im Hals nicht los. Es wäre ja auch zu schön gewesen. Sie hat sich bereits ausgemalt, wie stolz John auf sie sein würde, wenn sie ihm am Nachmittag erzählte, dass sie ohne großen Aufwand einen interessanten Job an Land gezogen hätte, von dem John nicht behelligt würde, weil er sich mit Hausarbeit und Kindern gut vereinbaren ließe. Vorsichtig sortiert sie die Bilder in ihre Mappe zurück, als Andrew plötzlich ihren Arm festhält.

»Darf ich das mal sehen?«

Er deutet auf einige Fotografien, die Marlis am liebsten verdecken würde. Doch nun ist es zu spät, und es wäre unhöflich, ihm seine Bitte zu verwehren. Stumm schiebt sie Andrew die Fotos zu. Er setzt seine Brille wieder auf und neugierig beugt sich auch Audrey über den Ladentisch.

»Was ist das denn?«

Menschen, beladen mit kleinen Kindern, Gepäckstücken und Decken gehen an Bord eines modernen Luxusdampfers, auf der Außenwand des Stegs, der zum Schiff hinaufführt, ist in fetten Lettern »Hamburg« zu lesen. So gepflegt die Passagiere auch aussehen, niemand käme auf die Idee, sie für Urlauber zu halten, denen eine vergnügliche Reise bevorsteht. Zu bleich und müde wirken ihre Gesichter, von Vorfreude keine Spur.

Marlis hat sie vom Pier aus fotografiert, in Gruppen, aber auch Einzelpersonen. Mit ernsten Augen blickt ein junger Mann in die Kamera, sein vages Lächeln erscheint wie der letzte Rest eines Reflexes, der ihn früher wahrscheinlich lachen ließ, sobald sich eine Linse auf ihn gerichtet hat. Ein Mädchen, das an der Hand seiner Mutter läuft, wendet den Kopf so hastig, dass ihre offenen Haare fliegen. Was geschieht mit uns?, scheint sie zu fragen, denn sie versteht bloß, dass ihre Eltern Angst haben. Das Schiff im Hintergrund wirkt riesig, mächtig sogar, als könnte keine Welle und kein Sturm ihm etwas anhaben. Als könnte es die Passagiere, die an der Reling stehen und winken, beschützen.

»Das ist die *St. Louis*«, beantwortet Andrew Audreys Frage.

»Absolut fesselnde Fotos, Mary. Du hast ein Händchen für Portraits.«

Sie nickt ihm zu, aber sein Kompliment berührt sie nicht. Sie ist beschäftigt mit all den Gefühlen, die sie doch so sorgsam unter Verschluss gehalten hat und die sich nun von ihren Fesseln befreien.

Auf eine Erklärung wartend, blickt Audrey von Andrew zu Marlis.

»Ist das ein besonderes Schiff?«

»Durchaus«, sagt Andrew. »Im Frühjahr '39 fuhren auf der *St. Louis* mehr als neunhundert jüdische Flüchtlinge von Hamburg nach Kuba. Dort angekommen, durften sie jedoch nicht wie geplant von Bord gehen und auch kein anderes Land nahm sie auf. Schließlich blieb dem Kapitän nichts anderes übrig, als umzukehren und sie nach Europa zurückzubringen.«

»Schrecklich.«

Mit großen Augen wendet sich Audrey an Marlis.

»Und du hast die Abfahrt dieser armen Leute dokumentiert? Das ist unglaublich, Mary. Warst du mal Reporterin oder so etwas? Ich dachte, du hättest als Hausmädchen gearbeitet.«

Kurz lacht Audrey auf, wird aber sofort wieder ernst.

»Das ist auch so«, sagt Marlis hastig. »Aber manchmal habe ich Fotos für Zeitungen gemacht.«

Die im nationalsozialistischen Deutschland niemand abgedruckt hätte. Juden, die wie ganz normale Menschen aussahen, und verzweifelt noch dazu, das hätte dem Schreckensbild, das die Nazis verbreiteten, widersprochen und vielleicht sogar das Mitleid der Bevölkerung erregt.

»Hast du noch mehr Fotos von der *St. Louis?*«, will Andrew wissen. Immer wieder geht er die Bilder durch und sortiert die heraus, die ihn besonders faszinieren.

Als müsste sie ihre Freundin aufwecken, stößt Audrey Marlis in die Seite.

»Was ist los mit dir? Hast du noch mehr davon?«

Widerstrebend reicht Marlis Andrew andere Bilder, die er aufmerksam begutachtet und dann an Audrey weiterreicht. Plötzlich schreit diese überrascht auf: »Bist du das, Mary? *Wow*, sogar aufs Schiff haben sie dich gelassen?«

Doch je länger sich Audrey die jüngere Marlis auf dem Foto ansieht, desto stiller wird sie. Nimmt sie wahr, dass es kein journalistisches Interesse ist, das sich in den Augen der Freundin spiegelt, sondern derselbe Ausdruck wie bei den übrigen Passagieren: das Ringen zwischen Angst und verhaltener Zuversicht? Letztere, denkt Marlis, ist im Laufe der Fahrt verloren gegangen. Hätte sie das Bild doch vernichtet. Wie schutzlos sie aussieht ohne ihr drittes Auge, die Fotolinse, die sie davor bewahrt hat, durchzudrehen. Jeden einzigen Tag auf der *St. Louis* hat Marlis dokumentiert, aber niemandem jemals eins dieser Fotos gezeigt.

Bereits als sie in See stachen, hatten alle viel hinter sich. Ihnen steckte das Pogrom in den Knochen, nach dem auch die Letzten begriffen hatten, dass man in Deutschland nicht mehr sicher wäre. Wer an Bord war, hatte mühsam ein kubanisches Visum ergattert und verfügte immerhin noch über die finanziellen Mittel für die Überfahrt. Die meisten planten, in Havanna auf ihre Weiterreise in die USA zu warten, auch Marlis.

Schon in den ersten Tagen hatte sie mehrere Filme verschossen, nur so gelang es ihr, zeitweise das Bild ihrer verweinten Mutter zu vertreiben, das ihres Vaters und nicht an ihre Schwestern zu denken, für die weder die Aussicht auf ein Visum bestand noch auf eine Bürgschaft oder Fahrkarte.

»Das ist der Kapitän«, lenkt Marlis Andrews und Audreys Aufmerksamkeit von sich ab und zeigt auf einen streng aussehenden Mann in seinen Fünfzigern. Normalerweise schipperte Gustav Schröder Feriengäste der NS-Organisation »Kraft durch Freude« nach Skandinavien, doch auf dieser Fahrt setzte er alles daran, seinen in Not geratenen Passagieren das Leben zu retten.

Weshalb ihre kubanischen Visa nicht mehr galten, wusste keiner und niemand erklärte es ihnen. Auch nicht die Männer in Uniform, die ihnen verboten, auf Kuba an Land zu gehen und drohten, die *St. Louis* notfalls mit Gewalt aus dem Hafen zu treiben. Zunächst nahm der Kapitän Kurs auf Florida, dann, als sie dort ebenfalls nicht anlegen durften, auf New York. Gemeinsam mit ihm richteten die Passagiere Hilferufe an die amerikanische Presse und sogar an Präsident Roosevelt. Vergeblich.

Die Nazis feixten und ihre Presse tönte hämisch: Seht nur her, keiner will die Juden!

Marlis hielt die verzweifelten Szenen fest, die sich nun an Bord abspielten. Nicht nur, weil die Vorräte knapp wurden, sondern auch, weil die Menschen fürchteten, ihre Rückkehr nach Deutschland würde den Tod bedeuten. Weinende Eltern, verängstigte Kinder, Männer und Frauen, die händeringend miteinander diskutierten oder apathisch dasaßen und aufs Meer starrten. Sogar das Seebegräbnis eines Selbstmörders, der sich die Pulsadern aufgeschnitten hatte und verblutet war, hat Marlis fotografiert. Zum geplanten Massensuizid, den zu begehen, sich viele eher vorstellen konnten, als in Deutschland von Bord zu gehen, kam es zum Glück nicht. Denn dank der Vermittlung durch eine jüdische Hilfsorganisation erklärten sich Belgien, die Niederlande, Frankreich und Großbritannien bereit, sie aufzunehmen. Nach wochenlanger Irrfahrt ankerten sie in Antwerpen und verließen das Schiff. Von diesem Moment erzählen die letzten Fotos, auf denen die Passagiere mit wehenden Mänteln und gesenkten Köpfen das Schiff verlassen, an einer Hand ihre Kinder, in der anderen einen Koffer.

Weniger als ein Jahr später überrannte die Wehrmacht den

Westen Europas, ein Feldzug, dem auch viele Passagiere der *St. Louis* zum Opfer fielen. In Großbritannien zu landen, bedeutete für Marlis ein großes Glück, denn hierher schafften es bloß die deutschen Bomben und die hat sie überlebt.

»Beeindruckende Bilder«, sagt Andrew leise, weil ein Mann sein Studio betreten hat. »Aber auch sehr persönliche. Falls du sie eines Tages veröffentlichen möchtest, werde ich dir dabei helfen.«

Er drückt Marlis die Hand und verabschiedet sich von Audrey, bevor er sich seinem nächsten Kunden zuwendet.

»Soll ich dich an der *Subway* absetzen?«, fragt Audrey, als sie im Wagen sitzen. Doch obwohl Marlis nickt, startet Audrey den Motor nicht. Dann, für Marlis unerwartet, nimmt Audrey sie in den Arm. Als sie sich ansehen, haben die Augen der Freundin sich mit Tränen gefüllt.

»Mary, es tut mir so leid, was du durchgemacht hast. Warum hast du mir nie davon erzählt?«

Marlis zuckt mit den Schultern.

»Jetzt weißt du es ja.«

Vorsichtig, um ihre Wimperntusche nicht zu verschmieren, tupft Audrey ihre Tränen fort und schnäuzt sich die Nase. Deshalb habe ich nichts gesagt, denkt Marlis. Weshalb sollte ich Audrey mit Erlebnissen belasten, die nicht mehr zu ändern sind? Nicht einmal John weiß von ihrer Odyssee, nur Moritz und Hella kennen die Fakten.

Als sie im Herbst '42 gemeinsam mit John und Moritz auf New York zusteuerte, dreieinhalb Jahre, nachdem die *St. Louis* die amerikanischen Gewässer verlassen musste, weinte Marlis. Wie hatte man sie damals nur zurückschicken können? Weshalb hatte niemand den winzigen Federstrich getan, um die rettende Erlaubnis zum Anlegen zu erteilen? Ihre Todesangst von damals überwältigte sie.

John, ihr frisch angetrauter Ehemann, hielt ihren Ausbruch für ein Zeichen der unermesslichen Erleichterung, ja, sogar des

Glücks, mit ihm im Land der unbegrenzten Möglichkeiten ein neues Leben zu beginnen.

»Amerika heißt dich willkommen, Mrs. Mary Watson«, hatte er scherzhaft gesagt und sie geküsst.

Und als Mary Watson hat sie amerikanischen Boden betreten.

Nun wird sie ihrem Mann die Wahrheit erzählen müssen, denn dass Audrey die Geschichte für sich behalten wird, darüber macht sich Marlis keine Illusionen. Fast wütend ist sie auf ihre Freundin, die sie zwingt, sich mit ihren kummervollen Erinnerungen zu beschäftigen.

»Ich bin deine Freundin, Mary, und Freunde teilen Glück und Leid. Ich habe dir doch auch erzählt, wie schlimm es war, als Tom als vermisst galt. Gott sei Dank ist er zurückgekommen. Aber dass er nicht mehr laufen kann wie früher, macht ihm noch immer zu schaffen.«

Sie nimmt Marlis' Hand, eine Geste des Mitgefühls, vielleicht aber auch eine Aufforderung, sich zu öffnen, was Marlis widerstrebt.

»Das ist etwas völlig anderes«, blockt sie das Gespräch ab.

»Wieso? Ihr habt beide Leid erfahren und müsst damit leben.«

Audrey kurbelt das Fenster hinunter und zündet zwei Zigaretten an, eine davon reicht sie Marlis. Diese nimmt sie zwar entgegen, doch gibt sie unmissverständlich zu verstehen, dass sie nicht mehr über die *St. Louis* sprechen will.

»Können wir jetzt losfahren, Audrey? Meine Schwester gerät außer sich, wenn man unpünktlich kommt.«

»Natürlich.«

Auf der Autofahrt sprechen sie nicht mehr viel. Dann hält Audrey an und mit dem Versprechen, in der kommenden Woche etwas mit den Kindern zu unternehmen, verabschieden sie sich.

Im Central Park, vor dem *Loeb Boathouse*, einem hübschen viktorianischen Holzgebäude am See, sitzt Helene mit der schlummernden Samantha und sieht Moritz und John beim Ballspielen zu. Die beiden müssen, da die Wiese abschüssig ist, schnell reagieren, um zu verhindern, dass der Ball einfach ins Wasser rollt, aber genau das scheint ihnen einen Heidenspaß zu bereiten. Noch wärmt die Herbstsonne und hielte Helene nicht das Kind auf dem Arm, würde sie sich ihrer Erschöpfung ergeben und ebenfalls einschlafen.

Die Tour durch Manhattan war anstrengend, denn außerhalb ihres überschaubaren Universums von Jackson Heights fühlt Helene sich verletzbar. Dies hatte sie versucht, vor John und Moritz zu verbergen, aber John muss doch etwas bemerkt haben, denn als sie sich durch die dicht bevölkerte Mott Street in Chinatown schoben, nahm er Helene an seine Seite und ließ sie nur los, wenn sie gezwungen waren, anderen Passanten auszuweichen. Begleitet von fremdsprachigem Stimmengewirr und den exotischen Gerüchen der asiatischen Küche durchquerten sie den quirligen Stadtteil mit seinen chinesischen Restaurants, Geschäften und Schriftzeichen, die Helene in eine völlig fremde Welt versetzten. All diese ungewohnten Eindrücke und vielen Menschen überforderten sie. Nicht selten passierte es, dass sie angerempelt wurde. Dann fuhr sie erschrocken zusammen, weil sie die Angst überfiel, urplötzlich würde irgendjemand mit dem Finger auf sie zeigen und »Das ist eine Jüdin!« rufen. Sie sagte sich, dass es in New York kein Verbrechen wäre, Jüdin zu sein. Trotzdem blieb sie angespannt, auch als sie die 5th Avenue, mit ihrem unaufhörlichen Strom aus Fußgängern, Autos, Taxis und Bussen, hinaufliefen. Als fürchtete sie, darin unterzugehen, klammerte sich Helene an John. Dabei gab sie sich alle Mühe zu betonen, wie interessant sie es fände, was John ihr über die Wolkenkratzer, Museen und Denkmäler, die St. Patrick's Kathedrale oder das *Rockefeller Center* erzählte. Im Stillen sehnte sie sich in die Abgeschiedenheit von Jackson Heights zurück.

Moritz, der mit einem missmutigen Gesicht und Samantha auf den Schultern neben ihnen herstiefelte, erging es wohl ähnlich. Jedenfalls schnappte Helene auf, wie er sich bei John darüber beschwerte, den Samstag mit langweiligem *Sightseeing* zu verbringen, anstatt mit seinen Freunden beim Football und mit einer gewissen Jane. Eine harsche Bemerkung Johns, die Helene nicht verstand, setzte seinen Klagen ein Ende. Dann schlug John vor, da Moritz sich angeblich so gut auskenne, könne er ja Helene seine Stadt näherbringen. Zunächst widerstrebend erklärte Moritz ihr den Straßenverlauf des *Broadways* und betonte schließlich stolz, dass das *Empire State Building* das höchste Gebäude der ganzen Welt wäre. Als sie den Central Park erreichten, trotz seiner zahlreichen Besucher der bisher ruhigste Platz ihres Ausfluges, atmete Helene auf.

Als sie nun, um kurz vor drei, die aufs Bootshaus zueilende Marlis entdeckt, ist Helene sofort klar, dass ihre Schwester nicht bester Laune ist. Zwar verdeckt eine große Sonnenbrille Marlis' Augen, aber ihre zu einem schmalen Strich zusammengepressten Lippen und eckigen Bewegungen sprechen Bände.

»Hi«, sagt Marlis, etwas außer Puste und deutet auf John, der dabei ist, mit Moritz um den Ball zu ringen. »Hat John schon ein Boot für uns reserviert?«

»Um drei«, erwidert Helene. »Hast du alles erledigt?«

Sie lächelt ihre Schwester an, die ruhig bemerken soll, dass der Familienausflug sich als gute Idee entpuppt hat.

»Ja, hab ich. Soll ich dir Sam abnehmen?«

»Ach, lass sie mir noch ein bisschen.« Liebevoll drückt Helene Sam an sich. »Sie würde nur wach werden.«

John, den Ball unter den Arm geklemmt, kommt auf sie zu und umarmt Marlis.

»Wie war dein Termin?«

Prüfend schaut er seine Frau an.

»Beim Friseur warst du aber nicht, oder?«

»Nein, in einem Fotogeschäft.«

»Ah, hast du endlich die Leica deines Vaters reparieren lassen?«

John zeigt auf die Kamera, die aus Marlis' Tasche ragt.

»Das lohnt sich nicht mehr«, erklärt Marlis, »aber die neuen Polaroids sind fantastisch. Man drückt auf den Auslöser und Sekunden später hält man das Bild in der Hand. Wäre das kein Geschenk für deine Eltern?«

»Hervorragend, Mary. Was du immer für Einfälle hast! Du bist die Beste.«

Begeistert legt John seinen Arm um Marlis und küsst sie. Peinlich berührt von der öffentlichen Zärtlichkeit der Erwachsenen wendet Moritz seinen Blick ab und Helene tut, als müsse sie Samantha ein Blatt aus dem Haar streichen.

Kurz darauf sitzen sie alle in einem Boot, John und Moritz wechseln sich beim Rudern ab. Samantha hockt vergnügt auf Helenes Schoß und zu deren Freude macht Marlis keine Anstalten, ihr die Kleine wegzunehmen. Mit ihrer Hand fährt Marlis durchs Wasser und bespritzt damit John und Moritz, die vehement protestieren, aber alle lachen. Einige Bäume, die das Ufer des weitläufigen Sees zieren, leuchten bereits in herbstlichem Gelb und Rot, so dass sie die grauen Hochhäuser kontrastieren, die hinter ihnen emporragen und daran erinnern, dass jenseits der Idylle die größte Stadt der Welt pulsiert. Helene legt den Kopf in den Nacken und genießt die Sonne auf ihrem Gesicht. Plötzlich zerrt eine starke Böe an ihren Haaren und Kleidern, das Ruderboot schwankt. Marlis schreit auf, aus anderen Booten ertönen warnende Rufe, aber auch Gelächter. Unbemerkt ist hinter ihnen eine schwarze Wolkenwand aufgezogen, die nur wenige Augenblicke später die Sonne verschlingt. Augenblicklich schwillt der Wind an, der Geruch nach Regen liegt in der Luft.

»Was für ein hinterlistiger Überfall des Wettergottes!«, ruft John vergnügt und rudert kräftiger. Ein Blitz flammt auf, eskortiert von einer starken Böe, die einen Hut vor sich her über das Wasser treibt. Es schaukelt gewaltig und John kommt nicht gut von der Stelle. Im nächsten Moment kracht ein gewaltiger Donnerschlag vom Himmel, der Marlis erneut aufschreien lässt. Mit klopfendem Herzen drückt Helene die wimmernde Samantha an sich und schlägt ihren Mantel um sie.

»Hab keine Angst«, flüstert sie, »bald haben wir es geschafft.«

Doch der Wind drängt sie zurück. All seine Kraft muss John

aufwenden, um gegen ihn anzukommen. Es blitzt und donnert in immer kürzeren Abständen, außerhalb des Parks ertönen Sirenen. Helene fällt das Atmen schwer, die Zeit verschwimmt. Sie ist nicht mehr in New York, und es ist der 4. Oktober 1943. Frankfurt hat einen massiven Großangriff erlebt, ein Flächenbombardement, bei dem es aus Hunderten britischer Flugzeuge Brandbomben und Phosphor regnete. Qualm, Hitze und Staub machen das Atmen zur Qual. In den Lärm der Sirenenfahrzeuge, die durch die Stadt kreischen, mischen sich Schmerzensschreie und Hilferufe. Von ihrem Boot aus sieht Helene, wie die Altstadt in Flammen steht. Am Ufer haben sich Menschenketten gebildet; um das Feuermeer zu bekämpfen, schöpfen die Leute Wasser aus dem Main. Wie dunkle Riesen ragen zerbombte Gebäude, Ruinen nur noch, in die Nacht empor, hinter ihren zersplitterten Fenstern lodert todbringendes Feuer. Hitze schießt Helene ins Gesicht und ihr Schädel brennt, Schweiß strömt über ihren Rücken. Jeder Angriff der Alliierten nährt zwar ihre Hoffnung, dass der Wahnsinn bald vorüber ist, doch in diesem Augenblick bangt sie um ihr Leben.

Lore rudert verbissen. Sie müssen raus aus Frankfurt, so schnell es geht, niemand darf sie entdecken. Ein noch brennendes Holzstück treibt an ihnen vorbei, erleuchtet einen Moment lang ihre Gesichter. Doch Helene schaut nicht auf, den Horror der letzten Stunden, der sich in Lores Augen gefressen hat, will sie nicht sehen. Hinter ihnen ertönen Rufe. Hat man sie gefunden? Erkannt? Wird man sie aus dem Boot zerren und erschießen? Ihre Kopfhaut kribbelt, der Atem geht flach und Lore rudert schneller. In ihrer Nähe weint ein Kind. Erschrocken sieht sich Helene um. Welches ist es? Edith, Linda oder Josua?

»*Careful. Don't hurt her!*«, sagt eine warnende Männerstimme. Es ist John, und Helene sieht ihn entsetzt an. Ist er verrückt geworden? Sie würde doch einem Kind nicht wehtun. Marlis hat den Arm um sie gelegt, Moritz übernimmt Samantha, deren vom Brüllen puterrotes Gesicht mit dem von Linda und Edith verschmilzt.

Sachte streicht Marlis über Helenes Wange, die feucht ist von Tränen oder dem Regen, der nun vom Himmel tropft. Bevor er zu strömen beginnt, erreichen sie die Anlegestelle und mit schlaffen Gliedern hievt sich Helene aus dem Kahn. Ihre Muskeln schmerzen, sie weiß, dass es noch eine Weile dauern wird, bis sie sich entkrampft haben. Damit sie auf dem glitschigen Holzboden nicht ausrutscht, reicht John ihr seine Hand. Klitschnass erreichen sie den Chevrolet, den John irgendwo in der 57th Street geparkt hat und fahren nach Jackson Heights zurück. Samantha hat sich auf Marlis' Schoß längst beruhigt, doch Helene ist todunglücklich darüber, dass sie die Kleine zum Weinen gebracht hat.

»Es tut mir so leid«, sagt sie mehrmals auf der Autofahrt. »Ich hatte furchtbare Angst, dass Samantha ins Wasser fällt. Darum habe ich sie so festgehalten.«

Im Rückspiegel wirft John ihr einen kurzen Blick zu.

»Ist schon gut, Leena.«

Moritz, auf dem Beifahrersitz, sagt nichts, aber mit einem kleinen Lächeln bestätigt Samantha die Worte ihres Vaters, was bewirkt, dass Helene sich noch schuldiger fühlt.

Liebe Lore,
untersteh Dich zu denken, ich hätte Dich vergessen! Du ahnst ja gar nicht, wie sehr ich mich über Deine Briefe freue. Wenn ich sie lese, kommt es mir so vor, als würdest Du vor mir sitzen und ich könnte Dich reden, schimpfen und scherzen hören.

Was für gute Neuigkeiten, dass Du Arbeit im Lichtspielhaus gefunden hast und Oskar gleich mit. Ich hoffe, Ihr könnt alle Filme, die Ihr doch so liebt, umsonst sehen. Ich war in New York noch nicht im Kino, denn mein Englisch ist noch nicht gut genug. Es lohnt sich also nicht, Geld dafür auszugeben.

Ansonsten schlage ich mich mit der Sprache leidlich durch, und das muss ich auch, denn Moritz hat Deutsch verlernt. Kannst Du Dir das vorstellen, Lore? Selbst mit Marlis spricht er Englisch. Manche Sätze wiederhole ich für ihn auf Deutsch und hoffe, dass er sich lang-

sam an seine Muttersprache erinnert. Aber ich glaube, in das deutsche Karl May-Buch, das ich in einem kleinen Buchladen erstanden habe, hat er nicht mal hineingeschaut.

Marlis, John und ihre gemeinsame Tochter Samantha sind meinem Sohn eine gute Familie. Sie wohnen in einem hübschen Haus, in dem es ihm an nichts fehlt, und mir auch nicht.

Trotzdem ist unser Zusammenleben nicht immer einfach.

Moritz ist viel auf Achse, John bekomme ich selten zu Gesicht, weil er ständig arbeitet, und Marlis hält sich noch immer für den Mittelpunkt der Erde. Irgendwann, wenn ich eine Arbeit gefunden habe, werde ich mir eine eigene Wohnung suchen, am liebsten zusammen mit Moritz. Doch alles braucht seine Zeit, es wäre es nicht gut, die Dinge zu überstürzen.

Fabelhaft, dass Dein Werner Abitur macht und sich für Medizin interessiert. Er ist ein kluger Kopf und sich um das gesundheitliche Wohl anderer Menschen zu kümmern, passt zu seinem feinfühligen Charakter. Für mich würde ein Traum in Erfüllung gehen, wenn Moritz sich entschließen könnte, Arzt zu werden.

Nun aber zu Deinen Fragen über New York. In Milch und Honig badet hier niemand, die Straßen sind nicht mit Gold gepflastert und berühmte Schauspieler habe ich auch keine getroffen. Aber den Broadway habe ich inzwischen gesehen. Moritz sagt, er sei die längste Straße der Welt (vieles scheint in Amerika am längsten oder am höchsten zu sein) und bestehe zum Teil noch aus einem alten Indianerpfad. Der Times Square, Zentrum des Theaterviertels, würde Dir gefallen, Lore. Nachts wird es wegen seiner vielen funkelnden Lichter ›Wonderland of lights‹ genannt. Tagsüber gibt es auch tausend Sachen zu sehen, zum Beispiel berühmte Kirchen und Museen, die Oper, die Columbia Universität, vieles kenne ich auch noch nicht. Ich schicke dir bald mal Bilder.

Obwohl es in New York auch arme Menschen gibt, kommt mir hier alles reich und prächtig vor. Wenn ich dann daran denke, wie schön unsere Frankfurter Altstadt einmal war, wird mir ganz weh ums Herz. Was für eine Trümmerwüste ist daraus geworden!

Und, Lore, so schnell wie möglich werde ich Dir ein Paket fertig machen. Komm bloß nicht auf die Idee, mir zu widersprechen. Wenn Deine Freundin schon in Amerika lebt, sollst Du auch etwas davon haben und nicht auf die milden Gaben Deiner Nachbarin angewiesen sein. Scheu Dich bitte nicht, mir zu schreiben, was Du am dringendsten brauchst.

Vielen Dank für Leons Anschrift. Er wohnt nicht gerade um die Ecke, aber bei Gelegenheit werde ich mich bei ihm melden.

Nun grüß Oskar und Werner schön von mir!

Deine Helene

Natürlich wird sie das nicht tun, Leon anrufen. Wozu?

Doch da Helene sicher ist, dass Lore versuchen würde, sie umzustimmen, sagt sie es ihr lieber nicht. Nein, Helene will keinen Kontakt. Seit Kriegsbeginn hat sie nichts von Leon gehört und das letzte Mal gesehen haben sie sich vor zwölf Jahren. Außerdem lebt er seit beinahe zwanzig Jahren in den Vereinigten Staaten, er ist Amerikaner, hat seinen Beruf, eine Frau und sogar tatsächlich vier Kinder in die Welt gesetzt. Helene hingegen kann einzig mit Verlusten aufwarten, mit Tränen und Schmerz. Was soll Leon damit?

Sie will sein Mitleid nicht, und unerträglich wäre es, sein Erschrecken darüber zu erkennen, wie sehr sie sich verändert hat. Weshalb soll sie sich vorführen lassen, wie ihr Leben hätte aussehen können, wenn sie mit ihm gegangen wäre? Und wie sehr müsste sich Leon wohl zusammenreißen, um zu verbergen, was er über sie denkt, ja, denken muss: »Ich habe den Teufel nicht an die Wand gemalt. Es gab ihn wirklich, und du hast nicht auf mich gehört.«

Er hat genug für sie getan, und sie besitzt nichts, was sie ihm zurückgeben könnte. Schlimmer noch, sie hat ihn beraubt und wird Zeit ihres Lebens in seiner Schuld stehen. Weshalb sollten sie sich wiedersehen?

Noch einmal liest Helene den Brief durch, den sie an Lore geschrieben hat. Wie sehr ihre Erinnerungen sie quälen, klingt mit keinem Wort durch. Wie fremd sie sich in Amerika fühlt und in ihrer Familie, für die sie sich durch den Krieg gekämpft hat. Nichts deutet darauf hin, dass der Verdacht an ihr nagt, Moritz und Marlis könnten sie weit fortwünschen, irgendwohin, wo Helene das Leben der Watsons nicht mehr berührt. Gut so, denn all das würde Lore Sorgen bereiten.

Oder soll sie ihrer Freundin doch von ihrem letzten gemeinsamen Ausflug erzählen? Vielleicht wüsste Lore, was von Moritz' Benehmen zu halten ist. Schließlich hat sie einen Sohn, der nicht viel älter ist als Moritz.

Gemeinsam hatten sie John zur Fernsehanstalt NBC begleitet, wo er als Ingenieur über den Bau des neuen Flughafens interviewt werden sollte. Anschließend hatten sie vor, das *Rockefeller Center* zu besichtigen, in dem sich auch der Sender befand. Helene hatte sich darauf gefreut, dass Moritz ihr wieder allerlei über New York erzählen würde, ein unverfängliches Thema, das nicht zu Streit führte.

Leider dauerte Johns Termin wesentlich länger als gedacht, und Moritz hatte dem Ausflug unter der Bedingung zugestimmt, rechtzeitig bei Janes Geburtstagsparty zu sein. Es war bereits Abend, als sie endlich auf dem fast zweihundertsechzig Meter hohen *Comcast*-Gebäude standen und John von dem Gefühl der Freiheit schwärmte, das ihn überkam, wenn er aus schwindelnder Höhe über seine Stadt blickte.

Moritz' Laune hingegen war in den Keller gerutscht, denn Janes Party hatte längst begonnen. Lust zu reden, hatte er keine. Helene verdrängte ihre eigene Enttäuschung und zeigte Verständnis für seine.

»Ich bitte John, dass wir nicht zum Dinner in Manhattan bleiben«, bot sie Moritz an, während John einen Bekannten begrüßte. »Wenn wir gleich zurückfahren, verpasst du nicht alles.«

Moritz starrte Richtung Queens, als strengte er sich an, in der Ferne Janes Haus ausfindig zu machen.

»Es ist viel zu spät, Mutti.«

Genervt, klang er, als sei es ihre Schuld.

»Wieso denn?«, dachte Helene. »Der Abend hat doch gerade erst angefangen.«

Oder hatte Moritz etwas anderes gemeint? Vielleicht, dass es für Helene zu spät wäre? Zu spät, um seine Mutter zu sein?

Schließlich fiel sogar John auf, dass etwas mit ihr nicht stimmte.

»Du verträgst wohl die Höhe nicht«, mutmaßte er. »*Well*, dann gehen wir mal lieber. Möchtest du heim?«

Helene nickte, und Moritz lebte auf.

»Fährst du mich bei Jane vorbei?«

»Kann ich machen.«

Schon steuerten die beiden auf den Lift zu, während Helene ihren Blick noch einmal über New York schweifen ließ. John hatte recht, es war beeindruckend. Aber man konnte so entsetzlich tief fallen!, dachte sie schaudernd, als sie in die Straßenschlucht hinabsah.

Gut, dass sie Lore nichts dergleichen geschrieben hat. Lore hat genügend eigene Sorgen, sie braucht nicht noch Helenes. Behutsam faltet sie den Brief zusammen und steckt ihn in einen Umschlag. Morgen wird sie ihn abschicken.

Zermatt und Frankfurt am Main, 1934–1935

Das schneebedeckte Matterhorn ragte in den knallblauen Himmel wie der spitze Hut eines Zauberers.

»Nein, wie ein Zuckerhut«, widersprach Moritz und hätte am liebsten probiert, ob der Berg auch so süß schmeckte. Helene lachte und zog ihren Sohn auf den Schlitten zurück. Es war beinahe magisch, das neue Jahr in den Schweizer Bergen zu beginnen. Vielleicht würde es ja leichter werden als das letzte. Auf jeden Fall wären sie eine ganze Woche raus aus der wintergrauen Großstadt, weit weg von Sorgen und braunen Uniformen.

»Was ist, Moritz, sollen wir noch mal?«

»Au ja!«

»Na, dann los.«

Helene hielt Moritz gut fest, als sie jauchzend den Hang hinunterflitzten. Untergebracht waren sie in einer kleinen gemütlichen Pension namens *Bella Casa*, die Helenes Schulfreundin Thea seit einigen Jahren mit ihrem Mann Dario betrieb.

Vom Salon aus winkte Thea ihnen zu, als sie von ihrer Schlittenfahrt zurückkehrten. Kurz darauf saßen sie neben Viktor, Marie, die ein paar Tage zu ihnen gestoßen war, und Dario, der seine beiden Kinder auf dem Schoß hatte, und Thea servierte ihnen heiße Schokolade, Tee und eine frisch gebackene Nusstorte, die genauso gut schmeckte, wie sie duftete. Genüsslich verspeiste Helene ihren Kuchen und hörte Viktor zu, der mit glänzenden Augen von seiner Skitour berichtete. Seit er in München Assistenzarzt gewesen war, hatte er nicht mehr auf den Brettern gestanden und war begeistert, dass er es noch konnte.

In diesem sonnengebräunten, gut gelaunten Mann erkannte Helene den Viktor wieder, der das Leben nicht allzu ernst nahm. Davon war in den letzten Monaten nicht viel zu merken gewesen. Jedes Mal, wenn er aus der Uniklinik heimgekommen war, hatte er müde und ausgelaugt gewirkt. Helenes besorgte Nachfragen blockte er gereizt mit der Bemerkung ab, einige Stunden lang seine Arbeit vergessen zu wollen. Wie vor den Kopf gestoßen fühlte sie sich dann, denn Viktor pflegte gern darüber zu reden, besonders mit ihr. Obwohl er auch in Zermatt nicht das Gespräch suchte, kamen sie sich hier wieder näher.

Während er jetzt mit Dario und Marie über ein kleines Abfahrtsrennen spaßte, das sich die drei geliefert hatten, legte Viktor seine Hand auf Helenes Knie, und flüchtig wie zwei, die auf der Straße aneinander vorbeieilten, lächelten sie sich an. Gerade diese selbstverständliche Beiläufigkeit war es, die Helene gefiel, zeigte sie doch, dass es Viktor und ihr gelungen war, die Distanz, die Leons Erscheinen im Herbst noch vergrößert hatte, zu überwinden.

»Seid ihr den ganzen Nachmittag geschlittelt?«, erkundigte sich die sechsjährige Milla. Sie verließ das Knie ihres Vaters, um sich neben Moritz zu quetschen, den sie vom ersten Tag an unter ihre Fittiche genommen hatte.

»Ja.« Den Mund voll mit Nusstorte nickte Moritz stolz. »Hundertmal. Aber einmal sind wir umgekippt.«

Bei der Erinnerung, wie er zusammen mit seiner Mutter durch den Schnee gekugelt war, gluckste Moritz vergnügt.

»Mutti war ganz weiß.«

»Du aber auch«, gab Helene fröhlich zurück. »Wie ein Schneemann.«

Bei dieser Vorstellung juchzten die Kinder, die Erwachsenen lächelten, nur Viktor nicht. Mit gerunzelter Stirn sah er Helene an.

»Ich dachte, ihr wolltet mit der Zahnradbahn fahren. Von Rodeln war nicht die Rede.«

Erstaunt sah Thea ihn an.

»Ist das denn schlimm?«, fragte sie, während sie allen noch ein Stück Kuchen auf die Teller lud, was Marie lachend abwehrte.

»Um Himmels willen! Wie sollen wir noch deine Rösti schaffen?«

»Helene ist schwanger«, fuhr Viktor unbeirrt fort. »Sie verhält sich absolut unvernünftig. Was, wenn sie oder das Baby bei dem Sturz verletzt worden wären? Hat sie euch erzählt, dass sie sogar in den Main gesprungen ist, um einen Jungen zu retten?«

»Werner.« Mit wichtigem Gesicht schaute Moritz in die Runde. »Mutti hat ihn lebendig gemacht.«

Nun verlangten Thea und Dario, die ganze Geschichte zu hören. Während Helene erzählte, konnte sie es nicht vermeiden, an Leon zu denken, von dem sie just an diesem Morgen geträumt hatte, und zwar so intensiv, dass sie beim Erwachen meinte, eben noch seinen Atem an ihrem Hals gespürt zu haben. Ein verzeihlicher Abstecher ins Reich der Phantasie, fand Helene. Im wirklichen Leben gehörte sie zu Viktor, und die Harmonie dieser Tage bestätigte ihr, dass sie die richtige Entscheidung getroffen hatte.

Obwohl Thea von weiteren Heldentaten abriet, sagte sie zu Viktor: »Ein bisschen Schlitteln schadet gar nichts. Eine Schwangerschaft ist keine Krankheit, wegen der sich Frauen übermäßig schonen müssten.«

»Richtig«, stimmte Dario ihr zu, »viele schuften schwer und bekommen trotzdem ihre Kinder, ohne Arzt und Hebamme.«

Thea nickte.

»Bei Komplikationen wird es allerdings haarig. Unsere Bergdörfer könnten durchaus mehr ärztliche Versorgung vertragen. Wäre das nichts für euch?«

Theas Mund lachte, doch Helene sah genau, dass ihre Augen sie und Viktor ernst anblickten, und Viktor bemerkte es auch, denn er lächelte nicht einmal, als er antwortete: »Nein, Thea, dauerhaft liegt uns das Landleben nicht. Nicht wahr, Helene?«

»Ein Bergdorf? Viel zu abgeschieden«, stimmte Helene zu. »Für Moritz gäbe es ja nicht einmal eine Schule.«

Milla legte ihren Arm um Moritz, ihr lockiges Haar, kastanienbraun wie Theas, kitzelte an seiner Wange.

»Moritz könnte bei uns wohnen und mit mir zur Schule gehen«, schlug sie vor.

Marie stieß einen anerkennenden Laut aus.

»Ganz schön pfiffig, eure Milla«, lobte sie, und Thea nickte ihrer Tochter liebevoll zu. Zu Helene und Viktor sagte sie: »Wenn man eine Lösung will, findet man eine. Außerdem muss es ja auch kein Bergdorf sein.«

Für einen winzigen Moment verengten sich Viktors Augen, als hätte er vor, etwas Scharfes zu erwidern. Stattdessen wandte er sich an Milla.

»Es ist lieb von dir, Moritz einzuladen. Aber du weißt ja, wir sind in Frankfurt zu Hause.«

»Da wohnen meine Omas und Opas, Ilse, Marlis, Carlo und Werner.«

Und dass Moritz die nicht verlassen wollte, verstand Milla sofort.

»Ich würde auch niemals umziehen«, gab sie zu. »Kommt ihr uns denn wieder besuchen?«

»Jeden Winter«, versprach Moritz.

Ernsthafter, als man es ihr anmerkte, ließ sich Helene Theas Idee durch den Kopf gehen. Die Schweiz war nicht weit, aber seine Praxis würde ihr Vater trotzdem aufgeben müssen. Hätte er überhaupt eine Chance, hier Arbeit zu finden? Und wie würde Mutters Herz, das aus dem Takt geraten war, diesen Umzug verkraften? So oder so, Viktor würde sich zurzeit weder von seiner Forschung in der Universitätsklinik noch von Dr. Holfelder trennen, daran hatte er nie Zweifel gelassen. Es war sinnlos, das Thema auszuwalzen.

»Sei bloß vorsichtig«, hatte Viktor sie mehrmals ermahnt, als sie sich am Bahnhof verabschiedeten. Helene und Moritz hatten Theas Angebot, noch ein wenig länger zu bleiben, dankend angenommen. Nur Viktor musste zurück nach Frankfurt. Nachdem Viktors Zug abgefahren war und Helene mit Moritz an der Hand die sonnenbeschienene Bahnhofsstraße entlangschlenderte, vor ihren Augen das Matterhorn und den knatschenden Schnee unter ihren Stiefeln, fühlte sie sich frei. Frankfurt konnte warten.

Blieben die Kinder im *Bella Casa*, um in Millas Zimmer aus Stühlen und Decken Buden und Verstecke zu bauen, unternahmen Helene, Thea und Marie ausgedehnte Spaziergänge. Immer wieder landete die Unterhaltung bei ihrer Schulzeit, den Lehrern, ersten Schwärmereien und Jugendsünden, und es gab einiges zu lachen. Über ihr aktuelles Leben sprach Helene so wenig wie möglich, führte es doch unweigerlich zu Politik, Hitler und ihren Alltagssorgen.

Am Tag vor Helenes und Maries Abreise lud Thea sie in das luxuriöse *Monte Rosa* ein. Pünktlich zum Fünf-Uhr-Tee standen die Freundinnen nun vor der schwierigen Entscheidung, aus einer Fülle an Köstlichkeiten auszuwählen: Rüblitorte, Nusskuchen, sahnige Karamellcremes oder doch die Baisers?

»Was für ein himmlischer Ort«, schwärmte Marie und nippte, satt und zufrieden, an ihrem Tee. »Warum hast du uns nicht früher hergebracht?«

Mit einer weißen Serviette betupfte Thea ihre Mundwinkel.

»Die *grande dame* hat wohl noch nicht auf die Preise geschaut. Und besser als meine Nusstorte schmeckt diese hier auch nicht.«

Äußerlich hatte sich Thea wenig verändert. Noch immer wallten ihr kastanienbraune Locken bis auf die Schultern und ihre Haut wirkte jung und rosig wie die eines jungen Mädchens. Doch an Selbstvertrauen hatte sie in den letzten zehn Jahren dazugewonnen. Daran hatte es Marie nie gemangelt, auch wenn sie darüber lamentierte, dass sich aus ihren diversen Liebschaften nichts Ernstes entwickelte. Dass Marie unter ihrer Ehelosigkeit litt, glaubte Helene jedoch nicht, denn meistens war sie es, die einen Rückzieher machte, wenn ihr ein Mann mit Heiratsplänen kam. Für ihr berufliches Fortkommen würde sie jeden

Verehrer, auch Pierre, ihren derzeitigen französischen Liebhaber, ohne mit der Wimper zu zucken, in die Wüste schicken.

Und wie würde sich dein Mann entscheiden, wenn er zwischen dir und seiner Karriere wählen müsste?, schoss ihr Leons eindringlich gestellte Frage durch den Kopf. Während der gemeinsamen Ferienwoche war sich Helene sicher gewesen, dass die Antwort zu ihren eigenen Gunsten ausfiele. Doch als wäre mit Viktors Abreise auch ihr Schutzschild verschwunden, überfielen sie nun wieder Zweifel.

Mit einem amüsierten Lächeln schob Marie Helene die Hälfte ihres Baisers hinüber.

»Nimm schon«, sagte sie. »So wie du auf meinen Teller starrst, bleibt mir ja nichts anderes übrig, als dir etwas abzugeben.«

Helene fuhr aus ihren Gedanken auf.

»Wie bitte?«

Doch Marie und Thea hatten sich schon wieder in ihr angeregtes Gespräch vertieft. Thea würde, da Zermatt sommers wie winters Tausende von Touristen anzog, schon bald eine zweite Pension im Stil des *Bella Casa* aufbauen. Marie hatte sich in Frankfurt einen Namen in der Modebranche gemacht und gondelte regelmäßig nach Paris. Beide führten das Leben, das ihnen gefiel, und waren darin erfolgreich. Und ich?, dachte Helene. Früher von Thea bewundert, von Marie beneidet, als Ärztin für ihr Können und ihren Ehrgeiz bekannt, musste sie nun dankbar dafür sein, in der Praxis ihres Vaters mitzuhelfen, denn auch die jüdischen Krankenhäuser hatten sie abgewiesen. Zu viele jüdische Ärzte suchten eine neue Stelle. Sosehr Helene die Zeit mit ihren Freundinnen genoss, in diesem Augenblick fühlte sie sich kümmerlich.

»Für die *Städelschule* suche ich ein paar hübsche Modelle«, erzählte Marie gerade. »Ihr kennt nicht zufällig junge Damen, die Lust hätten, mit Leidenschaft und Ausdauer … äh, herumzustehen und sich von meinen Schülerinnen zeichnen zu lassen?«

Prüfend betrachtete sie ihre Freundinnen und grinste. »Ihr zwei seid leider etwas zu alt.«

Mit gespielter Empörung mischte sich Helene wieder in die Unterhaltung ein: »Pass bloß auf, was du sagst, Marie!«

»Ich würde sowieso nie für dich arbeiten«, setzte Thea nach. »Wie ich dich kenne, kommandierst du alle herum.«

Marie verzog ihr Gesicht zu einer Grimasse, die sie hochnäsig aussehen ließ.

»Unsinn. Ich weiß einfach, was ich will und zieh das durch.«

»Bravo«, kommentierte Thea ironisch und applaudierte.

»Wenn ich meinen großen Durchbruch erlebe, lachst du nicht mehr.«

»Dafür staffiert sie sogar wohlbetuchte Nazi-Gattinnen aus.«

Noch nie hatte Helene gewagt, Marie darauf anzusprechen. Schlagartig wurde Thea ernst, doch Marie zuckte gleichmütig die Schultern.

»Nicht alle meine Kundinnen sind Nazis. Und, ehrlich gesagt, auch unter denen gibt es richtig nette.«

Ihr Blick wanderte zwischen Helene und Thea hin und her.

»Jetzt guckt doch nicht so. Ich verdiene mein Geld mit Mode. Wer mich anständig bezahlt, bekommt, was er will. So läuft das im Geschäftsleben. Soll ich etwa jede Kundin nach ihrer politischen Meinung befragen, bevor ich mich entschließe, ihr ein Kleid zu nähen?«

Kurz lachte Marie auf, dann blickte sie ihre schweigenden Freundinnen entgeistert an. »Das meint ihr nicht ernst.«

»Wenn du für den Dunstkreis von Oberbürgermeister Krebs arbeitest, weißt du genau, was sie denken.« Es war, als hätte sich Helenes Stimme verselbstständigt. Und hier in der Schweiz würde niemand sie dafür anzeigen oder verhaften. Was sich in ihr angestaut hatte, drängte hinaus. »Ich verstehe einfach nicht, wie du Menschen mögen kannst, die andere vertreiben.«

Nun wurde auch Marie gereizt.

»Hitlers Judenpolitik ist total überzogen. Das finden doch viele Deutsche. Trotzdem ist nicht alles schlecht, was die Nationalsozialisten machen.«

»Was ist denn gut?«, fragte Thea ruhig.

»Na, zum Beispiel, dass sie die Kommunisten bekämpfen. Oder wie sie die Leute in Lohn und Brot bringen. Schaut euch allein den Frankfurter Flughafen an. Ist euch klar, wie viele Arbeitsplätze man mit dieser Großbaustelle schafft?«

Helene zerknüllte ihre Serviette und warf sie auf den Tisch.

»Ist *dir* denn klar, wie viele Menschen die Nazis arbeitslos gemacht haben? Mich zum Beispiel!«

»Du weißt, wie leid mir das tut.«

Nachdenklich sagte Thea: »Wenn ich mir überlege, wie lange es gedauert hat, bis Dario und ich unsere kleine Pension eröffnen konnten, bin ich sicher, dass man Jahre braucht, um einen Flughafen zu planen. Nein, Marie, die Idee hatten andere, lange vor Hitler.«

»Kann ja sein«, gab Marie zurück und zündete sich eine Zigarette an, »aber niemand hat sie umgesetzt.«

»Wegen der Wirtschaftskrise.«

Helene war der Flughafen herzlich egal, sie trieb etwas anderes um.

»Du warst doch selbst fassungslos, als es an der *Städelschule* Entlassungen hagelte«, unterbrach sie Theas und Maries Debatte. »Als Fritz Wichert, Max Beckmann und viele andere gehen mussten. Wieso verteidigst du die Nazis plötzlich?«

»Herrje, das tue ich doch gar nicht. Aber ich will auch nicht alle über einen Kamm scheren.«

Unangenehmes Schweigen breitete sich zwischen den Freundinnen aus. Hätte Helene sich die Bemerkung über die Nazi-Frauen besser verkneifen sollen? So viel Mühe hatte sich Thea gegeben, ihnen einen schönen letzten Ferientag zu bereiten, und nun endete er im Streit. Während Helene überlegte, ob sie etwas Versöhnliches sagen könnte, griff Marie schon wieder nach ihren Zigaretten. Doch Thea hielt ihren Arm fest.

»Genau das machen die Nazis, Marie. Sie verurteilen alle, die ihnen nicht passen. Der Charakter des Einzelnen interessiert sie einen feuchten Kehricht. Helene ist eine gute Ärztin, aber das ist den Nazis egal. Dass mein Vater ein großherziger Mann ist, für Deutschland sein Leben riskiert hat und evangelisch geworden ist, schert sie nicht. Wir können machen, was wir wollen, die Nazis berufen sich auf eine jüdische Rasse, die es nicht gibt. Habgierig und triebhaft sollen wir angeblich sein. Hinterhältig. Verlogen. Was glaubst du, Marie, wie lange wird es dauern, bis die nettesten Nachbarn, Kollegen, ja vielleicht sogar Freunde, es für möglich halten, dass etwas Wahres daran ist?«

Thea war lauter geworden, und unruhig schaute sich Helene um, doch niemand schien ihrer Unterhaltung Beachtung zu schenken.

»Du siehst das zu dramatisch«, war alles, was Marie hervorbrachte. Sie klang kratzig, als versuchte sie einen Kloß im Hals loszuwerden. Thea schüttelte den Kopf.

»Das empfindest du nur so, weil du auf der komfortablen, der ›arischen‹ Seite, stehst. Weil du nicht täglich mit irgendeiner Schikane rechnen musst. Ich bin jedenfalls froh, in der Schweiz zu leben.«

Ihr Blick streifte Helene, die nun begann herunterzubeten, was sie immer sagte: Die Deutschen wären ein kluges Volk, weshalb Hitler und seine Nazis sich nicht würden halten können.

Währenddessen winkte Thea dem Kellner, damit er ihnen die Rechnung brächte.

»Dein Wort in Gottes Ohr«, sagte sie und zählte das Geld auf den Tisch.

Mit einem Schrei fuhr Helene aus dem Schlaf. Ihr Nachthemd war durchgeschwitzt, was an ihrem Albtraum liegen konnte oder daran, dass das Fieber gestiegen war.

»Viktor?«, flüsterte sie und tastete im Dunkeln nach ihrem Mann. Doch seine Seite des Betts war unberührt. Kein Wunder, fiel ihr ein, denn Viktor würde in der Klinik bleiben, genauso wie in den letzten beiden Nächten. Unentbehrlich wäre er dort dieser Tage. Erschöpft ließ sich Helene in ihr Kissen zurückfallen und murmelte: »Ich könnte Viktor auch gut gebrauchen.«

Seit ihrer Rückkehr aus der Schweiz war er nur einmal nach

Hause gekommen, um seine Kleidung zu wechseln. Wie krank sich Helene fühlte, hatte sie ihm nicht gesagt, und Viktor hatte es nicht bemerkt. Vielleicht war das gut, sonst hätte er ihr noch unterstellt, im Schnee nicht genug auf sich und das Baby aufgepasst zu haben. Dabei war, wenn überhaupt jemand, die Deutsche Reichsbahn daran schuld, dass sich Helene erkältet hatte.

Ihr Kopf schmerzte und das Schlucken fiel ihr schwer. Sie zwang sich aufzustehen und ein trockenes Nachthemd anzuziehen. Dann kroch sie ins Bett zurück und zog die Decke bis unters Kinn. Moritz war bei ihren Eltern gut versorgt, und ihre Mutter würde Helene am Vormittag eine kräftige Hühnerbrühe vorbeibringen, danach ginge es ihr bestimmt besser.

Bis dahin schlafen, nur schlafen, dachte Helene. Doch sobald sie die Augen schloss, blitzten Bilder der Zugfahrt auf und ihr Herz begann zu rasen.

Kurz hinter der Grenze zum Deutschen Reich hatte Helene beschlossen, in der Zeitschrift zu blättern, die Thea ihr in den Koffer gelegt hatte. Was sollte sie sonst tun? Moritz schlief, sie selbst war nicht müde. Früher hatte sie auf Zugreisen gerne aus dem Fenster gesehen. Leider war das weniger vergnüglich geworden, seit man an jedem beliebigen Bahnhof damit rechnen musste, dass einem Uniformierte ins Blickfeld gerieten oder die aufdringliche rote Flagge mit dem Hakenkreuz, die ihr nach den Wochen in der hellen, friedlichen Berglandschaft besonders unangenehm ins Auge stach. Da lenkte sie sich lieber mit einer leichten Lektüre ab. Gerade reckte sich Helene nach ihrem Koffer, als der Zug abrupt bremste. Der gewaltige Ruck schleuderte sie zu Boden, dann traf sie noch ein Schlag auf den Rücken – ihr herabstürzender Koffer –, doch ihr Aufschrei ging im Kreischen der Bremsen unter. Benommen rappelte sie sich auf.

»Moritz?«, rief sie. »Bist du verletzt?«

Er weinte, aber als sie seinen Kopf, die Arme und Beine betastete, stellte sie erleichtert fest, dass ihm außer einem riesigen Schreck nichts zugestoßen war. Im Gang drängten sich Reisende an die Fenster, um die Ursache des plötzlichen Halts herauszufinden, im Abteil nebenan wimmerte jemand.

»Brauchen Sie Hilfe?«, erkundigte sich Helene bei ihren beiden Mitreisenden, einem älteren Ehepaar, das sich stöhnend Hüfte und Ellenbogen rieb.

»Es geht schon«, antwortete der Mann. »Was ist denn bloß passiert?«

Er stakste zum Fenster und öffnete es. Eiskalte Winterluft wehte herein, begleitet von aufgeregten Rufen. Seine Frau zwängte sich neben ihn.

»Wir stehen auf völlig freier Strecke«, stellte sie fest.

Den Schaffner, der an ihnen vorbeistürzte, hielt Helene auf.

»Was ist los? Können wir nicht weiterfahren?«

Der Beamte machte eine hilflose Geste.

»Die Lok streikt«, sagte er gehetzt. »Und ich muss einen Arzt finden.«

»Ich bin Ärztin.«

Er warf einen unsicheren Blick auf ihren Bauch.

»Wenn es Ihnen nichts ausmacht? Verbandszeug hätten wir.«

Und schon desinfizierte und verband Helene kleinere und größere Wunden, schiente einen gebrochenen Arm und kümmerte sich um eine Gehirnerschütterung. Ein anderer Arzt, im Alter ihres Vaters, schickte sie schließlich ins Abteil zurück, damit sie sich ausruhte. Dort bot ihr das Ehepaar, das ein Auge auf Moritz gehabt hatte, heißen Tee an. Dankbar wärmte sich Helene auf, denn trotz Mänteln und Mützen war es im Zug ganz schön frostig geworden. Auf einmal zupfte Moritz an ihrem Ärmel.

»Ich muss aufs Klo«, sagte er leise. Vor den Toiletten hatten sich lange Schlangen gebildet, und es hätte ewig gedauert, bis Moritz an der Reihe gewesen wäre. Sein kleines Gesicht sah höchst angespannt aus.

»Ich kann's nicht mehr halten.«

»Komm!«

Helene kletterte aus dem Zug und hob Moritz hinunter. Einige Wartende maulten, weil sie wegen der geöffneten Tür noch mehr froren. Hand in Hand stapften Helene und Moritz durch den Schnee auf der Suche nach einem Gebüsch, das ein wenig Sichtschutz bot.

Es dämmerte schon, und Helene fragte sich, ob und wann sie wohl weiterfahren würden. Und wie ihre Nacht aussähe, falls sie hier ausharren müssten.

Als sie ein Gebüsch gefunden hatten und Moritz sich hinhockte, sah Helene sich um. Sollte sie sich ebenfalls erleichtern? Während sie noch überlegte, fiel ihr Blick auf ein weißes Schild, das sie im Schnee zunächst gar nicht entdeckt hatte. Doch einmal gesehen, brannten sich die schwarzen Buchstaben in Helenes Gedächtnis.

»Juden betreten diesen Ort auf eigene Gefahr!«

Helenes Herz begann zu rasen. Auf einer seiner Radtouren hatte Anton solch ein widerwärtiges Schild ignoriert und beinahe wären er und seine Freunde deshalb verprügelt worden. Nach diesem Erlebnis hatte Anton endgültig zugestimmt, mit Judiths Familie nach Palästina auszuwandern.

Nervös beobachtete Helene die Häuser. Kamen Leute heraus? Moritz und sie wären auf dem weiten Feld sicher gut auszumachen. Sie wissen nicht, dass wir Juden sind, beruhigte sie sich. Dennoch wartete sie ungeduldig darauf, dass Moritz sein Geschäft erledigt hätte und sie in ihr Abteil zurückkehren könnten.

»Wir wollen doch nicht, dass der Lokführer ohne uns abfährt«, drängte sie ihn, doch Moritz ließ sich Zeit. Plötzlich ertönten Rufe. Gestikulierende Männer mit Brechstangen in den Händen kamen vom Dorf her auf sie zu.

»Moritz!«

Ihre Stimmte klang gepresst.

»Fertig!«, verkündete Moritz fröhlich und zog seine Hose hoch.

»Mach schon!«

Ihr scharfer Ton ließ ihn aufschauen und ihrem Blick folgen. Wortlos schob Moritz seine Hand in ihre, dann marschierten sie los, zurück zum Zug.

»He, Sie! Warten Sie mal!«

Der dritten Aufforderung kam Helene nach. Ohne sich den Männern zuzuwenden, blieb sie stehen, während ihr Herz weiterrannte.

»Sie dachten, wir würden Hilfe brauchen«, erzählte Helene ihrer Mutter, als diese ihr ein paar Stunden später einen Teller dampfender Hühnersuppe ans Bett brachte. Auch einen Halswickel hatte Ruth Bornstein ihrer Tochter gemacht.

»Und die Brechstangen? Was wollten sie damit?«

Vorsichtig pustete Helene in den Löffel.

»Sie hatten gehört, dass in zwei Waggons Leute eingeschlossen waren, weil sich die Türen verkeilt hatten. Sie wollten sie damit befreien.«

Bei der Erinnerung an die Angst, die sie ausgestanden hatte, bis sie das wusste, zog es in ihrem Bauch. Sie krümmte sich ein wenig, so dass Ruth Bornstein ihr rasch den Teller abnahm.

»Da sieht man mal wieder, dass es falsch ist, immer vom Schlimmsten ausgehen«, sagte sie. »Man regt sich nur unnötig auf. Möchtest du noch Suppe?«

Helene verneinte. Der Schmerz ließ nicht nach und erinnerte sie an beginnende Wehen. Ihr Körper trainierte für die Geburt, das war im sechsten Monat nicht ungewöhnlich. Sie lehnte sich ins Kissen zurück und atmete tief durch, um sich zu entspannen.

Mit zwei Tassen Tee kehrte Ruth Bornstein aus der Küche zurück.

»Trotzdem schlage ich vor, dass du künftig nicht mehr ohne Viktor verreist. Bisweilen sind gewissenlose Strolche unterwegs.«

Der Schmerz war abgeebbt, zurück blieb ein wenig Übelkeit.

»Das ist doch Quatsch, Mutti. Genauso gut könntest du mir raten, ohne Viktor nicht mehr auf die Straße zu gehen.«

Mit abgespreiztem Finger nippte Ruth Bornstein an ihrem Tee. Wie immer saß sie aufrecht da, als befände sie sich in einem eleganten Restaurant.

»Ich sage nur, du solltest vorsichtiger sein.«

Schweigend tranken sie ihren Tee, bis Ruth Bornstein, in ihren Händen bereits die leeren Tassen, ihre Tochter ernst anblickte.

»Möchtest du nicht zu uns übersiedeln? Zumindest bis es dir besser geht?«

Die Vorstellung, zu Hause umsorgt zu werden, war verlockend. Und wenn um sie herum mehr Leben wäre, könnte Helene auch die schreckliche Zugfahrt schneller vergessen. Kurz entschlossen nickte sie. Ihre Mutter half ihr aus dem Bett und legte ihr einen Bademantel um die Schultern.

»Während du Viktor Bescheid sagst, packe ich dir ein paar Sachen ein«, bestimmte sie und kramte bereits eine Reisetasche aus dem Schlafzimmerschrank. Derweil schleppte sich Helene zum Telefon und wählte. Während sie darauf wartete, dass Viktor geholt wurde, begann ihr Unterleib zu brennen, so heftig, dass Helene nach Luft schnappte. Als der Schmerz nachließ, spürte sie, dass etwas Feuchtes ihre Beine hinunterlief. Panisch zerrte sie an ihrem Nachthemd, um nachzusehen, ob es Blut wäre. Dann hörte sie Viktors Stimme an ihrem Ohr.

»Helene? Was gibt's?«

Ihr wurde schummerig, als sie in den Hörer schrie: »Viktor! Die Fruchtblase ist geplatzt. Das Kind kommt.«

In Maries Modeklasse herrschte konzentriertes Schweigen. Lediglich das Kratzen der Bleistifte auf dem Zeichenpapier und Maries Kommentare durchschnitten die Stille. Bekleidet mit weißen Arbeitskitteln saßen die jungen Damen an ihren Pulten und betrachteten das Modell, das, mit aufgestecktem Haar und in Abendgarderobe, auf einem kleinen Podest stand und gelangweilt aus dem Fenster in die Frühlingssonne blickte.

»Die Silhouette muss figurbetont sein, Frieda. Auf deiner Zeichnung erkennt man ja kaum eine Taille.«

Marie klatschte in die Hände, um die Aufmerksamkeit aller zu erregen.

»Der androgyne Stil des letzten Jahrzehnts ist passé. Moderne Frauenkleidung bringt unsere natürliche weibliche Form zur Geltung. Dasselbe gilt für unsere Entwürfe. Wie wollt ihr denn ein Kleid nähen, wenn es nicht exakt gezeichnet ist? Oder es bewerben, wenn es nicht so dargestellt ist, wie es eigentlich aussehen soll?«

Eine Antwort erwartete Marie nicht.

»Bravissimo, Anna«, sagte Marie anerkennend zu der nächsten Zeichnerin, der sie über die Schulter sah. »Den mattglänzenden Effekt, erzielt durch die Kombination zweier verschiedener Stoffe, hast du genauestens herausgearbeitet. Jeder bekommt sofort eine Vorstellung von dem Kleid, auch wenn er nicht wie wir das Modell vor Augen hat.«

Marie blickte zu Lore, die just in diesem Moment gähnte. Leider schaffte sie es nicht mehr rechtzeitig, sich die Hand vor den Mund zu halten. Doch anstatt zu einer ihrer gefürchteten Strafpredigten anzusetzen, sagte Marie in die Runde: »Macht zehn Minuten Pause. Nur das Modell zu mir, bitte.«

Sofort erhob sich befreites Stimmengewirr und die Schülerinnen strömten aus der Klasse. Ungerührt spielte Werner mit seinem Zinnsoldaten. Zum Glück hatte Lore ihn mitbringen dürfen, denn es gab niemanden, der auf ihn aufpasste. Während der ersten beiden Sitzungen hatte er Lore fasziniert beobachtet. In den feinen Kleidern sah seine Mutter wie eine Prinzessin aus, fremd, aber wunderschön. Nun hatte Werner sich daran gewöhnt.

Schwerfällig stieg Lore von ihrem Podest. Das lange Stehen auf hohen Absätzen war ermüdender, als sie sich vorgestellt hatte, vor allem nach nur drei Stunden Schlaf und nachdem sie, na ja, getrunken hatte. Wüsste Leon davon, würde er ihr gehörig den Kopf waschen, so wie bei seinem letzten Besuch. Im Grunde war Lore ihm dafür dankbar, denn ohne seine Standpauke stünde sie jetzt wohl kaum Modell in der *Städelschule*. Auf Alkohol zu verzichten, hatte ihr gutgetan. Sie hatte an Gewicht zugelegt, ihre Haut wirkte rein und rosig, ihre Augen waren nicht mehr gerötet. Deren verschiedene Farben hatten es Marie gleich angetan.

Natürlich wusste sie, dass es falsch gewesen war, erneut zur Flasche zu greifen, aber sie hatte nicht widerstehen können. Wie hätte sie sonst nach ihrer gestrigen Begegnung mit Erik schlafen können? Hätte er sie doch wenigstens angebrüllt, ja, sogar auf offener Straße geohrfeigt, alles wäre besser gewesen, als zu ertragen, dass er an ihr vorbeilief wie an einer Fremden. Dabei war sie sicher, dass Erik sie bemerkt hatte.

»Setz dich, Lore. Ich kann mir denken, wie sich deine Beine anfühlen.«

Obwohl Marie lächelte, klang ihre Stimme kühl.

»Was ich meinen Schülerinnen über den obsoleten androgynen Stil erklärt habe, betrifft auch die Haltung einer Frau.«

Gleichmütig betrachtete Lore die Fotografie, die Marie ihr hinhielt und die eine blonde Frau in einem taillenlosen, kniekurzen Hängerkleid zeigte. Die Aufnahme stammte aus einem Modemagazin der zwanziger Jahre und das Modell mit kurzem Haar und knallroten Lippen stand lässig an einen Türpfosten gelehnt.

»Ein schlaffer, leicht vorgebeugter Oberkörper, der zwanglos oder gar lasziv wirken soll, entspricht nicht mehr dem heutigen Schönheitsideal. Deinem offenbar schon, Lore.«

Lore, die darüber noch nie nachgedacht hatte, straffte automatisch die Schultern.

»So ist es richtig«, bestärkte Marie sie, »versteh dich als eine griechische Statue, aufrecht und mit Spannung im Körper.«

Marie trat näher an Lore heran, um ihr zu demonstrieren, wie sie sich ihre Kopfhaltung wünschte. Da verzog sie das Gesicht und schnupperte.

»Augenblick mal. Hast du etwa getrunken?«

»Nein«, beteuerte Lore erschrocken, doch da sie Marie anmerkte, dass Leugnen sinnlos wäre, gab sie es schließlich zu.

»Nur ausnahmsweise. Es war ein Ausrutscher.«

Mit klopfendem Herzen wartete Lore auf Maries Reaktion. Ihr war klar, dass die Designerin von allen, die sie umgaben, Perfektion erwartete.

»Jemand, der morgens eine Fahne hat, trinkt häufig«, erwiderte Marie prompt und zündete sich verärgert eine Zigarette an.

»Scheinbar kennt Helene dich doch nicht so gut. Oder sie hat mir ein wichtiges Detail verschwiegen.«

»Nein«, beeilte sich Lore zu sagen, »hat sie nicht. Ehrlich, ich trinke nicht mehr. Ich verspreche es.«

Kopfschüttelnd zog Marie ihre Brauen hoch.

»Leider kann ich es mir nicht leisten, an Versprechungen zu glauben. Bald findet unsere erste Modenschau statt, und sogar Dr. Goebbels wird dabei sein. Wir müssen die Führungselite für uns gewinnen, denn immerhin konkurrieren wir mit dem Deutschen Modeinstitut in Berlin. Es ist absolut notwendig, dass ich mich auf jeden, der hier mitarbeitet, hundertprozentig verlassen kann.«

In Lores Kopf verdichteten sich Maries Worte zu einem einzigen: Rausgeschmissen!

Wegen eines einmaligen kleinen Fehlverhaltens? Kannte Marie denn keine schwachen Momente? Auf einmal hasste Lore diese schöne, selbstsichere Frau, die wahrscheinlich keine Ahnung davon hatte, wie es war, sich durchschlagen zu müssen. Für so eine eingebildete Ziege würde sich Lore ganz bestimmt nicht die Beine in den Bauch stehen. Entschlossen streifte sie die unbequemen Schuhe von den Füßen und erhob sich. Dasselbe tat Marie.

»Ich nehme an, das war's dann?«, stellte Lore fest und ergriff ihre Handtasche, die sie über die Stuhllehne gehängt hatte. Dass sie noch das Abendkleid trug, hatte sie vergessen, sie wollte nur weg. Als sie zu Werner hinübersah, der sich noch immer mit dem Zinnsoldaten beschäftigte, den Moritz ihm geschenkt hatte, kamen ihr Tränen, die sie noch wütender machten. Sie wollte ihrem Sohn selber Spielzeug kaufen und nicht auf die Almosen anderer angewiesen sein.

»Werner«, rief sie ihren Sohn mit belegter Stimme zu sich, »für heute sind wir fertig.«

Sofort steckte Werner seinen Zinnsoldaten in seine Hosentasche und gab Marie die Hand.

»Auf Wiedersehen«, sagte er schüchtern mit einer angedeuteten Verbeugung. Lores Augen weiteten sich. Was war denn in Werner gefahren? Er benahm sich so piekfein, als würde er von einer Majestät Abschied nehmen. Fast hätte Lore ihren Sohn für dieses Getue gerügt. Maries distanzierter Blick hingegen erwärmte sich.

»Mach's gut, Werner.«

Eine Sekunde zögerte sie, dann schrieb sie etwas auf ein Blatt Papier, das sie Lore reichte.

»Diese Familie sucht manchmal Haushaltshilfen. Ruf da mal an. Aber erst, nachdem du dein Problem gelöst hast, Lore, sonst drehe ich dir eigenhändig den Hals um.«

Lore las die Adresse.

»Bad Homburg? Das ist weit. Wie soll ich da jeden Tag hinkommen? Kann ich Werner mitnehmen?«

Ungeduldig verdrehte Marie die Augen, für sie war die Angelegenheit erledigt.

»Das findest du bestimmt heraus.«

Die Schülerinnen kamen aus der Pause, und als sich Lore aus dem eleganten Kleid schälte, damit eine von ihnen es anziehen könnte, wirkte Werner ein bisschen enttäuscht. Innerhalb kürzester Zeit hatte sich seine Mutter von einer Prinzessin in eine ganz normale Frau mit geflickter Strickjacke zurückverwandelt. Lore verstand, dass ihr Sohn dies bedauerte, ihr ging es genauso.

Der Sommer 1934 hatte in Frankfurt mit Stürmen und Waldbränden viel Verwüstung angerichtet, nun war er in einen kühlen, ruhigen Herbst übergegangen. Es war erst früher Nachmittag, aber da ihr Vater keine Patienten mehr erwartete, hatte er Helene nach Hause geschickt. Moritz verbrachte den Tag bei Marlene und Friedrich, Viktor würde ihn nach der Arbeit bei seinen Eltern abholen. Helene bliebe also viel Zeit, und die würde ihr schlecht bekommen, denn jede unausgefüllte Minute führte unweigerlich zu Traurigkeit.

Sie lenkte ihr Rad auf den Gemüseladen von Samuel Dietz zu. Sollte sie etwas Leckeres kochen, den Tisch hübsch decken und ihrer Familie vorschlagen, nach dem Essen eine Partie Mensch-ärgere-dich-nicht zu spielen? Zur Normalität zurückkehren, das war es doch, was man von ihr erwartete. Augenblicklich hatte Helene das Bild der kleinen Verena vor Augen, die so ausgesehen hatte, als ob sie schliefe. Es hieß, ein paar Male hätte sie noch geatmet, doch dann war ihr Herz stehen geblieben. Durch nichts war es dazu zu bewegen gewesen, weiterzuschlagen. Irgendwann hatte der diensthabende Arzt sich zu Helene gedreht und den Kopf geschüttelt. Diese kleine Geste hatte die minimale Hoffnung, die Helene zusammengehalten hatte, vollends zerstört. Ihre Schreie gellten durch die Flure der Frauenklinik und selbst ein halbes Jahr später hörte sie manchmal noch ihr Echo.

»Reiß dich ein bisschen zusammen«, hatte ihr Vater sie ermahnt, als Helene vor einigen Wochen in Tränen ausgebrochen war, nachdem eine Frau mit einem kleinen Mädchen auf dem Arm die Praxis verlassen hatte.

»Kinder sterben nun mal. Du bist noch jung, Helene, du wirst wieder schwanger.«

Dass trotz verbesserter Hygiene und neuer Erkenntnisse in der Pädiatrie zu viele Kinder nicht überlebten, war ihr als Ärztin natürlich bewusst. Aber was half ihr das, um mit ihrem eigenen Schmerz zurechtzukommen? Dachte ihr Vater wirklich, ein anderes Kind könnte Verena ersetzen? Glaubte Viktor es?

An jenem Tag hatte er mit Moritz am Radio geklebt, um die Fußballweltmeisterschaft zu verfolgen, die während des Sommers in Italien stattfand. Er grüßte sie mit einer raschen Geste, aber Helene spürte sofort, dass ihre verquollenen Augen ihn störten. Da musste sie wieder weinen.

Er wäre auch traurig, erklärte Viktor, als er das Radio ausstellte, aber man könnte am Tod des Kindes – nie nannte er es Verena – nichts ändern. Daher sei es das Beste, das zu tun, was man immer tat, wenn jemand starb: möglichst bald sein Leben weiterführen.

»Das versuche ich ja«, verteidigte sich Helene, »aber es macht mich ganz verrückt, dass Verena in meinem Bauch nur herangewachsen ist, um gleich wieder zu sterben.«

»Aber so war es doch nicht.«

Plötzlich hatten Viktors graue Augen denen seines Bruders geglichen, hart und abweisend. »Das Kind würde leben, wenn du auf mich gehört hättest. Wenn du vorsichtiger gewesen wärst.«

Als hätte Viktor ihr einen Stoß versetzt, taumelte Helene zurück. Die Vermutung, die manchmal in ihr rumort hatte, bestätigte sich: Viktor beschuldigte sie, für Verenas Tod verantwortlich zu sein. Nur ein flüchtiger Blick auf Moritz, der auf seiner Unterlippe kauend neben dem Radio stand, hielt Helene davon ab, Viktor an die Gurgel zu springen.

»Niemand kann mit Sicherheit sagen, was die vorzeitigen Wehen ausgelöst hat. Vielleicht war es das Fieber oder der Sturz im Zug. Vielleicht aber auch die tägliche Aufregung. Ich kann ja kaum noch auf die Straße gehen, ohne Angst zu haben.«

Viktor reagierte mit einer wegwerfenden Handbewegung.

»Ich behaupte: Wärst du in der Schweiz nicht so vergnügungssüchtig gewesen, sondern mit mir nach Hause gefahren, wäre gar nichts passiert. Kein Unfall, keine Infektion, keine Totgeburt.«

Daraufhin hatte er sich seinen Mantel geschnappt.

»Wartet nicht mit dem Essen auf mich.«

Seither hatte Helene Verena nicht mehr erwähnt. Doch der Spalt, der seit diesem Gespräch zwischen ihr und Viktor klaffte, blieb.

»Was darf es denn Schönes sein, Frau Doktor?«

Freundlich wie immer pries Samuel Dietz seine Ware an und machte Helene Lust, mehr zu kaufen, als sie ursprünglich vorgehabt hatte. Während er Kartoffeln, Wirsing, Maronen und Karotten in Helenes Tasche packte, noch dazu zwei süße, rote Äpfel gratis für Moritz, sagte Samuel Dietz kopfschüttelnd: »Bald ist das Jahr schon wieder vorbei. Gott sei Dank ist es etwas ruhiger zugegangen als im letzten.«

Sein Gemüsegeschäft, sagte Samuel Dietz, hatte seit dem Boykott im April '33 keine Angriffe mehr erlebt und lief nach wie vor nicht schlecht. Und der Nichtangriffspakt zwischen Deutschland und Polen wäre doch eine gute Sache, die den Frieden sicherte.

»Da haben Sie recht, Herr Dietz.«

Auch dass die Flutwelle antisemitischer Gesetze, die in Hitlers erstem Machtjahr über sie hereingebrochen war, ein wenig abflaute, sah Helene wie der Gemüsehändler. Was nicht bedeutete, dass keine neuen Verordnungen in Kraft traten, die ihnen das Leben erschwerten. So war im Mai allen nichtarischen Ärzten und solchen mit jüdischen Ehepartnern die Kassenzulassung entzogen worden, und weil Paul Bornstein nur noch privat abrechnen konnte, verlor er viele Patienten. Fassungslos musste er zur Kenntnis nehmen, dass seine Eisernen Kreuze in den Augen der Nazis wertlos waren und ihm keinen Schutz mehr boten.

Als Helene Viktor fragte, ob er ihretwegen in der Klinik keine Schwierigkeiten bekäme, stritt er das ab. Trotzdem lag seine Stirn fast immer in Falten und er wirkte angespannt. Verschwieg er ihr, dass man ihn unter Druck setzte?

Die meisten anderen wichtigen Meldungen, wie ein neues Gesetz, das Zwangssterilisationen erlaubte, Hindenburgs Tod oder der sogenannte Röhm-Putsch, waren in Helenes Trauer untergegangen, die um Verena, aber auch um Dr. Paul Grosser, den von den Nazis verjagten Leiter der *Clementine*. Anfang Februar, nicht einmal zwei Monate nach seiner Emigration, war er im französischen Exil gestorben. Ihr ehemaliger Kollege, Dr. Armin Haller, hatte Helene den Nachruf aus der *Frankfurter Zeitung* zugeschickt, die, obwohl das den Nazis bestimmt nicht gefiel, den erfolgreichen Kinderarzt in höchsten Tönen lobte. Gerade mal vierundfünfzig Jahre war er gewesen, als er einem Herzinfarkt erlag; genauso alt wie Helenes Mutter, deren Herzrhythmusstörungen die Bornsteins in letzter Zeit beunruhigten. Der Tod Dr. Grossers mahnte Helene, ihre Eltern nicht zur Emigration zu ermutigen.

»Wie geht es Ihrem Bruder in der neuen Heimat? Haben Sie schon etwas von ihm gehört?«, fragte Samuel Dietz, als Helene ihren Einkauf bezahlte.

»Gut geht es ihm. Er lebt in Tel Aviv bei Freunden seiner Schwiegereltern und hat begonnen, eine kleine Schuhfabrik aufzubauen.«

»Ach«, seufzte Samuel Dietz, »das freut mich. Leider habe ich nirgendwo im Ausland Bekannte, an die ich mich wenden könnte.« Er trat einen Schritt auf sie zu und sprach leiser.

»Wissen Sie, dass manche Leute amerikanische Telefonbücher durchforsten?«

»Wozu das denn?«, fragte Helene verblüfft.

Samuel Dietz lachte, aber es klang traurig.

»Na, um nach Amerikanern mit demselben Nachnamen zu suchen. Sie hoffen, es könnten Verwandte darunter sein, die gewillt sind, ihnen zu helfen. Zum Glück haben Sie ja Ihren Bruder in *Eretz Israel.*«

»Ja.«

Der Abschied von ihrem Bruder war ihr schwergefallen. Niemand kannte sie so gut wie Anton, keiner brachte sie mit seinen Neckereien gleichermaßen auf die Palme, aber auch zum Lachen. Und als alle Welt verlangte, dass sie sich in ihre Trauer um Verena nicht hineinfallen ließe, verstand Anton, dass sie es trotzdem tat.

»Ich muss los, Herr Dietz«, verabschiedete Helene sich und schwang sich auf ihr Rad. »Grüßen Sie Ihre Frau und … vielen Dank für die Äpfel.«

Als sie heimkam, fiel Helenes Blick gleich auf den zweiten Mantel, der neben Viktors an der Garderobe hing und den sie nicht kannte. Wieso war Viktor schon zurück? Sie hätte selbst nicht sagen können, weshalb sie nicht einfach ins Wohnzimmer trat, um ihn zu begrüßen. Eine eigenartige Spannung lag in der Luft, die Helene veranlasste, ihre Einkäufe so leise wie möglich abzustellen und auf Zehenspitzen den Flur entlangzuschleichen. Durch den Türspalt sah sie, wie Viktor zwei Gläser mit Cognac füllte. Helene schnappte nach Luft, als sie Konrad erkannte. Konnte sich Viktor nicht woanders mit ihm treffen? In einem Gasthaus oder bei Konrad zu Hause, wo dessen »arische« Ehefrau Hanne ihnen sicherlich ein deftiges bayrisches Essen vorsetzen würde?

Nicht einmal anstandshalber hatten die beiden Helene zu ihrer Hochzeit eingeladen. Allein mit seinen Eltern war Viktor nach München gereist, woher Hanne stammte, und beim Abschied taten alle so, als läge es an Helenes Trauer, dass sie nicht mitfuhr. Helene war keineswegs scharf auf die Feier gewesen, denn Hannes Familie schien aus demselben Holz geschnitzt zu sein wie Konrad. Moritz und sie von vornherein auszuschließen, war aber ein Affront.

Und nun tauchte Konrad einfach bei ihnen auf, und Viktor hatte sie nicht einmal vorgewarnt.

»Um es deutlich zu sagen«, fasste Konrad zusammen, was er offenbar zuvor ausgeführt hatte, »es stößt vielen unangenehm auf, dass du noch nicht in die NSDAP eingetreten bist. Mensch, Viktor, fast die Hälfte der deutschen Ärzteschaft hatte nach Hitlers Sieg nichts Eiligeres zu tun. Es ist ein Muss, wenn du Erfolg haben willst.«

Ach, nur darum ging es? Inzwischen musste Konrad doch kapiert haben, dass Viktor in diesem Punkt standhaft blieb. Wie hätte das auch ausgesehen: ein Arzt mit Parteiabzeichen und einer jüdischen Ehefrau? Helene reckte sich ein wenig, um die beiden, die ihr den Rücken zuwandten, besser sehen zu können, aber es passierte nicht viel. Konrad trank seinen Cognac, während Viktor in sein Glas starrte.

»Dr. Holfelder wird seine schützende Hand nicht länger über dich halten. Er war, gelinde gesagt, erschüttert, als er erfuhr, dass es sich bei deiner schönen Helene um eine Jüdin handelt. Trenn dich von ihr, Viktor, sonst bleibst du auf der Strecke.«

Konrads Unerbittlichkeit traf sie ins Mark. Viktor seine Distanz zu den Nationalsozialisten vorzuhalten, war eine Sache, ihn zur Scheidung zu drängen, eine völlig andere. Wieso verpasste Viktor dem unverschämten Kerl keinen Kinnhaken und schmiss ihn raus?

Und wie würde sich dein Mann entscheiden, wenn er zwischen dir und seiner Karriere wählen müsste?

Bestürzt stellte Helene fest, dass der Augenblick, vor dem Leon sie gewarnt hatte, gekommen war. Doch Viktor ließ sich mit seiner Antwort Zeit. Ausgiebig schwenkte er sein Glas, damit sich das Aroma des Cognacs besser entfaltete, dann trank er es in einem Zug aus.

»Ich werde meine Frau nicht verlassen«, hörte sie ihn sagen, und Helene, der etwas flau geworden war, bemerkte, dass sie vergessen hatte zu atmen. Ihr fiel ein Stein vom Herzen, obwohl sie sich einredete, dass sie keine andere Antwort erwartet hatte. Viktor hielt zu ihr, und die stumme Wette gegen Leon hatte sie gewonnen.

»Sei kein Narr, Viktor. Es geht um deine Zukunft.«

»Und um Helenes. Unsere Ehe schützt sie. Außerdem wäre da noch Moritz.«

»Rührend, du treusorgender Familienvater.«

Konrad lachte auf. »Was glaubst du eigentlich, wie lange Dr. Hoffmann das Versteckspiel noch mitmacht?«

Viktor fuhr herum und trat einen Schritt auf Konrad zu. Rasch drückte sich Helene an die Wand, auf keinen Fall durften die beiden sie entdecken, bevor sie wusste, was es mit diesem Dr. Hoffmann auf sich hatte.

»Verdammt, Konrad! Schnüffelst du mir nach? Wieso weißt du von Franziska?«

Konrad ließ sich von Viktors Ärger nicht beeindrucken, sondern lachte noch lauter.

»Hast du vergessen, dass ich für die Geheime Staatspolizei arbeite? Ich bin über alles, was mich interessiert, bestens im Bilde. Auch darüber, dass deine Treue zu Helene dann endet, wenn deine Dienstreise beginnt.«

Plötzlich wandte Konrad den Kopf zur Tür. Hatte sie einen Laut von sich gegeben? Rasch presste Helene ihre Hände auf den Mund. Viktor betrog sie. Daher also die vielen Nachtschichten und Dienstreisen. Zu ihrem eigenen Erstaunen verspürte Helene weder Panik noch Wut. Sie fühlte gar nichts.

»Habt ihr in eurem Detektivbüro nichts Wichtigeres zu tun?«

Viktor klang lahm, weit entfernt von empörtem Widerspruch. Konrads Gemeinheiten war er nicht gewachsen.

»Versteh mich nicht falsch, deine Franziska ist eine attraktive Frau. Dazu eine patente Ärztin. Und vor allem: arisch. Ich gratuliere dir zu diesem Fang. Mit ihr an deiner Seite kannst du Staat machen, Karriere und noch viele Kinder.«

Sein zweideutiges Grinsen musste Helene nicht sehen, um zu wissen, dass es da war. Schön. Patent. Arisch. Jedes einzelne Wort ein Peitschenhieb.

»Sei froh, dass dir Helene nicht noch ein zweites Judenbalg ins Nest gesetzt hat. Befrei dich von ihr.«

Helenes Hände ballten sich zu Fäusten, und sie biss sich auf die Knöchel, um nicht loszuschreien. Wie hielt Viktor das nur aus? Wie konnte er sich anhören, dass Konrad sein verstorbenes Kind beschimpfte?

»Helene kommt gleich heim, und ich will nicht, dass sie dich so reden hört«, sagte Viktor. »Bitte geh jetzt.«

Einen Moment lang herrschte Stille, dann wurde ein Glas auf die Tischplatte geknallt.

»Ich habe es im Guten versucht, Viktor, aber es ist sinnlos.«

Konrad klang heiser.

»Nicht nur deine, auch meine Karriere steht auf dem Spiel, und die lasse ich mir nicht von dir kaputtmachen. Endlich sind Männer wie ich am Ruder, und ich schwöre dir bei unserem Führer, dass ich es mir nicht aus der Hand nehmen lasse, nur weil mein Bruder sich an seine jüdische Sippschaft klammert.«

Er machte eine Pause, die etwas Wichtiges ankündigte.

»Im Klartext heißt das: Entweder du trennst dich von Helene oder ich bitte Dr. Holfelder den Antrag zu stellen, dass Ilse in eurem Röntgeninstitut sterilisiert wird. Ich nehme an, ihr seid an Patientinnen interessiert, mit denen ihr eure modernen Methoden ausprobieren könnt.«

In Helenes Ohren rauschte das Blut. Was hatte dieses miese Schwein gesagt? Angst um Ilse stieg in ihr auf. Und Wut.

Ohne nachzudenken, stürzte sie ins Wohnzimmer.

»Raus hier!«, brüllte sie. »Verschwinde! Und wag es nicht, meiner Schwester irgendetwas anzutun!«

»Sonst geschieht was?«

Konrads Mundwinkel zuckten, als amüsierte er sich. Falls Helene ihn überrascht hatte, ließ er es sich nicht anmerken. Viktor dagegen hätte fast sein Glas fallen lassen.

»Mein Gott, Helene. Hast du alles mit angehört?«

Ihr Atem ging stoßweise und ihr Herz pumpte wie verrückt. Nichts fiel ihr ein, womit sie Konrad hätte drohen können. Zumindest schien sie Viktor wachgerüttelt zu haben, denn er sagte: »Man kann nicht jeden x-beliebigen Menschen sterilisieren lassen. Ilse leidet an keiner der Krankheiten, die im ›Gesetz zur Verhütung erbkranken Nachwuchses‹ aufgeführt sind.«

Gelassen ließ Konrad seine Finger knacken.

»Vielleicht doch«, antwortete er. »An vererbbarer Taubheit. Auch die wünscht der Führer aus dem gesunden deutschen Volkskörper auszumerzen.«

Betroffen starrten Viktor und Helene ihn an.

»Ilse ist infolge von Masern taub geworden.«

Konrad ergriff seinen Hut, der neben ihm auf dem Sofa lag, und lächelte dünn.

»Das behauptet ihr Bornsteins jedenfalls. Wo ist der Beweis?«

»Es gibt Leute, die bezeugen können, dass Ilse als kleines Kind ganz normal gehört hat.«

Konrads Finger trommelten auf seinem Hut, machten sich bereit, ihn aufzusetzen.

»Und du glaubst, diese Leute möchten beim Erbgesundheitsgericht für eine Jüdin aussagen?«

Helene schluckte, aber sie wollte Konrad nicht das letzte Wort lassen. »Und ob!«, stieß sie hervor.

»Das werden wir sehen.«

Bevor er aufstehen konnte, trat Helene auf Konrad zu und spuckte ihm ins Gesicht. Zäh rann ihr Speichel seine Wange hinunter. Helene machte kehrt und wollte das Zimmer verlassen, doch energisch hielt Viktor sie am Arm fest.

»Helene hat überreagiert«, sagte er, während er aus seiner Hosentasche ein Tuch zog, das er seinem Bruder reichte. »Ist doch kein Wunder, bei allem, was in letzter Zeit passiert ist.«

Mit ausdrucksloser Miene trocknete Konrad sein Gesicht. Viktors Griff wurde fester, er tat Helene weh.

»Du solltest Konrad um Verzeihung bitten.«

Auffordernd sah Viktor sie an, doch Helene riss sich los.

»Nur über meine Leiche.«

Konrad erhob sich und blickte sie kalt an.

»Wie du willst.«

Wie in Trance lief Helene in die Küche, wo sie die Einkäufe auspackte und Wasser für die Kartoffeln aufsetzte. Als die Wohnungstür zuschlug, wusste sie, dass Konrad fort war. Sekunden später war Viktor bei ihr, außer sich vor Zorn. Doch nicht wegen Konrad, sondern Helene.

»Musst du ihn dir noch mehr zum Feind machen? Haben wir denn nicht schon genug Schlamassel am Hals?«

Helene ignorierte seine Frage, die eher einer Feststellung glich. Für sie war etwas ganz anderes von Bedeutung.

»Was treibst du in der Klinik, Viktor? Und ich meine nicht deine Liebschaft mit Franziska Hoffmann. Sterilisiert ihr Menschen durch Strahlung? Sprichst du deshalb kaum noch über deine Arbeit?«

Einen Moment lang schauten sie sich an, Viktors Augen wirkten farblos und verwaschen. Sie merkte sein Zögern, dann hatte er sich entschieden.

»Ich hole Moritz ab«, erklärte er und ging. Eine halbe Stunde später war es ihr Schwiegervater, der Moritz ablieferte und Helene ausrichtete, dass Viktor in der Klinik gebraucht würde.

Seit einer Stunde putzte Lore nun schon das Silberbesteck der Familie Lempert. Mit einer flüssigen Paste aus Zitronensaft und Salz entfernte sie die unschönen Verfärbungen, danach polierte sie Messer, Gabeln und Löffel so akribisch, wie die Hausherrin es ihr gezeigt hatte. Das war nicht besonders aufregend, aber es gab unangenehmere Tätigkeiten. Beim Silberputzen konnte Lore wenigstens sitzen und Radio hören, in dieser hübschen, gut geheizten Villa. Tatsächlich hatte Lore es geschafft, dem Alkohol rigoros zu entsagen, was sich ausgezahlt hatte. Auf Anhieb hatte sie die Stelle als Haushaltshilfe in Bad Homburg bekommen. Als Lemperts sich nach Werners Vater erkundigten, hatte Lore behauptet, er wäre verunglückt, was ihre Arbeitgeber nicht weiter infrage stellten. Eingeschult wurde Werner also nicht in Frankfurt, sondern in diesem hübschen Kurort im Taunus, in dem es sich schon Kaiser und Könige hatten gut gehen lassen. Werner lernte schnell, und wenn er abends, die Zunge in den linken Mundwinkel geklemmt, eifrig in seinen Heften schrieb und rechnete, erinnerte sich Lore daran, dass auch ihr die Schule keinerlei Mühen bereitet hatte. Mit nun dreiundzwanzig bedauerte sie es, keinen Abschluss gemacht zu haben, weil sie sich Erik angepasst und früh ein Kind bekommen hatte. Dennoch, Werner war ihr Ein und Alles, und endlich konnte sie ihm eine Umgebung bieten, in der es nicht nach Kohl roch und wo er, selbst in diesen kalten Januartagen des neuen Jahres, nie frieren musste. Diesmal, dachte Lore, habe ich alles richtig gemacht.

Nachdem sie das Besteck wegsortiert hatte, staubte Lore Vitrinen und Kommoden ab. Frau Lempert war zum Einkaufen nach Frankfurt gefahren, Herr Lempert käme nicht vor dem Abend zurück und die beiden Söhne waren längst ausgezogen. Ihr freier Sonntag lag vor ihr, und es hatte Neuschnee gegeben, so dass sie mit Werner rodeln oder Schlittschuh laufen könnte, darauf freute sie sich. Aus dem Radio erklang Eric Helgars populärer Schlager »Wir wollen Freunde sein fürs ganze Leben«, und gut gelaunt drehte Lore die Musik lauter. Vor sich hin pfeifend, tanzte sie einige Tangoschritte mit und fühlte sich als Besitzerin der Villa.

»Guck doch nicht so«, rügte sie den Führer, dessen strenger Blick ihr von seinem Portrait über dem Schreibtisch von Herrn Lempert aus zu folgen schien. Sie hörte nicht, wie zunächst die Haustür aufgeschlossen wurde und Erwin Lempert schließlich hinter sie trat. Erst als sich zwei große, schwitzige Hände von hinten auf ihre Brüste drückten, entfuhr ihr ein Schrei. Lore versuchte, um sich zu schlagen, aber Erwin Lempert hatte sie fest im Griff.

»Endlich«, keuchte er, »ich dachte schon, ich erwische dich nie.«

Er drehte sie um und zog sie an sich. Hart pressten sich seine Lippen auf ihre, sein Bart kratzte und seine rechte Hand tastete sich unter ihr Kleid.

»Komm schon, Lore, sag mir, dass du auf mich gewartet hast.«

Während er sich an ihrer Unterwäsche zu schaffen machte, schob er seine Zunge so tief in ihren Rachen, dass Lore würgen musste. Trotzdem ließ er nicht von ihr ab. Lore blieb keine Wahl. Mit aller Kraft rammte sie ihm das Knie in den Schritt, gleichzeitig biss sie so fest in Erwin Lemperts wulstige Lippen, dass sie sein Blut schmeckte. Brüllend vor Schmerz stieß er Lore von sich, so heftig, dass sie gegen die Kante seines Schreibtisches knallte. Es tat weh, aber das war ihr egal. Sie wusste, sie hatte nicht viel Zeit. Während sich Erwin Lempert unter den Blicken des Führers krümmte, rannte Lore auf ihr Zimmer. In Windeseile warf sie Werners und ihre Habseligkeiten in den Koffer und verließ, ohne sich noch einmal umzusehen, die traumhafte Villa.

Auf dem Weg zur Schule verschleierten ihr Tränen die Sicht, doch damit Werner keinen Schreck bekam, hielt Lore sie zurück.

Fröhlich rannte er ihr entgegen, seine Schultasche hüpfte auf seinem Rücken.

»Darf ich nachher mit den anderen zum Rodeln, Mama?«, rief er ihr schon von Weitem zu. Schweren Herzens schüttelte Lore den Kopf.

»Heute nicht, Werner, wir fahren nach Frankfurt.«

»Warum?«

Besorgt betrachtete er den Koffer, doch auf einmal hellte sich sein Gesicht auf.

»Besuchen wir Moritz? Darf ich bei ihm übernachten?«

Lore überlegte. Konnte sie bei Helene aufkreuzen und sie bitten, Werner für ein oder zwei Nächte bei sich aufzunehmen? Allerdings stand sie wegen Werner sowieso schon in ihrer Schuld. Die Alternative, bei ihrem Bruder Klaus unterzukriechen, war allerdings auch nicht verlockend. Seine Frau motzte pausenlos herum und wenn Klaus nicht gerade bei den *Adlerwerken* schaffte, soff er und wurde entweder traurig oder zum wütenden Stier. Es reichte, wenn Lore das ertrug, bis sie eine neue Arbeit und eine bezahlbare Bleibe gefunden hatte.

Aufgeregt tänzelte Werner von einem Fuß auf den anderen.

»Mama, sag schon! Besuchen wir Moritz?«

Lore zwang sich zu lächeln.

»Ja, du Schlaumeier.«

Begeistert klatschte Werner in die Hände und winkte seinen Freunden zu.

»Bis morgen.«

Er wollte Lore soeben zur Elektrischen ziehen, als der Wagen der Lemperts neben ihnen hielt. Der Fahrer, Peter Klein, der die Familie schon viele Jahre herumkutschierte, kurbelte das Fenster herunter.

»Wo wollen Sie denn hin, Frau Bergmann?«

»Nach Frankfurt.«

»Ich auch«, antwortete er, »ich hole Frau Lempert ab.«

Er stieg aus und öffnete ihnen die Tür.

»Dann steig mal hinten ein, junger Mann.«

»Au fein, Mama, jetzt fahre ich sogar mit dem Wagen vor.«

Während der Fahrt bestritt Werner die Unterhaltung mit Peter Klein, Lore starrte aus dem Fenster. Nachdem der Fahrer ihnen in der Gabelsberger Straße den Koffer herausgereicht hatte, schüttelte er Lore die Hand.

»Ich habe Herrn Lempert zum Arzt gebracht. Seine Lippe musste genäht werden. Es tut mir leid, was passiert ist. Leider sind Sie nicht die Erste. Aber noch keine hat so beherzt reagiert wie Sie.«

Er tippte zum Gruß an seine Schirmmütze.

»Viel Glück, Frau Bergmann. Tschüs, Werner.«

Mit großen Augen hatte Werner die Unterhaltung verfolgt. Was genau zwischen Herrn Lempert und seiner Mutter vorgefallen war, erschloss sich ihm nicht, aber das Wichtigste hatte er begriffen.

»Wir gehen nicht zurück«, stellte er mit piepsiger Stimme fest. Bedrückt schüttelte Lore den Kopf. Ihr Traum, Werner doch noch eine unbeschwerte Kindheit zu ermöglichen, war zerplatzt.

»Hey«, sagte sie, als eine Träne seine Wange hinabkullerte, »es war nur ein Zimmer, eine Arbeit und eine Schule. Das finden wir auch in Frankfurt. Die Hauptsache ist doch, dass wir uns haben.«

Sie umarmte Werner, ahnte aber, dass er an seine Freunde dachte, die Lehrer, die ihn oft gelobt hatten und die warme Villa. Trotzdem nickte Werner tapfer.

»Und jetzt besuchen wir Moritz!«

»Lore? Werner? Ach, ihr seid's.«

Helene klang, als würde sie die Tür am liebsten zuschlagen, was sie jedoch nicht tat.

»Kommen wir ungelegen? Dann verschwinden wir wieder«, sagte Lore schnell, aber Helene blickte sie nur stumm an. Ihre Augen waren rot unterlaufen, die Haare schrien nach einer Wäsche, auf der Bluse prangte ein bräunlicher Fleck, und der Geruch, den die Ärztin verströmte, war Lore bestens vertraut: eine Alkoholfahne.

»Ist alles in Ordnung?«

Was für eine blöde Frage, schalt sich Lore sofort. Jeder Idiot konnte sehen, dass Helene am Boden zerstört war. Doch irgendwie verdatterte es Lore, die selbstbewusste Ärztin in diesem Zustand anzutreffen.

»Du siehst schrecklich aus«, rutschte es ihr raus.

»Mama!«

Vorwurfsvoll blickte Werner sie an, aber Helene begann, hysterisch zu kichern.

»Danke, Lore. Rotzfrech wie immer. Du änderst dich nie.«

Oh doch, schoss es Lore durch den Kopf. Sie nahm ihren Koffer auf und Werner an die Hand. Es war eine Schnapsidee gewesen herzukommen.

Ein Flugzeug in Form von Moritz raste auf sie zu.

»Werner! Ich habe zu Weihnachten eine Ritterburg bekommen. Von meinem Papa. Willst du sie sehen?«

Moritz' Freude war so groß, dass weder Lore noch Helene es über sich brachten, zu widersprechen, als er Werner einfach mit sich hineinzog. Lore seufzte.

»Entschuldige, ich wollte dich nicht beleidigen. Es ist nur so, dass ich …«

Mit einer Geste schnitt Helene ihr das Wort ab und deutete auf den Koffer.

»… dass du einen beschissenen Tag hattest?«

»Äh, ja.«

Diese Ausdrucksweise passte nicht zu Helene. Es musste ihr wirklich dreckig gehen. Während sie Helene ins Wohnzimmer folgte, erklärte Lore: »Mein Chef wollte mir an die Wäsche. Da habe ich gekündigt.«

»Mistkerl!«

Zornig, als wäre ihr diese Ungeheuerlichkeit widerfahren, stieß Helene das Wort aus.

Neben einer geöffneten Weinflasche stand auf dem Tisch ein Glas. Helene füllte ein zweites randvoll und schob es Lore zu. Dabei schwappte Wein auf Tisch und Teppich, was Helene nicht zu stören schien.

»Hier. Es ist genug Wein da. Lass uns auf bessere Tage trinken!«

Kurz war Lore versucht, mit Helene anzustoßen, doch dann lehnte sie ab.

»Ich trinke nicht mehr.«

»Oh, gut. Und wie schade. Dann trinke ich wohl allein. Zum Wohl!«

Schrill auflachend prostete Helene ihr zu, was Lore ziemlich verrückt vorkam. Da hätte sie Werner gleich bei Klaus unterbringen können.

Als Lore zusah, wie Helene ihr Glas leerte, wurde ihr Mund trocken. Der Drang, diesen furchtbaren Tag hinunterzuspülen, überfiel sie mit aller Macht. Fest kniff sie die Augen zu und rief sich Leons Worte ins Gedächtnis, mit denen er sie davor gewarnt hatte, vor die Hunde zu gehen. Und davor, dass Werner in ein Kinderheim gesteckt werden würde. Nein, verdammt, sie würde stark bleiben.

»Trink nicht so schnell, sonst wird dir schlecht«, ermahnte sie Helene. Wie merkwürdig, eine Ärztin zu belehren. Etwas neugierig, was Helene derart fix und fertig gemacht hatte, dass sie sternhagelvoll vor ihr saß, war Lore allerdings auch.

»Wo ist denn dein Mann?«

Mitten im Trinken hielt Helene inne.

»Meinst du Viktor?«

»Wenn dein Mann so heißt.«

In einem Zug kippte Helene den Rest Wein hinunter. Unbehaglich rutschte Lore auf ihrem Sessel hin und her. In Moritz' Zimmer polterte es, dann johlten die Jungen, waren abgetaucht in den Schutz einer für Erwachsene unerreichbaren Welt. Unvermittelt fing Helene zu weinen an, ihr ganzer Körper bebte. Lore kannte das. Und sie wusste auch, was passieren konnte, wenn das Herz voll bitterer Tränen und der Magen gefüllt mit Alkohol war. In der Küche fand sie einen Eimer, mit dem sie keine Sekunde zu früh ins Wohnzimmer zurückkehrte. Behutsam hielt sie Helene das Haar zurück, als diese sich übergab. Als es vorbei war, suchte sie feuchte Lappen und ein Handtuch zusammen, damit Helene sich notdürftig waschen konnte.

»Ist Mutti krank?«

Plötzlich stand Moritz im Zimmer und nahm Helenes Hand, als fühlte er ihren Puls. Rasch wechselte Lore einen Blick mit Werner, dem klar war, an welcher Art von Krankheit Helene litt.

»Wahrscheinlich hat sie sich den Magen verdorben«, erklärte Lore. »Das passiert jedem Mal. Zeigst du mir das Schlafzimmer? Dann bringe ich deine Mutti ins Bett. Du weißt ja, Schlaf ist die beste Medizin.«

Da Lore sich nicht aufregte, und in dem Wissen, dass sie sich seiner Mutter annehmen würde, blieb Moritz ruhig und zeigte ihr, wo seine Mutter schlief. Bereits als Lore die Vorhänge zuzog, schnarchte Helene. Lore räumte auf, dann schmierte sie für sich und die Jungen Brote. Damit, dass Helenes Ehemann heute noch aufkreuzte, rechnete sie nicht und schickte Werner mit Moritz zu Bett. Bald schlummerten die Jungen, Rücken an Rücken, ein, und Lore streckte sich mit einer Decke auf dem Sofa aus. So hatte das Jahr 1935 begonnen.

Frankfurt am Main, im Februar 1935

Mein lieber Bruder Anton,

dein langer Brief war das Schönste, was mir das neue Jahr bisher beschert hat. Für deine Beschreibungen von Tel Aviv, die mir euer neues Leben als »Jeckes« anschaulicher machen, danke ich dir. Allerdings kann ich mir kaum vorstellen, dass es in einer Wüstenstadt Gebäude in unserem Bauhausstil geben soll. Aber das bringt jüdische Emigration wohl mit sich: Die europäischen Architekten nehmen ein Stück Heimat mit und pflanzen es in den neuen Boden. So wie du es ja auch tust, nur mit Schuhen und Schlappen.

Zu wissen, dass es euch gut geht, erleichtert mir die Trennung, auch wenn ich euch deshalb nicht weniger vermisse. Besonders schmerzlich am letzten Heiligen Abend, als mehrere Plätze an unserer Festtafel leer blieben. Da wurde mir klar, wie einschneidend sich unser Leben gewandelt hat. Beinahe hätte noch Mutter gefehlt, die nur noch jüdische Feiertage begehen würde, wenn wir sie ließen. Allein wegen Moritz hat sie sich überreden lassen, den Christbaumschmuck aus dem Keller zu holen.

Auch Viktor und seine Eltern waren nicht dabei. Sie folgten einer Einladung von Konrads Schwiegereltern nach München, so dass Arier und Juden säuberlich getrennt feierten. Ach, Anton, ohne ein bisschen Sarkasmus wäre das alles gar nicht auszuhalten.

Nun will ich nicht um den heißen Brei herumreden. Du weißt, dass es mit Viktor und mir nicht zum Besten stand. Jetzt habe ich mich von ihm getrennt. Ja, du liest richtig, ich bin es, die Viktor verlässt. Er hätte diesen Schritt nicht unternommen. Allerdings hat er auch nicht versucht, mich umzustimmen. Letztlich habe ich ihn aus seiner Bredouille befreit, auch, weil er in eine Kollegin verliebt ist, mit der er, wie ich vermute, Silvester in Österreich verbracht hat. Jetzt sehe ich dich die Fäuste ballen, und glaub mir, das habe ich auch getan.

Doch ich stehe zu meiner Entscheidung. Es wäre demütigend, bei einem Mann zu bleiben, der mich und mein Kind als Last empfindet. Wie hätte ich mich darauf verlassen können, dass er auf meiner Seite kämpft, hätte Konrad seine Drohung, Ilses Sterilisation zu erzwingen, wahr gemacht? Noch immer möchte ich glauben, dass dies auch im nationalsozialistischen Deutschland nicht ohne Weiteres geschehen kann. Von der ganzen Geschichte soll Ilse nichts wissen. Am Ende würde sie noch glauben, der Grund für das Scheitern meiner Ehe zu sein.

Dabei ist die Wahrheit: Ich liebe Viktor nicht mehr. Er ist ein Karrierist mit zweifelhaftem Berufsethos geworden, der sich, sobald ihm etwas Gegenwind ins Gesicht bläst, nicht einmal gegen seinen Bruder auflehnt.

Zum Schluss noch eine Bitte:

Ich schreibe dir, ohne ungebetene Mitleser fürchten zu müssen. Das verdanke ich der Familie Herrmann (Freunde von Mutter), die dir diesen Brief persönlich überbringt. Wenn du diese Zeilen liest, sind die Herrmanns, was ich hoffe, gut in Tel Aviv angekommen. Herr Herrmann ist laut Mutter handwerklich geschickt. Könntest du ihm nicht eine Beschäftigung anbieten?

Für heute umarme ich dich, Judith und Dina innigst.

Deine dich vermissende Schwester Helene

PS: Ich ziehe mit Moritz erst mal zu Vater und Mutter zurück. Bitte schick deine Antwort an ihre Adresse.

Drei Tage, nachdem Lore bei Helene aufgetaucht war, hatte sie bereits eine Arbeit als Platzanweiserin im *Roxy-Kino* gefunden und eine eigene, kleine Bleibe. Über ihre gemeinsame Zeit in der Gabelsberger Straße verloren Helene und Lore kein weiteres Wort, doch ihre Beziehung war eine andere geworden. Lore hatte den Haushalt geschmissen. Im Gegenzug hatte Helene ihr einen Schlafplatz gewährt und auf Werner achtgegeben, während Lore sich die Hacken abrannte, um ihr neues Leben zu organisieren. Als sie sich nach Wochen wieder gegenüberstanden, weil Werner geimpft werden sollte und darauf bestand, den gefürchteten Pikser von Helene verpasst zu bekommen, begrüßten sie sich wie Komplizinnen, respektvoll und auf Augenhöhe.

Für Adolf Hitler hatte das zweite Jahr seiner Herrschaft mit einem großen Erfolg begonnen. Obwohl er unverblümt als Diktator auftrat, votierte die Bevölkerung des Saarlandes in einer Volksabstimmung für die »Heimkehr« ins Deutsche Reich, was Hitlers Prestige im Ausland verbesserte und viele begeisterte Deutsche davon ablenkte, dass die Preise für Butter, Speiseöl und Rindfleisch stiegen.

Geschäftsinhaber, die noch ihre jüdische Kundschaft bedienten, mussten nun damit rechnen, dass ihre Ladentür mit der Aufschrift »Judenknecht« verschandelt wurde, und im Sommer, als die Frankfurter in die Badeanstalten strömten, ertönten dort Sprechchöre, die jüdische Gäste aufforderten, zu verschwinden. So gerne Helene mit Moritz zum Baden gegangen wäre, das Risiko, vertrieben zu werden, ging sie nicht ein. Moritz war glücklich darüber, täglich bei seinen Großeltern, Tanten und Dackel Carlo zu sein, Helene hingegen kam es seltsam vor, wieder nach den Regeln ihrer Eltern zu leben. Allerdings lenkte die Gesellschaft ihrer Familie Helene von ihrer Trennung ab, und wenn sie arbeitete, in der Praxis ihres Vaters oder dem jüdischen Kinderhospital, in das sie an manchen Tagen ging, war für Moritz gesorgt. Oft begleitete er Ilse zu Frau Bär, wo er auf den weichen Stoffresten irgendwann einschlief, um Kräfte für den Nachmittag zu sammeln, wenn er mit Ilse und Carlo durch die Stadt stromerte. Weil Ruth Bornstein das nicht mochte, nahm sie ihn manchmal zu kulturellen Veranstaltungen mit oder in die Hauptsynagoge, wo der Gottesdienst von Orgelmusik begleitet wurde. Die Orthodoxen sahen das nicht gerne, doch das war Moritz egal. Die satten Töne der Synagogenorgel liebte er genauso wie die in der Kirche, in der er zu Weihnachten mit den Noltings »Stille Nacht, heilige Nacht« sang. Diesen Herbst würde Helene ihm erlauben, mit ihrer Mutter am Laubhüttenfest teilzunehmen, wobei er mit anderen Kindern selbst gebaute Hütten mit Zweigen und buntem Laub schmücken würde. Bisher hatte Viktor ihm das verboten, da er nicht wollte, dass Moritz mit jüdischen Kindern spielte. Aber mit wem sonst, das hatte Viktor auch nicht gewusst.

Die Gabelsberger Straße, sein ehemaliges Zuhause, besuchte Moritz nicht gern. Lieber ging er mit Viktor in den Zoo, den sein Vater jetzt Tiergarten nannte, ins Kino oder, nachdem sie sich im Park ausgetobt hatten, zu den Großeltern Nolting, wo der heiße Kakao genauso gut schmeckte wie eh und je. Viktor nahm sich Zeit für seinen Sohn, wenigstens das machte er gut.

Im Großen und Ganzen hatte sich Helenes neuer Alltag eingependelt. Ab und zu traf sie sich mit Marie im *Café Laumer* oder begleitete Marlis ins Theater. Mit der Oper *Lohengrin* erlebten sie Magda Spiegels Abschied von der Bühne. Die bekannte Sängerin, von deren Hauskonzerten in der Nachbarschaft Anton, Judith und Dina geschwärmt hatten, zog sich zurück, da sie von der NS-Presse verhöhnt wurde und immer weniger Angebote bekam. All diese wunderbaren Menschen wurden vertrieben. Es war einfach nicht zu begreifen.

Einmal begleitete Helene Marlis zu einem Vortrag von Elly Beinhorn, die im Alleinflug die Welt umrundet hatte. Die *Frankfurter Zeitung* hatte Marlis als Fotografin hingeschickt. Marlis war begeistert von der Courage der Pilotin und legte sich mit ihren Fotos ordentlich ins Zeug. Dabei lernte sie David kennen, der ebenfalls als Fotograf vor Ort war. Ernsthaft an Marlis interessiert, war er bald ein gern gesehener Gast bei den Bornsteins, und seit Marlis ihn kannte, träumte sie kaum noch davon, einfach auf und davon zu fliegen. Inständig hoffte Helene, dass die beiden bald heiraten würden, nicht nur, weil sie Marlis ein dauerhaftes Liebesglück wünschte, sondern auch, weil ein Freudenfest für die ganze Familie ein Segen wäre.

An einem warmen Julitag erwartete Helene ihre Schwester am Haupteingang der *Frankfurter Zeitung*. Gemeinsam mit ihr und David war sie zum Mittagessen verabredet, bevor sie in die Praxis Bornstein zurückkehrte.

Schon aus der Ferne erkannte sie Marlis' leuchtend gelbes Sommerkleid, das Ilse genäht hatte, und ihren beschwingten Schritt, der erahnen ließ, dass sie für ihre Bilder nicht nur bezahlt, sondern auch gelobt worden war. Neben Marlis lief ein schlanker dunkelhaariger Mann, der nicht David war, und während sich Helene noch fragte, ob dort tatsächlich Leon auf sie zukäme, begann ihr Herz bereits vor Aufregung zu stolpern.

Marlis winkte ihr zu, Leon lächelte.

»Schau mal, wen ich in der Redaktion aufgegabelt habe«, rief Marlis fröhlich, dann winkte sie David, der gerade die Straße überquerte. Marlis hakte sich bei ihrem Freund ein, stellte ihm Leon vor und lud diesen ein, sie zum Essen zu begleiten. Bedauernd schüttelte Leon den Kopf.

»Leider habe ich nicht viel Zeit. Ich muss mich bei der Polizei melden.«

»Bei der Polizei? Wieso das denn?«

Leon sprach mit gesenkter Stimme.

»Die Nazis mögen es nicht, wenn jüdische Emigranten zurückkehren. Deshalb haben sie mir die Einreise ganz schön schwer gemacht. Nach einer Woche muss ich wieder raus.«

»Wahrscheinlich bedauern Sie das nicht sonderlich, nicht wahr?«, merkte David an.

Leon antwortete mit einer vagen Kopfbewegung und sah Helene an.

»Hast du ein paar Minuten Zeit für mich?«

Nachdem sie sich von den beiden anderen verabschiedet hatten, standen Helene und Leon einander schweigend gegenüber. Sofort tanzten Bilder ihrer letzten Begegnung vor Helenes Augen. Ob Leon auch gerade daran dachte, wie sie sich in der Gabelsberger Straße geküsst und unterhalten hatten?

»Irgendjemand sorgt dafür, dass wir uns immer wieder über den Weg laufen«, brach Leon das Schweigen. Beide lächelten. »Lass uns zur Hauptwache gehen, dort muss ich mich melden.«

Leon wirkte weniger melancholisch, als Helene ihn in Erinnerung gehabt hatte. Etwas Fremdes strahlte er aus, und doch hätte sie sich beinahe automatisch bei ihm eingehakt.

»Was machst du in Frankfurt? Warum bist du zurückgekommen?«, fragte Helene.

Er erzählte, dass sein Vater gestorben war und seine Mutter sich geweigert hatte, Deutschland zu verlassen. Selbst auf seine Brüder hörte sie nicht, dabei lag vom Visum bis zur Fahrkarte alles für sie bereit. Daher war Leon gekommen, um seine Familie zu holen. Am nächsten Tag ginge es nach Bremen. Von dort aus zurück nach New York.

Mit wie viel Aufwand Leon die Seinen beschützte, beeindruckte Helene. Dabei tat es weh, an Viktor zu denken, von dem man das nicht behaupten konnte.

»Hast du Lore getroffen?«

Leon nickte.

»Kurz. Ich bin froh, dass es ihr gut geht. Wie ich hörte, habt ihr das Kriegsbeil begraben.«

Helene bestätigte das, fragte sich jedoch, weshalb Lore ihr nicht erzählt hatte, dass Leon nach Frankfurt käme. Meinte sie noch immer, Leon vor ihr bewahren zu müssen? Leon schien ihre Gedanken zu erraten.

»Ich hatte Lore gebeten, dir nichts zu sagen«, erklärte er. »Du wolltest keinen Kontakt, und diese Entscheidung möchte ich dir nicht schwer machen.«

Dem widersprach, dass er abrupt stehen blieb und Helenes Hände ergriff. Seine plötzliche Berührung ließ sie erschauern und ihre Knie fühlten sich an, als bestünden sie aus Gelee.

»Viktor und du, ihr lasst euch scheiden, sagt Lore. Stimmt das?«

»Ja. Ich habe mich von Viktor getrennt.«

Helene sah, dass Leon den Atem anhielt, und erwiderte den Druck seiner Hände. Loyalität schuldete sie Viktor keine mehr. Helenes Herz machte einen Sprung, als es die Chance begriff, die darin lag. Eine Tür hatte sich geschlossen, aber die zu Leon stand offen. Nun war Helene frei für ihn. Und für New York. In schlaflosen Nächten hatte sie diesen Traum hundertmal ausgesponnen. Wenn sie dabei nicht an Mutters Herz, Vaters Prinzipien und Ilses Taubheit dachte, trug er sie durch die dunklen Stunden bis in die Morgendämmerung hinein.

Leons Augen glänzten, seine Hand hielt ihre, die andere streichelte ihre Wange, und langsam öffneten sich seine Lippen. Auf einmal war es Helene gleichgültig, dass sie sich mitten auf der belebten Zeil befanden. Hupende Autos, vorbeieilende Passanten, ach, Helene beachtete sie nicht, sondern reckte sich Leon entgegen und küsste ihn. In seiner Umarmung raste ihr Herz seit langer Zeit mal wieder vor Glück. Erst als Schulkinder ihnen freche Sprüche zuriefen, schob Leon Helene sanft von sich. Lachend wischte sie sich eine Träne ab, dann bemerkte sie, dass auch Leon weinte. Großes Kino, würde Marie dazu sagen. Leon zog sie in einen ruhigen Hauseingang. Als er sprach, klang seine Stimme, als wäre sie zersprungen wie Glas.

»Ich bin seit einem halben Jahr verheiratet, Helene, und meine Frau erwartet ein Kind.«

Der beglückende Moment zerfiel.

»Oh«, war alles, was sie herausbrachte.

Einen Augenblick lang standen sie stumm beisammen, vereint in einer Fülle von Konjunktiven. Was wäre gewesen, wenn …

Es war Helene, die zuerst ihre Hand aus Leons löste. Obwohl es gar nicht nötig war, strich sie ihr Haar und ihr Kleid zurecht, hauchte einen Kuss auf ihre Fingerspitzen und legte sie ganz kurz auf Leons Lippen. Ein letzter Abschied von ihren Träumereien. Gefolgt von Leons leise erneuertem Versprechen, für sie da zu sein, wenn sie ihn bräuchte, ging sie fort.

Seit dem 15. September verboten die Nürnberger Rassengesetze Eheschließungen und sexuelle Kontakte zwischen Juden und Nichtjuden. Außerdem erfolgte eine absurde Einteilung, nach der Helene nun als Volljüdin und Moritz mit zwei jüdischen Großeltern als Mischling ersten Grades galt. Nun waren die Bornsteins offiziell zu Bürgern zweiter Klasse degradiert.

Als Helene mit Viktor darüber diskutierte, was das bedeutete, zog sie in Erwägung, Moritz bei den Noltings aufwachsen zu lassen, um ihrem Jungen Schwierigkeiten zu ersparen. Doch Viktor lehnte das ab. Erstens wäre er fast nie zu Hause, um auf den Jungen aufzupassen, und zweitens spräche seine Verlobung mit Franziska Hoffmann dagegen, mit der er beabsichtigte, eine neue Familie zu gründen. Ganz so flott ging ihm diese Erklärung nicht über die Lippen, aber beschönigende Worte fand er nicht dafür, dass er seiner zukünftigen Ehefrau kein jüdisches Kind, auch keinen Mischling, zumuten würde.

Dass er Moritz verriet, konnte sie ihm nicht verzeihen und wollte es auch nicht. Mit versteinertem Gesicht hörte sie sich an, wie er ihr versicherte, dass ihrer Familie keinerlei Gefahr drohte, denn schließlich hätte Konrad erreicht, was er wollte. Er hätte Viktor sogar zugesagt, die Bornsteins zu schützen, sofern es in seiner Macht läge. Eine Weile sah Helene mitleidlos zu, wie Viktor sich wand, dann ließ sie ihn sitzen, nicht ohne ihm zuvor noch die Pest an den Hals gewünscht zu haben.

New York, Oktober/November 1947

Zehntausende strömen ins *Ebbets Field Stadium*, um das Spiel der *Brooklyn Dodgers* gegen die *New York Yankees* aus der Bronx zu erleben. Musik tönt aus großen Lautsprechern, und bis zuletzt suchen Fotografen den perfekten Winkel für ihre Kameras, die erstmals die *World Series* im Fernsehen übertragen. Sogar Präsident Truman, heißt es im *Time Magazine*, verfolgt die Baseball-Meisterschaft im *Oval Office*. In den New Yorker Bars, deren Besitzer einen Fernsehapparat aufgestellt haben, drängen sich die Fans, die kein Ticket für das Spiel der Lokalrivalen ergattert haben oder es sich nicht leisten können.

Moritz kommt dieser Nachmittag vor wie der Himmel auf Erden. Nicht nur die fabelhafte Sicht auf das Spielfeld genießt er, sondern auch, dass Jane, nun offiziell seine Freundin, unauffällig seine Hand hält. Er ist stolz darauf, Jane etwas ganz Besonderes zu bieten. Neben ihr sitzt Helene, deren Idee es gewesen ist, Moritz zum siebzehnten Geburtstag Tickets für die *World Series* zu schenken.

Moritz freute sich so sehr darüber, dass er seine Mutter spontan umarmte und zaghaft hatte sie seine Geste erwidert. Nur dass Helene ihn begleiten wollte, um, wie sie sagte, Baseball kennenzulernen, weil Moritz sich dafür begeisterte, wäre nicht nötig gewesen. Er konnte sich Helene schlecht im Stadion vorstellen, und jetzt, da es so weit ist, findet er, dass sie fehl am Platz wirkt. Steif, die Hände ihre Tasche umklammernd, sieht sie nicht so aus, als würde sie sich inmitten der Massen ausgelassener Sportfans wohlfühlen. Gut, dass Jane sich immer wieder mit ihr beschäftigt. Eigentlich hätte John mit von der Partie sein sollen. Leider war er an diesem Morgen mit Kopf- und Halsschmerzen aufgewacht und hatte Moritz vorgeschlagen, einen Freund mitzunehmen. Moritz fragte Jane. Erst nachdem sie zugesagt hatte, fiel ihm siedend heiß ein, dass Jane gar nicht wusste, dass Helene seine Mutter ist. Noch immer nimmt sie an, sie sei während des Krieges umgekommen. Wenn zufällig herauskäme, dass das nicht stimmt, wie würde Jane darauf reagieren? Was Helene sagen würde, wollte Moritz sich erst recht nicht ausmalen. Moritz weiß, er sollte Jane einfach die Wahrheit sagen, aber dann würde die Schwere des Schicksals seiner Mutter auch an ihm haften, und er wäre doch wieder anders als seine Freunde.

Zum Glück ist bis jetzt alles gut gegangen, und da Moritz seit ihrem letzten Streit dazu übergegangen ist, seine Mutter »Helene« zu nennen, scheint Jane keinen Verdacht zu schöpfen. Gerade neigt sie sich zur Seite, um Helene etwas zu sagen. Die beiden lachen, und erleichtert überlässt sich Moritz der pulsierenden Atmosphäre im Stadion.

An einem Ereignis mit so vielen Zuschauern hat er noch nie teilgenommen, und in seinem Magen kribbelt die Vorfreude auf das Match. Ob er, um ein paar Eindrücke festzuhalten, seinen Skizzenblock hätte mitbringen sollen? Lieber nicht, sonst wäre Jane noch aufgefallen, wie oft er sie darin gezeichnet hat, und auch, dass manche Bilder seinen nicht ganz anständigen Phantasien entsprungen sind.

»Möchtest du ein Sandwich, Moritz?«, ruft Helene ihm zu und hält ihm eins entgegen. Es soll heiter klingen, doch Moritz sieht, dass Helene angespannt ist, wie immer, sobald sie Jackson Heights verlässt. Kerzengerade sitzt sie da, als wittere sie Gefahr, selbst hier in New York.

Es reizt Moritz, dass dadurch jede Situation mit ihr anstrengend wird, selbst sein heiß ersehntes Baseballspiel. Sofort schämt sich Moritz für diesen Gedanken. Helene hat keine Ahnung von Baseball. Nur um ihr Interesse an Moritz zu bekunden, geht sie ins Stadion.

Jane knufft ihn.

»Was ist, Moritz? Willst du?«

»Nicht schon vor dem Spiel«, antwortet er brüsk und schiebt den Grund hinterher. »Die *Innings* können ganz schön lange dauern. Weil es keine festgelegte Spielzeit gibt. Später werden wir froh sein, wenn wir unseren Proviant noch haben.«

Helene steckt die Brote zurück in die Tasche.

»Ein nettes ›Nein, danke‹, hätte auch gereicht«, flüstert Jane ihm zu. Dann sagt sie zu Helene: »Typisch Junge! Mein Bruder ist genauso. Plötzlich pampig, obwohl ihm kein Mensch etwas getan hat.«

Als Jane lacht, sieht sie so schön aus, dass Moritz sofort seinen Ärger vergisst.

Applaus brandet auf, dann laufen sie ein, die Helden beider Teams. Jane springt auf, um für die *Yankees* zu jubeln. Moritz, ebenfalls *Yankee*-Fan, klatscht mit, doch fixiert sind seine Augen, wie wohl die der meisten Zuschauer, auf die Nummer 42 der *Brooklyn Dodgers*, auf Jackie Robinson. Noch nie in der Geschichte des amerikanischen Baseballs hat es einen schwarzen Spieler in der *Major League* gegeben, und viele Fans finden, das sollte so bleiben. Ihr Protest mischt sich in den Jubel. Diese Idioten werden doch das Spiel nicht ruinieren?

Und los geht es: Werfen, Schlagen, Fangen, Rennen, atemlos schaut Moritz den Profis zu. Binnen kurzer Zeit ist ihm klar, dass Michael recht hat. Jackie Robinson ist brillant. Schnell, wendig, flexibel, mit einem enormen Fangradius und ausgezeichneten Reflexen. Seit Jackie es in die Top-Liga geschafft hat, trainieren Michael und seine Freunde im Park noch härter, findet Moritz. Sie wollen ihrem Vorbild nacheifern, erreichen, was er geschafft hat.

Jetzt wirft der Pitcher der *Yankees* den Ball, Jackie schlägt ihn ins Feld und flitzt los, geschmeidig, jeder Muskel scheint zu arbeiten. Wird Jackie es schaffen, das Feld zu umrunden, bevor der gegnerische Catcher den Ball in die Hände bekommt? Gleich hat er es zur zweiten *Base* geschafft. Mit sich überschlagender Stimme lobt der Sportreporter Jackies Schnelligkeit, und als die *Yankees* den Ball unter ihre Kontrolle bekommen, stöhnt Moritz erleichtert auf, weil Jackie kurz zuvor die sichere Base erreicht hat.

»Hey«, grinst Jane, »hast du die Seite gewechselt?«

Moritz grinst zurück, das Spiel geht weiter. Nach einer gelungenen Runde für die *Dodgers* wechseln die Mannschaften ihre Positionen. Das Publikum klatscht, die Leute vertreten sich die Beine und die ersten Snacks werden ausgepackt. Helene fragt nach den Toiletten und entschuldigt sich. Ein paar Reihen hinter Moritz beginnen mehrere laute Stimmen gegen Jackie zu skandieren. »Hurensohn« und Schlimmeres nennen sie ihn, und als Moritz sich umdreht, blickt er direkt auf die Aufschrift eines Plakats, das mit drastischen Worten fordert, Jackie solle gefälligst in seine *Negro League* zurückkehren.

Kurz fragt sich Moritz, was John dazu gesagt hätte. Immerhin würden er und Marlis Moritz am liebsten verbieten, mit Michael Baseball zu spielen. Moritz glaubt, es ist ihre Sorge, dass er sich wegen seines schwarzen Freundes Ärger einhandeln könnte. Hin und wieder lässt John allerdings eine abfällige Bemerkung über Schwarze fallen und Marlis stimmt ihm zu. Allein ihre Erfahrung, selbst ausgegrenzt worden zu sein, scheint nicht auszureichen, um etwas dagegen zu haben, dass anderen dasselbe Unrecht widerfährt. Beschämt sieht Moritz zu, wie Jackie, aufrecht und ruhig, seinen neuen Platz auf dem Feld einnimmt, als sehe und höre er die Schmähungen nicht. Dumpf erinnert sich Moritz daran, was das für ein Gefühl ist, beschimpft zu werden. Fast keiner der *Dodgers*, sagt Michael, hat anfangs mit Jackie trainieren wollen. Moritz weiß, wie es ist, unerwünscht zu sein. Mit ihm, Moritz, spielten die Frankfurter Nachbarskinder irgendwann nicht mehr.

Und dann, nach der Nacht, die die Deutschen Kristallnacht nannten, was hübsch klingt, aber bedeutete, dass sie einen Teppich aus Scherben über den Asphalt breiteten, Synagogen anzündeten und viele Menschen verhafteten, luden ihn auch die Großeltern Nolting seltener ein und seinen Vater bekam er kaum noch zu Gesicht. Er sei mit seiner neuen Familie beschäftigt, erklärte ihm Helene. Moritz hätte eigentlich nichts gegen diese Familie gehabt, hätte nur gerne dazugehört, wenigstens ab und zu. Auf die kleinen, lustigen Zwillinge hätte er aufpassen können, wie ein großer Bruder es tut, und Viktors Frau war hübsch und wirkte fröhlich. Die meisten Juden, die Moritz kannte, sahen bedrückt aus, auch Mutti, als sie seinen Koffer packte und ihm erklärte, dass Deutschland für jüdische Kinder nicht mehr sicher sei, weshalb Moritz eine große Reise machen würde: erst mit dem Zug nach Hoek von Holland, dann mit dem Schiff nach Harwich in England. Ein Abenteuer, nicht wahr? Helene, sobald sie eine Arbeit gefunden hätte, käme nach. So schnell wie möglich, versprochen.

Doch die Zeit verging, ohne dass er sie wiedersah. Seine Gastmutter in London bestand darauf, dass er Helene regelmäßig Briefe schrieb, auch wenn er lieber draußen Fußball gespielt hätte. Aber Moritz tat es, denn auch er wartete sehnsüchtig auf die Briefe seiner Mutter. Endlich der erlösende Ruf seines Gastvaters: »Moritz! Komm her, Besuch für dich!«

Wie ein Irrer stürzte Moritz aus seinem Zimmer. Als Marlis ihn umarmte, wurde ihm gleichzeitig heiß und kalt. Seine Tante wiederzusehen war wunderbar. Aber – wenn sie es zu ihm nach England geschafft hat, warum dann nicht seine Mutter? Hatte sie sich nicht genug angestrengt? Hatte sie ihn nicht mehr lieb?

Der Krieg begann und Moritz' Fragen blieben offen. Sein kindlicher Verdacht bohrte sich in sein Herz. Er hatte es Marlis zu verdanken, dass es heilen konnte, und mit den Narben kann er gut leben. Darunter, dämmert es Moritz heute, schlummern traurige Erinnerungen. Doch wer hat sie in ihm geweckt? Jackie Robinson? Nein, in Aufruhr ist Moritz schon länger. Seit Helene sein glückliches Leben durcheinandergebracht hat.

»*Hello!* Hier sind wir!«

Janes Arme wedeln in der Luft, um Helenes Aufmerksamkeit zu erregen, denn Helene, von der Toilette zurückgekehrt, scheint ihren Platz nicht mehr zu finden. Ausgerechnet neben den rassistischen Schreihälsen bleibt sie wie angewurzelt stehen.

»Mrs. Bornstein!«

Jane ist bereits aufgestanden, als Moritz realisiert, dass es an ihm wäre zu handeln. Deshalb zwängt er sich an Jane vorbei und steigt die Treppen zu den oberen Sitzreihen hinauf. Helene zuckt zusammen, als er den Arm um sie legt, um sie fortzuführen. Kalkweiß ist ihr Gesicht und ihre Lippen so bleich, als sei ihrem Körper jegliche Farbe entwichen.

»Niggers out!«

Hinter ihnen brüllen die Rassisten ihre Hasstiraden.

»Komm hier weg«, sagt Moritz rau und schiebt Helene vor sich her. Sie sieht aus, als fühlte sie sich, obgleich sie hellhäutig ist, angesprochen. Plötzlich weiß Moritz, dass ihre angespannten Muskeln das Zittern festhalten, das andernfalls über sie käme. Und Moritz hasst, dass er sie versteht, weil er es kennt. Kannte. Denn, *damn*, das ist lange vorbei. Den verfolgten Jungen hat er hinter sich gelassen, um Mo zu werden, ein normaler amerikanischer Teenager, der Baseball liebt, auf Partys geht und in seine Freundin verknallt ist.

Er und Helene haben ihre Plätze wieder eingenommen und Moritz bemüht sich, die hässlichen Rufe auszublenden.

»Hört endlich auf!«, schreit der Mann neben Moritz zu den Protestlern hinauf, und manche Zuschauer applaudieren, auch Jane.

»Ihr verderbt einem das ganze Spiel«, pflichtet ein anderer bei, ohne dass es eine Wirkung zeigen würde. Doch da befehlen einige Ordnungskräfte, die diffamierenden Spruchbänder einzurollen. Nach einem verbalen Schlagabtausch packen die Störer ihre Plakate weg und verhalten sich ruhiger.

»Ein Glück«, sagt Jane und nimmt wieder Moritz' Hand. An Helenes erstarrtem Gesicht hat sich jedoch nichts verändert, und es kommt Moritz vor, als wäre sie gar nicht anwesend.

Jackie schnappt sich den Ball und wirft ihn dem *Catcher* zu.

Wäre er ein Weißer unter lauter Schwarzen, würde man ihn wohl als Leuchtturm beschreiben. Was sagt man über einen einzelnen Schwarzen, umringt von Weißen? Ist Jackie ein dunkler Fels in einem Meer aus Eis? Das würde die Hoffnung ausdrücken, die Michael mit ihm verbindet.

Applaus für den kraftvollen Schlag eines Spielers brandet auf, aber Moritz scheint, er gelte seiner plötzlichen Erkenntnis: Jackie ist gar nicht allein. Tausende Fans, schwarze und weiße, unterstützen ihn, seine Familie, sein Manager und inzwischen die meisten Männer seines Teams. Erträgt er deshalb diese Anfeindungen? Auf einmal bedauert es Moritz, dass Michael nicht hier ist.

Gerade rennt der *Batter* der *Yankees* rund ums Feld, aber die *Dodgers* bekommen den Ball unter Kontrolle und werfen ihn ihrem *Catcher* zu. Da lehnt sich Jane zu Moritz hinüber.

»Helene geht es nicht gut. Sie will hier raus.«

»Was, jetzt? Mitten im Spiel?«

Jubel. Begeisterte Rufe. Freudige Umarmungen. Offenbar haben die *Yankees* den Punkt geholt. Aber wie genau? Das hat Moritz verpasst. Sein Blick wandert zwischen dem Feld und Helene hin und her. Sie hat ihm doch das Ticket geschenkt! Und nun verdirbt sie ihm den ganzen Spaß?

Über Janes Schoß hinweg sagt Helene: »Es tut mir leid, Moritz, aber ich halte es hier nicht aus. All diese Menschen, das Geschrei … Aber bleibt ihr hier, ich finde den Weg schon!«

Noch ehe sich Moritz erleichtert bedanken kann, widerspricht Jane.

»Das kommt nicht infrage. Blass, wie Sie sind. Was, wenn Ihnen schwindelig wird? Nein, wir begleiten sie.«

Sie nimmt Helenes Arm und die beiden stehen auf. Auffordernd sieht Jane Moritz an und ihm wird klar, dass sie ihn für ein Arschloch halten wird, wenn er nicht mitkommt. Aber es ist doch nicht irgendein Baseballspiel, sie sehen die *World Series*, und selten hat er sich auf etwas so sehr gefreut. Sich vorzustellen, er würde deswegen Janes Liebe verlieren, grenzt allerdings an Horror. So langsam wie möglich, um noch einen letzten aufregenden Schlag oder Sprint mitzubekommen, erhebt sich Moritz.

»Aus der Sicht!«, meckert der Mann hinter ihm, aber Moritz nimmt es ihm nicht übel. Zu dritt schieben sie sich an den Zuschauern vorbei und verlassen das *Ebbets Field Stadium.*

Von einer Bar mit Fernseher aus rufen sie Marlis an. Bald darauf steigen sie in deren beigefarbenen Chevrolet, denn um sie nach dem Spiel schnell abholen zu können, hat Marlis den Nachmittag bei einer Bekannten in Brooklyn verbracht. Die Rückfahrt verläuft still, und sogar Marlis wirkt enttäuscht, als hätte Helene auch ihr das Spiel vermasselt. Als sie Jane bei ihren Eltern absetzen, sagt diese zu Moritz: »Es ist doch nur ein Baseballspiel. Du kannst deiner Tante Helene doch nicht vorwerfen, dass ihr schlecht geworden ist.«

Ihr Lächeln soll ihn aufheitern, doch das klappt nicht. Nach dem Abendessen zieht sich Moritz in sein Zimmer zurück. Dort packt er sein Skizzenbuch aus und zeichnet Jane, Jackie Robinson und einige Szenen von *Ebbets Field.* Hätte es zwischen ihm und seiner Mutter etwas verändert, wenn dieser Nachmittag gut verlaufen wäre?

Vielleicht, denkt Moritz. Vielleicht.

Die Bremsen des Chevrolets quietschen, als Marlis anhält.

»Da sind wir«, sagt sie, »Washington Heights. Frankfurt-on-the-Hudson.«

Man hört ihr an, dass sie lieber nicht hier wäre, dabei ist dieser Teil Upper Manhattans nahe des weitläufigen Fort Tyron Parks hübsch gelegen. Zwei Männer, die Helene etwas bedeuten, leben hier. Leon und Marek, bei keinem der beiden hat sie sich, seit sie in Amerika angekommen ist, gemeldet. Auch jetzt hätte sie es nicht getan, wenn nicht ihr Bedürfnis, mit einem Menschen zu sprechen, der ohne lange Erklärungen ihrerseits verstehen würde, dass sie sich inmitten ihrer Familie verloren fühlt, übermächtig geworden wäre.

Aufmerksam sieht Marlis sich um, dann findet sie, wonach sie sucht.

»Da! Es ist das Haus an der Ecke. Soll ich dich gegen sechs wieder abholen?«

»Gerne.«

Seit dem Desaster im Stadion klingt Marlis so, als wäre ihr Verständnis für Helene aufgebraucht. Auch Moritz ist immer noch *grumpy*, obwohl die *World Series* bereits zwei Wochen zurückliegen. Den Sieg der *New York Yankees* kommentierte er, als Helene davon anfing, mit einem bloßen Achselzucken, und jedes Mal, wenn sie versucht, mit ihm ins Gespräch zu kommen, prallt sie gegen eine Wand. Einmal hielt Helene es nicht mehr aus und rief in einer Mischung aus Wut und Verzweiflung: »Du willst erwachsen sein? Davon sehe ich gar nichts. Wie ein trotziges Kind benimmst du dich, eins, das seinen Willen nicht bekommen hat. Es gibt, weiß Gott, Schlimmeres!«

Der Blick, den Moritz ihr daraufhin zuwarf, hätte deutlicher nicht sein können.

Bloß die kleine Samantha scheint sie unerschütterlich zu lieben und lacht, wenn sie Helene sieht. Leider lässt Marlis ihre Tochter nur noch selten in Helenes Obhut. Auch nicht an diesem Tag, an dem Marlis nach Manhattan fahren wollte und Samantha bei Audrey vorbeibrachte. Glaubt sie etwa, die Nachbarinnen würden besser auf ihr Kind achtgeben als Helene?

Eine Weile rang sie mit sich. Schließlich gab sie sich einen Ruck, und fragte, ob Marlis sie nach Manhattan mitnehmen könnte. Und da ist sie nun.

»Also dann bis sechs.«

Helene ist klar, dass Marlis sie auffordert auszusteigen, damit sie weiterfahren kann, doch ihr ist nicht danach, ihre Schwester so leicht davonkommen zu lassen.

»Was hast du eigentlich gegen diese Gegend?«, fragt sie mit einer ausschweifenden Geste in Richtung der sechsstöckigen Häuser und des Fort Tyron Parks. »Nur, dass hier Juden wohnen?«

Marlis scheint die Ironie in Helenes Stimme nicht zu bemerken.

»So viele, dass die New Yorker vom ›Vierten Reich‹ sprechen. Nein, danke, da gehöre ich nicht hin.«

»Was für ein Nonsens«, hält Helene dagegen, denn der Name stößt ihr auf. »Von einem Reich will hier ganz bestimmt niemand etwas wissen.«

»Das nicht.«

Marlis stellt den Motor ab und blickt aus dem Fenster. Offenbar hat sie das Gefühl, etwas erklären zu müssen.

»Du musst mal am Wochenende durch diesen Park spazieren. Da sitzen sie dann herausgeputzt in ihren Feiertagskleidern und schwatzen auf Deutsch. In ihren Läden verkaufen sie deutsches Gebäck und Gewürzgurken, sie hören deutsche Komponisten und lesen deutsche Klassiker. Sonntags um vier sind die Bänke leer gefegt. Warum? Es ist Kaffeezeit, da geht man wie in Deutschland heim und isst Kuchen. Wie will man denn ein neues Leben anfangen, wenn man hartnäckig an seinen alten Gepflogenheiten festhält?«

»Und wie neue Wurzeln schlagen, wenn man nichts hat, woran man sich festhalten kann?«, entgegnet Helene heftig. Sie versteht den Wunsch ihrer Schwester, Vergangenes abzuschütteln, aber sie findet ihre Sicht auch privilegiert. »Nicht jeder hat wie du das Glück, einfach von seinem amerikanischen Ehemann an die Hand genommen zu werden.«

»Einfach?«

Marlis sieht Helene an, als hätte diese den Verstand verloren.

»Gar nichts war einfach. Ich bin nicht *einfach* nach Amerika gekommen. Ich habe mich auch nicht *einfach* heiraten lassen und ins gemachte Nest gesetzt.«

Beschwichtigend wehrt Helene Marlis' kaum verhohlene Wut ab. Natürlich weiß sie von deren Irrfahrt auf der *St. Louis*, und es tut ihr leid, dass sie nicht die richtigen Worte gefunden hat.

»Ich verstehe dich ja«, sagt sie leiser. »Ich möchte auch so vieles vergessen.«

Marlis kurbelt ihr Seitenfenster hinunter und zündet zwei Zigaretten an, eine davon reicht sie Helene. Ein paar Züge rauchen sie schweigend.

»Was geschehen ist, lässt sich nicht ändern«, murmelt Marlis, als spräche sie mit sich selbst. »Aber ich will nicht täglich daran erinnert werden.«

Sie sucht nach Worten.

»Es fühlt sich so an, als hätte ich jemanden verlassen, den ich vor langer Zeit einmal geliebt habe. Ich bin geschieden, von Deutschland.«

Eine Gruppe von Männern mit dunklen Schläfenlocken und Kaftanen überquert forschen Schrittes und erhobenen Hauptes die Straße. Helene und Marlis blicken ihnen nach.

»Ich muss los«, erklärt Marlis, nun wieder ungeduldig. »Es ist ein wichtiger Termin.«

Sofort drückt Helene ihre Zigarette aus und öffnet die Beifahrertür.

»Hat die Leica auf der Rückbank damit zu tun?«

»Ja, genau.«

Sie winken zum Abschied, und Helene läuft zu dem Eckhaus hinüber, das Marlis ihr gezeigt hat. Während sie läutet und darauf wartet, dass ihr die Tür geöffnet wird, zieht Marlis im Wagen noch einmal ihre Bilder von der *St. Louis* aus der Tasche und betrachtet sie. Audrey hat sie davon überzeugt, sie dem Fotografen Andrew Parkers zu bringen, um gemeinsam mit ihm ein Buch daraus zu machen. Einige ihrer Ängste hat Marlis erfolgreich verdrängt, die Albträume, die sie zurück an Bord der *St. Louis* versetzen, jedoch nicht. Aber vielleicht könnte sie sie, künstlerisch geformt und greifbar, wenigstens kontrollieren.

Auf der Fensterbank reihen sich kleine Töpfchen mit Kakteen. Runde, längliche, glatte und stachelige, manche blühen in Rot und Gelb. Die Wohnung ist hell und liegt im sechsten Stock, den Hudson River entdeckt Helene trotzdem nicht. Stattdessen blickt sie auf den Park mit seinen herbstlich verfärbten Bäumen.

Als Marek mit einem Tablett hereinkommt, lächelt Helene ihn an. Es ist richtig, dass sie hergekommen ist. Allein Mareks Freude, als er sie erkannte, ist Balsam für ihre Seele. Fast zahnlos lächelt Marek zurück und beginnt, eine Teekanne, Tassen und Teller auf den runden Tisch zu stellen. Verändert hat er sich in den letzten Monaten nicht. Obgleich es ihm an Nahrung nicht mehr mangelt, sieht er noch immer spindeldünn aus. Etwas von dem rötlichen Tee schwappt auf die geblümte Tischdecke und Marek zieht ein Gesicht, als ob er etwas angestellt hätte. Erst jetzt bemerkt Helene das leichte Zittern seiner Hände.

»Schöne Bescherung«, sagt Marek und rubbelt mit einer Serviette über den Fleck. »Die Frau meines Neffen ist ziemlich pingelig.«

Helene stellt die Zuckerdose auf die verfärbte Stelle, woraufhin Marek herzlich lacht.

»So geht es natürlich auch.«

Augenblicklich öffnet sich Helenes Herz, und sie versteht gar nicht mehr, weshalb sie Marek nicht eher besucht hat. Er ist der Letzte, der ihr den Neuanfang erschwert hätte.

Während Marek Tee einschenkt, deutet Helene auf die Kakteen.

»Gehören die dir?«

»Oh, ja«, erwidert Marek, »mir hat eine kluge Frau geraten, Zimmerpflanzen zu pflegen, bis ich mir einen Garten leisten kann.«

Helene lacht auf, als sie sich in der Ratgeberin wiedererkennt.

»Eigentlich hatte ich mir etwas Lieblicheres als Kakteen vorgestellt«, schmunzelt sie.

Fast zärtlich betrachtet Marek seine dornigen Schützlinge, bevor er vorsichtig an seinem heißen Tee nippt.

»Wir passen bestens zusammen. Meine Kakteen sind genügsam und verübeln es mir nicht, wenn ich sie vernachlässige. Leider kommt das viel häufiger vor, als mir lieb ist.«

Er lächelt, wirkt dabei jedoch betrübt. Seine rechte Hand legt sich über die linke, als wollte sie ihr Zittern festhalten. Helene sagt nichts, sondern nickt verständnisvoll, während sie sich zusammenreimt, aus welchen Gründen Marek an manchen Tagen ausfällt.

Weil er nur mithilfe starker Medikamente die barbarischen Szenen, die sich nachts in seinem Kopf immer wieder abspulen, ausknipsen kann, er dann jedoch kraftlos erwacht. Weil er sich auf seinen Körper, der von seiner Zeit in Auschwitz ebenso schmerzt wie seine Seele, nicht mehr verlassen kann.

»Und trotzdem geht es mir gut«, fährt Marek fort. »Obwohl mich George, mein Neffe, vorher kaum kannte, sorgt er für mich und bezahlt meine Arztrechnungen.«

Dessen drei Kinder machten ihm Freude und in der Synagoge habe er viele Bekanntschaften geschlossen.

»Und du, Helene?«, fragt Marek schließlich. »Wie geht es dir?«

Eine einfache Frage, auf die es keine knappe Antwort gibt.

»Nun«, beginnt Helene, »ich wohne bei meiner Schwester und ihrem Mann in einem schönen Haus. Nach jeder Mahlzeit habe ich tatsächlich einen vollen Magen. Das kommt mir noch immer wie ein Wunder vor.«

Marek nickt.

»Marlis geht mit mir einkaufen, stellt mich ihren Freundinnen vor, und manchmal unternehmen wir etwas mit Moritz, sogar beim Baseball war ich mit ihm.«

Doch Helene weiß, Marek braucht sie nichts vorzumachen.

»Leider habe ich es im Stadion nicht ausgehalten, und wie es aussieht, verzeiht mir Moritz das nicht.«

Sie ist froh, dass sie Tee trinken und versucht, den Kloß im Hals hinunterzuspülen. Nachdem sie ihre Tasse abgesetzt hat, legt Marek seine knochige Hand auf ihre eiskalte. Helene schließt einen kleinen Moment die Augen und lässt sich wärmen.

»Alles ist komplizierter, als ich gedacht habe. Das Ankommen und Sich-Wiederfinden. Das Zusammenleben. Das Vergessen. In letzter Zeit muss ich oft an Andrei denken.«

Helene spürt, dass Marek kurz zusammenzuckt. Nachdem sich der Russe während ihrer Fahrt nach New York ins Meer gestürzt hatte, machte Marek sich Vorwürfe, weil es ihm nicht gelungen war, den jungen Mann davon abzuhalten.

»Ich glaube, er hatte begriffen, dass der Krieg nichts für ihn übriggelassen hat«, fährt Helene fort. »Manchmal träume ich, dass Andrei mir vom Meeresboden aus zuwinkt. Wie jemand, der zufrieden ist, die richtige Entscheidung getroffen zu haben.«

Marek umgreift ihre Hand fester, als wäre Helene tatsächlich bereits über die Reling geklettert und er wolle sie daran hindern, Andrei hinterherzuspringen. Kurz schämt sie sich dafür, Marek mit ihren Klagen aufzuwühlen. Doch die schweren Gedanken ihrer schlaflosen Nächte strömen aus ihr heraus wie angestaute Luft aus einem geöffneten Ventil.

»Während all der düsteren Jahre war Moritz mein Licht am Ende des Tunnels«, bricht es aus ihr heraus. »Ist es nicht absurd, dass mich eine völlig falsche Hoffnung über den Krieg gerettet hat?«

»Wieso denn falsch?«, gibt Marek zurück. »Du wolltest Moritz wiedersehen und das hast du.«

Erschöpft streicht sich Helene das Haar aus dem Gesicht. Wie anstrengend es ist, aufrichtig zu sein.

»Das reicht mir nicht. Ich wollte meinen Sohn zurück. Aber ich habe keinen mehr. Marlis ist seine Mutter geworden, und ich fühle mich wie ein Eindringling in ihrer heilen Welt, die sie sich aufgebaut haben. Moritz liebt mich nicht mehr.«

Der letzte Satz bricht alle Dämme. Doch ob ihre Tränen sie erleichtern oder alles noch schlimmer machen, weiß sie nicht. Nach einer Weile wird sie ruhiger und Marek reicht ihr ein Taschentuch.

»Es tut mir leid«, schluchzt Helene, während sie sich die Nase schnäuzt.

In erster Linie meint sie ihren Ausbruch, aber auch ihre Enttäuschung. Marek gießt Tee nach und empfiehlt ihr, davon zu trinken.

»Ich bin froh, dass du gekommen bist«, sagt er und ergreift noch einmal Helenes Hand. Seine durchscheinende Haut scheint plötzlich zäher und Mareks Gesicht hat an Farbe gewonnen.

»Außerdem bin sicher, dass Moritz dich liebt. Mit siebzehn denkt man vor allem an sich und sucht seinen Weg. Als junger Bursche dachte ich, dass Eltern dabei grundsätzlich stören.«

Helene ringt sich ein schiefes Grinsen ab, dann hängt sie wieder an Mareks Lippen.

»Natürlich wurdet ihr viel zu lange getrennt. Furchtbar, aber nicht zu ändern. Mit ein wenig Geduld werdet ihr euch schon wiederfinden.«

»Ich habe keine mehr«, fällt Helene ihm ins Wort, aber Marek ist noch nicht fertig.

»Mag sein, dass seine Tante ihm jetzt nähersteht. Aber wenn Moritz älter ist, wird er verstehen, was für ein enormes Opfer du gebracht hast, damit er überlebt. Dafür wird er dir unendlich dankbar sein. Umgekehrt, Helene, hat Moritz auch dir geholfen. Er hat deinen Lebenswillen gerettet. Schmeiß den nicht weg!«

Schweigend trinken sie ihren lauwarmen Tee, bis Helene seufzt.

»Ein weiser Mann hat mir geraten, in verzweifelten Augenblicken helle Erinnerungen aufzurufen.« Helene drückt seine Hand. »Das habe ich getan, Marek. Aber wenn in der Zukunft nichts leuchtet, bringt es mir nichts, Licht im Vergangenen zu suchen.«

Nachdenklich, mit gerunzelter Stirn wiegt Marek seinen Kopf hin und her. Dann hellt sich seine Miene auf.

»Du hast recht. Das Gestern ist etwas für alte Leute. In deinem Alter braucht man Perspektiven.«

»Nicht einmal Arbeit habe ich. In den dreißiger Jahren hätte ich in New York leicht als Ärztin arbeiten können. Jetzt müsste ich meine Examina noch einmal ablegen.«

»Na und?«

»Mein Englisch ist nicht gut genug.«

»Hm.«

Erstaunlich behände steht Marek auf und geht zum Fenster. Die Hände auf seinem Rücken verschränkt, blickt er hinaus, als suche er in den Baumkronen des Fort Tyron Park nach einer Lösung. Plötzlich dreht er sich um und strahlt.

»Ich glaube, ich habe eine Idee. Bist du bereit für ein Experiment?«

Pünktlich um sechs verabschieden sie sich mit einer festen Umarmung. An der Straßenecke wartet bereits der beigefarbene Chevrolet. Mit Herzklopfen steigt Helene ein. Nach allem, was sie mit Marek besprochen hat, brummt ihr der Schädel, und wenngleich sein Vorschlag einen Funken Hoffnung in ihr entfacht, fürchtet sich Helene vor ihrer eigenen Courage.

»Wir müssen reden«, sagt sie trotzdem, als sie sich auf den Beifahrersitz niederlässt. Marlis schaltet den Motor ab.

New York, November 1947

Liebe Lore,
der Winter steht vor der Tür und ich frage mich, wie es Dir geht. Du schreibst, dass wegen des heißen Sommers die Getreide- und Kartoffelernte schlecht ausgefallen ist und die Menschen aus Hunger demonstrieren und streiken. Irgendwann müssen die Zeiten doch mal besser werden! Ich hoffe sehr, meine Pakete verschaffen Dir, Oskar und Werner etwas Linderung. Leidest Du noch an Magenproblemen? Habt Ihr genug Kohlen?

Die Zähne zusammenzubeißen, muss ich Dir nicht raten, denn durchgehalten, das hast Du immer, das haben wir beide.

Ausgerechnet hier, im Kreis meiner Familie, fällt es mir jedoch schwer. Im friedlichen Jackson Heights, liebe Lore, wo ich weder hungere noch friere und wo niemand mir nach dem Leben trachtet, fühle ich mich oft verloren.

Bevor Du Dich sorgst, lies schnell weiter, dann weißt Du gleich, dass ich einen Schutzengel an meiner Seite habe. Er heißt Marek Kaminski, und wir kennen uns vom Schiff. Zwar lebt er erst genauso lange in New York wie ich, scheint aber schon mit der halben Stadt befreundet zu sein. So auch mit Dorothy Mason, einer alten Dame, die an einer Muskelkrankheit leidet, und mich als Betreuerin engagiert hat. Bei ihr wohne ich seit Kurzem, deshalb schick Deine Post bitte an ihre Adresse. Dorothys Ehemann ist vor einigen Jahren gestorben, still eingeschlafen, sagt sie, und fast bin ich froh zu hören, dass es ein friedliches Sterben zu Kriegszeiten überhaupt gegeben hat. Sie hat drei Kinder, die sich jedoch nicht regelmäßig um sie kümmern können. Ihre Tochter lebt in Kalifornien, ihr Sohn in New Jersey, ihr zweiter Sohn ist bei der Landung in der Normandie ums Leben gekommen.

Marlis war im ersten Moment außer sich, als ich ihr mitteilte, dass ich umziehen würde. Undankbar, schalt sie mich, anspruchsvoll und verständnislos. Wer weiß, vielleicht zeigt diese heftige Reaktion ihr schlechtes Gewissen, weil ich mich bei den Watsons nicht richtig wohlgefühlt habe. Schon nach ein paar Zigaretten beruhigte sich Marlis und sah ein, dass es so am besten wäre.

Die Vorstellung, dass Moritz über meine Entscheidung erleichtert sein könnte, schmerzt mich, und auch, dass ich ihn nicht mehr täglich sehe. Allerdings ist Jackson Heights nicht aus der Welt, und letzten Sonntag feierten wir gemeinsam Marlis' achtunddreißigsten Geburtstag. Bevor John mich zu Dorothy fuhr, fragte ich Moritz, ob er sich an das Tagebuch erinnern würde, das ich ihm bei unserem Abschied im Januar 1939 geschenkt hatte. Damals bat ich ihn zu notieren, was er in England erlebte, damit ich es, wenn wir uns wiedersähen, lesen könnte. Normalerweise hätte ich mir meine Frage verkniffen, weil Moritz von dieser Zeit nichts wissen will. Aber ich war etwas beschwipst und, na ja, das macht die Zunge locker. Dass er das Büchlein noch besitzt, hätte ich niemals erwartet. Aber stell Dir vor, Lore, er holte es aus einer Schublade und reichte es mir, klein und in braunes Leder gebunden. Du kannst Dir denken, dass ich den Atem anhielt, als ich es aufschlug und auf der ersten Seite las: »Für meinen geliebten Jungen Moritz. Von Deiner Mutti, die immer an Dich denkt.« Auf der zweiten stand: »Um acht beim Mond!« Die Uhrzeit, um die wir aneinander denken wollten. Die nächste Seite war unbeschrieben, und als ich weiterblätterte, fand ich nur weißes Papier. Kein Wort, gar nichts.

Vielleicht ist es ja gut, wenn es Moritz gelingt, seine Erlebnisse zu vergessen. Blinde Flecken sind mitunter erträglicher als quälende Bilder, die sich dem Glück drohend in den Weg stellen. Ich selbst muss wohl akzeptieren, dass Moritz mich nicht braucht. Nicht mehr. Oder, wie Marek glaubt, noch nicht.

Dafür betont Dorothy, wie sehr sie sich freut, dass ich bei ihr bin. Sie lebt seit Jahrzehnten in Washington Heights und findet, die jüdische Zuwanderung hätte dem Stadtteil eine gute Infrastruktur beschert. Obwohl Dorothy durch und durch Amerikanerin ist, verspeist sie mit Vorliebe Sauerkraut und Knödel in einem der deutschen Restaurants, die es hier gibt. Außerdem liebt sie Nürnberger Lebkuchen, gebacken und verkauft von einem jüdischen Ehepaar, das damit sein Auskommen als Bäcker gefunden hat. Im Park und in manchen Cafés schwatzt man Deutsch mit all seinen Verfärbungen von Flensburg bis München. Die osteuropäischen Juden schütteln den Kopf darüber, wie sehr sich viele Flüchtlinge mit der deutschen Kultur identifizieren, anstatt endlich zu beginnen, gescheit Jiddisch zu lernen.

Wirklich religiös bin ich, wie Du weißt, nie gewesen, daran hat auch meine Mutter nichts mehr geändert. Aber in dieser gemischten Nachbarschaft aus Juden und Christen, aus Amerikanern und Europäern, fühle ich mich wohl. Und obwohl ich mit den Orthodoxen nichts am Hut habe, freue ich mich jedes Mal, wenn ich sie selbstbewusst durch die Stadt laufen sehe, ohne die Sorge im Gesicht, dass man ihnen Bart und Locken abschneidet oder sie auf andere Art demütigt.

Dorothy ist reizend und muss einmal sehr schön gewesen sein, denn sie ist es noch immer. Ihr volles Haar ist schneeweiß, und als neulich ihre Frisörin zu uns kam, wies Dorothy sie an, mein Haar zu blondieren und mit Kämmchen modisch aufzustecken. Zuerst weigerte ich mich, ließ mich dann aber breitschlagen und mir sogar ein dezentes Make-up verpassen. Als ich unter den gespannten Blicken der beiden in den Spiegel schaute, ach, Lore, da blickte mir eine jüngere Helene entgegen und Dorothy triumphierte.

»Gefallen Sie sich ruhig«, sagte sie. »Nur weil das Leben es Ihnen schwer macht, heißt das nicht, dass sie sich nicht hübsch fühlen dürfen.«

Während ich Dorothy bei ihrer Körperpflege und ihren Erledigungen helfe, poliert sie mein Englisch auf. Früher ist sie Lehrerin gewesen und wir werden sehen, ob ich gut genug lerne, um eines Tages wieder als Ärztin zu arbeiten. Dorothy ist sich dessen sicher, nur, ob sie mir meinen deutschen Akzent austreiben kann, weiß sie nicht.

Und noch etwas ist geschehen, Lore. Halt Dich fest, denn womit ich am Ende meines Briefes herausrücke, ist unfassbar. Ich habe Leon wiedergesehen. Zufällig. Nachdem ich, wie Du weißt, zu feige war, um Kontakt zu ihm aufzunehmen. Aber mal der Reihe nach.

Die Frau von Mareks Neffen, sie heißt Martha und stammt aus dem Ruhrgebiet, hat mich zu einem Ausflug ihrer Synagogengemeinde mitgenommen. Und vor dem Vergnügungspark, den wir besuchten, stand dann Leon mit seiner Frau und seinen Kindern. Nach zwölf Jahre haben wir uns ausgerechnet auf einem staubigen amerikanischen Parkplatz wiedergetroffen! Leons Frau hat mich sofort eingeladen, zu Besuch zu kommen, aber ich bin nicht sicher, ob ich das möchte. Ich weiß ja noch nicht einmal, wie ich es finde, dass wir im selben Viertel wohnen, was bedeutet, dass ich Leon jederzeit begegnen kann.

Liebe Lore, nun muss ich für Dorothy das Bad einlassen und mit ihr das Abendessen vorbereiten. Bitte schreib mir, was ich Dir schicken soll. Mehr Fett? Mehr Fleischkonserven? Halt nicht hinterm Berg mit Deinen Wünschen!

Grüß Oskar und umarme Werner von mir.

Innig,

Deine Dich sehr vermissende Helene

Helene steckt den Brief in einen Umschlag und klebt ihn zu. Auch ohne dramatische Schilderungen wird Lore ahnen, wie aufgewühlt sie ist, denn in schlaflosen, angsterfüllten Kriegsnächten haben sie sich ihre Geschichten erzählt. Seitdem weiß Helene, dass Lore ihrem Ex-Mann Erik etwas angetan hat, so schlimm, dass er auf Nimmerwiedersehen aus ihrem Leben verschwunden ist. Niemandem hat Lore je etwas davon gesagt, nicht einmal Leon, und genau dieser Zusatz brachte Helene damals dazu, ebenfalls ihr Herz auszuschütten. Sie beichtete Lore, was damals geschah, als sie mit Leons Kind schwanger war. Dass sie dem großherzigen Mann, der ihr, ohne zu zögern, die Bürgschaft für ein rettendes Visum besorgte, niemals die Wahrheit gestehen konnte. Und doch war Lore fast am meisten darüber erstaunt gewesen, dass Leons und Helenes Liebe nicht vorbei war, als sie sich trennten und Helene Viktor heiratete. Dass Leon sie besucht hatte, nachdem Werner fast ertrunken wäre, hatte er Lore nie erzählt.

In ihrem bequemen Sessel lehnt sich Helene zurück und blickt auf den entfernten Hudson River, wie früher auf den Main, wenn sie ihren Gedanken nachhängen wollte. Seelenruhig fließt er an Manhattan vorbei und nimmt Helenes Gedanken mit.

»Helene.«

Es ist ein Schock, als Leon vor ihr steht, während sie die Bustreppe hinabsteigt, und ihr entgegenblickt, als hätte er sie erwartet, auf diesem überfüllten Parkplatz, irgendwo in New York. Auch aus den anderen Bussen quellen Ausflügler, die Bekannte begrüßen oder nach ihren Kindern rufen, doch von einem Moment auf den anderen nimmt Helene nichts mehr davon wahr. Sie sieht nur noch Leon, seine ergrauten Schläfen und dass die sympathischen Fältchen, die seine Augen schon bei ihrer letzten Begegnung umstrahlten, in den vergangenen zwölf Jahren tiefer geworden sind. Er ist attraktiv wie immer.

»Leon.«

Ungläubig bringen sie die wenigen Schritte, die zwischen ihnen liegen, hinter sich. Dann umarmen sie sich, nein, sie umschlingen sich, und tausend Emotionen durchströmen Helene dabei. Inmitten ihres inneren Aufruhrs empfindet Helene Geborgenheit, Leons Berührung kommt ihr vertraut vor, und sie spürt, dass es ihm genauso geht.

Gnädig steht die Zeit still und lässt sie diesen Augenblick auskosten, bis Leon sich räuspert.

»Ich bin so dankbar, dass du lebst, Helene.«

Seine Stimme kippt, ihm kommen die Tränen, und auch Helenes Augen brennen.

»Manchmal war es ganz schön knapp«, erwidert sie.

»Ja.«

Eine bildhübsche dunkelhaarige Frau in ihren Dreißigern tritt in Helenes Blickfeld, zu ihrer Rechten und Linken insgesamt vier Kinder, das älteste ist ungefähr zwölf.

»Hier bist du, Leon. Wir suchen dich schon überall.«

Sie klingt wie eine waschechte Amerikanerin. Gelassen, als wäre nichts dabei, Helene so innig zu umarmen, löst sich Leon von ihr, doch seine Hand bleibt auf ihrem Arm liegen. Seine Frau, denn eindeutig ist sie das, mustert Helene aufmerksam.

»Devora, das ist Helene«, stellt Leon sie vor. »Wir kennen uns aus Frankfurt und haben uns das letzte Mal vor dem Krieg gesehen. Erinnerst du dich an Mary Watson? Sie ist ihre Schwester. Helene, das ist Devora. Meine Frau.«

Sie begrüßen sich, und im Stillen dankt Helene Dorothy dafür, sie dazu überredet zu haben, sich die Haare zu färben und ihr neues Kleid anzuziehen, das blaue, das zu ihren Augen passt. Eins nach dem anderen stellen sich Leons Kinder vor, dann rennen sie davon zu ihren Freunden, und Leon ruft ihnen nach, dass sie am Eingang des Vergnügungsparks warten sollen. Devora hakt sich bei ihrem Mann unter und zu dritt folgen sie den Kindern. Seit sie Helene zuordnen kann, ist Devoras verhaltenes Lächeln breiter geworden.

»Wie geht es Mary denn?«, erkundigt sie sich. »Ich erinnere mich gut an sie, weil sie uns ein paar Male besucht hat. Leider haben wir uns aus den Augen verloren.«

»Es geht ihr gut, danke«, antwortet Helene spröde.

»Wunderbar.«

Man hört, dass Devora sich wirklich freut, und Helene vermutet, dass alles, was sie sagt, ernst gemeint ist. Sie könnte wetten, dass Devora Leon noch niemals angelogen oder verletzt hat. In ihrer Gegenwart fühlt sich Helene befangen, weshalb ihr nichts einfällt, was sie sagen könnte. Worüber würde sie mit Leon sprechen, wenn sie mit ihm allein wäre?

»Wie lange sind Sie schon in New York?«, fragt Devora weiter.

»Seit August.«

Helene zwingt sich, in Devoras freundliche dunkle Augen zu blicken, wenn sie spricht, und sich nicht jedes Wort aus der Nase ziehen zu lassen. »Bis vor Kurzem habe ich bei meiner Schwester in Queens gewohnt, aber jetzt lebe ich bei einer alten Dame in Washington Heights, in der Nähe des Fort Tyron Parks.«

Kurz wandert ihr Blick zu Leon, dann zurück zu Devora.

»Wir wohnen viel weiter südlich«, sagt diese, »aber quasi Nachbarn sind wir trotzdem.«

Warum klingt sie so erfreut?, wundert sich Helene, sie kennt mich doch gar nicht.

»Bitte besuchen Sie uns bald und bringen Sie auch Ihre Schwester mit. Leon ist immer froh, wenn er sich mit Bekannten aus seiner alten Heimat unterhalten kann.«

»Devora hat recht«, schaltet sich Leon endlich ein. »Kommt zum Essen zu uns, am besten mit Moritz. Ich würde gerne sehen, was für ein kluger junger Mann er geworden ist.«

An der Kasse taucht Martha auf.

»Wir haben schon ein Ticket für dich«, sagt sie zu Helene und begrüßt gut gelaunt Leon und Devora, mit denen sie, was Helene kaum wundert, über Marek bekannt ist. Leons Jüngster läuft, einen Ball vor sich herkickend, auf sie zu.

»*Dad*«, ruft er, »spielst du Fußball mit uns?«

»Was täte ich wohl lieber?«

Leon lacht, aber sein Blick streift Helene, und sie versteht. Sie tauschen ihre Telefonnummern aus, und den Rest des Tages verbringt Helene mit Martha und ihren Freundinnen. Hin und wieder hält sie im Park Ausschau nach Leon, doch sie sieht ihn nicht mehr.

»Helene?«

Es klopft vorsichtig, dann öffnet sich ihre Zimmertür und Dorothy schaut herein.

»Entschuldige, ich habe zweimal gerufen, aber du hast nicht geantwortet. Es ist jemand für dich am Telefon.«

Auf dem Weg in Dorothys Zimmer, wo das Telefon steht, ist Helene hellwach. Bereits bevor sie den Hörer aufnimmt, ahnt sie, dass Leon der Anrufer ist.

»Hallo?«, fragt sie vorsichtig.

»Helene. Ich bin's. Leon. Sag, können wir uns treffen?«

Frankfurt, November 1938 –
September 1939

In Paris erhielt der siebzehnjährige Herschel Grynszpan, ein polnischer Jude, eine Postkarte von seiner Schwester Berta, die ihm berichtete, dass seine Familie mit Tausenden anderer Juden aus Deutschland abgeschoben würde, an die Grenze zu Polen, ins Niemandsland. Verzweifelt kaufte sich Herschel daraufhin eine Pistole und schoss damit am siebten November auf den deutschen Diplomaten Ernst vom Rath.

»Hoffentlich stirbt er nicht«, sagte Marlis, als Familie Bornstein zwei Tage später zusammen am Kaffeetisch saß. Mit grimmiger Miene nickte Ruth Bornstein.

»Gnade uns Gott! In manchen Städten hat es bereits antisemitische Demonstrationen gegeben.«

Sie wollte weiterwettern, doch Helene schnitt ihr das Wort ab.

»Hör auf, Mutter, du machst Moritz Angst.«

Alle blickten auf Moritz, der sich auf Ilses Schoß in ein Buch über Heldensagen vertieft hatte und dem Gespräch der Erwachsenen gar nicht zuhörte.

»Eure Mutter hat recht. Der *Völkische Beobachter* macht jetzt schon einen neuen Fall Gustloff aus dieser Geschichte«, meinte Paul Bornstein düster. »Ihr wisst doch noch, wie dieser jüdische Medizinstudent '36 den Leiter der Auslandsgruppe der NSDAP in der Schweiz ermordet hat? Leider stehen jetzt keine Olympischen Winterspiele an, für deren reibungslosen Ablauf die Nazis sich zurückhalten müssten.«

Lange hatte sich Paul Bornstein, in der Annahme, dass die Nationalsozialisten bald wieder abtreten würden, mit deren Schikanen arrangiert. Doch seit dem Anschluss Österreichs an das Deutsche Reich im März und nachdem die Tschechoslowakei das Sudentenland an Deutschland abtreten musste, hatte er seine Zuversicht verloren. Sowohl der französische als auch britische Premier hatten Hitlers Coup zugestimmt. Welchen Preis wären sie noch bereit zu zahlen, um den Frieden in Europa zu erhalten?

Ruth Bornstein begann, die Kaffeetassen zusammenzustellen, wobei sie sagte: »Auf den Mond könnte ich diesen Grynszpan schießen. Ach, Quatsch, noch weiter weg.«

»Ich verstehe ihn.«

Ilses Stimme klang monoton, doch war ihr anzusehen, wie aufgebracht sie war. »Er weiß nicht, was mit seiner Familie geschieht. Natürlich muss er etwas tun.«

»Aber doch niemanden umbringen! Red keinen Unsinn, Ilse, und hilf mir lieber das Geschirr abzuräumen.«

Ungefähr zur gleichen Zeit erlag Ernst vom Rath seinen Verletzungen. Bis Hitler davon erfuhr, feierte er in München den Jahrestag seines missglückten Putsches. Noch am selben Abend instruierte Propagandaminister Goebbels die Gauleiter, ihre Leute für Aktionen gegen Synagogen, jüdische Häuser und Geschäfte zu mobilisieren.

Kurz vor elf wachte Helene auf, als das Telefon läutete. Etwas benommen betrat sie das Wohnzimmer. Ihr Vater, den Hörer zwischen Ohr und Schulter geklemmt, war bereits dabei, sich seine Schuhe anzuziehen.

»Sagen Sie ihm, ich bin in einer halben Stunde da.«

Er legte auf und zog seinen Mantel über.

»Frau Rosenberg glaubt, ihr Mann leide an einem akuten Blinddarm. Ich fahre mal hin. Deine Mutter habe ich nicht geweckt.«

Helene nickte.

»Ich sag ihr Bescheid.«

»Ja«, antwortete ihr Vater, »ich weiß, dass ich mich auf dich verlassen kann.«

»Natürlich, Papa.«

Helene reichte ihm die Arzttasche, die stets griffbereit neben dem Telefontischchen stand.

»Soll ich die Klinik informieren, dass du morgen später kommst?«

Seit einigen Monaten arbeitete ihr Vater im *Gagern-Krankenhaus* der Israelitischen Gemeinde, wo er auch seine früheren Patienten empfing. Die eigenen Praxisräume unterhalb seiner Wohnung hatte er aufgeben müssen. Paul Bornstein schüttelte den Kopf. Für die Kranken, die auf ihn warteten, würde er pünktlich zur Stelle sein.

»Wie kommst du denn mitten in der Nacht nach Sachsenhausen?«, wollte Helene noch wissen. Es wäre das Erste, wonach ihre Mutter sie fragen würde.

»Otto Müller sagt, die Nazis können ihn mal und er verleiht sein Auto, wem er will«, antwortete Paul Bornstein und grinste.

»Aber um diese Uhrzeit?«

»Ja.«

Ihr Vater nahm seinen Hut, drehte sich auf dem Weg zur Tür jedoch noch einmal zu Helene um.

»Du hast es gerade nicht leicht, Helene. Aber es kommen wieder bessere Zeiten. Deine Mutter hatte einen guten Riecher. Es ist richtig, dass du Ärztin geworden bist. Weißt du eigentlich, wie stolz ich auf dich bin?«

Seine Augen glänzten, und hätte Helene nicht so gefroren, wäre sie zu ihm gegangen und hätte ihren Vater, was sie nur noch selten tat, umarmt. Doch nun wollte sie rasch ins warme Bett zurück.

»Danke, Papa«, erwiderte sie lächelnd. »Bis nachher.«

Unter der Decke, eng an Moritz geschmiegt, hörte sie ihn den Motor starten. Nicht mehr viele jüdische Ärzte durften noch arbeiten, seit Ende September sämtliche Approbationen erloschen waren. Paul Bornstein und Helene gehörten zu den wenigen, denen es gestattet worden war, jüdische Patienten zu behandeln. Hätten sich die Bornsteins andernfalls in die Warteschlangen vor den ausländischen Konsulaten eingereiht?

Moritz seufzte so tief im Schlaf auf, als stellte er sich dieselbe Frage. Oder als wüsste er bereits, dass Paul Bornstein in dieser Nacht zum letzten Mal einen Wagen lenken würde.

Der Wecker zeigte drei Uhr an, als Helene das nächste Mal aus dem Schlaf auffuhr. Wieder wegen des Telefons. War das Papa? Hellwach riss den Hörer von der Gabel.

»Bornstein.«

Entfernt klirrte Glas, Rufe und Gelächter ertönten. Instinktiv blickte Helene zum Fenster, doch sie stand zu weit entfernt, um zu erkennen, was draußen vor sich ging. Am anderen Ende der Leitung weinte Frau Rosenberg.

»Was ist mit Ihrem Mann?«, fragte Helene beunruhigt.

»Nichts. Er ist immer noch hier«, antwortete Frau Rosenberg unter Schluchzen. »Aber den Doktor haben sie mitgenommen.«

»Ich verstehe nicht«, erwiderte Helene, während sie sich auf den Sessel an der Wand sinken ließ. Mit trommelndem Herzen lauschte sie, wie Frau Rosenberg berichtete, dass Dr. Bornstein bei ihrem Mann nichts Akutes feststellen konnte. Nachdem er ihm eine Spritze gegeben und Tabletten verschrieben hatte, wollte er sich auf den Heimweg machen, doch bollerte es an die Wohnungstür. Drei Polizisten verlangten von Jakob Rosenberg, aufzustehen und mitzukommen. Nach einigem Hin und Her war es dem Doktor gelungen, sie davon zu überzeugen, den Kranken im Bett zu lassen, doch ihn, Dr. Bornstein, führten sie ab wie einen Verbrecher. Bei diesen Worten begann Frau Rosenberg wieder zu schluchzen.

»Danke, dass Sie angerufen haben.«

Als Helene auflegte, ratterte es in ihrem Kopf. Wohin hatte man ihren Vater gebracht? Würden sie ihm etwas antun? Könnte sie etwas unternehmen, damit er freikäme? Er hatte doch nichts getan. Dass das nicht ausreichte, war ihr nach fünf Jahren Naziherrschaft klar.

»Wo ist Paul?«

Mit ungekämmtem Haar und im Morgenrock stand Ruth Bornstein vor ihr, Helene hatte sie nicht kommen hören.

»Setz dich«, sagte sie und unterdrückte ihren Drang zu weinen.

Während sie ihrer Mutter die Hiobsbotschaft überbrachte, beobachtete Helene sie besorgt; hoffentlich machte Ruth Bornsteins Herz keine Probleme. Ach, wäre ihr Vater doch bloß zu Hause geblieben! Aber niemals würde er einen seiner Patienten in Stich lassen. Wie erstarrt saß ihre Mutter da, während Scheibenklirren und dunkles Johlen näher rückten und Ilse, Marlis und Moritz unsanft weckten. In knappen Worten erklärte Helene auch ihnen, was geschehen war. Gleichzeitig sah sie vom Fenster aus entsetzt zu, wie braune Horden und Hitlerjungen die Geschäfte von Samuel Dietz und Heidemarie Bär zertrümmerten. Deren schöne Stoffe schichteten sie auf einen Haufen und zündeten ihn an, bis alles lichterloh brannte. Was würden diese Männer als Nächstes tun? Etwa die Praxis angreifen? Die Wohnung stürmen? Das blaue Schild mit dem gelben Stern, das Paul Bornstein als jüdischen »Krankenbehandler« auswies – Arzt durfte er sich nicht mehr nennen –, prangte gut sichtbar an der Hauswand.

»Weg vom Fenster und Licht aus«, befahl Ruth Bornstein mit unerwarteter Schärfe. Ihre Töchter gehorchten sofort, und so kauerten sie im Dunkel. Lediglich der Feuerschein auf der Straße erhellte flackernd das Zimmer. Unruhig döste Moritz auf Helenes Schoß und die Frauen tranken den Tee, den Ilse zubereitet hatte. Überdeutlich begleitete das Ticken der Wanduhr das Warten auf den Morgen, der ihnen hoffentlich Paul Bornstein zurückbringen würde.

Als es Sturm schellte, fuhren sie zusammen. Einen Schlag lang setzte Helenes Herz aus, und Marlis presste, um ihren Schrei zu unterdrücken, die Hand vor den Mund.

»Oh Gott, sie kommen uns holen«, stieß sie hervor.

»Still!«, sagte Ruth Bornstein.

Marlis begann zu zittern, ihr Gesicht war kreidebleich. Genau wie das von ihrer Mutter, die sich dennoch, fast würdevoll, erhob.

»Ihr bleibt hier. Ich öffne.«

Niemand widersprach. So eng wie möglich drückte Helene Moritz an sich, Ilse streichelte Marlis' Hand, die ihre umklammerte. Sie horchten auf das Quietschen der Tür und warteten angespannt auf Gepolter, Getrampel und gebellte Befehle. Doch es blieb ruhig. Dann stand Helenes ehemalige Schwiegermutter Marlene vor ihnen. Seit Viktors und Helenes Scheidung hatten sie sich selten gesehen. Unverkennbar hatte Marlene sich hastig angekleidet und nicht einmal ihr Haar ordentlich frisiert. Nun vergeudete sie keinen Atem für überflüssige Worte.

»Helene«, sagte sie, »ich nehme Moritz mit. Bei uns ist er sicher. Draußen ist die Hölle los. Die Synagogen brennen und nicht nur das. Ich habe mit eigenen Augen gesehen, wie der Mann und die Söhne meiner Nachbarin mit Stockhieben in einen Wagen getrieben wurden. Wo ist Paul?«

»Verhaftet.«

»Oh.«

Hilflos sah Marlene von einer zur anderen, dann blieb ihr Blick an Moritz hängen und sie besann sich darauf, weshalb sie gekommen war.

»Pack ihm ein paar Sachen ein, Helene, und lass ihn bei uns, bis dieser Wahnsinn vorbei ist.«

Es widerstrebte Helene, ihr Moritz mitzugeben, doch sie sah ein, dass Marlene recht hatte.

»Kann ich nicht auch mitkommen?«, bat Marlis. »Bitte.«

Es wurde still, jede blickte woandershin. Die Frage, ob sie nicht alle bei Noltings Unterschlupf finden könnten, stand im Raum. Doch Marlene zögerte, und als Ruth Bornstein ihr Unbehagen erkannte, griff sie ein.

»Nein, Marlis. Wir möchten Marlene keine Scherereien bereiten.«

»Es ist lieb von euch, dass ihr an Moritz denkt«, fügte Helene hinzu. »Ich hole seine Tasche.«

Marlene atmete auf, Moritz stampfte auf.

»Nein! Nur, wenn Mutti mitkommt. Und Oma, die Tanten und…«

Er stockte, als ihm einfiel, dass sie den von allen geliebten Dackel Carlo nach einem sechzehnjährigen Hundeleben beerdigt hatten.

»Sei nicht ungezogen«, rügte Helene ihn. »Zieh dich an und dann gehst du mit Oma Marlene. Basta.«

»Opa Friedrich kocht schon heißen Kakao für dich«, ermunterte ihn Marlene sanft. »Es ist ja nur für ein oder zwei Tage. Viktor hat seine alte Modelleisenbahn aus dem Keller geholt. Willst du die etwa nicht sehen?«

»Papa ist auch da?«

Marlene nickte.

»Er kommt später vorbei.«

Ob Viktor oder die Eisenbahn den Ausschlag gegeben hatte, war nicht klar, doch sträubte sich Moritz nicht mehr, sondern ließ sich von seiner Großmutter an die Hand nehmen.

»Es tut mir leid«, sagte Marlene beim Abschied und meinte wahrscheinlich vieles. Nachdem Helene die Wohnungstür hinter ihr und Moritz verschlossen hatte, brach Marlis in Tränen aus. Ruth Bornstein strich ihrer aufgelösten Tochter übers Haar.

»Ihren kleinen, halbjüdischen Enkel kann Marlene vor Viktors Frau oder Konrad gerade noch rechtfertigen. Aber wie sollte sie ihnen ein Wohnzimmer voller Juden erklären?«

Daraufhin weinte Marlis noch lauter. Das Feuer vor der Haustür war erloschen, und im Dunkeln warteten sie weiter. Wundersamerweise war die Praxis der Bornsteins verschont geblieben, doch ein neuer Schreck erfolgte kurz nach Sonnenaufgang. Es läutete erneut, fordernd und zornig. Helenes Schwestern schreckten auf und blickten mit entsetzensgeweiteten Augen ihre Mutter an. Doch Ruth Bornstein rührte sich nicht vom Fleck. Ihr Mut, nachzusehen, ob dort die Gestapo stünde, schien verpufft zu sein. Diesmal war es Helene, die sich einen Ruck gab, mit klopfendem Herzen auf die Tür zuging – und öffnete.

Am Morgen nach dem Ableben des deutschen Diplomaten frühstückten Lore und Werner wie gewöhnlich in ihrer kleinen Küche. An der Tür hing Werners braune HJ-Jacke, die er, nachdem er im Frühjahr zehn Jahre alt geworden war, voller Stolz trug.

»Bevor du zum nächsten Dienst gehst, nähe ich dir die Armbinde noch einmal fest. Sie muss sich beim Waschen gelöst haben«, versprach Lore.

Doch Werner zuckte bloß mit den Schultern. Prüfend sah Lore ihn an.

»Was ist los mit dir? Es ist doch sonst immer so wichtig, dass deine Uniform tadellos aussieht.«

»Ist es ja auch«, erwiderte Werner und fuhr fort, missmutig auf seiner Brotscheibe herumzukauen. Seit einer Weile schon hatte Lore den Eindruck, dass Werners anfängliche Euphorie, endlich zu Deutschlands marschierender Jugend zu gehören, stark nachgelassen hatte. Stimmte das?

Ja, gab Werner zu, es sei grandios gewesen, mit all den Jungen den Sommer im Zeltlager zu verbringen. »Jugend wird von Jugend geführt«, lautete dort das nationalsozialistische Motto, was Werner viel angenehmer erschien, als sich von Erwachsenen herumkommandieren zu lassen. Doch jetzt reichte es ihm. Regelmäßig zu Diensten anzutreten, war nicht sein Ding, schon gar nicht an Sonntagen, wenn er ausschlafen und etwas mit Lore unternehmen wollte. Außerdem wollte er auch Moritz hin und wieder sehen. Und auch das war so eine Sache. Sich vorschreiben zu lassen, mit wem er befreundet sein durfte und mit wem nicht, dazu hatte Werner keine Lust.

Zu Beginn hatte er es beeindruckend gefunden, sein komplettes Fähnlein, bestehend aus einhundertfünfzig Jungen, in Reih und Glied versammelt zu sehen, um den Reden des Stammführers mit weißer Kordel zu lauschen. Doch inzwischen hatte er Mühe, sein Gähnen zu unterdrücken, wenn er zum wiederholten Male mit den großartigen Ideen des Führers berieselt wurde und man ihm seine Pflichten eintrichterte, vor allem die, sich zu einem vor Kraft strotzenden Soldaten zu entwickeln. Werner mochte Zinnsoldaten. Aber flink wie ein Windhund, zäh wie Leder und hart wie Kruppstahl war er nicht. Selber in den Krieg ziehen? Darauf war er nicht scharf. Dies hatte er, während der Stammführer sprach, seinem Nachbar zugeflüstert und der hatte ihn beim Fähnleinführer verpfiffen. Werner hatte eine Standpauke erhalten und die Ankündigung, dass ein Nachspiel folgen würde. Er war sichtlich erleichtert, als er seiner Mutter dies alles erzählt hatte.

Sie fuhr ihm durchs Haar und drückte ihm einen Kuss auf den akkurat gezogenen Scheitel.

»Mach dir keine Sorgen, mein Großer. Sollte sich wirklich jemand über dich beschweren, dann werde ich das schon schaukeln. Jetzt trink deinen Tee aus und lass uns losfahren.«

»Guten Morgen«, sagte Lores Nachbarin, Frau Kuhlen, die sich weigerte, Bekannte mit »Heil Hitler« zu begrüßen. »An ihrer Stelle würde ich das Rad lieber stehen lassen. Die Straßen sind voller Scherben.«

»Wieso das denn?«

Irritiert blickte Frau Kuhlen Lore an.

»Na, Herzchen, Sie scheinen ja einen seligen Schlaf zu haben«, entgegnete sie. »In der ganzen Stadt brennen die Synagogen und die Braunen schlagen alles zu Klump, was Juden gehört.«

Nach wenigen Minuten verabschiedeten sie sich voneinander und Lore schob ihr Rad auf den Gehsteig.

»Werner, setz dich auf meinen Gepäckträger. Wir sehen uns die Sauerei mal aus der Nähe an.«

»Und meine Schule?«

»Wir sind früh dran. Komm, mach schon.«

Sie radelten zur Börnestraße, die die Nazis in Großer Wollgraben umbenannt hatten. Der Geruch nach Rauch und Benzin lag in der Luft, und schon bald mussten sie Lores Fahrrad an einer Hauswand abstellen, da die vielen kleinen und großen Glasscherben die Reifen zerschnitten hatten.

»Achtung, Mama«, schrie Werner auf, und fast im selben Moment krachte auf den Asphalt eine Violine, die aus einem der oberen Stockwerke geworfen worden war und Lore um Haaresbreite verfehlte.

»Verflucht noch mal!«

Empört sah sie auf und erkannte am Fenster zwei SA-Männer, die sich prächtig amüsierten, als das schöne Instrument zersplitterte.

»Gehen Sie zur Seite, Fräulein, es kommt noch mehr«, riefen sie wie im Rausch und schon flogen Lore und Werner Klaviertasten, Notenblätter und Bücher vor die Füße. Schützend hielten sie sich die Arme über den Kopf und liefen weiter. Kurz darauf standen sie stumm vor der Hauptsynagoge. Bis auf die Außenmauern war sie abgebrannt, an einigen Stellen qualmte es noch. Löscheinheiten standen unbeteiligt daneben, als ginge sie das Feuer nichts an. Einer der Schaulustigen raunte Lore zu: »So sehen die Synagogen in ganz Deutschland aus.«

Die Miene des Mannes war ausdruckslos, so dass Lore nicht entschlüsseln konnte, ob er der Gewalt zustimmte oder nicht. Werner schob seine Hand in ihre, und dafür war sie ihm dankbar, denn sie brauchte dringend etwas zum Festhalten. Doch zum Schweigen war sie zu aufgewühlt.

»Sind Sie sicher? In allen Städten? Das ist doch unmöglich!«

Der Mann trat einen Schritt näher und sagte leise: »Doch, so ist es. Die Frage ist nur, ob das tatsächlich das Werk des spontanen Volkszorns ist oder die vielgerühmte deutsche Organisation dahintersteckt.«

Lores Blick fiel auf einen lachenden Feuerwehrmann. Sein Anblick widerte sie so sehr an, dass sie diesen Ort sofort verlassen wollte.

»Komm, Werner. Was für ein Irrsinn. Mit Menschen, die so etwas tun, haben wir nichts am Hut.«

Eine Frau drehte sich zu ihr um und legte ihren Zeigefinger auf ihre Lippen. »Sagen Sie das lieber nicht so laut, Fräulein, sonst sind Sie die Nächste, der es an den Kragen geht.«

Erschrocken lief Lore mit Werner an der Hand los.

»Ich bringe dich zur *Musterschule*, damit ich sicher bin, dass dir nichts passiert«, sagte Lore.

»Ich bin doch kein Jude.«

Schweigend gingen sie nebeneinanderher. Einmal sahen sie, wie ein paar Männer aus einem zerstörten Geschäft getrieben und auf einen Laster gedrängt wurden. Vor einem Haus zwangen SA-Männer eine alte Dame, ihre eigenen Möbel mit einem Hammer zu zerschlagen. Bilder, die eigentlich nicht wahr sein konnten.

»Meinst du, Moritz ist etwas zugestoßen?«, fragte Werner plötzlich. Bestürzt blickten sie sich an.

»Ich gehe hin und sehe nach«, versprach Lore. Ein Stück von der Schule entfernt verabschiedeten sie sich, weil es Werner peinlich gewesen wäre, wenn seine Klassenkameraden gesehen hätten, dass seine Mutter ihn begleitete. Kurz winkte Lore ihm nach, dann hastete sie zum Bethmannpark. Zehnmal, zwanzigmal klingelte sie, doch bei den Bornsteins machte niemand auf. Schließlich schellte sie bei der Familie im Erdgeschoss.

»Wissen Sie vielleicht, wo die Bornsteins sind?«, fragte Lore außer Atem, während die Frau, die sie eingelassen hatte, sie misstrauisch musterte.

»Ich habe gehört, sie sind abgeholt worden. Mehr weiß ich auch nicht.«

»Abgeholt? Von der Polizei?«

»Keine Ahnung«, sagte die Frau, aber dann hatte sie doch noch etwas zu erzählen. »Gestern Nacht hat sich der Doktor von Müllers den Wagen geliehen. Aber zurückgebracht hat er den nicht.«

Es klang wie ein Vorwurf. Lore bedankte sich für die Auskunft und machte sich auf den Weg zur Arbeit. Dabei fühlte sie sich so erschöpft, als läge bereits ein zermürbender Tag hinter ihr. Doch jetzt hieß es, für eine wohlhabende Familie die Wäsche zu bügeln und dann im *Roxy*-Kino an der Kasse zu sitzen, daran führte kein Weg vorbei. Abends würde sie noch einmal nach den Bornsteins sehen.

Und Gott sei Dank traf sie Helene dann an. Erschöpft von den Geschehnissen der letzten Nacht berichtete diese Lore von ihrer Angst, als es am frühen Morgen zum zweiten Mal läutete. Zum Glück war es Marie gewesen, die Helene, ihre Mutter und Schwestern in einen geliehenen Wagen gesetzt und zu Freunden in den Taunus gebracht hatte. Marie war es zu verdanken, dass sie nicht den ganzen Tag verschreckt in ihrer Wohnung gekauert hatten, von Panik erfasst, sobald es schellte oder klopfte. Dort, auf dem Land, würden sie noch immer das Ende der Hetzjagd abwarten, wenn nicht Ruth Bornstein darauf bestanden hätte, nach Frankfurt zurückzukehren, damit ihr Mann, falls er heimkäme, keine menschenleere Wohnung vorfände. Doch bis Lore wieder aufbrach, war Paul Bornstein leider nicht zurückgekehrt.

Die »Kristallnacht«, wie das Pogrom bald genannt wurde – als ob die Teppiche aus zertrümmertem Glas irgendetwas Glanzvolles an sich gehabt hätten –, setzte der seltsamen Normalität, in der die Bornsteins trotz aller diskriminierenden Maßnahmen gelebt hatten, endgültig ein Ende.

Wenn Helene zur Arbeit ins jüdische Kinderhospital ging, wurde sie das bedrückende Gefühl nicht los, verfolgt zu werden. Dem Impuls, sich umzusehen, konnte sie oft nicht wiederstehen, obwohl sie zuvor immer stur geradeaus geschaut hatte, wenn sie an Stürmerkästen mit antisemitischen Karikaturen oder demütigenden Schildern vorbeiging, die ihr mit Aufschriften wie »Juden unerwünscht« oder »Nur für Arier« das Ausruhen auf einer Parkbank und den Zutritt zu Geschäften, Schwimmbädern und Restaurants verboten. Dann ging sie eben ins *Café Falck*, einem Treffpunkt für Juden am Eschenheimer Turm, und an mutigen Tagen, wenn sie ihr Aussehen als »arisch« genug empfand, stahl sie sich mit Marie ins Kino. Niemals zögerte Helene, an ihrem geliebten Main spazieren zu gehen, wo sie gern an der alten Trauerweide lehnte, unter der sie sich früher mit Leon getroffen hatte. Nicht einmal die Nazis könnten sie davon abhalten, sich am Anblick des imposanten Doms und der hübschen Uferpromenade zu erfreuen. Doch seit der Pogromnacht genoss Helene diese Aussicht nicht mehr. Die abgebrannten Synagogen und zerschlagenen Wohnungen, die wie klaffende Wunden das Antlitz ihrer Stadt verunstalteten, bewiesen Helene, dass sie nirgendwo sicher wäre, weder auf der Straße noch in ihren eigenen vier Wänden.

Am schlimmsten war die Sorge um ihren Vater. Eine Woche nach seiner Verhaftung hatten sie noch immer nichts von ihm gehört, und bei der Polizei, wo sich ihre Mutter nach seinem Verbleib erkundigt hatte, schickte man sie ohne eine Auskunft fort. Schließlich hatte Helene Viktor angerufen, der versprach, über seinen Bruder Konrad herauszufinden, wohin man Paul Bornstein gebracht hatte. Und das tat er. Wie ungefähr dreitausend andere Frankfurter Juden zwischen achtzehn und sechzig hatte man ihren Vater zunächst in die Festhalle verschleppt und von dort aus ins Konzentrationslager Buchenwald gebracht.

Viktor wirkte betreten, als Ruth Bornstein am Wohnzimmertisch in Tränen ausbrach.

»Paul ist doch schon fünfundsechzig! Warum haben sie ihn trotzdem mitgenommen?«

Unbeholfen tätschelte Viktor Ruths Hand.

»Wenigstens wisst ihr, dass er lebt. Es hat nämlich auch Tote gegeben.«

Helene fragte sich, ob er diese Aussage tatsächlich für tröstlich hielt, aber ihre Mutter klammerte sich daran fest.

»Ja, Viktor. Paul lebt, und sie werden ihn freilassen. Das müssen sie doch, nicht wahr?«

Hilflos sah Viktor zu Helene hinüber und mit einer unauffälligen Geste legte sie die Hand auf ihr Herz, um Viktor an die Herzstörung ihrer Mutter zu erinnern. Er begriff und antwortete überzeugend: »Natürlich. Bestimmt haben sie längst gemerkt, dass Paul nicht ihren Anweisungen entspricht. Allerdings wird es wohl eine Weile dauern, bis sie die Formalitäten erledigt haben und er nach Hause kann.«

»Ja.« Ruth Bornstein erhob sich seufzend.

»Entschuldigt mich«, sagte sie gefasster, »ich muss mich hinlegen. Diese Tage sind zu aufregend für mich.«

»Nimm eine Tablette«, riet ihr Helene. »Soll ich dir ein Glas Wasser bringen?«

Doch ihre Mutter winkte ab, bedankte sich bei Viktor und zog sich zurück.

»Ich muss dann auch los.«

Während Viktor seinen Mantel anzog, betrachtete Helene die zerfurchte Stirn ihres geschiedenen Mannes und seine tiefen Falten rund um die Mundwinkel. Sie hatten Viktors jungenhafte Fröhlichkeit verschluckt. Beim Abschied machte Viktor eine Bewegung, als wollte er Helene umarmen, doch sie trat rasch einen Schritt zurück.

»Danke, Viktor. Du hast uns einen großen Gefallen getan. Nichts ist schlimmer als Ungewissheit.«

Viktor ergriff ihre Hand und hielt sie, obwohl er Helenes Widerstand spüren musste, fest.

»Gibt es noch etwas, was ich für euch tun kann? Für dich?«

Fast klang es wie ein Flehen, worüber sich Helene ärgerte. Wollte er sein Gewissen entlasten? Weil er seinen Sohn im Stich ließ? Weil er noch immer für Dr. Holfelder arbeitete und sich mit denjenigen verbrüdert hatte, die beabsichtigten, die Bornsteins aus dem Land zu jagen? Herausfordernd blickte sie ihn an.

»Bei dir wäre Moritz geschützt. Nimmst du ihn zu dir, wenn dieser Wahnsinn nicht aufhört?«

Sofort verschloss sich Viktors Gesicht und er ließ ihre Hand los.

»Das geht nicht, und das weißt du.«

Während sie Viktor die Tür aufhielt, verzog Helene den Mund zu einem ironischen Lächeln.

»Verrückt«, flüsterte sie Viktor zu, damit die Nachbarn sie nicht hörten. »Menschen grundlos zu verhaften, ist in diesem Land kein Problem. Aber dass ein kleiner Junge bei seinem Vater wohnt, das geht nicht. Mach's gut, Viktor.«

Unsanft schloss sie die Tür und horchte auf Viktors Schritte, die sich nach einer kurzen Stille eilig entfernten.

»Wäre bloß Erna noch da, um uns mit der blöden Wäsche zu helfen«, mäkelte Marlis, während sie eine eingeseifte Bluse am Waschbrett schrubbte.

»Sei ein bisschen vorsichtiger mit dem Stoff.«

Während Helene Kleidungsstücke auswrang, warf sie erst einen Blick auf Marlis, dann auf die zierliche Ilse, die mit erstaunlicher Kraft die Laken stampfte. Dass Marlis so jammerte, nervte Helene. Dabei sehnte sie sich genauso nach den Zeiten, in denen der Waschtag noch Mutters und Ernas Angelegenheit gewesen war. Doch für Ruth Bornstein war die körperliche Arbeit in den feuchtwarmen Dämpfen zu viel geworden, und seit Erna wegen der Rassengesetze hatte kündigen müssen, übernahmen die drei Schwestern diese unliebsame Aufgabe.

Als es läutete, erstarrten sie in ihren Bewegungen. Mit bleichem Gesicht erschien Ruth Bornstein im Keller und hielt Helene eine Karte entgegen.

»Aus Buchenwald«, sagte sie und stützte sich an der Mauer ab, als wäre sie der Ohnmacht nahe. Helene riss ihr die Karte aus der Hand und überflog sie. Der Text wirkte vorgegeben, stammte aber, wie an der Handschrift zu erkennen war, von ihrem Vater.

»Es geht ihm gut«, sagte sie schnell. »Wir dürfen ihm nicht schreiben, aber ein Paket schicken. Unterzeug, Hemden, Strümpfe, Stiefel. Und er bittet um seine Ehrenkreuz-Urkunde, weil Frontkämpfer womöglich entlassen werden.«

Die Frauen sahen sich an, erleichtert, mit Tränen in den Augen. Nach zwei Wochen gab es endlich einen Hoffnungsschimmer, dass Paul Bornstein tatsächlich zu ihnen zurückkehren würde. Auf ihre Mutter wirkte diese Nachricht belebend.

»Ich mache mich sofort daran zu packen. Ilse, bringst du das Paket später zur Post?«

Schon eilte sie die Treppen hinauf, flink wie ein junges Mädchen.

In den nächsten Wochen kam noch mehr Post. Helenes Freundin Thea in Zermatt fragte besorgt, wie die Bornsteins die furchtbare Nacht überstanden hätten. Auch Theas Vater und Bruder waren inhaftiert worden, nicht in Buchenwald, sondern in Dachau. Man hatte sie entlassen, nachdem es Theas Mann gelungen war, ein offizielles Schreiben aufzutreiben, in dem die Schweiz zusagte, die beiden Männer aufzunehmen. Außerdem hatte sich Theas Vater verpflichten müssen, seine Regenschirmfabrik an einen »arischen« Geschäftsmann zu verkaufen. Theas Mutter ebenfalls in die Schweiz zu holen, erwies sich aber als schwierig, da die Vergabe der Visa restriktiv gehandhabt wurde.

Seht zu, dass Ihr wegkommt, schloss Thea ihren Brief. *Immer mehr Menschen flüchten, und wer weiß, wie lange Euch der Weg in ein anderes Land offensteht.*

Etwas Ähnliches schrieb auch Anton aus Palästina und drängte vor allem Helene dazu, die Initiative zu ergreifen, damit die Familie nach Palästina emigrierte.

Übernimm als älteste Tochter die Verantwortung für Eure Flucht. Beeil Dich bitte, alles Erforderliche zu organisieren.

Schon jetzt vergibt die britische Mandatsverwaltung in Palästina ungern Visa an Juden, da die arabische Bevölkerung zunehmend aggressiv darauf reagiert, dass immer mehr ins Land kommen.

Natürlich fürchten sich Mutter und Vater herzukommen, allein das heiße Klima ist beschwerlich. Aber ich frage Dich, Helene, ist nicht alles besser als das, was Ihr zurzeit durchmacht?

Eine Idee für Euren Broterwerb hätte ich auch schon: Ein Bekannter von mir hat in die Hühnerzucht investiert, und das ist vielversprechend. Bis vor Kurzem war sie in Palästina unbekannt, aber bereits letztes Jahr stammten fast fünfzig Prozent der Eier aus deutschen Siedlungen – vielleicht wäre das etwas für Euch.«

Hühnerzucht! Ihr Bruder hatte ja Nerven. Helene war Ärztin und als solche wollte sie arbeiten. Das war einer der Gründe, aus denen sie in Deutschland geblieben war. Schon ihr Englisch reichte nicht aus, um medizinische Gespräche zu führen, wie sollte sie jemals auf Hebräisch ihre Diagnosen erklären?

Trotzdem ließen sie Antons Worte nicht kalt. Das Pogrom hatte sie zutiefst erschüttert. Niemand garantierte für ihre Sicherheit oder die ihrer Familie. Moritz. Dachte Helene an ihren Sohn, wurde ihr übel vor Angst. Seitdem Helene ihn 1936 im *Philanthropin*, einer modernen jüdischen Schule, die bis zum Abitur führte, eingeschult hatte, war seine Trauer darüber, dass die Nachbarsjungen nicht mit ihm spielten, in Vergessenheit geraten, denn er fand neue Freunde. Während jüdische Kinder in staatlichen Schulen in gesonderten Klassen sitzen mussten, drangsaliert von nationalsozialistischen Lehrern, und Gefahr liefen, in der Pause von ihren Mitschülern verprügelt zu werden, ermöglichte das *Philanthropin* Moritz eine einigermaßen normale Kindheit. Bis zur »Kristallnacht«. Seither passierte es immer häufiger, dass ein guter Freund nicht mehr zum Unterricht erschien, weil seine Eltern beschlossen hatten, Hals über Kopf in die Niederlande oder nach Frankreich zu fliehen. Manchmal blieb nicht einmal Zeit für einen Abschied. Außerdem sorgte Moritz sich um seinen Großvater und abends hatte er Angst, alleine einzuschlafen. Saß Helene an seinem Bett, um seine kleine warme Hand zu halten, konnte sie nicht aufhören, sich vorzustellen, wie SA-Männer ihre Wohnung stürmten und Moritz etwas zustieße. Deutschland war kein sicherer Ort mehr für sie. Aber wo dann? In Palästina, wo es Unruhen gab und viele andere Probleme? In der Schweiz, wo sie Thea kannte, die aber nicht einmal wusste, wie sie ihre Mutter nachholen könnte? Also doch nach Amerika, was so viele panisch versuchten?

Leons warnende Worte tönten in ihren Ohren.

Vergeude deine Zeit nicht mit Illusionen, Helene.

Das hatte sie nicht getan, aber doch zu lange geglaubt, es wäre mühsamer, fortzugehen, als zu bleiben. Ihre Entscheidung, zu Viktor zu stehen, hatte sich als ebenso falsch erwiesen. Wie hätte sie das wissen können?

Mir ist klar geworden, dass ich dich noch immer liebe. Und, Helene, ich glaube, du liebst mich auch.

Mit aller Macht verdrängte Helene Leons letzten Versuch, sie zu überzeugen, mit ihm zu gehen. Inzwischen war er mit einer anderen Frau verheiratet und dachte wahrscheinlich nur noch flüchtig an sie, hin und wieder, wenn er eine Katastrophenmeldung über Deutschland las. Und Helene? Sie hatte andere Sorgen, als einer ehemaligen Liebe hinterherzutrauern. Dieses Mal würde sie das Richtige tun und einen Weg finden, ihre Familie zu retten.

Es ist noch nicht zu spät, ermutigte sich Helene. Selbst ihre Eltern würden einsehen, dass es ihr Unglück, ja ihren Tod bedeuten könnte, an diesem Land festzuhalten. Bis ihr Vater heimkäme, könnte sie sich schon mal um Visaanträge kümmern. Und darum, neue Pässe zu beantragen, in die man ihnen ein großes J stempeln würde. Die alten waren im Oktober für ungültig erklärt worden, genau wie jüdische Führerscheine. Die Nazis würden nicht eher ruhen, bis sie jeden Bereich ihres Lebens durchdrungen und vernichtet hätten. Warum sah Helene das erst jetzt so klar?

Obwohl Moritz um einen geschmückten Baum bettelte, weigerte sich Ruth Bornstein endgültig, Weihnachten zur Kenntnis zu nehmen. Lediglich ein bescheidenes *Chanukka* begingen sie, und da Moritz von Helene ein kleines Geschenk erhielt, beklagte er sich nicht weiter darüber. Außerdem gefiel ihm die Legende, nach der sich die jüdischen Makkabäer vor mehr als zweitausend Jahren von griechischen Herrschern befreit hatten. Wie durch ein Wunder sollen mit einer winzigen Menge Öl die Lichter des Tempelleuchters ganze acht Tage lang gebrannt haben.

Vorsichtshalber, um keine ungewollte Aufmerksamkeit zu erregen, platzierten die Bornsteins ihren neunarmigen Leuchter nicht am Fenster, sondern in der Mitte des Wohnzimmers. Jeden Abend nach Einbruch der Dunkelheit entzündete Ruth Bornstein eine weitere Kerze der *Chanukkia* und dankte Gott dafür, dass er die Juden nicht nur mit Wundern beschenkte, sondern immer wieder aus Gefahr und Not rettete.

Helene, die weder an Gott noch Wunder glaubte, gab zu, dass

es sie tröstete, den Leuchter jeden Abend etwas heller strahlen zu sehen.

Am dritten Abend, einem Dienstag, klopfte es an der Wohnungstür. Nach einer inzwischen üblichen Schrecksekunde ging Ilse hin und Sekunden später ertönte ihr kehliger Schrei: »Papa! Papa!«

Sie sprangen alle auf und stürzten in den Flur, wo Ilse weinend einen Mann umarmte.

»Opa!«

Moritz stürzte auf seinen Großvater zu, bremste jedoch ab und starrte ihn an. Auch Helene dachte einen Moment lang, Ilse müsste sich geirrt haben. Der Mann im schmutzigen Anzug sah steinalt aus. Sein Oberkörper war gekrümmt und auf seiner Nase trug er keine Brille mehr, die seine entzündeten Augen und den leblosen Blick ein wenig kaschiert hätte. Sein Haar war verschwunden, der kahl rasierte, verbeulte Schädel ließ ihn fremd aussehen.

»Paul.«

Helene hörte ihrer Mutter an, wie erschüttert diese war. Doch gehörte es zu Ruth Bornsteins Stärken, Haltung zu bewahren. Kurz umarmte sie ihren Mann, dann führte sie ihn wie einen Greis ins Wohnzimmer. Dort rückte sie einen Sessel für ihn zurecht. Während sie ihre Töchter anwies, Decken, Kissen und Tee zu bringen, blieb sie an seiner Seite. Paul Bornstein selbst hatte noch kein Wort gesagt. Nachdem ihn alle gedrückt und geküsst hatten, nachdem Tränen geflossen waren und sie ihm Fragen gestellt hatten, von denen er keine einzige beantwortete, bat er Ruth, ihn ins Schlafzimmer zu bringen.

Moritz war auf dem Sofa eingeschlafen. Als Helene sich anschickte, ihn ins Bett zu tragen, trat ihre Mutter aus dem Schlafzimmer. In ihren Händen hielt sie Paul Bornsteins blutgetränkte Unterwäsche.

»Er will, dass ich sie verbrenne«, erklärte sie mit ausdruckslosem Gesicht. Entsetzt starrte Helene die rotbraunen Flecken an. Sie wollte und konnte sich nicht ausmalen, was ihrem Vater widerfahren war. Nachdem ihre Mutter Helene untersagt hatte, ins Schlafzimmer zu gehen, warf sie in der Küche alles in den Ofen, und kehrte mit einer Schüssel heißem Wasser und einigen Lappen zurück.

»Besorg Desinfektionsmittel und Verbandszeug«, ordnete Ruth Bornstein an. »Wenn ich deinen Vater gewaschen habe, rufe ich dich. Er will von dir genäht werden.«

Helene rauchte, was sie in Gegenwart ihrer Eltern normalerweise nicht gewagt hätte.

»Sollten wir ihn nicht lieber ins Krankenhaus bringen?«

Energisch schüttelte Ruth Bornstein den Kopf. Dieselbe Frage hatte sie ihrem Mann gestellt.

»Das will er nicht. Man hat ihm angedroht, ihn abzuholen, wenn er erzählt, was er in Buchenwald erlebt hat. Dein Vater hat Angst, dass man ihm einen Arztbesuch als Verbreitung von Gräuelmärchen auslegen könnte.«

Mitleid, Angst, Wut und eine furchtbare Hilflosigkeit verknäulten sich in Helenes Magen.

»Steh nicht so belämmert da!«, fuhr ihre Mutter sie grob an und Helene setzte sich mechanisch in Bewegung. Während sie ihren Vater verarztete, hielt Ruth Bornstein die Hand ihres Mannes, der reglos dalag und an die Decke starrte. Als Helene ihre Eltern schließlich alleine ließ, hatten Marlis und Ilse das Wohnzimmer aufgeräumt und die *Chanukkia* gelöscht, doch der süßliche Duft von Kerzenwachs lag noch in der Luft.

Da nicht mehr viele jüdische Ärzte arbeiten durften, die Kranken jedoch nicht weniger wurden, steigerte sich Helenes Arbeitspensum enorm. Nach langen Schichten im Kinderhospital machte sie abends Hausbesuche bei den Patienten ihres Vaters. Mehr als einmal geschah es, dass Helene angefleht wurde, sie möge so viele Schlaftabletten besorgen, dass deren Menge ausreichte, um sich das Leben zu nehmen. Vehement lehnte sie das ab. Sie war Ärztin geworden, um Kinder zu heilen, nicht, damit sie anderen dabei half, sich umzubringen. Damit würde sie ihr

Gewissen nicht belasten, das schwor sie sich. Trotzdem empfand sie ein trauriges Verständnis für die Verzweifelten.

Am eigenen Leibe erfuhr sie, wie frustrierend es sich gestaltete, einen Ausweg zu finden. Todmüde füllte sie spätabends Berge an Formularen aus. In ihrer spärlichen Freizeit suchte sie Belege, Urkunden und Passfotos zusammen und schaufelte sich Tage frei, um vor verschiedenen Konsulaten anzustehen. Um die Visa für die Vereinigten Staaten zu beantragen, musste sie nach Stuttgart reisen, wo man ihr mitteilte, dass ihre Quotennummer so hoch läge, dass frühestens im Frühjahr 1940 mit einer Ausreise zu rechnen wäre.

»Versuchen Sie es trotzdem«, riet ihr die Dame vom Konsulat und natürlich tat Helene das, denn was hatte sie schon zu verlieren?

Während der Stunden des Wartens hatte ihr jemand erzählt, dass in den vergangenen Jahren, da nicht viele Deutsche emigriert waren, die erlaubte Quote nie ausgeschöpft worden war. Wäre es da nicht denkbar, dass die amerikanische Regierung sich doch noch entschließen würde, sie in Zeiten der Not zu lockern?

An diese Hoffnung klammerte sich Helene, auch wenn die internationale Flüchtlingskonferenz, zu der Präsident Roosevelt ins französische Evian eingeladen hatte, keinen Anlass dazu gab. Die Gespräche über die Aufnahme jüdischer Flüchtlinge verliefen ergebnislos, der Führer feixte und der *Völkische Beobachter* titelte hämisch *»Niemand will sie«*. Allerdings war das vor dem Pogrom gewesen, und Helene konnte sich nicht vorstellen, dass die schrecklichen Nachrichten darüber die Welt nicht aufgerüttelt hätten.

Obwohl sie sich bemüht hatte, alle erforderlichen Papiere vollständig bei den Konsulaten abzuliefern, musste sie sich mehrmals auf den Weg machen, denn irgendetwas fehlte immer. Da sie als Ärztin nicht ständig ausfallen konnte, schickte sie nun Marlis, die zwar für das *Jüdische Nachrichtenblatt* und die Wohlfahrtspflege arbeitete, aber ihre Schicht besser tauschen konnte.

Eines Morgens, kurz vor Jahresende, wurde Helene in das Mädchenwohnheim des Jüdischen Frauenbundes nach Neu-Isenburg gerufen. Auch hier war der 9. November nicht spurlos vorübergegangen. Viele alte Bäume des weitläufigen Anwesens ragten wie dunkle Gerippe in den Winterhimmel, und die Mauern der noch stehenden Gebäude waren rußgeschwärzt. Mit Pechfackeln, erzählte ihr die Heimleiterin, waren die Angreifer gekommen und die armen Mädchen hatten stundenlang in eisiger Kälte zugesehen, wie das Heim zerstört wurde. Sie wäre dankbar dafür, dass die zwei Jahre zuvor verstorbene Berta Pappenheim, Frauenrechtlerin und Heimgründerin, den Horror nicht hatte erleben müssen. Ihr Ziel war es doch gewesen, den zur Prostitution verschleppten Mädchen sowie alleinstehenden Müttern, Sicherheit zu bieten. Stattdessen lebten sie nun in ständiger Furcht. Helene untersuchte einige fiebernde Kinder. Sie riet, sie von den anderen zu isolieren, um weitere Grippeansteckungen zu vermeiden, verteilte Medikamente, verordnete Wadenwickel und den Gesunden häufiges Händewaschen. Bevor sie sich mit dem Fahrrad auf den weiten Heimweg nach Frankfurt begab, nahm sie erfreut die Tasse heißen Tee entgegen, den ihr die Heimleiterin in der Küche anbot. Da eilte eine kräftige, dunkelhaarige Frau um die fünfzig herein, deren freundliches, rundes Gesicht mit den vollen Lippen Helene gleich sympathisch fand. Die Heimleiterin begrüßte die Dame herzlich und stellte sie Helene vor.

»Helene Bornstein, die Kinderärztin, die unseren Doktor vertritt. Das ist Martha Wertheimer. Bei uns sorgt sie für die religiösen Bedürfnisse der Mädchen. Momentan organisiert sie hauptsächlich Rettungstransporte für jüdische Kinder.«

Davon hatte Helene gehört und sie wusste auch, dass das Büro der Leiterin der Jugendhilfe nicht weit entfernt vom jüdischen Kinderhospital lag. Doch vor lauter Arbeit und Vorbereitung der Visa-Anträge war Helene noch nicht dazu gekommen, bei Martha Wertheimer vorzusprechen. Es war ein Geschenk des Himmels, dass sie sie hier traf. Vielleicht bot sich so die Möglichkeit, Moritz in Sicherheit zu bringen? Obwohl dieser Gedanke in Helene auf Hochtouren arbeitete, wollte sie nicht in der ersten Minute mit der Tür ins Haus fallen. Stattdessen brachte sie das Gespräch auf einen Artikel, den sie von ihr gelesen hatte; Journalistin war Martha Wertheimer nämlich auch.

»Was Sie über Ihre Reise nach Palästina geschrieben haben, fand ich hochinteressant«, begann Helene. »Mein Bruder lebt in Tel Aviv und schildert manches ähnlich.«

Aufmerksam hörte Martha Wertheimer zu, als Helene von Antons Idee mit der Hühnerzucht erzählte. Während sie sich unterhielten, suchte Helene nach einer Gelegenheit, um die Kindertransporte anzusprechen. Als sie schließlich nachfragte, erklärte ihr Martha Wertheimer, dass Großbritannien sich bereit erklärt hatte, zehntausend jüdische Kinder ohne langwierige Visa-Formalitäten aufzunehmen und diese möglichst in Pflegefamilien unterzubringen. Sie selbst bearbeitete die Anträge für den süddeutschen Raum, für christlich getaufte Kinder oder solche, die keiner Gemeinde angehörten, übernahmen das die Quäker.

»Leider kann ich Ihnen nichts versprechen«, sagte sie bedauernd. »Die Plätze sind begrenzt, und wer von den Kindern ausreisen darf, entscheide nicht ich allein.«

Enttäuscht stimmte Helene zu, die nötigen Papiere für Moritz dennoch so schnell wie möglich bei Martha Wertheimer vorbeizubringen. Dann würde man weitersehen. Nach dem Tee verabschiedete sich Helene, sie hatte keine Zeit zu verlieren.

Frankfurt im Dezember 1938

Lieber Leon,
hoffentlich erreicht Dich mein Brief bei bester Gesundheit.

Verzeih, wenn ich, obwohl wir über drei Jahre nichts voneinander gehört haben, auf Floskeln verzichte, die angemessen wären, um mein Anliegen einzuleiten. Aber ich schreibe Dir in großer Not und glaube, dass Du mich verstehst. Von der »Reichskristallnacht« hast Du sicher gehört. Seitdem ist unser Leben noch mehr aus den Fugen geraten und ich setze jetzt alles daran, um meine Familie außer Lan-

des zu bringen, auch meine Eltern, die noch immer damit hadern fortzugehen. Allerdings nicht mehr, weil sie bleiben wollen, sondern weil es ihnen, besonders meinem Vater, an Kraft mangelt.

Ein großes Problem stellen die Affidavits dar, die wir brauchen, damit wir nach Amerika einwandern dürfen. Lieber Leon, es fällt mir nicht leicht, Dich darum zu bitten, aber könntest Du uns in dieser Angelegenheit behilflich sein? Kennst Du wohlhabende Leute, die bereit wären, für mich und meine Familie zu bürgen?

Ich würde Dich nicht fragen, wenn ich eine andere Möglichkeit sähe. Leider sind wir mit unseren Finanzen am Ende. Wir können froh sein, wenn wir durch den Verkauf unseres Hab und Gutes das Geld für alle Reisekosten zusammenbekommen. Zwei Schiffspassagen nach Kuba habe ich sicher, um die anderen vier kümmere ich mich. Falls es klappt, könnten wir uns noch immer von Havanna aus um amerikanische Visa bemühen. Für Moritz gibt es eventuell die Möglichkeit, schon bald in einer englischen Pflegefamilie unterzukommen. Sosehr ich mir das wünsche, den Abschied will ich mir lieber nicht vorstellen. Bitte lass mich bald wissen, ob Du eine Möglichkeit siehst, uns zu helfen. Dafür wäre ich Dir sehr, sehr dankbar.

Dir und Deiner Frau wünsche ich alles erdenklich Gute.

Innig verbunden,

Helene

Der letzte Tag des Jahres 1938 fiel auf einen Sabbat. Die Arbeit ruhen zu lassen, war jedoch für keinen der Bornsteins je infrage gekommen. Auch an diesem Samstag standen sie zeitig auf, da Helene ins Kinderhospital musste, Ilse zu Frau Bär und Marlis und Ruth Bornstein zur Jüdischen Wohlfahrtspflege, wo sie in der Kleiderkammer helfen würden, gespendete Anziehsachen zu sortieren und an Bedürftige zu verteilen. Moritz würde den Tag bei einem Schulfreund verbringen.

Zum ersten Mal seit seiner Heimkehr gesellte sich Paul Bornstein an den Frühstückstisch und verzehrte gleich mehrere Scheiben Brot. Ein gutes Zeichen, denn in den letzten Tagen war er kaum hungrig gewesen und es war ihm schwergefallen, das Bett zu verlassen. Deshalb hatte Ruth Bornstein überlegt, ob es ratsam wäre, ihn den ganzen Samstag sich selbst zu überlassen, doch ihr Mann hatte sie beruhigt. Er würde sich ausruhen, um für den letzten Abend des Jahres gesellschaftsfähig zu sein. Erleichtert, ihn in besserer Stimmung zu erleben, hatten sich die Bornsteins verschwatzt, so dass plötzlich alle hektisch aufbrachen. Auf dem Weg zur Klinik lieferte Helene Moritz bei seinem Freund ab, den übrigen Tag versorgte sie erkrankte Kinder und führte Gespräche mit deren Eltern. Ihre Pause nutzte Helene, um bei Martha Wertheimer vorbeizuschauen, weil sie wegen der Kindertransporte nichts mehr von ihr gehört hatte. Doch das Büro war verschlossen. Als Helene abends mit Moritz nach Hause kam, waren ihre Schwestern dabei, den Tisch zu decken.

»Moritz«, sagte Ruth Bornstein, während sie Kartoffeln und Gemüse in Schüsseln füllte, »geh und weck deinen Großvater. Er hat jetzt lange genug geschlafen.«

Helene wusch sich gerade die Hände, als Moritz zurückkam.

»Und?«, fragte sie. »Ist Opa wach?«

Moritz nahm ihr die Seife aus der Hand und schüttelte den Kopf.

»Nee, er schläft wie ein Stein. Ich habe ihn nicht doll geruckelt, weil du immer sagst, Schlaf ist die beste Medizin.«

»Richtig«, antwortete Helene, wurde jedoch von einer seltsamen Unruhe erfasst. Eilig trocknete Helene sich ab und ging zu ihrem Vater. Als sie seine Hand ergriff, war ihr sofort klar, dass er tot war. Trotzdem tastete sie nach seinem Puls.

»Papa«, flüsterte sie.

Sie umschloss seine kühle Hand und legte den Kopf auf seine Brust, in der es still geworden war.

»Was ist denn nun?«, rief ihre Mutter ungeduldig aus der Küche. »Kommt ihr oder braucht jeder von euch eine Extraeinladung?«

Schüsseln klapperten, Stühle wurden gerückt, der Essensgeruch, der bis ins Schlafzimmer zog, verursachte Helene einen

Brechreiz. Sie richtete sich auf und inspizierte den Nachttisch. Ein Wasserglas mit weißen Ablagerungen stand darauf. Sie zog die Schublade auf, in der sie mehrere Packungen Veronal fand, einige ungeöffnete, doch die meisten waren leer. Ihr Vater hatte vorgesorgt und abgewartet, bis seine ganze Familie beruhigt das Haus verlassen hatte. Anschließend hatte er sich vergiftet. Lautlos strömten Helenes Tränen, als sie sich vorstellte, wie er die Schlaftabletten zerstampfte, sie in Flüssigkeit auflöste und trank. Wie er sich danach auf seinem Bett ausstreckte, um auf den Tod zu warten.

Wie gelähmt saß sie neben dem Leichnam ihres Vaters. Ein Schatten huschte durchs Zimmer, ihre Mutter.

»Was ist mit Paul?«, fragte sie ängstlich. »Geht es ihm nicht gut?«

Um Worte ringend sah Helene ihre Mutter an. Doch Ruth Bornstein hatte bereits begriffen und fing an zu schreien.

»Sie müssen sich schnell entscheiden«, sagte Martha Wertheimer. »Wenn Sie den Platz nicht nehmen, biete ich ihn einer anderen Familie an.«

Auf dem Schreibtisch der Leiterin für Jugendpflege türmten sich Akten und Papiere. Es war unverkennbar, mit welch einem Ansturm von Anträgen sie zu kämpfen hatte. Dennoch blickte sie Helene ruhig an, gewährte ihr aber nicht länger als ein paar Sekunden, um die Nachricht zu verdauen.

»Der Transport ist in drei Tagen. Moritz kann einen Koffer mit Kleidung und für die Reise eine Tasche mitnehmen, zehn Reichsmark und ein Familienfoto. Keine Bücher, keinen Teddy oder irgendein anderes Spielzeug.«

Helene knetete ihre eiskalten Finger und fühlte sich völlig erschlagen. Moritz bekam die Chance zu fliehen, weil ein für den Transport bestimmtes Kind erkrankt war und die Reise nach England nicht antrat. Mitleid mit der anderen Familie flackerte auf, dann hatte Helene wieder mit sich selbst zu tun. Natürlich würde sie den Platz annehmen, alles andere hieße, das Schicksal herauszufordern und Moritz ständiger Gefahr auszusetzen. Ob sie zusammen fortgehen könnten, stand schließlich in den Sternen, denn bislang hatten sie kein Visum.

Drei Tage. Vielleicht sähe sie Moritz nie wieder, zumindest wären sie für sehr lange Zeit getrennt. Die Vorstellung kam Helene so ungeheuerlich vor, dass sie ihr unwirklich schien. Wahrscheinlich ein Segen, denn wie hätte sie sich sonst dazu durchringen können, ihren Jungen ins Ungewisse zu schicken?

Sie räusperte sich, merkte jedoch, dass sie sich auf ihre Stimme nicht verlassen konnte. Also nickte Helene bloß. Sie war dankbar und verzweifelt, erleichtert, aber voll unermesslicher Traurigkeit. Verständnisvoll lächelte Martha Wertheimer sie an, sie verstand Helenes Zwiespalt.

»Gut. Wir treffen uns am Hauptbahnhof. Am Blumenladen. Dort müssen Sie sich von Moritz verabschieden. Die Gestapo will vermeiden, dass Eltern und Kinder an den Gleisen Aufsehen erregen.«

Sie erhoben sich, Helene mit zitternden Knien, und schüttelten sich die Hände.

»Danke«, presste Helene schwach hervor. Wie oft mochte Martha Wertheimer diesen bitteren Dank schon entgegengenommen haben?

Sie brachte Helene zur Tür und sagte zum Abschied: »Ich werde diesen Transport begleiten. Glauben Sie mir, Frau Bornstein, ich passe gut auf die Kinder auf.«

Der Gedanke, dass diese resolute, warmherzige Frau in Moritz' Nähe blieb, bis er in England angekommen wäre, tröstete Helene. Ob Martha Wertheimer wohl mit dem Gedanken spielte, selbst dortzubleiben? Täte sie es, würde es das Ende der Rettungstransporte bedeuten.

Drei Tage. Es gab noch so viel zu organisieren. Außerdem hatte Moritz ja keine Ahnung davon, was ihn erwartete. Bisher hatte er angenommen, dass die Erwachsenen, wenn sie Formulare ausfüllten oder sorgsam seine Hosen und Pullover stopften, eine große Reise vorbereiteten, die sie alle zusammen antreten würden. Hastig ging Helene im Kopf durch, was sie zu erledigen hätte, radelte aber trotzdem zuerst zum Neuen Jüdischen Friedhof an der Eckenheimer Landstraße. Vor dem Grab ihres Vaters, der hier vor einem knappen Monat bestattet worden war, schloss Helene einen Moment die Augen.

Einige Freunde, Nachbarn und Kollegen hatten in den ersten Tagen mit ihnen getrauert und, wie es üblich war, Mahlzeiten vorbeigebracht. Auch Marie und Lore mit Werner hatten ihr Beileid bekundet. Trotzdem war es nicht zu übersehen gewesen, wie viele Löcher die Nazis in das soziale Netz der Bornsteins gerissen hatten. Manche fehlten, weil sie bereits emigriert waren, andere kamen nicht, weil sie damit beschäftigt waren, ihre Flucht vorzubereiteten. Einige nichtjüdische Bekannte hatten sich zurückgezogen, und dann gab es noch diejenigen, die denselben Weg gewählt hatten wie ihr Vater.

»Papa«, flüsterte Helene, »ich bin so traurig, dass du nicht mehr bei uns bist. Jetzt verlässt mich auch noch Moritz. Aber er geht ins Leben, in eins, das besser ist als hier. Wenn du kannst, pass auf ihn auf.«

Seit dem Tod ihres Mannes aß Ruth Bornstein kaum und wenn doch, pickte sie mit der Gabel lustlos auf ihrem Teller wie ein krankes Vögelchen. Schattengleich huschte sie durch die Wohnung, aber meistens verkroch sie sich im Schlafzimmer, wo sie alte Fotografien betrachtete. Sie trauerte lautlos, doch als Helene ihr erzählte, dass Moritz nach England fahren würde, löste sich Ruth Bornstein derart in Tränen auf, dass Helene sich um ihr Herz Sorgen machte.

»Ein Licht nach dem anderen verlischt in meinem Leben«, jammerte ihre Mutter.

»Moritz stirbt doch nicht«, gab Helene barsch zurück, nicht zuletzt auch, weil sie diese Empfindung teilte, sich jedoch verbissen dagegen wehrte.

Als ihre Mutter daraufhin wie ein Häuflein Elend vor ihr saß, erregte das Helenes Mitleid. Es wäre gut, wenn sie etwas zu tun hätte. Sanfter fragte Helene: »Hilfst du mir, das Gepäck für Moritz fertig zu machen? Es bleibt so wenig Zeit.«

Als Moritz heimkam, hatten sich alle so weit berappelt, dass er nicht gleich spitzbekam, dass schon wieder etwas Einschneidendes passiert war. Erst nach dem Abendessen erklärte Helene ihm, dass es etwas Wichtiges zu besprechen gäbe.

»Was denn, Mutti?«

Vom Bett ihres Zimmers aus blickte Moritz Helene erwartungsvoll an.

Wie sagte man einem Achtjährigen, dass er fortgehen musste, allein, in ein fremdes Land, zu einer unbekannten Familie, in deren Sprache er hauptsächlich die Zahlen gelernt hatte, aber damit konnte man sich nicht unterhalten. Wie erklärte man einem kleinen Jungen, dass er nicht bei seiner Familie bleiben durfte, weil das Land, in dem er geboren war, ihn lieber tot als glücklich sah? Helene nahm Moritz fest in den Arm und sog den Duft seines Haares ein. Sie würde nicht weinen, sondern stark sein für ihren Sohn, dessen Welt sie in der nächsten Sekunde auf den Kopf stellen würde. Sie deutete auf seinen kleinen Lederkoffer, den sie neben die Tür gestellt hatte.

»Den müssen wir morgen packen.«

Helenes Stimme rutschte in eine merkwürdige Tonhöhe ab, weshalb sie, um es zu überspielen, schnell weitersprach. »Übermorgen, mein Großer, gehst du auf eine aufregende Reise. Erst mit dem Zug, danach sogar mit dem Schiff.«

Sie zwang sich zu lächeln und konnte selbst kaum glauben, dass es ihr gelang. Etwas unsicher lächelte Moritz zurück.

»Und wohin fahren wir?«

»Nach England. Du wirst London kennenlernen und die Soldaten sehen, die den Palast der Königin bewachen. Du weißt doch, die mit den ulkigen schwarzen Hüten.«

Moritz nickte und blickte nachdenklich auf seinen Koffer.

»Warum bist du so traurig?«, fragte er nach einer Weile. »Ich dachte, es ist gut, dass wir weggehen.«

»Das ist es ja auch«, beeilte sich Helene zu bestätigen. »Ich bin traurig, weil …« Sie stockte und schluckte. Moritz' ungeduldiger Blick machte es nicht leichter, das auszusprechen, vor dem es ihr so grauste.

»Weil was?«

»Weil ich nicht mitkommen kann«, beendete Helene ihren Satz. »Nicht sofort!«

Ihr brach der Schweiß aus und nervös erwartete sie Moritz' Reaktion.

»Dann fahre ich auch nicht!«

Er gab ihr einen Kuss und begann wild auf dem Bett zu hüpfen, bis Helene ihn festhielt und zwang, sie anzusehen.

»Doch, Moritz, du fährst.«

Felsenfest standen ihre Worte zwischen ihnen, und Moritz kannte seine Mutter gut genug, um herauszuhören, dass nichts sie erweichen würde.

»Kommt Ilse denn mit?«

Kopfschütteln.

»Marlis und Oma?«

Noch ein Kopfschütteln.

»Dann will ich auch nicht weg!«

Er brüllte es heraus und schlug, als Helene ihn umarmen wollte, um sich wie ein in die Enge getriebenes Tier.

»Sobald ich in England eine Arbeit gefunden habe, komme ich nach«, versuchte sie ihn zu beruhigen, »irgendetwas finde ich.«

»Das sagst du doch nur so«, heulte Moritz, »in Wirklichkeit kommst du nie.«

»Moritz, du bist mir das Wichtigste auf der Welt. Natürlich komme ich.«

Mit dem Ärmel wischte sich Moritz übers Gesicht.

»Gert hat mich gefragt, ob du überhaupt meine Mutti bist«, piepste er. »Gert findet, dass ich dir gar nicht ähnlich sehe, weil du so blond und blauäugig bist.«

»Wir ähneln uns trotzdem.«

»Vielleicht bin ich gar nicht dein Kind und du willst mich loswerden.«

Wäre die Situation nicht so furchtbar traurig gewesen, hätte Helene gelacht.

»So ein Quatsch, Moritz. Du bist mein Ein und Alles. Und selbst wenn ich dich adoptiert hätte, was ich nicht habe, würde sich nichts daran ändern.«

Schniefend, mit hilflos hängenden Schultern stand Moritz vor ihr. Sie streckte ihm ihre Hand entgegen, doch Moritz wich aus, nahm seine Bettdecke und schlappte zur Tür.

»Ich schlafe bei Oma«, verkündete er trotzig.

Und Helene ließ ihn ziehen, obwohl sie sich nach nichts mehr sehnte, als sich an Moritz zu kuscheln und ihn festzuhalten. Stattdessen drosch sie auf ihr Kissen ein und weinte leise, bis sie einschlief.

Das Übermorgen kam schnell. Viel zu schnell. In wenigen Stunden würde Helene Moritz zum Hauptbahnhof bringen. Am liebsten hätte sie diesen letzten Tag allein mit ihrem Sohn verbracht. Aber viele, die von Moritz' Abreise erfahren hatten, schneiten herein, um Lebewohl zu sagen. Die Großeltern Nolting schenkten ihm eine neue, warme Jacke, Viktor gab ihm ein paar Zinnsoldaten mit, was Helene ärgerte, denn sie hatte ihm gesagt, dass Spielzeug auf dem Transport verboten wäre. Bis auf eine besonders schöne Figur überließ Moritz seine komplette Sammlung Werner, als dieser mit Lore vorbeikam. Helene beobachtete, wie die Jungen gegen ihre Tränen kämpften, als sie sich verabschiedeten.

»Schreib mal«, sagte Werner rau, »englische Briefmarken habe ich nämlich nicht.«

Moritz schwor es ihm hoch und heilig. Manche Besucher bestürmten Moritz, in London herauszufinden, ob nicht Freunde seiner Gastfamilie ein deutsches Hausmädchen beschäftigen wollten oder sich bereitfänden, für ihre Kinder zu bürgen.

»Moritz ist acht«, polterte Heidemarie Bär los. »Ihr könnt von einem Kind nicht verlangen, dass es euch eine Bleibe besorgt.«

Da zogen einige beleidigt ab, andere entschuldigten sich.

Gespräche und Umarmungen rauschten an Helene vorbei, als hätte sie nichts damit zu tun. Sie dachte an die vergangene Nacht. Moritz hatte wieder bei ihr geschlafen, und bevor sie das Licht löschten, hatte Helene ihm ein kleines, in braunes Leder gebundenes Notizbuch geschenkt, das Moritz in einen Pulli wickelte und in seinem Koffer verstaute.

»Schreib jeden Tag etwas auf«, bat ihn Helene. »Später lesen wir zusammen, was du erlebt hast.«

»Ich mache Schreibfehler«, wandte Moritz ein, woraufhin Helene ihm versicherte, dass es darauf nicht ankäme. Schließlich hatte auch Moritz einen Vorschlag gemacht.

»Unsere Lehrerin behauptet, wenn man nicht bei den Menschen ist, die man liebhat, kann man sich durch Sonne, Mond und Sterne miteinander verständigen. Weißt du, wie das geht?«

Helenes Augen brannten, als sie antwortete: »Na, klar. Egal, wo wir uns aufhalten, Moritz, wir sehen dieselben Gestirne. Alles, was dich beschäftigt, kannst du der Sonne erzählen, und die schickt deine Gedanken zu mir. Das hat etwas Tröstliches. Findest du nicht?«

Moritz zuckte mit den Schultern. Ihm wäre eine Art intergalaktisches Telefon plausibler erschienen, doch wenn es das nicht gab, musste es eben anders gehen.

»Dann nehmen wir lieber den Mond«, schlug er vor, »tagsüber hast du doch gar keine Zeit.«

Helene lachte.

»Also gut«, erwiderte sie, »wie wäre es, wenn wir uns zum Gutenachtsagen verabreden. Um acht beim Mond?«

»Um acht beim Mond«, murmelte Moritz und war, eng an seine Mutter geschmiegt, eingeschlafen.

Nachdem der letzte Gast gegangen war, nahmen sie ein spätes Abendessen ein. Dann war es so weit. Ruth Bornstein bestand darauf, Moritz in die Jacke zu helfen und den Reißverschluss zu schließen, obwohl er das selbst gekonnt hätte. Während Marlis den Koffer auf ihrem Fahrrad befestigte, hob Ilse ihren Neffen auf Helenes Gepäckträger.

»Pass gut auf dich auf, Moritz«, sagte sie mit rostiger Stimme, denn seit dem Tod ihres Vaters hatte sie selten laut gesprochen. Letzte Küsse, geweint wurde nicht mehr. Neben ihnen bremste ein Wagen, aus dem ihr Nachbar Otto Müller stieg. Nie hatte er sich darüber beschwert, dass sein Auto, das er Paul Bornstein in der Pogromnacht geliehen hatte, schwer beschädigt worden war. Fraglos packte Otto Müller den Koffer ins Auto und öffnete Moritz, Helene und Marlis die Tür.

»Wäre ja noch schöner, wenn ihr in dieser Eiseskälte radeln müsstet.«

Auf der Fahrt zum Bahnhof hielt Helene Moritz' Hand. Wieso fuhr Viktor seinen Sohn nicht zum Bahnhof? Er hatte sich längst ein Auto gekauft, war aber wohl selbst in dieser Nacht zu feige, seiner Frau Paroli zu bieten. Doch war jetzt nicht der Moment, um an Viktor zu denken. Helene sah Moritz an, der aufrecht neben ihr saß und Frankfurt betrachtete, das dunkel an ihm vorbeizog.

»Ich trete aus eurem Scheißverein aus! Das hat er geschrieben. Was sagen Sie dazu, Frau Bergmann?«

In Lores Kopf ratterte es. War Werner denn von allen guten Geistern verlassen? Wie konnte er so einen Unsinn verzapfen? Und dann auch noch schriftlich! Es war doch klar, dass seine Jungvolkführer davon ausgingen, dass er die politische Haltung seiner Familie zum Besten gab. Rasch schätzte Lore ab, wie ihre Chancen stünden, das Milchgesicht, das vor ihr stand, zu überlisten. Es dürfte nicht allzu schwer sein, ihm ein bisschen den Kopf zu verdrehen. Mit ihren siebenundzwanzig Jahren sah Lore noch immer jugendlich aus und ihre unterschiedlichen Augen hatten, wenn sie den richtigen Schmelz hineinlegte, selten ihre Wirkung verfehlt. Wortlos sah sie den Jungen an, bis er rot wurde und auf seine Schuhspitzen hinabschaute.

Da sagte Lore: »Ich bin sprachlos. Ehrlich gesagt, kann ich gar nicht glauben, dass Werner etwas so Hanebüchenes geschrieben haben soll. Das müsste ich schon mit eigenen Augen sehen.«

Der Jungenschaftsführer zog einen Zettel aus seiner Tasche und reichte ihn ihr.

Ich trete aus eurem Scheißverein aus!, war in großen Buchstaben zu lesen, sogar Gründe hatte Werner aufgeführt.

»Ohne meine Brille bin ich hilflos«, sagte Lore und lächelte das Milchgesicht entschuldigend an. »Ich bin sofort zurück.«

Artig blieb er im Treppenhaus stehen, während Lore in die Küche hastete, um das gefährliche Papier ins Ofenfeuer zu werfen.

»Wo ist der Zettel?«, fragte der Jungenschaftsführer alarmiert, als Lore zu ihm zurückkehrte. Sie trat dicht an ihn heran, so dicht, dass sie ihn berührte.

»Welcher Zettel?«, hauchte sie ihm ins Ohr und blinzelte ihn unschuldig an.

»Verlassen Sie sich darauf, dass ich Werner den Hosenboden so stramm ziehen werde, dass er bis zum Geburtstag unseres Führers nicht mehr darauf sitzen kann. Aber damit lassen wir es gut sein, ja?«

Sie ließ ihren rechten Arm in die Luft schnellen und rief: »Heil Hitler!«

Automatisch schlug der Jungenschaftsführer die Hacken zusammen und erwiderte den Gruß. Lore horchte ihm nach, bis seine Schritte auf der Treppe verhallt waren. Würde er sich zufriedengeben oder beim nächsten Ranghöheren eine Beschwerde einlegen?

»Lorchen? Wo bleibst du denn? Mit wem redest du die ganze Zeit?«

Sie verdrehte die Augen und ging ins Schlafzimmer, wo ein nackter Mann auf ihrem Bett lag. Sie warf ihm Hemd und Hose zu und sagte: »Zieh dich an. Du musst gehen.«

Widerwillig zog der hübsche Mittdreißiger, den sie vor ein paar Tagen beim Tanzen kennengelernt hatte, seine Hose an.

»Aber wir waren doch noch gar nicht fertig.«

Das bedauerte Lore genauso, konnte es aber nicht ändern.

»Gleich kommt mein Sohn und mit dem habe ich ein Hühnchen zu rupfen.«

Ausgiebig küsste sie ihren Liebhaber, dann schob sie ihn zur Tür.

»Samstag?«, erkundigte er sich.

»Ja, Samstag.«

Als er fort war, zündete sich Lore eine Zigarette an und wartete auf Werner.

Werner heulte. Er hatte keine Chance gehabt, den Backpfeifen seiner Mutter zu entwischen. So wütend war sie noch nie auf ihn gewesen. Dabei hatte er nur getan, was er für richtig hielt.

»Du hast beim Jungvolk noch einige Jährchen vor dir«, erinnerte ihn Lore. »Also mach dir dort keine Feinde. Du kannst nicht einfach kündigen. Das weißt du doch. Was hat dich bloß geritten, diesen Brief zu schreiben?«

Eines Nachmittags hatte Werner die Zinnsoldaten von Moritz neben seinem Bett aufgebaut, aber ohne Moritz machte es ihm keinen Spaß, damit zu spielen. Während des nächsten Antretens seines Fähnleins hatte er die vielen Jungen betrachtet und daran gedacht, wie traurig Moritz darüber gewesen war, nicht mit ihnen in Reih und Glied stehen zu dürfen. Und auf einmal hatte Werner zu keinem Verein mehr gehören wollen, der seinen Freund ausschloss, obwohl dieser schnell rennen konnte, selten flennte und ein guter Kamerad war.

»Am nächsten Tag habe ich den Brief geschrieben«, beendete Werner seinen Bericht.

»Komm her«, befahl Lore und Werner duckte sich, da er fürchtete, weitere Schläge zu kassieren. Aber Lore zog ihn auf ihren Schoß und drückte einen Kuss auf seine gerötete Wange.

»Versprich mir, dass du in Zukunft vorsichtig bist«, verlangte sie. »Dein Vater ist Kommunist. Wir sind zwar geschieden, trotzdem kann das für uns gefährlich werden, wenn sich jemand daran erinnert. Dann würde man unsere Einstellung zum Führer überprüfen. Du willst doch nicht, dass ich eingebuchtet werde?«

Heftig schüttelte Werner den Kopf. Beim nächsten Mal würde er sich lieber die Zunge abbeißen, als seine Meinung in die Welt zu posaunen. Trotzdem interessierte er sich plötzlich für seinen Vater. Es gefiel ihm, dass Erik ein Mann war, der sich gegen die Nazis gestellt hatte.

»Warum hat Vater uns eigentlich verlassen?«, fragte er.

Darauf gab Lore ihm keine Antwort, sondern schickte ihn ins Bett.

Frankfurt, 20. Februar 1939

Mein lieber Moritz,
jede Karte von Dir ist ein Geschenk. Ich bin so dankbar, dass Du bei diesem freundlichen Ehepaar gelandet bist.

Dass Du Heimweh hast, ist doch klar. Aber bestimmt wird es mit der Zeit weniger, wenn Du die Sprache kannst und neue Freunde gefunden hast. Deine Gastmutter schrieb mir, dass Du im Englischen schnell Fortschritte machst. Darüber habe ich mich sehr gefreut. Lern fleißig weiter in der Schule, für Dich, aber auch, damit deine Gasteltern keinen Ärger mit Dir haben. Benimm Dich höflich und vergiss nie, Dich für ihre Freundlichkeiten zu bedanken. Wir wollen doch einen guten Eindruck hinterlassen.

In Frankfurt ist alles beim Alten. Oma, Ilse und Marlis geht es so weit ganz gut, aber das weißt Du sicher, denn sie schreiben Dir ja. Ich habe in der Klinik viel zu tun und vergesse manchmal, dass ich neuerdings mit Sara unterschreiben muss. Helene Sara Bornstein. Seltsam, oder? Nun habe ich mich an vieles gewöhnt, und das schaffe ich auch noch. Und wie viel Neues musst Du jeden Tag lernen, mein tapferer Moritz. Trägst Du eigentlich eine Schuluniform?

Wegen der Visa gibt es keine Neuigkeiten. Mein Freund Leon versucht nach wie vor, Bürgen für uns zu finden. Drück die Daumen, dass er es schafft. Dann fahren wir alle zusammen nach Amerika. Falls nicht, müssen wir vielleicht erst nach Kuba reisen, das ist von Amerika nicht weit entfernt. Wir brauchen Geduld.

Heute Abend suche ich den Mond am Himmel und schicke Dir eine Million Küsse.

Deine Mutti

Frankfurt, den 5. März 1939

Mein Ein und Alles,
gestern war ein wunderbarer Tag, weil ein Brief von Dir ankam. Wie lieb von Dir, dass Du deine Gastmutter gefragt hast, ob sie nicht Arbeit für uns hätte. Sie hat mir schon geschrieben, dass sie Augen und Ohren offen hält. Es scheinen wirklich sehr nette Menschen zu sein, die sich gut um Dich kümmern. Du glaubst gar nicht, wie glücklich ich darüber bin. Hoffentlich müssen sie Dich nicht daran erinnern, die Hausaufgaben zu erledigen. Lieber Moritz, bitte versprich mir, dass Du damit nicht nachlässig wirst, auch wenn Deine neue Leidenschaft der Fußball geworden ist. Es freut mich so, dass Du wieder unbeschwert mit anderen Kindern Sport treiben kannst. Gestern habe ich auf dem Heimweg Werner getroffen. Er lässt Dich grüßen. Ich habe ihm schon meine englischen Briefmarken geschenkt, aber sicher freut er sich, wenn Du ihm mal schreibst. Er hatte einigen Ärger, aber das erzähle ich Dir, wenn wir uns wiedersehen.

Unser Leben hat sich nicht sehr verändert, sieht man davon ab, dass immer mehr Bekannte fortgehen und vertraute Cafés und Geschäfte schließen.

Eine traurige Neuigkeit gibt es leider noch: Oma und Ilse werden wohl kein Visum für Amerika erhalten. Der Arzt vom amerikanischen Konsulat meinte, Omas Herz sei zu krank, und die arme Ilse scheint diese Schwäche geerbt zu haben. Außerdem fürchten die Amerikaner, dass sie wegen ihrer Hörschädigung keine Arbeit findet. Hoffentlich sehen die Kubaner das nicht genauso. Dabei ist Ilse eine so gute Schneiderin.

Du kannst dir denken, dass Oma trotz allem erleichtert ist, in Frankfurt bleiben zu können. Sie hatte schreckliche Angst vor der Schiffsreise.

Nun, mein lieber Schatz, wünsche ich Dir viel Erfolg bei Deinem Fußballturnier. Wie gerne würde ich zusehen und Dir applaudieren.

Ich küsse und drücke Dich,
Deine Mutti

Leons Brief war kurz, aber seine wenigen Worte stießen Marlis in bodenlose Verzweiflung. Die Kubaner hatten Helene erst wenige Tage zuvor ein Visum bewilligt, ihr hingegen nicht. Schon in ein paar Wochen könnte sie nach Kuba reisen und von dort aus ihre Einwanderung in die Vereinigten Staaten organisieren. Andere Bürgen hatte Leon jedoch nicht auftreiben können. Die meisten Leute, die er kannte, besaßen selbst gerade genug, um ihre Familien zu ernähren und diejenigen, die mehr verdienten, wurden mit Anfragen überschüttet. Es tat ihm unendlich leid und er versprach, es weiter zu versuchen. Doch Marlis beruhigte sich nicht.

»Ich will raus aus diesem Gefängnis. Nichts als Verbote. Höhnische Blicke. Und ständige Angst. Ich halte das nicht mehr aus.«

Sie verschluckte sich an ihren Tränen und hustete.

»Hätte ich bloß David geheiratet und wäre mit ihm nach Peru gegangen. Soll er doch Männer lieben, das wäre mir total egal!«

Ruth Bornstein nahm Marlis in den Arm und wiegte sie wie ein kleines Kind. Helene und Ilse warfen sich ratlose Blicke zu und Ilse zuckte mit den Schultern. Helene verstand ja, dass Marlis verzweifelt war. Aber musste sie sich vor Mutter und Ilse derart gehen lassen? Die beiden hatten doch noch schlechtere Aussichten, Deutschland zu verlassen. Einzig Helene bot sich diese Möglichkeit, wie Marlis fassungslos festgestellt hatte, so, als bekäme Helene ein Geschenk, das ihr, Marlis, zugestanden hätte. Wieso glaubte Marlis eigentlich, sie hätte ein Recht darauf, vom Leben bevorzugt behandelt zu werden?

Plötzlich hielt es Helene nicht mehr aus, sich das Elend ihrer Schwester anzuschauen.

»Ich muss noch mal weg«, platzte sie heraus.

»Jetzt?«, hörte sie Ruth noch rufen. »Du kannst doch nicht einfach weggehen!«

Aber streng genommen bot sich ihr genau diese Möglichkeit.

Draußen war es kühl, und als sie den Main entlangradelte, merkte Helene, wie gut ihr die frische Luft tat. Mit jedem Meter, den sie sich von der unglücklichen Marlis entfernte, fühlte sie sich besser. Kuba. Amerika. Zwar könnte sie Moritz nicht in England abholen, aber er würde nachkommen. Sie würden wieder zusammen sein, genauso wie sie es ihm versprochen hatte.

Neben der Trauerweide warf sie ihr Fahrrad ins Gras und sank gegen den verlässlichen Baumstamm. Sie wäre frei. Frei. Frei. Frei.

Der Main schien schneller zu fließen, als wollte er sie antreiben, fortzulaufen vor all dem Horror, den Marlis so trefflich beschrieben hatte. Arme Marlis, durchfuhr es sie. Lebenshungrig war sie, voller Neugier auf die Welt. Schon immer eine kleine Egoistin, aber das war kein Verbrechen. Wäre Helene erst in Amerika, würde sie alles daransetzen, einen Bürgen für sie zu finden. Die Sorge um ihre Familie dämpfte ihre Freude und als Helene wieder aufs Rad stieg, war sie vollends verflogen. Helene konnte nicht verdrängen, dass sie, indem sie ihr Versprechen Moritz gegenüber einlöste, ein anderes brechen würde. Wütend, weil das Schicksal sie vor eine unmögliche Entscheidung stellte, trat Helene in die Pedale. Bald erreichte sie den Friedhof.

»Ach, Papa«, flüsterte sie vor Paul Bornsteins Grab, »nimm es mir nicht übel, aber ich muss für Moritz da sein. Ich bin doch seine Mutter!«

Kühl strich der Märzwind durch Helenes Haar und ließ sie frösteln.

»Vielleicht nütze ich Mutter, Marlis und Ilse in Übersee mehr als hier. Vielleicht kann ich dort die Behörden überzeugen, dass alle drei der Reise gewachsen sind. Ich werde ihnen helfen. Wirklich.«

Doch konnte sie den Brief, den ihr Vater ihr zum Abschied geschrieben hatte, nicht ignorieren. In seiner Kommode, hinter den Schlaftabletten, hatte sie zwei Umschläge gefunden. Einer war für ihre Mutter bestimmt, der andere für sie.

Meine liebe Helene, hatte ihr Vater geschrieben, *mein Land hat mich grausam gedemütigt. Die Erinnerungen daran und die Angst davor, was sie mir noch antun werden, ertrage ich nicht. Ich erwarte nicht, dass Du meine Entscheidung verstehst und mir verzeihst. Aber natürlich hoffe ich es. Sei Deiner Mutter Trost und Stütze. Sie ist zäh, aber nicht nur ihr Herz lässt nach, sondern all ihre Kräfte sind erschöpft. Leider ist Anton nicht da, um die Verantwortung für die Familie zu übernehmen. Von Tel Aviv aus kann er Euch allenfalls durch Rat, aber nicht mit Tat zur Seite stehen. So liegt die Verantwortung nun bei Dir, meine Tochter, und ich gehe in dem Wissen, dass Du sie tragen wirst. Ilse ist ein kluges, starkes Mädchen und wird Dir helfen. Und hoffentlich auch unsere Marlis. Helene, ich verlasse mich auf Dich! Dein Papa*

So hatte er sie also zum Familienoberhaupt erklärt. Allerdings, ohne zu erleben, dass Moritz nach England gehen und von Helene getrennt werden würde. Hätte er es gewusst, würde er dann nicht verstehen, dass sie alles Erdenkliche täte, um mit ihrem Sohn vereint zu werden?

Doch wie sollten die anderen ohne Helene zurechtkommen? Ohne ihr Einkommen? Das, was Marlis und Ilse verdienten, reichte hinten und vorne nicht aus. Sie würden finanzielle Unterstützung benötigen, womit sie riskierten, dass man sie zu Zwangsarbeit nötigte.

Ilse. Dass Viktors Gestapobruder Konrad angedroht hatte, ihre jüngste Schwester zur Sterilisation zu zwingen, hatte Helene nie vergessen. Es würde zu ihm passen, hinterrücks in dem Moment zuzuschlagen, wenn die Noltings ihr Interesse an den Bornsteins vollständig verlören, weil nicht nur Moritz, sondern auch Helene fortgegangen wäre.

»Ich will dich nicht enttäuschen, Papa«, flüsterte Helene.

Im Halbdunkel, umgeben von Gräbern und Toten, fühlte sie sich auf einmal unwohl. Sie verabschiedete sich von ihrem Vater und eilte zum Ausgang. Doch ihr Gedankenkarussell drehte sich weiter. Wäre es am Ende sogar besser, sie bliebe in Frankfurt? Ergäbe sich so nicht eher eine Gelegenheit, doch noch nach London zu kommen? Bis es so weit wäre, erreichten ihre Briefe Moritz von hier doch deutlich schneller, als wenn sie über den Atlantik gebracht werden müssten.

Zu Hause fand Helene drei bestürzte Frauen vor.

»Wo bist du so lange gewesen?«, schnauzte Marlis sie an. »Der Vermieter war hier und hat uns die Wohnung gekündigt. Nicht einmal ein Recht auf eine Frist haben wir. Wo sollen wir denn hin?«

Helene ließ sich in einen Sessel fallen und vergrub ihr Gesicht in den Händen. Hörten die Hiobsbotschaften gar nicht auf? Als sie aufblickte, hatten sich drei Augenpaare auf sie gerichtet. Trotz ihres bissigen Tons blickte Marlis ängstlich. Ilse schien Helenes Anweisungen zu erwarten. Und ihre Mutter? Sie war so blass, dass sie fast durchsichtig wirkte.

»Ich kümmere mich darum«, erklärte Helene. Sie bat Ilse, ihre Mutter aufs Sofa zu betten und fuhr Marlis an, weil sie weinte, aber am liebsten hätte Helene selbst geheult. Stattdessen würde sie dem Vermieter schreiben.

»Du kannst doch nicht einfach weggehen!«, hatte ihre Mutter ihr mittags nachgerufen.

Nein, das hatte Helene begriffen. Moritz konnte nichts mehr passieren, diesen drei Frauen jedoch eine Menge. Keine Sorge, Papa, dachte Helene, ich werde Mutter und Ilse nicht verlassen. Für Marlis gäbe es hoffentlich eine andere Lösung. Sie fand ihre Schwester in ihrem Bett vergraben, den Kopf unter der bebenden Decke. Einen Augenblick rang Helene mit sich, dann setzte sie sich zu Marlis und zog ihr die Decke weg.

In einem von Marie gemieteten Wagen fuhr die ganze Familie nach Hamburg, wo am dreizehnten Mai das Passagierschiff *St. Louis*, mit Kurs auf Kuba, in See stach. Helenes kubanisches Visum war nach einigen Mühen auf Marlis ausgestellt worden, Leons Familie bürgte nun für sie.

Bis von dem Ozeandampfer nichts mehr zu sehen war, winkten sie ihm nach, nur Helene stand reglos da und kämpfte mit den Tränen. Auf der Rückfahrt saß sie neben Marie, die den Wagen steuerte, und rauchte eine Zigarette nach der anderen. Nicht einmal ihre Mutter kommentierte das. Niemand ahnte, was für eine gefährliche Odyssee Marlis bevorstand. Tage später, als sie erfuhren, dass die *St. Louis* auf Kuba nicht anlegen durfte und auch die Amerikaner kein Erbarmen zeigten, erlitt Ruth Bornstein einen leichten Herzanfall. Die NS-Presse bat mit ironischem Unterton, man möge Deutschland künftig, bitte schön, mit Kritik an seiner Judenpolitik verschonen. Auf den letzten Drücker fanden die Passagiere der *St. Louis* Hilfe, wenngleich in Europa. In Marlis' erstem Brief, der die Bornsteins Ende Juni aus London erreichte, schilderte sie zwar die Panik, die sich auf der *St. Louis* ausgebreitet hatte, doch beließ sie es bei ein paar knappen Worten. Kein Jammern. Kein Selbstmitleid. Aus ihren Zeilen sprach vielmehr demütige Dankbarkeit, eine für Marlis ungewöhnliche Mischung.

Helene war heilfroh, dass Marlis alles gut überstanden hatte. Und auch, weil Moritz nun seine Tante bei sich hatte, ein vertrautes Gesicht in der Fremde. In manchen Nächten jedoch ließ sie der Gedanke nicht los, dass sie es hätte sein können, die auf Umwegen zu Moritz gelangt wäre. Dass sie genau in diesem Moment ihren Sohn an sich drücken könnte. Denn die Chancen, dass sie es ihrer Schwester bald gleichtun konnte, schmolzen mit dem 1. September 1939 dahin. Plötzlich herrschte Krieg.

New York, November – Dezember 1947

»Schluss jetzt! Ich kann nicht mehr.«

Halb lachend, halb seufzend klappt Helene das Buch mit dem Titel *Essential Pediatrics* zu. Seit Stunden sitzt sie mit Levi und Peter in ihrem Zimmer und büffelt die Namen von Kinderkrankheiten, deren Ursachen und Symptome. Alles auf Englisch.

»Gut, dass wir Latein hatten«, sagt Peter und streckt sich. »Das macht es leichter, die Fachsprache zu lernen.«

Erst kürzlich lernte Helene ihn kennen, als sie Dorothy im Rollstuhl durch den winterlichen Fort Tyron Park schob. Dabei waren ihnen zwei Männer aufgefallen, die mit Thermoskannen auf einer Bank saßen, neben ihnen stapelten sich Bücher. Im Vorbeigehen schnappte Helene deutsche Gesprächsfetzen über Kinderheilkunde auf, weshalb sie stehen blieb und nachfragte. In breitem Bayrisch erklärte ihr Levi, dass sich Peter und er auf ein Medizinexamen vorbereiteten, von dessen Bestehen sie sich erhofften, in ihren erlernten Beruf zurückzukehren. Seitdem treffen sie sich zu dritt.

Was sie während des Krieges erlitten haben, besprechen sie nie. Auch nicht, was aus ihren Familien geworden ist. Ihr gemeinsames Thema bleibt die Medizin und wenn sie damit fertig sind, reden sie über den Staat Israel, der bald auf dem Gebiet Palästinas entstehen wird. Sehr zum Verdruss der dort seit Langem ansässigen arabischen Bevölkerung, die keinesfalls fortziehen will. Aber so haben es die Vereinten Nationen beschlossen. Auch Helene findet es richtig, einen Staat zu gründen, der Juden Sicherheit verspricht. Ganz so euphorisch wie Peter und Levi ist sie aber nicht, denn von Anton weiß sie, dass es in Tel Aviv Proteste und Krawalle gibt und Ärger vorprogrammiert ist.

Meistens tauschen sie sich über unverfänglichere Themen aus, wie das Leben in Washington Heights, gute, preiswerte Restaurants oder Filme. An diesem Sonntag hat Helene jedoch keine Zeit für ein ausgedehntes Schwätzchen.

»Nicht einmal für eine kleine Runde im Park?«, fragt Levi enttäuscht, während er seine Wollmütze in die Stirn zieht. Helene schmunzelt.

»Nächstes Mal«, verspricht sie und begleitet die beiden Männer zur Tür. Anschließend bereitet sie für Dorothy ein leichtes *Dinner* vor, das diese zusammen mit ihrem Sohn einnehmen möchte. Danach widmet sie sich der Frage, was sie bei diesem eisigen Novemberwetter anziehen soll und entscheidet sich, wie immer wenn ihr daran gelegen ist, gut auszusehen, für einen blauen Pullover. Nachdem sie etwas Rouge und Lippenstift aufgelegt hat, macht sie sich auf den Weg zu ihrer Verabredung.

In der Nähe der George-Washington-Brücke steigt Helene in einen Bus um, der sie in den südlichen Teil von Washington Heights bringen wird, bevor er weiter nach Harlem fährt. Einen Sitzplatz zu ergattern, ist an diesem Sonntagabend kein Problem, denn die meisten New Yorker bevorzugen es, im Warmen zu bleiben. Das wäre auch Helene lieb gewesen. Nicht etwa, weil sie friert oder sie Leon nicht treffen möchte, nein, darauf freut sie sich wie immer und ist neugierig zu sehen, wie Leon lebt. Trotzdem bereitet es ihr Unbehagen, ihn bei seiner Familie zu besuchen. Ihre Stirn gegen das kühle Fensterglas gelehnt, sieht Helene zu, wie unbekannte Straßen an ihr vorbeiziehen, die für Leon längst zur Heimat geworden sind. Ob der Spielplatz dort drüben der ist, zu dem er mit seinen Kindern geht? Und das Gebäude an der Ecke, die Schule, die sie besuchen? Läuft er mit Devora diese Straße entlang, selbstverständlich eingehakt und nicht auf Abstand bedacht wie bei ihr?

Unwillkürlich muss Helene lächeln, als sie an ihr Wiedersehen nach Leons Anruf bei Dorothy denkt. Vor fast drei Wochen ist das gewesen. An einem der letzten goldenen Oktobertage erwartete er sie am Eingang des Fort Tyron Parks. Allein, ihn aus der Ferne zu sehen, ließ Helenes Herz bereits schneller schlagen. Dann kam er mit ausgebreiteten Armen auf sie zu.

»Helene!«

»Hallo, Leon!«

Sie winkte und beschleunigte ihre Schritte. Dabei kam es ihr vor, als würden sie in der Zeit rückwärtsschreiten. Ungeschehen machen, was passiert war, konnte sie zwar nichts, dennoch tauchte in ihr lachend die junge Helene von damals auf. Mit vor Tränen glänzenden Augen fielen sie einander in die Arme. Mehrmals flüsterte Leon ihren Namen, als würde ihn nur das davon überzeugen, dass Helene tatsächlich vor ihm stand. Und sie hätte nichts dagegen gehabt, den restlichen Tag genau so zu verharren: umschlungen von Leon, eingehüllt in seine Wärme. In ihrem Kampf ums Überleben war nicht viel Platz für Zärtlichkeit gewesen. Jetzt ließ sie sich hineinfallen und merkte, wie wohltuend es war, Leons Körper zu spüren, den eines Mannes, den sie lange kannte und liebte.

»Dass wir diesen Moment erleben«, sagte er leise, während er ihr das Haar aus dem Gesicht strich. »Vor all den Leuten auf dem Busparkplatz konnte ich dir nicht zeigen, wie glücklich ich bin.«

»Ich habe es trotzdem gemerkt«, antwortete Helene.

Liebevoll und sehnsüchtig, als gäbe es auf der ganzen Welt nichts Wichtigeres als sie, ruhten seine dunklen Augen auf ihr, in denen Helene, wie eh und je, wehrlos versank. Doch da schob Leon sie sanft von sich fort.

»Lass uns ein wenig laufen«, sagte er und wandte sich zum Gehen.

Helene brauchte einen Augenblick, um ohne Leons stützende Arme ihr Gleichgewicht wiederzufinden. Beinahe wäre sie auf dem glitschigen Waldweg ausgerutscht. Plötzlich schien es ihr zu intim, sich bei Leon unterzuhaken, und ihm erging es wohl ähnlich, denn er hielt so viel Abstand, dass sich nicht einmal die Ärmel ihrer Mäntel berührten.

Leon fragte sie, wie sie sich in New York eingelebt hätte, und Helene erzählte von ihrem Zusammenleben mit Dorothy und ihren Ambitionen, wieder als Ärztin zu arbeiten. Auch ihre Schwierigkeiten mit Marlis und Moritz deutete sie an. Behutsam erkundigte sich Leon nach ihrer Mutter, nach Ilse und anderen gemeinsamen Frankfurter Bekannten. Helene antwortete knapp und lenkte das Gespräch auf Lore, deren Mann Oskar und Werner, der vorhatte, Medizin zu studieren.

Schließlich erreichten sie die *Cloisters*, ein den europäischen Klöstern nachempfundenes Museum, das zum *Metropolitan Museum of Art* gehörte und mittelalterliche Kunstwerke ausstellte. Es lag auf einem Parkhügel und bot eine wunderschöne Aussicht auf den sonnenbeschienenen Hudson River. Begeistert ergriff Leon ihre Hand, doch als hätten sie sich die Finger verbrannt, zuckten beide zurück und lachten verlegen. Ihr Gesprächsfaden war gerissen und Leon suchte nach einem neuen.

»Möchtest du dir das Museum anschauen?«

»Ich war mit Marek dort«, erwiderte Helene. »Lieber würde ich spazieren gehen. Als Bücherwurm kommt man nicht so oft an die frische Luft.«

Leon überlegte, dann lächelte er.

»Weiter unten gibt es eine sehr imposante Trauerweide. Willst du sie sehen?«

»Lieber nicht.«

Sie blickten sich an. Früher war ihr Schweigen mit Küssen gefüllt gewesen, jetzt war es voller stiller Erinnerungen. Und einer uralten Frage: Was wäre gewesen, wenn …?

Auf dem Rückweg war es an Helene, sich nach Leons Leben zu erkundigen. Inzwischen war seine Mutter gestorben, einer seiner Brüder betrieb einen gut laufenden Fahrradladen, den anderen Bruder hatte es wie Anton nach Palästina gezogen, wo er mit seiner Familie in einem Kibbuz lebte. Leon selbst hatte sich schon lange als Journalist etabliert und gab manchmal Seminare an Universitäten. Die Arbeit mit den jungen Leuten lag ihm und machte Leon Spaß. Eine goldene Nase verdiente er sich nicht, kam aber mit seiner Familie gut über die Runden. In New York fühlte er sich heimisch.

Ihren Abschied hielten sie kurz, doch trafen sie sich fortan regelmäßig während Leons Mittagspause. Immer wieder entstanden Momente, in denen sie sich nahekamen und sich beinahe geküsst hätten, und einmal bemerkte Leon scherzhaft, dass Gott ihm Helene wohl geschickt hätte, um zu testen, wie verführbar er wäre. Helene fragte sich, ob Leon es tatsächlich so sah, denn seit sie sich kannten, war sie die treibende Kraft gewesen, wenn es darum ging, in ihrer Liebe Konventionen zu ignorieren. Dass Leon sich nun als verheirateter Mann mit einer Frau traf, die er begehrte, darüber sprachen sie nicht, mieden jedoch die Stille des Parks und verabredeten sich in Restaurants oder an anderen öffentlichen Plätzen.

Helene kam mit ihrem Arrangement gut zurecht, denn ihr hatte doch vor allem ein guter Freund gefehlt. Von ihren deutschen Freundinnen hörte sie selten etwas, mit Marlis verstand sie sich nur auf Distanz, Dorothy und Marek waren wunderbare Menschen, aber alt. Zeit mit Leon zu verbringen, dem sie vertraute, dem sie nichts beweisen musste und der sie so liebte, wie sie war, kam ihr vor wie ein kostbares Geschenk.

Bei ihrem letzten Treffen waren sie nach Midtown Manhattan gefahren, um das *Museum of Modern Art* zu besuchen. Danach zeigte Leon ihr das Gebäude der Zeitschrift *Aufbau*, für die er seit seiner Ankunft in Amerika schrieb. Sie war das wichtigste Organ für deutschsprachige jüdische Emigranten und Leon durfte Persönlichkeiten wie Thomas Mann und Hannah Arendt zu seinen Kollegen zählen. Als er Helene schließlich zur *Subway* begleitete, sagte er: »Devora hat geschimpft, weil ich dich noch nicht zu uns eingeladen habe. Sie möchte wissen, ob du am Sonntag mit Marlis zum *Dinner* kommst.«

Er klang zögerlich, als wäre er nicht sicher, ob es sich um eine gute Idee handelte. Deshalb fragte Helene: »Weiß Devora eigentlich, wer ich bin?«

Leon wand sich.

»Nicht, dass du die Frau bist, die ich beinahe geheiratet hätte.«

Ohne einen Grund dafür nennen zu können, störte sich Helene daran.

»Was denkt sie denn, woher wir uns kennen?«, hakte sie nach. »Immerhin hast du ihre Familie darum gebeten, eine Bürgschaft für mich zu übernehmen.«

Leon nickte, und Helene sah ihm an, wie unwohl er sich fühlte.

»Devora glaubt, ich wäre so eine Art Familienfreund der Bornsteins.«

»Familienfreund?«

Mit einem Mal wusste Helene, was ihr missfiel. So gerne Leon über Politik oder Religion philosophierte, Persönlichem wich er aus. Das war schon immer so gewesen. War ihm damals wirklich entgangen, dass sie schwanger geworden war? Auch als sie sich für Viktor entschied, hatte er nicht viele Fragen gestellt. Doch wie konnte Helene ihm das vorwerfen, schließlich hatte auch sie geschwiegen. Und gelogen. Sie merkte, wie sie vor Scham errötete, was Leon jedoch als Zeichen ihres Ärgers interpretierte.

»Vielleicht war es verkehrt, Devora nicht die ganze Wahrheit zu sagen«, gab er zu. »Aber warum hätte ich das tun sollen? Ich wusste nicht einmal …«

Leon stockte und sah Helene erschrocken an. Einen Moment ließ sie ihn zappeln, dann beendete sie seinen Satz.

»Du wusstest nicht, ob ich den Krieg überleben würde. Falls nicht, hätte es sich nicht gelohnt, ehrlich zu sein.«

Abwehrend hob Leon die Hände.

»*Wow*, das klingt hässlich«, gab er zurück. »Ich sage es lieber so: Devora hat in den letzten Jahren einiges mitgemacht. Wenn ich kann, möchte ich ihr weitere Aufregung ersparen.«

»Das verstehe ich«, erwiderte Helene und dachte, dass es deshalb gescheiter wäre, Devora nicht zu besuchen. Andererseits hatte sie ja nicht vor, Leons heimliche Geliebte zu werden. Sollte ihre Freundschaft bestehen, konnte sie auf Dauer nicht ignorieren, dass Leon eine Familie hatte. Ihre letztlich harmlosen Treffen wären kein Grund, Devoras freundliche Einladung zurückzuweisen.

»Ich würde deine Familie gerne kennenlernen«, sagte Helene versöhnlich. »Richte Devora meinen Dank aus. Und dass ich Marlis Bescheid sage.«

»Okay«, sagte Leon und hauchte ihr einen Kuss auf die Wange, bevor Helene die Stufen zum Zug hinuntereilte.

Der Bus hält und da Leon ihr den Weg ausführlich erklärt hat, findet sie seine Wohnung mühelos. Ein ungefähr vierjähriger Junge mit Sommersprossen öffnet Helene und brüllt: »*Mom*, die Frau ist da!«

Gleich darauf erscheint Devora, die noch ihre Kochschürze trägt. Strahlend umarmt sie Helene, als wären sie gute Freundinnen.

»*Hi*, Helene, wunderbar, dass du da bist!«

»Hoffentlich nicht zu früh?«, fragt Helene.

»*Not at all, it's just perfect timing*«, erwidert Devora, nimmt ihre Schürze ab und wirft sie über einen Stuhl. Ein schlichtes rotes Kleid kommt zum Vorschein, das ihre hübsche Figur gut zur Geltung bringt und hervorragend zu ihrem schwarzen Haar passt. »Dafür seid ihr Deutschen ja bekannt.«

Helene lächelt und behält für sich, dass sie erst seit dem Krieg von Pünktlichkeit besessen ist. Den Beginn der Ausgangssperre zu verpassen, konnte Verhaftung bedeuten, sich bei einer Verabredung zu verspäten, den Wartenden in Panik versetzen. Sie überreicht Devora die Schachtel Pralinen, die sie als Geschenk mitgebracht hat.

»*Thank you so much*«, ruft Devora erfreut aus. »Das wäre gar nicht nötig gewesen.« Dann wendet sie sich dem Kleinen zu, der sich noch immer im Flur herumdrückt und Helene beobachtet.

»Na, los, Gabriel, sag deinem *Dad*, dass unser Gast eingetroffen ist.«

Sofort flitzt Gabriel davon, wie damals Moritz, wenn er als Flugzeug durch die Wohnung sauste.

»Schön habt ihr es«, sagt Helene mit einem bewundernden Blick auf die schlichte Einrichtung, die, zusammen mit Bildern und Pflanzen, sehr geschmackvoll wirkt. Devora hakt sich bei Helene unter und führt sie den Flur entlang, während sie erklärt, dass Blumen ihr liebstes Hobby seien. Wie bei ihrer ersten Begegnung plaudert Devora unbeschwert drauflos und macht es Helene mit ihrer herzlichen Art leicht, sich wohlzufühlen. Wäre sie nicht Leons Frau, würde Helene sie gerne öfter um sich haben.

Leon kommt aus dem Wohnzimmer und begrüßt sie mit einer flüchtigen Umarmung. In seinem gemütlichen Zuhause ist er Helene ein bisschen fremd, auch, weil sie Englisch miteinander reden, damit Devora und Gabriel sie verstehen.

»Nehmt doch schon Platz«, sagt Devora. »Ich bringe das Essen.«

Sie klatscht in die Hände und ruft nach den Kindern.

Kurz darauf sitzen sie beisammen, vor ihnen stehen dampfende Schüsseln mit Gemüse, Kartoffeln und eine Platte mit koscherem Rinderhack. Gabriels ältere Schwestern, Lea und Mona, haben ihre Puppen mitgebracht.

»Hast du auch Kinder?«, will Lea, die Jüngere, von Helene wissen.

»Einen Sohn«, antwortet Helene, »aber er ist schon groß. Eine kleine Nichte habe ich noch. Leider ist sie krank.«

Weshalb Marlis daheimgeblieben ist, obwohl Helene vermutet, dass sie auch sonst nicht mitgekommen wäre.

»Apropos Sohn«, sagt Leon, nachdem er Fleisch und Gemüse verteilt hat. »Wo bleibt Jonathan?«

Sofort erhebt sich Devora.

»Ich sehe mal nach ihm. Er hatte in den letzten Tagen etwas Fieber, aber heute dachte ich, es ginge ihm besser.«

Nach ein paar Minuten kehrt sie zurück.

»Jonathan hat starke Kopfschmerzen. Ich bringe ihm die Hühnersuppe vom Mittag, die wirkt manchmal Wunder. Fangt ruhig ohne mich an, sonst wird das Essen ja kalt.«

Doch Leon besteht darauf, zu warten, bis Devora zurück ist. Endlich spricht er einen Segensspruch und dank der Kinder plätschert das Gespräch mühelos dahin. Zum Nachtisch gibt es Käsekuchen, auch für Leas und Monas Puppen. Als Helene ihnen zum Spaß den Mund mit ihrer Serviette abtupft, jauchzen die Mädchen.

»Spielst du mit uns?«, fragt Mona hoffnungsfroh.

Doch Leon schüttelt den Kopf.

»Heute nicht«, bestimmt er. »Es ist spät und morgen habt ihr Schule.«

Noch einmal beten sie, dann verabschieden sich die Mädchen, um sich bettfertig zu machen.

»Bis zum nächsten Mal«, ruft Mona, »dann spielen wir Puppenhochzeit.«

»Einverstanden.«

Zu ihrer Überraschung stellt Helene fest, dass sie wirklich Lust dazu hat. Plötzlich vermisst sie ihre Nichte. Seit zwei Wochen hat sie Samantha nicht gesehen, dabei verändern sich Kinder in ihrem Alter rasant. Sie wird sie sobald wie möglich besuchen.

Gemeinsam räumen sie den Tisch ab, dann entschuldigen sich Devora und Leon, um ihren Kindern Gute Nacht zu sagen. Allein im Wohnzimmer betrachtet Helene die Fotografien auf dem Regal. Sie erkennt Leons Eltern, seine Brüder, die meisten Gesichter sagen ihr aber nichts. Von den Bildern, die Leon, Devora und ihre Kinder zeigen, kann sie sich nicht losreißen. Sie scheinen eine glückliche Familie zu sein. Obwohl sie es Leon von Herzen gönnt, versetzt der Gedanke ihr einen Stich.

Offensichtlich hat Leon lauter richtige Entscheidungen getroffen. Deutschland hat er in einem Alter verlassen, in dem er in der Fremde gut Fuß fassen konnte. Seine Familie hat er rechtzeitig außer Gefahr gebracht und eine warmherzige Frau geheiratet, mit der er sogar sein Vorhaben wahrmachte, vier Kinder in die Welt zu setzen. Plötzlich kippt Helenes Stimmung und sie fühlt sich schlecht. Wohin haben ihre eigenen Entscheidungen sie und ihre Familie geführt? In Ungewissheit, Trennung und Tod.

Helene reißt das Fenster auf und atmet die kalte Winterluft tief ein.

»Alles in Ordnung?«, fragt Leon hinter ihr und legt kurz seine Hand auf ihre Schulter.

»Aber ja. Ich brauchte nur etwas Luft.«

Helene windet sich aus Leons Berührung und setzt sich wieder. Devora serviert Tee und Helenes Pralinen, die sie auf einem Teller drapiert hat.

»Jetzt müsst ihr mir aber mal erzählen, wie ihr euch kennengelernt habt«, sagt sie und gießt allen Tee ein. Helenes Blick wandert zu Leon. Dieser knabbert jedoch so hingebungsvoll an einer Praline, als hätte er nie eine bessere gekostet.

»Mein Bruder Anton hat mich einmal zu einem Fußballspiel geschleppt«, beginnt Helene, als Leon nichts sagt. »Leon war als Reporter zugegen und stand während des Spiels neben uns.«

»So bin ich mit Anton ins Gespräch gekommen«, fährt Leon fort. »Was haben wir herrlich gefachsimpelt.«

Devoras freundliche Augen ruhen auf ihrem Mann, während er erzählt, wie oft er in den darauffolgenden Jahren mit Anton zur *Eintracht* ging. Er spricht sogar über Antons Chef von der Schuhfabrik, der einen Faible für die Mannschaft hatte, von dem Kaffeetrinken im Hause Bornstein, ja, er erinnert sich sogar daran, seinen Namen auf der von Ruth Bornstein bestickten Tischdecke verewigt zu haben. Nur Helenes Name fällt selten. Darüber ärgert sie sich immer mehr. Warum sagt er Devora nicht, dass er Helene heiraten wollte, ihre Vorstellungen vom Leben aber nicht zueinandergepasst hatten? Später, wenn er mit Devora alleine wäre, könnte er sie küssen und hinzufügen, wie glücklich er sich schätzte, einer Frau wie ihr begegnet zu sein. In einem Zug trank Helene ihren Tee aus.

»Soll ich dir nachschenken?«, fragte Devora.

»Nein, danke«, lehnt sie ab und blickt Leons Frau direkt an. »Ich möchte mich noch einmal dafür bedanken, dass ihr damals keinen Moment gezögert habt, meine Bürgschaft zu übernehmen. Du kanntest mich gar nicht, und trotzdem hätte mir deine Familie geholfen. Das war sehr großherzig.«

Die beiden Frauen sehen sich mit Sympathie an und Devora legt ihre Hand auf Helenes.

»Du hast dich doch schon mal bedankt. Außerdem hat das Affidavit weder dir noch deiner Schwester genutzt.«

»Darum geht es nicht«, widerspricht Helene und Devora nickt.

»Ich weiß. Wir waren froh, in Zeiten größter Not etwas tun zu können. Wer du genau bist, hat uns dabei nicht interessiert.«

Wie Helenes Mutter Ruth, die gern das Geschirr abräumte, wenn für sie alles gesagt war, erhebt sich Devora und stapelt die wenigen Tassen ineinander.

»Ich will nicht ungemütlich wirken«, entschuldigt sie sich, »aber es ist spät und morgen müssen alle früh raus.«

Helene schaut auf ihre Uhr.

»Du liebe Zeit, du hast recht. Bekomme ich den Bus überhaupt noch?«

Da knarzt die Tür und mit zerzaustem Haar und fieberroten Wangen kommt der zwölfjährige Jonathan herein.

»*Dad*«, klagt er, »ich kann nicht schlafen. Das Husten tut so weh und meine Augen brennen.«

Leon fühlt seine Stirn.

»Mein Gott, du glühst ja.«

»Soll ich Jonathan untersuchen?«, fragt Helene. Der schüttelt heftig den Kopf, doch als Leon ihm erklärt, dass Helene Kinderärztin ist, lässt er es zu. Neben der geröteten Rachenschleimhaut und den geschwollenen Lymphknoten entdeckt sie hinter den Ohren des Jungen den für Masern typischen Ausschlag, der sich bald an seinem ganzen Körper ausbreiten wird.

»Oh nein«, seufzt Devora, »da kann ich hier wohl bald ein Lazarett eröffnen.«

Helene verordnet Jonathan strenge Bettruhe in einem abgedunkelten Zimmer und einen Hustensaft.

»Sollte er Ohrenschmerzen bekommen, bringt ihn bitte zum Arzt«, rät sie zum Schluss.

»*Dad*, trägst du mich ins Bett?«

Seinen Sohn auf dem Arm verabschiedet sich Leon von Helene. Sie blickt den beiden nach, dem besorgten Vater und seinem kranken Sohn, der sich vertrauensvoll an ihn schmiegt.

»Danke für deine Tipps«, sagt Devora, als sie Helene zur Tür bringt. Helene macht sich für Devoras Umarmung bereit, doch Devora blickt sie nur an.

»Du bist die Frau, die er einmal heiraten wollte.«

Kein Zweifel schwingt in ihren Worten mit.

»Das ist sehr lange her«, erwidert Helene, aber Devora geht nicht darauf ein.

»Schon beim ersten Treffen habe ich es geahnt«, sagt Devora leise. »Ich habe Leon viele alte Bekannte begrüßen sehen. Bei dir war es anders. Er war anders.«

Helene würde Devora gerne versichern, dass Leons und ihre Liebesgeschichte nach all den Jahren bedeutungslos geworden war. Aber das wäre eine Lüge, deshalb sagt sie nichts.

»*Mom?*«, ertönt Jonathans klägliche Stimme. »Kommst du?«

Helene streckt Leons Frau die Hand entgegen, Devora nimmt und drückt sie.

»Mach's gut, Helene.«

Auf der Rückfahrt verspürt Helene keine Lust, aus dem Fenster zu sehen, sondern schließt die Augen. Sie mag Devora. Sie mag auch die Kinder. Die Herzlichkeit und Wärme, die sie verbreiten. Es hätte schön sein können, tatsächlich eine Freundin der Familie zu werden. Aber sie liebt Leon und er liebt sie. Deshalb ist sie am Tisch der Lewandowskis fehl am Platz. Sie ist ein Eindringling, vor dem Devora ihre Familie schützen wird, Helene würde dasselbe tun. Ob sie jemals wieder das Gefühl haben darf, Teil einer Familie zu sein? Ihrer Familie? Zu Hause angekommen, zieht sie sich sofort aus und verkriecht sich unter ihrer Decke. Sie weiß, ihr steht eine schwierige Nacht bevor.

Zahllose Kinderhände winken aus den Fenstern des Zuges, der langsam Fahrt aufnimmt. Keuchend läuft ein Mann an Helene vorbei, der die Hände seiner Tochter umklammert. Er zieht und zieht, bis er auf einmal mit dem Mädchen auf dem Bahnsteig liegt.

»Du bist mein Sonnenschein«, hört Helene den Vater sagen, »wie könnte ich ohne dich leben?«

Ich muss Moritz zurückholen, denkt Helene.

Die kalte Luft schneidet in ihre Lungen, dennoch jagt sie dem Zug hinterher.

»Moritz!«, ruft sie. »Moritz!«

Sie ergreift Hände, von denen sie glaubt, es wären seine und zerrt daran. Zusammen mit dem Kind stürzt sie zu Boden. Vor ihr liegt nicht Moritz, sondern die fünfzehnjährige Rosa, die Helene aus dem Kinderheim kennt, in dem sie während des Krieges als Ärztin gearbeitet hat. Helene spürt Enttäuschung, gleichzeitig ist sie erleichtert darüber, dass sie Moritz nicht erwischt hat.

Wie Suchscheinwerfer sind die grellen Bahnhofslichter auf sie und Rosa gerichtet, und stöhnend bedeckt Rosa ihre Augen.

»Hier ist es viel zu hell.«

Sie stößt Helene zurück, und ihr Jammern geht in Kreischen über.

»Warum hast du mich rausgeholt? Meine Geschwister sind da drin. Ich will auf den Transport!«

Helene traut sich nicht zu sagen, dass es sich um eine Verwechslung handelt. Um einen Irrtum des Schicksals. Doch plötzlich liegt die Antwort auf der Hand.

»Du hast die Masern. Alle anderen würden sich anstecken«, erklärt Helene sachlich. »Du kannst nicht fahren.«

Im Nebel verschwindet der letzte Schein der Zuglichter, während sich im Gesicht des Mädchens, erst langsam, dann immer schneller, ein knallroter Ausschlag ausbreitet. Er rinnt Rosas Hals und ihre Arme hinab und tropft auf die Steine. Da beginnt Helene zu schreien.

»Dir kann nichts passieren, Helene, du bist in Sicherheit.«

»Aber das Kind nicht.«

Noch ist Helene in ihrem Albtraum verhaftet, ihr Herz rast und ihr Nachthemd klebt an ihrer Haut. Langsam registriert sie, dass es Dorothy ist, die mit einem feuchten Tuch ihre Stirn abtupft. An der Wand lehnen ihre Krücken, mit denen sie sich mitten in der Nacht in Helenes Zimmer geschleppt hat. Sofort keimt in ihr ein schlechtes Gewissen auf. Sie wird dafür bezahlt, dass sie sich um Dorothy kümmert, nicht umgekehrt.

»Deinem Sohn geht es gut«, spricht die alte Dame beruhigend weiter. »Du brauchst dir keine Sorgen um ihn zu machen.«

Jetzt richtet sich Helene auf und Dorothy reicht ihr ein Glas Wasser.

»Geht es wieder?«

Helene nickt, trinkt und sinkt in ihr Kissen zurück. Dorothy streichelt ihre Hand.

»Es tut mir leid, dass ich dich geweckt habe«, entschuldigt sich Helene, doch Dorothy schürzt die Lippen und schüttelt den Kopf.

»Ach, was. Mich plagen auch Albträume, ich weiß, wie das ist. Mein Jüngster war ein sehr erfahrener Offizier. Damit hat er mich beruhigt, als er sich zum letzten Mal von mir verabschiedete. Aber natürlich reicht das nicht, um einen Kriegseinsatz zu überleben.«

Nun schweigt Dorothy. Sie streichelt schneller, als versuchte sie, sich selbst mit dieser kleinen Bewegung zu trösten.

»Was habe ich gemacht, als ihn die deutschen MGs zerfetzten? Geschlafen? Zu Abend gegessen? Oder habe ich mir gerade einen Film angeschaut, als er vor Schmerzen schrie, vielleicht sogar nach mir, seiner Mutter?«

Dorothys Griff wird hart, und obwohl er schmerzt, entzieht Helene ihr nicht die Hand.

»Was auch immer geschehen ist, ich habe meinem Jungen nicht helfen können.«

Schwer atmet die alte Dame aus. Dann blickt sie Helene an. In ihren Augen schimmern Tränen, trotzdem bringt sie für Helene ein Lächeln zustande.

»Du, Helene, hast deinen Sohn gerettet. Sag dir das jede

Nacht, bevor du schlafen gehst. Vielleicht lassen dich deine Träume dann in Frieden.«

Sanft streicht sie Helene über die Stirn und wünscht ihr eine gute Nacht.

Berührt blickt Helene ihr nach, als Dorothy das Zimmer verlässt. Sie schluckt zwei Schlaftabletten, löscht das Licht und starrt ins Dunkel. Weder Moritz noch Marlis erkennen an, dass Helenes Verzicht und ihre Opfer ihnen, wenn auch auf Umwegen, zu dem Leben verholfen haben, das sie führen. Deshalb ist das, was Dorothy gesagt hat, Balsam für Helenes Seele. Von ihren Albträumen wird es sie dennoch nicht befreien. Dorothy kann nicht ahnen, dass das Kind, das Helene in den Traum gefolgt ist, nicht Moritz war, sondern eins der vielen anderen, denen sie nicht geholfen hat. Das Schlafmittel wirkt schnell. Die Traumbilder, die darauf warten, auf sie einzustürzen, zerfallen in der Finsternis.

»Ja, es muss sein«, keucht Moritz auf die Nachfrage seines Schulfreundes James. Die kalte Morgenluft brennt in seiner Nase, während sie durch den kleinen Park joggen, der ihnen im Sommer in Jackson Heights als Baseballfeld dient. James verlangsamt seinen Lauf und hält sich erschöpft die Seite.

»Ich glaube nicht, dass mein Vater mir sein Auto leiht, wenn Michael mitkommt«, sagt er und kreist die Arme. »Er mag keine Schwarzen.«

»Dann sag's ihm halt nicht«, gibt Moritz zurück. »Was er nicht weiß, macht ihn nicht heiß.«

James sieht nicht überzeugt aus. Während sie wie zwei Hampelmänner hüpfen, entgegnet er: »Ehrlich gesagt, ich habe keine Lust, mir Ärger mit meinem Dad einzuhandeln, nur weil du ein fanatischer Fan von Jackie Robinson und den *Dodgers* geworden bist. Michael ist in Ordnung und ich finde es okay, hin und wieder mit ihm und seinen Freunden Baseball zu spielen. Aber muss er deswegen mit uns nach Manhattan fahren? Vielleicht will er ja gar nicht.«

Schnaufend bleibt Moritz stehen. »Doch, er würde gerne mitkommen. Aber nur, wenn alle einverstanden sind. Jane findet es gut, Amy und Tom sind zumindest nicht dagegen. Komm schon, James. Willst du immer nur das tun, was dein Vater richtig findet?«

Jetzt hält James inne und funkelt Moritz an.

»Das mache ich doch gar nicht.«

Wortlos mustern sie sich. Dann gibt James nach.

»Also gut, dieses eine Mal. Sag Michael, wir treffen uns um zwei, hier am Park.«

»Cool!«

Freundschaftlich schlägt Moritz James auf die Schulter, James erwidert die Geste.

»See you later«, sagt er, dann sieht jeder zu, dass er zum Frühstück nach Hause kommt.

Es ist ein sonniger Wintertag, ideal für einen Ausflug in den Central Park. Hand in Hand läuft Moritz mit Jane durch den Park, vor ihnen die imposante Skyline. Hinter ihnen blödeln Amy und Tom mit James und Michael. Bisher läuft das Treffen besser, als sich Moritz erhofft hat.

Nach einem ausgiebigen Spaziergang stärken sie sich mit Sandwiches und heißem Tee, den die Mädchen vorsorglich eingepackt haben, später werden sie zur Rockefeller Plaza fahren, um dort den riesigen Weihnachtsbaum zu bewundern, der vor einigen Tagen mit einer feierlichen Zeremonie erleuchtet wurde.

Als ihnen kalt wird, schlägt Moritz vor, Ball zu spielen. Die Wiesen bieten genügend Platz, so dass sie dabei niemanden stören, weder die Liebespaare, die die Welt um sich herum sowieso nicht wahrnehmen, noch die Familien, die samt Kinderwagen und Großvater einen Sonntagsspaziergang unternehmen.

»Michael, zu mir!«, ruft Amy mit geröteten Wangen. Um den Ball abzufangen, hüpft Jane vor Amy auf und ab. Geschickt täuscht Michael einen Wurf zu James an, ehe der Ball doch zu

Amy fliegt, die ihn allerdings nicht halten kann. Er trifft einen jungen Mann, der genau in diesem Augenblick vorbeigeht.

»*Sorry!*«, ruft Michael, doch der junge Mann, zu dem zwei Begleiter gehören, belässt es nicht dabei.

»Du verdammte Missgeburt! Geh zurück in das Loch, aus dem du gekrochen bist!«

Schlagartig ist es mit der Ausgelassenheit vorbei.

Haut einfach ab, denkt Moritz, der sieht, wie Michael die Fäuste ballt. Doch er geht nicht auf die Männer los. Alles andere hätte Moritz auch überrascht. Schließlich hat Jackie Robinson sich verpflichtet, auf Gewalt zu verzichten, damit Rassisten kein Futter für ihre Hetze bekämen. Jackie hält sich daran, auch Michael wird es tun.

»Ich habe mich entschuldigt«, sagt Michael ruhig und wendet sich ab, um sich auf die Bank zurückzuziehen, auf der sie ihre Taschen abgelegt haben. Mit wenigen Schritten hat der junge Mann Michael überholt und schneidet ihm den Weg ab.

»Eine etwas halbherzige Entschuldigung. Findet ihr nicht?«

Seine Freunde nicken. Wie eine Mauer bauen sie sich vor Michael auf. Moritz kann sehen, dass Michael Angst bekommt. Rasch sucht er den Blickkontakt mit seinen Freunden, doch James weicht ihm aus und holt seine Sachen. Nur Jane bleibt dicht bei Moritz, als dieser langsam auf Michael und die Männer zugeht. Was würde Jackie tun?

»Hey, er hat gesagt, dass es ihm leidtut«, spricht Moritz den Provokateur an. »Es ist doch nichts passiert. Lasst uns kein Drama daraus machen, okay?«

Eine Sekunde später krümmt sich Michael, weil ein Faustschlag ihn in den Magen getroffen hat.

»Mann, was soll das denn?«, schreit Moritz. Die Männer grinsen.

»Mach kein Drama daraus«, erwidert einer von ihnen, und sie grölen.

»Lasst ihn in Ruhe!«

Moritz hört selbst, wie hilflos er klingt. Die anderen Spaziergänger scheinen den Vorfall nicht zu bemerken oder sie ignorieren ihn. In einem großen Bogen um Michael und die Männer stiefeln James, Amy und Tom auf Moritz zu.

»*Sorry*, Mo, aber zusammenschlagen lass ich mich für 'nen Schwarzen nicht«, raunt James.

»Du Idiot, das ist Michael!«, zischt Jane. »Wollt ihr etwa abhauen?«

»Wollen sie und werden sie«, sagt Moritz voller Verachtung. Eine ohnmächtige Wut steigt in ihm auf.

»Na los, dann verpisst euch doch, ihr Feiglinge!«

James weicht zurück und zieht Amy und Tom mit sich, die ihm widerspruchslos folgen. Das treibt Moritz noch mehr zur Weißglut.

»Viel Spaß mit dem Weihnachtsbaum!«, brüllt er ihnen hinterher und noch einmal drehen seine Freunde sich um.

»Mein Vater hat recht«, hört er James sagen. »Sich mit Schwarzen abzugeben, bringt immer Ärger.«

Dann gehen sie fort, und Moritz, Jane und Michael stehen allein den drei Männern gegenüber, die sich lauthals über den Streit amüsieren.

»Auf die Knie!«, fordern sie Michael auf, der sich weigert, bis einer der Typen ihm die Beine wegtritt, so dass er auf den matschigen Rasen knallt.

Grölen. Eine Kopfnuss für Michael. Stöhnen. Tritte. Jane, die mal bittet, mal flucht. Und fieses Gelächter, das Moritz in seine Kindheit zurückwirft, weil er diese Art von grausamem Lachen kennt.

Sechs oder sieben ist er gewesen. Auf dem Heimweg von der Schule erwarteten seine Peiniger ihn an einer Straßenecke. Jungen, mit denen er früher gespielt hatte, weil sie Haus an Haus, Tür an Tür mit ihm wohnten. Eines Tages öffneten sie ihm nicht mehr.

»Du darfst uns nicht mehr besuchen«, hatte eine Mutter Moritz kaltschnäuzig ins Gesicht gesagt. An jenem Tag brach für Moritz eine Welt zusammen. Dass es noch schlimmer kommen konnte, begriff er dann, als sie ihm auflauerten und ihn in eine Garage zerrten. Dort schlugen und bespuckten sie ihn, und einmal zwangen sie Moritz niederzuknien und um Verzeihung zu bitten, für etwas, das er gar nicht getan hatte. Dabei lachten sie genauso wie diese Männer, die gerade Michael die Arme auf den Rücken gedreht haben, damit er sich nicht wehren kann.

Vor Moritz' Augen tanzen schwarze Punkte, die ihm die klare Sicht rauben. Wut schießt durch seinen Körper.

»Nein, Mo, nicht!«, schreit Jane auf, doch Moritz schlägt zu.

»*What the hell ...?*«, stößt einer der Männer aus. Dann treffen Moritz zwei schmerzhafte Schläge ins Gesicht. Beim ersten schmeckt er Blut, beim zweiten taumelt er so stark, dass er beinahe das Gleichgewicht verliert und stürzt. Doch jemand hält ihn am Arm fest.

»*Woah, woah, woah*, nun mal alle schön langsam«, sagt eine neue Stimme. Sie gehört einem Herrn, der mit seinem Gehstock fuchtelt. Die ältere Dame neben ihm, vermutlich seine Frau, hält einen kleinen kläffenden Hund an der Leine, an der dieser beharrlich zieht und zerrt.

Erleichtert bemerkt Moritz, dass der Mann nicht ihn bedroht, sondern seinen Stock wie ein Schwert auf die drei Männer richtet.

»Lasst den Jungen sofort los«, fordert er sie auf. »Sich an Schwächeren zu vergreifen, ist wirklich keine Heldentat.«

Der erste Provokateur will widersprechen, doch seine Kumpel haben den Spaß am Pöbeln verloren. Und sich mit einem weißen, älteren Ehepaar anzulegen, interessiert sie nicht. Sie versetzen Michael einen letzten Stoß und ziehen schimpfend von dannen. Erst jetzt bricht Jane in Tränen aus. Benommen nimmt Moritz sie in den Arm. Sein rechtes Auge ist geschwollen und tut weh. Michael erhebt sich mit zitternden Knien, seine Hose ist voller Blut.

»Ich kann kaum auftreten«, sagt er, klingt aber nicht, als müsste er Tränen zurückhalten. Dafür bewundert ihn Moritz.

Die Dame bittet Michael, das Hosenbein hochzukrempeln, damit sie einen Blick auf die Wunde werfen kann. So lange hält ihr Mann den Hund. Michaels linker Knöchel ist dick und unter seinem Knie klafft ein tiefer Schnitt, den die Dame mit einem weißen Taschentuch provisorisch verbindet.

»Vielen Dank«, sagt Michael höflich.

»Wahrscheinlich von dieser Scherbe«, mutmaßt Jane und hält ein großes Stück Glas in die Luft.

»Die Wunde muss desinfiziert werden, vielleicht sogar genäht,« meint der Herr. »Gibt es jemanden, der euch abholen und zum Arzt bringen kann?«

Betreten sehen sich Moritz, Jane und Michael an. Sie sind mit James gekommen, aber der hat sich samt Auto aus dem Staub gemacht.

»Ich könnte meine Eltern anrufen«, überlegt Jane. »Aber wenn sie hören, was passiert ist, verbieten sie mir, allein nach Manhattan zu fahren.«

Und mit Michael auszugehen. Das sagt Jane nicht, Moritz vermutet jedoch, dass Janes Eltern genauso reagieren würden wie Mary und John. Bisher hat Moritz nie gezögert, sich auf die beiden zu verlassen. Jetzt widerstrebt es ihm. Werden sie ihm glauben, dass nicht Michael die Schuld daran trägt, dass ein harmloses Ballspiel so blutig endete?

Selbst wenn, es änderte nichts daran, dass Mary und John ihm den Umgang mit seinem Freund verbieten würden. Marys Gesicht würde sich verschließen und John würde sagen: »Grundsätzlich haben wir nichts gegen Schwarze, aber halte dich trotzdem von ihnen fern. Du siehst ja, sie ziehen Scherereien an wie Magnete die Nägel.«

»Meine Eltern denken, ich wäre bei einem Freund«, gibt Michael indes kleinlaut zu. »Sie wissen gar nicht, dass ich mit lauter Weißen unterwegs bin.«

Moritz wirft seinem Freund einen beschämten Blick zu. Er ist es, der Michael wortreich zu diesem Ausflug überredet hat. Michael ist skeptisch gewesen. Aber Moritz hat unbedingt beweisen wollen, dass es ihm gelänge, seine Freunde zusammenzuführen, die weißen und die schwarzen. Stattdessen wurde Michael gedemütigt und muss genäht werden.

Plötzlich durchfährt Moritz eine Idee, die ihn selbst überrumpelt. Doch überraschend schnell ergibt sie einen Sinn, so dass er das ältere Paar schüchtern fragt: »Ob Sie wohl ein *Cab* für uns anhalten könnten?«

Dabei deutet er auf Michaels blutige Hose, und auch ihm sah man die Schlägerei schon von Weitem an. Kein Taxifahrer hätte Lust, sie mitzunehmen.

»Aber natürlich«, erwidert die Frau. »Habt ihr genug Geld dabei?«

Als sie im Taxi sitzen, drückt sie Moritz vorsichtshalber noch ein paar Dollarscheine in die Hand. Die jungen Leute danken, dann verabschiedet sich das nette Ehepaar und schließt die Autotür.

»Wohin wollt ihr?«, fragt der Taxifahrer in einem säuerlichen Ton, der klarmacht, wie hintergangen er sich fühlt. Statt des gepflegten Ehepaares sitzen drei schmuddelige Teenager in seinem Wagen und ruinieren ihm die Polster.

»Zum Fort Tyron Park, bitte«, antwortet Moritz.

Der Taxifahrer drückt aufs Gas.

Michael lehnt sich mit geschlossenen Augen zurück.

»Was willst du denn in Washington Heights?«, fragte Jane erstaunt.

Moritz ergreift ihre Hand und lächelt schief.

»Hilfe holen«, sagt er.

»Dorothy Mason. Helene Bornstein«, liest Jane vor. Erstaunt sieht sie Moritz an.

»Das ist doch deine deutsche Tante, die mit uns im *Ebbets Field Stadium* war. Ich dachte, mit der kannst du nicht so gut.«

Moritz zuckt die Schultern und will gerade klingeln, da fliegt die Haustür auf und zwei Männer mit Büchern unter dem Arm treten heraus.

»Do you want to go in?«, fragt der Blonde mit einem für Moritz unverkennbar deutschen Akzent und hält ihnen die Tür auf. Dabei starrt er Moritz' geschwollenes Auge an, dann fällt sein Blick auf Michaels blutverfärbte Hose.

»Ach du je, die wollen bestimmt zu Helene«, sagt er zu dem braunhaarigen Mann.

Moritz hat den Namen Helene verstanden und nickt heftig.

»Second floor«, erklärt der Braunhaarige freundlich. *»Good luck.«*

Moritz und Jane helfen Michael, die Stufen hinaufzuhumpeln. Oben angekommen, klopfen sie. Hinter der Tür erklingt ein angenehmes Frauenlachen.

»*You see*, Dorothy. Wie ich es gesagt habe. Peter vergisst immer etwas.«

Plötzlich steht Helene vor ihnen und lacht sie breit an. Sie trägt ein blaues Kostüm mit einer weißen Bluse und ihr Haar schimmert hellblond. Sie kommt Moritz etwas kräftiger vor und er findet, dass ihr das gut steht. Eine Sekunde später sieht Helene erschrocken aus, was sie ihm viel vertrauter erscheinen lässt.

»Moritz? Mein Gott! Was ist denn passiert? Kommt rein!«

Helenes Blick ist voller Sorge. Sie stützen Michael, der das Gesicht verzieht. Jetzt, da der Schock nachgelassen hat, fühlt er den Schmerz stärker. In Helenes Zimmer setzen sie ihn auf einen Sessel und Helene bettet sein verletztes Bein auf einen Stuhl.

»Was ist mit deinem Auge?«, will sie von Moritz wissen.

»Ein Faustschlag. Geht schon«, antwortet er. Er hat das Bedürfnis, tapfer zu wirken. Vorsichtig betastet Helene sein Gesicht. Mehr und mehr schwindet die ängstliche Mutter und macht Platz für die Ärztin. Diese schickt Jane in die Küche, um Dorothy um einen Beutel mit Eiswürfeln zu bitten. Aus ihrem Schrank nimmt sie einen Verbandskasten und Gummihandschuhe. Als Jane mit den Eiswürfeln zurückkehrt, weist Helene Moritz an, in einem anderen Sessel Platz zu nehmen und zeigt ihm, wie er sein Auge kühlen soll. Jane hält seine Hand, und irgendetwas an dieser eigenartigen Situation gefällt Moritz.

»Wie heißt du?«, erkundigt sich Helene, während sie vorsichtig Michaels Wunde reinigt. Moritz horcht, ob er in ihrer Stimme ein Unbehagen wahrnimmt. Doch Helene klingt freundlich und mitfühlend.

Nachdem Michael ihr geantwortet hat, stellt sich auch Helene namentlich vor.

»*Nice to meet you, Ma'am*«, sagt Michael. Als Moritz sich fragt, ob sein Freund eigentlich nie die guten Umgangsformen vergisst, kommt eine alte Frau auf Krücken herein.

»Herrje!«, ruft sie aus. »Die reinste Krankenstation. Ich bin ja fitter als das junge Gemüse. Wer hat euch denn so zugerichtet?«

»Das ist Dorothy«, erklärt Helene, dann erzählen Moritz und Jane abwechselnd von ihrem Ausflug in den Central Park, dem Ballspiel und der Schlägerei. Auch Michael macht die ein oder andere Bemerkung, wenn er nicht gerade seine Zähne zusammenbeißt. Während Helene konzentriert Michaels Wunde und den gestauchten Knöchel versorgt, schüttelt Dorothy in einem fort den Kopf.

»Was für ein Pack«, wettert sie, mit ihrer Krücke gestikulierend. »Diese Männer können froh sein, dass sie nicht mir über den Weg gelaufen sind.«

Darüber muss sogar Michael grinsen und erzählt Dorothy von dem Herrn mit Gehstock und dessen Frau, die ihnen Geld fürs Taxi gegeben hat.

»Menschen, die das Herz am rechten Fleck haben«, entgegnet Dorothy beschwichtigt. »Das ist eine gute Nachricht.«

»Die andere ist«, sagt Helene, »Michael muss nicht genäht werden. Wenn du dich nicht überanstrengst, heilt dein Bein auch so.«

Michael atmet auf, und Moritz wird klar, dass er Helene seit ihrer Ankunft noch nie so selbstbewusst erlebt hat wie in diesem Moment. Und dass er sich noch nie so gerne in ihrer Nähe aufgehalten hat. Ohne viele Fragen zu stellen, hat sie ihnen geholfen. Anders als Mary, John und viele andere Eltern interessiert es Helene nicht, ob Michaels Haut schwarz oder weiß ist, ja, es kommt Moritz so vor, als ob sie es nicht einmal sehen würde.

Nachdem Helene Michael eine Schmerztablette verabreicht hat, schmiert sie Moritz eine kühlende Salbe aufs Augenlid und klebt ein Pflaster auf eine Schramme, die er noch gar nicht bemerkt hat. Dazu beugt sie sich über ihn und ein bekannter Geruch, eine Mischung aus Helene und Desinfektionsmittel, steigt ihm in die Nase. Blitzlichtartig sieht er sich als Kind auf einem Küchentisch sitzen, während seine Mutter Kratzer und Wunden betupft und verbindet. Wenn sie fertig ist, das weiß Moritz, wird sie ihm einen Kuss geben.

»Fertig. Das war's.«

Helene streift die Gummihandschuhe ab, einen Kuss gibt sie Moritz nicht.

Längst ist es dunkel geworden. Ob James, Amy und Tom in diesem Augenblick guten Gewissens den Weihnachtsbaum an der Rockefeller Plaza bestaunen? Oder machen sie sich Sorgen darüber, wie die Geschichte mit Michael ausgegangen ist? Lange grübelt Moritz nicht darüber nach, denn sie sitzen zusammen in Dorothys gemütlicher Küche, schneiden Gemüse, schälen Kartoffeln, und Helene brät Frikadellen. Später beim Essen ist die Stimmung gelöst und erleidet auch keinen Dämpfer, als Helene gegenüber Jane ihr Bedauern wiederholt, Moritz und ihr das wichtige Baseballspiel verdorben zu haben.

»Ist gar nicht schlimm«, versichert Jane und sieht Moritz auffordernd an. Als er nichts sagt, versetzt sie ihm unterm Tisch einen leichten Tritt gegen das Schienbein.

»Längst verziehen«, sagt er, denn zu behaupten, es hätte ihm nichts ausgemacht, wäre glatt gelogen. Da Jane um zehn zu Hause sein muss, ruft Dorothy ein *Yellow Cab*, das zu bezahlen, sie sich nicht nehmen lässt.

»So einen aufregenden Abend hatte ich ewig nicht. Ich hatte beinahe vergessen, wie schön es ist, so nette, junge Leute im

Haus zu haben. Auch wenn ihr meinen Tagesablauf ganz schön durcheinandergebracht habt.«

Helene begleitet Moritz und seine Freunde bis zum Wagen. Moritz und sie lächeln sich an, und Jane prustet los, weil sie findet, dass Moritz dabei wegen seines geschwollenen Gesichts wie ein Zombie aussieht. Gut gelaunt schüttelt Helene den Kopf.

»Etwas mehr Respekt vor meinem Sohn, bitte.«

Auf einmal wird es still, und Moritz weiß natürlich, aus welchem Grund. Schließlich denken Jane und Michael, seine Eltern seien tot. Während Michael sich sofort fängt und, nachdem er Helene noch einmal gedankt hat, sich auf die Rückbank des Taxis schiebt, bohrt Janes Blick sich in Moritz' Augen, und zwar so gnadenlos, dass sein verletztes zu pochen beginnt. Heiß und rot fühlt sich sein Gesicht an, aber ihm ist klar, dass er, wenn er jetzt nicht reagiert, gleich zwei Menschen weh tut. Stumm verspricht er Jane, ihr alles zu erklären, später, nicht jetzt, und wortlos setzt sie sich neben Michael. Der Fahrer mault, weil er friert und endlich die Tür schließen möchte.

Trotzdem umarmt Moritz seine Mutter noch.

»Thank you, Mom,«, sagt er für alle hörbar.

Das Taxi fährt ab, so dass Moritz nicht sieht, wie Helene die Tränen in die Augen schießen. Sie wischt sie nicht fort, auch nicht, als sie die Treppen zu Dorothys Wohnung hinaufsteigt, denn es sind gute Tränen.

Sorgfältig zieht Helene ihre Lippen nach, dunkelrot und passend zu dem Kleid, das Dorothy ihr geschenkt hat, bevor sie mit ihrem Sohn nach New Jersey gefahren ist, wo sie mit ihrer Familie Weihnachten und das neue Jahr feiern wird. Nachdem sie ihrer Frisur den letzten Schliff gegeben hat, sprüht sie etwas Haarspray auf ihre halblangen, blonden Wellen. Zum Schluss die Brille. An die muss sich Helene allerdings noch gewöhnen. Normalerweise benötigt sie im Bad nicht mehr als ein paar Minuten, doch an diesem Morgen lässt sie sich Zeit. Ein letzter Blick in den Spiegel, dann beginnt sie, den Frühstückstisch zu decken.

Es ist der 26. Dezember und im ganzen Haus ist es ruhig. Helene, so gerne sie auch mit Dorothy zusammen ist, freut sich darauf, keinerlei Verpflichtungen zu haben. Kein Arztbesuch, kein Badeprogramm, kein Spaziergang, nicht einmal kochen muss sie, wenn sie keine Lust dazu hat. Dieser Tag soll sich spontan entwickeln, je nachdem, wie viel Zeit ihr Besucher mitbringt. Sie setzt Kaffeewasser auf und schlägt Eier in eine Schüssel, aus denen sie später *Scrambled Eggs* zubereiten will. Schließlich trägt sie die Geschenke in ihr Zimmer, die sie gestern nicht weggeräumt hat, da sie erst spät von der Weihnachtsfeier bei Marlis zurückkommen ist: Süßigkeiten, ein *Reiseführer New York* von John, eine erstaunlich gute Zeichnung von Moritz, auf der er die spielende Samantha portraitiert hat und ... Noch einmal nimmt sie das Geschenk von Marlis in die Hand. Sie erinnert sich nicht, jemals etwas Ergreifenderes erhalten zu haben.

Dabei hatte sie am Heiligen Abend daran gezweifelt, dass es eine gute Idee gewesen war, im Hause der Watsons zu übernachten, denn Marlis war den ganzen Tag lang gereizt gewesen. Auf dem Heimweg von der Kirche hielt Helene Abstand zu ihr und lief neben Moritz, dem sie erzählte, wie verrückt er als Kind nach Orgelmusik gewesen war, gleichgültig, ob sie in der Kirche, in die er Bornsteins Haushaltshilfe Erna begleitete, gespielt wurde oder in der Synagoge. An Erna erinnerte sich Moritz nicht und daran, regelmäßig mit Oma Ruth die Synagoge besucht zu haben, bloß ganz dunkel.

»Hättest du nicht wenigstens seine Erinnerung an unsere Eltern stärker wachhalten können?«

Das hatte Helene loswerden müssen, als sie mit Marlis den Truthahn für das Festmahl zubereitete, während John im Wohnzimmer seine Eltern, Geschwister, Nichten und Neffen mit Getränken bewirtete. Im Grunde war Helene schon allein deshalb geladen gewesen, weil es Marlis offenkundig nicht passte, dass Moritz sich seit der Schlägerei für seine Mutter interessierte. Oder weshalb hatte sie ihn das eine Mal, das er Helene danach besuchte, so früh abgeholt, angeblich, weil am nächsten Morgen ein Schultest anstand? Hatte Marlis nicht Helene oft genug vorgeworfen, sie würde Moritz wie ein Kind behandeln?

Wenigstens diese Bemerkung hatte Helene sich verkniffen, sonst hätte Marlis womöglich ihre Drohung wahr gemacht, den Truthahn in die Tonne zu schmeißen und bei Audrey zu feiern, wenn sie, wie sie moserte, von irgendjemandem dieser Familie noch ein kritisches Wort zu hören bekäme, obwohl sie mit den Weihnachtsvorbereitungen die meiste Arbeit gehabt hätte. Zum Glück verlief der Abend dann weitgehend harmonisch.

Den nächsten Tag verbrachten sie in kleiner Runde: Marlis, John, Samantha, Helene und Moritz, der sich jedoch schon auf dem Sprung zu Jane befand. Santa Claus hatte die Socken über dem Kamin großzügig gefüllt und Samantha, noch zu klein, um zu begreifen, was vor sich ging, mümmelte die Kekse und trank die Milch, die sie mit Marlis für Santa Claus hingestellt hatte. Im Hintergrund lief »White Christmas« von Bing Crosby und sie tauschten ihre Geschenke aus. Marlis überreichte Helene ihres als Letzte. Es war ein Fotobuch mit dem Titel *From Frankfurt-on-the-Main to Frankfurt-on-the-Hudson*. Über dem Namen Andrew Parker prangte in Großbuchstaben der von Mary Watson. Fasziniert betrachtete Helene die Fotografien, die Marlis vor langer Zeit mit der Leica ihres Vaters aufgenommen hatte, unter den Bildern fanden sich Erklärungen.

Frankfurt in Friedenszeiten. Oder, wie man heute wusste, zwischen zwei Weltkriegen. Der Dom, die Paulskirche, das *Nizza* am Main, Straßenfeste auf der Berger Straße, der blühende Bethmannpark, das Uhrtürmchen, die Hauptsynagoge, die Pferderennbahn, der Weihnachtsmarkt am Römer. Eine heiße Welle der Sehnsucht stieg in Helene auf, als sie diese Orte ihrer Jugend betrachtete.

Die folgenden Seiten waren nicht schön, sondern bedrückend. Brennende Synagogen, eingeschlagene Fenster, SA-Männer, die jüdischen Männern und Frauen diffamierende Schilder um den Hals hängen, ein Stürmerkasten, der Fotos von nichtjüdischen Deutschen ausstellt, die es noch wagen, in jüdischen

Geschäften zu kaufen, fassungslose, weinende Gesichter, alles in Schwarz-Weiß.

»Du hast dein Leben riskiert, als du diese Bilder aus Deutschland herausgeschmuggelt hast«, hatte Helene tonlos gesagt. Hätte man Marlis entdeckt, wäre sie als Spionin erschossen worden. Dieses Risiko einzugehen, hätte sie ihrer Schwester niemals zugetraut. Trotz der ernsten Stimmung hatte Marlis geschmunzelt.

»Ehrlich gesagt hatte ich schon furchtbare Angst, dass sie die Leica entdecken«, gab sie zu. »Aber sie war ein Andenken an Papa, deshalb habe ich sie im Koffer versteckt. Vor Aufregung habe ich aber nicht daran gedacht, was für gefährliche Bilder der Film enthielt. Erst als ich ihn in London entwickelte, habe ich kapiert, was für ein unverschämtes Glück ich gehabt hatte.«

Helene fuhr fort, ein Bild nach dem anderen zu betrachten. Die in Hamburg ankernde *St. Louis*. Von dort aus hatte Marlis einen Sonnenaufgang über dem Meer fotografiert, der auch in Schwarz-Weiß Hoffnung verspricht. Ein Portrait von Marlis, die ihr Gesicht mit geschlossenen Augen der Sonne entgegenhält. Der Kapitän auf der Brücke. Spielende Kinder an Deck, Erwachsene, die einen Drink zu sich nehmen und dabei einer Tanzkapelle lauschen, als befänden sie sich auf einer Kreuzfahrt. Dem widersprechen ihre müden, angespannten Gesichter und die immer deutlichere Verzweiflung darin, als sie das Schiff nach Europa zurückbringt. Mit wehenden Mänteln und gesenkten Köpfen gehen sie an Land, an einer Hand ihre Kinder, in der anderen den Koffer.

Der vierte Teil des Fotobandes, in Farbe gehalten, holte Helene in die Gegenwart zurück. Herrliche Bilder hat Andrew Parker von Washington Heights und seinen Bewohnern aufgenommen, auch von Plätzen, die Helene inzwischen vertraut geworden sind. Was auch geschieht, versprechen Parkers Bilder, das Leben geht weiter. Doch in seinem Spiel mit dem Licht sind auf Gegenständen und den Gesichtern der Menschen Schatten entstanden, einer verdunkelt die Hauswand des Cafés, vor dem

Leute sitzen und Zeitung lesen. Hat Parkers Kamera in diesen Schatten die Seelen derjenigen eingefangen, die es nicht nach Washington Heights schafften, so wie Andrei, Helenes russischer Begleiter von der *Marine Flasher?*

Als sie das Buch zur Seite legte, bat Moritz darum, es ansehen zu dürfen. Sie gab es ihm, sprachlos, wegen der Bilder, aber auch, weil sie Marlis ein solches Projekt nicht zugetraut hätte. Mehrmals räusperte sich Helene, bis sie ihre Stimme wiederfand.

»Ich weiß nicht, was ich sagen soll«, brachte sie heraus. »Dein Buch ist … verstörend.«

Als Marlis bei diesem Wort zusammenzuckte, ergriff Helene hastig die Hand ihrer Schwester.

»Nein, ich meine, es ist aufwühlend. Bedeutend.«

Sie umarmte Marlis, die etwas geschafft hatte, zu dem Helene sich nicht in der Lage sah. Den Geistern der Vergangenheit ein Gesicht zu geben, das andere mit ihr zusammen ansehen konnten. Zu teilen, was ihr widerfahren war.

Samantha knisterte mit auf dem Boden liegenden Geschenkpapier. John, der ihnen Kaffee nachgegossen hatte, setzte sich an Marlis' Seite und küsste sie. Seine Stimme klang brüchig, als er erklärte: »Bis dieses Buch erschien, also bis letzte Woche, hatte ich keine Ahnung von Marys Horrorfahrt. Als wir zusammen hier ankamen, dachte ich, ich zeige meiner Frau die Küste der Freiheit. Dabei hatte mein Land sie schon einmal abgewiesen.«

Er rieb sich über die Augen. »Genauso wenig habe ich gewusst, was für eine wundervolle Fotografin sie ist.«

Zärtlich strich Marlis über seinen Arm. »Wie denn auch? Ich habe die Kamera ja lange nicht angerührt.«

»Wieso hat man dich eigentlich in Kuba abgewiesen? Du hattest doch ein Visum.« Moritz schloss das Buch und schaute Marlis interessiert an.

»Ja«, antwortete sie, »hatte ich. Auch eine Bürgschaft für Amerika. Das war ja mein Ziel. Leider hatten die Kubaner kurzfristig die Visabestimmungen geändert. Warum genau, das kann ich dir nicht sagen. Jedenfalls hatte ich großes Glück, dass mich die Briten aufgenommen haben.«

An Moritz' gerunzelter Stirn war zu erkennen, dass ihn etwas beschäftigte.

»Dann bist du also zufällig in London gelandet«, stellte er zögernd fest. »Ich dachte immer, du wärst gekommen, um mich zu dir zu holen. Weil Mutti doch …«

Er stockte und sah plötzlich sehr jung aus. Wie ein kleiner Junge, der die Welt nicht mehr verstand. Anscheinend kannte Moritz die vollständige Geschichte nicht. Marlis knetete ihre Finger, Helene blickte auf ihre Fußspitzen.

»Du warst neun, Moritz«, sagte Marlis mit verblüffend fester Stimme. »Wie hätte ich dir all diese Dinge erklären sollen?«

»Inzwischen bin ich siebzehn.«

»Richtig. Alt genug, um das komplexe Leben besser zu verstehen.« Marlis lächelte Moritz an, obwohl dieser stur an ihr vorbeischaute.

»Du weißt, wie überglücklich ich gewesen bin, als du in London zu mir gezogen bist. Du warst meine einzige Familie. Dass ich überhaupt lebend in England angekommen bin, ist ein gnädiges Geschenk des Schicksals gewesen. Aber letztlich verdanke ich es Helene. Die Hacken hat sie sich abgerannt, damit die Behörden *ihr* Visum und *ihre* Bürgschaft auf mich ausstellten.«

»Warum?«

Messerscharf landete diese Frage bei Helene.

Ja, warum?

Helene seufzte. Das war eine lange Geschichte.

»Ich habe dich furchtbar vermisst«, sagte sie leise, »aber ich wusste, in England würde dir nichts passieren. Aber Oma, Ilse und Marlis, die waren in großer Gefahr. Als älteste Tochter konnte ich nicht einfach fortgehen. Ich musste für sie da sein.«

Samantha, ein rührendes Bild kindlicher Unschuld, war zwischen Geschenken und Süßigkeiten eingeschlafen. Moritz atmete hörbar aus und stand schließlich auf.

»Ich fahre jetzt zu Jane. Kann ich das Auto nehmen?«

John und Marlis nickten, Helene fühlte sich etwas hilflos. War das Gespräch damit beendet? An der Haustür blieb Moritz, mit dem Autoschlüssel spielend, noch einmal stehen.

»Vieles scheint ganz anders zu sein, als ich gedacht habe«, sagte er. »Das muss ich erst mal sacken lassen.«

Er deutete ein Winken an.

»Merry Christmas.«

Die Tür fiel zu, kurz darauf heulte der Motor des Chevrolets auf und Moritz fuhr zu dem Mädchen, das er liebte.

Pünktlich auf die Minute steht Leon vor der Tür und sieht Helene bewundernd an.

»Schön siehst du aus«, sagt er schlicht, was jedoch ausreicht, um Helenes Herz bis in den Hals pochen zu lassen. Ganze sechs Wochen hatten sie sich nicht gesehen.

Damit keine gefährliche Pause entsteht, bittet sie ihn, einzutreten und seinen Mantel abzulegen. Sie fragt nach Devora und den Kindern, die bereits zu Leons Schwiegereltern nach San Francisco geflogen sind. Am nächsten Tag wird Leon ihnen folgen, hat jedoch darum gebeten, Helene vorab ein gutes neues Jahr wünschen zu dürfen. Keine Sekunde hat sie mit ihrer Antwort gezögert, obwohl es ihr, seitdem sie seine Familie kennt, schwerfällt zu vergessen, dass es Devora gibt.

Der Frühstückstisch in Dorothys Wohnzimmer ist mit Honig, Marmelade und geröstetem Brot gedeckt. Es riecht nach gut gewürztem Rührei und Kerzenwachs, und am Fenster schweben, wie Helene erfreut feststellt, Schneeflocken vorbei. Leon erzählt, dass seit ihrem Besuch ein Kind nach dem anderen an Masern erkrankt sei. Bis auf Lea.

»Vielleicht hatte sie die Masern schon«, sagt er.

Helene schmunzelt.

»Vielleicht? Unbemerkt gehen die ja kaum vorüber.«

Leon trinkt einen Schluck Kaffee, dann erwidert er: »Ich weiß leider nicht, welche Krankheiten Lea schon hatte. Sie ist noch nicht lange bei uns.«

Fragend sieht Helene ihn an.

»Devora und ich haben die Kinder adoptiert. Jonathan kam 1939 zu uns, Lea erst vor ein paar Monaten.«

Völlig überrascht lässt Helene ihren Toast sinken. Leon hat die vier Kinder adoptiert? Dabei meint sie sogar, Ähnlichkeiten zwischen ihm und seinen Söhnen entdeckt zu haben.

»Das sind gar nicht eure Kinder?«, entfährt es ihr.

»Doch.«

Leon antwortet, ohne zu zögern. »Unbekannte Mütter mögen sie zur Welt gebracht haben. Doch jetzt gehören Jonathan, Gabriel, Mona und Lea zu uns.«

Der Vater von Gabriel und Mona hatte es mit seinen Kindern zwar in die Vereinigten Staaten geschafft, war jedoch körperlich und seelisch an den Folgen des Krieges zerbrochen. Deshalb brachte er sie in einem Heim unter. Ähnlich erging es Lea, deren Eltern in Theresienstadt ums Leben gekommen waren.

Theresienstadt. Wie ein lauter werdendes Echo hallt der Name des Ghettos und Konzentrationslagers in Helenes Ohren. Gesichter tauchen auf und verbleichen. Atemlos, obwohl sie sich nicht einmal bewegt, sieht sie Leon an und sein Blick hält sie fest. Langsam bewegen sich seine Lippen, formen ihren Namen. »Helene? Helene!«

Endlich erreicht sie seine Stimme und Helene zwingt sich, an Moritz zu denken, dem viel erspart geblieben ist, weil eine unbekannte britische Familie sich seiner angenommen hat. Auch die Waisenkinder von der *Marine Flasher* tauchen in ihrer Erinnerung auf. »*Please smile!*«, forderte ein Fotograf sie gleich nach ihrer Ankunft auf, aber viele schafften das nicht. Ist Lea eines von ihnen und hat dank Leon und Devora ihr Lächeln wiedergefunden?

Mit ihrer Serviette tupft Helene die Schweißperlen ab, die sich auf ihrer Stirn gebildet haben. Leon soll sich nicht mehr um sie sorgen. Oder gar aufstehen, um sie zu tröstend zu umarmen, denn woher nähme Helene in Augenblicken wie diesen dann die Kraft, Grenzen zu wahren?

Zum Glück gehorcht ihre Stimme, als sie sagt: »Nirgendwo hätten es die Kinder besser treffen können als bei euch.«

Leon schenkt ihr ein Lächeln voller Wärme.

Die Schneeflocken tanzen nun nicht mehr federleicht vor ihrem Fenster, sondern peitschen dick und schwer gegen die Scheiben.

»Du meine Güte«, sagt Helene, »für diese Tage war gar kein Schnee vorhergesagt. Hätte es gestern so stark geschneit, dann hätte ich glatt bei Marlis bleiben müssen.«

Nachdem sie kontrolliert haben, dass alle Fenster gut verschlossen sind, sehen sie hinaus. Menschenleer und weiß liegt der Fort Tyron Park unter ihnen, der Hudson River dahinter in einem Schleier aus Schnee. Tapfer stemmen sich zwei Fußgänger dem Sturm entgegen. Ein Nachbar ist dabei, sein unter den Schneemassen begrabenes Auto freizuschaufeln.

»Bei diesem Blizzard geht bald nichts mehr«, sagt Leon und schaut auf seine Uhr. »Ob überhaupt noch Bahnen oder Taxis fahren? Ich muss noch mal in der Redaktion hereinschneien.«

Sie lachen über seine Wortwahl. Dann wird Leon ernst, als wäre ihm plötzlich etwas eingefallen, das ihn besorgte.

»Was hast du?«, fragt Helene beunruhigt. Automatisch hat sie dabei ihre Hand auf seinen Arm gelegt.

»Ich frage mich, ob ich morgen überhaupt fliegen kann. Dabei wartet Devora auf mich. Es geht ihr nämlich nicht gut.«

»Was ist mit ihr? Ist sie krank?«

»Schwanger«, antwortet Leon knapp.

»Oh.«

Ein dumpfes Gefühl breitet sich in Helene aus. Was hat sie denn gedacht? Dass Leon nicht mit seiner Frau schläft?

»Das ist doch wunderbar«, sagt sie und zieht ihre Hand zurück, die auf Leons Arm nun wie ein Fremdkörper wirkt. »Das heißt doch, ihr bekommt ein leibliches Kind.«

»Ach, Helene. Wir haben uns schon so oft auf ein Baby gefreut.«

Sie hört seine Trauer um die ungeborenen Kinder und weiß

nicht, wie sie darauf reagieren soll. Er tut ihr leid, denn, so innig er Jonathan, Gabriel, Mona und Lea liebt, Helene weiß, wie sehr er sich leibliche Kinder gewünscht hat. Wie würde Leon empfinden, wenn er erführe, dass Helene und er ein gemeinsames Kind hätten aufziehen können? Obgleich der Krieg vielem die Bedeutung genommen hat, erwacht eine alte Schuld.

Bevor Helene ausweichen kann, ergreift Leon ihre Hand und führt sie einen Moment an seine Lippen. Helene wünscht sich, Leon würde jeden einzelnen ihrer Finger küssen, so zärtlich, wie er es früher getan hat. Ihr Bedürfnis, ihn an sich zu ziehen und ihre Hände in die Haut seines warmen Rückens zu krallen, raubt ihr den Atem.

Leon lässt sie los und sagt: »Ich habe etwas für dich.«

Aus seinem Mantel holt er ein Päckchen.

»Ich hoffe, es gefällt dir.«

Noch immer gefangen in ihrem Verlangen, überreicht auch Helene ihr Geschenk. Es ist der Bildband, an dem Marlis mitgearbeitet hat.

»Du wirst staunen«, sagt Helene leise.

Mit einer kurzen Umarmung verabschieden sie sich und so wie sie es bei jedem ihrer Freunde täte, wünscht Helene Leon einen guten Flug. Als sie die Tür hinter ihm schließt, fühlt es sich jedoch an, als hätte sie ihrem Geliebten Lebewohl gesagt.

Kommt es Helene nur so vor oder tickt Dorothys Uhr plötzlich lauter? Ohne Leon ist die Wohnung plötzlich allzu groß, genauso wie die Stille, denn selbst die wenigen Geräusche von der Straße verschluckt der Schnee. Helene bringt das Geschirr in die Küche, anschließend schaltet sie Radiomusik ein und packt Leons Geschenk aus, einen Gedichtband von Else Lasker-Schüler. Als Helene das Büchlein aufschlägt, fällt eine Karte heraus. Helene hebt sie auf und liest:

Liebe Helene,
voller Inbrunst danke ich Gott, dass Du die dunklen Jahre überstanden hast und er unsere Wege noch einmal zusammenführt. Mit seiner

Hilfe wirst Du, meine starke Helene, Dein Leben in New York schon meistern, auch wenn der Anfang schwer ist. Um es mit den Worten meiner Lieblingsdichterin zu sagen:

Es wachsen auch die Seelen der verpflanzten Bäume,
Auf Erden schon in Gottes blaue Räume,
Um inniger von seiner Herrlichkeit zu träumen.

Mögest Du in ihren Versen Trost finden, auch wenn ich weiß, dass Gott nie die erste Adresse gewesen ist, bei der Du Rat gesucht hast. Ein gutes neues Jahr 1948 wünscht Dir
Dein Leon

Helene wischt sich eine Träne aus dem Augenwinkel. *Es wachsen auch die Seelen der verpflanzten Bäume* – was für ein beruhigender Gedanke.

Helene blättert weiter, bis sie das Gedicht findet, das Leon und sie oft gemeinsam rezitierten, als sprächen sie mit einer Stimme, versunken in den Armen und Augen des anderen.

Weshalb schenkt ihr Leon ein Buch, in dem sie früher oder später auf genau dieses Gedicht stoßen muss? Er ist verheiratet, hat Familie und Devora erwartet ein Kind von ihm. Wieso wühlt er sie mit romantischen Worten auf, die nicht mehr ihnen gehören? Kann er ihr nicht den Roman einer Schriftstellerin schenken, von der sie noch nie gehört hat? Fast ist es ihr gelungen, ein bisschen böse auf Leon zu sein, als es klingelt, einmal, zaghaft nur, so dass sie nicht zusammenzuckt. An der Wohnungstür steht Leon, um seine Schuhe herum bilden sich kleine Pfützen.

»Leon.«

Unvorbereitet ist Helene machtlos gegen seine dunklen Augen und sein unsicheres Lächeln. Ihr herbeigeredeter Anflug von Zorn ist schon verflogen.

»Kein Taxi, kein Bus, kein Zug«, entschuldigt sich Leon, während er seine durchnässten Schuhe auszieht. »Der Wettergott hat mal wieder alles lahmgelegt.«

Vor vielen Jahren ist besagter Wettergott einmal ihr Verbündeter gewesen. Zum Jahreswechsel 1926 hat ein heftiger Sturm sie in Leons kleinem Zimmer in Bockenheim festgehalten. Jetzt fordert sie also der Schnee heraus.

»Ich koche uns Tee«, sagt Helene, nachdem sie Leon einen Platz auf dem Sofa angeboten hat, und flüchtet in die Küche. Während sie wartet, bis der Wasserkessel pfeift, richtet sie ein Tablett mit Tassen, Zucker und Keksen. Leon ist zurückgekehrt, weil es schneit. Was sonst hätte er bei diesem Sauwetter tun sollen? Sobald das Schneegestöber nachlässt, wird er zur Redaktion aufbrechen, so, wie er es geplant hat. Bis dahin muss es Helene gelingen, ihre Schutzschilde wieder hochzufahren.

»Dieses Gedicht habe ich bestimmt eine Million Male gelesen«, seufzt Leon, als Helene Tee einschenkt und sich ihm gegenüber in einen Sessel setzt. Er trägt eine Brille, die ihm gut steht, und scheint in die Poesie vertieft zu sein. Hat er bemerkt, dass sie die Seite mit dem Liebesgedicht aufgeschlagen hat?

»Welches?«

»Ein Lied an Gott«, erwidert Leon, dreht das Radio leise und liest vor.

»Es schneien weiße Rosen auf die Erde,
Warmer Schnee schmückt milde unsere Welt;
Die weiß es, ob ich wieder lieben werde,
Wenn Frühling sonnenseiden niederfällt.

Zwischen Winternächten liegen meine Träume
Aufbewahrt im Mond, der mich betreut –
Und mir gut ist, wenn ich hier versäume
Dieses Leben, das mich nur verstreut.

Ich suchte Gott auf unbeschienenen Wegen
Und kräuselte die Lippe nie zum Spott.
In meinem Herzen fällt ein Tränenregen.
Wie soll ich dich erkennen, lieber Gott …«

An dieser Stelle bricht Leons Stimme. Mit Daumen und Zeigefinger streicht er über seine Nasenwurzel, so dass man meinen könnte, er massiere sie nachdenklich. In Wirklichkeit verwischt er seine Tränen.

»Es gibt noch mehr Strophen«, erklärt er, sich räuspernd. »Vielleicht sollte man sie lieber still lesen.«

Helene nickt.

»Hast du ihn wiedergefunden, deinen Glauben?«

»Ja«, antwortet Leon knapp.

Helene ist erleichtert, denn obwohl er ihr selbst nicht viel bedeutet, ahnt sie, wie haltlos sich Leon gefühlt haben muss, als er begann, an Gott zu zweifeln.

»Schauen wir uns an, was du mir zugedacht hast.«

Leon öffnet das Geschenkpapier und legt es ordentlich gefaltet auf den Tisch.

»Nichts Heiteres«, warnt ihn Helene, als er das Fotobuch von Marlis in den Händen hält. Ein überraschter Ausruf entfährt Leon, als er den Namen Mary Watson auf dem Cover entdeckt. Seite für Seite studiert er die Fotografien. Helene setzt sich neben ihn, und gemeinsam betrachten sie, was Marlis im November 1938 aufgenommen hat. Sie kennt diese Bilder so gut, dass sie kaum noch neue Details auf ihnen zu entdecken vermag, doch was sieht Leon in ihnen?

Als er sie anblickt, wirken seine Augen wie verdunkeltes Glas, hinter dessen Härte sich ungeweinte Tränen stauen.

»Nachdem ich weder dir noch Marlis helfen konnte, habe ich begonnen, mich um jüdische Flüchtlinge zu kümmern.«

Er spricht so leise, dass es Helene schwerfällt, ihn zu verstehen. »Außerdem wollte ich aus erster Hand erfahren, was in Deutschland vor sich ging. Erinnerst du dich, dass ich dir erzählt habe, Vorträge an Universitäten zu halten?«

Im Sommer 1939 veranstaltete die Harvard University ein Preisausschreiben, an dem sich beteiligen konnte, wer aus eigener Erfahrung darüber berichtete, wie sich sein Alltag unter den Nationalsozialisten verändert hatte. Leon war Mitglied des

Teams, das diese Berichte auswertete. Auf ihrer Grundlage verfasste er mehrere Aufsätze, die nicht nur bei der Emigrantenzeitschrift *Aufbau*, sondern auch in der amerikanischen Presse Beachtung fanden. Verschiedene Universitäten luden ihn daraufhin ein, seine Erkenntnisse über Nazi-Deutschland mit Professoren und Studenten zu teilen.

»Als ich ihnen erklärte, was die Nazis nach der Pogromnacht den Männern antaten, die nach Buchenwald verschleppt worden waren, erzählte ich auch von deinem Vater. Seine Geschichte hat die jungen Leute erschüttert.«

In Helenes Hals bildet sich ein Kloß, als sie an ihren Vater denkt. Mit einer Zärtlichkeit, die trotz ihrer Schwermut Sehnsüchte verstärkt, streicht Leon Helene durchs Haar.

»Niemals dürfen die Menschen vergessen, welche Gewalt von einem Land ausging, das wir für modern und zivilisiert hielten. Dem Land der Dichter und Denker.«

Leons Stimme hat sich gefestigt, klingt klar und engagiert, so wie Helene es von ihm kennt, wenn er über etwas spricht, das ihn beschäftigt. Dabei streichelt sein Daumen ihre Hand. Mit geschlossenen Augen lehnt sie den Kopf an Leons Schulter. Ein gestohlener Augenblick, dem Wettergott sei Dank.

»Deshalb, Helene, sind diese Berichte Gold wert. Damit unsere Nachkommen lernen, was geschieht, wenn man nicht verhindert, dass sich zerstörerische Kräfte entfesseln.«

Jetzt klingt Leon wie ein Journalist, der vorhat, die Welt über ein recherchiertes Thema zu informieren. Dagegen ist eigentlich nichts einzuwenden, nur dass Helene all das, wovon Leon redet, vergessen will.

Dass sie schlecht schlafe, sei verständlich, findet er. Und erklärlich, dass sie immer wieder aus der Gegenwart falle, hinein in Momente, die bereits Jahre zurückliegen. Aber, fragt sich Helene, während er spricht, was weiß Leon denn schon? Kennt er die Todesangst, die ihr jahrelang die Luft abschnürte, sobald sie morgens die Augen aufschlug? Weiß er, wie es ist, wenn einem langsam und qualvoll der Lebenswille genommen wird, weil immer mehr Menschen, die einem etwas bedeuten, fortgebracht werden? Nein, denn er hat es nicht erlebt. Vieles kann ein guter Journalist ergründen, doch Leons und ihre eigenen Erfahrungen lassen sich nicht vergleichen. Etwas fahrig gießt sie Leon lauwarmen Tee nach, er schwappt über den Rand der Tasse.

»Ich koche uns neuen«, sagt sie, aber Leon schüttelt den Kopf.

»Helene, bitte hör mir zu.«

Sie bleibt stehen, in der Hand die leere Teekanne.

»Mit einigen Augenzeugen der Harvard-Studie habe ich mich unterhalten«, fährt Leon fort. »Die Kristallnacht, sagen sie, verfolge sie bis in den Schlaf. Diese Nacht des Terrors hätte sie verändert.«

»Der Krieg hat alles verändert«, entgegnet Helene. »Damit müssen wir uns abfinden.«

Leon schüttelt den Kopf.

»Willst du dich nicht setzen?«, fragt er.

Widerwillig stellt Helene die Kanne ab. Wie jemand, der vorhat, jeden Moment aufzuspringen, sitzt sie auf der Kante des Polsters. Falls Leon ihr Unbehagen bemerkt hat, ignoriert er es.

»Manchen hat es geholfen, darüber zu schreiben. Marlis hat ihre Erlebnisse in diesem Bildband verarbeitet, und ich bin sicher, sie würde bestätigen, dass es sie erleichtert hat.«

»Worauf willst du hinaus?«

Leon legt seinen Arm um sie und lehnt seine Stirn gegen ihre.

»Vielleicht täte es dir gut, du würdest über deine Albträume und schrecklichen Erinnerungen reden.«

Helene rückt ein Stück von ihm ab, um sein Gesicht deutlicher zu erkennen. Erwartungsvoll sieht er sie an, als glaubte er, sein Vorschlag könnte etwas bewegen. Leon ist klug, denkt Helene, aber er versteht mich wirklich nicht. Reden. Gibt es überhaupt Worte, die ihre Empfindungen treffend beschreiben? Helene schaudert bei der Vorstellung, nach ihnen zu suchen.

»Ich komme zurecht«, sagt sie und sieht weg.

»Das weiß ich doch.«

Helene spürt, dass er ihren Blick sucht, doch den verweigert sie ihm und starrt auf ihre im Schoß verschränkten Finger. Unbeirrt spricht Leon weiter.

»Es gibt Ärzte, die sich mit dieser Art von Problemen auskennen, Helene. Sie können dir helfen.«

Sein sanfter Ton stört sie. Ist sie vielleicht eine uneinsichtige Kranke, die man von einem Arztbesuch überzeugen muss? Oder hat Leon am Ende recht? Hat sie seit ihrer Ankunft in New York nicht selbst oft das Gefühl gehabt, lebensuntüchtig zu sein? An der Normalität des Alltags zu scheitern?

Und doch, denkt Helene, verdiene ich täglich mein Geld. Bereite mich auf meine Englischprüfung vor. Und habe sogar zu Moritz einen, wenn auch schmalen, Zugang gefunden – alles innerhalb eines halben Jahres. Am liebsten würde sie Leon anfahren: »Was wäre wohl aus dir geworden, hättest du nicht *safe and sound* in Amerika gelebt, sondern wärst an meiner Stelle gewesen?«

Stattdessen reagiert sie mit Ironie, mit der sie versucht zu verbergen, dass er sie verletzt hat. »Du meinst doch nicht etwa Ärzte wie Sigmund Freud? An seinen Methoden hast du früher kein gutes Haar gelassen.«

»Zum Glück bin ich lernfähig«, gibt Leon zurück.

Helene lächelt nicht darüber. »Hältst du mich für krank?«

»Aber nein«, widerspricht Leon vehement.

Dennoch zieht sich Helene weiter zurück, als er Anstalten macht, sie in den Arm zu nehmen. Leon seufzt.

»Ich finde bloß, du solltest mit deinen Erlebnissen nicht allein bleiben, sondern sie dir von der Seele reden. Wenn du nicht willst, muss es ja kein Arzt sein. Auch mit mir kannst du über alles sprechen.«

Über das Kind, von dem du nichts weißt?, schießt es Helene durch den Kopf. Gleich darauf denkt sie an die Frankfurter Heimkinder. An qualvolle Stunden auf einem muffigen Dachboden, auf dem jedes Husten oder Knarzen des Holzes Helene verraten hätten. Brutale Szenen, deren Zeugin sie selbst am helllichten Tag so oft geworden ist, fallen ihr ein. Dinge, die sie selbst getan hat, um zu überleben. Ihre Flucht mit Lore über den Main, das lichterloh entflammte Frankfurt als Kulisse, und die Zeit danach. Tausend verschiedene Bilder stürzen auf Helene ein und mit ihnen genauso viele Gefühle, die sie in Schach halten muss.

Helene atmet tief durch, dann sucht sie, obwohl sie Dorothy versprochen hat, das Wohnzimmer zu verschonen, in ihrer Handtasche nach Zigaretten.

»Danke, dass du es gut mit mir meinst.« Leon legt wieder seinen Arm um ihre Schulter und schweigend rauchen sie. Ein Bild des Einvernehmens, wenngleich es sich nicht so anfühlt.

Frankfurt, November 1940 –
Oktober 1943

Kalt pfiff der Ostwind, Vorbote des Winters, durch die Dämmerung, so dass Helene in ihrem dünnen Mantel bibberte. Wo blieb er denn? Schließlich konnte sie nicht ewig warten. Spätestens wenn die Ausgangssperre begann, musste sie zu Hause sein. Ein älterer Passant, der mit seinem Hund Gassi ging, kam zum dritten Mal an ihr vorbei und musterte sie. Sah er ihr an, dass sie Jüdin war?

Obwohl ihr nicht danach zumute war, lächelte Helene ihn selbstbewusst an und strich dabei wie zufällig durch ihr blondes Haar. Der Blick des Mannes verfing sich darin und er grüßte freundlich. Hatte sie ihn mit ihrer Geste von seinem möglichen Verdacht abgelenkt? Wie gut das funktionierte, überraschte Helene immer wieder.

Während sein Hund das Beinchen hob, begann der Mann ein Gespräch.

»Hat er sie versetzt?«

»Das will ich ihm nicht geraten haben«, entgegnete Helene, um einen humorvollen Tonfall bemüht. Aus den Augenwinkeln beobachtete sie den Ausgang des *Clementine Kinderhospitals*. An dem Laternenpfahl, an dem sie früher ihr Fahrrad befestigt hatte, lehnte ein anderes. Hoffentlich ginge der Mann bald weiter, sonst würde sich ihr Treffen kompliziert gestalten.

»War er beim Westfeldzug dabei?«, setzte der Hundebesitzer die Unterhaltung fort.

»Wer?«

»Na, der Mann, auf den Sie warten. Mein Sohn hat jedenfalls mitgekämpft.«

Er lächelte stolz. »Holland, Belgien, Luxemburg, Frankreich. Ein Blitzkrieg von weniger als sechs Wochen. Und was für ein genialer Schachzug des Führers, die Franzosen zu verdonnern, den Waffenstillstand in genau demselben klapprigen Bahnwaggon zu unterschreiben wie den von 1918. Nur diesmal, ha, da sind wir die Sieger.«

Dem Hund war langweilig geworden und er zerrte an der Leine. Dafür war Helene ihm dankbar, denn der Mann zog seinen Hut.

»War nett, mit Ihnen zu plaudern«, verabschiedete er sich, aber nach ein paar Schritten drehte er sich noch einmal um.

»Wollen Sie meinen Rat hören? Gehen Sie nach Hause, sonst denkt der Kerl noch, er könnte Spielchen mit Ihnen treiben.«

»Sie haben recht«, stimmte Helene zu, »dazu will ich ihn keinesfalls ermuntern.«

Sie zwinkerte ihm zu und bog um die nächste Ecke, wo sie ihr Fahrrad abgestellt hatte. Einen Moment wartete sie ab, dann lief sie zum vereinbarten Treffpunkt zurück. Dort schaute sich jetzt Dr. Armin Haller nervös nach ihr um.

»Es gab einen Notfall«, entschuldigte er sich, nachdem sie sich begrüßt hatten, »und als ich herauskam, warst du ins Gespräch vertieft.«

Helene widersprach nicht, denn Erklärungen kosteten Zeit, die sie nicht hatte.

»Ich muss mich beeilen«, sagte sie zu Armin Haller, der sofort einen Beutel aus seinem Mantel zog und ihn Helene reichte.

»Mehr konnte ich nicht abzwacken. Verbandszeug, Desinfektionsmittel, Kampferöl zum Inhalieren, fiebersenkende Mittel und etwas für den Hals.«

»Danke, Armin.«

Seit er sie mit Medikamenten versorgte, duzten sie sich. Hastig sah Helene die Schachteln durch und bemerkte, dass etwas fehlte.

»Das Veronal? Hast du davon nichts mitgebracht?«

Armin musterte sie.

»Was hast du mit all den Schlaftabletten denn vor? Muss ich mir Sorgen machen?«

Heftig schüttelte Helene den Kopf.

»Blödsinn. Ich kenne einfach viele Leute, die miserabel schlafen. Am nächsten Tag müssen sie trotzdem zum Arbeitseinsatz antreten. Ich finde, ein paar Stunden Ruhe haben sie verdient.«

Sie wollte nicht pampig wirken, immerhin riskierte Armin seine Stelle für sie. Aber manchmal hatte sie den Eindruck, dass sich selbst wachsame Deutsche wie er kein genaues Bild davon machten, wie kräftezehrend das Leben der jüdischen Bevölkerung war. Nicht einmal von der Ausgangssperre hatte er gehört, und sich, bis Helene ihn darüber aufklärte, gewundert, weshalb sie abends so gehetzt wirkte. Wortlos zog Armin einen zweiten Beutel aus seiner Manteltasche.

»Ich bin dir sehr dankbar«, sagte Helene weicher, doch Armin wehrte ab.

»Es ist eine Schande, dass eine gute Kinderärztin wie du mich um Medikamente anbetteln muss.«

Voller Sympathie nickten sie sich zu.

»Pass auf dich auf«, sagte Armin.

Sie verschwanden in entgegengesetzte Richtungen.

Als Helene die Eingangshalle des Kinderheims betrat, herrschte dort Stille. Die Kinder saßen bereits beim Abendbrot. Seit sechs Monaten war sie als Ärztin im *Kinderheim Nordend* angestellt, weshalb sie Martha Wertheimer nun aus zwei Gründen dankbar war: Erstens, weil diese Moritz vor über anderthalb Jahren wohlbehalten nach London gebracht hatte, und zweitens dafür, Helene informiert zu haben, dass das Kinderheim eine Ärztin suchte, da die vorherige von heute auf morgen nicht mehr erschienen war.

Das helle, freundliche Haus hatte Helene sofort gefallen. Die Zimmer waren großzügig geschnitten und neben sauberen Toiletten, Bädern und Wickelräumen gab es einen gemütlichen Speisesaal, ein Spielzimmer sowie separate Fleisch- und Milchküchen, die der Zubereitung koscherer Mahlzeiten dienten. Während im zweiten Stock die Säuglinge und die eigens für sie ausgebildeten Schwestern schliefen, befanden sich in der ersten Etage die Räume der Mädchen ab zehn; im Parterre wohnten die jüngeren sowie die Buben, die die Leiterin Gertrude Herz nach der Pogromnacht aufgenommen hatte. Das Personal war im Dachgeschoss untergebracht, Gertrude Herz hingegen im Parterre, und an ihren Wohnbereich grenzte die Arztpraxis, in der Helene eine solide Ausstattung vorgefunden hatte.

Abgesehen von den Stunden, die sie im *Philanthropin* oder in der *Samson-Raphael-Hirsch-Schule* verbrachten, hielten sich im Heim an die dreißig Kinder auf. Einige von ihnen schliefen zu Hause, doch die meisten blieben dauerhaft. Nicht bei allen handelte es sich um Waisen. Vielmehr brachten Eltern ihre Kinder hierher, wenn die eigenen Verhältnisse unzureichend waren oder sie von den Nazis zu Arbeitseinsätzen gezwungen wurden, von denen sie erst spät am Abend zurückkehrten.

Glücklicherweise kamen die Kinder gerne, das hatte Helene gleich gemerkt. Zwar ging es im Heim geordnet zu, aber nicht mit preußischer Strenge. Nur Störenfriede pfiff die Leiterin erbarmungslos zurück, so wie den achtjährigen Josua, der sich als Spezialist für wilde Spiele hervortat, mit denen er alle aufweckte. Helene schmunzelte, als sie an ihn dachte. Obgleich Josua viel temperamentvoller als Moritz daherkam, erinnerte er Helene an ihren Sohn. Zum einen wegen der dunklen Haare und Augen, vor allem jedoch, weil Moritz im selben Alter gewesen war, als er Frankfurt verlassen hatte. Jetzt war er zehn. Inständig hoffte Helene, dass ihr Geburtstagsbrief, den Marie während eines Modetermins in Bern von neutralem Boden aus abgeschickt hatte, in London angekommen war. Ein Lebenszeichen war, seit der Krieg den Postverkehr nach England unterbrochen hatte, zu einem kostbaren Geschenk geworden.

Während sie im Ärztezimmer die von Armin entwendeten Medikamente verstaute und die Schlaftabletten in ihrem Schreibtisch einschloss, kämpfte Helene gegen ihre Sehnsucht nach Moritz. Sie beneidete jene Eltern, die soeben ihre Kinder abgeholt hatten, um mit ihnen zu Abend zu essen und sie danach ins Bett zu bringen. Der Preis für diese Nähe war hoch, die Währung hieß ständige Angst. Deshalb tröstete sich Helene, indem sie sich sagte, dass Moritz bei Marlis in Sicherheit war.

Inzwischen war es kurz nach sieben. Ilse und ihre Mutter sorgten sich sicherlich bereits, da Helene ihnen versprochen hatte, pünktlich zum Essen zurück zu sein. Denn seit man jüdischen Mietern die Telefonanschlüsse abgestellt hatte, gab es für Helene keine Möglichkeit mehr, ihre Mutter darüber zu informieren, wenn sie aufgehalten wurde. Sie nahm ein Thermometer und eilte in den ersten Stock hinauf, um Rahel, die nachmittags über Fieber geklagt hatte, zu untersuchen. Vor Rahels Zimmertür fing sie eine der Säuglingsschwestern ab.

»Könnten Sie noch mal zu uns kommen?«, fragte sie. »Eins der Babys hat etwas Durchfall.«

»Natürlich«, erwiderte Helene. Sperrstunde hin oder her, sie konnte nicht riskieren, dass ein erkranktes Baby dehydrierte.

Leise öffnete sie Rahels Zimmertür, um sie, falls sie schliefe, nicht zu stören. Doch das Mädchen richtete sich sofort auf. Ihr schweißnasses Haar klebte an ihrer Stirn und den vom Fieber geröteten Wangen. Über Arme und Gesicht hatte sich ein Ausschlag ausgebreitet, der nur eine kleine dreieckige Partie zwischen Mund und Kinn verschont hatte. Helene besaß einen Verdacht, doch wollte sie sichergehen.

»Hast du Halsschmerzen?«, fragte sie Rahel, die nickend bejahte, weil das Thermometer in ihrem Mund sie am Sprechen hinderte.

»Über neununddreißig«, stellte Helene fest. Dann tastete sie die geschwollenen Lymphknoten ab und bemerkte, dass Zunge und Rachen knallrot waren. Zuletzt bat Helene das Mädchen, sein Nachthemd anzuheben, damit sie sah, ob sich stecknadelgroße Flecken auf seinem Körper befänden.

»Du hast Scharlach«, erklärte sie. »Wir verlegen dich ins Isolierzimmer. Dort bekommst du eine Lösung zum Gurgeln und Wadenwickel gegen das Fieber.«

»Bin ich denn ansteckend?«

»Oh ja«, entgegnete Helene und lächelte aufmunternd. »Ich vermute, dass du bald Gesellschaft bekommst.«

Diese Vorstellung schien Rahel nicht zu gefallen, denn sie zog die Stirn in Falten.

»Was ist mit der Schule?«

Die Tür ging auf und Gertrude Herz trat ein. Mit ihrem dunklen hochgeschlossenen Kleid und dem akkuraten Mittelscheitel, der zu einem festen Dutt am Hinterkopf führte, hätte man die Leiterin für eine strenge Person halten können. Doch ihre Stimme klang warm und ihre Augen blickten mitfühlend. Sie erkundigte sich nach Helenes Diagnose, dann strich sie Rahel über den Kopf.

»Ich werde die Krankheit melden müssen«, meinte sie, woraufhin Rahels Gesicht sich noch mehr verfinsterte, weil sie fürchtete, dass damit für alle Heimkinder der Schulbesuch gestrichen wäre. Bedauernd nickte Gertrude Herz.

»Wahrscheinlich läuft es ab wie im Februar, als uns die zuständige Behörde unter Quarantäne stellte. Dabei waren nur wenige Kinder an Grippe erkrankt.«

Bevor die Leiterin das Zimmer verließ, wandte sie sich noch einmal an Helene.

»Dr. Bornstein, kommen Sie später noch einmal zu mir? Ich würde gerne etwas mit Ihnen besprechen.«

Helene gab es auf, zur Sperrstunde um acht zu Hause zu sein. Am nächsten Tag, das nahm sie sich fest vor, würde sie erneut nachhaken, weshalb man ihr die ärztliche Sondererlaubnis, sich abends draußen aufzuhalten, nicht verlängert hatte. Vermutlich aus reiner Schikane.

Über Rahels Wangen rannen Tränen.

»Tut dein Hals so weh?«, fragte Helene.

Rahel schüttelte den Kopf.

»Bist du traurig, nicht in die Schule zu dürfen?«

Das würde Helene verstehen, denn Gertrude Herz traute sich immer seltener, mit den Kindern Ausflüge zu unternehmen, weshalb es ihnen an Abwechslung mangelte. Rahel schnäuzte sich die Nase.

»Rosa wird mich dafür hassen«, sagte sie mit tränenerstickter Stimme. »Sie ist in Bernd verliebt und glaubt, dass er sie auch gern hat. Allerdings ist auch ein anderes Mädchen aus ihrer Klasse hinter ihm her. Und die hätte freie Bahn, wenn Rosa auch krank wird. Das verzeiht sie mir nie.«

Perplex starrte Helene das Mädchen an.

»Und deswegen bist du so verzweifelt?«

In einer Zeit, in der es wirklich Schlimmeres gibt?, hätte sie am liebsten hinzugefügt. Doch um ihre unglückliche Patientin nicht noch mehr aufzuregen, schluckte sie die Bemerkung hinunter. Rahel brach trotzdem wieder in Tränen aus, und hilflos stand Helene daneben. Rosa war vierzehn, und Rahel erst zwölf. Waren die Mädchen nicht zu jung für Liebeskummer?

Helene ließ sich auf Rahels Bettkante nieder.

»Sag Rosa, wenn Bernd nicht ein paar Tage auf sie wartet, ist er nicht der Richtige.«

Rahel schmiegte sich an sie. Unbehaglich betrachtete Helene das Mädchen und kam sich ein bisschen steif vor. Sie war keine Betreuerin, sondern Ärztin. Doch Rahel ließ ihr keine Wahl und so hielt Helene sie einfach fest.

»Rosa wird sagen, dass ich keine Ahnung habe, weil ich noch keine Frau bin«, schniefte Rahel. »Wann bekomme ich meine Regel? Ob es noch lange dauert?«

»Das ist bei jedem Mädchen anders«, erwiderte Helene, »sei doch froh, dass du keine Bauchschmerzen hast.«

Rahels Tränen versiegten.

»Die würden mir nichts ausmachen. Nur eine Frau will ich endlich sein. Und mich verlieben. Dr. Bornstein, wie ist es, verliebt zu sein? Stimmt es, dass man dann an nichts anderes mehr denken kann?«

Helene schluckte. Auf ein solches Gespräch war sie nicht vorbereitet. Allerdings blickte Rahel sie so erwartungsvoll an, dass Helene es nicht übers Herz brachte, sie abzuwimmeln.

»Es ist«, begann sie zögerlich, »als ob man durch den Tag schweben würde. Was dich sonst ärgert, scheint unwichtig und die alltäglichsten Kleinigkeiten strahlen in einem besonderen Glanz.«

So jedenfalls hatte es Helene empfunden, nachdem sie Leon begegnet war. Bei Viktor war es anders gewesen. In ihn hatte sie sich auf eine erwachsene, weniger ungestüme Art verliebt.

»Und man wünscht der ganzen Welt, sie möge genauso glücklich sein wie man selbst«, schloss Helene.

Mit großen Augen hatte Rahel zugehört.

»Das klingt schön.«

Sie glitt aus dem Bett, um ihre Zahnbürste, einen Kamm und frische Unterwäsche zusammenzupacken. Auf dem Weg ins Isolierzimmer sagte Rahel: »Dann sind die Nazis also nie verliebt.«

»Wie kommst du darauf?«

»Weil ihnen nichts daran liegt, dass alle Welt glücklich ist.«

Sanft legte Helene ihren Arm um die mageren Mädchenschultern.

»Es kommen bald wieder bessere Zeiten«, versprach sie. Aber nur ganz leise.

Nachdem Helene der Säuglingsschwester eingeschärft hatte, das erkrankte Baby gut zu überwachen und ihm Tee mit etwas Salz einzuflößen, meldete sie sich bei der Leiterin. Diese war damit beschäftigt, Anfragen von Eltern zu bearbeiten, die darum baten, ihre Kinder unterzubringen.

»Es sind Dutzende und täglich werden es mehr«, seufzte Gertrude Herz, als sie die Brille abnahm und sich die Augen rieb. Erst jetzt fiel Helene auf, wie müde sie aussah.

»Die Zwangsbeschäftigung nimmt zu und viele Eltern wissen nicht, wohin mit ihren Kindern«, erklärte sie Helene. »Und jetzt noch diese grauenvollen Gerüchte. Manche scheinen zu glauben, ihr Kind sei in unserer Institution sicherer aufgehobenen als in den eigenen vier Wänden. Vielleicht stimmt das sogar. Sie haben doch gehört, was während des Laubhüttenfestes passiert sein soll?«

Helene nickte. Zwar hatte keine Zeitung darüber berichtet, dass am 22. Oktober fast die gesamte jüdische Bevölkerung aus Baden und der Saarpfalz nach Südfrankreich abgeschoben worden war. Trotzdem, wie ein Lauffeuer verbreitete sich die Nachricht, dass Gestapobeamte in die Wohnungen eingedrungen waren und Tausende Männer, Frauen und Kinder gezwungen hatten, innerhalb kürzester Zeit reisefertig zu sein. Wenn es stimmte, was man hörte, endete die Fahrt der Vertriebenen nahe den Pyrenäen, im Internierungslager von Gurs. Was dort mit ihnen geschehen würde, wusste niemand.

»Bedenkt man, wie viele polnische Juden die Nazis schon vor der Kristallnacht deportiert haben, kann einem das ganz schön Angst einflößen.«

Erschöpft nippte Helene an ihrem heißen Tee. Sicher blieb das ein Einzelfall. Selbst wenn sich kaum jemand um die Polen geschert hatte, dagegen, dass man am helllichten Tag die deutschen Nachbarn verschleppte, würde sich Widerstand regen. Während sie das dachte, ja, denken wollte, schien es Helene aber, als würde ihr Vater warnend den Zeigefinger heben.

»Massenhafte Abschiebungen wären zu aufwendig. Immerhin befindet sich Deutschland im Krieg.«

»Der nicht sehr viel Mühe bereitet«, konterte Gertrude Herz. »Ein Land nach dem anderen wird überrannt.«

Endlich schien die Leiterin zu bemerken, dass Helene unruhig auf ihrem Sessel hin und her rutschte. Als sie erfuhr, dass die Ärztin Gefahr lief, wegen der Ausgangssperre in Schwierigkeiten zu geraten, lehnte sie sich zurück und meinte: »Das bringt mich zu meinem eigentlichen Thema. Kurz gesagt: Ich möchte Sie bitten, bei uns zu wohnen, Dr. Bornstein. Der Abstellraum neben der Praxis ließe sich in ein Schlafzimmer umfunktionieren. Für uns wäre das ideal, weil Sie den Kindern rund um die

Uhr zur Verfügung stünden. Für Sie, weil Sie nicht mehr auf heißen Kohlen säßen.«

Die Idee besaß Hand und Fuß, und Helene hatte nichts dagegen umzuziehen. Sie fragte sich bloß, was Ilse und ihre Mutter davon halten würden? Kämen sie ohne sie zurecht?

»Ich überlege es mir«, erwiderte Helene.

Erhobenen Hauptes, den Blick stur geradeaus gerichtet, radelte sie um kurz nach neun heim. Weniger als zehn Minuten brauchte sie für den Weg, trotzdem kam sie nassgeschwitzt an. Heftig trommelte ihr Herz gegen die Rippen, jeder Passant und jeder Schatten hatte Helene eine Heidenangst eingejagt.

In der Küche duftete es so lecker nach Braten, dass Lore das Wasser im Mund zusammenlief. Sie nahm die Topflappen vom Haken und zog in der Hoffnung, dass ihr die Zubereitung gelungen war, das Fleisch aus dem Ofen.

»Wir erwarten wichtige Gäste«, hatte die Hausherrin Elisabeth Dorner sie ermahnt, nachdem sie die Rezeptur mehrmals mit Lore durchgegangen war. Lore hatte gut aufgepasst, denn sie hatte nicht vor, es sich mit den Dorners zu verscherzen. Seit sie hier als Mädchen für alles angestellt war, hatte sich ihr Leben verbessert. Gegen das, was sie jetzt verdiente, glich ihr Lohn im Kino einem lächerlichen Almosen. Außerdem durfte Werner in der warmen Küche seine Hausaufgaben erledigen, und stets fiel eine gute Mahlzeit für ihn ab. Manchmal schenkte Elisabeth Dorner Werner abgelegte, aber tadellos erhaltene Kleidung ihrer Söhne, so dass Lore in diesem Winter nicht die Frage quälte, woher sie das Geld für warme Pullover oder gar einen neuen Mantel nehmen sollte.

Lediglich die stramm nationalsozialistische Gesinnung der Dorners machte Lore etwas zu schaffen.

Perplex hatte sie dagestanden, als am Tag ihres Vorstellungstermins alle fünf Dorner-Kinder, aufgereiht wie die Orgelpfeifen, zur Begrüßung ihren rechten Arm hochrissen und ihr ein zackiges »Heil Hitler« entgegenbrüllten.

Elisabeth und Achim Dorner engagierten Lore, obgleich sie keine Referenz als Hausmädchen vorzuweisen hatte – ihre Erfahrung bei den Lemperts in Bad Homburg behielt Lore für sich, da sie fürchtete, es würde kein gutes Licht auf sie werfen, wenn herauskäme, dass sie den Hausherrn, mochte er auch zudringlich gewesen sein, gebissen und getreten hatte.

Am selben Abend hatte sie ihren Freund Rolf in ein Lokal eingeladen, um auf ihre neue Stelle anzustoßen. Rolf kannte Achim Dorner, weil er während des Frankreichfeldzuges unter dessen Kommando gekämpft hatte. Zurück von der Front, hatte Rolf bei einem bierseligen Abend unter Kameraden Lore als Hilfe empfohlen. In höchsten Tönen hatte er ihre hausfraulichen Talente gelobt, obwohl er die viel weniger kannte als ihre sonstigen weiblichen Vorzüge.

Vorsichtig tauchte sie einen Teelöffel in die Bratensoße und schmeckte sie mit Gewürzen ab. Köstlich. Innerlich klopfte sie sich auf die Schulter. Mehrmals übergoss sie das Fleisch mit Soße und schob es wieder in den noch warmen Ofen. Dabei kehrten ihre Gedanken zu Rolf zurück.

Dass dieser attraktive Mann sie vergötterte und, wie er schwärmte, sich endlich vorstellen könnte, den Bund der Ehe zu schließen, schmeichelte ihr. Sie spürte aber auch, dass ihre eigenen Gefühle dabei waren, abzuflauen. Was für ein Jammer, denn Rolf war ein Mann, nach dem andere Frauen ihre Hälse reckten. Außerdem war er amüsant, verstand es, sich galant zu verhalten und Lores Körper zu verwöhnen. Und, ganz wichtig, er bemühte sich um Werner. Zum ersten Mal, seitdem Erik vor sieben Jahren ausgezogen war, verheimlichte Lore ihrem Sohn nicht, dass es einen Mann gab, den sie regelmäßig traf.

Anfangs hatte sie wirklich geglaubt, das Schicksal hätte Humor bewiesen, indem es ihr Rolf in die Arme trieb, denn als Kinder hatten sie sich gehasst. Seitdem waren fünfzehn Jahre vergangen, und alles hatte so gut angefangen. Immer weniger gefiel es Lore jedoch, dass sie Rolf, je länger sie ihn kannte, umso schwerer durchschaute. Meinte er, was er sagte? Oder sagte er etwas, um seinen Zuhörern zu gefallen? Nicht einmal, was er von den Nazis hielt, war ihr klar, weshalb sie sich mit kritischen Äußerungen zurückhielt. Doch wie sollte sie eine Ehe mit ihm führen, wenn sie ihm nicht traute?

Zudem erlebte sie Rolf als cholerisch. In einem Moment trug er sie auf Händen und fragte mit Besitzerstolz in eine ausgelassene Runde, ob Lore nicht die begehrenswerteste Frau aller Zeiten wäre. Zogen ihn seine Freunde dann mit zotigen Antworten auf, reagierte er wütend und eifersüchtig. Manchmal beruhigte er sich, wenn Lore mit Engelszungen auf ihn einredete, weitaus öfter stieß er sie von sich fort und schlug den Widersacher windelweich. Erik hatte sich wenigstens aus Überzeugung geprügelt, weil er die Nazis bekämpfte. Was Rolf dazu trieb, besinnungslos auf andere einzudreschen, verstand Lore nicht.

Dabei schien er sich wirklich verändert zu haben, als sie ihn nach all den Jahren im Tanzlokal wiedergetroffen hat. Selbstbewusst war er auf Lore zugesteuert und hatte »Grüß dich, Teufelsmädchen« gerufen und nicht »Heil Hitler«. Das war die erste Überraschung gewesen. Die zweite bestand darin, dass er seinem Begleiter erklärte, genau so hätte er Lore als junges Mädchen genannt. Sie hingegen hatte Ausdrücke wie »Kommunistenflittchen« im Ohr, was sie freilich nicht sagte.

Schon als Junge hätte er sie bewundert, gestand Rolf mit einem charmanten Lachen und umgarnte sie derart, dass Lore nach einer Weile bereit war zu glauben, ihr Gedächtnis würde sie bei einigen Erinnerungen trügen. Nachdem sie geplaudert hatten, bat Rolfs Freund Lores Kinokollegin um einen Tanz und auch Rolf forderte Lore auf: »Darf ich bitten, Frau Neuhaus?«

Seine Stimme klang tief und erotisch, und als er, ohne Lores Antwort abzuwarten, ihre Hand ergriff und Lore zur Tanzfläche führte, überkam sie ein Schauer des Verlangens. Warum denn auch nicht?, dachte sie. Rechenschaft war sie niemandem schuldig, außer sich selbst.

»Ich heiße wieder Bergmann«, hatte sie gehaucht.

Wange an Wange tanzten sie und nachdem sie sich in Rolfs

Wohnung geliebt hatten, ruhte Lores Kopf an seiner Brust, deren Haare an ihrer Nase kitzelten. Rolf nahm einen tiefen Zug von seiner Zigarette, bevor er sie an Lore weiterreichte.

»Nach manchen Schlachten, Lore, habe ich an dich gedacht. Daran, wie du mich angefaucht und gebissen hast. Wegen eines toten Kaninchens. Weißt du noch?«

Lore bejahte mit einem winzigen Nicken. Und ob sie sich erinnerte. Lore hatte diesen Tag nie vergessen, allerdings nicht wegen des Kaninchens, sondern weil sie Erik mutig aus Rolfs Würgegriff befreit hatte. Danach hatte Erik ein Jahr lang nichts mehr von ihr wissen wollen.

»Den Gefallenen«, sagte Rolf rauchend, »sieht man an, dass sie unter Angst und Schmerzen krepiert sind. Ob Freund oder Feind, dachte ich, wenn ich die Leichen betrachtete, sie haben Frieden verdient. Und da tauchte dein Bild vor mir auf. Ein Mädchen mit einem grünen und einem blauen Auge, das mich anschreit, weil ich ein totes Kaninchen trete.«

Rolf hatte plötzlich geweint, und das war der Moment gewesen, in dem sich Lore in ihn verliebt hatte.

Als die Tür aufflog, wurde Lore aus ihren Gedanken gerissen. Eine elegante Dame zerrte Werner am Ohrläppchen in die Küche. Mit ihrer freien Hand schloss sie die Tür.

»Aua!«, jammerte Werner, doch die Frau, die Lore beim zweiten Hinsehen als Helenes Freundin Marie erkannte, hielt ihn fest.

»So, mein Jungvolk-Held, weißt du nicht, dass es ungehörig ist, andere zu belauschen? Mitunter sogar gefährlich?«

»Au, doch.«

»Warum tust du's dann trotzdem?«

Maries Griff schien fester zu werden, denn Werners Augen füllten sich mit Tränen, was Lore veranlasste, einzugreifen.

»Lass ihn los!«

Bevor Marie Werner freiließ, verpasste sie ihm einen Klaps auf den Hinterkopf. Dann richtete sich ihre Entrüstung gegen Lore.

»Ist das Ihr Sohn? Sie sollten ihm den Hosenboden strammziehen. Ich komme aus der Toilette und was sehe ich da? Der Junge klebt mit seinem Ohr an der Tür zum Esszimmer. Er kann froh sein, dass ich ihn erwischt habe und nicht einer der Männer!«

Werner flüchtete zu Lore, die schützend ihren Arm um ihn legte. Einige Sekunden lang maßen sich die beiden Frauen mit Blicken. Plötzlich erkannte auch Marie, wen sie vor sich hatte.

»Das ist lange her«, sagte sie, während sie Lore die Hand schüttelte, »aber deine Augen habe ich mir gemerkt. Und die schön geschwungenen Brauen, die langen Wimpern. Dabei warst du das unbegabteste Modell, das mir je begegnet ist. Aber wie ich sehe, hast du ja eine andere Stellung gefunden.«

Mit finsterer Miene hörte Werner zu. Was bildete sich diese arrogante Schnepfe eigentlich ein, so respektlos mit ihm und seiner Mutter zu reden? Als hätte sie es gespürt, schenkte Marie ihm ein versöhnliches Lächeln.

»Tut mir leid, wenn's wehgetan hat«, entschuldigte sie sich freundlich. Werner murmelte etwas, das nach »schon in Ordnung« klang. Er war es nicht gewöhnt, dass Erwachsene ihn um Verzeihung baten. Das wiederum gefiel ihm. Marie senkte die Stimme, als sie weitersprach.

»Du darfst hier nie wieder spionieren. Ist das klar, Werner? Du willst doch nicht, dass deine Mutter ihre Arbeit verliert? Oder Schlimmeres.«

Erschrocken schüttelte Werner den Kopf.

»Gut.«

Marie setzte sich auf einen Stuhl und naschte von den Apfelscheiben fürs Dessert, als wären sie zu einem gemütlichen Plauderstündchen zusammengekommen. »Hast du denn etwas Interessantes gehört?«

Sofort erwachte Werners Misstrauen und wie aus der Pistole geschossen, erwiderte er: »Nein. Nichts.«

Marie schnaufte.

»Das glaube ich dir nicht.«

»Warum fragen Sie nicht einfach Ihre Freunde im Salon?«

Mit seinem Kinn deutete Werner zur Tür. Sein aufmüpfiger Tonfall missfiel Lore. Eines Tages würde sich Werner noch den Mund verbrennen. Marie musterte ihn.

»Ich frage lieber dich.«

Das unbehagliche Schweigen, das folgte, schnürte Lore die Kehle zu. Werner hatte ja recht. Weshalb quetschte Marie ihn aus? War das ein Test? Immerhin verkehrte sie im Haus glühender Hitler-Anhänger, vermutlich, weil sie für die Dame des Hauses teure Kleider entwarf. Für Nazis zu arbeiten, bedeutete aber natürlich nicht, dass man deren Ansichten teilte. Schließlich erhielt auch Lore gutes Geld von den Dorners.

Inzwischen war Marie aufgestanden. Sie wirkte enttäuscht, weil Werner nicht mit der Sprache herausrückte, und auf einmal war sich Lore sicher, dass Marie ihn nicht anschwärzen würde. Außerdem verspürte sie selbst eine gewisse Neugier zu hören, was diese wichtigen Gäste miteinander besprachen.

»Werner«, sagte Lore, »gib Marie eine Antwort!«

Widerstrebend gehorchte er seiner Mutter.

»Sie haben über ein Lager in Frankreich gesprochen«, flüsterte er. »Gurs oder so ähnlich. Über sechstausend Juden sind dorthin gebracht worden.«

Ungläubig schüttelte Lore den Kopf. »Davon habe ich gar nichts mitbekommen.«

Marie senkte ebenfalls ihre Stimme. »Werner, was wurde noch gesagt?«

»Irgendetwas von Madagaskar.«

»Mada-wer?«

Lore verstand kein Wort.

»Madagaskar.«

»Die französische Kolonie?«

Maries Frage beantwortete Werner mit einem Achselzucken.

»Weiß nicht«, entgegnete er, »aber sie haben darüber gestritten, ob es eine gute Idee der Regierung ist, den Volksabschaum aus Europa nach Afrika zu verfrachten.«

Sie schwiegen wieder, diesmal vereint in Bestürzung und Ratlosigkeit. Lore fragte sich, ob auch Marie an Helene und ihre Familie dachte. Wäre es nicht richtig, sie zu warnen? Aber was dann? Auf legalem Weg aus Deutschland herauszukommen, war aussichtslos geworden. Und wohin sollten die Bornsteins schon fliehen? Die meisten Nachbarländer boten keine Sicherheit mehr.

Werner setzte sich an seine Hausaufgaben, während Lore Marie eine Frage stellte, die ihr auf der Zunge brannte.

»Hast du Kontakt zu Helene?«

»Selten«, gab Marie zu. »Das letzte Mal, als sie mich im Herbst bat, in der Schweiz einen Brief für Moritz aufzugeben.«

Interessiert schaute Werner auf.

»Wie geht es Moritz?«

»Ich weiß es nicht«, antwortete Marie. »Was ist mit dir, Lore? Triffst du sie?«

»Selten.«

Ernst blickten sie sich an. Nach einer kleinen Pause sprach Marie aus, was Lore dachte: »Das sollten wir ändern.«

Gerade setzte Lore an, etwas zu sagen, da kam Elisabeth Dorner mit der Servierkraft herein.

»Ach, in der Küche treiben Sie sich herum«, rief sie mit einem erstaunten Blick auf Marie aus. »Die Herren fangen an, sich über Ihren Verbleib zu sorgen.«

»Und zu Recht.« Schlagartig klang Marie gut gelaunt. »Denn dem Suppenfleck auf meinem Kleid war mit Wasser nicht beizukommen. Der Stoff wäre ruiniert, wenn Frau Bergmann nicht ein wirksames Hausmittel parat gehabt hätte.«

Strahlend schüttelte sie Lore die Hand.

»Vielen Dank noch mal. Wir sehen uns bestimmt nächste Woche, wenn ich bei den Kindern Maß nehme.«

Dass Marie die Haushaltshilfe darüber informierte, hätte Elisabeth Dorner vielleicht gewundert, wäre sie nicht damit beschäftigt gewesen, der zweiten Kraft Anweisungen für den nächsten Gang zu erteilen. Lore hatte das Signal verstanden.

Nachdem Marie die Küche verlassen hatte, holte Lore den Braten aus dem Ofen.

»Er riecht wunderbar«, lobte Elisabeth Dorner. »Schneiden Sie ihn bitte schon in Scheiben.«

Plötzlich stand die kleine Emma mit einem Buch unter dem Arm in der Küche.

»Mami, liest du mir eine Geschichte vor?«

»Doch nicht jetzt, Emma. Wir haben Gäste.«

Werner, der es bei dem Tohuwabohu aufgab, sich auf seine Schularbeiten zu konzentrieren, winkte das blondgelockte Engelchen zu sich.

»Komm, ich lese dir vor.«

Wie ein Blitz sauste Emma zu Werner und kletterte auf seinen Schoß.

»Der Giftpilz«, verkündete Emma den Titel. Lore erhaschte einen Blick auf das Bild auf dem Buchdeckel. Es zeigte einen Fliegenpilz mit Davidstern und einem Gesicht, das den Karikaturen von Juden in den Stürmerzeitungen ähnelte. Lore sah Werner an, dass er das Buch am liebsten verfeuert hätte. Sie warf ihm einen warnenden Blick zu. Und Werner verstand.

»Hast du eine Lieblingsgeschichte?«, fragte er Emma.

Eifrig nickte das Kind und blätterte bis zu einer bestimmten Seite.

»Hier. Die Mami erklärt dem Franz, dass er sich vor schlechten Menschen in Acht nehmen muss wie vor giftigen Pilzen. Sie fragt ihn: ›*Und weißt du, wer diese schlechten Menschen, diese Giftpilze der Menschheit, sind?*‹ Jetzt du, Werner.« Erwartungsvoll blickte Emma ihn an.

»Aber du kennst die Geschichte doch auswendig«, wich Werner aus, woraufhin Elisabeth Dorner herzlich lachte.

»Das macht Emma gar nichts. Bitte, Werner, mach ihr die Freude, und danach, Emma, gibst du Ruh.«

Werner blieb nichts anderes übrig, als weiterzulesen:

»*Franz wirft sich stolz in die Brust. ›Jawohl, Mutter! Das weiß ich. Es sind die Juden. Unser Lehrer hat das schon oft in der Schule ge-*

sagt.‹ Lachend klopft die Mutter ihrem Franz auf die Schulter. Donnerwetter, du bist ja ein ganz gescheiter Junge!«

Emma quietschte vor Vergnügen. Werner schlug das Buch zu, und Lore beugte sich tief über den Braten, von dessen Geruch ihr auf einmal übel wurde. Im Salon stießen die Gäste mit erlesenem Rotwein an.

Das Jahr 1941 begann lausig kalt. Mit steifen Fingern lehnte Helene ihr Rad gegen die lange Friedhofsmauer, die sich vom Portal des Hauptfriedhofes bis zum Areal des Neuen Jüdischen Friedhofes zog. Errichtet hatte man sie aus den Steinen der während des Pogroms zerstörten Synagogen.

Sie überquerte den Vorplatz, der wie die Friedhofsgebäude im Stil der Neuen Sachlichkeit gebaut worden war, schnörkellose Architektur einer Zeit, die ihr Wandel und Modernität versprochen hatte.

Vor dem Grab ihres Vaters blieb Helene stehen. Sie zog ihren Schal von der Nase und sagte leise: »Tag, Papa.«

Dann atmetet sie die Winterluft ein, spürte, wie diese sich in ihren Lungen ausbreitete. Es tat gut, einen Moment allein zu sein. Nur ein paar Krähen, eine streunende schwarze Katze und eine Frau hielten sich in ihrer Nähe auf. Die Schultern der Frau zuckten.

»Du findest es falsch, dass ich umgezogen bin. Stimmt's, Papa?«, fragte Helene, während sie ihre eiskalten Hände tiefer in ihre Manteltaschen schob. »Aber sieh's doch mal so: Seit ich im Kinderheim wohne, hat Mutter ein Zimmer vermietet. Und das Geld brauchen wir dringend. Sonst werden Mutter und Ilse doch noch zur Zwangsarbeit verpflichtet. Den Nazis ist es doch wurscht, ob sie zu alt oder taub sind. Kannst du dir Mutti in einem Rüstungsbetrieb vorstellen? Unmöglich!«

»Was ist unmöglich?«

Erschrocken fuhr Helene herum.

»Lore! Wo kommst du denn her?«

Lore umarmte Helene.

»Keine Sorge. Ich bin kein Geist, der seinem Grab entstiegen ist.«

»Die Toten fürchte ich nicht.«

»Du hast recht.«

Sofort wurde Lore ernst, und wortlos blickten die Frauen auf Paul Bornsteins Grabstein. Schließlich bückte sich Lore und platzierte vorsichtig einen Kiesel darauf.

»Das macht man doch so, nicht wahr?«, versicherte sie sich.

»Ja, genau.«

»Eigentlich finde ich diesen Brauch schön«, sagte Lore. »Blumen verwelken. Aber diese Steine bleiben.«

Helene nickte. Es waren mehr geworden seit ihrem letzten Besuch.

Sie fragte sich, wer sie dorthin gelegt hatte. Wer nahm sich noch Zeit, in seinem beschwerlichen Alltag ihres Vaters zu gedenken und den Bornsteins Anteilnahme zu signalisieren? Es tröstete Helene. Als ihr die Kälte mehr und mehr in die Knochen kroch, schlug sie Lore vor, ein paar Schritte zu laufen.

»Leider wird es auch in unserem Haus nicht warm«, seufzte sie.

»Habt ihr keine Kohlen?«

Helene wich Lores entsetztem Blick aus. Sie wollte nicht klagen, dennoch erklärte sie ihrer Freundin: »Erst, wenn ihr Arier versorgt seid, bekommen wir welche.«

»Oh.«

Betreten senkte Lore den Blick, und wieder einmal wunderte sich Helene darüber, was ihre nichtjüdischen Bekannten alles nicht mitbekamen.

»Wie hast du mich gefunden?«, wechselte Helene das Thema. Mehr als vier Monate hatten sie sich nicht gesehen, weshalb es Helene erstaunte, dass Lore sie ausgerechnet auf dem Friedhof aufgespürt hatte. Bei Dunkelheit und klirrender Kälte. Dafür musste es einen triftigen Grund geben.

»Deine Mutter meinte, dass ich dich vielleicht hier finden würde«, antwortete Lore.

»Du warst bei meiner Mutter?«

Lore bejahte. »Und im Kinderheim. Da hat sie mich zuerst hingeschickt. Du lebst jetzt dort?«

Helene erzählte, wie es dazu gekommen war und erkundigte sich auch nach Lores Stellung. Diese berichtete, dass ihre Arbeitgeber ordentlich zahlten und Werner und sie freundlich behandelten. Sie könne nicht klagen. Hier machte Lore eine Pause, blickte sich um, und obwohl niemand zu sehen war, senkte sie ihre Stimme. Helene ahnte, dass sie nun erfahren würde, weshalb Lore sie gesucht hatte.

»Kurz vor Weihnachten«, sagte ihre Freundin, »haben die Dorners zu einem Essen eingeladen. Werner hat die Gäste belauscht und mir davon erzählt. Worüber sie geredet haben, macht mir Angst.«

Helene hörte aufmerksam zu.

Von dem Lager in Gurs wusste sie bereits, aber der Madagaskarplan war ihr neu. Was für eine absurde Idee, alle Juden aus Europa auf eine Insel zu schaffen. Wer dachte sich so etwas Verrücktes bloß aus?

»Ich halte das für ein Gerücht«, beschloss Helene. Lore übertrieb es mit ihrer Sorge, und Helene hatte genug damit zu tun, ihr tägliches Leben zu organisieren. Sie konnte es sich nicht leisten, Zeit und Energie auf nationalsozialistische Phantasien zu verschwenden. Sie hakte sich bei Lore unter und eine Weile liefen sie schweigend nebeneinanderher. Helene freute sich aufrichtig darüber, dass Lore an sie dachte. Vor allem, da sie sich bei ihrer letzten Begegnung wegen Lores neuem Freund gestritten hatten.

»Deine große Liebe war ein Kommunist. Und jetzt bist du mit einem zusammen, der schon als Junge mit den Braunen sympathisierte?«, hatte Helene gefragt, als Lore ihr von Rolf erzählte und dass er damals dabei war, als sich ein paar Jungen einen Spaß daraus gemacht hatten, mit einem toten Kaninchen zu spielen. »Ehrlich, Lore. Bist du etwa ein Fähnlein, das sich mit dem Wind dreht?«

»Rolf war doch noch ein Kind«, hatte Lore zurückgegeben. »Menschen ändern sich.«

Vielleicht hatte Rolf aber auch gar nichts mit ihrer Funkstille zu tun, und Lore hatte sich nur nicht gemeldet, weil es einem zunehmend Ärger einbrachte, mit Juden zu verkehren.

Durchgefroren steuerte Helene den Ausgang an. Dabei seufzte sie theatralisch.

»Vielleicht wäre Madagaskar ja gar nicht so schlecht, Lore. Wärmer als hier ist es allemal.«

Sie lächelte, aber Lore, die abrupt stehen blieb, sah schockiert aus.

»Was ist mit dir denn los? Du machst Witze darüber?«

»Was soll ich denn sonst machen?«, konterte Helene und zog Lore weiter. »Wenn die Nazis beschließen, uns nach Afrika zu verschiffen, dann muss ich sowieso mitfahren.«

»Nein, eben nicht.«

»Wie meinst du das?«

Erneut blickte sich Lore um, doch außer ihnen schien niemand so wahnsinnig zu sein, durch die Kälte zu spazieren.

»Hör zu«, sagte Lore, »eine Sache habe ich dir noch nicht erzählt.«

Dann berichtete sie, dass ihr Marie bei den Dorners begegnet war.

»Marie sorgt sich genauso um dich wie ich. Und deshalb haben wir uns etwas überlegt, Helene.«

Wie Späher hockten die Krähen auf den kahlen Bäumen und beobachteten die Frauen, die dem Ausgang den Rücken kehrten und zwischen den Gräbern weiter ihre Runden drehten. Zeugen dieser Unterhaltung waren nur die Toten. Sie würden schweigen.

»Überlegt es euch gut«, sagte Helene, »es ist vielleicht unsere letzte Chance.«

Bis eben hatten sie an ihren Lippen gehangen, Ruth Bornstein genauso wie Ilse, als müssten sie beide Helenes Worte dort ablesen, um sie zu verstehen. Jetzt starrten sie ihre auf dem Tisch gefalteten Hände an. Wie ähnlich sie sich sehen, dachte Helene. Vor allem, da das ergraute Haar der Mutter keinen Kontrast mehr zu Ilses blonden Locken bildete. Die gleichen grünen Augen, hohe Wangenknochen und die blasse Haut, die bei der Mutter fast durchsichtig wirkte. Früher von kräftiger Statur, schien Ruth Bornstein nun in der großen Wolldecke, in die sie sich gewickelt hatte, zu versinken.

Keine sagte ein Wort, und Helene glaubte, das Ticken der alten Wanduhr zu vernehmen, die es nicht mehr gab, wie so vieles, was die Bornsteins in ihrer Wohnung am Bethmannpark hatten zurücklassen müssen. Ihre neue Bleibe bot einfach nicht genug Platz dafür.

Trotz der Kälte hatte Helene vorgehabt, mit ihrer Mutter und Schwester einen Spaziergang zu machen, auf dem Friedhof, wo man ungestört war und über alles sprechen konnte. Geradeheraus hätte Helene Lores Vorschlag unterbreitet, den Bornsteins zur Flucht zu verhelfen, und zwar in die neutrale Schweiz. Aus diesem Grund hatte Marie den Jahreswechsel in Zermatt gefeiert und ihre Jugendfreundin Thea in diesen Plan eingeweiht. Keine Sekunde hatte Thea gezögert. Sie würde Helene und ihre Familie aufnehmen. Marie bot an, sich um Bahntickets und ein finanzielles Polster zu kümmern, Lore wiederum um falsche Pässe; sie wusste, an wen sie sich zu wenden hätte.

Leider hatte der geplante Spaziergang nicht stattgefunden, denn als Helene das Wohnzimmer ihrer Mutter betreten hatte, lag diese mit roter, triefender Nase und warmer Stirn auf dem Sofa. Daher kochte Helene Tee und sie taten, als hörten sie nicht, dass sich die neuen Untermieter, Herr und Frau Seibel, nebenan stritten. Man verstand jedes Wort, so dünn waren die Wände. Solange sich die Seibels in der Wohnung aufhielten, war es zu gefährlich, über Flucht zu sprechen. Ein Risiko, auch für Lore und Marie.

»Wärst du kein nutzloser Faulpelz, säßen wir nicht in diesem Mauseloch!«, schrie Frau Seibel ihren Mann an. »Was kannst du denn schon, außer anderen Weibern schöne Augen zu machen? Sogar der Vermieterin.«

»Tagein, tagaus redet sie diesen Quatsch«, hatte Ruth Bornstein gestöhnt. Sonderlich Mühe, leise zu sprechen, gab sie sich nicht. Im Gegenteil, sie wurde lauter. »Das habe ich davon, dass ich untervermiete. Vielleicht sollte ich mir andere Leute suchen als diese Streithammel.«

Das Ehepaar Seibel verstummte. Kurze Zeit später klopfte es und Herr Seibel streckte seinen Kopf ins Zimmer.

»Wir gehen einkaufen. Möchten Sie, dass wir Ihnen etwas mitbringen, Frau Bornstein?«

»Nein, danke«, erwiderte Ruth Bornstein mit einem Blick auf die Uhr, »meine Töchter erledigen das.«

Etwas unsicher und nicht unsympathisch, lächelte Herr Seibel.

»Meine Frau meint es nicht so«, sagte er. »Sie ist nur …«

»Verzweifelt«, ergänzte Ruth Bornstein milder. »Ich verstehe das, denn das sind wir alle. Aber womöglich werden wir noch lange zusammenleben. Wir sollten die Umgangsformen wahren. Bitten richten Sie Ihrer Frau das aus.«

Herr Seibel errötete, aber er nickte. Wenige Minuten danach fiel die Wohnungstür ins Schloss und die Seibels waren fort. Helene war umgehend zur Sache gekommen.

Jetzt strich sich Ruth Bornstein eine graue Haarsträhne hinters Ohr.

»Dass sich andere für mich in Gefahr begeben, will ich nicht«, begann sie. »Versteh mich nicht falsch, das Angebot ist mutig und großherzig. Aber ich habe Angst, dass wir auffliegen. Dann ist es aus mit uns. Wir sollten uns still verhalten, dann stößt uns hoffentlich nichts zu.«

»Als ob nicht schon genug passiert wäre«, gab Helene zurück. »Mir behagt es ja auch nicht. Andererseits könnten Ilse und ich Thea im Hotel *Bella Casa* helfen. Ilse als Zimmermädchen, ich in der Gastronomie. Unsere Schuld würden wir schon irgendwie abbezahlen.«

Ruth Bornstein knetete ihre Finger, aus Nervosität oder wegen der Kälte?

»Ich weiß nicht. Wir haben schon so viel verloren. Wenn wir jetzt fliehen, müssen wir auch noch unseren letzten Besitz zurücklassen.«

»Ja.«

Die Augen ihrer Mutter füllten sich mit Tränen.

»Unser Leben lang sind wir fleißig gewesen. Jetzt bin ich über sechzig und soll mich davonstehlen wie ein Verbrecher?«

Ruth Bornstein fasste sich an ihr Herz, ihr Atem ging flach.

»Und Pauls Grab? Er wäre so weit weg. Ich hätte das Gefühl, ihn allein zu lassen.«

»Aber Mutti. Papa ist tot. Er würde nicht wollen, dass du seinetwegen hierbleibst.«

Ihre Mutter begann zu weinen und Ilse legte den Arm um sie. Mit der anderen Hand schrieb sie auf einen Zettel.

Was, wenn die Schweiz keine Juden mehr will?

»Das kann sein«, antwortete Helene ihrer Schwester. »Deshalb würden wir mit falschen Papieren nach Zermatt fahren. Was danach geschieht, ist offen. Schlimmstenfalls bleiben wir illegal dort.«

Ruth Bornsteins Atem rasselte, immer wieder griff sie sich ans Herz.

»Wo sind deine Medikamente?«, fragte Helene. Ruth Bornstein zeigte auf eine Schublade, woraufhin Ilse sich erhob, um mit einer Tablette und einem Glas Wasser zurückzukehren. Stumm sahen die Schwestern zu, wie ihre Mutter beides hinunterstürzte. Sie sah aus, als würde sie jeden Augenblick in Ohnmacht fallen.

Kopfschüttelnd warf Ilse den verräterischen Zettel in den Ofen. Helene sah ihr an, dass sie sich darauf vorbereitete, etwas zu sagen.

»Mutti schafft das nicht, und ich bleibe auch.«

Helene legte ihren Zeigefinger auf ihre Lippen, um Ilse darauf hinzuweisen, dass sie zu laut gesprochen hatte. Aber sie hatte recht. An den Gründen, aus denen sie in Deutschland geblieben waren, hatte sich nichts geändert. Ruth Bornstein schien erleichtert darüber, dass ihre Jüngste diese Entscheidung getroffen hatte.

»Mag Hitler noch so erfolgreich sein«, mischte sie sich ins Gespräch, »das Blatt wird sich wenden. Die Welt wird sich wehren. Es dauert nicht mehr lange.«

Inzwischen war Ilses Papier zu Asche zerfallen, aber sie hatte ein weiteres beschriftet, das sie Helene zeigte.

Willst du gehen?

Helene schloss die Augen und sah vor sich das malerische Zermatt, den Schnee, die Berge, das Matterhorn. Beinahe roch sie die frische Luft der Freiheit und schmeckte die Rüblitorte, die sie mit Thea und Marie im Hotel *Monte Rosa* gegessen hatte. Es war der letzte Urlaub mit Viktor und Moritz gewesen.

»Wir würden dich nicht aufhalten«, hörte sie ihre Mutter mit belegter Stimme sagen.

Wie tapfer sie waren. Ilse und ihre Mutter würden Helene ziehen lassen, obwohl sie ihre Hilfe brauchten, finanziell und moralisch. Helene gab ihnen eine gewisse Sicherheit. Gab es ein Problem, kümmerte sie sich darum. Sie hatte Ilse ihre Stelle verschafft, sorgte für Zusatzrationen, Kohlen und Nachschub für Ruth Bornsteins Medikamente. Ohne Helene würde das Herz ihrer Mutter gänzlich die Kraft zum Schlagen verlieren.

Dann wäre Ilse allein, gefangen in einer geräuschlosen Welt, inmitten eines Krieges. Das durfte Helene nicht zulassen. Sie hatte ihrem Vater ein Versprechen gegeben. Und das würde sie halten.

Mit einer Hand ergriff Helene die Hand ihrer Mutter, mit der anderen nahm sie Ilses. »Ohne euch gehe ich nirgendwohin. Das könnt ihr vergessen.«

Ihre Mutter fixierte sie.

»Helene, ich will nicht … Ich meine, du sollst nicht wegen uns …«

Helene unterbrach sie.

»Es ist nicht nur wegen euch, Mutti. Ich denke auch an die Kinder. Sie brauchen mich.«

Die Kinder, echote es in Helene.

Ruth Bornstein drückte Helenes Hand, dann umarmte sie ihre Älteste, zart und fest zugleich.

»Ich richte das Abendbrot«, verkündete sie, und Ilse folgte ihr, um zu helfen. Reglos blieb Helene am Tisch zurück.

Die Kinder. Die Kinder. Die Kinder.

Während sie aßen und sich unterhielten, arbeitete es in Helene. Könnte der von Lore und Marie entwickelte Fluchtplan dazu dienen, Heimkinder in die Schweiz zu bringen? Leider nicht alle. Aber wenigstens ein paar von ihnen bekämen die gleiche Chance wie Moritz.

Ob Thea, wenn sie drei Bornsteins aufgenommen hätte, auch für drei fremde Kinder sorgen würde? Wäre Marie bereit, ihr Geld für deren Flucht auszugeben? Und Lores Kontaktmann? Spräche etwas dagegen, dass er, statt für sie, Dokumente für diese Kinder fälschte? Helenes Herz schlug schneller, und eine vage Idee nahm Gestalt an.

Die Sache erlaubte keinen Aufschub. Rasch verabschiedete Helene sich und rannte im Treppenhaus beinahe das Ehepaar Seibel über den Haufen. In Rekordzeit radelte sie zum Heim. Sie musste mit Gertrude Herz reden. Drei Kinder, das waren nicht viele. Aber es wären drei Menschen, die nicht mehr in Angst leben müssten.

Helene klopfte an die Bürotür, und noch ehe das »Herein!« verklungen war, stand sie bereits atemlos vor Gertrude Herz.

»Nanu«, sagte die Leiterin und blickte sie müde an. »Ist etwas passiert?«

Helene wartete nicht ab, bis sich ihr Atem beruhigt hatte.

»Es geht um die Kinder, Frau Herz.«

Mit einer Geste wies die Leiterin Helene an, Platz zu nehmen. Dann nahm sie ihre Brille ab und hörte Helene zu.

»Ihre Idee ist Wahnsinn!«, sagte Gertrude Herz letztlich. Aber sie stimmte zu.

Ein mulmiges Gefühl beschlich Lore. Ein Bekannter hatte ihr gesteckt, dass Erik ins Gallusviertel gezogen war, zurück in dieselbe Straße, in der er und Lore als Kinder gewohnt hatten. Je näher sie seinem Haus kam, desto schwerer wurden ihre Beine. Beginge sie den nächsten schwerwiegenden Fehler, indem sie Eriks Hilfe erbat? Darüber hätte sie mal lieber nachdenken sollen, als bei ihrem Rettungsplan die Frage nach gefälschten Papieren aufgetaucht war.

»Ich weiß es«, war es aus Lore herausgeplatzt.

Ja, ein wenig stolz war sie gewesen, die erfolgreiche, souveräne Marie damit zu beeindrucken und einen wesentlichen Beitrag zu leisten. Erst später waren ihr Bedenken gekommen. Wegen Lore war Erik schon einmal im Zuchthaus gelandet. Würde er ausgerechnet für sie etwas tun, das ihn, käme es heraus, erneut dorthin brächte?

Sein Fenster im ersten Stock stand sperrangelweit offen, was dafür sprach, dass Erik zu Hause war. Lores Magen rumorte nervös. Noch bliebe ihr die Zeit, auf dem Absatz kehrtzumachen. Um Marie und Helene zu beichten, dass sie für ihren Kontaktmann nicht die Hand ins Feuer legen könnte. Weil er, was sie für sich behielte, Lore geliebt, dann gehasst hatte und sie jetzt bestenfalls verachtete. Es wäre riskant, ihn einzuweihen. Allerdings verließen sich die anderen auf Lore, eine andere Quelle für die notwendigen Papiere hatten sie nicht. Mit diesem Gedanken gab sich Lore einen Stoß und klingelte bei Erik Neuhaus, Sekunden später sprang die Haustür auf.

Im Treppenhaus roch es nach Kohl, irgendwo lief ein Radio, aus dem Goebbels blaffte, in einer Wohnung brüllte ein Kind, dazu kläffte der Hund.

Erik lehnte rauchend am Türpfosten und schaute Lore so unbeteiligt an, als würde er sie nicht kennen. Hoffentlich schlüge er ihr nicht die Tür vor der Nase zu, bevor sie ein Wort herausgebracht hätte. Athletisch und weizenblond fand Lore ihn immer noch gut aussehend. Auch die Narben auf seiner Stirn und den Wangen entstellten ihn nicht. Ihr Blick blieb an Eriks eingegipstem Arm hängen, der von einer Schlinge gehalten wurde. Eine Kriegsverletzung?

Kommentarlos zog sich Erik in seine Wohnung zurück und ließ Lore im Treppenhaus stehen. Allerdings blieb die Tür offen. Lore beschloss, dies als Einladung zu verstehen. Mit seiner Zigarette saß Erik auf dem Fenstersims und formte perfekte Ringe aus Rauch, die er in die Winterluft blies. Verstohlen sah Lore sich um. Ein Bett, ein Tisch, zwei Stühle, ein kleiner Schrank, auf dem ein Radio thronte. Spartanisch. Nichts, was eine Bleibe in ein Zuhause verwandelte. In ihrem gemeinsamen Leben hatte sie dafür gesorgt, indem sie Blumen auf den Tisch gestellt und Werners Kinderzeichnungen an die Wand gehängt hatte. Erik hatte indessen Nazis vermöbelt und andere Frauen geküsst. Besonders mit der letzten, mit Gerda, hatte er Lore das Herz gebrochen. Nur deshalb war sie zur Verräterin geworden. Plötzlich fühlte sich ihr Gesicht heiß an. Eriks Anblick riss alte Wunden auf. Rasch rief sie sich zur Räson.

»Was ist mit deinem Arm?«, fragte sie.

Erik schnipste seine Kippe auf die Straße.

»Keine Heldengeschichte aus dem Blitzkrieg.« Seine Stimme klang vertraut, sogar die Ironie darin. »Ich bin bei meinen Eltern von einer Leiter gefallen.«

Er machte eine Pause, als ob er ihre Reaktion erwartete. Als keine kam, fügte er hinzu: »Halb so wild. Der Bruch verlängert meinen Heimaturlaub. Ich bin nicht scharf auf den Krieg. Und jetzt, Lore, rück endlich raus mit der Sprache, ist etwas mit Werner?«

Lore verneinte.

»Was willst du dann?«

Ihre Gedanken rotierten. Dass Erik überhaupt mit ihr redete, war gut. Allerdings fixierte er Lore dabei, als wäre sie ein giftiges Tier, das es zu erledigen gälte. Sie wollte nicht direkt mit der Tür ins Haus fallen. Schließlich hingen an ihrer Mission Menschenleben. Kinder. Kinder wie ihr Sohn Werner. Deren Schicksal lag nun auch in Lores Händen. Ein belastender Gedanke. Andererseits befreiend. Sie konnte etwas tun, wenn sie es richtig anpackte.

Mit einem Mal war ihr klar, dass sie auch deshalb Erik aufgesucht hatte. Weil er sich nicht mit den Gegebenheiten abgefunden hatte. Er hatte den Nazis die Stirn geboten. Vielleicht lag darin, dass Erik so tickte, Lores Chance.

»Hast du Kaffee?«, fragte sie.

»Ersatzkaffee.«

Lore deutete ein Lächeln an. »Was sonst?«

Erik schnaubte, begab sich aber in die Küche, wo er mit Tassen klapperte. Derweil schloss Lore das Fenster, denn Marie hatte ihr eingeschärft, darauf zu achten, dass niemand mithörte.

Erik brachte den gewünschten Kaffee, und obwohl sie ihn beide schwarz tranken, rührten sie in den Tassen, weil es ihnen half, das unangenehme Schweigen auszuhalten. Durch die trübe Fensterscheibe schien die Wintersonne, machte die Schlieren auf dem Glas sichtbar und die Staubteilchen, die zu Boden schwebten.

Genauso hell hatte sie an dem Tag geschienen, als Erik Lore verlassen hatte. Im Herbst '33 war das gewesen. Nachdem seine Schritte im Treppenhaus verhallt waren, hatte sich Lore gefühlt, als hätte Gott in ihrem Leben das Licht ausgeschaltet. Zwei Wochen zuvor hatten eine fremde Frau und ein Mann, den Lore flüchtig kannte, Erik blutüberströmt in ihr Schlafzimmer geschleppt.

»Eine Schlägerei mit den Nazis«, erklärte der Mann. Erik stöhnte so laut, dass Lore Werner befahl, bei den Nachbarn zu warten. Anschließend holte sie Verbandszeug und eilte zu Erik.

»Den Genossen habe ich weggeschickt«, sagte die Frau, als ob es ihre Wohnung wäre, in der sie entschied, wer bliebe und ginge. Sie war hübsch und blond wie Erik, zupackend und wie Lore ahnte, jene überzeugte Genossin Gerda Vogel, von der Erik manchmal erzählte. Unaufhörlich streichelte Gerda Eriks Hand und schlagartig wurde Lore klar, dass sie die Frau vor sich hatte, deren Lippenstift sie regelmäßig aus Eriks Hemden schrubbte.

Benommen ließ sie zu, dass Gerda ihr das Verbandszeug aus den Händen nahm und sich daranmachte, Eriks Wunden zu reinigen.

»Hast du einen Schnaps für Erik?«

Ein sauberes Hemd? Noch eine Decke? Eine Tasse Suppe? Immer wieder schickte sie Lore los, damit diese irgendetwas besorgte. Und Lore gehorchte, als wäre sie Gerdas Assistentin.

Als sich Gerda endlich verabschiedete, hörte Lore, wie Erik ihr für die hingebungsvolle Pflege dankte. Lore wurde tieftraurig. Doch dann kam die Wut. Als Lore zwei Wochen später mit Werner vom Einkauf nach Hause kam, vergnügte sich Erik mit Gerda im Ehebett. Dem Kleinen presste Lore rasch die Hand auf die Augen, sie selbst quälte sich noch einen weiteren Moment mit dem Anblick der Liebenden. Sie bemerkten Lore nicht, als bestünde sie aus Luft. Wieder schickte sie Werner zu den Nachbarn, dann rannte sie hinaus, wohin war ihr gleichgültig. Traurigkeit und Verletzung ballten sich in ihrem Magen zusammen und schossen ihr sauer in die Kehle. Nachdem sie sich übergeben hatte, merkte sie, dass sie vor einer Polizeistation stand. Sie ging hinein und erstattete Anzeige gegen Gerda Vogel, eine Kommunistin, die sich an aufrührerischen Aktionen beteiligte. Noch am selben Abend wurde Gerda von der Gestapo verhaftet. Doch ein Schreckschuss, wie Lore ihn vorgesehen hatte, reichte den Folterknechten nicht. Als sie Gerda entließen, war von deren Schönheit nichts mehr übrig. Noch ein Jahr später, als Lore ihr im Park begegnete, nüchtern genug, um sie zu erkennen, wirkte sie wie eine leere Hülle, wie ein Körper, der von keiner Seele mehr bewohnt wurde. Ähnlich hatte Erik nach Wochen der Haft ausgesehen. Gerda hatte der Folter nicht standgehalten und zahlreiche Genossen verraten, auch Erik.

Nur noch einmal kam er zurück, um seinen Koffer zu packen. Hatte er einen Verdacht gehabt? War in einem Verhör Lores Name gefallen? Das erfuhr sie nie. Doch Erik schaute sie kein einziges Mal mehr an, auch nicht, als sie neben Werner stand, dem Erik zum Abschied über den Kopf strich. Nachdem die Tür ins Schloss gefallen war, begann Lore zu begreifen, dass es endgültig vorbei war mit ihrer großen Liebe. Und da hatte sie sich zum ersten Mal betrunken.

»Falsche Papiere soll ich besorgen? Du hast ja Nerven«, sagte Erik, nachdem Lore ihm erklärt hatte, weshalb sie gekommen war.

»Reicht es dir nicht, dass ich einmal hinter Gittern gesessen habe? Das nächste Mal ende ich im KZ. Nee, Lore, das will ich nicht. Mit Politik habe ich nichts mehr zu tun. Bis der Irrsinn vorbei ist, spiele ich Soldat und tue mein Bestes, um am Leben zu bleiben. Das ist schwer genug.«

»Das klingt nicht nach dir«, erwiderte Lore bestürzt. Damit, dass Erik sich weigern würde, *ihr* zu helfen, hatte sie gerechnet, nicht aber damit, dass er seinen Kampfgeist komplett verloren hatte.

»Den hat mir die Gestapo aus dem Leib geprügelt«, gab Erik darauf zurück. »Hätten sie mit dir gemacht, was ich erlebt habe, würdest du auch nicht mehr davon träumen, die Welt zu retten, sondern nur noch dich selbst.«

Sie schwiegen. Im Stockwerk über ihnen tobten die Kinder so wild, dass Eriks Deckenlampe wackelte und etwas Putz auf den Tisch rieselte. Erik steckte sich eine Zigarette an. Diesmal blies er keine Ringe, sondern paffte hektisch.

»Nicht einmal für deine Helene Bornstein würde ich meinen Kopf hinhalten«, sagte Erik. »Für wildfremde Juden schon gar nicht.«

»Wie du redest«, hielt Lore ihm erbost vor. »Es geht um Kinder. Kinder wie Werner.«

Beinahe sanft sah Erik sie an. Nein, nicht sanft, dachte Lore, erschöpft. Kraftlos. Abgestumpft. Ohne das Streitbare im Blick, das Erik einmal ausgemacht hatte. Er inhalierte tief, Rauch und Worte strömten gleichzeitig aus seinem Mund.

»Ich muss schon sagen, Lore, du verblüffst mich. Früher hast du mich zur Minna gemacht, weil ich mich gegen die Nazis gestellt habe. Angefaucht hast du mich, dass ich dich und Werner in Gefahr bringen würde. Heute stachelst du mich dazu an. Alle Achtung. Hast du denn keine Angst?«

Darüber hatte Lore noch nicht nachgedacht. Innerhalb kurzer Zeit hatte sie gemeinsam mit Marie und Helene einen Plan entworfen. Um Angst war es dabei nicht gegangen.

Erik seufzte.

»Das ist keine Schnitzeljagd, auf die du dich einlässt, Lore. Wenn ihr auffliegt, nehmen sie dir Werner weg. Sie stecken ihn in ein Heim, weil eine arische Mutter, die Juden hilft, keinen arischen Sohn verdient. Ich weiß ja nicht, was Werner über die Nazis denkt. Aber wenn er nur ein bisschen von deinem Gedankengut in sich trägt, werden sie ihm das austreiben. Mit allen Mitteln. Und was sie mit dir machen, mal dir selber aus.«

Erik sah zu, wie die Farbe aus Lores Gesicht wich, als ihr aufging, dass sie etwas Entscheidendes nicht bedacht hatte. Nichts auf der Welt bedeutete Lore mehr als Werner. Die Panik, ihm könnte etwas zustoßen, biss ihr ins Herz. Zum ersten Mal konnte sie sich vorstellen, wie es in Helene ausgesehen haben musste, als sie sich entschloss, Moritz fortzuschicken. Lores Hände zitterten. Erik bemerkte es und schob ihr die Zigaretten hinüber. Sie achtete nicht darauf. Was für eine Mutter wäre sie, wenn sie nicht zuerst an ihr eigenes Kind dachte? An seine Sicherheit. Sein Leben und Glück. Lores Puls beschleunigte sich, vor ihren Augen tanzten schwarze Punkte. Als Jüdin hatte Helene sich damit abfinden müssen, dass ihr Leben aus den Fugen geraten war. Lores könnte, soweit es der Krieg zuließe, in normalen Bahnen verlaufen. Aber wenn sie sich entschied, Helene, die in diesem Augenblick auf sie zählte, fallen zu lassen, dann würde sie erneut zur Verräterin. Früher war ihr die Politik schnuppe gewesen. Erik, ihr Baby, Arbeit und eine kleine Wohnung, das hatte ihren Lebenstraum ausgemacht. Heute nicht mehr. Helenes Leid, die Gespräche, die sie im Hause Dorner mitbekam und Bilderbücher wie *Der Giftpilz*, mit denen die Nazis bereits den Kleinsten das Gehirn vergifteten, all das machte Lore so wütend.

Und Werner, ihren mutigen Sohn, würde sie nicht auch ihn enttäuschen, wenn sie jetzt einen Rückzieher machte?

Sie hob ihren Blick und richtete ihn auf Erik. Zweifellos warnte er sie zu Recht, und Lore verstand, dass er vorsichtig geworden war. Doch sein Zaudern würde sie nicht abhalten. Sie startete einen letzten Versuch, Erik ins Boot zu holen.

»Unser Plan ist gründlich durchdacht. Wir fliegen nicht auf. Jedenfalls nicht, wenn die Kinder deutsche Pässe vorzeigen, in die kein rotes J gestempelt wurde. Warum sollten die Grenzbeamten Verdacht schöpfen? Bitte, Erik. Ich weiß, wie sehr du die Nazis verabscheust. Tu es nicht für mich. Meinetwegen auch nicht für die Kinder. Aber um Hitler etwas entgegenzusetzen.«

Erik lachte spöttisch.

»Und du glaubst, unser großer Führer verliert seine Macht, indem wir ein paar Judenkinder über die Grenze schmuggeln? Liest du die Zeitung, Lore? Dann hast du sicher mitbekommen, dass Europa unter Hitlers Fuchtel steht. Jetzt geht's Richtung Afrika und wer weiß, wohin noch. Am Ende ist der Kerl noch lange nicht. Und ich bleibe dabei: Ich habe nicht vor, im Konzentrationslager zu landen.«

Derart abrupt stand Erik auf, dass sein Stuhl kippelte. Als wollte er demonstrieren, dass er nichts zu verheimlichen hätte, riss Erik das Fenster auf. Dann, Lore den Rücken zugewandt, rauchte er und Lore griff nach ihrem Mantel. Sie hätte nicht herkommen sollen. Gebracht hatte es nichts, schlimmer noch, Erik hatte sie nun in der Hand. Wenn es ihm gefiele, könnte er sie bei der Gestapo anzeigen, um sich damit Pluspunkte zu verschaffen. Und um sich an Lore zu rächen.

»Danke für den Kaffee«, sagte sie und schickte sich zum Gehen.

Erik fuhr herum.

»Warum sollte ich mein Leben aufs Spiel setzen? Nenn mir einen Grund, der mich wirklich überzeugt.«

Es klang wie ein Flehen. Lore musterte ihn. Eriks Narben, seine gebeugten Schultern, die glanzlosen Augen, mit denen er sie ansah. Und sie ahnte: Nicht an Folter und Schmerz war Erik verzweifelt. Dass er sich unterworfen hatte und es nicht schaffte, sich wieder aufzurappeln, das höhlte ihn aus.

»Das habe ich versucht«, entgegnete Lore nicht ohne Mitgefühl. »Entscheide selbst, wer du sein willst. Ob sie dich kleingekriegt haben oder nicht.«

Geknickt machte sie sich auf den Heimweg. Am nächsten Tag würde sie Helene und Marie mitteilen, dass es keinen Kontaktmann für die gefälschten Papiere gäbe. Ihr Plan wäre gescheitert.

Appetitlos saß sie mit Rolf und Werner beim Abendessen, als es an der Wohnungstür pochte. Ein Junge überreichte ihr einen an Lore Bergmann adressierten Brief.

»Bekommst du etwas dafür?«, fragte sie den Jungen.

»Hab ich schon«, rief er, während er die Treppe hinunterrannte. Noch an der Tür riss Lore den Umschlag auf und las: *Ich mach's.*

Mehr nicht. Keine Anrede, keine Unterschrift. Aber das war auch nicht nötig.

»Aua, zu fest«, beschwerte sich Willi bei Helene, die soeben den tiefen Schnitt an seiner Hand desinfiziert und verbunden hatte.

»Tut mir leid«, entschuldigte sich Helene und lockerte den Verband. Er war wirklich viel zu stramm gewesen, jede Schwesternschülerin hätte das besser gemacht. Solche Unachtsamkeiten passierten Helene normalerweise nicht, aber an diesem Tag fühlte sie sich krank vor Angst. Nicht nur, weil deutsche Bomber einen Großangriff auf London geflogen waren und sie um Moritz und Marlis bangte, sondern weil das Mittagessen lange vorbei, aber Gertrude Herz noch immer nicht zurückgekehrt war. Um acht Uhr hatte sie sich in der Lindenstraße einfinden müssen, beim Sitz der Frankfurter Gestapozentrale. Hatte die Gestapo spitzgekriegt, dass aus dem *Kinderheim Nordend* zwei Kinder verschwunden waren? Würde man das ganze Heim dafür bestrafen?

»Besser so, Willi?«

Seinen Verband mit einem gewissen Stolz betrachtend, nickte der Junge.

»Dann, junger Mann, geh spielen. Dein Küchendienst ist für heute beendet.«

Helene wünschte, er wäre auf dem Weg zum Bolzplatz, auf den ein Siebenjähriger bei diesem herrlichen Wetter gehörte. Doch für jüdische Kinder war das Spiel im Freien gefährlich geworden.

Da niemand mehr ihre ärztliche Hilfe benötigte, räumte Helene auf und kontrollierte die Medizinbestände. Fast alles ging zur Neige, sie musste sich unbedingt mit Armin Haller treffen und für Nachschub sorgen.

Als Helene das Fenster öffnete, umarmten sie die wärmenden Strahlen der Maisonne. Entspannung fand sie darin nicht. Seit letztem Herbst attackierte die deutsche Luftwaffe britische Städte. Notfalls würde er sie ausradieren, hatte Hitler angekündigt, aber bis jetzt war es ihm nicht gelungen, die Engländer zu zermürben. Obwohl die Hakenkreuzflagge seit April auch noch in Jugoslawien sowie auf der Akropolis wehte, sah es so aus, als würde der »größte Feldherr aller Zeiten«, als den Hitler sich feierte, bei der Luftschlacht um England den Kürzeren ziehen. Ein Funken Hoffnung, doch gleichzeitig war Helene von der Panik erfüllt, Moritz und Marlis könnten ums Leben gekommen sein.

Rissen sie nachts die Sirenen aus dem Schlaf, tröstete Helene die erschrockenen Kinder mit Geschichten. Dabei sah sie Moritz vor sich, wie er genauso verängstigt auf die Bomberverbände und die Explosionen horchte, bleichgesichtig und mit stierem Blick. Helenes Atem ging schneller und, ohne es zu merken, hatte sie ihre Fäuste geballt und die Nägel in die Handflächen gebohrt. Sie lockerte sich und zwang sich zur Ruhe. Ihr blieb nichts anderes übrig, als darauf zu vertrauen, dass Marlis sich und Moritz in Sicherheit gebracht hatte. Und darauf, dass Gertrude Herz eine gewiefte Frau war.

Endlich kam die Leiterin zurück, bläuliche Ringe unter ihren Augen ließen diese dunkel und riesengroß erscheinen.

»Man hat mich ausgiebig warten lassen«, erklärte sie, als Helene nachfragte, was in der Lindenstraße vorgefallen wäre.

Schließlich hatte ein Gestapobeamter Gertrude Herz darüber in Kenntnis gesetzt, dass man einige jüdische Kinderheime schließen und die Kinder auf weiterhin bestehende verteilen würde. Ungefähr zwanzig Neue würden ins *Kinderheim Nordend* einziehen, andere im Heim *Isenburg*, im Israelitischen Waisenhaus oder im Kinderhaus in Sachsenhausen untergebracht. Als sie das hörte, wäre Helene beinahe das Wasserglas, das sie Gertrude Herz reichte, aus der Hand gefallen.

»Wir sind schon jetzt überfüllt. Sogar im Isolierraum schlafen Kinder. Wenn eine ansteckende Krankheit ausbricht, haben wir keinen Platz, um sie zu separieren.«

Resigniert zuckte die Heimleiterin mit den Schultern. Dann stürzte sie das Wasser hinunter, bevor sie erwiderte: »Das interessiert niemanden. Fakt ist, wir müssen noch enger zusammenrücken. Ich denke, Schlafstätten auf dem Fußboden sind eine Möglichkeit, und die Kleineren passen zu zweit ins Bett.«

»Das bedeutet mehr Läuse«, wandte Helene ein, während sie der Leiterin Wasser nachschenkte. Die Gestapo hatte ihr bestimmt den ganzen Tag über keins angeboten.

Gertrude Herz musterte Helene streng.

»Wir können uns glücklich schätzen, dass *unser* Haus nicht aufgelöst wird. Vorläufig.«

Die Leiterin erhob sich und wanderte durch den Raum, wie Helene es tat, wenn ihre Sorgen sie zu zerfleischen drohten und sie sich lieber bewegte, anstatt sich ihnen reglos zu überlassen.

Unverhohlen hatte der Gestapobeamte, Konrad Nolting, mit Schließung gedroht, sollten die Dinge nicht in seinem Sinne laufen.

»Konrad Nolting?«, fragte Helene schwach.

»Ein unangenehmer Mensch. Marke Arschkriecher und Emporkömmling.«

Gertrude Herz schüttelte sich. Helene schwieg. Sie wollte die Leiterin mit ihren familiären Verwicklungen nicht noch mehr beunruhigen.

»Warum tun die das?«, fragte Helene. »Ich meine, was haben sie davon, die Kinder zusammenzupferchen wie Lämmer in einem Stall?«

»Damit sie uns besser unter Kontrolle haben«, antwortete Gertrude Herz nüchtern. »Das alte Frankfurter Ghetto hat man zwar nicht wieder errichtet, dafür stopfen sie jüdische Familien in separate Häuser, die sie Judenhäuser nennen. Wir sollen so wenig Raum wie möglich einnehmen.«

»Um uns von der übrigen Bevölkerung zu trennen«, bestätigte Helene.

»Auch das.«

Helene wusste, an was die Leiterin dachte.

»Überlegen Sie doch mal, Dr. Bornstein.« Die Leiterin flüsterte jetzt. »Ein Haus voller Juden lässt sich viel leichter räumen, als wenn man dabei einer arischen Familie das Frühstück verderben würde. Dasselbe gilt für Kinderheime. Je weniger es davon gibt, desto besser für die Nazis.«

»Nach Gisela und Uwe hat man Sie nicht gefragt?«

Im April waren die beiden Kinder, elf und neun, in die Schweiz gebracht worden. Zwar hatte Helene den Eindruck, dass sie die Flucht unauffällig über die Bühne gebracht hatten, aber die Spitzel der Gestapo schnüffelten überall. Langsam schüttelte Gertrude Herz den Kopf.

»Ich glaube, sie wissen nichts.«

»Gut.«

Helene atmete auf.

»Dann schicken wir das dritte Kind in die Freiheit. Ich hätte einen Vorschlag, wer es sein könnte.«

Sie nannte Rahel, und die Leiterin war einverstanden. Dass sie jede Entscheidung schweren Herzens fällten, mussten sie sich nicht sagen.

Einmal noch müssten sie die Nerven behalten, dann hätte Helene die Freiheit der Bornsteins gegen die von drei Kindern eingetauscht. Nächtelang hatte sich Helene mit der Frage gequält, welche Kinder das Privileg erhielten, ein neues Leben zu beginnen. Ein Kind zu wählen, bedeutete unweigerlich, einem anderen das Recht zu verwehren, eine normale Kindheit zu erleben und ohne den eisernen Panzer der Angst aufzuwachsen. Verdiente Gisela es mehr als Rosa? Uwe mehr als Josua, David oder Willi? Natürlich nicht. Dieser Gedanke legte sich wie ein Schatten auf Helenes Gemüt, je mehr Kinder das Heim bevölkerten. Sie betrachtete das Foto von Moritz, das sie immer bei sich trug. Ihr kleiner Junge. Martha Wertheimer hatte sich für ihn entschieden. Je länger die Nazis regierten, desto dankbarer war Helene ihr dafür.

Nach langen Gesprächen hatten sich Helene und Gertrude Herz darauf geeinigt, ausschließlich Waisen auszuwählen, da es keine Angehörigen gäbe, die zu Mitwissern würden. Charakterlich stark müssten die Kinder sein, damit sie weder weinten noch fortliefen, verlangte ein Deutscher in Uniform ihre Papiere zu sehen. Einen falschen Namen zu nennen und eine erfundene Lebensgeschichte zu erzählen, das schaffte nicht jeder. Hätte Moritz die Nerven dazu gehabt?

Mit ihr waren sieben Menschen, die Helene kannte, an Rahels Rettung beteiligt: Gertrude Herz, Lore, Erik, Marie, Thea und Dr. Armin Haller, der ursprünglich nicht vorgesehen war.

Nachdem Gisela jedoch ins Stottern geraten war, als der deutsche Grenzbeamte wissen wollte, weshalb sie während der Schulzeit verreiste, hatte der Arzt auf Helenes Bitte für Rahel eine Bescheinigung ausgestellt, die belegte, dass das Mädchen wegen seiner schwachen Lungen zur Kur führe. Marie, ihre Tante, begleitete sie dorthin. Mit derselben Geschichte waren auch Gisela und Uwe davongekommen, ohne Beweis, vielleicht, weil Marie den Grenzbeamten erfolgreich bezirzt hatte.

»Rosa will bestimmt wissen, wo ich bin. Was sagen Sie ihr denn?«, hatte Rahel gefragt.

»Dafür finden wir eine plausible Antwort.«

Rahel senkte den Kopf, aber Helene hob ihr Kinn wieder an.

»Kein Sterbenswörtchen zu irgendjemandem«, mahnte sie. »Auch nicht zu Rosa. Wenn etwas herauskommt, hängen wir alle.«

Entsetzt schwor das Mädchen zu schweigen. Schon am folgenden Tag hatte Lore Erik darüber informiert, dass sie einen Pass für ein Mädchen zwischen elf und vierzehn benötigten, anschließend warteten sie. Woher genau sie die gefälschten Papiere bekamen, fragte Helene nicht. Eines Tages waren sie da und Helene begann, Rahel ihre neue Identität einzutrichtern.

Name?

Ursula Hoffmann.

Wann geboren? Wo geboren? Name der Eltern? Beruf des Vaters?

Bald erfolgten Rahels Antworten wie aus der Pistole geschossen. Marie legte einen Reisetag fest, der sich mit ihrer Arbeit vereinbaren ließ, besorgte die Fahrkarten und schrieb an Thea.

Liebe Thea, am siebten Juni werde ich um sieben in der Früh in Basel eintreffen. Mein Vortrag in der Modeschule findet erst mittags statt. Holst du mich ab? Ich freue mich auf dich, Marie.

Zwei ehemalige Schulfreundinnen, die sich verabredeten, völlig harmlos.

Bereits am Vormittag hatte Helene Rahels Koffer in einem von Marie gemieteten Schließfach am Bahnhof deponiert, denn ohne Gepäck würden sie auf der Straße weniger auffallen. Helene würde Rahel zum Treffpunkt mit Marie begleiten, die dann mit ihr in den Nachtzug nach Basel stiege. Wenn alles gut ginge, wäre Rahel noch am selben Nachmittag bei Thea in Zermatt. Ach, wäre es doch nur schon vorbei.

Eine Stunde vor dem Abendbrot klopfte es an Helenes Tür. Als sie öffnete, standen dort Rahel und Rosa.

»Entschuldigen Sie, Dr. Bornstein, aber Rahel bekommt keine Luft.«

Japsend ließ sich Rahel in Helenes Praxis führen. Helene hörte sie ab, wobei Rahel immer wieder hustete und nach Atem rang.

»Das gefällt mir gar nicht«, verkündete Helene. »Ich werde dich sofort ins Hospital bringen.«

Nur noch das Krankenhaus in der Gagernstraße kam für jüdische Patienten infrage, alle anderen waren geschlossen worden.

»Darf ich mit?«, bettelte Rosa. »Ich könnte Rahels Hand halten.«

»Das geht leider nicht«, erwiderte Helene knapp. Rahels Wangen strömten Tränen hinunter, und Rosa tupfte sie ihr mit einem Taschentuch ab.

»Ist es so schlimm?«, fragte sie mitfühlend. »Dr. Bornstein hilft dir. Bald geht es dir besser. Ich versprech's.«

Da weinte Rahel noch mehr, so sehr, dass sie sich an ihren Tränen verschluckte. Die Freundinnen umarmten sich, und beklommen ließ Helene ihnen diesen Augenblick.

»Entschuldige uns bitte beim Abendessen«, trug sie Rosa dann auf. Unschlüssig blieb Rosa an der Tür stehen. Schließlich lief sie noch einmal zu Rahel und drückte ihr das Taschentuch in die Hand.

»Hier«, sagte sie, »falls du wieder weinen musst.«

Es war nach neun, als Helene und Rahel das Heim an diesem lauen Juniabend verließen. Die Sperrstunde für Juden hatte bereits begonnen. Untergehakt, wie Mutter und Tochter, bogen sie in die Glauburgstraße ein. Rahels Augen sahen verweint aus, ansonsten wirkte sie gefasst.

»Ursula«, sagte Helene, nachdem sie sich davon überzeugt hatte, dass niemand in der Nähe lief. Sofort blickte Rahel sie an.

»Vergiss nicht, was ich dir gesagt habe. Deine Augen sind grün, dein Haar hellbraun, in deiner Tasche steckt ein ganz normaler Pass. Keiner sieht dir an, dass du Jüdin bist. Halt den Kopf hoch, den Blick gerade und sprich laut und deutlich. Sei Ursula Hoffmann.«

Ermutigend drückte Helene Rahels Arm.

»In Ordnung«, erwiderte das Mädchen und fuhr leiser fort: »Unter meinem Kopfkissen liegt ein Briefchen für Rosa.«

Erschrocken blieb Helene stehen.

»Steht darin auch nichts, was uns verrät?«

»Nein.«

Sie liefen weiter, Rahel sichtlich bemüht, nicht wieder zu weinen.

»Nur, dass ich Rosa lieb habe und Bernd nicht der Richtige für sie ist.«

An der Haltestelle stand Marie, aufrecht, bekleidet mit einem schlichten beigen Mantel, die Lippen ungeschminkt, wie es sich für eine deutsche Frau gehörte. Nur wer sie gut kannte, würde erkennen, wie angespannt sie ihnen entgegenlächelte. Neben Marie stand ein junges Paar, das aber so mit sich selbst beschäftigt war, dass es keine Notiz von ihnen nahm.

»Guten Abend, Tante«, grüßte Rahel, wie sie es verabredet hatten, dabei traf sie Marie zum ersten Mal. Wenn jemand Talent zur Schauspielerei hatte, dann dieses Mädchen.

Marie umarmte Rahel und Helene, während am Ende der Straße die Bahn auftauchte. Während einige Leute ausstiegen, drückte Helene Rahel fest an sich.

»Gehorch deiner Tante, Ursula. Viel Spaß euch beiden.«

Sie hoffte, wie eine Mutter zu klingen, deren Tochter einfach mal eine Nacht bei ihrer Tante verbrächte. Ihr dabei viel Glück zu wünschen, würde seltsam klingen.

»Danke, vielen Dank!«

Mit Rahels Stimme im Ohr winkte Helene, bis die Bahn um die Ecke gerattert war.

Moritz! Moritz!, dröhnte in ihrem Kopf die eigene Stimme und fast hätte Helene die Hände nach ihrem Sohn ausgestreckt.

Lore hetzte zur Taunusanlage, wo sie mit Marie und Helene verabredet war. Es war später Nachmittag und die Julisonne schien noch immer warm. Diesen Treffpunkt hatte Helene bestimmt, obwohl Juden der Besuch öffentlicher Parks untersagt worden war. Doch erstaunlich entspannt vertraute Helene auf ihr »arisches« Äußeres. Aufregen würde sie sich allerdings darüber, dass Lore zwanzig Minuten zu spät käme. Dabei traf sie diesmal keine Schuld. Pünktlich war Lore startklar gewesen, da hatte Elisabeth Dorner sie um eine Erledigung gebeten. Als Lore aus dem Laden von Alwina Müller trat, stürmten die drei Dorner-Jungen heran. Ihre Schultaschen schwingend, brüllten sie: »Moskau ist in deutscher Hand!«

»Was sagt ihr da? Unmöglich«, meinte Alwina Müller, die wegen des Geschreis herausgekommen war.

Am 22. Juni hatte Hitler sein Bündnis mit Stalin gebrochen und war in die Sowjetunion einmarschiert. Über drei Millionen deutsche Soldaten, dazu Hunderttausende Kroaten, Rumänen, Italiener, Finnen, Slowenen und Ungarn hatten zwischen Ostsee und Schwarzem Meer die Grenze überschritten und die Russen überraschend angegriffen. Unter ihnen Alwina Müllers Mann, Lores Freund Rolf und Erik. Ein Sandkastenspiel wäre der Krieg gegen Russland, tönte Hitler, nach wenigen Wochen wäre er vorbei. Drei Wochen später klangen die Nachrichten von der Front zwar nach Erfolg, trotzdem war die deutsche Wehrmacht – Lores Wissen nach – weit davon entfernt, Moskau einzunehmen.

»Moskau ist in deutscher Hand!«, wiederholten die Jungen im Chor und bogen sich vor Lachen. Dabei streckten sie Lore ihre Handflächen entgegen, in die sie groß und deutlich »MOSKAU« geschrieben hatten. Lore verdrehte die Augen. Ach so. Schmallippig bemerkte Alwina Müller: »Das werden wir noch sehen. Russland ist ein riesiges Reich, daran hat sich noch jeder die Zähne ausgebissen.«

Die Jungen hörten auf zu lachen und nahmen Haltung an, aber nicht, weil sie ihre Dummheit eingesehen hätten.

»Heil Hitler, Jungs.«

»Heil Hitler, Vater!«

Auch Lore und Frau Müller reckten ihren Arm. Achim Dorner nickte Lore zu, aber die Ladenbesitzerin musterte er scharf.

»Sie werden doch nicht an unserer Wehrmacht zweifeln, Frau Müller?«

Alwina Müller wurde blass.

»Nein, Herr Dorner. Ich finde nur, für lauten Jubel ist es zu früh. Man soll das Schicksal nicht herausfordern.«

»Der Führer ist unser Schicksal«, rief Ulf, der Älteste der Dorner-Söhne. »Hitler wird dem Iwan schon das Fürchten lehren.«

Anerkennend klopfte Achim Dorner ihm auf die Schulter.

»Genauso ist es, Ulf. Und Sie Frau Müller, seien Sie vorsichtig. Defätistische Äußerungen gelten als Wehrkraftzersetzung.«

Knapp wies er seine Jungen an, ihm zu folgen und ging grußlos davon.

»Wiedersehen, Frau Müller«, verabschiedete sich Lore und sah noch, dass sich die Ladenbesitzerin, stumm vor Schreck, Schweißperlen von der Stirn wischte.

Innerhalb der Wallanlagen lief Lore jetzt langsamer. Eine rennende Frau erregte unnötige Aufmerksamkeit und zu spät käme sie sowieso. Suchend sah Lore sich um. Wo waren Helene und Marie?

Auf den Bänken saßen meist ältere Leute, Mütter schuckelten Kinderwagen, wobei sie zusahen, wie ihre größeren Kinder Ball spielten und Tauben aufscheuchten. Ein scheinbar ganz normaler Sommertag, säße Lore nur nicht die letzte Bombardierung noch in den Knochen. Hunderte Brandbomben waren vor wenigen Nächten auf Frankfurt herabgestürzt, und panisch hatten sich Lore und Werner aneinandergeklammert. Wann wäre dieser Krieg endlich vorbei?

Kurz dachte Lore an Rolf, der überzeugt von einem raschen Sieg Richtung Osten gezogen war. Wenn er mit stolz geschwellter Brust aus Russland zurückkehrte, würde sich Lore von ihm trennen. Immer häufiger brach der brutale Kaninchenpeiniger durch Rolfs attraktive Fassade, und seiner Eifersucht konnte sie nichts Charmantes mehr abgewinnen. Ihm vor dem Kampf den Laufpass zu geben, wäre ihr jedoch schäbig vorgekommen. Am

Ende trüge sie die Schuld daran, wenn Rolf, abgelenkt von seinem Liebeskummer, eine Kugel in den Kopf bekäme.

Auf einer abgelegenen Bank fand sie Helene und Marie, beide blond, bekleidet mit geblümten Sommerkleidern und einem Sonnenhut, der ihre Gesichter verdeckte. Wie erwartet, war Helene ärgerlich, aber als Marie begann, von Rahel zu berichten, hellte sich ihre Stimmung auf.

Marie sprach gedämpft, aber ihre Freude darüber, dass die Rettungsaktion geglückt war, stand in ihr sonnengebräuntes Gesicht geschrieben.

»Alles lief wie am Schnürchen«, erzählte Marie. Nur an der Schweizer Grenze hatte es einen Zwischenfall gegeben. Derselbe deutsche Beamte, dem sie bereits mit Gisela und Uwe begegnet war, hatte sie kontrolliert. Lange blätterte er in Rahels Papieren und studierte das Attest für ihre Lunge, bis er unvermittelt aufsah, aber nicht das Mädchen, sondern Marie fixierte.

»Noch eine Nichte?«

Also erkannte er sie. Einer Eingebung folgend verzichtete Marie auf den Versuch, sein Misstrauen wegzuflirten.

»Ja«, antwortete sie mit einem schlichten Nicken, »wir sind eine große Familie. Ganz im Sinne des Führers.«

Der Beamte gab Marie ihren Pass zurück.

»Gute Besserung. Heil Hitler«, sagte er und schloss die Abteiltür hinter sich. Erst da hatte Marie bemerkt, dass ihre und Rahels Bluse verräterische Flecken unter den Achseln zeigten.

»Wäre er ein scharfer Hund gewesen, hätte er unsere Angst gerochen«, endete Marie. Dann seufzte sie.

»Ich muss abgebrühter werden.«

Helenes Brauen hoben sich.

»Aber die drei Kinder sind gerettet. Es ist vorbei.«

»Vielleicht nicht.«

Lore und Helene starrten sie an. Mit einer flüchtigen Bewegung strich Marie ihr Kleid glatt.

»Lasst uns spazieren gehen. Nicht, dass jemand denkt, wir würden etwas ausbrüten.«

Genau das taten sie. Thea hatte in Zermatt zwei Familien aufgetan, die sich bereit erklärten, jüdische Kinder zu sich zu nehmen. Auch mit der Leiterin eines benediktinischen Schwesternklosters stand sie in Kontakt. Für Helene stand außer Frage, zu versuchen, so viele Kinder wie möglich in die Schweiz zu bringen.

»Aber was ist mit euch?«, fragte Helene heiser. »Würdet ihr noch mehr riskieren?«

Marie hakte sich bei Helene unter.

»Darüber habe ich in Paris nachgedacht. Weißt du noch, als wir uns über die Nazis gestritten haben? Damals, in Zermatt?«

Helene nickte.

»Jetzt ist es nützlich, dass mich niemand verdächtigt, mit Juden zu sympathisieren«, erklärte Marie. »Ich kann problemlos in die Schweiz reisen. Helene, ich möchte auf der richtigen Seite stehen. Auf deiner Seite.«

Schweigend ging Lore neben den beiden her und hörte zu. Wie großspurig sie Erik aufgefordert hatte, den Nazis etwas entgegenzusetzen. Das war gewesen, bevor Lore erlebt hatte, wie ihr Herz überdrehte, wenn in ihrer Tasche gefälschte Dokumente steckten. Jeder Mann, der sie auf der Straße ansah, ließ ihren Atem stocken, weil Lore fürchtete, er würde sie verhaften. Im Traum stürmten Braunhemden ihre Wohnung und rissen ihr Werner aus den Armen.

Weitere Kinder zu retten, bedeutete, diese Ängste noch länger auszuhalten. War sie dazu bereit? Sie hatte doch nur etwas für Helene tun wollen.

»Was ist mit dir, Lore?«

Helene schien Lores Zögern zu bemerken, denn sie setzte gleich hinterher: »Fühl dich bitte nicht verpflichtet. Du hast schon viel getan. Und du denkst an Werner. Das verstehe ich.«

»Gebt mir einen Moment«, bat Lore. Während sich Helene und Marie im Schatten eines Baumes niederließen, ging Lore zum Teich hinunter. Früher war sie manchmal mit Erik und dem kleinen Werner hergekommen, um altes Brot an die Enten zu verfüttern. Jetzt spielten hier andere Kinder. Sie wuchsen auf in einer Welt, die Lore nicht mehr gefiel. Genauso wenig wie Erik und Werner, in diesem Punkt stimmten sie als Familie überein.

»Entscheide, wer du sein willst«, hatte Lore von Erik verlangt, und das hatte er getan. Kurz bevor er ausrückte, bedankte er sich dafür bei Lore.

»Bis du bei mir aufgetaucht bist, weil du Papiere brauchtest, habe ich vor mich hin gedämmert. Jahrelang. Seit meiner Haft.«

Dass es Lore gewesen war, die ihn dorthin gebracht hatte, erwähnte Erik mit keinem Wort. Vielmehr schwor er, die Nazis und ihren Krieg mit allen Mitteln zu bekämpfen. Erik wachzurütteln, war Lore also gelungen. Aber hatte sie selbst denn wirklich, wie Helene behauptete, genug getan? Genug wozu? Um ihr Gewissen zu beruhigen? Vielleicht. Aber um Hitler etwas entgegenzusetzen?

Aus der Ferne spürte sie, dass Helene und Marie ihren inneren Kampf beobachteten. Lore winkte, als hätte sie genug von den süßen Enten, und kehrte langsam zu ihnen zurück. Gerade sagte Helene leise: »Der Arzt, der den Kindern schwache Lungen bescheinigt, ist in Russland. Nach den Ferien benötigen wir eine neue Erklärung, weshalb die Kinder verreisen.«

Lore blickte auf ihre Schuhspitzen und dachte an Werner. Daran, was ihnen blühte, wenn sie aufflögen. Aber zu wissen, was richtig wäre, und es nicht zu tun, würde sie bereuen. Nicht immer hatte Lore ihr Leben im Griff gehabt und große Fehler gemacht. Den, Helene und die Kinder hängen zu lassen, würde sie nicht begehen. Sie müssten eben höllisch aufpassen.

»Man kann auch Atteste fälschen«, wisperte Lore. »Überlasst das mir.«

»Muss dein Kontaktmann nicht an die Front?«, hakte Marie nach.

»Doch. Aber es gibt zuverlässigen Ersatz.«

»Der wird auch irgendwann eingezogen«, wandte Helene ein. »Dann müssen wir einen dritten Fälscher einweihen. Das ist gefährlich.«

Lore schüttelte den Kopf.

»Das wird nicht passieren. Macht euch keine Sorgen.«

Mehr erklärte sie nicht. Je weniger alle wussten, desto besser.

Lore entging nicht, dass die anderen zweifelten. Aber ihr Vertrauen in Lore siegte.

»In Ordnung.«

Die Frauen lächelten einander an, trotz ihrer Angst, die bleiben würde.

Bald darauf schwang sich Helene auf ihr Rad, und Marie machte sich auf den Weg in die *Städelschule*. Lore drehte, bevor sie sich um das Abendbrot kümmerte, noch eine Runde um den Ententeich. Im Stillen dankte sie Erik. Obwohl sie ihm versichert hatte, keine weiteren Dokumente zu benötigen, hatte er ihr einen Namen anvertraut.

»Vielleicht brauchst du ihn eines Tages ja doch.«

Dieser Tag war schnell gekommen.

»Und wer ist diese Bella?«, hatte Lore gefragt.

»Bella?« Eriks Augen hatten gefunkelt. »Außer mir die beste Fälscherin der Welt.«

Hingerissen klang er, so wie früher, wenn er von Gerda gesprochen hatte. Jetzt also Bella. Wie viele Frauen hatte Erik wohl in seinen Armen gehalten? Diese Frage versetzte Lore fiese Stiche ins Herz. Sie gestand sich ein, was sie lange nicht hatte wahrhaben wollen: Sie hatte Erik viel mehr geliebt als er sie. Von Anfang an war das so gewesen.

»Heil Hitler!«, überfiel sie hinterrücks eine scharfe Männerstimme. »Würden Sie sich ausweisen, Fräulein?«

Mit stechendem Blick sah der Gestapobeauftragte sie an, und Lore fuhr der Schreck wie ein Messer in die Glieder. Mit steifen Fingern wühlte Lore in der Tasche nach ihrer Kennkarte. Als sie den Ausweis nicht gleich fand, brach ihr der Schweiß aus. War es denkbar, dass jemand ihr Gespräch belauscht und angezeigt hatte? Keiner hatte in ihrer Nähe gestanden. Oder doch?

Mit frostiger Miene sichtete der Mann, den Lore als Ernst Holland erkannte, der allgemein auch als Judenkommissar und

Höllenhund bekannt war, ihre Kennkarte. Sie hoffte, dass es ihr gelang, ihre Nervosität zu verbergen.

»Alles in Ordnung, Fräulein Bergmann. Leider ist man nie sicher, ob sich nicht ein Jude in den Park geschlichen hat. Wünsche einen schönen Abend. Und Heil Hitler.«

»Heil Hitler.«

Mit weichen Knien stakste Lore zum Ausgang der Wallanlage, wo sich eine Menschenmenge um Ernst Holland gebildet hatte. Er kontrollierte zwei Damen um die siebzig. Ihre Köpfe hielten sie gesenkt.

»Juden«, bollerte Ernst Holland los. »Sie sind hier nicht erwünscht. Ihre Kennkarten werden einbehalten. Morgen früh um acht erwarte ich Sie in der Lindenstraße.«

Auf den Gehstock gestützt, fing die Ältere der beiden zu weinen an, ihre Begleiterin führte sie unter Schmährufen einiger Gaffer fort. Lores Herz krampfte sich zusammen. Was würde man in der Gestapozentrale mit den Frauen machen?

»Dass die Juden sich das trauen«, kommentierte halblaut ein Mann das Geschehen.

»Sind eben dreist«, sagte ein anderer.

Wie betäubt lief Lore nach Hause. Beim Abendessen lenkte Werner sie ab, indem er von einem Klassenkameraden erzählte. Dieter hatte seinen Vater angezeigt, der ihn wegen einer frechen Antwort vertrimmt hatte.

»Und deshalb bekommt man Ärger?«, fragte Lore erstaunt.

»Nee«, lachte Werner. »Doch nicht für die Schläge. Weil er auf Dieters heilige Hose gekloppt hat. Auf die HJ-Uniform, das ist verboten. Darum kriegt Dieter sie künftig auf den Nackten.«

Später, im Bett, wummerte das Blut gegen Lores Schläfen. Großer Gott, um ein Haar wäre Helene in Hollands Fänge geraten. Ihr Verbrechen: ein Spaziergang im Park. Lore und Marie hätten sich mitschuldig gemacht. Ob man in der Lindenstraße dafür gefoltert wurde? Noch nie hatte Lore so grausam geträumt wie in dieser Nacht.

»Bitte helfen Sie uns!«

Das Ehepaar Krämer hatte um ein Gespräch in Helenes Praxis gebeten. Darüber hatte Helene sich gewundert, denn die Söhne, Eli und Jona, waren zwar mager, aber gesund. Jetzt allerdings fühlte sich Helene wie gelähmt vor Schreck, wenigstens gehorchte ihre Stimme.

»Wie kommen Sie bloß darauf, dass ich Kinder verstecke?«

Trotz seiner Tränensäcke wirkten Herr Krämers Augen auf einmal wach.

»Ehrlich gesagt ist es mehr eine Hoffnung«, antwortete er.

Seine Frau räusperte sich verlegen.

»Dr. Bornstein, Eli und Jona würden so gerne wissen, woran ihr Freund Uwe leidet. Und wann er wiederkommt. Sie finden es komisch, dass Sie es ihnen nicht sagen.«

»Es gibt eine ärztliche Schweigepflicht«, gab Helene selbstbewusst zurück.

In Wirklichkeit schwitzte sie. Die meisten Kinder ließen sich leicht vertrösten, Eli und Jona nicht. Dass ein Verdacht ihrer Eltern dahinterstand, hatte Helene nicht gedacht.

Eigentlich hatte Gertrude Herz geplant, die drei Waisen als vermisst zu melden. Schließlich kam es vor, dass Kinder verschwanden. Bald hätte die Polizei die Suche aufgegeben, aber die Heimleitung nicht verdächtigt. Doch jetzt, da sie ihre Aktion fortsetzten, hielt es Gertrude Herz für besser, keine schlafenden Hunde zu wecken.

»Ihre Söhne wissen, dass Uwe und Rahel in einer Fachklinik außerhalb Frankfurts gründlich untersucht werden.«

Frau Krämers Blick flackerte. Geriet sie ins Wanken?

»Eli sagt, bevor Uwe ins Krankenhaus kam, wäre er abends oft bei Ihnen gewesen.«

»Natürlich. Ich habe den Jungen behandelt.«

An ihrer Handtasche nestelnd, schüttelte Frau Krämer den Kopf.

»Eli sagt, es hätte wie eine Lektion geklungen. Sie hätten Fragen gestellt und Uwe hätte geantwortet.«

Fast wäre Helenes Mund offen stehen geblieben. War es zu fassen? Anstatt ins Bett zu gehen, hatten Eli und Jona spioniert. Frau Krämer fixierte Helene und legte nach.

»Außerdem hat Rosa Eli die letzte Nachricht ihrer Freundin Rahel gezeigt.«

»Ja, und?«

»Rosa fand, sie hätte wie ein endgültiger Abschied geklungen.«

Helenes Gesicht brannte. Es gab entsetzlich viele Stolperfallen. Hatte sie Rahel nicht gefragt, ob sie etwas Verräterisches geschrieben hätte, und Rahel hatte das verneint? Dann war das Briefchen bei Helene in Vergessenheit geraten.

»Junge Mädchen neigen zur Übertreibung«, brachte sie heraus. Etwas Besseres fiel ihr nicht ein.

Bis an den Rand ihrer Stuhlkante war Frau Krämer vorgerückt. Sie sprach mit der Klarheit einer Verzweifelten.

»Wir glauben, dass Sie Kinder verstecken. Wenn es nicht so ist, sagen Sie es uns ins Gesicht.«

Herr Krämer schien mit den Tränen zu kämpfen.

»Wir wollen Ihnen nichts Böses, Dr. Bornstein. Wir bitten Sie nur, für unsere Jungen dasselbe zu tun. Bringen Sie sie irgendwohin, so weit weg wie möglich.«

Helene wurde schwummerig. Sie sah sich in Martha Wertheimers Büro sitzen, ebenso verzweifelt wie entschlossen, jeden rettenden Strohhalm zu ergreifen, der Moritz Rettung versprach.

»Entschuldigen Sie mich kurz.«

Eilig, als wäre ihr plötzlich eingefallen, dass sie etwas Dringendes zu erledigen hätte, hastete Helene aus der Praxis. Sie klopfte bei Gertrude Herz, doch die Leiterin war nicht da. In der Küche trank sie einen Schluck Wasser und benetzte ihre Handgelenke. Jetzt galt es, einen kühlen Kopf zu bewahren. Damit man ihnen nicht auf die Schliche kam, war es wichtig, dass der Kreis der Eingeweihten überschaubar bliebe. Nicht ohne Grund wählten sie Kinder, die keine Familie mehr hatten. Böte Helene den Krämers ihre Hilfe an, würde sich das ändern. Wie würden sie denn ihren Verwandten das Verschwinden ihrer Söhne erklären? Und falls sie die Wahrheit sagten, wie verschwiegen wären Großeltern, Onkel und Tanten?

So gerne würde sie diesen verzagten Eltern helfen. Das wäre riskant, aber wäre es das nicht auch, wenn sie die Krämers abwiese? Vielleicht sprächen sie dann über ihren Verdacht. Schweigen würden sie eher, wenn das Leben ihrer Söhne auf dem Spiel stünde. Wenn sie selbst Gefahr liefen, verraten zu werden. Helene musste sich rasch entscheiden.

Mit zwei gefüllten Wassergläsern kehrte sie in ihre Praxis zurück. Mit geweiteten Augen stierten Herr und Frau Krämer ihr entgegen.

»Bitte trinken Sie doch etwas. Mit trockenem Mund redet es sich so schlecht.«

Nach einer geflüsterten Unterhaltung und vielen stillen Tränen verabschiedete sich das Ehepaar Krämer mit kräftigem Händedruck. Dankbar steckte Frau Krämer das Veronal ein, das Helene ihr gab, damit sie mal wieder ein Auge zutäte.

So war es eine beschlossene Sache. Eli und Jona würden in die Schweiz gehen. Im Heim würde es heißen, die Jungen wohnten wieder bei ihren Eltern. Später würden die Krämers ihre Söhne als vermisst melden. Niemand würde die Jungen je finden.

Helenes einsame Entscheidung verstimmte Gertrude Herz. Sie hätte Elis und Jonas Flucht nicht befürwortet und war überzeugt, dass die Jungen auf der Bahnfahrt ihre vorlauten Plappermäuler nicht halten würden. Außerdem hielt sie die Eltern für unzuverlässig. Dennoch, jetzt zurückzurudern, wäre ihr grausam erschienen. Tatsächlich beschlich Helene das ungute Gefühl, einen Fehler gemacht zu haben. Beim Lernen ihrer neuen Identitäten konzentrierten sich die Jungen nicht, lachten, obwohl es nichts zu lachen gab, manchmal liefen sie einfach in ihre Zimmer. Endlich, kurz vor ihrer geplanten Flucht im August, antworteten sie »Heinrich und Friedrich Lorenz«, wenn Helene nach ihren Namen fragte.

Wie üblich verabschiedete sich Helene, als es so weit war, ohne Tamtam, nur im Stillen wünschte sie Marie und den Jungen viel Glück. Ungewisse Nächte lagen vor ihr, denn Marie hatte einen mehrtägigen Aufenthalt in Bern eingeplant. Eine Nachricht zu schicken, wagte sie nicht, da vermutlich die Post ans Kinderheim kontrolliert wurde. Dank Veronal schlief Helene ein paar Stunden traumlos, ansonsten lag ihr die Sorge, diesmal kämen sie nicht glimpflich davon, steinschwer im Magen.

Nach wenigen Tagen erreichte sie eine Karte aus Zermatt.

Liebe Helene!

Unsere Babys sind da! Wir sind alle wohlauf.

Warme Dankbarkeit durchflutete Helene, als sie die Schrift ihrer Jugendfreundin Thea erkannte. Und ein kleines Gefühl von Triumph. Trotz aller Zweifel hatten es Eli und Jona geschafft. Unfassbar, dass auch diese Flucht reibungslos verlaufen war. Ging es denn wirklich so einfach?

Aber die gute Nachricht vertrieb Helenes Unbehagen nicht ganz.

Rastlos tigerte sie in ihrer Praxis auf und ab. Fünf Kindern hatten sie innerhalb eines halben Jahres zur Flucht verholfen. Im November würde Tilly das sechste sein. Aber weshalb so lange warten? Wer wusste denn schon, welche Erschwernisse auf sie zukämen? Ob Marie Tilly nicht schon früher fortbringen könnte? Und bis zum Jahresende weitere Kinder?

»Nein«, sagte Marie, wobei sie es nicht schaffte, Helene anzusehen. »Ich steige aus.«

Helene wich zurück, als hätte man sie geschlagen.

»Wieso jetzt, Marie? Du bist doch gut durchgekommen.«

»Mir bleibt keine Wahl, Helene. Es tut mir leid.«

Aus Furcht, entdeckt zu werden, hätten sich Eli und Jona zwar folgsam wie zwei Hündchen verhalten. Trotzdem war die Situation brenzlig geworden. Auf der deutschen Seite der Grenze kontrollierte ein anderer Beamter als die letzten Male ihre Papiere.

»Ich habe einen beruflichen Termin in Basel. Vorher liefere ich die Jungen im Kurheim ab«, antwortete Marie ruhig auf seine Nachfrage hin. Mit gerunzelter Stirn ging der Mann die Papiere wieder und wieder durch, bis schließlich der Marie wohl bekannte Grenzbeamte auftauchte. Insgeheim hatte sie ihn Heinz getauft, weil er sie an den Schauspieler Heinz Rühmann erinnerte. Heinz flüsterte seinem Kollegen etwas ins Ohr.

»Darum kümmere ich mich«, sagte dieser daraufhin und drückte Heinz Maries Papiere in die Hand. »Übernimmst du hier? Sieh dir mal den Stempel des Kurheims genauer an.«

Nachdem er verschwunden war, zog Heinz die Tür fest zu. Sie saßen in der Falle.

»Ich nehme an, das sind Ihre Neffen.«

Marie hörte sofort, dass er ihr nicht glaubte, deshalb nickte sie erst gar nicht. Unbesehen gab Heinz ihr die Dokumente zurück, seine Kiefer mahlten. Staubtrocken fühlte sich Maries Kehle an. Eli und Jona gafften den Grenzbeamten an. Mit ihrem Fuß versetzte Marie Jona einen leichten Tritt vors Schienbein.

»Hört doch auf, so zu glotzen. Das gehört sich nicht!«

In der Rüge entlud sich ihre Angst. Heinz blickte auf den Gang hinaus. Er war leer.

»Heute lasse ich Sie noch einmal passieren«, raunte er Marie zu, und sie begriff, dass er genauso viel Angst hatte wie sie. »Beim nächsten Mal verhafte ich Sie.«

Einen Moment schienen sie alle zu versteinern, die Luft hing schwer im Abteil. Dann riss Heinz die Tür auf und verließ sie mit deutschem Gruß.

Als der Zug anfuhr, sah Marie ihn zusammen mit seinem Kollegen auf dem Bahnsteig stehen. Für den Bruchteil einer Sekunde trafen sich ihre Blicke, dann schauten beide weg. Erst, nachdem der Zug über die Grenze gerollt war, fühlte sich Marie wieder lebendig. Auf der Hose des zehnjährigen Jona hatte sich ein dunkler Fleck gebildet. Über das Gesicht seines älteren Bruders rannen Tränen.

In Helenes Praxis weinte jetzt auch Marie. Helene nahm sie in den Arm und versicherte ihrer Freundin, dass sie ihre Entscheidung verstand. Innerlich sann sie bereits auf eine Lösung für

Tilly, deren Papiere bereitlagen. Wenigstens sie sollte noch raus aus Deutschland. Helene würde Lore bitten, Tilly zu begleiten.

Worauf habe ich mich nur eingelassen?, dachte Lore beklommen. Von Weitem sah es aus, als ob Helene Tilly hinter sich herschleifen würde. Dabei hatte sie ihr das Mädchen als still und folgsam angekündigt. Den gelben Stern, den Juden, die älter als sechs Jahre waren, seit September '41 gut sichtbar auf der linken Brustseite tragen mussten, hatte Helene von Tillys Mantel zwar abgetrennt. Dennoch, wenn das Mädchen nicht aufhörte, so ein Spektakel zu machen, würden sie nicht einmal den Bahnhof unbehelligt erreichen. Schon jetzt interessierten sich die Wartenden an der Haltestelle für die Szene. Nervös schaute Lore auf die Uhr. Nur noch wenige Minuten, dann käme die Bahn. Mit einem mulmigen Gefühl überquerte Lore die Straße und ging auf Helene und Tilly zu. In ihren Därmen rumorte es. Wieso hatte sie nicht Nein gesagt? Helene hätte es verstanden. Aber bei dieser letzten Rettung hatte Lore sie nicht hängen lassen wollen. Und außerdem hätte sie Tillys Papiere dann umsonst besorgt.

»'N Abend, Helene. 'N Abend, Anna«, begrüßte Lore die beiden. Aus verweinten Augen schaute das Kind zu Lore auf.

»Ich heiße Tilly.«

Lore und Helene wechselten einen raschen Blick.

Tilly verschluckte sich an neuen Tränen. »Ich will im Nordendheim bleiben. Bei Tante Herz und Tante Klara. Und bei meiner Freundin Margot.«

Sie sah Lore an, als erwartete sie Hilfe von ihr.

»Bitte, ich möchte nach Hause.«

Ihr Flehen brach Lore fast das Herz. Helenes Bitten und Drohen wirkten hilflos. Bimmelnd schlängelte sich die Bahn die Straße entlang. Ihnen bliebe wohl nichts anderes übrig, als Tilly zu ihrem Glück zu zwingen. Sich ein Lächeln abringend ergriff Lore Tillys Hand.

»Abschied fällt immer schwer. Glaub mir, in der Schweiz ist es schön. Du wirst es dort gut haben.«

»Nein!«

Überraschend riss Tilly sich los und rannte um die nächste Ecke. Helene und Lore sprinteten hinterher, bis sie das Mädchen zu fassen bekamen. Alle drei keuchten.

Helene machte Anstalten, Tilly auf den Arm zu nehmen, um sie zur Haltestelle zu tragen. Doch was, wenn Tilly noch einmal ausbüxte oder nicht aufhörte, zu zetern? Sie würden auffallen wie ein bunter Hund und die Aufmerksamkeit der Mitreisenden und Schaffner auf sich ziehen. Nein, um jeden Preis würde Lore das Kind nicht in die Schweiz bringen. Behutsam legte sie die Hand auf Helenes Schulter.

»Wenn Tilly sich weigert, fahre ich nicht.«

»Lore, Tilly ist sieben! Sie weiß nicht, was sie tut.«

Helenes Flüstern war lauter geworden. Als sie es merkte, hielt sie inne, doch ihre Augen flehten Lore an. Aber deren Entschluss stand fest.

»Werner hat nur mich, Helene. Ich will nicht im Gefängnis sitzen, wenn er aus dem Trainingslager zurückkommt.«

Wortlos schauten sich die Frauen an, und Tillys Blick wanderte zwischen ihnen hin und her. Schließlich reichte Helene Tilly die Hand.

»Gehen wir heim«, sagte sie mit kehliger Stimme. Tilly winkte.

»Danke, Tante Lore!«

Benommen blickte Lore den beiden nach. Dass sie Tillys Dank verdiente, bezweifelte sie.

»Aufmachen! Gestapo!«

Erschrocken fuhr Helene auf. Einige gnädige Sekunden lang glaubte sie, noch in einem Albtraum verfangen zu sein, aber das Hämmern und Rufen ließ nicht nach.

»Sofort aufmachen!«

Voller Angst sprang Helene aus dem Bett und warf sich eine Strickjacke über. Es war Sonntag. Ihr Wecker zeigte, dass es erst sechs Uhr morgens war, die meisten Kinder schliefen wohl noch.

Am Hauseingang, bekleidet im Nachthemd, stand Gertrude Herz, das Haar hing ihr locker geflochten über die Schulter. Sie warf Helene noch einen verzweifelten Blick zu, dann öffnete sie. Augenblicklich stießen zwei Männer in SA-Uniform die Leiterin zur Seite. Ihnen folgte ein Gestapobeamter, der die Frauen musterte, als wären sie Kriminelle. Unter seinen Blicken kam Helene sich nackt vor. Unwillkürlich zog sie ihre Strickjacke enger um den Leib.

»Was kann ich für Sie tun?«, fragte Gertrude Herz höflich.

Der Gestapobeamte Rudolf Heinrich blickte sie kalt an.

»Sie sind die Heimleiterin?«

»Gertrude Herz. Ja.«

Sein Blick wanderte zu Helene.

»Helene Bornstein. Ich bin Kinderärztin.«

Rudolf Heinrich schnaufte verächtlich. »Im Deutschen Reich gibt es keine jüdischen Ärzte mehr. Allenfalls Krankenbehandler.«

Helenes Wangen brannten, sie hasste dieses Wort. Erneut wandte sich Rudolf Heinrich der Leiterin zu. »Eli Krämer und Jona Krämer haben unverzüglich ihren Koffer zu packen. Sie werden mit ihren Eltern umgesiedelt.«

Was? War an den Gerüchten, die seit Tagen kursierten, doch etwas dran? Noch vor zwei Tagen, beim Freitagsgebet, hatten die Rabbiner bestritten, dass es Deportationen gäbe. Und weshalb fragte der Mann ausgerechnet nach Eli und Jona?

»Die beiden sind nicht mehr hier«, erklärte Gertrude Herz ruhig. »Seit einer Weile leben sie wieder bei ihren Eltern.«

Mit dem Zeigefinger fuhr der Gestapobeamte Namen auf einer Liste entlang. Dann schüttelte er den Kopf.

»Die Jungen sind bei Ihnen registriert. Rufen Sie sie her, sonst lasse ich nach ihnen suchen.«

Die beiden SA-Männer, die bis dahin wie breitbeinige Statuen dagestanden hatten, grinsten, als warteten sie nur auf sein Kommando. Auf der Treppe erschienen einige Betreuerinnen, manche waren noch im Nachthemd. Blass waren sie alle.

»Was Frau Herz gesagt hat, kann ich bestätigen«, schaltete Helene sich ein. Barfuß, auf dem kalten Boden müsste sie eigentlich frieren, stattdessen glühte sie. »Und so viel ich weiß, haben Krämers ihre Söhne als vermisst gemeldet.«

Scharf sah Rudolf Heinrich Helene an, dann blätterte er erneut in seinen Papieren. »Davon weiß ich nichts.«

Hatten Krämers den Weg zur Polizei gescheut? Oder war der Gestapo etwas durch die Lappen gegangen?

»Alle Jungen ab acht sofort antreten«, befahl Rudolf Heinrich schließlich.

Mit einem kurzen Nicken wies Gertrude Herz die Betreuerinnen an, die Kinder zu rufen. Still stellten sie sich, von den SA-Männern flankiert, vor dem Gestapobeamten auf. Gemächlich schritt dieser vor ihnen auf und ab, manchmal blieb er vor einem der Jungen stehen und starrte ihm ins Gesicht.

»Name?«, bellte er dann.

Kurt Meier. David Stern. Levi Oppenheimer. Helmut Lang. Josua Weinberg. Willi Lehmann. Max Lehmann.

Max war erst fünf, doch ohne seinen Bruder Willi hatte er nicht allein im Zimmer zurückbleiben wollen. Als der Gestapomann jetzt vor ihm stand, zitterte Max so sehr, dass ihm sein Stoffbärchen aus der Hand rutschte. Helene widerstand ihrem Impuls hinzulaufen, um es aufzuheben. Ohne Max aus den Augen zu lassen, bückte sich Rudolf Heinrich und gab dem Kleinen seinen Bären zurück. Dann fuhr er abrupt herum und baute sich drohend vor Gertrude Herz auf.

»Sie behaupten also, Eli und Jona Krämer wären nicht hier?«

Die Leiterin nickte. In Helenes Schläfen pochte das Blut. Dem Himmel sei Dank, dass Eli und Jona nichts zu befürchten hatten.

»Dann siedeln eben Willi und Max Lehmann in den Osten um«, sagte der Gestapomann. »Zwei Stunden haben sie zum Packen.«

Nach einer kurzen, furchtbaren Stille rief Gertrude Herz aus: »Bitte, Herr Heinrich! Tun Sie das nicht. Ich flehe Sie an!«

Er strich ihre Hand von seinem Jackenärmel, als entfernte er Schmutz. Dann war er fort. Helene fühlte sich wie gelähmt. Weinend klammerte sich Willi an eine Betreuerin, während Max mit seinem Bärchen hilflos danebenstand. Hatte er überhaupt begriffen, dass es um ihn ging? Die SA-Männer beaufsichtigten die beiden Brüder, die mit einer Betreuerin das Gepäck vorbereiteten. Ein Entkommen gäbe es nicht.

Der Abschied war kurz. Tränen flossen lautlos, als hätte der Schock allen die Stimme geraubt. Von ihrer Praxis aus beobachtete Helene, wie die SA-Männer Willi und Max auf die gegenüberliegende Straßenseite führten. Die Leiterin trug ihre Koffer bis zu dem kleinen Platz mit dem Märchenbrunnen, der für einige Familien als Sammelstelle diente. Es war ein kalter, regnerischer Sonntag, den die meisten Deutschen zu Hause verbrachten, während diese unglücklichen Menschen mit ihren Koffern und Rucksäcken im Nassen ausharrten, Stunde um Stunde. Als nichts geschah, sammelte Helene ein paar Decken zusammen und bat in der Küche um heißen Tee. Gemeinsam mit Gertrude Herz brachte sie beides hinaus und zum Glück ließ die SA sie gewähren. Einige Nachbarn verteilten Brot, andere hämische Kommentare. Die allermeisten jedoch, ob Opfer oder Schaulustige, starrten stumm vor sich hin. Helene versorgte erst einen alten Herrn, dem der Kreislauf versagte, dann einen Jungen, der sich übergeben hatte. Sein Haar war dunkel wie das von Moritz. Moritz. Vielleicht würde auch er jetzt hier stehen, hätte Helene ihn nicht fortgeschickt.

Unter den Wartenden entdeckte sie die Krämers. Frau Krämer streichelte Max, Herr Krämer hatte seinen Arm um Willi gelegt.

»Wir kümmern uns um die zwei«, versprach er leise.

Ob er an seine eigenen Söhne dachte, denen erspart bliebe, was diesen Jungen nun bevorstehen würde?

»Als die Gestapo kam, ist meine Nachbarin aus dem Fenster gesprungen«, flüsterte Frau Krämer. »Der Beamte schnappte sich eine andere Frau, die im Treppenhaus stand. Sie war gar nicht für den Transport vorgesehen. Der Beamte meinte bloß, dass er die zahlenmäßige Vorgabe erfüllen würde, wie, wäre ihm gleichgültig.«

Frau Krämer sprach so emotionslos, wie Helene sich fühlte, und anders war das, was ihnen widerfuhr, auch nicht auszuhalten. Ein letztes Mal umarmte Helene die Jungen, dann musste sie ins Heim zurück. Von dort aus sah sie zu, wie die Gruppe, schweigend und streng bewacht, Richtung Großmarkthalle trottete. Von dort aus starteten die Züge in den Osten.

Am Abend zog Helene sich in die Praxis zurück. Sie fand einen noch rauchbaren Zigarettenstummel und blickte auf den kleinen Platz hinab, der nun so dunkel und friedlich dalag, als hätte es keinen Terror gegeben.

Inzwischen hatte Gertrude Herz erfahren, dass die Gestapo die Jüdische Gemeinde gezwungen hatte, ihre Mitglieder bis zur letzten Minute zu beruhigen. Deshalb hatte es in der Synagoge geheißen, dass keine Umsiedlungen geplant wären. Nun wussten sie es besser.

Helene überprüfte ihre Veronal-Bestände. Noch war sie gut versorgt. Ein quälender Gedanke ließ sie nicht los. Sie hatte das Richtige tun wollen, indem sie entschied, Jona und Eli zu retten. Aber weil sie das getan hatte, fuhren Willi und Max nun einem ungewissen Schicksal entgegen. Wie sollte Helene das ertragen?

Damit sie diesen 19. Oktober 1941 für ein paar Stunden vergessen könnte, nahm sie Tabletten. Während sie wegdämmerte, überkam Helene das Gefühl, in einen Tunnel hineinzurasen, dessen Ende nicht in Sicht war.

Einen Monat später wartete Helene in der Gestapozentrale auf Konrad.

»Er ist noch im Verhör«, war ihr gesagt worden, und, was das bedeutete, stellte sich Helene lieber nicht vor. Seit Stunden saß sie vor seinem Büro auf einer unbequemen Holzbank. Beamte mit kalten Gesichtern trugen Akten an ihr vorbei oder führten Verhaftete zu ihren Vernehmungen.

Helene war ohne Vorladung in die Lindenstraße gekommen. Sie brauchte Konrads Hilfe.

Am Tag zuvor hatte Ilse sie verstört im Kinderheim aufgesucht. Ein Mitarbeiter der Jüdischen Gemeinde, den Ilse sogar kannte, hatte zwei Deportationsbescheide abgegeben, einen für Ilse, der andere war für Ruth Bornstein bestimmt. Sie waren für die dritte große Deportation vorgesehen, die letzte lag gerade mal acht Tage zurück. Um die tausend Menschen waren jedes Mal umgesiedelt worden, und die Gerüchte, was man sich darunter vorzustellen hatte, wurden immer düsterer.

Zigmal hatte der betretene Mann sein Bedauern geäußert. Hätte er doch bloß früher davon erfahren. Dann hätte er die Gemeindemitarbeiter, die gezwungen waren, Listen zusammenzustellen, gebeten, die Namen von Ilse und Ruth zu streichen. Jetzt war es zu spät.

Der Transport würde Frankfurt am 22. November verlassen, in drei Tagen. Wenn ihnen überhaupt noch jemand helfen könnte, dann Helenes ehemaliger Schwager. Aber dieser hatte nie einen Hehl aus seiner Abneigung gegen Helene gemacht und bei ihrer letzten Begegnung hatte sie ihn angespuckt. Hoffentlich wäre seine Erinnerung daran nach all den Jahren verblasst.

Als Konrad auf sie zukam, schreckte sie auf. Groß und akkurat gescheitelt war Konrad noch immer, das Schlaksige jedoch, das seine Erscheinung immer ein wenig verharmlost hatte, war verschwunden. Nationalsozialistisch zackig eilte er den Flur entlang, ein selbstsicherer Mann, der sein Ziel erreicht hatte. Helene machte sich bereit, ihn zu begrüßen, doch Konrad, als hätte er sie nicht bemerkt, verschwand in seinem Büro. Eine halbe Stunde später winkte ein Mitarbeiter sie herein. Dann war sie mit Konrad alleine. Er sagte nichts, sondern machte sich Notizen, und Helene war unsicher, ob sie auf dem Stuhl vor seinem Schreibtisch Platz nehmen sollte. Also blieb sie stehen. Plötzlich sah Konrad auf und ließ seinen stahlgrauen Blick an ihr heruntergleiten.

»Tja«, sagte er, »wie man sieht, sind die fetten Jahre der Juden vorbei.«

In seinen Mundwinkeln zuckte Häme. Als ihre Blicke sich begegneten, war Helene klar, dass er nichts vergessen hatte.

»Setz dich.«

Helene kam seiner Aufforderung nach. Sie befahl sich, die Augen keinesfalls niederzuschlagen, schließlich war sie keine Gefangene. Aber höflich musste sie bleiben, das hatte Gertrude Herz ihr eingeschärft.

»Wie geht es deiner Familie?«, fragte Helene.

Irgendwie musste sie ja beginnen. Als würde er kurz darüber nachdenken, lehnte sich Konrad gemächlich in seinem Stuhl zurück und verschränkte die Hände hinter seinem Kopf.

»Ausgezeichnet«, entgegnete er. »Wir haben kürzlich eine wirklich schöne Wohnung im Westend bezogen.«

Viele wohlhabende Westend-Bewohner waren bei der ersten großen Deportation im Oktober vertrieben worden. Man munkelte, dass die Nazis es auf ihre geräumigen Wohnungen abgesehen hatten. Offenbar gehörte Konrad zu denjenigen, die skrupellos davon profitierten. Obwohl es ihr schwerfiel, hielt Helene seinem provozierenden Blick stand. Konrad lächelte herablassend.

»Ich kann nicht klagen. Ganz im Gegensatz zu Viktor. Der liegt im Lazarett.«

Helene erschrak, aber er ließ ihr keine Zeit, um weitere Fragen zu stellen.

»Wie geht es Moritz?«

Der Pfeil traf dorthin, wo Konrad es beabsichtigt hatte. In Helenes Herz. Es befand sich in ständiger Sorge, weil Helene schon lange nichts mehr von ihrem Sohn gehört hatte.

»Ich weiß es nicht.«

Konrad zündete sich eine Zigarette an, den Qualm blies er in ihre Richtung.

»Genug der Plauderei«, sagte er. »Warum bist du gekommen?«

Sie erzählte es ihm, während Konrad mit undurchdringlicher Miene zuhörte.

»Seit November obliegen diese Listen der Reichsvereinigung der Juden. Wir geben nur noch die gewünschte Anzahl vor.«

Betroffen senkte Helene nun doch ihren Blick. Seit Juni 1939 waren sämtliche jüdischen Verbände und Gemeinden in der Reichsvereinigung aufgegangen. Die Mitarbeiter bemühten sich zwar, der jüdischen Bevölkerung das Leben zu erleichtern. Jetzt zwang man sie aber, über das Schicksal ihrer jüdischen Mitmenschen zu entscheiden. Was für eine entsetzliche Bürde!

Als Helene sich gesammelt hatte, sagte sie: »Bitte, Konrad, du hast Einfluss. Kannst du nichts für Mutter und Ilse tun?«

Er drückte seine Zigarette aus und starrte Helene durch den wabernden Rauch hindurch an.

»Damit es heißt, ich würde meine ehemalige Sippschaft begünstigen?«

Er stieß einen Laut aus, als ob er sich ekelte. Aber noch gab sie nicht auf.

»Als wir uns scheiden ließen, hast du Viktor dein Wort gegeben, ein Auge auf die Bornsteins zu haben.«

Konrad lachte unfreundlich.

»Und das halte ich auch. Ich habe euch genauestens im Blick. Oder glaubst du etwa, ich wüsste nicht, dass du deine Stelle im Kinderheim zur Sabotage missbrauchst?«

Mit einem Klick schaltete Konrad seine Schreibtischlampe ein und drehte die Birne zu Helene. Vom Licht geblendet, kniff sie die Augen zusammen.

Nein, das durfte nicht sein. Ihre Eingeweide gerieten in Aufruhr, und Helene wurde schlecht.

»Ja, hältst du mich für völlig schwachsinnig? Plötzlich sind ausgerechnet die Heimkinder, deren Familien für die Umsiedlung vorgesehen sind, krank? Transportunfähig?«

Er knipste die Lampe aus, so dass Helene ihn erneut ansehen konnte. Fieberhaft sortierte ihr Gehirn die Informationen. Er sprach nicht von den flüchtigen Kindern in der Schweiz, nein, Konrad meinte diejenigen, deren Eltern in Helenes Praxis Schlange gestanden hatten. Angefleht hatten sie Helene, ihren Kindern zu bescheinigen, dass sie nicht reisefähig wären; manchmal erbaten sie dasselbe für alte Großeltern oder sich selbst. Es war furchtbar, nicht allen helfen zu können. Aber bei vielen hatte Helene es versucht.

»Ich hätte dich längst verhaften können, aber das habe ich nicht. Und jetzt warne ich dich sogar: Übertreib's nicht, Helene.«

Konrad ging zum Fenster und betrachtete, die Hände auf dem Rücken verschränkt, die kahlen Äste der Bäume. War das Gespräch beendet? Sollte Helene aufstehen und gehen?

»Verfolgst du den Kriegsverlauf im Osten?«

Das konnte eine Fangfrage sein. Schließlich durfte Helene nicht einmal ein Radio besitzen.

»Ich höre Gerüchte«, antwortete sie vorsichtig.

Und die besagten, dass der Vormarsch auf Moskau im russischen Herbstschlamm stecken geblieben war. Es sah nicht mehr so aus, als ob die deutsche Wehrmacht blitzschnell siegen würde. Manche redeten, hinter vorgehaltener Hand, sogar von einer möglichen Wende des Krieges. Langsam wandte sich Konrad um.

»Würdest du mir, sollte es irgendwann nötig sein, bestätigen, dass ich dir, deiner Mutter und Schwester geholfen habe?«

Sie sahen sich an, und Helene verstand. An den Gerüchten war also etwas dran, und das wäre ihre Chance. Sie nickte. Alles hätte sie Konrad in diesem Augenblick versprochen.

»In Ordnung«, erwiderte Konrad.

Mehr sagte er nicht, sondern bezeichnete ihr mit einer raschen Geste, sein Büro zu verlassen. Sofort machte sich Helene auf den Weg zu Ilse, die vor Erleichterung weinte, und Helene weinte mit. Für dieses Mal war ihre Familie davongekommen. Zwei andere Namen würden stattdessen auf der Liste stehen. Das war furchtbar, aber besser auszuhalten, als Ilse und ihre Mutter zu verlieren.

Helene verstellte Kurt die Eingangstür. Er war erst vierzehn, aber trotz der schlechten Ernährung so groß wie sie.

»Kurt, geh lieber nicht!«

»Ich will mich von ihnen verabschieden.«

»Aber das ist gefährlich.«

»Es hilft ihnen, wenn sie mich noch einmal sehen.«

Was sollte Helene dagegen sagen? Um Haaresbreite wären an diesem Donnerstag ihre Mutter und Schwester umgesiedelt worden. Und niemand hätte Helene davon abhalten können, sich von ihnen zu verabschieden. Sie schaute zu, wie Kurt seine Jacke zuknöpfte und in die Hände spuckte, um mit ihnen sein Haar glatt zu streichen. Er wollte ordentlich aussehen, denn so, wie er heute vor seinen Eltern stünde, würden sie ihn auf ihrer beschwerlichen Fahrt in den Osten in Erinnerung behalten. Helene gab dem Jungen den Weg frei.

»Danke, Dr. Bornstein. Bis zur Ausgangssperre bin ich zurück.«

Als die Tür hinter ihm ins Schloss gefallen war, holte Helene ihren Mantel, den mit dem Stern. Plötzlich drängte es sie, ihre Mutter und Ilse zu sehen. Und die Seibels, die Untermieter, die fortmüssten. Deshalb hatten sie Helene um reichlich Schlafmittel angefleht. Doch Helene hatte ihnen nur wenig gegeben, gerade genug für ein paar Stunden Schlaf.

Als sie durchgefroren in der Wohnung ihrer Mutter ankam, stand im Flur bereits das Gepäck der Seibels, zwei Lederkoffer und zwei Taschen. Daneben ruhte Ben, die riesige graue Dogge, die Ilse auf einem ihrer gewagten Spaziergänge zugelaufen war. An einem Stacheldraht hatte sich Ben das Bein aufgerissen, weshalb Ilse ihn kurzerhand mit nach Hause genommen und gepflegt hatte. Seitdem hing er wie eine Klette an ihr, so treu ergeben, dass nicht einmal Ruth Bornstein, die sich vor großen Hunden fürchtete, auf die Idee gekommen war, ihn vor die Tür zu setzen.

»Wie geht es euch?«, fragte Helene, während sie Ben zur Begrüßung den Rücken tätschelte.

»Mutter leidet so sehr mit den Seibels, dass ihr Herz schon den ganzen Tag verrücktspielt«, raunte Ilse ihr zu.

Seit dem frühen Morgen hatte die Klingel kaum stillgestanden, denn Verwandte und Bekannte der Seibels kamen, um ein letztes Mal Lebewohl zu sagen.

Auch Helene umarmte die beiden und sie drückten sie an sich, als wären sie seit jeher innig befreundet. Frau Seibel schien verstummt zu sein, ihr Mann blickte alle paar Minuten nervös auf die Uhr, als fürchtete er, dass jeden Augenblick die Gestapo hereinkäme. Dabei lag noch eine ganze Nacht des Wartens vor ihm. Wieder läutete es, und das Zimmer füllte sich mit aufgelösten Nachbarn. Nach und nach begriff Helene, dass ihre Mutter und Ilse die Einzigen im Haus waren, die nicht deportiert würden. Dank Konrad. Alle anderen wären am nächsten Tag fort. Dieser Gedanke löste in Helene Panik aus. Sie entschied, bei Ilse und ihrer Mutter zu übernachten.

Die Zeit bis zum Morgen verbrachten sie in Ruth Bornsteins breitem Bett, die Mutter in der Mitte, rechts von ihr Helene, links Ilse. Keine von ihnen schlief. Es tröstete und schmerzte gleichermaßen, die Wärme der anderen zu spüren. Wie lange durften sie sich ihrer Nähe noch sicher sein?

Auf einmal ging alles ganz schnell. Motorengeräusche. Das Getrampel der SA-Stiefel. Sturmschellen. Scharfe Befehle, die Seibels samt Gepäck die Treppe hinab auf die Straße trieben. Schluchzen hier und da. Streng bewacht würden die Bekannten der Bornsteins zur Großmarkthalle gebracht werden. Was dort geschah, hatte sich inzwischen herumgesprochen. Nicht nur das Gepäck wurde durchsucht, sondern es gab auch entwürdigende Leibesvisitationen. Finanzbeamte zogen die Vermögenserklärungen und Hausschlüssel der Vertriebenen ein, andere die Lebensmittelmarken. Sogar fünfzig Reichsmark in bar musste man für seine erzwungene Umsiedlung bezahlen. Zum Schluss bekam die Kennkarte den Stempel »Evakuiert« aufgedrückt. Und dann würde unter Schikanen das Warten auf die endgültige Abfahrt weitergehen.

Helene trat vom Fenster zurück. Den Anblick der ängstlichen, in der Kälte bibbernden Menschen hielt sie nicht länger aus. Sie setzte sich zu Ilse und ihrer Mutter, den knurrenden Ben hatten sie ins Schlafzimmer gesperrt, damit er keinem der SA-Männer ins Visier geriet. Die Frauen horchten auf die Rufe von der Straße und in die Stille des Hauses hinein. Plötzlich klingelte es. Helene, Ilse und Ruth Bornstein blickten einander an. Helene stand auf und öffnete.

»Ruth Bornstein?«, blaffte ein SA-Mann sie an und entfachte neue Angst.

»Das ist meine Mutter«, erwiderte Helene.

»Sofort runterkommen«, befahl der Mann.

Helene spürte, wie ihre Knie unter ihr nachgeben. Sie stützte sich am Türpfosten ab.

»Das muss ein Irrtum sein. Meine Mutter ist vom Transport zurückgestellt worden. Die Gestapo weiß darüber Bescheid.«

Im Wohnzimmer schrie Ilse auf, ihre Mutter stöhnte. Grob schob der SA-Mann Helene zur Seite, sie stürzte hinter ihm her.

»Meine Mutter hat doch gar nichts gepackt.«

Sie prallte gegen den Rücken des Mannes, weil dieser wie angewurzelt stehen blieb. Ben begann aufgeregt zu bellen und am Holz der Tür zu kratzen. Helene zwängte sich an dem SA-Mann vorbei, dann stand die Welt still. Zusammengesunken saß Ruth Bornstein auf ihrem Stuhl, gehalten von Ilse, der die Tränen über die Wangen strömten.

»Mutter atmet nicht mehr«, flüsterte sie.

Ruth Bornstein wurde neben ihrem Mann auf dem Neuen Jüdischen Friedhof beigesetzt. Ihre Eltern im Tod vereint zu wissen, bot Helene einen gewissen Trost. Viele Jahre später wäre sie sogar von einer grausigen Dankbarkeit über den raschen Herztod ihrer Mutter erfüllt. Er hatte Ruth Bornstein die Deportation ins litauische Kowno erspart. Dort waren alle verschleppten Frankfurter dieses Transportes erschossen worden, und wer nicht gleich tot war, wurde lebendig begraben. Seitdem Helene das wusste, geisterten die Seibels durch ihre Träume und klagten sie an, ihnen einen selbstbestimmten Tod versagt zu haben.

Und Kurt, den Helene nicht aufgehalten hatte, das Kinderheim zu verlassen und der nie mehr dorthin zurückgekehrt war.

Das schwere Jahr 1941 ging zu Ende. Die Temperaturen sanken auf minus zweiundzwanzig Grad, aber genügend Kohlen zum Heizen gab es nicht. Einer der wenigen Lichtblicke bestand darin, dass Ilse zu Helene ins Kinderheim gezogen war, wo die Dogge Ben ebenfalls eine Bleibe fand. Anfangs flüchteten die Kinder schreiend, wenn sie dem großen Hund begegneten, doch mit Ilses Hilfe wagten sie es, sich ihm zu nähern und lernten, ihn zu lieben. Josua gewöhnte Ben sogar an, ihn vor der Toilette zu bewachen. Ihn trieb die Sorge um, ein Nazi könnte aus der Kloschüssel auftauchen, um Josua in die Kanalisation hinabzuzerren. Mit Ben, so glaubte Josua, stieße ihm dieses Unglück niemals zu. Denn vor dessen Größe hätte ja wohl selbst ein Nazi Respekt.

Das Ende des Krieges war nicht in Sicht, aber wie Lore und Marie versicherten, eine Wende. In Schnee und Eiseskälte war der Angriff der Wehrmacht auf Moskau zum Erliegen gekommen, so dass Hitlers Größenwahn einen gehörigen Dämpfer erhalten hatte. Trotzdem hatte er auch noch den USA den Krieg erklärt. Bei so vielen und mächtigen Gegnern müsste Hitler doch irgendwann aufgeben. Bis dahin hieße es durchhalten. Seitdem sie keine Kinder mehr in die Schweiz schmuggelten, hatten sich Helene, Marie und Lore selten gesehen. Jeglicher Kontakt zu Juden war unter Strafe gestellt worden. Daher beschloss Helene, Vorsicht walten zu lassen und ihre Freundinnen nicht mehr zu treffen.

Ihr Leben spielte sich fortan im Nordendheim ab, wo sie gemeinsam mit Gertrude Herz, Ilse und den anderen Betreuerinnen für das Wohl der Kinder kämpfte, für Lebensmittel, Gesundheit, Wärme, aber auch dafür, ihnen Momente der Normalität und Freude zu bereiten. Als Helene im Dezember an einem Kinoplakat vorbeilief, das die Komödie *Quax, der Bruchpilot* mit Heinz Rühmann ankündigte, wünschte sie sich, die Kinder zwei Stunden lang in diese heitere Welt zu entführen, um sie Krieg und Verfolgung vergessen zu lassen. Doch ein Filmvergnügen, früher einmal selbstverständlich, lag in unerreichbarer Ferne. Zum Glück hatten die Kinder Ben, der sich gutmütig von den Kleinen reiten ließ und jede Nacht in einem anderen Zimmer verbrachte. Diese Kinder schliefen dann besonders tief, denn wie ein guter Geist schien Ben ihnen gemeine Träume vom Leib zu halten.

Eine ungewöhnliche Stille herrschte im Esszimmer der Dorners. Zu vernehmen war nur Emmas Schluchzen, in das die kleine Gudrun einstimmte. Bis auf Ulf, den Ältesten, der mit großem Appetit Eintopf in sich hineinschaufelte, scharrten die Kinder lustlos mit ihren Löffeln im Teller. Lore hätte sich ihre Frage glatt sparen können.

»Soll ich noch mehr Suppe bringen?«

Mit vornehmer Langsamkeit legte Elisabeth Dorner ihr Besteck beiseite und schüttelte den Kopf.

»Nein, danke, Frau Bergmann. Heute sind wir nicht sehr hungrig.«

Übernächtigt sah sie aus, doch von Tränen zeigten ihre Augen keine Spur. Am Mittag hatte die Familie Achim Dorner zum Zug nach Kiew gebracht, auch er rückte ins Feld. Emmas Weinen schwoll an.

»Warum ist Vati nicht erst nach meinem ersten Schultag nach Russland gefahren? Jetzt sieht er gar nicht meine Zuckertüte. Aua!«

Der dreizehnjährige Herbert, der mittlere ihrer Brüder, hatte Emma eine Kopfnuss verpasst.

»Pfui, dass du nur an dich denkst. Vati zieht in den Krieg. Vielleicht wird er getötet. Und du redest von deiner Zuckertüte.«

Blind vor Tränen wollte Emma aus dem Zimmer stürzen, doch Lore fing sie ab. Am liebsten hätte sie Herbert dafür gerügt, dass er den Kleinen Angst einjagte.

»Weißt du was, Emma? Schick deinem Vati eine Fotografie. Darauf sieht er, was für ein hübsches Schulmädchen du bist. Er trägt dich immer bei sich und kann viel besser kämpfen.«

Emma kuschelte sich an Lores Schürze.

»Ich will, dass der olle Krieg aufhört und Vati nach Hause kommt.«

Lore strich ihr übers Haar und setzte an, um noch etwas Tröstendes zu sagen, doch da klatschte Elisabeth Dorner in die Hände.

»Das wollen wir alle, Emma«, sagte sie streng. »Setz dich hin und reiß dich zusammen. Frau Bergmann, bitte machen Sie mir einen Tee.«

»Gerne.«

»Unsere Lehrer sagen, die Juden wären schuld am Krieg. Stimmt das?«

Düster blickte der zehnjährige Dietrich seine Mutter an.

»Blöde Frage«, tönte Ulf. »Klar stimmt das. Der Führer hat schon vor dem Krieg prophezeit, dass das internationale Judentum einen weiteren Weltkrieg herbeiführen würde. Und so ist es gekommen. Nur wenn es vernichtet ist, wird es keine Kriege mehr geben.«

Wie erstarrt blieb Lore auf dem Weg zur Küche neben Emmas und Gudruns Kinderzimmer stehen. In der Schule und bei der Hitlerjugend trichterte man auch Werner diese Ideen ein. Aber bei Werner war die Saat der Nazis nicht aufgegangen.

»Dafür will ich kämpfen«, fuhr Ulf großspurig fort. »Wenn ich alt genug bin, melde ich mich freiwillig zur Armee.«

»Deine Lehrer haben natürlich recht«, sagte Elisabeth Dorner zu Dietrich. »Was deine Zukunftspläne betrifft, Ulf, über die reden wir noch. Jugendlicher Eifer reicht nicht aus, um ein guter Soldat zu werden.«

»Ich weiß, Mutti, aber …«

Scheinbar hatte Elisabeth Dorner ihn durch eine Geste zum Verstummen gebracht. Sie ergriff jetzt selbst das Wort und Lore konnte nicht anders, als weiter zu lauschen.

»Euer Vati riskiert für Führer, Volk und Vaterland sein Leben. Auch wir werden unsere Pflicht tapfer erfüllen, damit Vati genauso stolz auf uns sein kann wie wir auf ihn. Also, Emma, keine Tränen mehr, verstanden? Sei deiner Schwester ein Vorbild.«

Fehlte nur noch, dass sie ihre Kinder mit »Heil Hitler« verabschiedete, dachte Lore grimmig. Als Geschirr klapperte und Stühle gerückt wurden, eilte sie in die Küche, um das Teewasser aufzusetzen. Schon erschienen die Kinder, die, wie Dorners es verlangten, ihre Teller eigenhändig in die Spüle stellten.

»Ich finde den *Giftpilz* nicht mehr«, klagte Emma. »Hast du mein Buch gesehen, Lore?«

Wie ein blondgelockter Engel stand das Mädchen in der Tür. Lore lächelte.

»Manchmal hat der Teufel seine Kralle auf den Dingen, die wir suchen. Der *Giftpilz* taucht schon wieder auf.«

Emma gab sich damit zufrieden und lief zu ihrer Mutter, die den Kindern einen Ausflug in den Park versprochen hatte. Bevor auch Lore das Haus verließ, stahl sie sich in die Speisekammer. Sie war gut bestückt, vielleicht, weil die Dorners stramme Nazis waren, vielleicht besaßen sie auch gute Kontakte zu den Bauern im Umland. Rasch steckte Lore Kartoffeln, Brot und etwas eingemachtes Obst in ihre Tasche. Dann huschte sie aus der Wohnung und lief zum Nordendheim. Als Lore sich unbeobachtet wähnte, deponierte sie die Tasche in einem Busch. Versteckt hinter einem Baum wartete sie, bis Ilse aus der Tür trat und zielstrebig auf die Lebensmittel zusteuerte. Also hatte sie begriffen, dass jeden Montag um dieselbe Zeit eine helfende Hand etwas zu essen vorbeibrachte. Auf dem Heimweg machte Lore einen Schlenker durch die Wallanlagen und warf Emmas *Giftpilz* in einen Ententeich.

Mitte August wurde die Heimleiterin verhaftet. Seitdem waren beinahe vier Wochen vergangen, ohne dass Helene etwas über ihren Verbleib erfahren hätte. Hatte man Gertrude Herz auf einem der letzten Transporte nach Theresienstadt deportiert? Das ganze Nordendheim stand unter Schock, besonders Helene, der die Gestapo die Leitung aufoktroyiert hatte.

Ein Mieter aus dem Nebenhaus hatte Gertrude Herz der Hamsterei bezichtigt. Ja, was war ihr denn anderes übrig geblieben? Die Kinder hungerten, und die Lebensmittel, die Unbekannte ihnen heimlich zukommen ließen, reichten vorne und hinten nicht aus. Sämtliche jüdischen Kinderheime waren in Frankfurt geschlossen worden, so dass die beiden letzten Einrichtungen, das Kinderhaus in Sachsenhausen und das Nordendheim, aus allen Nähten platzten. Darum hatte die Heimleiterin das Angebot einer mitfühlenden Nachbarin, sich aus deren angrenzendem Gemüsegarten zu bedienen, angenommen. Sogar ein Loch schnitt die freundliche Frau eigens für sie in den Zaun. Was Gertrude Herz nicht erwähnte, als der Gestapobeamte sie fragte, was ihr einfiele, »arische« Bürger zu bestehlen.

»Grüßen Sie bitte die Kinder von mir«, war das Letzte, was Gertrude Herz zu Helene gesagt hatte, bevor der Beamte sie in einen Wagen zwang.

An ihrem Schreibtisch saß Helene nun und zermarterte sich das Hirn darüber, wie sie Medikamente und Nahrungsmittel beschaffen könnte. Es klopfte, und Nathan Gerhard, ein Mann aus der Jüdischen Gemeinde, trat ein. Kurz nachdem ihre Mutter gestorben war, hatte er ihr unter Tränen erzählt, dass Ruth Bornstein, die er gut kannte, gar nicht auf der Transportliste gestanden hätte. Plötzlich hätte sie den Bewohner im Erdgeschoss ersetzen sollen, der sich am Morgen des Abtransportes die Pulsadern aufgeschnitten hatte. Ilse von ihrer soeben verstorbenen Mutter wegzuzerren, war selbst dem Gestapobeamten nicht in den Sinn gekommen. Es hatte einen anderen armen Menschen getroffen.

Helene bot Nathan Gerhard eine Tasse Tee an, die er ablehnte. Grau vor Hunger und Müdigkeit saß er vor ihr und knetete seine Hände.

»Ich habe eine Postkarte von meiner Mutter bekommen«, sagte er. »Sie hat den Transport überlebt.«

»Eine gute Nachricht«, erwiderte Helene.

Wie viele Senioren hatte Frau Gerhard einen sogenannten Heimeinkaufsvertrag unterschrieben. Darin stellte die Gestapo ihr in Aussicht, in Theresienstadt in einem Altersheim gepflegt zu werden. So sicherte sich die Gestapo einen Teil des Vermögens, das üblicherweise das Finanzamt zugunsten des Deutschen Reiches beschlagnahmte. Viele alte Leute klammerten sich an diese Hoffnung, andere vermuteten eine Lüge.

»Dr. Bornstein, ich bete inständig dafür, dass es in Theresienstadt menschlicher zugeht als in anderen Lagern.«

Daraufhin überreichte er Helene einen Umschlag. Sofort krampfte sich ihr Magen zusammen. So hatte der Deportationsbefehl ihrer Mutter ausgesehen. Schwerfällig erhob sich Nathan Gerhard, während Helene den Umschlag anstarrte, und nichts fühlte, außer die Schläge ihres Herzens.

»Es tut mir leid.«

Nachdem er fort war, las Helene, was in dem Schreiben stand. Bis auf wenige Ausnahmen würde das gesamte Kinderheim deportiert werden, am 15. September 1942, in wenigen Tagen. Auch Ilse wäre dabei, nicht aber Helene. Von ihr verlangte man, sich um die Formalitäten zu kümmern, bis die Gestapo das Haus übernähme. Das Schreiben fiel zu Boden, und weinend vergrub Helene ihr Gesicht in den Händen. Sie meinte, der enorme Druck in ihrer Brust würde die Rippen zum Bersten bringen. Plötzlich sprang sie auf, stürzte in ihre Praxis und riss eine Schublade auf. Da lag es, das Veronal. Noch immer genug, um ihrem Leben ein Ende zu setzen. Sollte sie es tun? Frieden finden, anstatt zuzuschauen, wie die Nazis all die Menschen, die ihr etwas bedeuteten, verschleppten? Wie sollte Helene es aushalten, mit anzusehen, dass man Ilse, die Kinder und Betreuerinnen abführte? Wie danach die Stille des Hauses? Und was geschähe mit ihr?

Helene umklammerte die Schachtel Veronal, als wäre sie das Wichtigste auf der Welt. In ihren eiskalten Fingern und Zehen kribbelte es, ihr Atem ging schneller. Wirklich das Wichtigste auf der Welt? Das bliebe doch immer Moritz! Ihr kleiner Junge. Eines Tages, wenn der Krieg vorbei wäre, würde er seine Mutter suchen. Sollte er dann erfahren müssen, dass sie aufgegeben hatte? Dass sie nicht alles Erdenkliche versucht hatte, um ihn wiederzusehen?

Helene warf das Veronal in die Schublade zurück und holte ihre einzige Fotografie von Moritz hervor. Das Papier war inzwischen so verknittert, dass es auf seinem Gesicht Falten warf. Kein Tag war vergangen, an dem sie nicht an ihren Sohn gedacht und unter der Trennung gelitten hatte. Doch hatte sie richtig gehandelt. Niemals war sie sich dessen so sicher gewesen. Wäre Moritz bei ihr geblieben, würden die Nazis ihn zusammen mit den anderen Kindern nach Theresienstadt deportieren, spätestens jetzt.

»Um acht beim Mond.«

Ein Versprechen. Eine Hoffnung. Während des Sommers war es um acht zwar noch hell, so dass man den Mond nicht sehen konnte. Am Himmel stand er trotzdem.

»Helene?«

Als sie Ilses kratzige Stimme vernahm, steckte Helene das Foto in ihre Strickjacke. Ab heute würde sie es jeden Augenblick bei sich tragen.

Sie umarmte ihre Schwester. Ganz fest hielten sie sich.

»Ilse …«, begann Helene, dann fiel ihr Blick auf den Zettel, den Ilse bei sich hatte. Es war der Bescheid. Sie musste ihn im Büro gefunden haben.

»Ich bitte Konrad um Hilfe«, stieß Helene hervor. »Wenn er dich einmal gerettet hat, tut er es vielleicht wieder. Sonst fällt mir etwas anderes ein.«

Helene atmete zu tief und heftig, ihr wurde schwindelig. Ilse führte sie zur Patientenliege und breitete eine Decke über sie. Dann hielt sie Helenes Hand. Zu flüstern, fiel Ilse schwer, unkontrolliert sprangen die Worte aus ihrer Kehle.

»Ich lasse die Kinder nicht allein.«

»Nein, Ilse, nein! Das ertrage ich nicht.«

Helenes Stimme versagte. Ihre jüngste Schwester sah sie liebevoll, aber auch entschlossen an.

»Sie haben ihre Eltern verloren. Frau Herz. Ben. Aber ich, Helene, ich bleibe bei ihnen.«

Helene schüttelte den Kopf. Natürlich würde sie mit Konrad

reden. Was immer er verlangte, würde sie tun, damit er Ilse vor dem Transport bewahrte. Ilse war siebenundzwanzig und hatte es meistens schwer gehabt. Helene wünschte sich eine glückliche Zukunft für sie. Ihr kamen die Tränen. War Ilse wohl jemals verliebt gewesen? Hatte sie wenigstens ein einziges Mal einen Mann geküsst, der ihr gefiel?

Mit steifen Fingern streichelte Helene Ilses geliebtes Gesicht. Sie sah darin die pfiffige Siebenjährige, die, mit einem Glas am Ohr, die Gespräche der Eltern belauschte. Das tapfere, kleine Mädchen mit Masern, das selten darüber klagte, dass es taub geworden war. Die fleißige Schneiderin, die nun für die Kinder aus alten Lumpen neue Kleidung zauberte. Das junge Mädchen, das sich nicht um Warnungen kümmerte, sondern mit Dackel Carlo die Stadt durchstreifte. Die junge Frau, die ihre Mutter umsorgte. Und schließlich zusammen mit der Dogge Ben Sonnenschein und Mut ins Nordendheim gebracht hatte. Als jüdische Kinder keine Haustiere mehr besitzen durften, hatte sie Ben nicht bei der Polizei abgeliefert. Noch einmal hatte Ilse den gelben Stern abgetrennt und war in den Taunus gefahren. Dort überließ sie den treuen Hund einer Bauernfamilie, von der sie gehört hatte, dass sie gut zu Tieren war. Als sie ging, hatte der Bauer Pfeffer auf ihre Spuren gestreut, damit Ben Ilse nicht nachlief.

Nachdem Ben nicht mehr auf die Kinder aufpasste, schliefen sie wieder schlecht. Deshalb übernachtete fortan Ilse bei ihnen, reihum, wie Ben es getan hatte. Nun war Ilse der Schutzengel geworden.

»Ein bisschen riechst du sogar wie Ben«, hatte Josua neulich gesagt, ein großes Kompliment, wie allen klar war. Mitten in ihrer Bewegung hielt Helene inne. Sie begriff. Ilse wollte keine Hilfe. Sie würde die Kinder nach Theresienstadt begleiten.

»Oh, Ilse.«

Beide weinten, bis Ilse ihre Tränen trocknete. Ihre Stimme gehorchte ihr noch weniger als sonst. Darum schrieb sie auf ein Papier:

Was sagen wir den Kindern?

Eng aneinandergeschmiegt hatten die Schwestern die Nacht auf Ilses schmaler Pritsche verbracht. Trost gab es keinen, aber Ilses Duft und ihre Wärme hatte Helene für immer in sich eingesogen. Am Morgen des 15. September standen sie nebeneinander am Waschbecken. Sie kämmten sich, eine normale Handlung, die das, was passieren würde, noch unwirklicher erscheinen ließ.

»Wenn das Heim abgewickelt ist, schicken sie mich nach«, sagte Helene. »Wahrscheinlich sehen wir uns bald wieder.«

»Ich hoffe nicht.«

Im Spiegel warf Ilse Helene einen eindringlichen Blick zu. Dann, damit niemand sie hörte, sprach Ilse in Gebärden weiter.

»Du hast dich um uns alle gekümmert. Jetzt sorg für dich, Helene. Tauch unter, bis die Amerikaner den Krieg gewinnen. Das wird nicht ewig dauern.«

Entgeistert starrte Helene Ilse an. Wo sollte sie denn hin? Und wie überleben, wenn sie keine Lebensmittelmarken besaß? Fragen, die Helene angesichts des drohenden Abschieds gleichgültig schienen. Um nicht unentwegt zu weinen, stürzte sie sich in die Arbeit. Sie behandelte die Kranken, bereitete notwendige Papiere vor und überprüfte, ob alle Brotbeutel ein wenig Proviant enthielten.

Eher, als von der Gestapo angeordnet, waren alle abmarschbereit. Dafür hatte Helene gesorgt, damit die Kinder nicht unter Beschimpfungen und Hieben aus ihrem Zuhause getrieben wurden. Und damit es ihr möglich wäre, von jedem Abschied zu nehmen. Bis auf die sieben Kinder, die zu krank für eine lange Reise wären, Helene, die sie würde behandeln müssen, und zwei Betreuerinnen, kämen alle mit. An ihre letzte Umarmung mit Ilse wagte Helene nicht zu denken.

»Versucht, zusammenzubleiben«, wiederholte sie, »passt aufeinander auf. Ihr seid eine Familie.«

Die Jüngeren, die noch nie mit der Bahn gefahren waren, redeten aufgeregt durcheinander. Die Älteren senkten den Blick. Sie würden eine Reise antreten, die viele Freunde und Verwandte vor ihnen gemacht hatten. Manche hatten Postkarten aus einem Lager geschickt, von anderen hatten sie nie mehr gehört.

»Vielleicht treffe ich meinen Onkel wieder«, sagte Helmut, als er Helene die Hand schüttelte.

»Das wünsche ich dir.«

Nichtssagende Worte, aber sie waren besser als Tränen.

»Dürfen wir in Theresienstadt wieder zur Schule gehen?«

Nur mühsam hielt Helene den Blick des neunjährigen Günther aus.

»Ich weiß es nicht«, gab sie zu, »vielleicht.«

Dann umarmte sie Linda, die, ihre Puppe an sich gepresst, am Daumen nuckelte, und die kleine Edith, auf dem Arm einer Betreuerin. Als Helene sich zu Tilly hinabbeugte, lächelte das Mädchen.

»Sehen Sie, Dr. Bornstein, jetzt verreise ich doch mit dem Zug. Aber zusammen mit meinen Freunden ist das viel schöner als mit der fremden Frau.«

Sie klang, als stünde ihr eine Klassenfahrt bevor. Tieftraurig drückte Helene Tilly an sich. Hätte sie die Kinder vorwarnen sollen? Ihnen erklären, dass das Leben in Theresienstadt wahrscheinlich hart wäre? Was genau auf sie zukäme, wusste Helene ja selber nicht. Weshalb sollte sie ihnen also schon vor der Abfahrt Angst einjagen? Was auch immer sie in Theresienstadt erwartete, sie würden es früh genug erfahren. Vielleicht, ja vielleicht, wäre dieser Ort wirklich erträglicher als andere.

Da kam Josua von der Toilette zurück.

»Darf ich in der Bahn neben Ilse sitzen?«

Er war längst kein Wirbelwind mehr. Hunger und Furcht hatten Josua still werden lassen.

»Na, sicher«, stimmte Ilse zu.

»Nur schade, dass Ben nicht bei uns ist«, seufzte Josua, den Kopf an Ilses Schulter gelehnt. »Der hätte uns alle beschützt.«

»Das tut er trotzdem«, brachte Helene heraus, während sie dem Jungen über den Kopf strich. Als sie vor Rosa stand, fielen ihr deren glasige Augen auf.

»Du bist ganz warm«, stellte sie fest. »Komm mit, wir messen Fieber.«

In der Praxis lehnte Rosa das Thermometer ab. Fieber oder nicht, sie würde in den Zug steigen.

»Sei vernünftig, Rosa. Ich behaupte, du wärst transportunfähig. Einen Versuch ist es wert.«

»Dann werde ich auf den nächsten Zug geschickt. Haben Sie nicht gesagt, es ist wichtig, dass wir zusammenbleiben? Was wollen Sie denn meiner Schwester sagen? Dass sie plötzlich ohne mich zurechtkommen muss?«

Stumm stand Helene da, und Rosa, die am Tag zuvor erst fünfzehn geworden war, fand Worte, bevor Helene es tat.

»Ist Rahel in Sicherheit?«

Ganz leicht nickte Helene, und Rosa lächelte.

»Hab ich mir gedacht. Hätte ich ihr bloß gesagt, wie lieb ich sie habe und dass sie schlauer ist als ich. Bernd ist ein Idiot. Trotzdem schön, dass ich ihn geküsst habe.«

Helene steckte Rosa eine zusätzliche Flasche Wasser und zwei Schmerztabletten in die Tasche, mehr konnte sie nicht für sie tun.

»Sieh zu, dass du viel trinkst«, sagte sie. »In Theresienstadt suchst du dir eine Arbeit, bei der du dich nützlich machst. Hast du verstanden?«

»Ja, Dr. Bornstein. Danke.«

Jemand hämmerte gegen das Eingangstor, es war Zeit zu gehen. Helene blieb nichts anderes übrig, als die Tür zu öffnen.

In bedrückender Stille warteten vor dem Nordendheim bereits einige Familien. Der gelbe Stern auf ihren Mänteln, die sie trotz des warmen Wetters trugen, stach Helene ins Auge. Fest hielt sie Ilses Hand umklammert, doch plötzlich schob ihre Schwester sie von sich.

»Geh, Helene«, sagte sie, »sonst nehmen sie dich doch noch mit.«

Männer mit Gewehren trieben die Schaulustigen zurück, vor allem diejenigen, die versuchten, den Kindern Wasser zu reichen. Helene fand sich in der Nähe der Nachbarin wieder, die ihren Gemüsegarten angeboten hatte.

»Es tut mir leid«, flüsterte diese ihr zu.

Gemeinheiten vernahm Helene kaum, einige der Nachbarn wischten sich über die Augen. Mehr als andere Menschen bewegten eben Kinder die Herzen. Das merkten auch die Nazis und vermieden daher stundenlanges Warten. Nachdem sie die Personalien festgestellt hatten, tönte über den Platz die Order, Fünferreihen zu bilden. Dann gingen sie fort, eine weitere stille Prozession, eskortiert von der SA. Solange wie möglich behielt Helene Ilses blonden Kopf im Blick. Panik überfiel sie. Sollte sie ihrer Schwester nachlaufen? Sie tat es nicht. Stattdessen sank sie auf eine Bank neben dem Rotkäppchen-Brunnen. Die hilfsbereite Nachbarin überließ ihr ein Taschentuch. Fenster schlossen sich, weiße Gardinen wurden zugezogen, und die letzten Stunden begannen zu verschwimmen. Helenes Gehirn tat sein Bestes, um sie zu verdrängen. Niemals würde Helene jedoch die Namen vergessen, die der Gestapobeamte in kaltem Befehlston aufgerufen hatte. David, Günther, Linda, Edith, Tilly, Josua, Esther, Helmut, Rosa…

Einsam kauerte sie auf dem sonnenbeschienenen, stillen Platz. Das aus Stein gehauene Rotkäppchen blickte sie ängstlich an, der Wolf umkreiste das Kind. Er würde damit nicht aufhören. Es gab kein Entrinnen.

Ohne Vorwarnung kam die Gestapo eine Woche später zurück. Zwei Beamte befahlen den Verbliebenen zu packen. Wohin würde man sie bringen? Auch nach Theresienstadt? Oder in ein anderes Lager?

Unter Aufsicht eines Gestapobeamten legte Helene Stück für Stück ihre Unterwäsche und Wechselkleidung in den Koffer. Das Veronal und die Fotografie von Moritz steckte sie in ihre Manteltasche. Dabei dachte sie nach. Für die anderen könnte sie nichts tun. Aber vielleicht für sich selbst? Mit Konrads Hilfe. Hatten sie nicht ein Abkommen getroffen? Falls Deutschland den

Krieg verlöre, was denkbar geworden war, würde Helene Konrad entlasten, wenn er die Bornsteins schützte. Einmal hatte er das getan, und es war nicht seine Schuld, dass Helenes Mutter trotzdem gestorben war. Läge es nicht in Konrads ureigenem Interesse, Helene zu helfen?

Sie wandte sich dem Gestapobeamten zu.

»Das muss ein Irrtum sein«, sagte sie auf ihren Koffer deutend.

»Ganz sicher nicht«, entgegnete der Mann barsch.

»Erkundigen Sie sich bitte bei Konrad Nolting. Er wird Ihnen das bestätigen.«

Nun musterte der Beamte sie aufmerksamer. Schließlich nickte er kurz.

»Also gut. Die anderen bringen wir jetzt zur Sammelstelle. Von dort aus kontaktiere ich Herrn Nolting. So lange bereiten Sie die Übergabe vor. In einer Stunde sind wir zurück.«

In der Toilette gelang es Helene, der Betreuerin Klara eine Schachtel Veronal in die Hand zu drücken. Hastig erklärte sie ihr, welche Dosis zum Schlafen und welche zum Sterben geeignet wäre, denn Klara hatte durchscheinen lassen, dass sie ihren Freitod in Erwägung zöge.

»Spielen Sie auch mit dem Gedanken, Dr. Bornstein?«, fragte Klara.

»Ja«, antwortete Helene instinktiv, ohne zu zögern.

Klara nickte. Dann schüttelte sie Helenes Hand.

»Ich werde es mir merken.«

Ungeduldig klopfte ein Beamter an die Tür.

»Sind Sie bald fertig dadrin? Beeilen Sie sich!«

Helene half den Kindern, das Gepäck zu verladen. Die meisten waren im Laufe der Woche gesundet, nur der elfjährigen Fanny sackten bei jedem Schritt die Beine weg. Den Grund dafür würde Helene nicht mehr herausfinden. Zusammen mit Klara hievte sie das Mädchen auf die Ladefläche. Schon fuhr der Wagen ab, Richtung Sammelstelle Hermesweg, nicht weit von Helenes ehemaligem Elternhaus. Hoffentlich würden sich auf der

Krankenstation, der letzten in Frankfurt für jüdische Patienten, mitfühlende Hände um Fanny kümmern. Helene blickte dem Wagen nach, bis er um eine Biegung verschwand.

Im Kinderheim war es unheimlich still. Keine Stimmen. Kein Fußgetrappel und Türenschlagen, nicht das entfernte Klappern von Geschirr. Allerdings auch kein Gestapomann, der Helene bewachte. Er musste sehr überzeugt davon sein, sie vorzufinden, wenn er zurückkehrte. Und recht hatte er. Wo sollte sie schon hin? Nicht einmal dazu, sich mit Veronal zu vergiften, reichte die Zeit. Fände man Helene, bevor sie gestorben wäre, würde ihr der Magen ausgepumpt. Danach schickte man sie dennoch umgehend in den Tod. Damit stellten die Nazis klar: Kein Jude war Herr über sein Leben oder seinen Tod, sie waren es, die darüber entschieden.

Noch einmal kontrollierte Helene, ob sämtliche Unterlagen, die Inventarliste und Schlüssel bereitlagen. Dabei ärgerte sie sich über ihre Akribie. Was eine gute Ärztin ausmachte, erleichterte es den Nazis, sich das Kinderheim unter den Nagel zu reißen. Helene blickte auf die Uhr. Noch eine gute halbe Stunde, bis sie wüsste, wie Konrad reagierte. Was, wenn der Beamte ihn nicht erreichte? Oder Konrad es sich anders überlegt hatte, weil die Wehrmacht während des Sommers weiter nach Osten vorgerückt war? Vielleicht plagten ihn gar keine Siegeszweifel mehr, so dass er glaubte, Helene nicht mehr zu brauchen? Und selbst wenn man sie nicht in den Hermesweg brächte, wohin dann? In eins der Ghettohäuser, damit sie früher oder später doch auf einem Transport landete?

»Tauch unter!«, hatte Ilse ihr geraten.

Ja, aber wo? Auf unbestimmte Zeit eine Jüdin zu verstecken, bedeutete eine große Gefahr. Lieber Gott, wer würde sich das aufbürden?

Nervös lief Helene in der Praxis auf und ab. Was mache ich bloß? Gleich würde das, wenn *sie* es nicht täte, die Gestapo entscheiden. Ihr Herz begann zu rasen, als wollte es sie antreiben. Am Fenster fiel Helenes Blick auf das steinerne Rotkäppchen und den Wolf. Nein, ihre Chance zu handeln, durfte Helene auf keinen Fall vergeuden. Den Nazis bedeutete ihr Leben nichts. Darauf zu warten, was sie mit ihr anstellten, wäre genauso gefährlich wie zu fliehen.

Aus ihrem Koffer nahm Helene zwei Garnituren Wäsche und zog sie an. Sie schwitzte, aber mit Gepäck durch die Straßen zu laufen, wäre zu auffällig. In Windeseile trennte sie den gelben Stern von ihrem Mantel. In der Küche fand sie eine Dose Pfefferersatz. Wenn der Bauer, bei dem Ben jetzt lebte, die Dogge damit von Ilses Spur abgelenkt hatte, verwirrte das Gewürz hoffentlich auch die Gestapohunde.

Während Helene durch den Hinterausgang aus dem Kinderheim huschte, meinte sie Motorengeräusche und quietschende Reifen zu hören. Sie befahl sich, ruhig in der Mitte des Gehwegs zu laufen und nicht auf den Boden zu starren. Alle paar Meter verstreute sie den Pfeffer und hoffte, dass niemand es bemerkte. Am liebsten hätte sie Marie um Unterschlupf gebeten. Ihre Kindheitsfreundin hätte sie bestimmt nicht hängen lassen. Leider war Marie an eine Modeschule nach Berlin berufen worden. Also bliebe Lore. Durch die Rettungsaktion hatte sich ihr Vertrauen zueinander vertieft. Doch konnte Helene ihr deshalb zumuten, sie bei sich und Werner aufzunehmen? Wenigstens wäre Rolf nicht da, sondern kämpfte an der Front.

Noch als sie bei Lore klingelte, hatte Helene Zweifel an ihrer Entscheidung. Doch ihr blieb keine Wahl. Inzwischen war der Gestapo Helenes Verschwinden sicherlich aufgefallen. Man würde nach ihr fahnden. Also höchste Zeit, von der Straße zu verschwinden. Noch einmal schellte Helene, doch niemand öffnete. Wahrscheinlich arbeitete Lore noch. Ob Werner wohl bald aus der Schule käme? Wie sollte sie dem Jungen ihr Erscheinen erklären? Eine Frau trat heraus und hielt ihr die Tür auf. Helene bedankte sich und stieg zum Dachboden hinauf, in dessen Halbdunkel sie bis zum späten Nachmittag kauerte in der Sorge, entdeckt zu werden. Die Frage, was geschähe, wenn Lore sie fortschickte, verbot sie sich, ebenso wie ihren Durst und den Drang, eine Toilette zu benutzen. Am frühen Abend hielt es Helene nicht mehr aus. Vorsichtig klopfte sie bei Lore. Eilige Schritte näherten sich und Werner stand vor ihr.

»Tag, Werner«, sagte Helene leise.

Mit einem alarmierten Blick ins Treppenhaus zog der Junge sie in die Wohnung.

»Mutti! Helene ist da.«

Lore stürzte aus der Küche. Ihr Gesicht war leichenblass.

»Na, Gott sei Dank,« sagte sie und umarmte Helene.

Auf ihrem Heimweg von den Dorners war Lore am Nordendheim vorbeigefahren. Das Haus war versiegelt worden und SA-Männer lungerten vor dem Eingang herum. Eine Nachbarin – der Beschreibung nach die freundliche Gemüsefrau – hatte Lore von der Räumung erzählt. Die Gestapo hatte sie gefragt, ob auch sie von den Selbstmordabsichten der Kinderärztin gehört hätte.

»Danke, Klara«, dachte Helene.

Nur die Betreuerin konnte das Gerücht in die Welt gesetzt haben und glaubte man ihr, würde die Gestapo die Suche nach Helene einstellen.

Abends richtete Lore Helene ein Quartier auf dem Sofa.

»Schlaf dich aus«, sagte sie. »Morgen sehen wir weiter.«

»Ist deine Mutter nicht arbeiten?«, fragte Siggi erstaunt, weil Werner läutete. Es regnete in Strömen, weshalb Werner erst gar nicht vorgeschlagen hatte, einen Spaziergang zu unternehmen. Sicher hätte Siggi das seltsam gefunden. Umständlich kramte Werner in seiner Schultasche. Endlich zog er seinen Schlüssel heraus und klimperte grinsend damit, bevor er die Tür aufschloss. Wie angst und bange ihm zumute war, durfte Siggi auf keinen Fall merken.

»Heute muss sie erst spät los. Aber wie es aussieht, ist sie schon weg. Schade, ich dachte, sie macht uns etwas zu essen.«

Er stampfte mit so schweren Schritten durchs Treppenhaus, dass eine Nachbarin empört ihre Tür aufriss.

»Geht's nicht leiser?«, meckerte sie.

Werner entschuldigte sich und hoffte, dass Helene ihn kommen hörte. Und sein Klingeln richtig deutete, nämlich als Warnung.

Die letzten Schulstunden waren ausgefallen, so dass Werner früher als gewöhnlich mit seinem Freund zu Hause aufkreuzte. Schon als Pimpf war Siegfried jeden Mittwoch mitgekommen, damit sie gemeinsam die Schulaufgaben erledigten und anschließend zum Dienst der Hitlerjugend gingen. Als Helene im letzten September bei ihnen untergetaucht war, hatte Lore beschlossen, dass es das Beste wäre, dieses Ritual beizubehalten. Sie entrümpelten den kleinen Zwischenboden, den Rolf an der Decke im Flur eingezogen hatte, um Lore Stauraum zu verschaffen, und legten dort eine Matratze aus. Darauf schlief Helene nicht nur, sondern harrte dort auch mucksmäuschenstill aus, wenn sich Besucher in der Wohnung aufhielten. Seit ein paar Monaten ging das nun schon so, und Werner fragte sich, wie Helene es aushielt, sich über mehrere Stunden nicht zu bewegen. Bisher war nichts schiefgelaufen. Um diese Uhrzeit allerdings wähnte sie sich noch lange allein. Hatte sie es geschafft, rechtzeitig in ihr Versteck zu klettern?

Als sie eintraten, fiel Siggi sofort die kleine Strickleiter auf, die auf dem Boden lag. Vermutlich hatte Helene keine Zeit gehabt, um sie hochzuziehen oder sie war ihr vor Aufregung heruntergefallen. Mit seinen fast fünfzehn Jahren wusste Werner, dass äußerste Vorsicht geboten war. Schöpfte Siggi Verdacht und erzählte seinen Eltern davon, könnte das Helenes Todesurteil bedeuten. Womöglich auch das seiner Mutter.

Werner verdrehte die Augen und hängte die Strickleiter in den Flurschrank, der ihnen als Garderobe diente.

»Das ist so ungerecht«, wetterte er, »mich schimpft meine Mutter aus, wenn ich Sachen herumliegen lasse, aber sie selbst macht das ständig.« Lachend pfefferte Siggi seine Schultasche auf den Boden.

»Genau wie meine. So sind Mütter, da kann man nichts machen. Lernen wir in der Küche?«

Werner nickte. Er ging voran und räumte beiläufig die noch warme Teetasse vom Tisch. Den ganzen Morgen über saß Helene hier. Bis vor Kurzem hatte sie dann die *Frankfurter Zeitung* gelesen, aber die war im August verboten worden. Jetzt brachte Lore Zeitungen aus dem Haus der Dorners mit.

Mehr gab es nicht, was Helene hätte tun können, nachdem Lore zur Arbeit und Werner zur Schule aufgebrochen war. Nicht einmal Hausarbeit konnte sie verrichten, denn jedes Geräusch hätte die Nachbarn auf den Plan gerufen. Es musste wirken, als wäre keine Menschenseele da. Deshalb hatten sie getestet, an welchen Stellen der alte Holzfußboden nicht knarzte. Auf einem festgelegten Weg schlich Helene zur Toilette, und das auch nur, wenn es sich gar nicht vermeiden ließ. Abzuziehen kam, damit sich die Nachbarn nicht über das Wasserrauschen wunderten, erst infrage, nachdem Werner aus der Schule zurückgekehrt war. Als ihm das einfiel, beeilte er sich ins Bad zu kommen. Siggi, der sich bei den Bergmanns zu Hause fühlte, kochte inzwischen Tee und breitete die Mathematikhefte auf dem Tisch aus. Als Werner sich zu ihm setzte, sagte er, geheimnisvoll auf den Zwischenboden deutend: »Da ist etwas.«

»Was? Wo?«

So erschrocken klang Werner, dass Siggi lachte.

»Wahrscheinlich Mäuse oder so. Die haben wir auch. Sollen wir mal nachschauen?«

Werner zwang sich auszusehen, als dächte er darüber nach. Dann blickte er auf die Uhr und schüttelte er den Kopf.

»Ach, nee, ich sag's später meiner Mutter, dann stellt sie Fallen auf. Lass uns lieber lernen. Diese Mathearbeit darf ich nicht verhauen.«

Unglücklicherweise gelang es Werner kaum, sich zu konzentrieren, was Siggi nicht entging.

»So wird das nichts mit deiner Versetzung«, stellte er altklug fest, und am liebsten hätte Werner ihn rausgeschmissen. Stattdessen riss er sich am Riemen und rechnete noch einmal von vorne. Ihm lag viel daran, diese Klasse zu schaffen, und seit

Helene mit ihm Mathematik und Naturwissenschaften paukte, hatten sich seine Chancen verbessert. Was sie ihm erklärte, verstand Werner fast immer. Nachdem er ihr gestanden hatte, wie gerne er Arzt werden würde, jedoch nicht glaubte, dazu geeignet zu sein, gab sich Helene noch mehr Mühe mit ihm.

»Schlau genug bist du«, hatte sie ihm versichert, aber auch betont, dass andere Eigenschaften genauso wichtig wären. Der Wunsch, Menschen zu helfen, genaues Hinsehen und die Fähigkeit, in brenzligen Momenten einen kühlen Kopf zu bewahren.

»Jetzt hab ich's!«, rief Werner nach einer Weile aus. Siggi verglich ihre Ergebnisse und sie stimmten überein. Werner nahm sich die nächste Aufgabe vor. Durch die Ritzen der Holzlatten ihres Verstecks spürte er Helenes Blick, der ihn anspornte, bis es an der Zeit war, die Uniform anzuziehen, um bei der HJ anzutreten. Die arme Helene würde in ihrem Versteck bleiben müssen, bis seine Mutter heimkäme.

Lore stand in der Speisekammer der Dorners und überlegte, was sie einpacken könnte, um das Abendessen aufzubessern. Bisher schien niemand bemerkt zu haben, dass Lore sich an den Vorräten bediente, zuerst für die Kinder im Heim, jetzt für ihren eigenen Haushalt. Da Helene keine Lebensmittelmarken bezog, teilte Lore seit letztem Herbst ihre Rationen mit ihr. Nun war schon wieder Sommer und genug Kalorien bekamen sie beide nicht ab. Was sollte sie nehmen?

Kartoffeln? Sauerkraut? Fett? Brot oder Gemüse? Zwei Flaschen von dem dunklen Ersatzbier? Etwas Vollmilch für Werner wäre schön. Aber wie sollte sie die abfüllen?

Als Diebstahl empfand Lore ihr Tun nicht. Die Dorners profitierten vom Leid anderer Menschen. Regelmäßig zog es Elisabeth Dorner in die *Klingerschule*, wo der Besitz deportierter jüdischer Familien versteigert wurde. Bilder, Teppiche, hübsches Porzellan und Mobiliar. Sie ging mit ihren Freundinnen hin, um sich, wie sie freiheraus sagte, von den Strapazen des Krieges zu erholen. Wem die Sachen gehört hatten, interessierte Elisabeth

Dorner nicht. Aus Lores Sicht war es recht und billig, dass Helene, die alles verloren hatte, wenigstens nicht verhungerte – dank Dorners Speisekammer.

Ob Helene ihre Auffassung teilte, wusste Lore nicht. Deshalb verschwieg sie ihr, dass sie Lebensmittel stibitzte. Helene litt genug darunter, dass sie sich, wie sie es ausdrückte, Lore aufgebürdet hatte, und Lore hatte nicht vor, Helenes schlechtes Gewissen zu verstärken.

»Hör bloß auf damit«, hatte sie gleich am ersten Tag des Untertauchens klargestellt. »Du hast meinen Werner aus dem Main gefischt. Hättest du es nicht getan, wäre er tot und ich deswegen vor die Hunde gegangen. Du hast uns gerettet, und wir retten dich.«

Dazu stand Lore noch immer. Trotzdem spürte sie, sobald sie morgens die Augen aufschlug, die Gefahr, in der sie schwebten, mal als Kopfschmerz, mal als Druck in der Brust oder Krampf im Magen. Von Monat zu Monat wurde es schlimmer. Doch auch darüber sprach sie nie.

Wenn sie zu dritt in der winzigen Küche beisammensaßen, Lore von ihrem Tag bei den Dorners berichtete, Werner von der Schule und Helene, um Werner zu ermutigen, davon, wie sie mit Fleiß und Biss Ärztin geworden war, kam es Lore so vor, als wären sie eine Familie. Friedliche Augenblicke inmitten der Angst, nur läuten durfte es nicht. Dann erstarrten sie in der grausigen Erwartung, die Gestapo würde die Tür einschlagen. Spätabends, wenn Werner schlief, erzählten sich Lore und Helene flüsternd Geschichten aus ihrem Leben. Was sonst hätten sie tun können? Dabei erfuhr Lore, dass Helene sich nicht wegen Viktor damals von Leon getrennt hatte, sondern aus Scham. Was für eine traurige Geschichte. Lore vertraute Helene an, was sie Erik angetan hatte und dass sie Rolf nicht liebte. Sie weinte um ihren Vater und Bruder, die sich beide zu Tode gesoffen hatten, und aus Angst um Werner. Auch Helene vergoss Tränen. Um Ilse, ihre Eltern und weil sie von Moritz und Marlis nichts mehr gehört hatte.

Lore inspizierte den Weinvorrat der Dorners. Sollte sie eine Flasche mitgehen lassen? Dann könnte sie mit Helene auf die Hoffnung anstoßen.

»Suchen Sie etwas Bestimmtes, Frau Bergmann?«

Lore fuhr herum und stand Elisabeth Dorner gegenüber. Gott sei Dank hatte sie noch nichts angerührt.

»Nein«, antwortete sie ruhig, »ich habe mir nur überlegt, was ich Ihnen und den Kindern morgen zu Mittag koche. Haben Sie einen Wunsch?«

Elisabeth Dorner winkte ab.

»Ihnen wird schon etwas einfallen. Ich wäre dankbar, wenn ich mir darüber nicht auch noch Gedanken machen müsste.«

Müde ließ sie sich auf einen Küchenstuhl fallen.

»Haben Sie etwas von Ihrem Mann gehört?«, fragte Lore.

Elisabeth Dorner schüttelte den Kopf.

»Er wird noch immer vermisst. Und Sie? Wie geht es Ihrem Verlobten?«

Ich bin nicht verlobt, dachte Lore bockig. Rolf fehlte ihr nicht, trotzdem schrieb sie ihm regelmäßig Briefe, selten kam Post zurück. Je länger sie ausblieb, desto stärker hoffte Lore, dass dies bedeutete, er würde so bald nicht zurückkehren. Denn käme er, wäre das nicht nur für sie ein großes Problem, sondern erst recht für Helene. Wo sollte die Freundin dann bloß hin? Ein anderes Versteck als bei Lore gab es nicht.

»Es ist Wochen her, dass ich etwas von ihm gehört habe.«

Seufzend bedeutete Elisabeth Dorner ihr, sich zu setzen. Ihre Augen füllten sich mit Tränen.

»Wenn nur Ulf nichts zustößt.«

Wie viele Oberschüler war der nun Sechzehnjährige als Luftwaffenhelfer eingesetzt worden, um die Fliegerabwehr zu unterstützen. Nie zuvor hatte Lore von ihrer Chefin eine pessimistische Äußerung über den Krieg gehört.

»Ist Werner auch Flakhelfer?«, fragte Elisabeth Dorner nach.

»Nein. Er ist noch ein bisschen zu jung.«

Lore bemühte sich, nicht allzu erleichtert zu klingen. Doch

bald würde Werner fünfzehn werden und könnte ebenfalls berufen werden, Kanonen und Scheinwerfer auf angreifende Flugzeuge zu richten, Geschosse und Waffen zu reinigen. Nichts, was Kinder tun sollten. Unabhängig von ihrer Gesinnung schienen die beiden Mütter ähnlich besorgten Gedanken nachzuhängen.

»Ich bin ja bereit, alles für den Endsieg zu tun, aber …«

Elisabeth Dorner brach ab. War ihr klar, dass nach dem Desaster von Stalingrad die Niederlage Deutschlands unausweichlich wäre? Dass Männer, die im Zusammenhang mit Krieg Worte wie »total« und »alles« verwendeten, Opfer von Kindern nicht scheuten?

Räuspernd erhob sich ihre Chefin und strich ihr Kleid glatt.

»Entschuldigen Sie diesen Moment der Schwäche, Frau Bergmann.« Sie verschwand in der Speisekammer, um mit einer Flasche zurückzukehren.

»Das ist ein vorzüglicher Rotwein«, sagte sie. »Nehmen Sie ihn und heben Sie ihn auf für den Tag, an dem Sie Ihren Verlobten wiedersehen. Dann haben Sie einen guten Schluck im Haus, um zu feiern.«

»Vielen Dank, Frau Dorner.«

Eine Gelegenheit, ihre Einkaufstasche zu füllen, ergab sich für Lore an diesem Tag nicht, weshalb das Abendessen mager ausfiel. Allerdings leerte sie mit Helene die Flasche Wein. Das wohlig warme Gefühl, das sich in ihnen ausbreitete, ließ sie vergessen, dass sie hungrig waren. Um ihre Sorgen zu ertränken, reichte die Flasche leider nicht.

Ein Bombeneinschlag in der Nähe ließ das Haus erbeben. Putz rieselte auf Helenes Gesicht herab und reizte ihre Augen und die Nase. Helene schrie in das Kissen, das sie extra mitgebracht hatte, damit niemand sie hörte. Natürlich konnte sie nicht wie alle anderen Bewohner des Hauses einen Luftschutzkeller aufsuchen, keiner durfte von ihrer Existenz erfahren. Erst nachdem die Luftschutzwartin den Gemeinschaftskeller verrammelt hatte, war Helene in den kleinen Nebenraum geflüchtet.

Hier kauerte sie nun zwischen lauter Gerümpel. Eine Kerze anzuzünden, kam nicht infrage, jeder Wachsstummel könnte sie verraten. Doch im Stockdunkeln zu sitzen, war gar nicht das Schlimmste. Grausam war es, mutterseelenallein darauf zu warten, dass über einem das Haus einstürzte, während wenige Meter entfernt die Hausbewohner zusammensaßen. Lores Hand zu halten, hätte Helene beruhigt. Wieder ein Einschlag. Helene presste ihr Gesicht ins Kissen. Zitterte. Ihre Kehle fühlte sich staubtrocken an. Das Wasser, das sie mitgebracht hatte, trank sie trotzdem nicht. Sie würde es brauchen, um, falls sie verschüttet würde, das Veronal hinunterzuspülen. Qualvoll ersticken würde sie nicht. Am Mittag endlich Entwarnung. Sofort stürzte Helene in die Wohnung hinauf. Als Lore erschien, umarmten sie sich.

»So traurig ich bin, dass Werner fort ist, genauso dankbar bin ich dafür, dass er dieses Theater nicht mitmachen muss«, sagte Lore.

Mit seiner gesamten Klasse war Werner aufs Land evakuiert und bei einer Bauernfamilie untergebracht worden. Lore hoffte, dass er dort nicht nur sicher lebte, sondern auch satt wurde. Verständnisvoll nickte Helene. Genauso empfand sie, wenn sie an Moritz dachte. Fast fünf Jahre war er nun schon fort.

Sie wischten Staub und Putz auf, erledigten Hausarbeiten und hatten gerade mit dem Kochen begonnen, als schon wieder die Sirenen aufheulten. Die Entwarnung nach wenigen Minuten ließ sie aufatmen.

»Du lieber Gott«, stöhnte Lore, als sie endlich Bratkartoffeln auf die Teller füllte, »ob wir heute noch mal zur Ruhe kommen?«

Kurz dachte Helene an ein britisches Flugblatt, das Lore vor ein paar Tagen auf dem Heimweg gefunden und ihr, bevor sie es verbrannte, gezeigt hatte.

Unsere Antwort an Hitler: Bomben, immer größere Bomben. In diesen Orkan führt euch Adolf Hitler.

Eine deutliche Warnung. Dass ihnen jedoch an diesem vierten Oktober 1943 der erste Großangriff bevorstehen würde, ahnte

Helene nicht. Vielmehr war es die Türklingel, die sie erneut in Aufregung versetzte.

»Wo ist die Strickleiter?«

An ihrem gewohnten Platz lag sie nicht. Wie sollte Helene denn jetzt in ihr Versteck gelangen? Es schellte Sturm, und ungeduldig geklopft wurde auch.

»Einen Moment, bitte! Ich komme!«, rief Lore, während sie Helene in den Garderobenschrank schob. Mit angezogenen Knien kauerte Helene zwischen Schuhen und Jacken und beobachtete durch die Holzritzen hindurch, wie Lore zur Tür rannte. Wer verlangte so penetrant Einlass? Die Gestapo hätte längst gebrüllt oder die Tür aufgetreten. Mit rasendem Herzen wartete Helene ab.

»Wie lange dauert das denn?«, vernahm sie eine ungeduldige Stimme, die dem Mann gehörte, dessen Rücken ihr in der nächsten Sekunde die Sicht versperrte. Als wäre ihm einer auf den Fersen, war der Soldat in die Wohnung gestürmt.

»Rolf.«

Rolf? Etwa der Kerl, dem Lore nicht wagte zu sagen, dass sie ihn nicht heiraten wollte? Würde er hierbleiben? Wie sollte das gehen, ohne dass er Helene entdeckte?

Nicht nur ihre Kopfhaut, ihr ganzer Körper begann zu jucken. Aber sie durfte sich nicht bewegen. Vor allem keinesfalls gegen die Bügel stoßen. Helene sah, dass Rolf Lore umarmte und seine Hand unter ihren Pullover wanderte. Lore rührte sich nicht, stocksteif stand sie da.

»Hat dir mein Anblick die Sprache verschlagen?«

Lore lachte auf, hysterisch, was Rolf hoffentlich nicht merkte.

»Jedenfalls ist dir deine Überraschung gelungen.«

Endlich schlang sie die Arme um Rolfs Nacken und küsste ihn so, wie es sich für eine Frau gehörte, die glücklich darüber war, ihren Geliebten lebend wiederzusehen. Stille herrschte, bis Rolf Lore von sich schob, mit dem Rücken an die Wand.

»Du bist ganz verschwitzt«, stellte er fest. »Habe ich dich mit jemandem gestört?«

Er fuhr herum und sein Blick traf auf den Flurschrank. Helene schnappte nach Luft. Hatte Rolf sie gesehen oder witterte er ihre Panik? Geistesgegenwärtig ergriff Lore seine Hand.

»Ach, Rolf, auch ohne die Katze im Haus waren die Mäuschen brav. Du glaubst doch nicht, ich hätte einen Liebhaber im Schrank versteckt?« Lore lachte leise. »Aber, bitte, wenn du mir nicht traust, sieh einfach nach.«

Helene schloss die Augen. Lore führte einen höchst gefährlichen Schachzug aus. Was, wenn Rolf jeglichen Stolz vergaß und eifersüchtig die Tür aufriss?

»Oder«, fuhr Lore fort, »ich mache dir schöne Bratkartoffeln. Du musst hungrig sein.«

Bereits während sie ihn beschwichtigte, zog sie Rolf in die Küche. Siedend heiß fiel Helene ein, dass auf dem Tisch *zwei* Teller mit Bratkartoffeln standen. *Oh mein Gott, wie will sie ihm das erklären?* Ruhig stellte Lore Helenes Teller in die Spüle und einen frischen für Rolf auf den Tisch.

»Dieser ständige Alarm. Nicht einmal zum Essen kommt man. Danach war uns der Appetit vergangen.«

»Uns?«

»Ja«, erwiderte Lore. »Meiner Freundin und mir.«

Mit einer wilden Bewegung schleuderte Rolf das Geschirr vom Tisch. Teller und Gläser zerbarsten, Kartoffelstückchen landeten auf dem Boden.

»Wo ist der Kerl?«, schrie er. »Ich dreh ihm den Hals um!«

Er zerrte Lore hinter sich her ins Schlafzimmer.

»Unterm Bett ist niemand. Glaub es mir doch!«, hörte Helene Lore rufen.

Überzeugend klang sie nicht, bloß verzweifelt. Ein Stuhl kippte um, etwas aus Glas zersplitterte. Rolf beschimpfte Lore, und Lore weinte. In Helenes Kopf drehte sich alles. Sie musste weg. Den Schrank und Lores Wohnung verlassen, solange Rolf nebenan wütete. Wenn er niemanden fände, würde er sich beruhigen. Aber wo sollte Helene hin? In den kleinen Kellerraum? Bestimmt käme Lore auf die Idee, dort nach ihr zu suchen. Dann sähen sie weiter. Einen Spaltbreit öffnete Helene die Schranktür, doch Rolfs markerschütternder Schrei ließ sie innehalten.

»Du Miststück! Dir werd' ich's zeigen. Du beißt mich nie wieder!«

Im nächsten Moment stöhnte Lore schmerzerfüllt auf. Da kroch Helene, ohne nachzudenken, aus dem Schrank und griff nach dem Bügeleisen auf dem Regal. Auf Zehenspitzen schlich sie ins Schlafzimmer. Rolf hatte sich über Lore gebeugt, die nicht schrie, sondern Helene anstarrte. Ganz ruhig hob Helene das Bügeleisen. Rolf, blitzschnell, sprang auf und riss es ihr aus den Händen. Er schmetterte es auf den Boden und seine kräftigen Finger schlossen sich um Helenes Hals.

»Ich hab dich im Spiegel gesehen!«, brüllte er.

Instinktiv kämpfte Helene, doch gegen Rolfs Raserei hatte sie keine Chance. Sie rang vergeblich nach Luft, als sie eine Gestalt wahrnahm, die hinter Rolf auftauchte. Lore. Ein Aufschrei, und plötzlich konnte Helene wieder atmen. Vor ihr lag Rolf, in seinem Blut, mit eingeschlagenem Schädel.

»Ich habe ihn umgebracht«, stammelte Lore. Bleich sah sie aus, und als Helene ihr das blutbeschmierte Bügeleisen abnahm, fühlten sich Lores Hände eiskalt an. Helene kniete sich neben Rolf und tastete nach seinem Puls. Anschließend breitete sie mechanisch eine Decke über ihn. Wie um einen Schrei zu ersticken, presste Lore ihre Fäuste an die Lippen.

»Mein Gott, Helene! Er ist tot.«

Sie starrten auf die Leiche unter der Decke. An einer Seite lugte Rolfs Hand hervor. Helene würgte und übergab sich. Sie hatten einen Menschen auf dem Gewissen. Wenn Rolf Helene nicht bemerkt hätte, hätte sie den tödlichen Schlag ausgeführt. So war es eben Lore gewesen. Mit einem Taschentuch wischte sich Helene den Mund ab.

»Sonst hätte er mich erwürgt«, sagte sie. »Du hast mich beschützt.«

Lore sah aus, als ob sie jeden Moment ohnmächtig werden würde. Ihr ganzer Körper begann zu zittern, weshalb Helene sie wegführte, fort von Rolf, Erbrochenem und Blut. In der Küche bettete sie Lore auf das kleine Sofa neben dem Ofen. Bis sie sich beide gefasst hatten, hielt Helene die Freundin fest umschlungen.

»Und jetzt?«, fragte Lore, in deren Wangen allmählich Farbe zurückkehrte.

Rolf musste weg, und zwar schnell. Aber wie sollten sie unbemerkt eine Leiche aus dem Haus schmuggeln?

Zunächst wickelten sie ihn in der Decke ein und schoben ihn unter Lores Bett. Hastig fegten sie die Scherben zusammen, die er in seinem Jähzorn verursacht hatte, und entfernten alle Blutspuren. Aus Furcht, jeder Schatten auf dem Boden könnte sie verraten, schrubbten sie das Holz mehrmals. Gegen neun am Abend ertönten die Sirenen.

»Ich bleibe bei dir«, entschied Lore. »Wir bringen Rolf raus, wenn alle im Keller sind.«

Adrenalin schoss durch Helenes Körper. Sie hatte Angst vor den Bomben. Je entschlossener die Alliierten angriffen, desto näher rückte zwar ihr Sieg, Helenes Freiheit und die Millionen anderer. Aber auch der Tod, denn einen Unterschied zwischen Freunden und Feinden kannten Bomben nicht. Trotzdem hatte Lore recht: Nur während eines Angriffs wäre es zu schaffen, das *Corpus Delicti* unbemerkt zu beseitigen.

Ein neuer Schreck durchfuhr sie, als es schellte. Angespannt hörte Helene, wie sich die Luftschutzwartin Beck ärgerlich erkundigte, weshalb Frau Bergmann nicht im Keller erschien. Ach, klagte Lore, es ginge ihr schlecht und sie litte an einem juckenden Ausschlag. Hochansteckend, hätte der Arzt gesagt. Darum bliebe sie besser im Bett. Der verantwortlichen Luftschutzwartin war das nicht recht. Was, wenn Lore etwas passierte? Dass sich sämtliche Mieter infizierten, wollte sie allerdings auch nicht. Schließlich gab sie es auf, Lore zu drängen, nahm ihr jedoch das Versprechen ab, nachzukommen, falls das Bombardement heftig würde.

»Heute Nachmittag habe ich ein komisches Bullern bei Ihnen gehört«, bemerkte sie noch.

»Ach das.« Lore winkte ab. »Mir ist das Bügeleisen hingefallen. Zum Glück ist es nicht kaputt.«

Nachdem die Luftschutzwartin in den Keller hinabgeeilt war, drückte Lore Helene deren Mantel in die Hand.

»Ich bin nicht sicher, ob die Beck mir geglaubt hat«, wisperte sie. »Wir müssen es sofort tun.«

Helene nickte. Während nicht weit entfernt die ersten Bomben einschlugen, schleiften sie Rolf durchs menschenleere Treppenhaus. Er war schwer. Halb trugen, halb zerrten sie seinen leblosen Körper durch die dunkle, ausgestorbene Straße. Als sie stehen blieben, um nach Atem zu ringen, sagte Helene: »Wenn du mir gesagt hättest, dass ich nach einem Jahr endlich das Haus verlasse, damit wir eine Leiche verstecken …«

Die Monotonie in ihrer Stimme unterstrich die Ungeheuerlichkeit ihrer Lage.

»Dann hätte ich mich auch für wahnsinnig gehalten«, beendete Lore den Satz.

Die britischen Geschwader waren jetzt ganz in der Nähe, Detonationen ließen den Boden erbeben. Dennoch erreichten sie unbeschadet die Eschenheimer Anlage.

»Rollen wir ihn ins Gebüsch«, schlug Helene vor. »Da findet man ihn nicht so schnell.«

Lore zog die Zweige so zurecht, dass sie die Leiche verdeckten. »Und jetzt weg hier!«

Helene blickte zum Himmel. Hunderte Flugzeuge dröhnten über ihnen, mehr als je zuvor. Dennoch empfand sie weniger Angst als in einem stickigen Keller. Vielleicht, weil sie sehen konnte, was auf sie zukam. Und weil Lore bei ihr war. Plötzlich explodierte die Welt. Entsetzt flüchteten Helene und Lore in einen Hauseingang und klammerten sich aneinander. Alle paar Sekunden detonierten Sprengbomben. Brandbomben gingen nieder – und Phosphor. Die Luft knisterte und glühte. Aus lodernden Häusern stürzten immer mehr Menschen. Manche hatten Feuer gefangen, das andere zu ersticken versuchten. Das Flammenmeer breitete sich rasend schnell aus. Auch dort, wo sie Rolfs Leiche platziert hatten, brannte es. Ein brennender Holzbalken krachte vor ihnen nieder, fast hätte er sie getroffen.

Helene zog Lore auf die Füße.

»Los, wir müssen zum Main!«

»Ja. Zum Wasser!«

Hustend vor Qualm, Hitze und Staub machten sie sich auf den Weg. Auf den brennenden Dächern standen Männer, die sich mühten, mit Beilen und Spitzhacken das Feuer einzudämmen. Sie wirkten wie Zwerge, die gegen einen Feuer speienden Drachen ankämpften. Andere sahen hilflos zu, wie ihre Häuser samt Hab und Gut in sich zusammenfielen. Löschzüge und Sanitätsautos jagten durch die Stadt, und in den Lärm ihrer Sirenen mischten sich Schmerzensschreie und Hilferufe.

»Ein Arzt! Ist hier ein Arzt?«

Sofort blieb Helene stehen.

»Du hast keine Papiere«, warnte Lore sie.

»Als ob das jetzt jemanden interessiert!«

In diesem Moment stürmte ein Tross aus SA und Hitlerjugend auf sie zu. Erschrocken drückte sich Helene an eine Mauer. Ein SA-Mann blieb vor ihr stehen.

»Geht es Ihnen gut?«

Helene nickte, und Lore deutete auf die andere Straßenseite.

»Da drüben braucht jemand Hilfe.«

Der SA-Mann lief weiter, und Lore zog Helene mit sich fort, wie in Trance folgte sie ihr. Die Altstadt bot ein Bild der Verwüstung.

Am Main schöpften Frauen und Jugendliche Wasser, um die Feuer zu löschen. Sie hatten Menschenketten gebildet.

»Was steht ihr so dumm rum?« Eine Frau mit Kopftuch winkte sie zu sich. »Packt mit an. Jede Hand wird gebraucht!«

»Gleich«, rief Lore zurück. »Lassen Sie uns eine Minute verschnaufen.«

Sie hockten sich ans Flussufer, wuschen ihre Hände und kühlten ihre versengten Gesichter. Am liebsten hätte sich Helene irgendwo verkrochen, bis diese entsetzliche Nacht vorüber wäre. Aber was geschähe am nächsten Morgen? Am Ende dieses Tages hatte sie keine Kraft, um darüber nachzudenken. Neben ihnen schaukelten drei Ruderboote der Hitlerjugend, eins davon hatte sich mit Wasser gefüllt, es würde sinken. Lore untersuchte die beiden anderen.

»Intakt«, stellte sie fest. »Komm, Helene.«

»Was?«

Ganz dicht trat Lore an Helene heran.

»Du kannst nicht in Frankfurt bleiben. Ich bringe dich nach Hanau zu Eriks Freundin.«

»Zu Eriks Freundin? Unmöglich! Die kenne ich nicht.«

»Aber ich. Vertrau mir. Sie wird dir helfen.«

»Wieso? Wer ist diese Frau?«

»Bella. Die beste Passfälscherin der Welt.«

Zögerlich gab Helene nach. In Lores Wohnung wäre sie nicht mehr sicher. Hatte Luftschutzwartin Beck tatsächlich Lunte gerochen, dann käme sie, falls das Haus noch stand, mit der Gestapo zurück. Weder von Rolf noch von Helene durfte die winzigste Spur zu finden sein.

Kurz nach Mitternacht ruderten sie los. Hinter ihnen ertönten Rufe. Eine Welle der Panik erfasste sie. Hatten die Hitlerjungen bemerkt, dass sie ihr Boot gestohlen hatten? Verbissen ruderte Lore schneller. Ein noch brennendes Holzstück trieb an ihnen vorbei und erleuchtete ihre Gesichter, die den Horror des vergangenen Tages widerspiegelten. Ihre Erschöpfung. Und die bange Frage, wie es weiterginge. Nachdem Helene fast vierzig Jahre in Frankfurt gelebt hatte, floh sie nun, und das letzte Bild, das sie mitnahm, bestand aus Ruinen.

New York, 26. Dezember 1947

Der Schneesturm hat nachgelassen und die Welt in ein unschuldiges Weiß verpackt. Sie ist in New York, dennoch meint Helene, das Schaukeln des Ruderbootes zu spüren, mit dem sie und Lore fliehen. Ihre Augen sind dick und verquollen. Helene fühlt sich wund, und sie hat Durst. In kleinen Schlucken trinkt sie ihren kalten Tee. All das noch einmal zu durchleben, hat sie nicht vorgehabt. Doch als Leon wieder auf seine adoptierten Kinder und das Schicksal von deren Eltern zu sprechen kam, begann Helene vom Nordendheim zu erzählen. Von den Deportationen nach Theresienstadt. Anfangs sprach sie stockend, dann, als hätte sich eine Schleuse geöffnet, strömten die Worte aus Helene heraus und eine ganze Weile hörte Leon nur zu.

Inzwischen ist es dunkel geworden, aber sie schalten das Licht nicht ein. Still sitzen sie nun auf Dorothys Couch, ihre Knie berühren sich. Leons Gesicht verschwimmt mit der Dunkelheit, aber Helene weiß, dass seine Wangen genauso tränennass sind wie ihre.

»Hat Bella dir geholfen?« Leons Stimme klingt heiser, als ob er es gewesen wäre, der viel geredet hätte. Wie von selbst greift Helenes Hand nach seiner und drückt sie. Das Schlimmste ist überstanden.

»Ja«, antwortet sie. »In all dem Chaos habe ich mich unter einem falschen Namen als Fliegergeschädigte gemeldet, erhielt Lebensmittelmarken und half in der Schusterei von Bellas Onkel.« Helene lächelt müde. »Damals wünschte ich mir, ich hätte Anton weniger ausgelacht, wenn er über die Herstellung von

Schuhen dozierte. Vielleicht hätte ich mich dann geschickter angestellt.«

»Und bis zum Kriegsende hast du dich in Hanau versteckt?«, fragt Leon weiter.

Ein paar Wochen ging alles gut. Helene entwickelte eine Routine, in der sie sich einigermaßen sicher fühlte, und in der Schusterei Handreichungen zu machen, war allemal besser, als tatenlos herumzusitzen. Einmal kam Lore vorbei, um Helene ein paar Sachen zu bringen. Sie war außer sich vor Sorge, da Werner als Flakhelfer eingezogen worden war. Außerdem hatte sie den Eindruck, dass die Luftschutzwartin sie misstrauisch beäugte. Deshalb würde sie Helene vorläufig lieber nicht besuchen. Innig hatten sich die Freundinnen zum Abschied umarmt; er wurde länger, als sie ahnten. Eines Morgens, auf dem Weg zur Arbeit, rief jemand nach Helene.

»Dr. Bornstein? Sind Sie das? Dr. Bornstein! Warten Sie doch!«

Den Teufel würde sie tun. Helene huschte um die nächste Ecke und hetzte zu Bella. Diese brachte sie bei einer Bekannten unter, bei der Helene bleiben durfte, bis Bella neue Papiere gefälscht hatte. Aber wohin sollte Helene danach gehen?

»Irgendwann kam mir Erna in den Sinn. Erinnerst du dich an unsere resolute Haushaltshilfe? Noch lange nachdem sie uns wegen der Rassengesetze verlassen musste, schrieb sie uns aus Detmold. Dahin war sie zu ihrer Mutter zurückgekehrt. Ich erinnerte mich an Ernas Loyalität zu unserer Familie, ihre Zuneigung zu uns Kindern. Und an ihre Abscheu gegenüber den Nazis. Als Sigrid Mahnke, in die Bella mich verwandelt hatte, kam ich im Januar 1944 in Detmold an. Vor Ernas Haustür bekam ich es mit der Angst zu tun. Was sollte aus mir werden, wenn sie mich fortschickte? Zum Glück musste ich das nie herausfinden. Erna umarmte mich und setzte mir gleich eine heiße Suppe vor. Ihre Mutter war inzwischen bettlägerig geworden, und meine Hilfe als Pflegerin konnten sie gut gebrauchen. Erna hatte noch einmal geheiratet, einen Bäcker, der an der Ostfront kämpfte.

Deshalb führte Erna die Bäckerei allein. Bei ihren Mitarbeiterinnen gab sie mich als eine ausgebombte Verwandte aus und beschäftigte mich in der Backstube.«

Die Angst aufzufliegen, verließ Helene nie. Allerdings fielen in Detmold selten Bomben, so dass, je stärker sich ein Ende des Krieges abzeichnete, ihre Hoffnung wuchs, zu überleben und Moritz wiederzusehen. Anfang April 1945 erreichten amerikanische Truppen die Stadt, aus der Ferne vernahm Helene die Einschläge ihrer Granaten. Dann Stille. Die nationalsozialistische Stadtführung kapitulierte, und wie alle hängten Erna und Helene ein weißes Laken aus dem Fenster. Anschließend blickten sie hinaus und warteten. Kein Mucks war zu hören. Die Welt, so kam es Helene vor, hielt den Atem an.

»Abends dann«, flüsterte Helene, »rollte der erste amerikanische Panzer durch unsere Straße. Ganz langsam. Das lange Stahlrohr suchte die Umgebung ab, vielleicht nach letzten Fanatikern, die ihre Niederlage nicht akzeptieren wollten. Aber nichts geschah. Was ich dachte? Ich weiß es nicht mehr. Aber diese unendliche Erleichterung, die ich empfand, als Erna sagte: ›Es ist vorbei! Gottlob, es ist vorbei!‹, die werde ich nie vergessen. Für uns war der Krieg zu Ende.«

Es vergingen ein paar Tage, bis sie sich traute, wieder Helene Bornstein zu sein. Zusammen mit Erna erklärte sie sich den Bäckerinnen. Eine von ihnen hatte gemutmaßt, dass sich hinter Sigrid Mahnke eine Jüdin verbergen könnte. Darüber erschrak Helene zutiefst, und Erna musste ihr mehrfach versichern, dass keine Gefahr mehr bestünde.

Nach dem offiziellen Kriegsende kehrte Helene nach Frankfurt zurück, um von hier aus nach Moritz und Marlis zu suchen. Nach Ilse. *Ihre* Stadt war Frankfurt schon lange nicht mehr, und jetzt glich sie auch noch einem Trümmerhaufen. Das Büro von Martha Wertheimer, die seinerzeit Moritz' Kindertransport organisiert hatte, gab es nicht mehr, sie war deportiert worden. Die Häuserwände waren übersät mit Fotos und Zetteln, von denen man sich erhoffte, dass sie zu den vermissten Angehörigen führten. Das Foto von Moritz behielt Helene für sich, aber Zettel, auf die sie Lores Anschrift notierte, klebte auch sie an Litfaßsäulen und Laternenpfähle. Schließlich war es denkbar, dass Marlis mit Moritz aus England zurückkehrte, um nach ihr zu suchen.

Sie selbst kam wieder bei Lore unter, die sie mit offenen Armen empfing, genau wie Lores Freund Oskar und Werner, den eine Schussverletzung am Knie vor Hitlers letztem Volkssturm bewahrt hatte.

Trotz der Enge fühlte sich Helene willkommen. Willkommen, ja, aber nicht wohl. Zum einen weckte Lores Wohnung düstere Erinnerungen, zum anderen misstraute sie den übrigen Mietern, allen voran der ehemaligen Luftschutzwartin. Jedes Mal, wenn diese sie freundlich grüßte, fragte sich Helene, ob Frau Beck, wäre sie ihr im Keller begegnet, Helene der Gestapo ausgeliefert hätte. Solche Gedanken trieben sie häufig um. Waren die Menschen, die in ihrem Elternhaus am Bethmannpark lebten, dieselben, die davon profitiert hatten, dass die Bornsteins vertrieben worden waren? Könnte es ihr passieren, dass sie, falls sie in einem Frankfurter Krankenhaus eine Stelle bekäme, auf den Arzt stieße, der sie aus dem *Clementine Kinderhospital* gefeuert hatte? Auf Viktors Kollegen, die womöglich mit Röntgenstrahlen Experimente an jüdischen Frauen durchgeführt hatten? Vielleicht sogar auf Viktor persönlich, sofern er nicht in russische Gefangenschaft geraten war?

Mehrmals glaubte sie auf der Straße Konrad zu erkennen. Dann stand sie wie gelähmt da, gefangen in Angst und Trauer um so viele geliebte Menschen. Doch immer wieder riss sie sich zusammen und schlug sich durch, indem sie bei Patienten Hausbesuche machte. Ging sie heim, lief sie, in der Hoffnung, Moritz, Marlis oder Ilse zu begegnen, die Orte ab, die ihrer Familie etwas bedeutet hatten. Die meisten waren zerbombt oder beschädigt worden, auch die alte Trauerweide am Main.

Ab und zu ging Helene abends ins Kino, doch meistens blieb sie zu Hause, ließ sich von Werner mit Fragen zur Medizin löchern oder unterhielt sich mit Lore und Oskar. Je mehr darüber bekannt wurde, wozu die Nazis fähig gewesen waren, desto kleiner wurde Helenes anfängliche Freude, überlebt zu haben und im Laufe der Zeit schwand ihre Hoffnung, Ilse wiederzusehen. Wieder einmal war es der Gedanke an Moritz, der sie anhielt, nicht aufzugeben. Wenn nur endlich ein Lebenszeichen von ihm käme. Bei allem, was sie tat, wartete sie darauf, jede Minute.

Inzwischen ist ihr Tee nicht nur kalt, sondern schmeckt bitter. Der Schnee hebt sich von der Dunkelheit ab, und Helene vertreibt die Idee eines Leichentuches, das sich über die Welt ausgebreitet hat. Leon legt seinen Arm um sie und seine Nähe fängt sie auf wie ein sicherndes Netz.

»Schließlich haben Marlis und ich uns über den Suchdienst des Roten Kreuzes gefunden. Kannst du dir vorstellen, wie fassungslos ich war, als ich erfuhr, dass sie mit Moritz in Amerika lebte? All die Jahre waren sie noch weiter weg gewesen, als ich gedacht hatte.«

Zärtlich streichelt Leon ihr Gesicht, und Helene schließt die Augen. Seine Berührung und der vertraute Klang seiner Stimme hüllen sie ein.

»Als ich Marlis nach dem Krieg in Queens aufspürte, hatte sie noch keine Nachricht von dir. Darum habe ich im *Aufbau* inseriert, und gehofft, dass ich von einem der neuen deutschen Emigranten in Frankfurt-on-the-Hudson etwas von dir erfahren würde. Und Lore? Meine Güte, wie oft ist sie in den letzten Jahren umgezogen? Als ich sie endlich ausfindig machte, warst du bereits hier.«

Helene sieht ihn vor sich, diesen wunderbaren Mann, wie er durch New York eilt, in Gedanken bei ihr. Er telefoniert, telegraphiert und schreibt Briefe, um sie zu finden, obwohl er sich mit Devora ein neues Leben aufgebaut hat. Aus seinem Herzen verbannt hat er Helene deshalb nie.

»Ich danke dir«, erwidert sie. Wenn sie ihm jetzt ihr Gesicht zuwendet, das weiß Helene, dann werden sie sich küssen. Sie rührt sich nicht. Zärtlich presst Leon seine Lippen auf ihr Haar, und als er dabei zu sprechen beginnt, fühlt es sich an wie ein Streicheln. Leons Stimme klingt traurig.

»Das alles hätte ich dir ersparen können. Wenn ich nur um dich gekämpft hätte.«

Obwohl sie weiß, wie ernst es Leon ist, muss Helene schmunzeln.

»Aber das hast du doch.«

Als sein Körper zu beben beginnt, hält Helene ihn im Arm. Auch ihr laufen die Tränen hinab. Etwas später löst sich Helene, um das Licht anzuknipsen. Sie sehen beide mitgenommen aus.

Leon öffnet das Fenster und die Winterluft, als hätte sie nur darauf gewartet, wallt herein und weht den Schnee von der Fensterbank auf Dorothys Teppich.

»Ich koche uns etwas«, schlägt Helene vor.

»Eine wunderbare Idee. Soll ich dir helfen?«

Helene schüttelt den Kopf, denn sie braucht einen Moment für sich allein. All diese Erfahrungen, die sie am liebsten aus ihrem Gedächtnis getilgt hätte, preiszugeben, hat sie viel Kraft gekostet. Die routinierten Handgriffe in der Küche lassen sie zur Ruhe kommen.

Später speisen Helene und Leon schweigend und trinken den Weißwein, den Helene in Dorothys Kühlschrank gefunden hat. Sie glaubt nicht, dass die alte Dame etwas dagegen hätte. Statt des elektrischen Lichtes erhellen das Wohnzimmer Kerzen, deren warmer Schein die Erschöpfung in ihren Gesichtern mildert. Leon sieht nachdenklich aus, während er an seinem Wein nippt.

»Ich habe dich damals mit Viktor gesehen«, sagt er auf einmal.

Seine Worte rütteln Helene wach.

»Wann meinst du?«

»Am siebten März 1926. Ich weiß sogar noch, dass es ein Sonntag war. Ich dachte, du hättest in der Uniklinik Nachtschicht gehabt und mich deshalb in dieses ungemütliche Café nach Sachsenhausen bestellt. Einfach, weil es in der Nähe lag. Aber du kamst nicht.«

Leon trinkt einen Schluck, dann sieht er Helene wieder an. Traurigkeit liegt in seinem Blick. Helene zwingt sich, nicht wegzuschauen. Sie wird Leon zuhören, ganz gleich, was er ihr zu sagen hat. Das ist sie ihm schuldig.

»Und schließlich sah ich dich. Eng an Viktor Nolting geschmiegt, bist du die Straße hinuntergegangen. Er hatte seinen Arm um dich gelegt und half dir übertrieben betulich ins Auto, gerade so, als ob du nicht allein einsteigen könntest. Dann seid ihr einfach weggefahren. Du hattest mich völlig vergessen.«

Also hat Leon all die Jahre geglaubt, sie hätte ihn mit Viktor betrogen. Danach gefragt hat er nie.

»Ich habe dich niemals vergessen«, sagt sie, mehr nicht.

Leon stellt sein Weinglas ab und beugt sich zu ihr.

»Ich weiß, Helene. Deshalb habe ich so lange gehofft, dass du zu mir zurückkehrst. Auch nachdem du unsere Verlobung gelöst hattest, habe ich in deinen Augen Liebe und Begehren gelesen, wann immer wir uns begegnet sind. Diesen Widerspruch habe ich nie begriffen.«

Melancholisch lächelt er, wirkt aber nicht, als erwarte er eine Reaktion.

»Ich war eifersüchtig«, gesteht er. »Heute, ja, da würde ich dich fragen: Was willst du von dem Kerl? Liebst du ihn? Was wird aus uns?« Seufzend zuckt Leon mit den Schultern. »Aber ich war jung, verletzt. Und viel zu stolz, um Erklärungen zu verlangen. Das habe ich bitter bereut.«

»Ich habe auch Fehler gemacht.«

Fragend sieht Leon sie an.

»Haben sie etwas damit zu tun, dass du mich nicht geheiratet hast?«

Innerlich weicht Helene zurück. Soll sie ihm sagen, was an jenem Märztag geschehen ist? Höchstwahrscheinlich würde Leon sich von ihr abwenden. Allein die Vorstellung schnürt Helene die Luft ab. Sie wünscht sich, dass er in ihrem New Yorker Leben eine Rolle spielt. Nicht als Geliebter, das wird nicht gehen, sondern als Freund, dem sie vertraut. Jedenfalls heute. Damals, vor zwanzig Jahren, ist es anders gewesen. Deshalb hat sie Leon auch nicht gesagt, dass sie ein Kind von ihm erwartete. Natürlich hätte er jetzt eine ehrliche Antwort verdient. Aber sie brächte ihnen beiden neuen Kummer. Und Leon würde sie mitten ins Herz treffen, umso mehr, falls Devora auch dieses Baby verlöre.

In Leons Blick liegt bereits die Ahnung, dass sie ihm die Antwort schuldig bleiben wird.

»Es ist so viel passiert«, sagt sie. »Was damals war, Leon, ist doch nicht mehr wichtig.«

Leon insistiert nicht. Während er die Teller in die Küche trägt, bezieht Helene seine Schlafstatt auf Dorothys Couch. Später, als sie allein in ihrem Zimmer ist, öffnet sie das Fenster und blickt in den Himmel. Wo die Wolken aufgerissen sind, zeigt sich der Mond und vereinzelt funkeln Sterne. Sie hatten für Helene und Leon eine große Liebe vorgesehen. Doch ist es anders gekommen. Weil Helene es so entschieden hatte.

Am siebten März 1926 stand Hertha Zimmermann in ihrer Küche am Herd und schmolz Kernseife. Helene saß auf einem speckigen Ledersofa und wartete.

»Das ist eine absolut sterile Angelegenheit«, beruhigte sie Helene, während sie im Topf rührte. Irgendwie leuchtete Helene das ein. Zwar dachte sie, seit sie sich heimlich zu einer Abtreibung entschieden hatte, oft an die achtzehnjährige Liesl Obst, deren qualvolles Sterben sie miterlebt hatte. Allerdings hatte die junge Frau mit Stricknadeln in ihrem Unterleib herumgestochert. Aus medizinischer Sicht schien Helene Kernseife eine weitaus ungefährlichere Methode zu sein. Gott sei Dank war ihr Hertha Zimmermanns Adresse noch eingefallen. Den Zettel, auf dem die Assistenzärztin Hilda sie ihr aufgeschrieben hatte, hatte Helene ja die Toilette hinuntergespült.

»Wir dürfen nicht trödeln«, mahnte Frau Zimmermann. »In einer Stunde kommt mein Mann mit den Kindern zurück, und bis dahin muss ich die Küche gewienert haben.«

Helene nickte. Sie würde alles befolgen, was Frau Zimmermann ihr sagte. Mit zunehmender Beklommenheit beobachtete sie, wie diese in einem zweiten Topf einen kleinen Trichter auskochte. Mit seiner Hilfe würde die Kernseife in Helenes Gebärmutter fließen und den Embryo abtöten. Ob er es wohl spürte? Auf einmal wurde Helene flau. Genau jetzt wäre ihre letzte Gelegenheit, einen Rückzieher zu machen. Noch könnte sie zu Leon laufen und ihm alles erzählen – so wie sie es trotz aller Zweifel vorgehabt hatte, als Leon sie im *Café Bauer* gefragt hatte, warum sie denn keinen Kuchen bestellte.

»Nein, ich bin nicht krank«, hatte sie auf seine Nachfrage hin erklärt, »aber ich habe dir etwas zu sagen.«

Wozu um den heißen Brei herumreden? Lieber brachte sie das Gespräch hinter sich. Da hatte plötzlich dieser Rabbiner an ihrem Tisch gestanden, höchst erfreut, Leon zu sehen. Sofort sprang Leon auf, um ihm die Hand zu schütteln.

»Verehrter Rabbiner Kowalski, so eine Überraschung. Was machen Sie denn in Frankfurt?«

Er nähme an einer Konferenz teil, erwiderte der imposante Mann mit Vollbart und schwarzem Hut und begrüßte auch Helene.

»Bitte«, Leon rückte einen dritten Stuhl zurecht, »setzen Sie sich doch.«

Und der Rabbiner nahm Platz. Ausgerechnet jetzt!

Nachdem der Kellner frischen Tee serviert hatte, wechselten die Männer vom Deutschen ins Polnische, so dass Helene kein Wort mehr verstand. Stumm wie ein Fisch saß sie daneben, während sich Leon und der Rabbiner angeregt unterhielten.

»Verzeihen Sie, Fräulein Bornstein. Wir müssen Ihnen sehr unhöflich erscheinen. Aber seit Leon ein kleiner Junge war, haben wir immer Polnisch miteinander gesprochen.«

Den starken Akzent des Rabbiners mochte Helene nicht. Vielleicht war es aber auch nur sein musternder Blick, der sie störte. Als hätte er ihre Gedanken erraten, lächelte der Rabbiner nun.

»Wie ich höre, werden Sie und Leon heiraten. Haben Sie schon einen Termin im Auge?«

»Noch nicht«, sagte Leon.

»Möglichst bald.«

Sie antworteten gleichzeitig und lachten darüber. Doch innerlich bebte Helene vor Ungeduld. Genau das wollte sie ja mit Leon besprechen. Ungestört, unter vier Augen. Musste Rabbiner Kowalski nicht zu seiner Konferenz zurück? Doch damit schien er keine Eile zu haben.

»Und Sie, Fräulein Bornstein, wollen also Ärztin werden?«

Hatte Leon ihm das erzählt? Auf Polnisch? Weshalb hatte er sie nicht ins Gespräch einbezogen?

Etwas ärgerlich nickte sie.

»Das stimmt, Kinderärztin. Aber die Hälfte des Studiums liegt noch vor mir.«

Der Rabbiner schwieg einen Moment.

»Sie müssen wissen, dass ich den Lewandowskis sehr nahestehe«, sagte er. »Sie nehmen es mir doch nicht übel, wenn ich mir ein offenes Wort erlaube?«

Unsicher sah Helene zu Leon hinüber, der dem Rabbiner seine ungeteilte Aufmerksamkeit schenkte.

»Nein, natürlich nicht.«

Freundlich nickte Rabbiner Kowalski Helene zu.

»Es versteht sich von selbst, dass die Lewandowskis Leon glücklich sehen möchten. Aber dem ältesten Sohn kommen auch Pflichten zu. Leons Eltern wünschen sich eine Schwiegertochter, die ihn darin unterstützt.«

»Das ist doch selbstverständlich«, antwortete Helene. Automatisch berührte sie dabei Leons Hand.

Nachdenklich wiegte der Rabbiner den Kopf. »Es freut mich, dass Sie das so sehen, Fräulein Bornstein. Aber bleibt Ihnen als Ärztin genügend Zeit für Ihren Mann und die Familie? Beabsichtigen Sie, mit der Arbeit aufzuhören, wenn sich ein Kind ankündigt?«

Unwillkürlich fasste Helene an ihren Bauch, eine Geste, die zum Glück niemand kommentierte.

»Ich habe noch nicht einmal mein Examen gemacht«, entgegnete sie, bemüht, nicht ungehalten zu klingen. »Wäre es nicht komisch, wenn ich jetzt schon daran denken würde, meinen Beruf wieder aufzugeben?«

Unter dem Tisch stieß Leon sie leicht mit dem Fuß an. War es ihm nicht recht, was sie sagte? Aber es stimmte doch, und Leon kannte ihre Pläne.

»Ich verstehe, Ihnen schwebt ein sogenanntes modernes Leben vor. Möchten Sie das denn beide?«

»Ja, sicher«, sagte Helene mit einem liebevollen Blick zu Leon.

Rabbiner Kowalskis Blick wanderte ebenfalls zu Leon, kehrte dann aber zu Helene zurück.

»Wenn ich Ihnen einen Rat geben darf: Bedenken Sie bei all Ihren Plänen, dass Sie nicht nur miteinander, sondern auch mit Ihren Familien auskommen müssen.«

Leon pflichtete ihm bei, während Helene betroffen nickte. Weshalb betonte Rabbiner Kowalski das ausdrücklich? Hatten sich Leons Eltern darüber beklagt, dass sie mit Helene nicht warm geworden waren? Bedrückt dachte sie an das Kind in ihrem Bauch. Es trüge wohl kaum zur Entspannung bei. Vielmehr war zu befürchten, dass die Lewandowskis Helene für eine leichtlebige Frau halten würden.

Als der Rabbiner sich verabschiedete, bestand Leon darauf, ihn zur Straßenbahn zu begleiten.

»Bin gleich zurück«, sagte er. Helene schaute den Männern nach, als sie sich, nun wieder Polnisch plaudernd, von ihr entfernten. Genauso hatte sie sich bei Leons Eltern gefühlt: im Stich gelassen. Wieso war Leon so still geblieben? Wenigstens einmal hätte er doch zeigen können, wie stolz er darauf war, eine angehende Ärztin zu heiraten. Oder hatte ihr Vater sie zu Recht davor gewarnt, dass es für Männer wie Leon zwar angehen mochte, eine Studentin zur Freundin zu haben. Aber eine Ärztin als Ehefrau? Vehement hatte Helene widersprochen. Jetzt war sie nicht mehr so sicher.

»Rabbiner Kowalski hat mich noch einmal ins Gebet genommen«, meinte Leon, nachdem er ins *Café Bauer* zurückgekehrt war.

»Weswegen?«

»Nun, unter anderem hat er mich über meine Pflichten als Ehemann aufgeklärt. Er kam auch auf unsere Enthaltsamkeit vor der Ehe zu sprechen. Du kannst dir ja wohl vorstellen, dass ich am liebsten im Erdboden versunken wäre.«

Sein schuldbewusstes Lächeln reizte sie. Alles, was Leon sagte, erschwerte es Helene, damit herauszurücken, dass sie sein Kind erwartete.

»Wie in einem Verhör bin ich mir mit Rabbiner Kowalski vorgekommen«, hielt sie Leon vor. »Anstatt ihn anzuhimmeln, hättest du mich ruhig mal unterstützen können.«

Leons dunkle Augen baten um Verzeihung, aber Helene hatte keine Lust, ihn so leicht davonkommen zu lassen. Leon seufzte.

»Du übertreibst, Helene. Aber ja, ich habe großen Respekt vor dem Rabbiner. Außerdem berichtet er meinen Eltern bestimmt brühwarm von unserem Gespräch. Du hast ja gehört, wie verbunden er ihnen ist.«

»Ach so«, erwiderte Helene ironisch, »da ist es natürlich viel praktischer, wenn *ich* die Dinge äußere, die deine Eltern nicht gerne hören. Leon, mein Studium dauert noch drei Jahre. Was antwortest du ihnen, wenn sie dich fragen, wann wir Kinder bekommen?«

Über Leons Nase bildete sich eine Furche. Er mochte es nicht, wie sie mit ihm sprach, aber er verstand sie auch.

»Dann versichere ich ihnen, dass sich alles finden wird.«

Helenes Augenbraunen hoben sich.

»Und damit geben sie sich zufrieden?«

Kopfschüttelnd lachte Leon.

»Natürlich nicht. Darum sage ich ihnen, dass ich dich liebe.«

Daran zweifelte Helene nicht. Nur deshalb hatte sie ja auch den Zettel mit Hertha Zimmermanns Adresse vernichtet. Leon schaute sie weich an, ein Blick, bei dem sie normalerweise dahinschmolz. Heute reichten ihr seine romantischen Beteuerungen nicht. Offenbarte sie ihm, schwanger zu sein, musste sie sich darauf verlassen können, dass Leon an ihrer Seite stünde, wenn es Vorwürfe hagelte. Wenn er es aber nicht einmal wagte, Helenes Medizinstudium zu verteidigen, wie wollte er seinen Eltern dann ein unehelich gezeugtes Kind beibringen? Ob sie es ihnen bis zur Hochzeit am besten verheimlichten? Wäre es möglich, ihre Schwangerschaft erst mal zu verbergen und später eine Frühgeburt vorzutäuschen? Aber Helene hatte selbst miterlebt, wie Leon in der Anwesenheit seiner Eltern in der Rolle als vorbildlicher Sohn aufging. Nein, er würde wohl kaum mitziehen. Also müssten sie es ihnen doch erzählen. Alle wären wütend und enttäuscht. Was für ein belasteter Start in ihre Ehe wäre das? Und danach? Leon müsste mehr arbeiten, um als Familienvater Geld zu verdienen. Von Helene würde man erwarten, dass sie ihr Studium aufgäbe, um sich um das Kleine zu kümmern. Bald kämen mehr Kinder, und so würde Helene wohl niemals Ärztin werden.

Auf das Glück, das sie unter der weißen *Chuppa* empfinden würde, wenn Leon ihr den Ring an den Finger steckte, hatte sich Helene gefreut. Auf die *masel tov*-Rufe der Gäste und eine durchtanzte Nacht. Noch stärker jedoch fieberte sie ihrer Examensfeier entgegen. Würde sie im feierlichen Audimax der Universität schwarz auf weiß ihr *summa cum laude* entgegennehmen, hätte sich die Prophezeiung ihrer Lehrer erfüllt: Aus Helene Bornstein wäre etwas Besonderes geworden. Mit stolzgeschwellter Brust säße unter den applaudierenden Zuschauern ihr Vater, daneben die Mutter mit feinem, triumphierendem Lächeln. Helene würde Kinder heilen und vielleicht sogar neue Medikamente erforschen. Sie verdiente ihr eigenes Geld in einem Beruf, der die Welt ein bisschen besser machte. Darauf zu verzichten, konnte sich Helene nicht vorstellen. Ihr Herz raste, weil es spürte, dass sie eine Entscheidung getroffen hatte. Sie würde studieren und Ärztin werden. Und Leon bekäme seine sorgenfreie Trauung.

»Sag mal, Helene? Hörst du mir eigentlich zu?«

Sie fuhr zusammen, worüber Leon lachte.

»Was gibt dir denn so sehr zu denken?«

»Unsere Hochzeit.«

Helene bedeutete dem Kellner, dass sie zahlen wollten.

»Dann lass uns gemeinsam weiterträumen«, schlug Leon vor. »Aber vorher verrat mir noch, was du mir vorhin sagen wolltest. Ich habe es nicht vergessen.«

Helene seufzte bedauernd.

»Aber ich«, antwortete sie.

Schneller als gedacht, war der Seifeneinlauf vorbei. Helene hatte Krämpfe oder Übelkeit erwartet, doch nichts geschah. Während sie sich auf dem Sofa erholte, säuberte Frau Zimmermann ihre Instrumente, anschließend kochte sie einen starken Kaffee, auf den Helene keinen Appetit verspürte.

»Trinken Sie ihn trotzdem«, drängte Frau Zimmermann. »Das ist gut für Ihren Kreislauf.«

Nachdem Helene bezahlt und sich verabschiedet hatte, machte sie sich auf den Weg zu Leon ins Café. Falls alles gut ginge, würden sie den Sonntag miteinander verbringen, wie immer. Sollte Helene schlecht werden, brächte Leon sie eben nach Hause. Eine Magenverstimmung, Kopfschmerzen oder Frauenleiden, irgendeine glaubwürdige Ausrede fiele ihr schon ein.

Bereits nach wenigen Metern musste sie sich an der Hauswand abstützen. So gewaltig überfielen die Krämpfe sie, dass ihr schummerig vor Augen wurde. Helene krümmte sich, als hätte man ihr ein Messer in den Bauch gerammt. Jemand rief ihren Namen. Leon! Gott sei Dank, er hatte sie gesehen und eilte zu Hilfe. Es wurde schwarz um sie, aber die kräftigen Arme, die sie auffingen, spürte Helene noch.

»Helene! Hören Sie mich?«

Leichte Schläge auf ihre Wangen holten sie zurück. Mühsam öffnete sie ihre Lider. Wieso lag sie denn auf dem Bürgersteig?

»Helene! Können Sie sich aufrichten?«

Benommen versuchte sie es und Leon half ihr dabei. Es tat gut, dass er sie im Arm hielt. Langsam kehrte ihre Erinnerung an die letzte Stunde zurück. Sie hatte abgetrieben. Ihr Kind war fort. Wieder kamen Krämpfe, und Helene weinte.

»Kommen Sie. Ich fahre Sie nach Hause.«

Warum siezte Leon sie denn? Helene blickte auf, direkt in graue, nicht schwarze Augen. Sie blinzelte.

»Viktor?«

»Meinen Sie, Sie könnten ein paar Schritte gehen?«, fragte der Arzt. »Ich habe am Ende der Straße geparkt.«

Dankbar, weil er die Regie übernahm, nickte Helene. Den Arm um ihre Schulter gelegt, führte Viktor sie zu seinem Wagen und half ihr behutsam hinein. Da sie zu schlottern begann, holte er aus dem Kofferraum eine Decke und breitete sie über Helenes Beine. Als Viktor den Motor startete, schloss Helene die Augen. Deshalb sah sie nicht, dass Leon, in der Hand eine *Frankfurter Zeitung*, aus dem kleinen Café getreten war und ihnen nachblickte. Nachdem Viktors Wagen um die Ecke gebogen war, bezahlte Leon seinen Kaffee. Die Rose, die er für Helene gekauft hatte, schenkte er der alten Wirtin. Dass Helene eine Woche lang nichts von ihm hörte, irritierte und verletzte sie. Sicher, aus Leons Sicht hatte sie ihn im Café versetzt. Aber war er deshalb derart beleidigt, dass er nicht einmal den Grund dafür wissen wollte? Machte er sich denn überhaupt keine Gedanken, ob ihr etwas zugestoßen war? Gleichzeitig war Helene erleichtert. Denn wie sehr sie sich dafür schämte, Leon um sein Kind betrogen zu haben, damit hatte sie nicht gerechnet. Könnte sie jemals wieder mit ihm reden, lachen oder ihn unbeschwert lieben, ohne sich wie eine Heuchlerin zu fühlen? Als Leon schließlich, nachdem er erfahren hatte, dass sie krank im Bett lag, mit einem Blumenstrauß bei den Bornsteins auftauchte und sie einander befangen gegenüberstanden, war Helene überzeugt davon, dass es nie wieder möglich wäre.

In New York ist der Schneesturm über Nacht vollends abgeklungen. Beim Frühstück reden Helene und Leon über Alltägliches, das Wetter, Leons Flug nach Kalifornien und Helenes Silvesterpläne. Als Leon geht, umarmen sie sich fest und innig, und Helene durchströmt ein warmes Gefühl, das sie gerne festhalten würde. Es ist Leon, der sich von ihr löst, weil er sich um seinen Flug kümmern muss.

»Nun geh schon«, sagt Helene und schiebt Leon ins Treppenhaus.

Er zieht den Hut, und es schwingt Wehmut in seiner Geste, bei Helene sitzt sie im Herzen.

»Auf Wiedersehen, Helene.«

Sie kann es nicht lassen, das Fenster zu öffnen, um Leon nachzublicken. Schon bald wird er bei Devora sein, bei seinen vier Kindern, vielleicht wären es bald fünf, und dort ist sein Platz. Ihren muss Helene noch finden, aber auf die Suche danach hat sie sich längst gemacht. Leon wird sie dabei begleiten, und das macht ihr Mut.

Noch ist Manhattan von Nebelschleiern verhangen. Doch hier und da piekst die Morgensonne Löcher hinein und lässt das strahlende Blau des Himmels erahnen. Als Helene das Fenster schließt, fällt ihr Blick auf ihre amerikanischen Medizinbücher, die sich auf dem Nachttisch stapeln. Erschöpft von Emotionen und Gesprächen, steht sie unschlüssig da. Ihr Leben hängt ihr nach, das wird es wohl immer. Und doch sieht sie ihren Weg vor sich. Helene kocht Kaffee und macht es sich mit den Büchern auf Dorothys Sofa bequem. Dann beginnt sie zu lernen.

Zehn Jahre später:
New York, 1957

Am frühen Morgen ihres dreiundfünfzigsten Geburtstags gönnt sich Helene eine Tasse Kaffee im Bett. Auf ihrem Nachttisch liegt Post aus Europa und Palästina, die zu öffnen, Helene – bei aller Freude darüber – am Vortag nicht mehr geschafft hat. Erst spät in der Nacht ist sie aus dem *Jacobi Medical Center* heimgekehrt, dessen moderne Kinderstation sie seit zwei Jahren leitet. Helene blickt zu Dorothys Foto auf dem Bücherregal hinüber. Niemals ist die alte Dame müde geworden, Helene dazu zu ermutigen, mit Disziplin und Fleiß auf ihr Ziel zuzusteuern, in New York als Ärztin tätig zu sein. Als Dorothy vor einigen Jahren verstarb, verfügte sie ein Wohnrecht für Helene, wogegen ihre Kinder keinen Einwand erhoben. So blieb Helene in Washington Heights, während viele Immigranten, deren Einkommen es zuließ, den Stadtteil verließen, um in prestigeträchtigere Gegenden umzuziehen.

Gerade öffnet sie Lores Geburtstagsgruß, als das Telefon läutet. Es ist Marek. Seine Stimme ist so dünn und brüchig geworden wie sein Körper, und manchmal fragt sich Helene, woher Marek die Kraft nimmt, sich weiter durchs Leben zu kämpfen. Nachdem er ihr gratuliert hat, fragte sie ihn: »Und wie geht es dir heute?«

Die Pause verrät ihn, er fühlt sich nicht gut.

»Ich bin müde«, gibt Marek zu. »Es war eine schwierige Nacht.«

Helene weiß, was das bedeutet. Das Alter verlangt seinen Tribut, vor allem aber sind es die Folgen des Lagerlebens, die ihm zusetzen. Vielleicht spürt Marek ihre Sorge, jedenfalls fügt er etwas munterer hinzu:

»Am besten lege ich mich wieder hin und hänge meinen Gedanken nach. Nicht den düsteren, Helene, nur den hellen, den guten. Vielleicht schlafe ich dabei ein.«

Seine Worte versetzen ihr einen Stich, den sie nicht wahrhaben will.

Das Licht der Erinnerungen. Marek beschwört es seit jeher als Quelle der Lebenskraft, doch jetzt klingt es, als suche er danach, um zu sterben.

»Morgen hole ich dich zu einem Spaziergang ab«, verspricht Helene. »Frische Luft wird dir guttun.«

Nachdem sie den Hörer aufgelegt hat, widmet sie sich Lores Glückwünschen. Außerdem gibt es Neuigkeiten. Wegen einer Stelle als Assistenzarzt ist Lores Sohn Werner nach Hamburg umgezogen, und sie selbst und ihr Ehemann Oskar haben ein kleines Kino mit Cafébetrieb übernommen.

Wenn es eines Tages reichlich Profit abwirft, komme ich Dich in Amerika besuchen, schreibt Lore. *Außerdem würde ich so gerne Leons Familie kennenlernen. Und, wie Du ja weißt, den Broadway.*

Lore in New York? Wie schön es wäre, ihr alles zu zeigen. Kurz schließt Helene die Augen und empfindet Sehnsucht nach ihren deutschen Freundinnen, die sie durch gute und schwerste Zeiten begleitet haben.

Die Turmuhr der Kirche in ihrer Straße schlägt sieben Mal. Höchste Eisenbahn, sich für die Klinik fertig zu machen. Doch Helene lässt es sich nicht nehmen, auch noch Theas Brief zu lesen, eine gute Entscheidung, überbringt er doch die schönste Nachricht.

Seit Wochen nehme ich mir vor, Dir zu erzählen, dass mich Rahel in Zermatt besucht hat. Seitdem ich sie 1943 bei einer Züricher Familie untergebracht hatte, habe ich sie aus den Augen verloren. Und jetzt steht sie plötzlich vor meiner Tür. Du kannst Dir vorstellen, wie sehr ich mich gefreut habe. Rahel ist Lehrerin geworden und glücklich verheiratet. Ist das nicht wunderbar? Sie hat mich um Deine An-

schrift gebeten. Es ist ihr ein Anliegen, sich dafür zu bedanken, dass Du ihr damals zur Flucht verholfen hast.

Vor sich sieht Helene die zwölfjährige Rahel mit roten Scharlachlippen und voller Neugier darauf zu erfahren, wie es wohl wäre, verliebt zu sein. Sie hat es erleben dürfen. Eine warme Woge der Freude durchflutet Helene, gefolgt von der Trauer um die Kinder, die nicht erwachsen werden durften. Linda. Edith. Willi. Max. Tilly. Josua und so viele andere.

Etwas verspätet trifft sie im *Jacobi Medical Center* ein, wo ihre Kolleginnen und Kollegen sie mit einem Geburtstagsständchen überraschen. Nachdem sie den Kuchen, den Helene gebacken hat, aufgegessen haben, widmen sich alle den erkrankten Kindern, und bis zum späten Nachmittag zählen nur sie.

Abends kommen Marlis, John und die zehnjährige Samantha, die das Haus nicht mehr ohne ihre Havaneser-Hündin Luna verlässt. Als Geschenk überreichen sie Helene eine edle Kristallschale, die diese gleich mit Obst füllt und auf dem Esstisch platziert.

»Von wem sind denn die zauberhaften Blumen?«

Marlis deutet auf den üppigen Strauß neben der Kristallschale. Verschwörerisch zwinkert sie Helene zu. »Hast du einen Verehrer?«

Statt zu antworten, zeigt Helene ihrer Schwester die Karte, die ein Bote zusammen mit dem Strauß abgegeben hat.

Happy Birthday, Helene! Wir wünschen Dir einen großartigen Tag!

Nächsten Samstag sind wir aus Kalifornien zurück. Hast Du Lust, mit uns zu essen? Gegen acht? Leon und Devora.

Offenbar enttäuscht legt Marlis die Karte zurück auf den Tisch.

»Grüß die beiden von mir«, sagt sie. »Wieso sie trotz der fünf Kinder immer entspannt wirken, ist mir ein Rätsel. Wie heißt die Jüngste noch mal? Verflixt, Sam, nimm den Hund vom Schoß und pass auf dein Kleid auf!«

Murrend gehorcht das Mädchen, während Helene schmunzelnd antwortet: »Sie heißt Mia.«

Viel zu früh wurde Mia im Sommer 1948 geboren, und Leon und Devora bangten um ihr Leben. Doch Helene setzte Himmel und Hölle in Bewegung, um das Kind durchzubringen, und Gott sei Dank ist es ihr gelungen.

»Happy birthday, Mom!«

Moritz ist da, ein attraktiver Mann von siebenundzwanzig Jahren, groß und dunkelhaarig wie Paul Bornstein, doch erkennt Helene auch Viktors Züge.

»Hi, Mo.«

Helene strahlt ihren Sohn an, der, als er auf sie zukommt, breit grinst und Helene weiß, warum. Theatralisch verdreht sie die Augen.

»Die blöde Abkürzung ist mir so herausgerutscht, Moritz«, korrigiert sie sich.

»Aus dir wird noch eine echte Amerikanerin«, sagt er und umarmt sie.

Schnaufend, mit Baby Steven auf dem Arm, kommt Jane die Treppe herauf. An ihr vorbei stürmt die vierjährige Sandra.

»*Dad*«, ruft sie, »du hast dein Geschenk für *Grandma* im Auto liegen lassen.«

Mit vorwurfsvollem Gesicht drückt sie ihrem Vater ein Päckchen mit einer leuchtend blauen Schleife in die Hand.

Helene lacht. Ein schöneres Geschenk, als dass Moritz lebt und sie sich im Laufe der Jahre nähergekommen sind, wird es für sie niemals geben. Natürlich sagt sie das nicht, vor allem, da sie nun das Bild bewundert, das Sandra für sie gemalt hat. Es zeigt Helene im weißen Kittel, um ihren Hals baumelt ein Stethoskop. Sandra trägt dieselbe Aufmachung sowie einen kleinen Arztkoffer für Kinder, den Helene ihr zu Weihnachten geschenkt hat. Helenes Lob für die Zeichnung ist ernst gemeint. Zweifellos hat ihre Enkelin Moritz' künstlerisches Talent geerbt.

Schließlich bekommt auch Moritz die Gelegenheit, Helene sein Geschenk zu überreichen.

»Mach es erst auf, wenn du alleine bist«, bittet er sie.
Überrascht blickt Helene ihn an.
»Jetzt werde ich aber wirklich neugierig«, gibt sie zurück.
Moritz' dunkle Augen funkeln voller Vorfreude.
»Das kannst du auch sein«, erwidert er.

Nachdem der Nachtisch, saftige Brownies, die Helene gebacken hat, restlos vertilgt worden ist und die Kinder müde werden, machen sich alle auf den Heimweg.

»Es war ein wunderbarer Abend«, verabschiedet sich Jane, und Moritz, der die schlafende Sandra trägt, drückt Helene einen Kuss auf die Wange.

»Vergiss mein Geschenk nicht.«

Allein im Wohnzimmer, zieht Helene einen Sessel zum Fenster und macht es sich darin bequem. Es gefällt ihr, den mondbeschienenen Wolken nachzuschauen, die vom Herbstwind getrieben, eilig vorüberziehen.

Schließlich öffnet sie Moritz' Päckchen und hält ein kleines, in Leder gebundenes Büchlein in den Händen. Natürlich erkennt Helene es sofort. Es ist das Tagebuch, das sie Moritz im Januar '39 geschenkt hat, kurz vor seiner Abfahrt nach England. Wie sich vor vielen Jahren herausstellte, hatte Moritz es jedoch nie benutzt.

Vorsichtig schlägt Helene die erste Seite auf, sie ist vergilbt.

Für meinen geliebten Jungen Moritz. Von Deiner Mutti, die immer an Dich denkt.

Ganz genau erinnert sich Helene an den Augenblick, als sie diese Worte schrieb. Bis zu jenem Tag war bereits viel Schreckliches geschehen. Was noch auf sie zukäme, hatte sich Helene nicht vorstellen können. Sie blättert zur nächsten Seite.

Um acht beim Mond!, steht da in ihrer Schrift. Es war das Versprechen gewesen, jeden Tag an Moritz zu denken und dabei die Hoffnung auf ein Wiedersehen niemals aufzugeben. Wieder einmal hört sie Moritz' Kinderstimme in ihrem Ohr.

»Und du kommst bestimmt bald nach?«

»So schnell ich kann.«

»Versprochen?«

»Versprochen!«

Fast neun Jahre hat es gedauert, bis Helene und Moritz sich schließlich wiedersahen. Wie sollte man von einem Kind erwarten, dass es so lange an ein Versprechen glaubte?

»Um acht beim Mond!«

Auch Moritz haben diese Worte etwas bedeutet. Zutiefst bewegt sieht Helene, dass er das Büchlein mit dem Federstrich des heute professionellen Illustrators gefüllt hat. Seine Motive jedoch, sie entspringen den Erinnerungen eines entwurzelten Jungen.

Gleich über der ersten Zeichnung prangt ein voller Mond, in dem Helene, hauchdünn, ein Gesicht erkennt. Besorgt blickt es auf den Frankfurter Hauptbahnhof hinab. Aus einem abfahrenden Zug lehnt sich ein Kind zum Fenster hinaus. Es ist ihr achtjähriger Sohn. Mit wenigen Bleistiftstrichen hat Moritz Helenes Fassungslosigkeit und ihre Verzweiflung eingefangen. Ja, genauso muss sie gewirkt haben, als er sie zum letzten Mal sah.

Sie blättert weiter, Seite für Seite, und einprägsam wie präzise Worte erzählen ihr die Bilder die Geschichte ihres Sohnes. Sie handelt von einem verfolgten Kind, das in Angst aufwächst, aber auch Momente der Freude und Geborgenheit erlebt. Von einem Jungen, den seine Mutter, um ihn zu schützen, fortgeschickt hat, in ein Land, in dem er niemanden kennt. Der abends, gekauert auf ein Fenstersims, nach dem Mond Ausschau hält, damit er seiner Mutter nah sein kann. Manchmal ist der Himmel verhangen, manchmal besetzt von feindlichen Fliegern. Hautnah lässt Moritz Helene seine Ankunft in England erleben, sie in die Gesichter seiner Gasteltern, Lehrer und Mitschüler blicken. Gerührt betrachtet sie Moritz in seiner britischen Schuluniform, beim Fußballspiel mit Freunden, vor dem Buckingham Palace und spürt seine Angst, als er, an Marlis geklammert, in einer überfüllten Metro-Station die Angriffe der deutschen Bomber erwartet. Sie begleitet Moritz auf das Schiff, das ihn zusammen mit Marlis und John nach Amerika bringt, wo er noch einmal ganz von vorn beginnt. Und schließlich meint sie, ihn zu begreifen, den heranwachsenden Moritz, der versucht, mit Schmerz und Verlust zurechtzukommen und sich deshalb nicht freuen kann, als Helene auftaucht und reklamiert, seine Mutter zu sein.

Helene weint nicht. Sie saugt die Bilder auf, um einen Durst zu löschen, der sie jahrelang gepeinigt hat. Dabei sticht ein Detail ihr besonders ins Auge. Über jeder Zeichnung leuchtet der Mond, anfangs rund und voll, mit der Zeit abnehmend, bis zu dem Zeitpunkt, als Moritz' Schiff die Vereinigten Staaten erreicht, nur noch ein winziger Punkt übrig ist. Leicht nur, aber stetig, nimmt der Mond wieder zu, und zwar seit dem Tag, als Moritz Helene wegen Michael um Hilfe bat. Hat es ihm wirklich so viel bedeutet, dass sie seinen Freund verarztet hat?

Mit Janes und Moritz' Hochzeit neigt sich die Bildgeschichte ihrem Ende entgegen. Gut gelaunt stößt Helene mit Janes Eltern auf das junge Brautpaar an. Dann das letzte Bild. Die stimmungsvolle Szene zieht Helene in ihren Bann, und sie hält den Atem an. Der Vollmond leuchtet bläulich in Sandras Kinderzimmer hinein. Die Kleine kann wohl nicht schlafen, weshalb Moritz sie ans Fenster geführt hat. Aneinanderschmiegt schauen sie hinaus in die Nacht. Moritz deutet zum Himmel.

Um acht beim Mond, steht in seiner Sprechblase, eine, wie man sie aus Comicheften kennt.

Also erinnert sich Moritz doch. Nicht an alles, aber an vieles. Noch ist Sandra zu klein, um zu begreifen, was mit ihrem *Dad* und ihrer *Grandma* geschehen ist. Eines Tages wird sie alt genug sein, um sich dem zu stellen. Und dann wird Moritz es ihr erzählen, damit nichts in Vergessenheit gerät. Helene versteht, was Moritz ihr mit dieser Zeichnung sagt.

Sie ist ein Versprechen. *Sein* Versprechen. An Helene.

ENDE

Glossar

Chanukka: Das Fest erinnert an die Wiedereinweihung des zweiten jüdischen Tempels in Jerusalem nach dem erfolgreichen Makkabäeraufstand gegen die Griechen (164 v. Chr.). Nach dem Sieg war nur noch wenig geweihtes Öl für die Menora des Tempels vorhanden, bloß einen Tag hätte es gereicht. Durch ein Wunder brannte das Licht der Menora jedoch acht Tage lang, bis die Priester neues geweihtes Öl hergestellt hatten.

Chanukkia: Achtarmiger Leuchter, der mit einem neunten Arm, dem Diener, zum Chanukkafest angezündet wird.

Chuppa: Das Hochzeitsbaldachin, unter dem die jüdische Trauung stattfindet. Das Wort *Chuppa* bedeutet Abdeckung oder Schutz und dient dem Brautpaar während der Hochzeit als Dach.

Hawdala (hebr. *Unterscheidung, Trennung*) ist ein religiöses Ritual im Judentum, das am Samstagabend bei Nachteinbruch das Ende des Schabbats und den Beginn der neuen Woche kennzeichnet.

Jom Kippur heißt übersetzt »Tag der Sühne« und ist im Judentum der höchste Feiertag. Die Gläubigen sollen aufrichtige Reue für schlechte Taten zeigen und sich mit Menschen und mit Gott versöhnen.

Kiddusch: Segensspruch, mit dem über einem Becher Wein der Schabbat und andere jüdische Feiertage eingeleitet werden.

Koschere Speisen werden nach den jüdischen Speisevorschriften zubereitet. Beispielsweise muss Milchiges und Fleischiges getrennt werden oder Fleisch von Säugetieren stammen, die sowohl Paarhufer als auch Wiederkäuer sind, so wie Kühe, Ziegen oder Schafe.

masel tov – drückt Glückwunsch aus.

Mazze: ungesäuertes Brot aus Mehl und Wasser, das zum Pessach-Fest gebacken wird. Vor 2000 Jahren, als die Israeliten aus Ägypten auszogen, blieb ihnen keine Zeit, das Brot säuern zu lassen.

Mitzwot: 613 Gebote und Verbote im Judentum, nach denen ein Gläubiger sein Leben gestalten soll. Der Überlieferung nach hat Gott durch Moses seinem Volk diese Lebensregeln am Berg Sinai gegeben. Orthodoxe Juden halten sich wörtlich daran, liberale Juden interpretieren sie freier.

Pessach: Das Fest erinnert an den Auszug aus Ägypten, an die Befreiung der Israeliten aus der Sklaverei des Pharaos.

Rosch Haschana: Jüdisches Neujahrsfest, das im Herbst stattfindet. Es folgen zehn Bußtage und der große Fastentag Jom Kippur.

Schabbat: Heiliger Ruhe- und Feiertag. Jede Woche beginnt er am Freitagabend und endet am Samstagabend.

Schochet: Bezeichnung einer Person, die darin ausgebildet wurde, das rituelle Schächten durchzuführen, bei dem der Körper des Tieres vollständig ausblutet. Nur dann gilt das Fleisch als koscher.

Sukkoth: jüdisches Laubhüttenfest. Es erinnert an den Auszug aus Ägypten, als die Israeliten in provisorischen Behausungen wohnten. Außerdem dankt man Gott für die Ernte.

Nachbemerkungen

Zu meinen beiden ersten Romanen »Die Reise des Elefantengottes« (2014) und »Die Töchter des Roten Flusses« (2017) inspirierten mich meine Jahre in Berlin, Neu-Delhi und Hanoi. Der dritte, »Helenes Versprechen«, spielt nun zu großen Teilen in Frankfurt am Main, wo ich – von Unterbrechungen abgesehen – seit ungefähr zwanzig Jahren zu Hause bin.

Eingebettet in historische Gegebenheiten ist die Handlung meines Romans frei erfunden. Inspiriert dazu hat mich jedoch das Schicksal der jüdischen Frankfurter Kinderärztin Antonie Sandels (*1899 – und damit etwa fünf Jahre älter als Helene), eine von ungefähr 9000 jüdischen Ärztinnen und Ärzten in Deutschland, die während des Nationalsozialismus verfolgt worden sind. Dr. Antonie Sandels hat in Frankfurt studiert, 1928 promovierte sie und arbeitete anschließend an der Universitäts-Kinderklinik. 1930 ließ sie sich als Kinderärztin nieder. Einige Aspekte ihres Lebens habe ich übernommen, obgleich Helene Bornstein in meiner Geschichte ganz eigene Wege einschlägt.

Helenes Freundin Lore, die sie in ihrer Wohnung versteckt und ihr zur Flucht aus Frankfurt verhilft, hieß im Leben von Antonie Sandels Margarete Herberg. Anfang der dreißiger Jahre lernten sie sich kennen, als Margarete Herbergs kleiner Sohn bei Antonie Sandels in Behandlung war. Nach dem Krieg studierte er – wie Lores Sohn Werner – Medizin. Beabsichtigte Ähnlichkeiten zwischen Lore und Margarete Herberg gibt es indes keine. Antonie Sandels hatte drei Geschwister, die rechtzeitig auswandern konnten, aber ihre Mutter verstarb kurz vor der anstehenden Deportation. Vermutlich Ende der dreißiger Jahre heiratete Antonie Sandels den Mediziner Hans Oppenheimer, der bereits seine Emigration vorbereitet hatte. Ob sie ihn liebte oder ihre

Eheschließung ausschließlich helfen sollte, ihr die Flucht aus Nazi-Deutschland zu ermöglichen, ist unklar. In jedem Fall zögerte Antonie Sandels zu lange, Deutschland zu verlassen, und schließlich war es zu spät. Ihr Mann rettete sich ins Exil und ließ sich nach dem Krieg von ihr scheiden. So nah wie möglich an dem, was Antonie Sandels durchgemacht hat, bin ich in den Kapiteln geblieben, in denen es um die Geschehnisse im Kinderheim geht, auch wenn ich *Das Kinderhaus der Weiblichen Fürsorge* in meinem Roman *Nordendheim* genannt und es in den gleichnamigen Frankfurter Stadtteil verlegt habe. Tatsächlich stand es in Sachsenhausen, in der Hans-Thoma-Straße 24. Bei der Beschreibung des Heimes, des Alltags der Kinder sowie ihrer Deportation stütze ich mich vor allem auf die Forschungsergebnisse von Volker Mahnkopp, der die Geschichte des Frankfurter Kinderhauses sowie seiner Bewohnerinnen und Bewohner ausführlich dokumentiert hat. Auch über die Verhaftung der Heimleiterin Frida Amram (im Roman Gertrude Herz) wegen »Hamsterei« berichtet er dort. Antonie Sandels musste mit ansehen, wie die Nazis über vierzig »ihrer« Kinder nach Theresienstadt verschleppten. Sie selbst blieb kinderlos und ließ sich nach dem Krieg in Heidelberg als Kinderärztin nieder. Sie verstarb im Jahr 1977.

Hin und wieder mischen sich reale Personen ins Geschehen, so z. B. Martha Wertheimer, Journalistin und Pädagogin, die nach dem Novemberpogrom 1938 als Leiterin der Jugendfürsorge der Jüdischen Gemeinde Rettungstransporte für jüdische Kinder nach Großbritannien organisierte, Margarethe Klimt, ab 1927 Leiterin der Modeklasse der Frankfurter Kunstgewerbeschule, später des Modeamtes, zeitweilig von den Nationalsozialisten wegen »undeutscher« Haltung beurlaubt, dann wieder eingesetzt – im Gegensatz zu Fritz Wichert, dem Leiter der Kunstgewerbeschule, der die österreichische Modeschöpferin nach Frankfurt holte. Friedrich Krebs, von 1933 bis 1945 Oberbürgermeister der Stadt Frankfurt, Dr. Hans Holfelder, NS-Arzt, Experte für Röntgenmedizin und SS-Führer, Ernst Holland, Gestapobeamter, Dr. Paul Grosser, Kinderarzt und bis zu seiner

Vertreibung durch die Nazis im Jahre 1933 einige Jahre Leiter des *Clementine Kinderhospitals*, in dem Helene Bornstein als Ärztin arbeitet. Des Weiteren Jackie Robinson, 1947 der erste schwarze Spieler in einem Baseball-Team der *Major League*, Willy Trumpp, 1925 Fußballspieler bei der Frankfurter *Eintracht*, Emil Flasbarth, ehemaliger Fußballpräsident, die Comedian Harmonists und Magda Spiegel, bis zu ihrer verfolgungsbedingten Entlassung 1935 Star an der Frankfurter Oper, sie starb 1944 in Auschwitz. Schließlich Lotte Landé, Kinderärztin und von 1928 bis 1933 Stadtärztin in Frankfurt am Main. Aufgrund ihres sozialpolitischen Engagements, u. a. für unverheiratete Frauen und uneheliche Kinder sowie eine Änderung des Paragraphen 218 StGB, wurde sie 1933 von den Nationalsozialisten entlassen und emigrierte in die USA.

Wer sich über das Kinderhaus und die mit ihm verbundenen Schicksale genauer informieren möchte, dem empfehle ich folgende Lektüre:

Volker Mahnkopp: Dokumentation zu vom NS-Staat verfolgten Personen im Frankfurter Kinderhaus der Weiblichen Fürsorge e. V. Hans-Thoma-Straße 24 (Stand 2016).

Petra Bonavita: Mit falschem Pass und Zyankali, Retter und Gerettete aus Frankfurt am Main in der NS-Zeit, Stuttgart 2009.

JPflege: »Jüdische Pflegegeschichte. Biographien und Institutionen in Frankfurt am Main«, http://www.juedische-pflegegeschichte.de/index.php.

Zahlreiche Bücher und Artikel haben mir geholfen, in die Zeiten einzutauchen, in denen mein Roman spielt. Genannt seien hier:

Thomas Beddies, Susanne Doetz, Christoph Kopke (Hrsg.): Jüdische Ärztinnen und Ärzte im Nationalsozialismus, Berlin / Boston 2017.

Eduard Seidler: Kinderärzte 1933–1945, entrechtet – geflohen – ermordet, Bonn 2000.

Rebecca Schwoch: Jüdische Ärzte als Krankenbehandler, Frankfurt am Main 2018.

Udo Benzenhöfer: Die Universitätsmedizin in Frankfurt am Main von 1914 bis 2014, Münster 2014.

Georg Heuberger (Hrsg.): »Und keiner hat für uns Kaddisch gesagt …«, Deportationen aus Frankfurt am Main 1941 bis 1945, Frankfurt am Main / Basel 2005.

Petra Bonavita: Assimilation Verfolgung Exil, Stuttgart 2002.

Monica Kingreen (Hrsg.): Nach der Kristallnacht, Jüdisches Leben und antijüdische Politik in Frankfurt am Main 1938–1945, Frankfurt am Main / New York 1999.

Deborah Oppenheimer, Mark Jonathan Harris: Kindertransport in eine fremde Welt, München 2000.

Anja Salewsky: »Der olle Hitler soll sterben!«, Erinnerungen an einen jüdischen Kindertransport nach GB, München 2001.

Uta Gerhardt, Thomas Karlauf (Hrsg.): Nie mehr zurück in dieses Land, Augenzeugen berichten über die Novemberpogrome 1938, Berlin 2009.

Renate Hebauf: Gaußstraße 14 – Ein »Ghettohaus« in Frankfurt am Main, Die Geschichte eines Hauses und seiner jüdischen Bewohnerinnen und Bewohner zwischen 1912 und 1945, Hanau 2010.

Claus-Dieter Krohn, Patrick von zur Mühlen, Gerhard Paul, Lutz Winckler (Hrsg.): Handbuch der deutschsprachigen Emigration 1933–1945, Darmstadt 1998.

Thomas Hartwig, Achim Roscher: Die verheissene Stadt, Deutsch-jüdische Emigranten in New York, Berlin 1986.

Steven M. Lowenstein: Frankfurt on the Hudson, The German-Jewish Community of Washington Heights 1933–1983. Detroit 1989.

Auf einigen Seiten wird außerdem aus drei Gedichten zitiert, die in vollständiger Länge wie folgt nachzulesen sind:

S. 132: Else Lasker-Schüler, »Ich liebe dich«, aus: Mein blaues Klavier. Neue Gedichte. (Gemeinsam lernen Helene und Leon dieses Gedicht bereits Mitte der zwanziger Jahre, in Wirklichkeit ist es erst später entstanden.)

S. 270: Heinrich Heine, »Der Brief, den du geschrieben«, aus: Neue Gedichte, Neuer Frühling.

S. 434: Else Lasker-Schüler, »Ein Lied an Gott«, aus: Konzert.

Dank

Das Schreiben eines Romans ist streckenweise eine einsame Angelegenheit. Deshalb war für mich der Austausch mit anderen über die Hintergründe und Entwicklung der Handlung sowie meiner Charaktere bereichernd und unverzichtbar.

Zuallererst möchte ich meinen Eltern, die als nichtjüdische Kinder und Jugendliche die Hitlerherrschaft erlebten, dafür danken, dass sie mit mir über den Nationalsozialismus gesprochen und ihre Erinnerungen mit mir geteilt haben. Besonders meine Mutter hat mich in vielen eindrücklichen Gesprächen an dieses schwierige Thema herangeführt. In diesen Tagen wird sie neunzig Jahre alt und ist für mich eine wichtige Zeitzeugin. Die junge Liesl Obst, die an einer Abtreibung starb, war eine Patientin meiner Mutter während ihrer Krankenpflegeausbildung Anfang der fünfziger Jahre. Den Zettel, mit dem Werner aus »dem Scheißverein HJ« austreten will, schrieb als Junge mein Onkel, und meine Großmutter musste das Problem lösen (was ihr jedoch ohne Lores Flirterei gelang). Ich weiß, wenn sie noch lebte, wäre es ihr wichtig, dass ich das klarstelle.

Zu Beginn meiner Recherche habe ich mich mit Menschen unterhalten, die im Frankfurt der dreißiger und vierziger Jahre aufwuchsen. Ein besonderes Dankeschön geht an Hannelore Hau für unsere Kaffeestunden und dafür, dass sie mir ihr Kriegstagebuch zur Verfügung gestellt hat.

Dr. Cathrin Schleussner, Vorstandsvorsitzende der Frankfurter Clementine Kinderhospital – Dr. Christ'sche Stiftung, und Dr. Barbara Reschke, ehemalige Vorsitzende, haben mit mir ihr Wissen über die Geschichte des Krankenhauses geteilt und mich mit interessantem Lesestoff versorgt.

Die Dokumentation von Pfarrer Volker Mahnkopp zum Kinderhaus der Weiblichen Fürsorge (s. o.) war für meine Recherche unverzichtbar. Bewegend auch unser Spaziergang durch Sachsenhausen, bei dem er mir zeigte, wo Antonie Sandels untertauchte und wo einst das Kinderhaus stand – gegenüber dem »Platz der vergessenen Kinder«, auf dem heute ein Denkmal an die deportierten Kinder und Betreuerinnen erinnert. Der Rotkäppchen-Brunnen nahe dem Kinderhaus wurde 1964 versetzt.

Meine Agentin Anna Mechler hatte stets ein offenes Ohr für mich und gute Tipps parat.

Christina Weiser, meine Lektorin vom Aufbau Verlag, hat mein Manuskript umsichtig lektoriert und ihm mit ihren klugen Vorschlägen Schliff gegeben.

Auf langen Spaziergängen haben Christiane Meyer und Juliane Ludwig-Stoll mit mir meine Gedanken zu Helene und Co. diskutiert und mich mit ihren eigenen inspiriert. Dafür, dass sie mich auch bei diesem dritten Roman von der ersten Idee bis zum Wörtchen »Ende« mit wohlwollender Kritik begleitet haben, bin ich sehr dankbar.

Auch meinem Mann Christian für unsere Gespräche und dafür, dass er mich zusammen mit unserer Tochter Tanya im Alltag entlastet hat, wenn ich mich in schreibintensiven Phasen nicht von meinem Laptop losreißen konnte.

Vielen Dank für all diese Unterstützung!